浙江文叢

桑調元集

〔第五册〕

〔清〕桑調元 著　林旭文 點校

浙江古籍出版社

弢甫續集卷七

古今詩體七十七首

舟中篪兒事我甚勤賞之以詩

扁舟秋熱苦難平，喜得携兒共遠征。唤取茶瓜寧待渴，扇來枕簟有餘清。詩歌删述吾家事，色養因依汝性情。時念茅堂話行役，故鄉月色近人明。

七月十二夕渴甚飲瓜如甘露念今日爲艾堂先生七十一歲生辰疊前韻重寄謝即用爲壽

尋常食瓜良亦佳，祇道甘美縈人懷。正如酒羌吻未濕，一杯徐飲壓茅柴。老杜酸寒憶萍實，何曾及見斗比大兮日比色。空想充飢剖食甜，北斗挹漿誰得力？嗟我三焦一夕升浮陽，沃之那得三斗冰雪湯。此時捧來哆口作川吸，不羨金盤仙露瓊臺漿。因思暑灼茅簷底，霖雨須翻九河水。當時深倚濟時才，京輔黔閩曾賜履。一從歸老通德門，鉅人碩德田間存。豈無脣焦口燥呼不歇，空回悁脰勞精魂。今日秋堂映疎柳，綺季園公過隴畝。惟南佳氣正氤氳，滿酌流霞商皓手。悔却門生不少留，江淮月色望中秋。含情錯認安期棗，述德還煩即墨侯。

和篪兒計舟抵濟寧尚有餘藕疊韻之作

白馬湖流碧一涯，取藕尚剩無窮花。白蓮花開白如藕，花根花瓣俱無瑕。堆盤菱芡不足齒，愛此超群愛入髓。臂原骫髀心和平，剛折柔傾那比此。明湖記泛采蓮舟，舟泛明湖月下遊。磊砢自然多節目，此中曾有窒礙不？生來諸子爲湖目，湖目青珠藕白玉。白玉青珠衹自珍，終古泥蟠非屈伏。須知芳種出瓊田，長養空明活水泉。有人得飲上池水，安然無病亦無痊。此如至人大火不能熱，秋月寒潭明皎潔。肌膚遥望藐姑神，冰雪交光稱萬舌。秋風疎柳緑沉沉，却顧清波動遠吟。人間有藕終難並，無限纏緜繫此心。

舟過滕縣四首

巖城矗雲裏，古縣枕河干。檣櫓高於柳，鳧鷖急似湍。樓危標翠甋，橋遠影紅欄。迤邐行舟過，兒童倚市看。

遺來風俗好，轍跡駐先賢。地小修城郭，沙深廢井田。市灣三面水，林角一聲蟬。織席營生事，村氓可授廛。

小市徽繁聚，沿緣帶水長。浮橋三板架，去舶一帆揚。女面白銅鏡，童肩黄竹箱。篷窗無个事，徙倚閲閒忙。

長短規滕壤，邦君古子男。浦沙秋水落，烟柳夕陽含。百貨通淮北，三朝到濟南。篙師倚風便，沽酒有餘酣。

望南陽湖

柳樹盤隄古，烟波颶渺茫。三潭思月色，一溜瀉秋光。餘暑時還熱，勞歌意正長。人才從古少，誰復卧南陽？

隔湖觀大雨作

大雲垂垂墨湧螺，東天一角烏嵯峨。空濛雨氣催海立，黑雲白雲肩相摩。須臾飄風動地至，九霄白日傾天河。萬條銀竹注湖面，陸離呼洶騰蛟鼉。當其得意信揮灑，勢若萬馬奔滹沱。隔湖我從壁上看，一軍奮迅麾天戈。篷窗大點遠抛落，乍驚白屋龍投梭。前聲已絶後聲續，天公氣力重噓呵。萍翳斫陣後復猛，精鋭總挾雷霆過。日下高春光倒射，溟茫遥海神燈羅。陽餤燃空秋雨潑，一燃一潑明金波。回潮合沓聲轉驟，截斷其若雄虹何。高衢倏掃氛翳静，青紅二氣天邊拖。澄波平砑風細軟，宕摇楊柳青傞傞。庚星西映月東出，鏡奩秋啟光新磨。

和箎兒月舟漫賦韻

爲憐秋夜好，明月宕征舲。天上懸娥月，波中汎客星。浮生吾欲老，垂鬢汝方青。罾舍沿流是，漁歌不厭聽。

萬里銀河闊，涼蟾映杳冥。客遊如去虼，孫抱憶添丁。秋隔蘭堂遠，波連草岸青。飛光緣底急，日夜不留停。

濟寧旅懷四首

旁午河橋在，重樓壓水隅。勞人經旅店，此日别川塗。涼雨纔過雁，垂楊正噪烏。秋空圓月在，感動不能無。

最是江鄉月，相隨不世情。臨淮元皎潔，到濟倍分明。客思涼初動，秋懷皓已盈。裵裒西去路，空對伏流清。

二十年前客，曾經共一途。披襟得英傑，謂王者輔近顔。論事戟眉鬚。日下辭歸早，天南夢去孤。竭來消息斷，過此重踟躕。

十年雲卧穩，忘却路行難。擬退今維谷，興歌異考槃。客程空欲速，吾輩敢懷安。天白浮雲薄，巡簷一笑看。

肩輿入舟渡潦水作

纔上籃輿去，仍教下小舟。遲回謝肩舁，浩蕩及川遊。泥淖何辭辱，風波不少留。人間千萬事，非意孰能籌？

過蟠龍橋大雨中行廿里篼兒車淹滯在後薄暮蒼頭追送卧具至旅店荒凉作懊儂行一首

蟠龍橋邊鳴雨來，茅店穿漏篷傾隤。厲風既濟衆響絶，輿夫轅馬紛徘徊。起行泥淖不一里，傾盆復至横喧豗。蓱翳飛廉騁狂暴，遠應聲勢飛奔雷。低窪深深没腰膝，已聞車陷愁輪摧。肩輿顛簸盡沾溼，道傍舞斷柳與槐。隷也前行不却顧，獨山摇漾暝烟堆。蒼頭赤脚泥濺頸，擔送卧具吁可哀。倦投旅店天似墨，瓶無脱粟甑無煤。具陳村荒不可説，青葱白餅良艱哉。知兒悽惻苦淚迸，一宵何止腸千回。老夫情懷鎮作惡，緘坼露茗烹盈杯。單衾凉簟且倒卧，窺窗月到愁雲開。

喜篪兒侵曉至步徬徨行韻

昨宵已度溟茫地，未省兒車隔幾里。晨衝泥潦及荒村，遠望疲車亦勞止。役夫風氣儘澆漓，人馬車殊不擬隨。致累行人悲獨宿，都教兩處神魂馳。我僕寡難敵衆口，塗泥一任争先走。面似蒙倛知是誰，纍纍正類喪家狗。獨山將到已烟昏，秋雨秋風薜荔村。蘆篷滴漏無乾土，主僕因依欲斷魂。土銼烟疎虚草具，麥飯蔞亭無覓處。攜來枕簟豈安卧，霽月俄看過庭樹。光銷爞炬滅秋釭，鄰寺鐘稀百八撞。死恨村雞不報曉，何緣兒影共吟窗。焚香掃地空思潔，一夜愁深一百月。犀角纔看到眼中，憂虞歷盡償歡悦。雪鬢看變幾莖烏，子鶴妻梅羨老逋。人生有情難割捨，况復父子相嗟呼。

宿冉堌集冉有故里

明燈作宵市，絡繹野翁來。倚户方閒甚，投車亦憊哉。先賢猶有里，後世漫云才。政事何因見，豐碑翳緑苔。

過曹縣

秋水抱城濠，秋城睥睨高。黄塵黧客面，赤日灼征袍。川柳垂垂緑，沙輪得得勞。由來見幾作，未臘已奔曹。

劉董集偶步見洲渚蘆葦中秋荷盛開考其地爲小湖波喜而有賦

晨行得潋浦，是名小湖波。波中青蒼積，葭葦何其多。眼明見的的，爛漫開朱荷。靈妃出通谷，芳塵生翠渦。盈盈渺微步，不見水沾羅。凌波未我即，仙袂飄逶迤。颯然秋風至，霞舉將如何。秋心寄脉脉，精爽儻見過。

考城縣渡河

渡覓小顔口，河流千派黄。胡爲空兀兀，重對此茫茫。沙草柔迎鞸，天風快引檣。白鷗吾與汝，盟在永無忘。

和篪兒廟前看荷疊韻

何處妙香至，路轉摇層波。金風吹作意，開向回潭多。宛似娱羈客，欲語風中荷。迎睇忽若遠，澮洿生微渦。朱華冒緑沚，秋水清羅羅。塵途覯驚艷，川色正西迤。弭節舍之去，奈此秋宵何。無心挹嘉賞，雲霞眼頻過。

儀封東關道上左右洲渚開徧白蓮疊韻

葉南與葉北，夾岸浮鷗波。仙葩愛貞靚，似厭施朱多。亭亭出清水，妙綻天然荷。川妃衣上月，白晝映圓渦。鏡平聲籟息，静遠香氣羅。渚宫入不語，要眇神光迤。雪膚參差見，難邀藐姑何。有時乘迴風，三素雲中過。

蘭陽旅店食新作

江鄉早稻熟，先秋已食新。馨香奉以薦，潔粢祖廟陳。童孫亦抱拜，追遠情獲申。朅來客中州，風餐何飛塵。我僕進午粥，渴喜沾吾脣。怪此香色異，新穀礲村民。踟躕停舉箸，拜薦違先親。顧兒隨撰杖，亦作旅食身。憐渠亦知此，愬苦情色真。一游萬事廢，虚名總誤人。

南神堌旅舍瓶中插白蓮數枝疊韻

情瀾渺何許，一瓶分秋波。寥寥三兩枝，清韻良足多。矧乃體貞白，驚艷謝群荷。酒氣不爲觸，小漾螺尊渦。意若水周堂，衆芳堂下羅。寂静明釭照，清影粉壁迤。奈此玉簟近，因依凉夢何。醒聞香細細，續向枕函過。

喜抵大梁二首

一笑從教萬慮寬，汴城已見白雲端。樽規大瓠浮來穩，壺貯清冰映徹寒。名士誰堪作龍尾，故人不擬累猪肝。寄聲明月煩相照，我負錢塘舊釣竿。

作達原堪處處家，金隄任占白鷗沙。凉宵已見樊樓火，舊樣難尋韻字紗。好客猶煩鄭莊驛，爲園須種邵平瓜。仁和門在從容入，懷古思鄉意轉賒。

題須友堂詩并序

予顔大梁書院之須友堂，跋其後云：『餘山先生，姓勞，名史，字麟書，餘姚人，學者稱餘山先生。倡道東南，顔其齋曰須友。調元學先生之學，教先生之教。今來斯堂，亦以是顔之，庶無迷其津矣乎！抑願學者之胥涉之也。』跋訖，記之以詩。

先師起姚江，氣象何峻挺。口手大易圖，異説不敢騁。承學幸及門，苦語寸心警。大水無津涯，卬須上孤艇。我行泝洛學，沿流羨湯耿。正派總仝源，五世澤方永。大書揭此堂，用當晨鐘省。

贈袁石峰舜裔即用其屏間詩韻二首

方瞳炯似碧波寒，矍鑠誰論老據鞍？户有團雲傾蓋合，人于行地作仙看。新書竹上烟光潤，久語花間日影殘。未用置身邱壑裏，風流一段那能刊。

嶙峋氣象築詩城，早歲詞場便有名。游宦誰教鳧舃返，居閒翻向兔園行。花南舒嘯三秋興，研北流連萬古情。黄鳥莫嫌芳候晚，竦林求友一聲聲。

附酬和步韻作

祥符袁舜裔

餘暑全消白雪寒，肯來竹屋駐吟鞍。新邀一鶴雲中下，舊想三山海外看。老眼剛迎秋氣爽，清心遥送雨聲殘。文壇竝喜叨提唱，河岳英靈意不刊。

築居縹緲在江城，高卧焉知世上名？漫道蒼生蘄一出，却教聱叟得同行。乘閒自湧登臨興，垂老能忘撰述情。萬石鯨鐘懸待扣，寸莛也爲發洪聲。

書沈萸菴隱君遺集後

有明末運丁陽九，喬木清溪開竹牖。鴛鴦水上卧畸人，零落棲遲一杯酒。興來拄策天台遊，東躡武夷南羅浮。峰巔嘯呼動天地，慣令龍怒拔老湫。亂題醉墨巖凹石，擘窠繡蝕苔花碧。詞波如海洶濤瀾，柳七秦三驚失魄。旗亭到處歌雙鬟，完縑斷楮如玦環。天上流傳新樂府，千年風韻留人間。豈知怊悵蘅臯步，蘭成黯作傷心賦。秋塵落日望江南，一哀魂斷青楓樹。桃葉渡頭醉未醒，清凉亭畔雪飄零。世間血性幾男子，草莽忠勇思戎經。乃知鷃冠高隱非忘世，登高一洒銅駝涕。大陸龍蛇鬱未平，横流滄海誰能濟？東溟渺渺一冥鴻，秋村孤影飛蒿蓬。浙西誰撰獻徵録，荑菴光炯潛夫中。

沈孝子禮存歌

沈孝子，吾所欽，人所憐，神魂飄忽凌炎烟。噫乎火及靈帷前，以身撲滅縗絰然。縗絰未及解，身與火周旋。肉皮焦爛紅如蓮，三黄之湯胡由痊？死憂傷父心，死且加煩煎，生護母柩生棄捐。母靈毋驚恐，相慰及黄泉。沈孝子，訟父寃，戴盆得雪恩自天。神京卓水道里千，心動馳歸馬足穿。彌留得面母，血淚沾靈筵。補亡不止南陔篇，有生至性何纏綿。爲我謂祝融兮何不仁，乃令孝子命弗延。古祭奠圭璧，後世禮煩，易以窸窣之紙錢。紛作清明祭掃用，遺火往往燒墓田。我悲孝子涕淚濺，痛心蹙額見此灰蝴蜨，風中白影飛翾翾。

又贈石峰疊韻二首

對面清流水鏡寒，時應花底簇賓鞍。眼青迴出山王侶，鬢皓原同綺甪看。水竹精廬方築就，雲烟巨幀未揮殘。便須礲取嵩厓石，鴻筆耑教好手刊。

書舍雄過擁百城，閉門心跡掃浮名。秋來乍見滎陽作，老去寧辜汳水行。文采一家垂麗則，林泉雙影契真情。焦桐舊曲須頻鼓，只爲鍾期識正聲。

新　秋

倏見金天豁，高原爽氣新。軒窗退殘暑，巾舄耐蕭晨。涼迴河聲落，清幽草色勻。入宵吟興永，好待月如銀。

和雨夜韻

入宵風雨急，旅思頓教生。吟草塗鴉亂，缸花似水清。催寒秋氣勁，垂老壯心驚。聽徹更籌永，空窗不肯明。

送萬灌夫圃歸襄城

迢遞襄城路，西風脱葉前。才人原有後，西田之子。詩句劇争先。冷驛青燈夜，高堂白髮年。斑衣奉新釀，月向桂花圓。

九日攜席汲士張上池篪兒登鐵塔憩方丈作

鐵塔兀突天中撑，賈勇共作螃蠏行。一十三層雲作頂，七八九折河如傾。沙邱衺延塚近遠，野田交絡涂縱横。老僧相留坐茶話，菊香暗傍蓮臺生。

題松閒聽瀑圖三首

雲門噴雪下岊烟，松塢回潮亂澗泉。一片宫商山水在，清音非指亦非弦。

曾梯台蕩石樓高，鸞嘯猶餘舊興豪。倒鑿晴飛青嶂雨，翻空秋湧大江濤。

位置畸人瀑布中，經過塵事只如風。誰能滿耳餘清聽，不把名心一洗空。

古　詩

愛物蘄有濟，潔身貴無求。細微或失所，閱世寧無憂。未許用吾力，一羽能舉不？窅然四山青，萬事不挂眸。朝陽一晞髮，宴坐岊阿幽。天光遠澄霽，白雲寒悠悠。

集石峰齋和篪兒韻

禽語啁嘲已可人，滄洲名畫況清新。幽齋掃地渾如鏡，老鬢垂絲總是銀。屋角彎環一痕月，螺心美滿十分春。不妨兒輩知陶寫，歡趣流連忘主賓。

題沈孝子墨梅遺幀

淡寫疎花照，寒巖鐵幹存。試將明月挂，招得藐姑魂。冰雪埋空影，龍蛇兀老根。冥冥元霧裏，芳氣塞乾坤。

長至日攜萬圃李振藻及篪兒登繁臺謁程子祠聯句

宴歲憑陵上石臺調元，披襟恰逐一陽來圃。中原形勝留千古振藻，遠目空明盡九垓繩篪。童冠偕遊春又動調元，烟雲活變晚猶開圃。淵源有意尋伊洛振藻，巀嶭程門肅拜迴繩篪。

和答友人見贈韻

窗中騷雅本同聲，况復僑居倡和鳴。誰爲常何作封事，獨教阮籍有狂名。卧騮病骨看欹側，過鶴閒心謝送迎。底物能衝愁陣破，杜康專解出奇兵。

篪兒與諸生借韻作雪詩用禁體亦復拈此

夜半空簷雜雨聲，寒風淅瀝紙窗鳴。行游何處乘高興，僵卧由來占盛名。群雀攢栖枯樹涇，一鵰軒舉大雲迎。喧豗白戰渾閒事，坐看兒曹弄墨兵。

立春日和篪兒韻

又見青幡轉，殘年發興新。奔波成老景，飛雨記先春。賓雁傳書遠，吾兒下筆親。南枝芳信早，乾鵲噪元晨。

己巳元日

梁苑梅花照眼新，蒼浪鬢髮尚風塵。醡頭春雨三蕉葉，海内晨星幾故人。遠別家山勞夢想，老看殘史王精神。天涯小子憐渠最，學我耽吟硯几親。

酬和友人見贈之睢州展座主湯公孟昇之旭墓韻

匹馬之睢渙，悲歌躑躅行。師門殘雪在，宰木暮烟生。寥落荒莊意，栖遲夢筆名。春風重感舊，不斷夜烏聲。

題山陰放棹圖

山陰吾熟遊，水光寒瑩目。回激倚風篠，高峰見雲木。小舟下樵涇，衝波雪鷗逐。中宵新雨過，四山響雷瀑。悔抛釣石温，清夢斷湖渌。此覿一篙青，拄在剡溪曲。宛對鄉語親，夕汎烟光宿。隔浦聞鐘聲，滄溟上團玉。

雨後許君荧寄題洞庭拙集依韻奉酬

連朝莽風雨，氣味似秋清。垂柳新歸色，流鶯故惜聲。飛鳧留別館，汎蟻想幽情。欲問吟邊事，將毋太瘦生。

我夢舊遊處，旅羈牽遠心。愁如晚春水，流滿太湖潯。新雨斷來客，槁梧存往吟。朱絃愛清絶，肯和櫂歌音。

題巢青閣梅花圖

眼底亭臺識古春，幾多生意閲流塵。最憐撒手歸來後，日與梅花作主人。

抛却家山萬樹苔，春風拂面惹浮埃。相逢老鬢都如雪，莫向花前放酒杯。

寄家書

春早河流泮，南來少鯉魚。遲廻千里夢，稠疊幾行書。枚叟浮沉際，牙生涕淚餘。椒盤思昨歲，朋好聚吾廬。

用韻送任君致仕歸山東

矍鑠如翁老倍雄，雪花且看舞寒空。臣心戀闕唯朝北，斗柄回春恰指東。滿酌莫辭青玉案，遄歸喜近素王宫。猶餘經國文章在，萬丈光騰紫極中。

張瓜田庚寓齋見坤一寄瓜田詩即用其韻簡寄

睆佳山水不得住，故鄉空闢林中廬。客秋子來共茗話，穿榛即送關津艫。遠逐使星倏南北，旅食仍跨京華驢。劇悲素冠暗塵土，微哉生事恒傭書。倦書倒卧依煖坑，夢魂偷返鴛鴦湖。燕鴻連翩自來往，羈旅消息經年疎。書劍飄零形影獨，輸彼田父攜其孥。挑燈兀坐縲旅思，攄寫未遺毚毫枯。昨春我艇攬長水，雨波澒洞翻天吳。混沌到今鑿未已，淋漓元氣嗟逾痡。衝炎轉作大梁客，肺病喜得秋風蘇。迂闊自據賓師禮，空齋一叟常晏如。阿篾隨從職洒掃，紙窗静向南榮糊。此來豈止千里遠，叩我所持利則無。瓜田徵君亦復到，東頭一徑沿威紆。風塵寓舍屢對面，老鬢已白猶餘烏。今朝眉間黄色滿，有客遺之雙鯉魚。見子一篇暖語在，雪中春氣騰墳壚。儻知天涯二老聚，興發立趣巾柴車。漫言清坐無一事，談讌十日誠良圖。

疊韻贈瓜田

人生托跡在寰宇，南北倚著皆吾廬。子今寓齋編黄蔑，浮空不繫春江艫。且傍親知度臘尾，劵紙漫寫書生驢。插架叢堆萬軸富，然脂窮勘葯邱書。昨宵醉歌縱激宕，墨瀋洶溢稽天湖。匡廬峨眉袖拂翠，千莖雪散顛毛疎。獨客蕭涼倒垂橐，但餘綵筆詒諸孥。餘拈繪事亦千古，古賢徵録無凋枯。君作《畫徵録》。開元普門列品格，神俊細辨王與吴。文章燦布灘涣道，僕夫往復寧愁痡。狐裘蒙茸敵冰雪，蟄蟲眼底難招蘇。梁園枚馬不相待，腐毫含嚼淹相如。奔波不嫌此途遠，食貧祇博予口糊。空説遺風重詞賦，取酒之金今已無。劇念嵩邱好邑壑，石淙少室煙盤紆。乘輿往撫三花樹，有手莫挽西飛烏。我衝横波入汳水，逢君恰喜同隊魚。平臺賓客詎足弔，旌旗萬乘俱黄壚。共訪名山計良是，絶勝時貴乘軒車。明朝徑騎白鹿去，任人標作屏風圖。

和瓜田病起枉過敝齋原韻

一從子養病，我闔雙扉幽。跡斷今舊雨，渺焉寡朋儔。今晨策笻杖，枉過花南洲。追昨良讌會，梁竹颯已秋。却思波浩蕩，萬里隨白鷗。汴淮東到海，寧憚阻與悠。非懷乘桴志，風回泛虚舟。浩歌約連袂，秋水寒清眸。

和木瓜詩韻

詎是青門種，纍纍亦字瓜。芬馨發幽獨，標格占清華。髹几堪輝映，金盤足寵嘉。入懷珍拱璧，得法漬流霞。遠嗅簾風動，醒聞幌月斜。報章稱永好，吟唱作生涯。

咏棗疊韻

勝彼安期棗，何須大似瓜。迎眸愛圓潔，入口噏精華。涣水專鍾美，瑶筐疊拜嘉。味原甘類蜜，心更赤于霞。去核咀來軟，題毫印處斜。清歌非纂纂，百感溢情涯。

送瓜田南歸疊韻

浮生向道無住著，下瀨船在元蘧廬。寓舟特搆屋三間，館瓜田，予顔之曰『下瀨船』。雙輪催向亳州道，長淮川闊摇歸艫。猶勝塵沙面北走，九河故道驅疲驢。乾隆初元省往跡，布衣給札繇徵書。放歸四逐秋風散，散人依舊遨江湖。予亦解龜踏澗草，麋鹿生性同慵疎。意境荒寒等逋老，徑欲梅鶴充妻孥。此都朋儕聚匝歲，急起趣别如摧枯。博望既遣西出塞，季札亦復東歸吴。游梁司馬意早倦，數日作惡容顔痡。公等儒林一華蓋，許我綴絡金流蘇。同心合并老天妒，頓使形影孤鴻如。平皋淅瀝下霜霰，天南天北烟糢糊。談經哦句缺商搉，倒衣轟笑邈已無。昨朝江鄉遞尺素，旅人心事增煩紆。客牀輾轉不成寐，寒更聽徹空林烏。逸材多被青袍誤，往往涸轍嗟窮魚。況復耆英續凋謝，文星相率埋泉壚。謂汪津夫、朱予齋、周穆門。差喜客齋鄰袁叟石峰，往復門外停吾車。招邀一話醉分手，金梁送別揮新圖。

寄錢坤一載疊韻

自春寓書冬始到，知汝今歲僑僧廬。萬人奔波聲洶沸，汎汎只自浮虛艫。古今癖好難理解，有人愛聽長鳴驢。生非彌明脱塵鞅，那得不作人間書。年經憂患雜禪悦，議論略似楊慈湖。機鋒著詩縱横出，交游萬事何其疎。無愁殆類癡飽客，有金即寄啼飢孥。也拈帖括作生活，運轉陽氣萌殘枯。明秋定斫一枝桂，持斧不讓頑仙吴。却顧蒼生眉可察，窮簷財殫力亦痡。趣排金門進高議，要蘄四海同春蘇。詎止通眉長爪比，端須火色鳶肩如。意氣豪奢等閒視，由來頹壞多空糊。乾坤撑拄信有賴，誰指三立歸虛無？極知教子在養正，厲夜取火情緜紆。高岡清聲出雛鳳，寒林孝思追老烏。忠孝名家炳遺緒，巾箱舊物留緋魚。纘戎祖考式穀似，光耀騰爍松間壚。我客大梁夢鄉國，未駕羸馬叨維車。鍵關未必無事業，吾衰甚矣猶壯圖。

已作送瓜田詩見箎兒疊韻有作復拈此重贈

存者夢異縣，逝者傷九幽。豈無叢冠蓋，非我故所儔。君歸侶白雲，亦復酹鶴洲。却顧一蓬梗，宕飄屢徂秋。逶迤長水溆，爲我問盟鷗。芳草寒自淥，春波渺且悠。奈何客游倦，老棄沿源舟。况我背飛翼，酸風射寒眸。

送人歸錢塘

纔得心情舉酒杯，風軒身健興悠哉。忽聽蟬語一聲咽，遄送客帆千里回。龍井香芽留待試，馬塍秋萼到應開。因君夢逐江淮水，直繞明湖舊釣臺。

和集友人寓齋原韻二首

泠泠山水曲，清聽覺神移。客底容顔改，閒中歲月馳。醉看雲散處，吟到日斜時。又怕離思動，玲瓏唱我詩。

交聯新舊好，語笑有餘歡。客院飄黄雪，家山剪緑團。秋懷香一盞，冷伴翠千竿。暫向蘆洲聚，還同宿雁看。

酬和陸近觀賓見題拙集三首韻

客舍歌呼復此時，東園走覓慰相思。了無情緒空耽酒，但有朋儕便賦詩。前事只如春夢過，弱毫殊媿故人知。却緣雪跡留鴻爪，省舊還憐歲月馳。

三秋寂寞對冰輪，舊日吟壇剩幾人。白首孤燈雙照影，青衫滿屋半成塵。强爲豪横嗟無那，縱遇窮愁壯絶倫。萬事浮沉憑造物，階墀且賞菊花新。

刷風毛羽弄翻翻，那覰摶空上九天。坐捻芸編俄已老，歸嘗鱸鱠始稱賢。江湖五石尊原大，時世雙蛾畫未妍。多謝成連貽妙曲，泠泠三疊海山前。

和朱君留别原韻

秋風疎萬木，落葉滿别浦。此時送將歸，寥空雁聲苦。君情故自達，浮名輕一羽。啚璺欠清遊，韻事端須補。梁園幾醉吟，信美非吾土。何如汎湘湖，鳴棹遵烟滸。含弄集諸孫，釣遊尋舊侶。夢先東流水，浩然莫能阻。嗟予羈影孤，别淚灑如雨。後夜闇相思，寒對冰輪午。

酬和程君松邨見贈原韻

金梁秋草含烟潤，眼底逢君最清峻。塵沙流輩嬾將迎，一鶴雲中老逾儁。聖湖光氣映仙才，先年跡過雲濤堆。清緣有待稱莫逆，桑扈何由欵子來。八咏樓中始相識，剪燭論詩祛所惑。朔風吹斷笑談聲，去留人事空消息。重來把臂疊經年，張沈音書天際傳。倦翮驚飛紛四散，蘆漪爾我同飄翮。大黄一弛不復彀，蕭凉書院聽宵漏。浮沉非宦亦非遊，世路等閒俱白首。痛飲狂歌此一時，雲龍下上姑追隨。羊鬚珠遜新詩好，咀嚼令我忘朝飢。

贈别程君

一謝名場得自由，仍昌詩學在中州。清遊欲憩三花樹，小住渾憐八咏樓。寓沈公署。聽瀑疑傳流水曲，因風肯作置書郵。故園歸去逢殘臘，便折梅花當酒籌。

躑躅行簡王杞縣明府

我行東西樓公舊封國，邦君火急營軍需。大金川邊蠢小醜，天兵所過虔供輸。國家承平休養久，偶爾遣送資兵車。薄蹄控壯士，連錢負儲胥。嗟爾春風雙耳矗，蹇驢亦蒙喚曳青蒭。郊闕净掃鞭檛影，何從一覓輳下駒，我馬瘏矣我僕痡。沙行歷落千盤紆，一肩行李䞓獠奴。剩驅欵段行非徒，落梅細蹴香泥塗。須公櫪上追風驃，杜子美句。杜老請乞詞豪矗。鄙夫不敢尤是效，躑躅且向風塵趨。誰與秉鈞襄廟謨，諭蜀未用勞相如。詩歌小戎士氣奮，細民踴躍供區區。百寧一擾尚如此，渡瀘擒縱須良圖。

弢甫續集卷八

古今體詩八十六首

王依圃先生以具區圖見贈長歌志謝

沙塵蓬勃翻晴空，灘涣浩浩吹回風。重登公門坐曲室，碧沙净映春簾櫳。亦知名山矢獨往，青鞋尚帶烟霞踪。出示具區圖一幀，白波環激千巃嵸。眼明舊遊看歷歷，洞庭雲氣開西東。憶昨縱涉聯春冬，元日飛凌縹緲峰。莫鼇對面近揖翠，萬頃湖盪空明胸。寒夜推窗月墮水，虛空一鏡磨青銅。四山猿鳥盡熟識，老衲獨詫淹吟笻。左神窮探入元竇，幡然絶頂盤穹窿。梅花開過銅坑塢，堆堆白雪香溟濛。留題七十二峰閣，恨不踏徧青芙蓉。竭來擬追禽慶步，五岳發軔嵩當中。三花樹散滿身影，流霞酣飲漱石淙。石公怪我不歸去，昨夜有夢迎茅龍。圖長三丈今忽見，彷彿飈馭逢毛公。何人手辨此粉本，得非子久參王蒙。岱輿祖洲動遠勢，豈止三江一氣相撞舂？昔公廉訪臨吴松，青簾白舫隨漁翁。波光一瀉八百里，周遭湖面帆横縱。山經水志辨訛舛，出入貝闕穿珠宫。規寫險要具碩畫，老眼烱豁雙青瞳。莞爾而笑徑付贈，何啻十賚丁我躬。不須玉鴉叉與并州剪，笠澤苕川一才籠。雲濤烟浪捲不盡，似聞角頭山嘴星星鐘。

送沈艮思青崖北上疊韻

澤虞平土經溝洫，意左一夕辭官廬。宦海溟茫過瀛渤，平波漂去艨艟艫。波及瓜田急裝動，藤鞭尾秃銜風驢。公脂一車無長物，喘汗馱載牛腰書。汴梁野客隻影冷，亦牽歸思錢唐湖。渾河沙頭散黄鵠，四海羽翅從兹踈。遄歸已失菊松徑，郈宅可借聊寄孥。水寒雲淡天欲雪，欅柳飄颯千條枯。心向闤闠身塵土，鄉關那問燕與吳。却喜讀書夙得力，神既充實形不痡。老去馬蹄穿塞出，霜草還藉春光蘇。失侯奉使張騫在，窮愁著書虞卿如。群經要使日月揭，把筆明辨祛含糊。漢唐宋儒需論定，剖析同異千載無。舊坐小齋静研入，古聖肝腑思縈紆。邊沙磅礴等曲室，舐墨續寫脣吻烏。他年鏤板垂宇宙，僕願揩眼讐魯魚。班荆重逢話經義，白首共醉吳中壚。功名富貴一脱葉，不朽鴻業存五車。君恩賜閒感赤肺，鵾飛亦復如鵬圖。

蒙趙然乙青藜用韻題台蕩拙集因敘舊疊韻奉答

班荆追昔别，塵蹤半荒忽。倚薄天一方，悵望高空月。蕭閒物外心，振觸時鬱勃。聞君入西臺，矯爲獨擊鶻。翩然向滄洲，浮鷗意髣髴。我抱成連琴，情移海波汩。君飄浮邱袂，天際難把謁。一呼松間鶴，詎憶馬前卒？形骸散㮝然，不作直木伐。但愁鶗鴂鳴，坐使衆芳歇。梁園夏木清，南風聲窸窣。前時諫獵人，相逢皓鬚髮。芳塵瑶席凝，是中得詞窟。揮毫乃餘事，藻思特跨越。風流不我遺，無釁許唐突。首約遊嵩高，連筇上嶢屼。况復逃炎蒸，層冰脚不襪。台蕩跡已陳，兹當軔更發。高步追向禽，浮雲任興没。

疊韻奉簡陳執夫

騂羞底用染蘇枋，蟬噪空思叶彩凰。詞苑頻年滯枚叟，仙源何處問漁郎？行攀崧岳三花燦，夢繫葑湖一棹將。百尺樓高吾欲上，苦遭秋熱汗流僵。

疊韻奉訪執夫

休計搏風及搶枋，亦忘衆鳥與孤凰。座嘲褦襶此間客，舟下江淮何郡郎。茗飲蔗漿冰映在，白沙翠竹月迎將。招凉却憶松臨磵，偃蹇虬螭瘦骨僵。

石峰齋醉歸口占

盤綴椒辛節物稠，故人情厚苦遮留。頻斟淺盞春前蟻，穩試新鞍果下騮。醉出劇宜風洒面，晚歸恰喜月當頭。還餘一事堪惆悵，不得張翁共唱酬。謂瓜田。

次近觀贈友并見示韻三首

索寞身心一古槎，小春天氣詎芳華？無情烏桕猶飄葉，多事紅燈故作花。漸覺風寒宜把盞，誰能歲晏不思家？却憐新舊朋簪合，篤愛相將弗我瑕。

楊林秋晚剩匆匆，似伴羈人黯淡中。三叟鬢眉渾已老，五陵裘馬那争雄。生涯斑管拈來冷，局勢楸枰對處空。東望滄浪歸未得，可堪獨鶴叫西風。

故鄉原有好湖山，滿目風埃落此間。榼爲消愁連夜倒，荆緣道舊幾回班。巢邊飛鵲將雛下，天際浮雲向岫還。心緒如麻從撥棄，悠然明月到松關。

奉和蔡公葛峰新行部諸作韻

和渡河韻

却省來時路，臨河借客槎。魚龍翻杲日，風浪捲浮花。屹想中流柱，靈祈萬里沙。君行秋景麗，隔浦柿林遮。

和延津道中韻

秋出南燕道，行車積潦邊。黄堆沙作堞，緑種柳爲田。陂澤雲鴻下，郊關堠鷺延。河津沿瓠子，楗石自來傳。

和稽侍中祠墓韻

消息覘天地，山公雅論存。凄哀孤子意，慷慨侍中魂。坏土騰生氣，豐碑繡篆痕。猶傳浣衣里，釃涕弔遥村。在湯陰侍中遇害所。

和宜溝道上喜晴韻

蕭瑟楓林野景蒼，客心乍喜見朝陽。天連上黨峰千點，烟散宜溝樹兩行。聒耳鳥呼泥滑滑，聳肩人涉水湯湯。懸知驛壁輶軒過，題句風清翰墨場。

和謁韓魏公祠韻

天氣秋晴好，祠堂映慶霄。祥徵登第日，勇著撤簾朝。老菊猶開蘂，甘棠勿剪條。安陽公去後，人物莫寥寥。

和遊蘇門山韻

最愛層嵐霽，全消積靄昏。秋風舒一嘯，群木動千村。日晚暄留影，泉深暗發源。何當支策去，乘月弄潺湲。

和清輝閣韻

飛閣凌雲起，清輝望裏寬。淺深嵐簇簇，丹碧樹攢攢。散綺霞千疊，浮空水一欄。依稀靈鷲嶺，泉石得奇觀。

和洗心亭韻

迢遞鄉山夢，雲栖亦有亭。素心涵皓皓，青眼對泠泠。秋色舒蟾窟，清光滿鶴汀。無須學禪寂，難得是常惺。吾浙雲栖寺亦有洗心亭。

和嘯臺韻

登臺作鸞嘯，不數七賢鄉。恰得清風激，嗒然逸韻長。蒼山幽且敻，高士壽而康。此處堪歸老，秋花盡向陽。

和安樂窩韻

安樂此間是，何須他有營。静推皇極數，高卧洛陽城。樓閣空中景，漁樵世外情。嗟予千載下，擊壤和先生。

和孫徵君祠韻

舊隱蘇門在，經過弔落曛。學嘗宗陸子，名足竝三君。侍立茅堂雪，高棲竹澗雲。聞孫吾老友，猶自守遺文。謂予同年孫鑄。

和晚宿百泉書院韻

蕭凉存舊院，山水恰秋晴。月洗三霄魄，風呼萬木聲。竹溪塵盡掃，石室火孤明。静裏研經好，渾忘節序更。

和漢函谷關韻

四扇憑臨疊嶂東，風雲鳥道若爲通。五千言出金函裏，百二關開紫翠中。積雪寒堆秦嶺白，斜陽倒射洛波紅。黄圖樓閣飛灰盡，文物西周憶古風。

和羊角山遠眺韻

羊角山頭曉翠流，丹梯萬丈鎮雄州。黄河帶遠盤三晋，太華旒高綴二周。蔽芾棠陰終古在，飄飄蓬梗此生浮。多君行部閒登眺，亭上披雲一覽收。

和回次硤石雪行道上韻

閒中懷古弔衰興，來往當年避雨陵。京輔豪華空復爾，英雄戰鬭莽相仍。雪埋少室三花樹，風合渾河十丈冰。回首征途過硤石，纔行一舍已呼燈。

和過伊闕登龍門寺二首韻

雙厓高夾澗，形勝實超群。伊水千波下，邙山一脉分。鳥聲呼斷岸，龍氣化重雲。欲挽湍騰浪，中天洗世氛。

佛寺金銀氣，晴空射瀑泉。身凌峰頂石，目盡日南天。荒誕三車法，蕭涼六代烟。題名臨絶壁，選勝最幽偏。

和過香山寺三首韻

石樓迴合萬重山，勢壓琳宫絶壁攀。白鴿紛紛飛雪上，青螺了了出雲間。由來事去千年速，難得身偷半日閑。莫慮諸天昏黑到，上方明月照溪灣。

蕭閒想像醉吟時，筆陣雄于十萬師。短李老元誰是匹，紗巾草履更何之。九龍潭遠行游衍，八節灘高坐總持。生作家山死埋骨，不愁烟雨樹迷離。

葑湖浩淼白隄秋，歌席藤陰作勝遊。一道色延芳草緑，孤亭響落冷泉幽。蓬萊浮海晴波漾，松樹環城曉翠流。千載部民經此地，香山遺愛説杭州。

和昆陽懷古韻

符讖紛紛總鑿空，真人奮袂遂成功。轟豗象効昆陽戰，嵬瑣蛙矜井底雄。賊破赤眉戈耀日，帝呼銅馬斾生風。神靈爲想中興代，豐沛迢遥並故宫。

和卧龍岡謁武侯祠五首韻

一岡龍卧寂無囂，顧視清高際泬寥。雷雨奔騰興尺澤，風雲慘淡動層霄。行教公瑾心全伏，坐使曹瞞氣不驕。羽扇時揮仰名士，武鄉勳業自迢遥。

國賊寧能抗我師，兩朝伐叛疊陳辭。横衝天地堂堂陣，飛動龍蛇正正旗。策合關張惟復漢，事乖舜禹豈容丕？炎劉自值興衰運，六出何曾遜六奇。

軍威曾被汗青誣，形勢三分策總紆。渭曲頻年奉天討，隆中數語定皇圖。神機奮迅寧慚武，氣象光明本是儒。陣石空留魚復浦，果然遺恨失吞吴。

馳驅志業在規恢，三顧恩深釋未來。慷慨出師紛涕淚，艱危奉主絶嫌猜。中原誓掃孫曹迹，丞相還過管樂才。已定南方足兵甲，天威到處震如雷。

章武元年建號餘，漢儀整肅集簪裾。操原如鬼空窺鼎，髯實超倫喜得書。北地捐軀增惋憤，南陽懷古獨躊躇。休言三國英雄盛，終古乾坤只一廬。

和桃源行憶梁山舊遊韻并序

大作《桃源行》兼敘梁山舊遊，靈境迷離，晃人心目。僕未及遊，勉和高韻。追昔天台、雁蕩、洞庭諸名勝，屐齒曾到。掇拾成篇，聊資嗢噱而已。

讀君桃源詩，老眼明不花。更綴梁山舊遊跡，爛然綺散高天霞。陶潛文筆殊靈異，流水桃花可人意。漁人子驥殆寓言，語類浮空嘘海市。義熙時代等秦餘，世外洞天聊作記。當時往還廬山麓，蓮社雲巒分簇簇。門前五柳未幽深，幻想仙源蔭桑竹。韓公姑且信荒唐，骨冷魂清玉堂宿。神仙終古有無間，渺茫境界無厓堮。意中牆屋起瓏玲，架鑿飛空跨巖壑。豈知萬里鬱蒼蒼，烟水凝眸空錯愕。憶予昔涉娥江波，天台雁蕩窮巖阿。雲中之湫奔飛瀑，嵒下之桂叢生柯。一道飛梁亘雲石，萬條古蔓垂烟蘿。堪笑狂童狂也且，劉晨阮肇皆娭娭。瓊臺等是桑中喜，胡麻漫謂邀仙姝。洞庭更憶峰西東，莫釐縹緲靈境同。嵌嵒得我開生面，元日登臨腰脚健。無碍泉邊幾度遊，苔龕午共山僧飯。雖然文藻輸龍譽，石壁淋漓敘游宴。踏徧太湖湖上山，濟勝青鞋人所羨。揭來人事多敦迫，境破蕭閒心孔棘。夢斷東南千萬峰，杖頭虛挂青錢百。晴暄拋擲小春天，雪白花開過蕎麥。冬至陽生又復春，風光次第定撩人。人間何處無仙洞，塵蹤躑躅空蕪蓁。蘭亭風物今猶古，梓澤山川樸且淳。自憐閉户空吟倡，一笻難到烟嵐上。枉署頭銜獨往生，向禽夙願含怊悵。愛公神王話前遊，泉聲山色羅奇狀。追想興酣落筆時，傾得流霞當家釀。山靈呵護比龍威，天地大文鐫疊嶂。引余清思動飄蕭，馳騁中原敢並鑣。却歸東海其殆庶，紛敷仍種溪南樹。山水清緣不偶然，扁舟一幅輕帆懸。秋色漫天洒荻雪，春風滿地飛榆錢。太平時節容疎放，長吟無事寧非仙。風塵回首機全息，春歸須及桃開日。更作人間汗漫遊，九十九峰期弗失。

和感舊詩八首韻

大哉天地舟，鼓栬元氣浮。盪摇今古浪，著此一點鷗。賦質甚微細，有願不苟求。放眼窮八極，崑邱上層樓。斬鰲支坤軸，平帖奠齊州。所貴騶與麟，不貴貙與貅。如何韓商輩，挾智驚常流。

大道在真醇，結繩易書契。吾意藉之達，末流尚恢麗。氣鼓後潮奔，學昧先河祭。吕覽懸國門，六籍日凌替。魯叟揭羲輪，終被浮霾翳。禍在秦坑前，一晦竟千歲。殷勤諸老翁，古源自津逮。秋風爲颯然，浪蘂無留蒂。

蜣螂轉糞丸，彼性固不潔。惜哉龍鸞儔，亦溷鳥鼠穴。入室操吾戈，蕩析堪嗚咽。一髮千鈞懸，真系未宜絶。誰作儒春秋，衮斧寄筆舌。漫憂楊墨横，家門自殲滅。矯矯當湖公，皭然白不涅。別派臚宗傳，痛彼筆不輟。

鶴蓋紛交接，異夢常同衾。塵埃漲市逵，邱壑涵素心。有時澹無事，自撥孤絃琴。季子佩六印，所得位與金。

浩浩大海水，浪聒天風聲。三山不可見，神仙渺無情。咄哉秦皇帝，結想在壺瀛。徐福駕樓船，烟島營其生。三千童男女，賫糧送之行。

權奇八駿馬，駑視騋三千。日行三萬里，崑崙在目前。龜臺見王母，矐首忘歲年。傳以神丹訣，永壽當齊天。日照瑶池上，終宴色蒼然。

峨峨千柱宫，鐵鳳翔天半。梵言傳筏喻，濟渡登彼岸。地鋪金銀沙，日射光炫亂。詎知禍群蒙，長夜不復旦。林楷有古枝，壇杏無脩幹。傷心學子路，寒雨荆榛絆。誰將丹艧施，欞星重巍焕。

吁嗟廣陵散，不傳袁孝尼。文章一小道，聖籍爲之基。立言配功德，貴與古昔期。奈何夸毗子，首路參然疑。鏤冰與刻楮，舉世相謾欺。吾言實苦藥，方經本軒岐。删述有元本，萬代爲師資。起衰者誰子，我心長渴飢。

送張圖東學林雪中回陝署

陝郊千里羃陂陀，從騎清聲冷玉珂。自愛哦詩題驛壁，天教乘興歷關河。殘年印匣春華滿，當晝車帷月色多。寂寞書齋成小隱，白雲一氣漲庭柯。

圖東垂答送行長句疊韻簡寄

凝華正掩翠盤陀，犯曉遄鳴月裏珂。使者折梅當魏驛，仙翁結宅傍秦河。人葸照席瓊枝秀，蒙齒及兒輩。鳥喜耘田玉粒多。契托梁園修竹在，青青不改歲寒柯。

送圖東後奉懷

年華世故莽相仍，馬踏銀沙霽景澄。熊耳削成千仞玉，龍門凍合一條冰。李何代謝盟誰主，嵩少盤紆約共登。愛聽陽春歌曲好，向西欄檻每長凭。

送友之南陽

幾夕梁園聚，侵星又俶裝。秋濤經北固，寒隴入南陽。鬢歷風霜老，蓬飄道路長。府中如假日，一問卧龍岡。

送程君北歸兼酬寄萬晴初二首

送子氊車去，霜風漸漸寒。逢人過汴上，隨路報平安。

自我去京邑，朅來餘十年。煩君玉河口，一問孝廉船。

感舊十一首并序

空齋闃寂，懭悢不聊。却省平生落落無多知己，十年以來，悼喪頻仍。屈指追思，老懷何能已乎！沈辭立、郭庶蕃兩先生，凋謝亦在近年。義兼師友，當別爲哀詞，不敢同寢門之哭。計自少相識，以文章道義相切劘，爲疇昔儕偶之親密者，得十人，一舍弟亦綴諸末。不論殂歿先後，雜書之。其行履情欵，略見乎篇中。先爲敘述數語，使閱者知哀思之振觸引緒有由云。津夫同爲餘山先生弟子，抱道不出，畫梅飲酒，獨全其真。予齋才大性豪，以弟畜予。交三十年，不一向予戲言戲色。老太平司教，易簀前三日，作見懷小詞，有『憐我惟渠，愛我惟渠。醉也欷歔，夢也欷歔』之句，酸鼻不忍卒讀。介百容貌辭氣若張子房，嘗同客一達官所，有不可，毅然明日遂行。予畏其風義之果。穆門里中舊識，踪跡殊疎。忽一日，邀盧二兄玉巖，與予論交西湖之四賢閣，相得如昆弟。其日爲歲甲子長至日。津夫相隔重江，恰以是日歿，殆不偶然。默臨勳業煜然，詩、古文亦成家。聞予請急歸，貽書云：『予嘗恐子玉碎，今喜得免矣。』知己之語，歷劫鐫心弗諼。柱天生而病聾，司教青田，奉檄至敷文書院，得予送別詩四章，狂喜曰：『此來良不虛，得美官詎能過此？』時大中丞招與商搉詩文，輒縱筆草書塗竄。開宣謀禄養至京師，竟抱終天之恨，與不肖同疚痛。嘗過舍，語次相持大慟，外内驚異。茂南兩爲河南邑宰，予至汴，歿已三月矣。臨終，遺命二子從予遊。括菴見予與予齋交契，請參焉。古道不棄如土，賴有斯人。又叔兄事余，掇皮皆真。族弟浩賓，依依如同胞。予嘗病痢瀕死，惡穢不可近。弟手清牀褥，五晝夜目不交睫。後客死于京師金氏星帶草堂，介百亦續死。于是作感舊十一章，不自知涕泗之横集也。

汪津夫鑒

白首涕汍瀾，兒童礬結歡。忸怩吾浪出，骯髒爾泥蟠。鄉語通宵健，春杯落手乾。東山萬梅樹，埋骨入清寒。

朱予齋嵩齡

痛絶平泉道，銘旌返舊廬。浮生共憐愛，後死獨欷歔。才大班資小，情親會合疎。難將寢門淚，重報秣陵書。

李介百昌祺

飽學終無禄，飢驅未有家。重趼走閩嶠，絶命在京華。兒泣青楓冷，魂歸白月斜。沙河東去路，宿草動悲嗟。

周穆門京

客途良覿少，晚歲宿心親。魯殿形模古，韓陵斧藻新。鷗盟兩湖地，駒隙百年身。尺牘懷藏在，連城絶世珍。

馬默臨維翰

慘淡龍蛇歲，霾藏虎豹文。聲飛京口浪，魂黯海東雲。鮑叔交深合，牙生曲餉聞。漫憂佘玉碎，一别死生分。

章杜天楹

生抱枚乘疾，才名四十年。驂螭去瑶圃，唳鶴失青田。道引儒官重，詞争古意妍。相期傳世業，千載定誰憐？

邵開宣儁

輕别走京師，曾無禄養時。星奔杳何及，雷慟互相持。滿漬盈襟血，遄賫入地悲。松楸徒悵望，追逐媿予遲。

錢茂南松

故人已埋照，吾但愴離群。一雁書空寄，千秋袂永分。河陽祀循吏，地下續修文。遣子從遊意，淒哀治命聞。

徐括菴元肅

不覩元龍氣，誰知一世豪。魂歸騎日月，淚落激波濤。古契青松托，清音白雪操。還傷裴島鶴，消息斷霜皐。

郭又叔濂

懊惱侏儒朔，崛奇童子鴻。高談從我發，直道有誰同？骨肉多荒草，關山一轉蓬。明湖秋褉散，聞笛恨何窮。

浩賓弟應義

春雨生芳草，荒邱入夢頻。儒生終不達，客死黯誰親？雪裏飛鴻跡，天邊化鶴身。空留衰老質，魂斷倚風塵。

寄家書用杜公得家書韻

關山苦脩阻，來往滯音書。連夕多歸夢，空齋久索居。親朋應悵惘，兒婦自勤渠。秋稻登場滿，風篁拂檻疎。小堂攢繡葆，隙地閣籃輿。喜溢添丁後，陽生半子初。閒門稀駟馬，遠浦下雙魚。經訓菑畬在，三冬莫廢鋤。

得友書疊韻

北陸三竿景，南陽一紙書。故人休悵望，晏歲且寧居。只有風生砌，何緣溜決渠。客心方寂寞，人事轉蕭踈。名士諮諸葛，賓師滯子輿。灰飛冬至近，裘綴小寒初。自掃毫尖兔，誰歌席上魚？倪寬高座在，素業帶經鋤。

答友書疊韻

毛椎作生事，辛苦抵傭書。冰雪當殘歲，萍蓬少定居。天心寧厄我，世路且由渠。回首機全息，謀身術總踈。悠悠過白日，浩浩涉黄輿。池館淹來久，形容變厥初。海鷗看石虎，村酒換金魚。歸興吾潛動，蕪田劚要耡。

大　風

向夕蓬蓬起，催添萬户寒。乾坤輸噫氣，江海湧狂瀾。拔木郊原動，鳴冬歲序闌。橧巢隨處落，茅屋幾時安。大地吹將轉，洪鑪鼓未殘。艱難知鷁退，容易得鵬摶。雜沓連三籟，溟濛墜兩丸。羈人門早閉，兀坐等閒看。

登奎閣用杜公西閣二首韻

乘凌當歲晚，葉盡剩荒林。白日有寒色，青松祗古心。關河形曠蕩，天地氣清深。老計須完璧，孤懷罷碎琴。靈光存巋殿，空谷斷跫音。霧夕文星冷，何人在此吟。

霜乾餘曠野，荻伐只空洲。寒鷟鳴何意，孤鴻去不休。蕭凉倚雲檻，兀突對岑樓。王粲登來慣，鍾儀病有由。螺杯姑滿瀉，蠹簡亦窮搜。象罔原無得，元珠底用求？

贈董定巖榕

千秋古道不榛蕪，傾蓋論交肺腑輸。繁露玉杯傳舊學，芳塵瑶席聚吾徒。士龍入洛才名噪，司馬遊梁客思紆。也與杭州分勝景，喜君封内有西湖。

先母王太君諱日作

客舍冬葅一薦新，芳尊湛渌總空陳。生無以養追前事，泣不成聲度此辰。寒膩征裘慈線綻，夢牽墳樹老苔皴。哀哀時過終難復，罷舞斑衣失古春。

送葛峰還朝

風儀清霽立高齋，承學容教杰士偕。何日客星還聚洛，今晨别酒未如淮。九經曾向鴻都輯，三筆仍從講幄排。先後中州人望在，吾鄉先正説西厓。湯公右曾。

洗　竹

去此繁柯葉，兩三竿特清。青蛇池上色，精鐵石邊莖。孤月空明寫，滿窗虛白生。修修存峻拔，無復亂縱横。

古樹和張司業詩韻

兀立崔嵬在，心空不復春。老鴞呼落月，奇鬼恐行人。頹榦龍鱗秃，陳根兔窟新。槎枒寧便朽，枯處有精神。

前母張太君忌日作

遄逢忌日黯傷神，兩度追思不隔旬。遺訓傳聞慚肖子，慈顔優見慕先親。二千里外新秔熟，六十年來老柏春。客舍几筵靈爽萃，何殊堂上侍昏晨。

採乾菊花

階下幾叢菊，仲冬花盡乾。黄消籬落艷，香耐歲時寒。滿袖聊復采，落英寧可餐。家山味甘美，鄉思引千端。

黄芽菜二首

遮莫酸寒呼俊味，齋厨日日此爲羹。冬心怒坼烟中甲，沙面驚抽雪裏莖。老子自應便軟嚼，細娘亦説壓南烹。哦詩貌喜加豐在，免得人嘲太瘦生。

敕厨何用傳方法，脆可爲虀爛可羹。清稱冰心涵一片，肥堪雪鬢掃千莖。齒香便足傳詩話，肉食元須鄙鼎烹。倚著風塵忙不了，由來爲口笑平生。

折枝蠟梅

今年長至暖全迴，村户黄梅半已開。不道老夫驚歲暮，却教好事送春來。一枝磬口香浮几，滿盞鵝兒色弄醅。也似天涯逢驛使，愁心撩亂望鄉臺。

相國寺聞鐘

鐘動初更息世紛，香林暝宿静鵶群。殊憐野客偷閒過，也似高僧入定聞。穆穆纔圓當户月，依依不散護階雲。山窗却省南屏住，百八聲殘曙色分。

至　日

又向平臺逢至日，可堪司馬倦遊梁。風塵顔狀吾衰甚，親舊音書孰寄將？雲暗朝昏天欲雪，路遥南北雁隨陽。兹辰只想懵騰醉，愁緒休添一線長。

天欲雪

薄暮寒雲萬里同，槎枒老樹只呼風。蛟龍穩蟄洪河底，鶥鶚横盤曠野中。久苦乾沙堆斷隴，快思急雪舞低空。也隨野老祈三白，旅食關心在歲豐。

雪霽登閣

色破溟濛照曙雲，犯寒憑眺出人群。冰堅極浦生青草，玉聳離宫護紫氛。尺素虚無捎雁足，少微寂寞動星文。龍脣一鼓聲清越，天海風濤殷地聞。

雪霽登閣和篪兒韻

瑩目浩已盈，虚檽得先曉。乘凌睇大荒，萬象息紛擾。光生孤日初，寒溢二儀表。清氣合混茫，澄襟散綿緲。冷嶂不生嵐，荒陂卧叢篠。烏蹲類定僧，雲滅若歸鳥。緬彼川路長，山陰興已杳。罷咏招隱詩，清愁正渺渺。素心誰與攄，滄漭徒延眺。

踏　雪

光凝溝隴浩盈盈，已斷風簷淅瀝聲。何似江溪飛棹下，絶勝沙浦踏莎行。軟裘快馬非吾事，布襪青鞵稱客情。危彴無人犯寒度，一筇衝破玉縱橫。

虀菜薦新

一甕初開憶草堂，薦來冷脆雜青黄。當時拜後斑衣簇，是處嘗新老淚滂。天下幸看無此色，胸中藉釀作書香。先人留得清滋味，付與兒曹意最長。

殘　雪

急雪飄殘霽景遥，滄溟東日上寒霄。依微留得朝窗白，容易催將卯酒消。雀墮簷牙聲淅淅，風翻林角意蕭蕭。瓊瑶踏碎湖邊路，省記尋詩過段橋。

晨　眺

狐裘犯清曉，磊落餘天星。落月隱高樹，飄霜匝方庭。老烏銜烟亂，驚寒噪林坰。沙汭風凛冽，松枝雪瓏玲。鮮霞爛奇彩，陽光生曜靈。杳靄輝叢薄，參差麗高瓴。陰沍堅澤腹，東原已微青。

弢甫續集卷九

古今體詩七十六首

昨投定巖下句猥蒙次韻重疊見貽謹復奉酬

鄉山寂寞委寒蕪，汴上春雲碧海輸。種樹溪南欣野老，談經硯北媿吾徒。家承忠孝駢推激，句寫風塵散鬱紆。終買扁舟下吴楚，烟波歸老具區湖。

藝林老未剪繁蕪，學海兒寧泝委輸。青眼却叨君獨賞，素心敢與古爲徒。流傳江鮑才多忝，馳逐鄒枚路恐紆。稚子結廬原有請，語在拙集中。只今魂繫聖明湖。

昨酬定巖意有未盡復疊前韻奉簡

南山種豆任教蕪，六尺輿中載盡輸。且向醉鄉填户籍，嬾從文陣簡師徒。蕭閒終歲青氊坐，雄駿專城赤紱紆。自古交情論贈處，主賓酬唱憶鵝湖。

雪片纔沾麥隴蕪，和劑民力在征輸。布陽春令寧無脚，下石壕村實有徒。天遣一州恩最溥，人資兩餔慮偏紓。苦心濟世勞公等，許我清狂乞鑑湖。

昨重酬定喦有感于長言不足之義復疊韻奉簡

寸田耕耨劇愁蕪，活水源頭幾灌輸。野性多慵防失禮，褊衷希潔恐無徒。討論空效經帷下，老病還憐革帶紓。濩落平生非有用，大樽規取泛江湖。

芒鞋濟勝踏青蕪，曾覽洪濤百谷輸。縹緲高峰登野客，嵯峨大艑集烝徒。幽窮林屋奇書探，春到靈喦秀色紓。鴻爪雪泥留舊跡，墨花寒洒洞庭湖。以《洞庭遊草》是正。

疊韻寄友

分飛憐客舍，傷逝得家書。黯淡龍蛇歲，謂得近計。凄凉水竹居。遥天酹醽醁，孤影斷雎渠。擘阮聲應慘，游梁計總紓。羈懷同落魄，陽氣此扶輿。安穩寒氈未，遲廻臘月初。栖枝姑繞鵲，翻藻恐跳魚。昨夢蕪田在，春歸及把耡。

雲裏月

初生光本細，況復墮朦朧。誰妒娥眉影，渾愁鶴髮翁。關山仍自暗，庭樹亦徒空。差免青天上，昭彰曲似弓。

排燈

孤燈常苦翳，一撥一回明。長談如能吐，繁花底用生？宫紗蓮炬艷，仙樹螭烟輕。吾意寧期此，因依在短檠。

酬友人過葉縣見寄韻

無賴朔風勁，斷雲停復征。故城仙跡杳，岐路客愁生。津口塵沙暗，茅茨翠靄横。驅車更前去，悔不事躬耕。

友人至自南陽疊前韻

因人動雙轂，不憚往來征。殘雪梁園盡，悲風阮巷生。友有期服。飄蓬愁去住，酹酒涕縱横。辛苦同爲客，年年藉筆耕。

大風揚沙

衝飈動廣逵，白晝驚昏霾。飛揚沙礫下，澶漫臨基階。颯颯天雨土，盡掩青苺苔。倏忽扶寸厚，几案堆浮埃。刁調鳴不已，愁轉空山雷。川原漲天暗，起颺昆池灰。修途斷行旅，眼眯不可開。誰脩五行志，機祥漫占推。飄風不終日，際暝息喧豗。白榆明歷歷，河漢寒昭回。

眼鏡

障裏還添障，金篦枉用誇。一從明借鏡，無復炫生花。冷爲疏觀徹，青緣汎愛加。水晶誰造汝，精巧動長嗟。

喜性之至自杭

曉望東川動計車，冰霜辛苦逐嚴徐。故人有子鳴先路，此日烹魚得素書。晴雨明湖添客夢，菊松荒徑問吾廬。欲知詞賦遺風在，修竹梁園訪舊墟。

月夜携張朱二生訪石峰

空林亂清影，步屧三人偕。迤邐度深巷，槐下尋高齋。栖鵶攢霜樹，馴犬躇苔階。主人鷃冠出，揖坐意所諧。舊客視莫逆，新客並稱佳。諦觀畫書詩，三絶清賞皆。逸毫含古韻，正聲去繁哇。既歡來不速，亦感生有涯。百年幾良會，遥夕過朋儕。冬春暗環絙，煖氣動寒荄。微汗霑鹿裘，沿緣返荒街。

留友宿疊韻

相逢情境惡，悲慨不勝書。對面姑寬譬，終宵免索居。酬詩連卷帙，論價百車渠。肯使天機淺，何妨世故疎。身應浮作瓠，氣欲載爲輿。汩没思中砥，飄摇念本初。途迍疲駿馬，堂冷少鱣魚？除却盈尊酒，煩愁不可耡。

送别疊韻

留題仍促别，尚溼壁間書。一騎嘶前路，連牀指舊居。生涯多臬兀，人事足軒渠。倦益相如渴，狂存阮籍疎。忍教焚筆硯，何自毁輪輿。淚洒岐途裏，情追總角初。在原猶有鳥，激水孰迎魚？兔苑爲農去，含毫當荷耡。

寄懷敬甫息溟二十韻

飄蕭蓬梗跡，放曠竹林賢。羈旅嗟無那，衰遲劇可憐。江流千折渺，月到卅回圓。青鏡從他暗，霜髭不復元。夢魂縈故國，意興省童年。菜圃常游息，花源恣泝沿。斜陽下西郭，芳草迤東田。步屧湖隄熟，行吟月塢偏。惟呼三益友，偕上總宜船。此意歡何極，于今色惘然。枌榆空自憶，形影未教聯。昏嫁何時畢，離愁幾處牽。家人憂用老，世故莽相纏。兒姪誰能立，詩書似已傳。經寒增舊疾，傷逝問新阡。毷氉渾閒事，因依亦俗緣。焉能斷膠擾，那免歷迍邅。行爲飢驅去，歸難穩醉眠。張南並僑寓，汴上一周旋。應念天涯客，峥嶸晏歲前。

奉懷定嵒疊韻

連朝大雪掩塵蕪，石溜流泉凍不輸。湘酎連傾浮白手，韓盧飛騁合圍徒。形如土木神嫌寂，態盡風雲思覺紆。只合與君爲禁體，春來白戰到秋湖。許州東湖，一名秋湖。

萬户千門一片蕪，經營意匠少公輸。芳塵自落齊梁後，逸駕寧追屈宋徒。醬瓿因依吾分棄，麻沙鏤刻友情紆。蒙欲刻拙集。苦心憐惜雕蟲技，不遣詩瓢汎遠湖。

高下甌窶不遺蕪，非關科額足征輸。要儲萬户箱倉物，勞勸三時亞旅徒。零雨桑田春駕早，通溝瓜蔓水流紆。嵯峨礶取嵩邱石，庚午嘉名錫舊湖。

寒宵和氣逗春蕪，拊掌高談底藴輸。未用焚香呼玉女，久教執箭伺金徒。上杜詩，下《選》。襜帷並遣諸生仰，村路還勞從騎紆。此後相思何所似，波紋萬疊繞澄湖。

空説田園故國蕪，謀歸老著已先輸。天涯喜得新吟伴，吴下愁牽舊酒徒。霜月金梁心自冷，烟霞石屋夢寧紆。未論杭潁雌雄在，出處從教占一湖。

臺榭由來没水蕪，清詩不泯性靈輸。魚龍偃卧當兹日，枚馬聯翩自我徒。求友先春聲宛轉，懷人終夕意煩紆。梅花堂畔叢香雪，遥妒東西踞兩湖。

修修翠竹映平蕪，一曲清泠漢水輪。杜老愛傳江鮑體，朗陵高出顧廚音皮徒。官齋月白油檽迴，野塢梅芳草徑紆。從此家山烟景外，依稀添繞夢中湖。

明明白月照烟蕪，倒屣相將暖眼輪。自喜同心論道妙，不愁獨行少朋徒。詞披虎豹斑文燦，墨動龍蛇體勢紆。浩浩淵渟無盡意，胸中函納曲阿湖。

立春日作

榾柮通宵火，鬖髿拂曙花。孤懷淹客舍，三載及春華。稚子從賒酒，狂夫劇憶家。草元耽寂寞，相伴有侯芭。

春　鳥

立春纔一日，啼鳥盡春聲。趍曉雙飛出，當風相向鳴。暄和林塢好，嬌小羽毛輕。來往堪憐愛，逢人意不驚。

和登峻極峰詩韻

兀突中天秀靄重，難追笙鶴子喬蹤。三花迴出秋原樹，萬象環歸太室峰。翠鳳旗明紅日映，盧鴻堂在白雲封。高才合草巡遊賦，峻極嵒頭扈六龍。

奉答夢公午塘麟贈古詩三首

微生信通塞，大道無隆窊。蘊真諒有在，望古生咨嗟。樊英堅卧病，蟬蜕乎文緺。慮同山木壽，識者爲疵瑕。渾渾棘津璜，寂寂東門瓜。青竹並不滅，淺深殊臼科。量力守故轍，野服心匪他。皐夔侍松棟，聊用守蓬麻。

咄嗟大楚國，萬目失瓊瑛。寂寥白虹氣，真贋難卒明。卞氏抱之泣，血下沾衣纓。終見希世寶，高聲重連城。有美懷魯叟，藏沽兩屏營。寧知待賈意，安坐神和平。吾玉固自在，終古無虧成。

孤桐餘百尺，鬱鬱生嶧陽。良工精樸斲，緪以五文章。攜奏文陛上，白日下鳳凰。野人撫水仙，乃臨東海旁。吾師去已遠，淡泊存清鏘。常恐新聲滑，古意隨淪亡。敢辱知者歎，情移在溟茫。

大雪和東坡韻

野木槎枒脱盡葉，枯寒點綴漫天雪。掃空六合作廣場，恣洒大文叫奇絶。細霧連霄霰雜下，饕風動地膠全折。大塊胚渾一氣凝，鴻鑪陶冶萬形滅。塔顛鈴鐸噤不語，城角旌竿凍難掣。童心偷攫長爪痕，老眼驚散空花纈。摶換蹲猊聚磅礴，皴染壓犀飄瑣屑。林巒宛爾入淡描，鴉鵲哄然薄輕瞥。不夜幽光伴我吟，無始清機倩誰説？孤齋寂寞抱冬心，吹裂同雲一枝鐵。

試燈夕

殊憐試燈夕，偏是盛風聲。升降紅蓮晃，因依皓魄明。春星回北斗，故事話東京。火樹經三度，羈愁滿眼生。

以詩代簡寄定嵒所親託以謀片氊地故不憚煩共三首

逶迤世路苦多蕪，赤膽輪困那地輪。仰望雲中飛隼旆，招延海上釣鼇徒。南陽寂寞聲光伏，東壁熒煌景色紆。雷雨乍驚龍卧處，春瀾應激蹴天湖。

昔人交道未云蕪，情愫還從好友輪。賴識風塵噴沫意，不迷烟水問津徒。近招居易心應切，暫借荆襄説恐紆。欲遣螭行天上雨，肯教封著白沙湖。

家山林壑分應蕪，情話賓親對激輪。作客慣陳勞者曲，何門可托義之徒。出《莊子》。風迴鵾路千般退，水到龍津百折紆。安得南州懸榻下，酒波鯨吸向春湖。

圖東見酬疊韻奉簡二首

雲鴻傳字報頻仍，何似同瞻碧水澄。珍過百雙投白璧，炯憐一段照清冰。烟花攬秀春前到，崿壑臨虚夢裏登。攬秀亭在祥符，臨虚亭在陜州。肯醉荒庭從藉草，狂歌池檻好仝凭。

獻歲春寒霰雪仍，雲晴二月曉光澄。青浮野色連芳草，黄下河流帶斷冰。有興招遊名嶽去，無心規取要津登。幽棲最愛盧鴻乙，樾館烟庭次第凭。

春日喜晤圖東兼蒙邀遊嵩嶽疊韻奉呈二首

老來意興激昂仍，披霧重臨水鏡澄。洛浦風光明似纑，蕭齋情味冷于冰。烟荒兔苑從誰語，春到龍門許客登。猶有當時盤敦在，吟窗翫月幾回凭。

筋力年時骯髒仍，光涵銀海喜渟澄。春明幾處闕山月，人歷餘寒磵道冰。三日羽觴臨水送，千尋黄蓋撥雲登。便應題徧天中寺，縹緲僧欄不厭凭。

疊韻送張東之濟川之汝寧

將何作生活，宿好在詩書。無那輕離别，還勞顧起居。夢魂牽父子，依倚惜儂渠。不厭清吟數，惟愁遠信疎。經行兼楚蔡，著處慎舟輿。汝水瀠洄在，吾心悵惘初。春光簇鶯燕，世味淡熊魚。萬事須安分，紛綸客思鋤。

留別鄂公虛亭容安

物外閒人本不忙，三年只一上公堂。夢從歸思濃時熟，情在交期淡處長。未得文壇成氣象，且看愚谷有輝光。天教題徧千山去，回首嵩雲意渺茫。

和許君小寒食原韻二首

忽忽過元巳，吟情殢柳邊。愁侵拋堉節，煖入賣餳天。南浦三篙水，西山一朵烟。故鄉春色好，夢斷自年年。

猶寒憐旅食，强飲在佳辰。老作平臺客，狂呼側弁人。池蟾弦一夕，沙燕壘三春。綿上田空在，堪嗟賞從臣。

寒食用前韻二首

春光何錯寞，荻筍苗沙邊。一别枌榆社，空瞻泱漭天。隋楊初蘸水，梁竹自籠烟。聽徹流鶯囀，殊慚白髮年。

令節成吾老，他鄉及此辰。飛催浮白興，嬾逐踏青人。早潑微微雨，遲燒艷艷春。春來增肺氣，料平聲揀藥君臣。

和許君寒食韻三首

老來諸事嬾，物外一身輕。沙柳垂垂裊，霜絲故故生。粥鐺催杏酪，錫市逐簫聲。風俗東京舊，難忘弔古情。

春風杭汴似，千里接烟花。蕉葉浮新蟻，槐陰落乳鴉。岡形摹鳳麓，籬落夢山家。萬疊西湖水，相思碧一涯。

故國松楸在，烟霞閟九京。殊憐作梁客，未得薦芼羹。馬鬣一抔冷，鼉江千尺清。灰飛白蝴蜨，振觸旅魂驚。

回輈行爲宓書升作

有客南歸枉奔波，回輈千里忽見過。塵顔黯黮驚對面，欲語氣塞悲轗軻。自言羈孤薄禄相，出門陷淖行逶迤。春寒十日九日雨，横風釃點紛滂沱。天公劇喜散急雪，嵒坳澗窟冰峨峨。盤盤磨盤車折軸，關山千仞鑿陂陀。足疲輪仄不得上，石戴古轍凹旋螺。烟昏昏兮緣磴，霖漸漸兮踏莎。高陵樹作幄，平原潦成河。溝泉流惡徑滑汰，漿翻汗脚污衫韡。淋漓蹭蹬日數里，滁州六合泥拖抄。傳聞京江斷樓櫓，長塗掃跡稀驢驘。噫吁嚱！行不得也哥哥。僕夫涕湔客瞪視，盱眙轉轂臨盤渦。青錢傴艑艖，白浪掀蛟鼉。傾側檣帆巨港泊，酸嘶鈴鐸荒岡馱，亂鬢絲絲短且皤。重入大梁城，病者求息勞者歌。客言行路難，奈此悽苦何。主言將進酒，一醉蒼顏酡。今宵屢舞酣傞傞，男兒可憐蟲，到處嬰禍羅。宦波世路尤險皺，人間驚悸何其多。

酬定喦疊韻

賢達寧愁宦學蕪，縱横急雨四傾輸。公餘清嘯如鸞鳳，吟就長城列卒徒。春晚不教鴻信杳，道脩遥望路亭紆。詩情輕撥艟艨艦，桃水生時泛鉅湖。

水鳥能芸十畝蕪，添丁賦税每先輸。强隨車馬塵中隊，抛却漁樵物外徒。烟柳幾株金縷亂，春波萬疊縠紋紆。因君拈句追陳跡，倦客連宵夢太湖。

走馬休嫌意緒蕪，滔滔才略八溟輸。官勳已見銘鐘字，儒雅猶争橐筆徒。小盞拍浮醽醁釅，大田疏濬水泉紆。詞波往復傾澒洞，却向津頭望後湖。

暮春雪

清明時已過，寒氣却侵扉。驀逐春風舞，輕攙柳絮飛。白花空繞樹，新水暗平磯。不道天公戲，教添客子衣。

鵲上柳枝

東風過芳樹，新緑踠長條。飛來一乾鵲，踏枝空際摇。宛如懸橦女，嫋嫋動翠翹。萬物具生態，嬉春一何嬌。翻飛他自得，青絲影飄飄。故園隔千里，芳夢空迢遥。春林挂圓月，客思寂無憀。

遣懷疊韻寄定嵒

暄和春氣長蘅蕪，望遠登高客抱輸。吟句知君花作骨，息機許我酒爲徒。烟輕曲水園亭罨，山淺夷門步屧紆。劇憶清襟何所似，印文千頃漾平湖。

清遠山川點翠蕪，柳條羃壢薄烟輸。班春繞陌遥停騎，揆日疏泉緩庀徒。《文選》：庀徒、揆日。空谷跫音吟意冷，元和新樣墨痕紆。詒來雋永勝香茗，滿飲何須渴夢湖。

筆耒生涯日就蕪，況逢健者望風輸。鄰溪野老常看客，講院先生也從去聲徒。邱壑置身惟我獨，雲霄留眼爲誰紆？金明池上賡吴調，似攬春光碧浪湖。

白石蒼苔處處蕪，滿腔幽思向誰輸？竹梧春月皆新色，猿鶴空山是舊徒。諸想畫時公事了，屐從蠟處野情紆。夢牽放棹西泠去，一溜波光剪破湖。

蓬池

蓬澤瀰漫蕩宋墟，歌聲舞影散春渠。花邊小劫看桑海，淥水洪波舊跡淤。

蒼頡造字臺遺址與兒子繩篪聯句

萬代文明畫余句，盡從臣頡開。縱橫師鳥跡繩篪，盤礴祖鴻裁。肇始傳書契余句，洪荒耀斗魁。鸞凰舒藻彩繩篪，宇宙劃昭回。繩結風原古余句，觚操俗未頹。庖犧初畫卦繩篪，沮誦並登臺。衣被皇墳炳余句，鐫鑱鬼哭哀。印將沙浩浩繩篪，篆就雪皚皚。盤劍銘爭勒余句，形聲義互推。入腸攢百怪繩篪，出手攬三才。粟詫漫空雨余句，碑轟震地雷。森然戈戟向繩篪，述者籀斯來。小學千秋燦余句，微言六籍該。堂坳探孔壁繩篪，坑外掇秦灰。立意從孳尾余句，鉤深是禍胎。寒芒射精氣繩篪，鉅觀鬬群材。兔穎搜三窟余句，麟編播八垓。笥藏埋玉簡繩篪，塚發控金鎚。漢隸尋常體余句，吴箋九萬枚。汗青殊璧積繩篪，飛白更規恢。硯爲摩挲滑余句，梨緣剞劂災。魯論天照耀繩篪，雒誦月低徊。覆瓿輕新帙余句，連珠寶故堆。傾都橅石碣繩篪，倒嶺掃松煤。史記渾紛若余句，騷歌亦壯哉。澄心研卷軸繩篪，槁項没蒿萊。别派親刀筆余句，他塗致鼎台。墨王澆塊壘繩篪，詞伯踏塵埃。壇坫毛錐鈍余句，縑緗俗眼猜。窮年勞智慧繩篪，識字分痴騃。梵筴叢翻貝余句，神清細鏤苔。操戈共膠葛繩篪，胠篋一喧豗。也復綃繩列余句，難將燎火煨。龜龍長寂寞繩篾，河洛泠沿洄。訪問時和保地名，傳是造字之所。余句，經過郭北隈。留貽標點畫繩篾，謄寫想追陪。造作尊元聖余句，謳思奠緑醅。活束遊廢沼繩篾，蚯蚓上陳荄。春野薑芽茁余句，烟墟薤葉栽。軒轅世慌忽繩篾，憑弔涕承頦余句。

又爲所親述情疊韻寄定嵒二首

净鬬雞壇絶點蕪，交盟車笠古情輸。可知月下論心地，不少天涯落魄徒。素履能貞存骯髒，包蒙有擊去纏紆。逶迤白水横流在，欲注仙州郭外湖。

一頃山萁舊墅蕪，酬知束縛小忠輸。拓將金戟爲賓客，思煞緇帷聚學徒。雲幕才情元激越，綺年文筆已妍紆。桔槔俯仰知何用，下潩乾田賴上湖。

榆　錢

梁園芳樹自年年，眼底愁人漲緑烟。吹盡春風歸不得，抛來三度沈郎錢。

和夢公長湖唐忠臣廟原韻

雙忠祠松偃螭虬，靈風簸濤卷潭湫。盧龍騎擁潼關隘，乘輿連夜奔刀州。山東降旗亘長孛，何人鏖戰麾天矛？唳鶴陊轟罕覯謝，聞雞骯髒空思劉。霓裳急舞更漏盡，羯鼓狂催芳景遒。棠梨紅照彎環月，艷笑倏斷香魂休。蛾眉幸免脂井辱，馬嵬絶似梧宮秋。東都堞樓爲賊守，常山摧陷如决瘤。堂邑軍張差快意，郭李犄角方鞬韝。清河登陣氣吞賊，重圍衝躙先雍邱。江淮勢仗睢陽阻，山川蒼蒼鬱相繆。孤城疲卒纔六百，忍飢終不投戈鍪。指血頳殷賀蘭座，殘羸望救空凝眸。將令更堪矢著面，魂驚强寇橫喧咻。月暈重重魚麗潰，男兒死耳無他求。同年生死異日月，交光輝赫照六幽。如何議出雌黄吻，漫謂畏死臣豪酋。如椽獨運昌黎老，鴻臚史斷祛咿嚘。却恨阿瞞手裂紀，王綱不絶孤懸旒。更樓笛響殷天地，陣前戰苦愁雲浮。黄塵蔽空揮白羽，裹瘡飲血戈鋋修。彈丸雖破功卓立，英風萬古寒飈飈。假令淮兵火迫赴，電掃狌鼬殲鵂鶹。南雷猛勇並哮虎，乘勢蹴踏穿長楸。河南河北破竹下，縛虜磔報天王讐。何至悍鎮了殘局，耽耽跋扈環飢彪。况煽張后煬李父，南内卒歲非優游。長湖想像鬼雄聚，野夫懷古生嘘啾。

醉歌行呈石峰

百年慮及萬年强，鏡中眉鬢皓如霜。我儂一日償一醉，酣酣三萬六千場。今夕何夕登君牀，放懷釂盡無算觴。大醉懵騰花眩眼，人間萬事皆粃糠，休驚醉語多顛狂。少年貧賤覓衣食，北跨鞍馬南舟航。兩親送老只藜藿，至今沉痛摧肝腸。四十膺薦頭毛蒼，亦曾下筆中書堂。區區浮名土苴擲，野人不用尚書郎。閉門種菜亦屬英雄事，耗磨豪氣歌慨慷。有時一枝笻竹神飛揚，深山大澤龍蛇藏，衝烟獨往徧徜徉。山魈木客争跳踉，視若朋遊等尋常。機橦不似塵闤侶，風氣依約留古皇。竭來徙倚風塵傍，詎求贏餘營田莊？先君孝勇照天日，嵯峨欲搆烏頭坊。醉昏炯炯一心在，何時眼前兀突見此綽楔高拂層雲黄？神仙久視原荒唐，方壺圓嶠波渺茫。古今富貴一傀儡，郭郎鮑老紛郎當。君今明年已七十，絳縣老翁齒雁行。相看六十欠三歲，嗤予年少空誇張。既不思鳴珂蹴踏軟紅香，亦不思控鶴高飛白雲鄉。兒孫醜好屬天運，肯爲黄口作計心奔忙。與君四載結佩纕，曲房蘭臭同芬芳。預愁扁舟遂東下，杭州汴州天一方。君未必觀潮來錢唐，我未必對月留金梁。天風無情吹斷衣袂影，東西二老遥相望。有酒且催銀鑿落，不惜淋漓傾倒污裘裳。相國寺鐘聲鏗鍠，撞破千點萬點宵雨飛浪浪。酣呼沈醉未渠央，一歌主客情激昂。掃殘兔穎紫毫芒，明燈吐焰如虹長。

相就行呈石峰

連朝傷暑如中酲，送别作惡繁愁并。不如意事亂振觸，横使我腹添膨脝。盤飧過午不能食，虚腸輒復輣軲鳴。先生顧我色黯沮，遮設湯麫羅甑鉶。豈知書生有食籍，虀菜注定咀千嚳。摩挲我腹夙負汝，終年填送惟藜羹。腹亦負我乏智諝，勞忉羈緒紛纏縈。當筵轉嗤薄禄相，舉箸作意仇葷腥。空煩竈妾撫砧几，幸此椒桂精芼烹。王瓜萵苣翠照眼，生脆聊嚼三兩莖。常時小户溼沾滴，今更摇手斸杯鐺。頻勞勸食苦告飽，臟府已覺牢關扃。虎餐却省年少壯，精神膚革交充盈。徹宵不曾帖枕簟，雙臚炯炯秋江清。嚴寒毒熱等閒遇，萬事刃淬當新硎。只今食盂較贏縮，重擔已怯羸肩撑。浮埄决去金滿籯，更令糞土腰帶珵。那無寸功鐘卣銘，那無片善登汗青。細瑣蟲篆是何物，老死埋首虚窗螢。没世無稱只索已，得不汗臉輪惶騂。縱拚沉冥逐莊老，微慮皦皦昏偏醒。晚趣恐教兒輩覺，譁語拉起巡簷楹。張皇矍鑠意忘老，呀開笑口如童嬰。每恐失身爲口實，一飯未肯輕平生。相就高齋不辭數，掇皮往復慚真情。殘年無事飽飯易，難得常見談喧轟。眼看杲杲當空熾，炎歊漸次臨三庚。老來最畏值朱夏，昨年蒸鬱煩疴攖。不須赤脚踏冰谷，陰凉來繞葡萄棚。白頭能得幾時聚，信意潑墨留歌行。

信陵館步元雷琯詩韻

戰國盛養士，四君獨推君。識一抱關者，足壓三千人。老去刎頭送，生氣騰孤墳。千秋抔土失，宰木無遺薪。長虹亘俠烈，往事不隔晨。鼓刀亦神勇，結好在比鄰。一椎疾馳赴，救圍如救焚。賢聲噪公子，勳猷鐘鼎聞。舊館渺何處，烟草緜冬春。

酬寄李滄維

草堂巀嵲數紅崖，謂萬君。風雅宗盟最縈懷。却問中原幾耆舊，猶存洛社老朋儕。梅梢雪盡香浮幙，泉脉春融淥繞階。夢想龍門候圓月，清游携手步高齋。

哭周穆門四首

一燈如豆影幢幢，噩耗驚聞墮客窗。不道靈旂飄暑雨，幾曾歸棹劃淞江。素臣史筆高盲左，居士山心寂老龐。纔憶論交四賢閣，淚珠歷亂濺飛瀧。

鑿舟夜半失梅津，恰是論心把袂辰。一老不遺虚後會，三人相對續前因。鴻才落拓誰能識，龍性昂藏反自馴。埋玉遥聞在芝塢，海天悵望獨傷神。

萬里塵沙苦載馳，多才潦倒更何之？雞群鶴立仙標迥，虎卧龍跳筆勢奇。卷却江湖豪飲酒，疾于風雨快題詩。天教幾日成良會，見送河梁永别離。

歸與準擬結松關，三叟耡田恣往還。樂事無過共吟醉，故鄉有此好湖山。六州鑄鐵真成錯，兩鬢如絲那可删。他日東臯尋舊侶，衫襟檢點淚痕斑。

和桃花韻

穠華經客眼，又值一回新。有恨啼朝露，無言倚煖塵。迷來楚漁父，睡起息夫人。可惜嬌紅色，都非故國春。

題西湖踏花圖

思煞明湖景，春歸客未歸。隄花千萬朵，都向夢中飛。

弢甫續集卷十

古今體詩三十一首

和夢公春柳詩

不見垂條踠地長，焉知春到讀書堂？從教鴉影催遲日，最惜鶯聲似故鄉。金縷争翻新遍疊，鬢絲深映好年光。依依爲繞先生宅，直接花源意渺茫。

疊韻咏春柳送别陳寶厓

高枝初拂曉雲黄，蔭日輕籠背郭堂。千縷風條迷驛路，一灣烟景憶湖鄉。因依暫映金尊色，悵望遥連緑水光。短短青絲難繫馬，魂消天際劇蒼茫。

圖東二子歌

君不見詩人張圖東，重書甲子稱詩公。詩人有後詑盛事，天麟雙送將毋同。一兒初生萬花紅，仲春日煖光曈曨。函關紫氛滿東陝，微乎佳氣閒爲充。又一兒生小春中，木末照耀朱芙蓉。是夕璚輪恰纔望，團團寶鏡懸高穹。詞壇後先轟語笑，歡聲呀動回春融。清門譜系著海宇，所重家世標清忠。一枝花管燦五色，入夢探自江文通。天公不遺漫付與，家兒捉搦傳無窮。我初識君庚午冬，層冰積雪明房櫳。論詩久坐譁撫掌，忘却曦馭趖高春。歲破天慳續良覿，得草聞聲呼駏蛩。阿篪造次出捧袂，含笑炯照雙青瞳。心知書種晚乃育，默禱神降繇中嵩。今茲墮地兩英物，啼聲彷彿昭群聾。走馬盆邊綺繡幪，添花錦上金碧叢。騰騰霧鬣交風鬉，的的青枝間紅茸。門雙懸琱玉弓，席雙斟琉璃鍾。夢徵維羆與維熊，律中夾鍾兼應鍾，樂莫樂于文褓重。却憶重闈含悽恫，丁卯橋南若堂封。他時祭掃雙拜後，老淚一掬釃雲松。仕宦何由氣吐虹，見三亭勢高巃嵸。君言萬事奚啻足，只有雲江烟岫繚清衷。矢願我雲而子龍，江南下上相隨從。詩城排突劉文房，醉鄉追逐王無功。往來風流成二老，捋白髭鬚差豪雄。吾嘗冷笑浣花叟，較論名位真愚蒙。丈夫生兒有如此二雛者，豈止公侯衮衮階梯崇？相顧流傳江鮑體，庶幾一洗卑凡胸。我今已爲鶡冠子，遲君更作鹿皮翁。

覺菴張先生星崇祀詩

龍集乾隆之七年，旌門四照區中賢。發舒幽光偏存故，皇風彰善嘘垓埏。覺菴先生生中原，祀于米廩光燀燀。深衣講學踵清恪，白首貞素歸重泉。是年先君亦被詔，孝勇大節臚青先生衮褒由有編。乾坤光氣遠回薄，熒煌典禮千秋傳。况復紫誥重推贈，丹鳳啣下芝泥鮮。先德流慶仝沿後，焚黄稠疊光松阡。初元覃恩賁荒隴，命沾粉署馨香妍。春秋名器不可假，闡揚風教著恩緣。嗟予感事心慨然，朝家舉動承重元。五章命服繡黼黻，崇臺表宅輝雲烟。家祭陳列溪毛例，承宣敬奉天王權。江國當時舉耆舊，舊叢芳氣颺蓀荃。一鐺如傳古彝鼎，桓桓練長集鄉筵。至今海頭曾閔里，童兒婉婉擎栝棬。霜鬚遺老話耿逆，沿塘烽火紅燭天。金燈照燿儀馬擁，黑夜解散千樓船。栗主配享御帶廟，傴拜婦孺來駢勇。耰耡扞衛銛戈鋋，中丞殷勤訪軼事，未及入告印佩捐。天梯高高塵土隔，東風難達天公箋。天潢大儒視事闐。至，疏名首達玉几前。夕疏纔上朝報可，歡聲雷動江海壖。直道昭明不晦蝕，鴻恩鼓厲加陶甄。峨峨鉅人李臨川，凌雲健筆揮如椽。大書墓表一千字，磨礲山骨深雕鐫。雄文盛事永不朽，感激雨淚灑潺湲。潮州老守汴上遇，求我作歌何纏緜。豈知我病才思涸，詞波未似銀河漩。却感同年入祀典，弱毫聊逐哀情宣。

金明池二首

春明曾試習流軍，細柳千絲拂陣雲。也似昆明池水漲，翻波惟有鸛鵝群。
當時人望翠華過，花映龍舟夾岸多。雁柱虹橋如畫裏，都隨塵劫散宣和。

酬查藥師岐昌題拙集見贈長歌原韻

吾聞猿臂將軍射石竟飲羽，數奇百戰嗟不侯。不侯偃蹇等閒視，肯使填胸灝氣千尋收。清秋相逢汴水頭，高空一羽盤中州。雲飛玉立鞲不下，蒿蓬百鳥罕匹儔。登臺自衮衮，行路還悠悠。獨恨蟣臣氣力薄，天扉延登不吾諜。影對梁園烟色暮，秋風古竹寒修修。袖却金堂典册手，長卿遊倦誰蒐求？老眼閱人河沙數，未易雄駿得此流。斬新詩句落繭紙，光彩不數珊瑚鈎。洞庭明月省陳跡，莫鼇縹緲儘足當鎪鏤。當時惜不共踏嵐翠破，一使春湖化酒傾浮浮。昨者坐我中天峻極頂，蒼藤飛掬貪窮搜。勞動長歌題小藁，倒翻墨瀋釃嵩邱。褭蹄龍輔俗不識，往往高價收砆鍮。抑塞奇才失薦禰，屈蟠壯志姑依劉。凌寒緘寄春風筆，嚮風未許梁宋侔。倚聲突過南唐俊，彷彿天上鏘鐘球。歷歷清暉逋不得，尤牽客夢楓江陬。風騷激昂心氣投，坐憐冰霜光景遒。阿篋把對青兩眸，一鞭頓遣痿痺瘳。老夫和歌忘騂羞，世講永好以爲酬，土音亦作江南謳。

思歸引奉懷敬甫

老穉萬物娭春陽，濛濛清氣噓大荒。獨有羈人頭上鬅鬙髮，倒翻墨漆難染千莖霜。客居反關苔薜房，屠蘇不御新年觴。男兒眉顙甘閉置，不異三日帷車娘。五年湖嶺拋風篁，天涯遼拓歌慷慷。天留杭汴二秃老，社棚强半多凋傷。當年濤捲鼉江曲，慟哭梅津鬬雷硠。魂飄噩夢台蕩拆，如輪大翅朱園翔。穆門忽復厭峰泖，六月騎氣排天閶。銀河落天化客淚，白日紅雨曬滂滂。失群起向東溟叫，數聲激楚悽圓吭。千年吹臺屹雲表，磊砢傾蓋遥相望。此間不可無爪跡，遲子踏雪凌蒼茫。子胡不來酒壚傍，壯搴藻思同飛揚。枚馬先歸高李逝，接跡何李山邱藏。造化元精輸不盡，代興豪傑來堂堂。昨者得子空中札，問誰傾心倒意結佩纕。興京人物夢午塘，世家風範圖東張。手持文頌兼韻語，跌宕亦見馬閿鄉。假如得子駿騰驤，中原旗鼓横相當。乾坤高會照今古，盛事定復傳金梁。論交授簡動逸興，奚翅使我旅恨消厖凉。逝者音塵杳北邙，吟壇小劫俄滄桑。老去烏兔尤奔忙，塵途雖盡新知樂醉吟湖舫。曾不如我舊侣良，便當決策還江隍。長淮京口一葦航，梅花參差滿路香。豈可徒睇江月流清光，嗚呼豈可徒睇江月流清光？

奉留别陳榕門先生弘謀

梁園五載漫淹留，頻過瓜期憶故邱。遄繞松阡如覲省，暫歸茅屋散羈愁。年來有願嗟難遂，謂建石綽楔。老去無聞黯自羞。知戀清暉回别浦，詎乘浩蕩渺浮鷗？

汴上歸興六首

出郭滄羈思，浩然歸去鄉。五年真倏忽，千里極蒼茫。夢結烟霞窟，精銷翰墨場。浮沉何所得，只益鬢毛霜。

童年從學道，白首竟何成。難割風騷愛，寧寒水石盟。浮雲過往事，春草送歸程。幾別容顔老，蹉跎嘆此生。

治命還鄉國，姚江遂首邱。抱持鐺畔耳，保障海東頭。一氣先親聚，頻年客子遊。清明從祭掃，百匝繞松楸。

删述千秋事，餘山緒可尋。喬林祠屋古，芳草墓門深。滄海波濤跡，先生治命葬海邊。雍正二年海嘯，及墓而止。茅堂風雨心。遺文久韜晦，感惻到于今。

梅津已凋喪，相繼復朱周。汴上悲風激，天邊白日遒。淚痕殷舊札，松色冷荒邱。最是傳遥訣，吾生恨未休。

總角聯三益，過頭六十人。文名窮益震，交味老逾醇。藥餌扶衰病，篝燈話苦辛。一湖春水滿，留取洗行塵。

勒馬舖旅次大雪歌

人生行止疾徐類天設，焉用填胸欣戚紛糾結？萬事合作信天翁，聽我初從歸路説。五年不歸今始歸，歸心疾馳過電掣。纔踰信宿我馬瘏，兩驂不動金鞭折。乃知急難須仗權奇材，駑駘之輩空蹴蹀。行行勒馬僕告休，高春尚弭羲和節。亳州相距百里餘，破程焦躁增煩熱。入夜瀟瀟風雨鳴，簷溜朝來未斷絶。强起豪呼催駕輪，春寒苦聚茅柴爇。俄而滕六勢暴横，雰雰四灑漫空雪。大者如席小如掌，恣意盤旋亂飄瞥。須臾庭院新甃平，寰瀛滅盡古車轍。僕夫宴坐奴解裝，連槽薲豆安然齧。歸人大笑計算愚，縱目翻然動怡悦。急出青錢三百買燒春，與衆沉酣眼花纈。逆旅小飣羅肥腥，爐頭硬餅鋼刀截。披裘啟户天冥濛，萬里乾坤一色潔。此時騰騰豪興湧昂藏，恨不駿蹄直蹴層冰裂。高歌獨唱林木震，颯颯霏空混凹凸。平生吟賞無此一段意境奇，忽覺心腑瓏玲清瑩徹。却憶春蠶食葉競飛聲，鏖戰初酣萬蟻穴。辛苦浮名若此艱，列舖麻衣寒凜冽。懸知觀文堂裏士，横掃千人並才傑。成章不數手八叉，决勝寧須持寸鐵。老夫只如遥聽捷淮西，半夜乘城遂奏前軍烈。諸生亦應念我入剡興可乘，前行詎肯愁騷屑？倒牀鼻息掀轟雷，失顧晨光透根闑。

疲騾行

平頭曉起看天色，四際春雲淡水墨。瓊華寒積一尺深，且喜飄騰意止息。連宵飼秣力應新，牽駕駑駘上銜勒。誰知雪途苦蹭蹬，仍復難行澁如棘。關門纔出一里餘，萬畛溟茫途不識。村墟了無雙隻堠，游子山門昧南北。聊依列樹指行橇，疲騾盤桓車傾側。裂眥騾夫通騾語，惡罵參加鞭箠亟。啖吾芻豆曳吾輪，忠人之事食人食。胡爲據槽盡一石，寸步不前欲顛蹄。便令殺食幸有餘，騾不能言對以臆。世間不少蝗其粟，寧獨吾曹怯盡力。萬鍾居養氣體移，已極豪奢更掊克。既輸爾載覆爾輻，亦怠若事受若值。矧吾荒飽亦區區，不是不行行不得。新鞭輒復下尻脽，舊創猶未完膚革。天生下駟强委重，舉步汗僵仁者惻。顧彼竊禄無天殃，獨責羸蹄瘝厥職。嗚呼行路自古難，荒野徬徨氣默塞。山陰野興實難乘，安得追風插羽翼？

駕牛行

疲駑不前枉羈靮，荒村騾馬無從覓。數里滑汰走村家，賃得烏犍闖銀礫。借駕吾車獨當御，已與驊騮騄耳氣相敵。前行蹄健挾兩褭，輪底水風吹激激。卷然兩角故自超，當前毛遂爲郭椒。轉看碌碌駑駘輩，因君成事何由驕。因君成事同轡鑣，論功未可遺成勞。魯僖忘借誰何力，作頌但覺名聲高。無端振觸悲思瀉，嘆息勞勞率曠野。荷蓑樵牧意態閒，由來駕牛勝駕馬。半村半郭靄疎林，竹笛横吹夕陽下。吾今得歸且歸省舊蹊，可惜長年抛却榆枌社。瑶沙巨跡印團團，徐驅疾騁羈思寬。同雲解駁漏赤日，二儀皎射清光寒。林臯遠近布霽景，春色繪與勞人看。奇絶飛花落絮鋪千里，中綻一朵劉家黑牡丹。

撥悶歌

鷺亭誰打記里鼓，客行纔得二十五。莊家烏犍不遠出，眼見肱麾轉村豎。開囊傾瀉水衡錢，去不回頭若無覩。一牛一豎難强邀，人間萬物各有主。童兒惟解爺孃親，敝屣阿堵棄不取。我無由騁面羞騂，誰遣驅車别環堵？荒林有鳥似呼行不得，只合牽率疲騾投逆旅。前日高春悵早宿，今朝下店未亭午。此去亳州九十里，渺渺天涯目愁予。躡雲快騎圖空按，挾輈猛士勇誰賈。我不須腰裹騹騮去若飛，亦不須王良造父御如舞。但願僕夫牽馬奮驔駸，便似吾體排空振毛羽。流行坎止數則然，鑄鐵成錯顔徒憮。銀瓶催倒麴米春，大醉焉知此艱阻？平生閲歷千嶮巇，蹭蹬棲遲不言苦。眼前突矗蛟門如等閒，脚底陡起蠶叢亦易與。何况崎嶇折軸逆衝風，顛簸洪濤壞檣櫓，區區川陸之險何足數。雪水一斗磨隃糜，爛筆淋漓塗客廡。憑將豪縱壓羈愁，醉吟吟醉神軒舉。白日杲杲當虛空，塗泥豈久污后土？天地蘧廬差静便，閒身底用擇處所？立心骯髒恥干人，尚友童鴻吾自許。須公櫪上追風驃，此意吾寧踵杜甫。

小駟行

萬事信緣難預期，柴車苦值青騾疲。棗騮烏犍覓不得，却駕小駟當風馳。一尺淖，憂漫瀰。連朝雪，愁逶迤。時無英杰可駕馭，指麾烏合部勒之。豈謂驍騰負絶足，事急姑爾施繮羈。嗟我勞人歌獨漉，春泥滑滑春水濁，載驅小駟秣以粟。有時渡水雙耳矗，有時掉泥短尾秃。長驅寧望逐驛驂，輕載聊須行轣轆。汝身結束驕似果下騮，汝蹄蹉跼勞策車前騶。不妨緩緩陌上頭，但忌抛棄鞅與鞦。竟得雁行兩服汝，誠倖縱難龍驤千里吾無尤。噫乎小駟克盡力，朱鬛銀題有慚色。時來便當倜儻步，功成詎遂權奇德？聲價能令一日高，品流那用九方識。天邊何處亳州城，關河歷歷吾憑軾。汝才可用無留良，疇云不慣不得將。骨骼雖小精神强，抖擻卷毛亦昂藏，眼中直覺牝而牡，驪而黄。我車彭彭鑾瑲瑲，中原鑣轡需汝揚。此何殊周之駃騠，唐之驌驦，我爲小駟歌慨慷。君不見侏儒効忠功業昌，破敵亦用郅君章。

容與篇宿孫家店作

天寒雲淡日欲晡，我行容與投客廬。吉行日可五十里，準諸古禮無差殊。得免車輪生四角，小駟亦復爲時須。掀淖還期衆力濟，歷塊那責連鑣驅。柳林中間道新墊，袤延數里泥填淤。有如重船滯淺瀨，震天邪許攢篙夫。唇焦口燥脚手痛，力盡纔移尋丈餘。爾時多恐老沉閣，莫施智略徒煩吁。終藉蓄鋭砉俱發，欲舉且復停須臾。盈氣俄當一鼓作，先登恰用周麾呼。瀕危出險齊着力，眼看秦越一家如。幸而裹下陰平矣，危哉蹴渡滹沱無。却顧來途心尚悸，行行人馬同飢劬。胡葱大餅羅盤盂，黑秬傾倒和青芻。祗行一舍已自可，絶勝咄咄空中書。况皆飽食轉骯髒，乾土稍稍逢亨衢。平陂往復有定理，時命豈必常艱虞？我生豪氣老不除，截斷糾紛俗緒抽昆吾。只念楊朱悵岐路，肯效阮籍悲窮途。明晨載驅不復止，亳州詎等晞蓬壺？平鋪卧榻心神舒，一杯睨月斟徐徐。温語人徒勞滿斗，豈限小户喉沾濡？騾夫半飲歌皇夸，蘆席坐捋黄髭鬚。今夕何夕竟似叢歡娱，得非經過險阻兼崎嶇。

五馬引

孫家店口攢市閭，早備五馬供馳驅。不怪駔儈錢横索，亳州遄到誠良圖。兩驂兩服成行列，當頭一馬意態殊。沮洳經過類破竹，陂陀直下如流烏。晨別槽頭已飽秣，渴吻午飲長河隅。快哉投鞭委銜轡，一洗填積千煩紆。當時漫郎偶爾涉宦途，賓親苦勸再出無慵疎。謂宜委蛇在畫省，便可出擁専城居。一竿釣竹肯抛手，五馬於我浮雲如。我來作客莨菪渠，上自擁八騶，下至飛雙凫。新故下上如轆轤，無一達官仍其初。惟我點重席，五年倚着愚公愚。誰羨人生五馬貴，静觀萬物涵清矑。眼底所見得非駑，何從超與飛黄俱？雖煩共曳薄笨車，不如單騎生馬駒。陌上之桑青未舒，我今南歸無踟躕。我非使君聊爾爾，慎勿驚却秦羅敷。

五里街

樂復樂，車如流，五馬横行風颼颼。五日不能至七日，我行亦復到亳州。語客且弗樂，儂方爲客愁。盤盤五里街，泥水老大横没輈。泥滑滑，滑於油。水深深，深於溝。雙輪一陷難拔以九牛，區區五馬何足資躪蹂，昏黄尚恐兹逗遛。語客且弗樂，儂方爲客愁。語罷去如汎水鷗，忘機浩蕩閒悠悠。騾夫聞語不語色如土，僮奴聞語竊語聲咿嘎，賃馬者市驓聞語添煩憂。前行不滿數弓地，坎窞幾尺何深幽。者然僵我服轅紫騂騮，衆夫併力舁之起，鞭檛不動非汝尤。前後推輓力空費，圓輪對峙嵩山邱。大絃苦急小絃絶，㕔轟迸斷雙轡鞦。五馬並駴一馬逸，跳梁遠去流泉遒。一夫掣曳四五步，踉蹌仆地繮不收。泥中龜似汝身手，觀者呀沸鴉鵲稠。僮奴癡似蹲屋鳩，騾夫躁似升木猴。市驓索錢猛於虎，到此難作濠梁儵。老夫纍纍亦如喪家狗，塗泥滿面旁人羞。噫乎！吾家薄田數畝亦足供饘粥，閉户著書良優游，胡爲奔波此路老不休？陋彼揮金結客慨慕任俠儔，嗤殺求田問舍遠作兒孫謀。矧肯措意水陸窮珍羞，輝煌被服狐白裘。毛嬙麗姬艷聲色，朝夕絃管和箜篌。顧兹炯炯一心在，頻年浪跡蓋有由。先君孝勇天恩褒，我欲跨衢横架石綽楔。嵯峨高出城南樓，南山採石費須千兩之精鏐。耕以筆舌當鋤耰，硯田逢年積車籌。便可經營初願酬，分毫親故吾無求。不惜數斗心血嘔，結成賜坊彤雲浮。我知火不能鑠，水不能沏，永永俾我先君孝勇大節照耀雲日光千秋。眼前何時兀突遂見此，空山獨往神夷猶。野鶴毛衣映八表，詎戀人間池館常淹留？我爲人子事未了，尚須往返遵道周。況欲昌明餘山遺緒時則可，豈徒梁園詞賦凌枚鄒？我行苦辛得已不？嗚呼！我行苦辛得已不？

肩輿來

白馬爲纖驪，小兒成老翁。我昔誦此語，謂是詩人於役憒憊聊形容。亳州城外街五里，馳驅慘瘁將毋同。此非縈雲九折坂，亦非礙日千仞峰。平地淤泥深數尺，陷車倒馬苦煞儂。眼前軌轍在，曠隔有若天西東。坦迤乾燥郊原中，車如流水馬如龍。縱有沮洳場，不廢轣轆蹤。吁嗟值此馬力窮，單車寸步無由通。我馬頓虺爗，我僕頓龍鍾，乃知浣花之叟言非蒙。肩輿來，肩輿來。我且超越五里街，慎勿滑汰跌入淤泥堆。從行人徒橫喧豗，無人不作曳尾龜。我亦面目如蒙倛，蒿目何由懷抱開？病者呻吟勞者唱，騾夫歌似猿聲哀。語君且弗哀，牽馬投槽謅豆稭。門外閣車輪，不用費安排，逶邐隨我肩輿來。澆以斗酒洗塵埃，一醉便足消千災。四百程途本非險，我命窮薄累汝踏破新靸鞋。苦辛已到亳州店，歡笑莫更顏如灰。世途夷險並經過，填胸哀樂何有哉，青天浮雲白皚皚。

騾夫泣

騾夫酒酣醉，嗚嗚轉嘲嚨。嘲嚨嗚聲悲且恫，問君何事傷心胸。騾夫前致辭，儂本保定農家兒。耕田連歲不得食，辭家執鞭聊爾爲。買得三騾加一馬，菑畬賣盡傾家貲。滿意牽車足以養父母，誰料世路艱難百倍之。風餐露宿不遑息，朝愁騾馬病，暮愁車傾仄，到店還愁稀僱直。官差處處無時無，捉將官裏憎吏胥。攔置破廠如牢拘，差日乃得給豆芻。吏胥扣尅不敢問，人馬累日同飢癯。一馬早倒斃，痛心熱酒一掬淚，車行失此艱軒輊。遊走四方口不糊，安望能收三倍利？上年趁便一過家，家中貧薄生嗟呀。無物奉我孃與爺，反要爺孃酒向鄰人賒。匆匆催別去，滿把淚漬手内檛。額角新年黑，腰内無錢少顔色。幾度思歸歸不得，徒遇鄉親問消息。載官來亳州，偏逢雪打頭，泥水滿路車停留。疲騾鞭不動，累官賃驢賃馬兼賃牛。青錢數緡借陸續，數文纔得芻一束，數日早盡豆一斛。無錢償官眼瞪視，官吏賞儂明流子酒名。官心自多仁，儂行太無俚。念欲復犂鋤，無一寸菑畬。念欲仍馳驅，奈三頭疲騾，一輛敝車，出門鬑鬑頗有鬚。老黑羊皮十年餘，夜作被，日作襦。無暇咬蟣虱，醉後爬搔乾肌膚。百事無一悦，念之五情熱。爺娘生我不得力，何以爲人氣阨塞。我聞此語心惻惻。我亦客，我非官，天涯同此行路難。賦命通塞亦常事，丈夫不合涕泗潸。數緡青錢不汝責，勸汝賣此車騾歸力穡，晨昏菽水供子職。汝去無用更酸悽，愧我不能贈汝以裹蹏。騾夫收淚數泥首，送行還作數行啼。

僮兒嘆

兒自前年來，隨主今年歸，歸時着破來時衣。夜夜夢爺娘，千里神魂飛。故鄉門巷還依稀，夢時旋繞醒却非。天涯作客有何好，道過長淮少芳草。塵沙風起飛漫天，一雨淤泥漬行潦。只今雨雪滿歸車，車輪傾仄騾馬倒。咫尺移輪難，亭午歇店早。拖挐泥淖中，酸辛令人老。主坐講席寒，非客亦非官。終朝聚講舌本乾，夜打三鼓尚不眠。不聽兒入一文錢，頭觸屏風睡魔牽。錢非兒所須，睡魔苦難除。主恩常遣兒早睡，睡覺不知主睡無。由來書院稀讀書，大家醵錢讌飲俱。主嚴督課人謂迂，是好秀才良不負。三冬油燈共窗友，十指長短生不齊，人人保得賢良否？主廳西偏百尺樓，春朝哦詩上簾鈎。郭外青嵐落眼底，二郎五郎交唱酬。有時邀朋携榼遊，西湖百錢買扁舟。湖山美景天下少，黄鸝醉聽飛花洲。江北關河看歷歷，春惟楊柳秋蘆荻。風土寧須細校量，最懊經年無筍喫。江鄉門生廣才傑，道古傳經足推激。好扶輪舊講堂，底事梁園感離逖？主心礲石營賜坊，賜坊須辦千金裝。連年乾旱江田荒，窮交悵怏開空倉。何由樹綽楔，峨峨拂雲黄。中州藹臨新都堂，都堂禮遇超尋常。整頓壇席留主講，暫歸還約來金梁。耑歸不煖席，兒當隨主省舊跡。塗泥莫更肩背拍，寧騎生馬駒，不睨雙輪悸魂魄。今朝到亳州，逆旅主人漉新篘。昔兒來時識兒面，指兒長成高一頭。山船明月行中流，願得大風三日吹送長淮衛，一鞭飛指無停留。更願祝天勿復雨，磨盤山頭劇嶇阻，行途處處皆辛苦。騾夫遠行亦號咷，怪底往來車馬仍滔滔。

隸人吟

雪泥擁車輪，非關隸不力。汗流數里覓莊家，牽得烏犍曳鈴軾。頭面沾泥淖，過午不得食。柳林新道淤，推輪手墨黑。橫呼大似甘興霸，報主真如張翼德。木吶逢人寡語言，急難見汝真顏色。汝身低賤列輿臺，汝質醇良比茂才。平生只識忠信字，波濤可涉無傷災。汝親年踰六十老且頹，汝顏依慕有若髫齔之嬰孩。更番奴輩不中使，獨汝事吾恭謹無嫌猜。策勳勞以鵝黃醅，默飲從不聞喧豗。連宵擔心顧行李，小醉輒復推樽罍。襆被隨我歸去來，杭州秀麗西湖隈。梨花既盡桃花開，湖心虛空亭起如蓬萊。山川周遭烟翠堆，好景賢愚各有得，清吸湖光亦快哉。我家僮厮愿且朴，人言酷似君實相公僕。混沌完然了不鑿，一錢亦不私囊橐。只今屯艱端賴人協濟，不爾没髁泥塗曷轉轂。人生品行無貴賤，士夫點污不洗辱，奴隸潔白美于玉。明朝挈裝上山船，山船嵯峨安如山。放懷眠食俱安閒，一上山船似登仙。客行遠近兼勞逸，川陸程途任徐疾。天涯依倚僮僕親，布帆無恙破冢出。嗚呼！阿段常穿虎豹群，行乎亦復直如筆。

市驓怨

市驓賃馬牽兩頭，侈謂一是騄耳一騨騮。亳州相去不滿五十里，千錢嫌少故逗遛。客心厭苦稽原野，使錢亦復如使馬。不惜囊傾萬選青，只蘄汗走雙流赭。平沙淺草轡瓏瓏，喜看蹄健車生風。聯鑣號稱良馬五，疾馳易得觀成功。中間齟齬低窪道，後先推拽争喧擾。踟躕似惜錦障泥，蹴踏還摇金絡腦。最後偏逢五里街，初行一步三徘徊。雙輪忽地陷深淖，招呼衆舁聲如雷。聲如雷，輪已起。五馬二十蹄，不移尺有咫，空復如雨下鞭箠。轟聞霹靂斷靷纆，驚砰一馬高騰驤。市驓掣挽纆在手，五步已卧泥中央。蹶起顧兩馬，追逐何踉蹌。去者辛垣衍，存者秦武陽，哆口誰誇我馬良。肩輿客已去，卸車不復御。汝馬尋歸自何處，念欲驅還家，四天抵昏暮。尋踪復見隸與僮，嘵嘵横索渾無窮。槽頭既須芻與豆，火食亦要栖房櫳。本思得寶歌宏農，幾作失馬塞上翁。噫吁戲！微君之故胡爲乎，泥中我憐市儈與馬因馳驟。予以芻，予以豆。人安房，馬安廄，數升醉以老醇酎。况我還須到汴梁，他日相逢即故舊。市儈既醉顔爲歡，路行一宿還嗟難。

山船行

頻年足不登車航，一見艄公心神揚。昨歲曾臨洛川岸，烟波渺渺看帆檣。偶爾剪波一問渡，尚未結束攜輕裝。今晨亳河竟東下，蒲颿十幅當風張。南人便平聲船北便馬，騎馬落井嘲知章。苦索騾車坐安逸，不惜顛簸横低昂。豈知雨雪釀泥濘，疲羸彳亍汗且僵。縱羈生馬力猛鷙，蹄底有鬼膠騰驤。來時濟寧始登陸，肩輿舁致人扶將。大雨淋漓獨山路，兒車落後嗟徬徨。事見《中州遊草》。戒心豈關轍不鑒，畏途自非意所量。當年一鞭頻北上，下上砦磴如康莊。竊嗤書生書驢券，局脊啣轡虞跌傷。臣今老矣精銷亡，膂力不復追方剛。亦恥時髦競雄騁，軟裘快馬冰雪當。獨乘雞栖少風調，正刊浮靡歸老蒼。年少得途砭捷足，晚景按節寧須忙。塗泥即使滿身濺，幸不污辱完潔芳。蹭蹬折磨劇酸苦，流行自在尤樂康。山船如山高巀嶪，夷猶撥櫂移艅艎。興來仍復舒清狂，扣舷即便歌慨慷。却開笑口顧僮隸，百悶乃以一快償。開頭捩柂風色順，五兩却向東南颺。浪花噴湧廟兒口，敢祈神佑釃椒漿。萬事乘除有氣運，始驗禍福非單行。

高樓守風

昨者船頭激響水，雪浪飛濺七十里。閱歷曾經屯險餘，纔際時亨敢輕喜。果爾今朝遇石尤，桅竿羽向當頭指。大川利涉此非時，三老停橈早知止。昨未輕喜今未憂，天風静待廻沙洲。萬緣只合隨定數，遲速豈得參人謀？且喜到處清暉狎伴侣，春波澹蕩摇群鷗。未見天涯浦漵新漲鴨頭渌，不似金沙港畔滑笏寒悠悠。雖然兩槳渾難把，猶勝雙輪閣荒野。不記迷漫雪載塗，塗泥一尺深没髁。安心且復覘檣烏，愁眼何如對轅馬。西陽地名買得饔頭春，白眼青天倒三雅。來船快意挾順風，高帆疾于孤飛鴻。吾舟昨日奔赤馬，彼正下碇洪濤中。强作解事痴騃僮，空惜釃酒祈金龍。豈知吾命正當窮，縱有神佑難爲功。亳州行程苦難疾，此亦拚淹程六七。君不見一帆直向滕王閣下飛，又不見三朝未許黄牛峽中出。得時自可乘長風，失利空勞擇吉日。添註詩翁記日程，莫問神仙縮地術。嗚呼！遠望何曾當得歸，高樓地勢徒崔巍。終須旗脚春風轉，送到横江舊釣磯。

泊孫家莊

小遷喜得春風緩，來船挂帆帆腹坦。雖得乘風氣不驕，未如昨朝志意滿。篙工舍篙牽百丈，飽食亦須鳩嬾散。迤行沙路腰環環，那得坐致千里遠。行程我不喜獵取，正爾平進差稱善。匹如病馬跼不行，三尺藤鞭姑策蹇。縱使難追赤汗群，也應得上黄泥坂。滿河春水渌鱗鱗，一幅平鋪湘綺展。鵁鶄鸂鶒較儂閒，目送浮沉與游衍。山船來往水中央，憑淩兩岸排絶巘。岸回水曲勢天成，彷佛溪山四五轉。亂種藭麥青猗猗，張王發榮春氣煖。高阜渾疑卧白羊，一堆積雪猶在眼。聞説東風雨祖宗，諺云『春東風，雨祖宗』。却怪天青色如卵。連晨晴霽故自佳，恐到騎騾雨不斷。關山險峻滑難行，鞭鐙淋漓愁莫遣。前程預算一何痴，且唤僮兒洗酒醆。眼前萬象放暄妍，波射千尋紅日晚。浩迴歸心對月明，天東已上白銀盌。離家四十七回圓，老醜容顔吾不靦。今宵烟净洲渚平，列星疎朗纖雲卷。未必艑艖遜庾樓，老子於此興不淺。圓明寶鏡即中秋，風光領略曾無限。豪吟一曲扣船舷，遠勝彈筝更擘阮。驚動孫家莊上人，楊柳林中遥吠犬。

弢甫續集卷十一

古今體詩四十六首

雨舟曉發順河集

連日東風怪不雨，五更船篷射如弩。浪浪新水拋長河，連幫起碇鳴樓櫓。僮奴最怕雨淋漓，却願山船去遲遲。若教結束上鞍馬，苦比雨雪車行更倍之。來時磨盤山頭歷坎坷，山行盤盤轉石磨。崎嶇磴道衆蟻旋，晴天縈棧膽欲破。况復頭上如盆傾，脚底滑汰尤難行。命逢偃蹇處處定偪仄，早覺方寸峍屼摧愁城。豈知安排天意巧，既雨還須豁晴昊。關山遠待拂行鞭，浮嵐煖翠新霽好。今朝安穩經龍岡，青林渌水烟蒼茫。瀟瀟風雨川路裏，誰知詩人李涉回輕航。輕航劃槳水吞吐，也勝昨朝守風住。順流差抵半帆風，篙子心飛懷遠縣名樹。年來思量爛熟戰勝肥，看我頭髮白閒生黑絲。春霖縱使洒十日，沾透行李原非奇。舲窗此際且宴坐，一任砰訇雨聲大。南北客途老奔波，幾度冒雨衝風過。河面歷落聲何贔，澒洞白晝魚龍趨。鴟鴿鶺鴒成陣呼，雪浪洶洶翻天吴。老夫推篷起呼嘯，五年不復看跳珠，妙絶西湖烟雨圖。

乘風破浪行即事抵長淮衛作

風伯龍王亦悔禍，旗尾獵獵向前簸。衆夫邪許帆滿張，牢守篷脚船頭坐。日看來檣拂面飛，今晨闔闢旋神機。風聲雨聲挾船走，吟嘯大海蒼龍歸。風聲愈厲雨聲散，天晴日出萬象見。掃去濃墨萬重雲，一片空青墮淮面。鵁首砰訇雪瀑跳，眼前噴激錢塘潮。帆勢飽弸舟勢逸，岸樹助響鳴刁調。却思昨船增氣力，何處收帆今屏息。歘歙曾搏羊角風，須臾已鎩鵬飛翼。懷遠城邊幾疊山，春嵐縈裊青髻鬟。遠勞迎送客舟過，倍令遊子開心顏。雲騰浪湧罷鼓枻，舟人已報長淮衛。百里通川一鳥飛，迅入晚烟横决眥。連日依渚親鷗鳧，天遣回風送老夫。少壯東隅已屢失，暄妍晚景收桑榆。兒童驚詫遽至此，淺見誰能測行止？謝安已奏淮淝捷，詎便矯情不曰喜？到岸團團明月生，既望因遲光尚盈。依稀懸照清濟水，省記舊事寧無情。一輪兔魄是處白，幾莖白髮偏增明。月缺復圓不改色，人老安得還童嬰？月光水光蕩窗壁，惆悵不把松醪傾。憑將問月停杯意，翻作乘風破浪行。

鳳陽道中懷古作

雲紅淮泗真人起，指揮率土仝車軌。金陵從古是皇州，更遣鳳陽成帝里。雲龍一戰臨鄱陽，依稀垓下殲憤王。疾風萬里捲秋籜，豈徒推殘白駒張？ 峍屼雞鳴起十廟，英魄蕭曹共呼庭花未盡漏舟嘯。衣冠月出鸞馭飛，群靈如雨圓冰照。燕子飛入金川門，十族虹氣寧堪論。破除却不緣歌裏，尺組早已收東昏。金殿鐘鳴無一人，海大之魚魂泣釜。最哀信邸原英主，天壽王氣寒于冰。古來自多亡國恨，瞬息百變看風燈。聖朝盛德古無舞。秦淮春流照廢興，天壽王氣寒于冰。古來自多亡國恨，瞬息百變看風燈。聖朝盛德古無有，備恪許令分卺卣。已傳玉盌感思陵，更護金燈守鍾阜。我昔曾作白下遊，甃途瓦礫多黄琉。景陽宮鐘打梵寺，元武湖魚烹酒樓。殘山剩水傷心麗，烏啼楊柳悲六季。大功坊邸尋瞻園，萬點榴花飄血淚。只今策馬此間過，山川盤礴形勢羅。環抱鉤陳儼氣象，靈風吹冷空山阿。纍纍不少封侯骨，石門莓苔没螭碣。岑樓餘絢幾重霞，皇城殘破半邊月。想像飛揚歌大風，故鄉豐沛將毋同。不階尺土作天子，千秋兩箇布衣雄。宫花禁鳥春蕭瑟，天樂雲旗夜荒忽。消沉龍虎自等閒，鳳陽曉山青一髮。

泊舟鶴洲草堂哭朱二兄予齋嵩齡

湖昏月黑裴公島，啁哳哀聲叫水鳥。號咷痛淚天河傾，抔土五年久宿草。夷吾惟説知我鮑，詎若情親昆弟好？昆弟情親三十年，招魂不得臨江邊。飛飛丹旐歸來日，噩夢正在梁園牽。予齋歿之夕，予得惡夢。痛心一語心爲鐫，爾我平生重愛憐。醉夢欷歔不相見，易簀前三日，蒙寄懷詞中有云：『愛我惟渠，憐我惟渠。醉也欷歔，夢也欷歔。』竟爾遥訣歸重泉。人琴一旦俱亡矣，猶憶當年結交始。齊年鄉國作因緣，病客京華互依倚。後先助我趍寢門，維持湯藥連晨昏。大義急難逾手足，此豈私感交親恩？ 魂飛驛路見星奔，草土餘生幸得存。 脱若無君恤尫瘠，我已早卧青松根。 計偕連歲走輦下，不蕲漢策金門射。 頻看羈宦惜孤生，終邀歸養欣聯駕。 意氣豪宕破攣拘，終始遇我戲語無。 謂我餘山門弟子，鞭我絶學傳真儒。 嗟君才略希世寶，廣文一官竟送老。 不因謫去死台州，憤絶英雄鬱懷抱。 因君磊落追括菴，欲連膠漆參爲三。 嗚呼君等並早逝，乃令齯齯齊彭聃。 歿時我欠憑棺慟，今歸哭君如囈夢。 編君遺集撰君碑，後死庶可湔沈痛。 念君大節光熣熣，有道碑刊萬古傳。 我今祇攬述哀筆，天下尚未知其賢。 哀哉！我今酹君君享否，他年黄泉尋我友。

哭周穆門大兄京

心朋苦恨流光短，晚歲相於眼倍煖。 那知一别成千秋，直令恨塞乾坤滿。 里閈聞聲四十年，文壇汎愛相周旋。 四賢祠中一杯酒，三老盟心無間然。 奇哉一老成吾契，一老是日騎雲逝。 二儀中間着吾輩，天慳未許多連綴。 二鳥更起鳴相酬，二鬼捉作一處囚。 同心合并本不易，况復幾輩聲相求。 纏緜一篇賦朋友，劫火難灰垂不朽。 我與盧子同悲號，痛淚滂沱落一斗。 離情千里汴與杭，台州一老又凋亡。 迷離冰雪魂凄斷，天東遥哭悲茫茫。 哀哀一年弱一箇，疊放小招歌只些。 人間祇剩我與盧，西湖正似西州過。 舊贈書札兼歌吟，字字重比雙南金。 呼兒檢點未零落，痛入重泉一寸心。 豪題大小中州集，遺山遺墨猶在篋。 今把嵩山遊草焚，靈風散亂灰蝴蝶。如弦之直百不回，縱横辜負凌雲才。擘窠字作胡旋舞，驚人詩句如崩雷。姓名空得九重識，文人槁項終失職。君胸雲夢八九呑，脱去芥帶忘通塞。年逾單豹顔童嬰，酒酣耳熱氣益振。何難大年逾靈椿，糠粃人世不逡巡。翛然而去返吾真，萋萋墓草秋復春。春觴湛淥寧沾脣，糢糊淚眼空兹辰，重江悵望交酸辛。

簡顔君

江路盤盤下上潮，櫂謳宛轉入風謡。何人得似顔明府，只飲中泠水一瓢。吾生到處耐淹留，蓬汎非徒怕石尤。一笑乘潮出京口，真如騎鶴上揚州。

讀圗東詩步見寄韻奉答

老癖耽吟感百端，君詩安雅耐窺鑽。賞寄自合千人見，攻苦深知一字難。風際疎篁清有韻，雨餘明月净無瘢。赤松許我仝仙去，分餌雲房九轉丹。

秋柳詩和作

催減清陰道路閒，秋風吹老舊容顔。難忘客館深相映，欲送歸轀不可攀。愁裏飛霜滿天地，曲中絲雨下關山。那堪淹滯隋隄久，摇落鄉園夢往還。

輓盛美東

彥方名德州人重，公瑾交期那處尋。湖上影隨秋萚散，天邊信報壑舟沉。雨昏遠夢飛梅蕩，月冷殘尊委竹林。教子已成千載業，獨將經術壓朝簪。

吹臺和韻

白頭尚作梁園客，倦向高臺望遠空。荒苑只餘修竹冷，秋山依舊落霞紅。眼看摛藻群公賦，夢斷誅茅半畝宮。旅思徒拋酒罏畔，還將長劍倚崆峒。

寄懷張聖書天麟沈奉宜大璋

一天風雨送孤舺，真意難期世路逢。霧裏文章猶豹隱，春前態度已龍鍾。空花如纈從經眼，雲夢平吞不芥胸。苦憶故人情味好，絕勝烟景雨湖濃。

書感

右手持酒杯，左手持蟹螯。俊味宛江鄉，韻事兼風騷。但恐性坦率，徵逐來朋曹。一瓢古老棄，况乃加煩勞。何如柳下坐，清談引洮洮。淡中滋味永，釋我之鬱陶。失身戒杜叟，没齒銘胸牢。

哀歌行輓湯屺南然

魯叟年不遐羲軒，陋巷隙光素驥奔。元氣羸薄痛乾坤，巫陽莫予皐甫魂。英靈悲嘯松柏原，湯君挺身儒者門。嶷然文正嫡曾孫，英年顔色清而温。一段瑩白輝瑶琨，因依庫略綿寢殨。筆力溟漲浮鵬鶤，六法八法藻騰騫。多師爲師厚本元，就吾談藝觴梁園。樺樹放萼紅焞焞，微爲批導辭不煩。砉然刃解無全犍，奇快擊破黄金樽。聰明雪浄破幽昏，徐遊窔奥目擊存。至道星海步崑崙，超悟始可窮其源。文正初從夏峰論，派合陸王兼清渾。晚識經流一氣噴，新安江連泗波翻。乃泝所聞心獨尊，予非覺者嗟懵惽。沿緣早荷先師恩，脉系似續仝來昆。溪漾風月清景繁，意欲偕子弄潺湲。驚呀計到涕湧溢，呼天祝予銜煩冤。一夕秋風敗蘭蓀，灘涣哀怨逾湘沅。孝廉船暝埋紅盆，夜壑移去無蹤痕。手草傳贊青鏤援，要使志行光揭掀。悲哉孝友以死敦，我知痛處不忍捫。掩抑苦調絃折鶤，絃外有意聲爲吞。他時詄蕩開天閽，霓旌訪子一晤言。詎等濁世諮寒暄，合諸先正吹篪塤。千秋傾蓋聯趾跟，今過墟墓月挂村。一杯滴淚澆陳根，哀歌聲咽叫斷猿，回首低空愁雲屯。

雷紋鼎與篪兒聯句和沈萩林廷芳偕㮮莊維材與諸子聯句作

金刀運久訖余句，寶鼎光同探。雷雷繞蚴蟉繩篪，豐隆走趁䞴。微凹寫窪坎余句，隱凸樵穹嵁。古血黯化碧繩篪，活翠烘浮嵐。砂斑紅羃䍥余句，銅綉青龕弇。贔屭身蹲伏繩篪，饕餮口獰谽。腹形脹封豕余句，腰篆縈眠蠶。顔涷大谷棃繩篪，膚滑宜都柑。底平盤龍鏡余句，蓋覆交虬盦。三跂烏趾錯繩篪，兩匡鑪耳儋。蝕痕囓追蠡余句，圓孔穿書蟫。黝色摩盾鼻繩篪，清聲叩劍鐔。古貌擬虞夏余句，上壽過彭聃。印盛勝登豆繩篪，提挈殊甖甔。自當實脾膢余句〔一〕，詎使污潘泔？器之貴而美繩篪，儐爾樂且湛。拚爲濡首飲余句，試作解頤談。圖籍紛肴俎繩篪，英華飽咀含。神姦象魑魅余句，博物逢僑剡。烜燀周王定繩篪，職貢來侯男。睢盱楚子問余句，觀兵耀戈錟。崇貫尊供御繩篪，陪牢從去聲宴酣。細號虸蚄窽余句，大烹犛牛函。龍文孰克扛繩篪，虎視何其耽。刑書伊可畏余句，贗品毋往參。季路列何忝繩篪，主父食應慚。望汾氣煜煜余句，淪泗波潭潭。刻鏤現脽壤繩篪，嗚吠昇淮南。金盤拆仙掌余句，銅鼓敲猺簪。垂文看泡影繩篪，紀功夢槐邯。朵頤意已鄙余句，染指情尤憨。翰舟思鱠鱸繩篪，羲帖書噉蚶。巾羃設畫布余句，栝杓羅㿳楠。開筵拉李白繩篪，侑食呼何戡。莫遣禁臠近余句，竊計充庖堪。却稱爠熊豹繩篪，顧眉燔鶉鵪。寵妾眉嫵嫵余句，鍘童髮毿毿。敗鐺足嫌折繩篪，豪杯尾喜婪。行廚竹瑣碎余句，坐譙花輕髿。緝御早授几繩篪，投轄常留驂。茶烟颺毿毿余句，香雲裊馣馣。饌經陋諮議繩篪，鼾銘勞研覃。當風吐茵涴余句，卜夜鳴鐘豁。需雲憶蓊蔚繩篪，湛露曾沾涵。不羡金七藥余句，時發黄封壜。侯鯖謝五門繩篪，官鮓却一坩。考父正傴僂余句，彌明休嘲唅。搜奇公等擅繩篪，好古吾儂妉。瓠尊汎汎下余句，土銼拍拍渰。素餐滯古苑時書院被水，遷寓舍。繩篪，旅食移團菴。一瓢澹泊永余句，百年粗糲甘。無庸樹雞栅繩篪，未厭提魚籃。閒心冷煖覺余句，世味酸鹹諳。養息靈龜静繩篪，攫肉飢鳥饞。吾家亦有鼎余句，萬夫莫負擔。燒丹異羽客繩篪，咒鉢嗤瞿曇。其質秉清白余句，其文攄青藍。鴻爐孔鑄一繩篪，欽識湯銘三。廉讓水斟酌余句，文武火焚惔。貽孫以有穀繩篪，寶我之不貪余句。

校勘記

〔一〕『余句』原缺，今補。湖南圖書館藏《弢甫續集》作『調元』，與全詩體例不一，故不從。

用韻贈友

中原數豪傑，何李孰禁當？吾黨躬删述，斯文任表章。修篁秋苑冷，古桂晝欄香。得子論宗派，家江遶寸腸。

率諸生謁遊梁祠敬賦長律

亞聖停游轍，賓師著耿光。峥嶸仝魯殿，焕爛比虞庠。多士從于邁，層階儼肅將。彭更還侍廡，樂克獨升堂。妾婦卑儀衍，滛邪掃墨楊。甲兵憐黟黷，仁義啟蕃昌。禮厚曾招叟，情迂且見王。周詩頌經始，湯誓鑒偕亡。陷溺誰能拯，飢寒劇可傷。盡心規隴畝，引領望嵒廊。述德追三代，編書屬萬章。徒移河内粟，莫樹宅邊桑。鴻雁聲嘹唳，池臺跡渺茫。年時翻白鳥，劫運换紅羊。秋色林巒迥，前塵鹿跡荒。天中煙漠漠，沼上月蒼蒼。大統于今一，中原自昔强。官因人牧重，俗以子來良。頒白叨頤養，黔黎際樂康。雞豚散晴旭，魚鼈詠濠梁。鄰接齊秦國，地成鄒魯鄉。七篇陳講席，千里俶行裝。覆砌油雲影，參霄古木行。颸然動帷帟，仰止入宫牆。黄目浮芬苾，青衿拜濟蹌。苔碑蹲贔屭，奎藻耀輝煌。王道謨誠遠，儒門澤正長。吾徒沾化雨，私淑意難忘。

輓盛晴谷熙祚

名場宦跡太匆匆，一病沉綿萬事慵。生訣故人奄暮景，魂傷今我黯秋容。擔囊却憶馳京國，橐管相將試璧雝。難忘天壇歸路晚，浮雲敲斷寺樓鐘。

遥題南池杜文貞公祠萩林屬

南池一汪静，皎鏡磨青銅。當時此臨照，寫公清妙容。高吟命儔侶，凉納玻瓈風。天寶烟塵作，百憂遂填胸。奔波半天下，白首嗟龍鍾。渺瀰百花潭，亦著滄浪翁。萬事去無跡，窅然秋水空。只餘哀時淚，斕斑吟卷中。有唐劫灰冷，清光獨無窮。昨君冠舄到，追仰前賢蹤。榛墟起祠屋，遶植松柏桐。楣間揭天藻，真氣驚魚龍。我生耽游歷，况乃心所宗。會捉圓笻去，卓破苔痕重。靈飈激幽籟，澹沲摇寒穹。

月　夜

空階汎澹白，荇藻交漣淪。絶奇衆木影，孤月寫其真。大文在天地，晃朗無垠垠。清暉正溢目，妙悟融心神。寒烟翳片石，夕露濡叢筠。明明入我室，無言獨相親。

贈張映緯經德

峥嶸秋谷後，誰復起山東？此事成千古，看君角兩雄。關山存老馬，風雨下孤鴻。梁苑餘修竹，平臺四望空。

依韻酬許丈晚榆勉燉三首

非仕復非隱，蓬飄易去鄉。研田嗟犖确，陸海苦溟茫。曉日枌榆社，秋風碌碡場。空懷茅屋趣，木葉點輕霜。

夢華存舊録，天水跡空尋。艮岳沙痕黯，駝岡草色深。風燈看世事，花木觸閒心。杭汴從栖托，蒼凉閱古今。

闢山千里遠，愁思六時周。旅病風情減，吾衰歲序遒。閒園開栗里，秘檢發葯邱。一杖猱騰去，塵緣合罷休。

疊韻再酬許丈三首

涉世多轇葛，難尋建德鄉。孤懷存澹蕩，獨往志淳茫。曉浄鷗浮水，秋喧雀繞場。峥嶸嵗晏，黄葉一林霜。

昭琴閒不鼓，百事忘虧成。兔苑奄三宿，雞壇謝屢盟。愁中秋月影，夢裏故山程。怊悵曾何益，沉冥了此生。

若箇峰堪買，誰能溷貉邱？秋陰看雨脚，夜響憶潮頭。客勸懵騰醉，天慳爛漫遊。郊扉吾計得，寒緑掩庭楸。

疊韻再酬許丈三首

愛逐無功跡，陶陶入醉鄉。世情多颯沓，古道久微茫。鴻滅飛空影，雞專妒敵場。籬邊舒一笑，菊蘂暗凝霜。

一士烟霞癖，端應置一邱。浮踪大河畔，清夢小山頭。蓬嶠原虚憶，梁園豈壯遊？何須論外局，鎮日付文楸。

殊方近依倚，夢接素心人。墨海常沾潤，衢尊共飲醇。宦游渾雪淡，旅食總虀辛。真實平生語，謀歸脱世塵。

飲石峰齋作

風掃空齋木葉稀，參差寒鵲傍簷飛。濃斟酒盞方迎臘，老閱塵途倍息機。防備雪花先墐户，飄殘雨點未沾衣。六年汴上從消九，不到沉酣不放歸。

雨

竟日淋漓洒不休，濺空碎瀑下檐溝。四鄰茅屋元雲羃，一夜池塘野水流。消耗雄心傾巨盞，禁當寒氣襲重裘。自憐老去長爲客，汴上蒼茫倦倚樓。

石峰惠筍

我生漸江繞江潭，四時燒筍夙所甘。朅來大梁苦夢斷，忽見一束提筠籃。此間竹萌如錐細，香苞劚自淇園南。二百里餘遞急足，新鮮曉露猶沾涵。脱却錦棚獨餉我，老饕喜得消清饞。砌童一顧顔色動，家鄉方法燔炰諳。近根扶寸不忍削，當筵下箸何其貪。香秔配送如填塹，快意飽肚摩婁酣。却思家山此時節，龍孫迸地攢差參。清晨壓肩販夫出，輪囷盡帶黄泥擔。貓頭重踰十觔許，入口不數江瑶含。西溪留下種尤美，深叢烟縷浮茅菴。僧家妙品自玉版，莫問禪悦參瞿曇。湖山吟侣一疎失，豈止一七情空耽？故人欲我羈愁雪，累及口腹深懷慙。久擬遄歸覔嵇阮，林中疏理荒徑三。戀君情似老昆弟，留對霜鬢垂鬖鬖。

題萩林勞山吟眺圖

盲風颯颯吹塵飛，誰如鏡浄天海圍。參和嵐波漲海氣，勞山直插東涯圻。吟仙昨挈錦囊古，登登屐齒衝翠微。成連一去海山窈，寂寥罷按黄金徽。丱兮巨艦掠鯨背，子孫絶島開軒闈。縹緲三山乍涌見，倏忽蜃怪升烟霏。褰裳濡足笑秦漢，東門惝怳曾何晞。神仙有分非可祈，妙道只在蠲塵鞿。蓬萊分明路咫尺，乘興便駕飈車歸。石樓吟聲殷空發，鼉龍答響回灣碕。哲皛俊弟如雲機，新詩璀璨明月璣。擘窠淋漓道士谷，令兄房仲《道士谷四絶句》最佳。交光雷電騰嵒扉。我欲之罘觀海市，絳宫明滅芙蓉旂。夜半俯瞰金鵶浴，咸池掀簸流紅輝。長嘯砉驚巨鰲没，龍伯國人抛釣磯。不羡安期如瓜棗，餐霞自足飽我飢。淯盤萬里足可濯，陽阿千仞髪可晞。鸞童鮫妾迭歌舞，洽天蕩蕩無是非。畸人識君恨不早，相與唱和娱清暉。

小齋即事

一春避酸風，怕射眵昏目。芟餘野菜花，誤認幾叢菊。緣階蒔衆芳，雨過漲新緑。培養如嬰兒，膏乳苦不足。連筒汲井華，澆灌課僮僕。日夕不辭辛，時至舒棼馥。

題萩林鉏經圖

昔我賦歸田，年裁四十餘。豈敢偷佚樂，苟焉遂厥初。下農處硯北，經訓爲菑畬。誰知紲塵事，飛光冉冉徂。痛心年齒暮，六籍仍荒蕪。君規静散地，高低結茅廬。梧桐照屋角，流水穿前除。烟雲流几榻，丹黄列千株。以身作倪寬，不輟終年鉏。借問人間世，寧復有此無？花源敞神界，津逮容老漁。倘許共秉耒，我願爲之徒。

酬石峰見送華遊原韻

何人喜我遊，送我雨後蟾。一老吟復醉，素心清且廉。畫格天所授，皴染攄毫尖。三竿兩竿竹，翠色新露沾。貌我釣江水，神妙過戴暹。今我經華岳，把袂依風簾。相思仙掌上，天星低垂檐。

召南書院贈張魯溪學洙

先期花塢掃吟牀，知我東來逸興長。灣口新香鄰野菊，城中嘉蔭得甘棠。秋宵對暎清心炯，微雨偏承醉面凉。最愛書齋饒寂寞，借居渾似白雲莊。

癸酉除夕

又見流光去若飛，尚遲晚計闔荆扉。文章不厭聲名賤，邱隴空憐夢寐依。病裏始知身健樂，老來彌覺氣矜非。懸知兒女團圞會，悵説家翁客未歸。

甲戌元日

梁苑星河曉色澄，書堂紅焰簇華燈。椒盤草草供僮僕，花管枝枝鬭友朋。病愛懵騰屢中聖，老安蹇拙百無能。東原行探春消息，日射鮫池一片冰。

奉懷圖東石蓮

蓬勃風吹泱漭塵，襟期翰墨兩情親。天教並世成酬唱，地入中原得主賓。夜夜却迴東陝夢，年年相見上元春。只憐一室羈孤影，不道連旬老病身。

圖東枉過奉呈步前韻

鄒枚何李黯前塵，又遣吾儕氣味親。曉色林通雙鵲啅，晴光波動一鴻賓。狂添嬾態迎新雨，病湧衰顔入早春。千里故人勞慰藉，風檣最惜苦吟身。

謝石蓮爲先君作墓表疊韻

推遷萬古隴邊塵，表墓看君下筆親。健振龍門青史手，衰淹兔苑白頭賓。瑶箋磊落揮千字，金匱熒煌照萬春。喜極翻教動嗚咽，淋浪灑涕病中身。

望石蓮不至疊韻

金粱不斷往來塵，獻歲懷君夢寐親。喬木自啼求友鳥，平臺空倚倦遊賓。催花已近中和節，燒燭須傾麯米春。窗角四更殘月上，起行怊悵影隨身。

謝圖東作旌門詩步韻

文章光燄長，李杜獨横出。亮節須特書，氣充由志壹。風木泣臯魚，蓬蒿埋仲蔚。其誰著野史，揮毫貯石室。先生藻彩揚，喦廊資黼黻。撰作旌門詩，彪弸文合質。當其立意新，下手風雨疾。噫乎老雕蟲，補綴令人𡁠。譬省大祀犧，瘯蠡不備腯。聰明凈于冰，詞賦懸諸日。銛鋒孰敢争，匕首濡縷血。破緘一雒誦，啣悲感次骨。老淚急瀑飛，將歸示兒姪。磨礲勒貞珉，鋪張掃穹窒。昌黎務去陳，難哉嗟戛戛。戰捷月已三，出奇時復一。直以千秋誅，敵彼百傳列。純孝結纏綿，神勇洗悸慄。端賴大文舒，名德標崷崒。蟠胸根柢深，牙籤窮李泌。有道無媿辭，醇儒富學術。明月三百顆，是用慰憂恤。映徹發幽潛，地底晶光溢。騁雄每乘酣，鐫鑱侵造物。變化亡端倪，焜煌爛華實。斯篇照碑版，德音尤秩秩。偉哉馬閿鄉，表墓書丹畢。詩文角兩雄，分捻如椽筆。寰海排壇場，觀者盡撟舌。江東表耆舊，綱羅到遺逸。哀思無垠厓，泫然流涕述。

圖東作旌門詩並書賦謝

公手有巨筆，惟椽杠如之。一揮摇五嶽，題作旌門詩。詩成自灑翰，跳卧龍虎姿。二者具有神，光芒萬丈垂。空中下斗室，賁若投天蜺。幽潛揚孝勇，煜煜照兩儀。我家有舊鐺，煮糜夙所遺。重如古法物，商周留鼎彝。烟寒數尺壘，兀突東海陲。狂潮不敢嚙，名與謝墩齊。發攄得鴻藻，誰復珍瓊瑰？歸船騰寶氣，老賈驚波斯。鈎摹一片石，贔屭負穹龜。客星餘姚山名争巉嵲，壓倒韓陵碑。先德藉文字，張此一段奇。世守付孫子，球圖競陸離。星斗並磊落，衆仰攢遺黎。斯文孕氣母，盤鬱結在茲。墨痕與參互，元精倍淋漓。歐陽紀軼事，萬古傳不疑。

誠懸予真蹟，一字價不貲。我今侈兩絶，入手色已飛。情至莫能宣，空有淚沾衣。德厚何以報，相好無時衰。

弢甫續集卷十二

古今體詩六十九首

清明日散步至周祠用山谷清明詩韻

隨俗踏青聊應節，尋僧啜茗總消愁。鶯催遲日聲偏急，柳裊輕風態轉柔。適體端宜著春服，冥心初不慕通侯。丁香一樹花如雪，種樹人今卧故邱。

送邵君復之官江南

雪滿燕臺走馬遲，河陽春渡正流澌。漢家才彦薪猶積，吴下兒童竹已騎。萬里沙抛寒雨外，君以河工波累左遷。百花洲及煖風時。獨憐杖叟游方倦，又向蓬池賦别離。

奉酬圖東垂示近况原韻兼寄石蓮

梁園修竹意須抛，濁水澄流苦混淆。景逼桑榆憐齒暮，夢過硤石戀心交。奴將丹竈閒房掃，近僑居道院。兒把焦桐舊譜鈔。猶挂嶽遊藤杖在，獨行終想履初爻。

示漫遊者

母寡祖年尊，緣何別寢門。續昏渾未念，生我豈無恩？三世延單緒，重江斷客魂。酒闌燈灺候，幸一省箴言。

醉歌行偕經德集右蓮寓齋作

大文本情性，述作編爲經。好友聚骨肉，篤愛逾所生。七年作客大梁城，眼中膠漆幾合并。東觀無人問長卿，塵埃趨走嘗戴星。西馳閿鄉東鹿邑，伏雌勞動庖丁烹。中間偷閒得半日，便拉老狂呼巨觥。近得山東張映緯，手揮長句才縱横。隔舍招邀品字坐，燒春苦露江濤傾。酒酣耳熱共談藝，洪音亮發蒲牢鳴。丈夫胸襟白雪白，昭回碧漢連光晶。高吟豈復論格律，直破蟋蟀蒼蠅聲。語到快處並飛動，相視大笑成㕢轟。侈誇吾門足才傑，東南之寶羅元精。後來雄猛此又一，漁洋秋谷追前型。吾友平生意少可，謂觀新作得我驚。中原壇坫盛老輩，參入壯士摩竿旌。吹臺曾會高李杜，入雲祠宇新峥嶸。空同大復許接武，亦得並祀臚甄鋣。今古論交等傾蓋，蘅蘭一氣聯芳馨。當仁自不讓，有志還竟成。趣温五斗仝解酲，勸醻屢卧雙玉瓶。氣衝雲霧開晦暝，斜懸娥月穿疎櫺。明朝馬頭去駛駛，急須杜母哺童嬰。老少出處各有營，有生努力争千齡。

石蓮躍馬歌

人生才地有定分，游戲亦復分短長。南人生未便鞍馬，殆緣遷地難爲良。腐儒尤哂乘船似，眼花落井同知章。矍鑠哉翁石蓮是，一鞭躍出如飛鶬。驍雄八尺唐驌驦，矯矯骨骼儕龍驤。東京健兒騎不得，翁騰而上嗔扶將。嚴城石路開康莊，四蹄蹴踏聲雷硠。舉策回旋疾若舞，逸群跉踔横奔忙。欻然一縱入雲際，跳踉直欲排天閶。滿身新汗散如赭，弭節按轡神洋洋。今晨陡遇行殿外，邀我回駕浮霞觴。東西馳道若繩直，轉瞬絶影遥相望。候門僮奴佇立久，移時纔到行廚傍。翁今兩顴暈朝暘，皤皤頭鬢明秋霜。有時雄談氣激烈，虬髯一部森戟張。自言生長邗江上，匹馬横截平山岡。紅顔白面鞞鞚去，萬人鼓舞看飛揚。臣今老矣隨班行，塵沙跼趣猶徊翔。興發尚能馭叱撥，不施羈勒超金梁。怊悵東華省舊夢，蹇驢彳亍迷紅香。吁嗟！翁才衝突不可當，後生誰得如翁强？紅纓玉靶駕神駿，追風躡景何昂藏。君不見杜陵老倚能騎射，驔駗一蹶終損傷。又不見焦校書誇足膂力，馬踏還貽脣齒殃。快意多辱識懲誡，壯心不已空慨慷。老去馳騁當廣場，照地人馬皆輝光。旁人共羡好身手，勸翁及早須收韁。

汴上歸輿

拂曉輕輿出汴城，朦朧郊墅未分明。詎能塵事如人意，也當清遊暢客情。草木風聲天際送，江淮月色馬頭迎。此歸更喜兒隨侍，一路豪吟得載賡。

哭厲樊榭鶚

樊榭軒然來，爾處士隻立。壇坫盛江南，詞流空累百。天孫自製湔波裙，五彩細織秋空雲。宛拖銀河六幅水，姍姍微步凌高雯。營室衆媰裂帛勤，撦撏襞積何紛紛。回看天章雲錦妙縫剪，神光獨映河之濆。人世流光疾如電，漢殿徒勞繇竹薦。年年飈馳青翰舟，韓江一水留歡讌。豈誠仙舘在芝田，蛾眉絶代悲迍賤。西湖明月勝揚州，清暉一洗樊川面。倚聲餘事稱絶殊，如霜月照紅氍毹。銀箏玉管配新曲，妖姬緩唱圓於珠。人間早逝小長蘆，吁嗟真賞良已無。暮齒鄉閭聊跌宕，强捻觥籌折花當。金沙淹滯孝廉船，齊盟狎主神非王。我客梁園倏七年，中間一會兼忻愴。憶昔廣樂調鈞天，步入閶闔襟佩聯。洞庭老仙憯吹嶰竹裂，不肯引置軒皇前。秋風吹墮伶倫影，黄鐘器散如飛烟。頗嫌上界足官府相與，鞭笞鸞鳳爲散仙。忽聞瓊樓亟召修文手，飛控黄麟捎北斗。紫府猶稀萬丈才，塵寰誰享千金帚？滿娘光射琉璃屏，磨墨看草新宫銘。衍波箋寫相思字，乞賦曉寒摇筆成。尚餘一恨到殊庭，阿嬰慟哭長爪生。老失知音我涕零，龍脣擊碎抛東溟。海山海水誰爲聽，空擕華嶽峰頭句，焚向金牛湖上塋。

發長淮衛

一出喧湫市，平郊物色閒。刀光明古水，眉意寫遥山。行子争飛轡，居人半掩關。林廬曾幾別，身老此途間。

殘　月

彎環月初出，容色尚然黄。漸上三霄影，纔舒一轡光。寒原稀草木，衰鬢老風霜。殘夢輿中續，依依在故鄉。

磨盤山

馬蹄訇鬭石岐嶒，磵道寒深踏碎冰。斷續鈴聲清似柝，彎環月色淡于燈。珠盤兒喜參盟得，繡韈僮誇彈控能。却惜磨盤山往復，老夫鬚鬢雪髗鬙。

關山奉懷梁采山先生澤

勒馬闕山頂上關，側身南望嶺南間。夢飛蝴蝶天邊遠，老惜騏驎地上閑。廛路空擕花管麗，丹砂難掃鬢毛斑。三年重照清流影，一度經過一愴顔。

晚行滁州道中

野曠雲收暮景澄，朱光照地綵霞蒸。寒凝陰壑冰千尺，清寫遥天雁一繩。鈴馱衝風聲迅疾，肩輿下坂勢軒騰。僕夫譁指關門近，烟靄林中忽見燈。

浦　口

松柏層層冠翠岑，霜天回抱氣蕭森。半生詞賦江關冷，萬疊烟波浦口深。笳角吹殘清夜夢，檣帆摇動故園心。渡頭芳草寒消歇，北固雲連一片陰。

甘露寺

江風擘岸冷蕭蕭，且傍琳宫艤桂橈。危塔凌空迎海日，清鐘破曉答寒潮。南來帆勢衝千疊，北顧山光盡六朝。莫問英雄遺狠石，一收遠景上巖椒。

題張荷宇大任夢母圖

生兒未周晬，母殁兒何依。未省母顔榮悴，焉撫兒身瘦肥？兒生弱冠餘，夢母顔依稀。

百年三萬六千日，十月辭母懷。又得此數刻，兒屢得夢母。兒應識母熟，母夢不來兒嗚嗚哭。

今夕何夕行呈瓜田

今夕何夕當元夕，三人喜來不速客。新知舊好總忘形，劇談轟轟笑啞啞。張丈與我頭雪白，瓊樹陳君光照席。久隔湘靈五十絃，重見錢生慰疇昔。銅槃高燒燭花赤，玻璃滿滿傾靈液。合尊不復辨主賓，小户五斗大一石。算老重逢乙亥春，張丈陳君寫我真。泉下故人今不見，謂予齋。吁追逸調彈龍脣。第一圖翻舊譜新，苧塍長溪情最親。高山流水知音在，天地中間只兩人。舊題句。牙生鍾子千秋續，坐我鶴洲揮一曲。泠泠語盡七條冰，心賞無言對空谷。沉吟此意淚濯纓，騎雲一去歸空冥。翻作新圖綴舊恨，金徽零落誰爲聽？謂寫衰顔今若此，醉餘兩頰留微赬。六十年前猶未生，乾坤清氣流風霆。眼中之人渺何許，十年長我纔童嬰。時光去我如飛星，五岳未徧俄頹齡。梁園久看古時竹，閩海還宕新流萍。承平風景喧簫鼓，鼇山駕海攢千炬。香車寶馬溢通衢，月色團團猶未午。閉門泥飲勝傳柑，爆竹寧聞響鄰户。百年良夕幾盍簪，爛醉何妨横枕股。諸君更盡金屈卮，老狂起作如意舞。讙聲豪氣積雪融，萬朵紅梅綻庭塢。

赴閩道山書院有述

考亭昔倡道，崛起于南閩。舊俗成鄒魯，聖脈延千春。道風徧嶺嶠，心月懸海濱。八埏同仰止，小子情彌親。童年師餘山，勞，諱史，字麟書，餘姚人，學者稱餘山先生。白首慙因循。至今未聞道，撫躬猶蒙屯。七年淹汴上，論説空齗齗。轉入道山路，步趨瞠後塵。顧惟心一寸，竊慕光景新。夢先識草樹，私淑非無因。

別瓜田步見送韻

我行泝漸江，離心水千折。故鄉諸故人，獨難與君別。躡屩凌仙霞，拔劍撥疲荼。書隨北雁飛，意共南雲結。

遥別聖書

往歲去中州，扁舟風雨夕。筵餘未寒酒，浦送將行客。今春赴閩嶠，人事苦牽迫。清緣靳須臾，良晤失咫尺。弗言富貴重，溷跡一邱貉。弗言貧賤輕，亮志千金璧。子病眼眵昏，我老頭雪白。此別路遥遥，相思情脉脉。舊夢繞林臯，新愁寄潮汐。

留别二友

十年幾聚散，二子非浮沉。有恪秉明義，无咎諧素心。豹采既隱霧，鶴鳴亦在陰。多文富自昔，明德崇于今。壯圖喜深穩，老病嗟侵尋。花白吟壇地，雲青道山岑。明晨即鼓枻，今夕猶盍簪。風波告我慎，離情深復深。

六和塔

峥嶸窣堵波，千尺壓江介。試登七級巔，直窮三浙外。下藉石脚盤，上與雲頭會。卓犖意境崇，磅礴氣勢大。流影卧澄瀾，聳身出塵壒。日月跳兩丸，潮汐横一帶。丹梯破鴻濛，金輪照茫昧。浮屠詫奇觀，歷劫發深嘅。草緑定山春，月白嚴陵瀨。依依如故人，迢迢瞻净界。回首失高標，揚舲長擊汰。

贈盛愷同支燮從行

相於已卅載，兹行復追從。擔簦出雨郭，躡屩升烟艫。有聞在頒白，無忝乎章縫。遠指道山席，緬跧先賢蹤。惟蕲緒言著，勿使經義蒙。愷同矢録予講義。我歲惜駒過，我體嗟龍鍾。炳燭自勝闇，此意將毋同。春帆破風浪，夜詠驚魚龍。清興窈無極，溪山一萬重。

留别族弟静軒有元并示兒子繩篪

迢迢川邑道，戀戀骨肉恩。悢悢别魂黯，凄凄江雨昏。世故莽錯互，心事難具論。清關謝塵雜，古籍滋本根。顧我精力減，念子歲月奔。兒識此語苦，洗心仝默存。

富陽

抱郛圻岸窄，偪水臨嶔巉。睥睨不數仞，歷歷覘松杉。城中俯江市，兀立升重嵒。曉航破烟潋，新柳捎春帆。買鮮就漁婦，罾魚解清饞。嚴灘已鄰近，風土超塵凡。

桐廬

超忽越灘瀨，水宿多鷺鳧。兩山碧相對，一江清若虚。細火半漁艇，輕烟繞耕廬。帆蒲下曉市，帷樹張春衢。橘雨釃點點，竹風行疎疎。桐君不可見，採藥思嵒居。

七里瀨步謝靈運韻

四溢山水暉，委屬引清眺。曉渚靄縈回，春嵒紛蒨峭。薄雲隱殘魄，澄波吐靈曜。白鳥破烟飛，青猿倚屏嘯。翠微食宿恬，芳鮮聽睹妙。菟裘卜終老，移文謝竦誚。攬秀飽新餐，凌虚穩孤釣。子陵如成連，移情留逸調。

嚴先生釣臺二首

釣臺在天上，坐俯清泠灣。意仝任公子，垂釣滄溟間。高蹤渺萬古，峻絶不可攀。惟許晞髮叟，擊竹此往還。

夾岸千峰湧鷺濤，便論山水足清遨。乳嵒拔起成孤峻，帝座抛來是一豪。寂歴江中客星冷，生成天半釣臺高。人家多半垂綸者，老眼雙明見汝曹。

謁嚴先生祠

巋然祠堂在，潔地占數弓。七里奔急瀨，一氣吹清風。青烟澮瀧口，綠樹生嵒中。灰寒雲臺跡，蕪没東京宫。春江流浩浩，客星明曈曈。芳泉薦一醆，靈旂渺高空。

蘭　溪

沄沄縣前水，廻繞成縠溪。殘月曉烟滉，秀樹春嵒齊。驛火明水郭，江市穿沙蹊。蘭氣浥汀露，酒香拆甕泥。繫攬古石泐，送客新鶯啼。一川閲人代，懷古風凄凄。

蘭溪感舊

龍鯉門外水，東逝流滔滔。纍纍古隴平，慘慘羈魂號。客死棄鄉國，野葬迷蓬蒿。親知此中在，悵望增鬱陶。痛淚賈一斗，聊當釃芳醪。

水碓

漢陰抱甕老，不以槹挈水。海上狎鷗人，能使物忘己。如何機心動，淳樸漓本始。水碓肇何時，江潭截瀰瀰。怒流亘曲防，通溝築堅壘。臨深以爲高，注茲而挹彼。面勢若建瓴，度地應濡軌。團團一圍三，輻輻尺有咫。横列常山蛇，左旋磨盤蟻。樞轉北辰星，儀測中天晷。木架捧橋衡，渚宫茸卑庳。編篷牛欄如，安臼兔殿擬。翻翻引龍骨，一一排雁齒。扼要運環中，通靈應表裏。操持在枋頭，蕩摇到沙觜。馭氣往復還，乘流行不止。昂首倏又低，帖尾俄更起。廡賃了無煩，城旦役可已。未用相杵舂，祇須簸糠粃。豈惟擣香秔，兼之造竹紙。不住碾圓規，便堪成側理。力作嬾保傭，辛勤弛僕婢。用如秉軸然，止即懸車矣。即事多所欣，爲械無用恥。宛轉恰關生，渾沌已鑿死。寧知浩蕩流，翻爲狙詐使。上灘良獨難，下瀨一何駛。逆浪不可篙，奔波激于矢。問誰推挽之，亦孰主張是。得意颼輪旋，失聲壑舟徙。便利累年專，機橦一夕毁。嗚呼詫神功，咄嗟出澆詭。雕斲喪天真，淫巧傳奇技。匠心鬬公輸，智囊壓樗里。偃師戲魚龍，郭郎舞傀儡。創制極精工，情性趨婾靡。器用乖先民，風俗鮮慤士。下流日已遷，中柱何由砥？一物騁區區，萬事知爾爾。我本息機翁，緬想無懷氏。

焦　嵒

遠睇色如赭，嵬然山石焦。崚嶒斷草樹，翕艴明波潮。碧澥涌陽燄，赤城建霞標。衝沙艤鵠首，策杖升嵒椒。輕烟映窈靄，秀色生岧嶢。況逢朝雨霽，光氣凌丹霄。

續高山流水圖詩四首并序

《高山流水圖》者，禾中朱丈苧塍彝爵鼓琴，沈丈似笠修誠聽之，調元題詩其上，舊矣。朱丈之子予齋嵩齡與予交最篤。匡道義，勖文章，予平生兄事、言行無瑕尤者，予齋爲稱首。今歿已八年矣。張徵士瓜田摹其遺容，并寫予，續爲此圖。蓋以予爲伯牙，而鍾期乎予齋也。江行展視，泫然有作，希大雅君子賡和焉。

援琴鼓雅調，難得心相知。前哲仰朱沈，伯牙遘鍾期。圖存人已往，足令千載思。七絲有餘韻，我與君續之。中存古山水，真賞良在茲。泉臺不可作，積念生狂癡。

狂癡苦積念，曷由把君袪？曩時君思我，醉夢皆欷歔。流光疾于電，八載歸黃壚。豈不奮逸響，識曲稀君如。玉軫塵既滿，冰絃理亦疎。翻作思君操，泠泠悲有餘。

餘悲不可散，淚作聯珠揮。清宵寒月白，魂夢接容輝。既來倏復去，未得留重闈。情感張徵士，古貌圖依稀。時似不恒似，神彩凌空飛。焦桐久不鼓，零落存金徽。金徽存故物，良覿終無因。賞音緬先正，同心祇兩人。繼起鶴洲彥，舊圖勞翻新。今晨偶撫縵，簾外江娥顰。江風黠騷屑，江水凄淪淪。我欲竟此曲，此曲滋悲辛。

雨發衢州

晨發西安道，沿緣度城闉。上游江聲急，下塘草色春。渺矣十閩路，懷哉三浙濱。心事鬱紆在，烟雨紛如塵。

後溪橋

篖輿雨若注，鴉軋聲酸嘶。囓足畏峭石，驚魂滑柔泥。風灘集沙鴇，烟茨鳴村雞。半嵒冒嵐重，雜樹連雲齊。行人襟背溼，籜笠寒凄凄。方慚役徒御，安穩穿林蹊。

渡　頭

緣江細徑斷，烟隈一艖横。涉灘舁輿上，截流安不傾。鷺奔灣洄白，麥映陂陀青。中洲桂櫂疾，隔碕烟蕪平。雨歇僕行健，草屧黏沙輕。湖村地名喜相接，曠然心跡清。

七里橋

青山森二塔，氣象攢高雯。隔江相對出，離立意不群。嶙峋卓若筆，匪徒誇凌雲。取斯風月夕，披抹大塊文。逶迤七里橋，蒼翠羅繽紛。遠岊黛嵐合，下潠清湍聞。沙乾脚不掉，曉霽心所欣。無爲悵于役，羈緒捐絲棼。

發清湖

澄湖釀清寒，過雨秀群木。泠風遠柳灣，翠靄迎茅屋。雙澗下青岊，一道緣白谷。阻修冰夷宫，罙入朝雲族。春山宿霧清，凌空放遐矚。

楓　嶺

寂歷清湖陰，潤發蒼翠藂。曲阿瀦白水，修塢延青松。烟畦歷方罫，嵐岫圍高墉。沙鶴追飛盡，喜趁陽光紅。遥峰尚積雪，粉本皴芙蓉。清暉溢遠目，竚立思雲中。

江郎山

江郎碧霄矗，重岫奔趁䞇。駢肩故自兩，累髻俄成三。亭亭十里外，遠矚浮晴嵐。就之肅揖翠，古色羅青藍。田坳滉春水，照影如江潭。陡竦鬼工削，離立天真含。仝根大冶鑄，一氣清鏡涵。匪他豈伊異，既翕樂且耽。流言遇群叔，恨不往而參。

峽　口

春氣暖連岡，張王撑空樹。迤邐列繡屏，一幀芳華聚。界畦濃緑分，漱麓奔泉注。修坦古木橋，草屩凌空步。清漪愛沿緣，回溪三兩渡。時見碧桃花，仙喦賞心遇。

白　鷺

襹褷雙白鷺，破靄相追飛。映水弄清影，凌風翻素衣。叫嘯命儔侣，飲啄舒天機。忽穿烟島去，仍泝江田歸。白波春漠漠，青塘夕依依。渚禽競高格，似爾風標稀。

溪水吟

兩峰軋霄峥，一道穿石罅。晴坳作雨飛，陰谷流雲下。蔥蘢竹柏交，清光巧相借。中含韶濩音，瑽琤奏日夜。眺聽意忘疲，緑縟茵須藉。

見一峰似育王山感賦

仙霞接群岫，合踏千孱顔。青霓曳旍罕，紫烟縈髻鬟。連峰數千里，一氣紛鈎環。俶俺列萬象，金碧晴斕斑。中有狀覆釜，宛似瀫江山。鴻鑪本無意，客子心相關。有情繫舊國，悵望層霄間。遄征逐飛隼，未暇樵梯攀。

仙霞嶺

峻嶺入仙霞，鳥道盤空翠。春林氣吐芳，曉岫烟含媚。石劍天西東，瀑雷峽内外。選塢闔籃輿，撥雲到梵寺。蟻陣群客行，豹聲一犬吠。俯瞰昨來徑，巒嶂俱帖地。乃知乘凌高，置身倏天際。

嶺寺池魚

石澑瀦山泉，冷甃似半月。緋魚百十頭，金鱗漾超忽。生趣具堂堂，清流趁活活。雙鵲下空除，一螺潛幽窟。其上冠紅亭，形勢倚岑樾。沉吟櫟園詩，匾刻周侍郎詩。凄響焦桐發。人去射烏樓，老氣猶鬱勃。我方物外遊，池寒沁到骨。滄作濠上觀，野性謝天伐。

溪　口

崴嵬不可極，疊嶂延三衢。霞嵐一映發，水石千盤紆。翠禽苔上憩，白鹿雲中趨。春風飂然至，檜竹鳴笙竽。麥光青泱漭，旭氣紅扶疎。延緣出溪口，激波揮連珠。源花慕陶記，橋石嗤秦驅。瀏目愜幽賞，永日忘崎嶇。

溪石篇

疾下大竿嶺，水石益奔峭。淪波鼇首濡，曝日黿背燥。中流砥禹門，厲風虚衆竅。二姑渺江磯，三神浮海嶠。有時鼓磅礴，湧雪圍䴉䰼。一片雲根盤，萬點雨珠跳。澮泞意已恬，滑澤色逾妙。險蹴吕梁遊，穩坐磻溪釣。帝憐渾沌鑿，人引嵚崎笑。天成溪石圖，失喜顛米叫。

曉發九牧

青山翠靄繞，曉色開雲屏。炊烟草舍起，雞犬散林坰。門前帶流水，日夜喧清聲。景色含淳古，秉耒逢村氓。蓐食急奔走，犖确争山程。扉屨信况瘁，暫憩香茅亭。奔波無貴賤，物役俱怔營。沙田得半頃，息意從春耕。

杉　枋

坡陀繡淑景，新緑延杉枋。丹嶂生暖翠，晃朗朝日光。鳴鳩隱村樹，流水環溪塘。三農肇舉趾，萬彙方載陽。稚耄生各遂，雞狗偕相將。花源不知處，澗塢多紅芳。

嶺　頭

萬峰縹緲湧，一氣奔嶺頭。岡巒勢忽斂，天海烟自流。春林遞晻曖，谷鳥交鉤輈。平山如碧浪，澮浥寒悠悠。淺麓帶赬壤，暖映風茅抽。意似石屋路，繚曲趨江洲。短僮始遠出，頗憶湖鄉不？

題村塾

板橋響春水，古寺苔花皴。書聲竹間沸，諦聽清心神。丱兮覩婉孌，童子六七人。拭几筆研具，列坐禮法循。先生皐比擁，鬚鬢俱如銀。藹然肅客入，語笑何温醇。承平文教盛，弦誦際海濱。耆儒體貌古，童蒙意向新。幼率弟子職，長充觀國賓。感念吾孫子，養正須及辰。

漁　梁

漁梁色娟净，水緑横春波。南浦省舊别，送遠傷如何。盛顔結大義，矐首期匪他。世事足幻異，人情遂乖訛。稱詩信誓在，越禮壞坊多。逝梁已發笱，食魚寧必河。有情誰能遣，對此紛滂沱。令儀願終保，延佇舒嘯歌。

揖仙橋

揖仙在溪塢，詎假秦皇橋？流泉漱寒玉，歸雲捲青綃。飢抄青精飯，渴注松花醪。婉兮靚衣縞，怡然樂垂髫。淺山引淳樸，遠市辭紛囂。村農事耕鑿，舊俗何由澆？有情戀水石，無累儕松喬。喜不緇我素，去住形神超。

仙　陽

行行出仙陽，豁達南閩路。晴光轉微波，碧霞延芳樹。御乘列子風，市散張超霧。亂灼天桃華，輕拂鳴鳩羽。昨自清湖來，千巘莽回互。一重倏一掩，三朝復三暮。雖經梯磴攀，幸免滛霖注。岧嶤睇浦城，知在烟生處。

浦城

川邑會劇邑，睥睨生雲烟。仙霞接北麓，常玉通西壖。嵯峨起樓堞，形勢開南天。昔者未蘇喘，比户猶蕭然。承平蔚生聚，冠蓋何連翩。永懷西山老，光景鍾山川。考亭有嫡系，衍義垂遺編。至今無諸國，道脉千秋傳。末學眇聞見，講舍慚招延。緬惟鄒魯澤，浩衍由開先。經過式故里，載詠高山篇。

臨江石篇并序

浦城城外臨江口，奇石横出。去山麓里許，平田暗度，石脉二三處，如雲如浪。較昨年所見岱趾姜公橋石浪，别成一格。爰喜躍成此篇。

灝氣互融結，産石江之濱。坦邐坼數片，詭怪如有神。澶漫緑畦列，嶺脉通匡垠。星光墮江面，變幻成嶙峋。矗如妒羅緜，妙作披麻皴。軒然雪浪起，層疊鋪鱗鱗。其上亘鯨背，其外浮龍津。斷續北固口，衝突西泠濱。洞庭皺透瘦，飛來舞蹲蹲。海上倏破碎，吞吐連淪淪。女媧鍊不就，鬼斧鑱無因。大哉胚渾力，隨手施陶鈞。昨觀泰岱麓，石浪生粼粼。雲根此尤異，體格羅清新。生憐拘墟士，一卷誇翠珉。大文眼未覩，胡由闡坤珍？

九　湫

九湫在何處，未聽湍聲豪。靈雨從東來，颯颯喧林臯。烟空矗遠岫，翠髻施新膏。嵒樹洗濃緑，秀色千重高。微風拂籃轝，薄寒意蕭騷。飢劬正爾迫，欲得傾春醪。

西華嶺

嵬峨西華嶺，天半雲浮浮。重嵒勢合沓，駿奔元氣遒。今晨洒靈雨，磴滑輿丁愁。撑空仰兀突，彷彿仙霞不？巔厓表獨立，天横大九州。冥冥烟霧裏，龍吟廻其頭。

下嶺作

自天危嶺下，沙軟遵夷庚。黄犢水田散，零雨聊休耕。惟有茨篷底，水碓聲不停。苟非歷嵒阻，誰愛春陂平？啁嘲泥滑滑，任汝林中鳴。

大湖嶺

盤空又陡峭，登陟良艱虞。濛濛滛雨瀉，衣幔咸沾濡。到嶺暫一憩，粉餈解飢劬。重嵒上復下，不見澄浤湖。得毋事墾闢，疆畎開填淤。汝仇故鄉土，汝仇湖在餘姚。蓄洩爲時須。新畬貪數頃，荒厥千膏腴。當時剷湖議，風謠陳野夫。未叨轉圜聽，卒並成萊污。王政重水利，隴畔汪洋瀦。杞憂是處抱，客路重欷歔。

曉發石陂

群峰生曉烟，泱漭委復屬。繚繞度青林，晻曖散白谷。微雨始飛絲，纚點俄撒菽。村雞鳴膠膠，隴雉雊粥粥。樹盤堤岸牢，水帶泥塗濁。溪行逆水船，坡架負嵒屋。于役苟無飢，野店晨炊熟。

後溪石篇寄圖東并序

昨度大竿嶺，見溪石崟岑殊狀。顧中不行舟，類造物盆景。臨江，石緣岸突出，陸離數片，特怪麗叫絶。自蔣溪至大羅灘，兩岸峻嶺夾峙，石脉散布，尤恢奇不可殫述。舟行巉巗詰屈間，長年把招指揮，沿洄神妙，故有『紙船鐵艄公』之諺。然已見摧敗二舟矣，乃作《後溪石篇》。客歲經岱麓，作《石浪行》，故人張圖東極賞蕪作。兹合書一通寄之，感知己于僕情惓惓也。

建溪溪中石，俶詭莫可詳。小者鷖作點，大或鼂爲梁。妥帖隈灣伏，突怒中流昂。對壁雙厓陡，袤延一道長。磊磊頳虬卵，排排白鷺行。疑城屹然立，破冢窈而藏。侹走駭山鹿，呀啄森天狼。屏障相向處，脉縷未渠央。弄舟手最敏，把招神獨揚。穿峽度恰恰，激箭飛滂滂。逐北亂蹂躪，指南灼毫芒。周麾先蝥弧，風利下龍驤。失勢駻土委，崩聲擺雷硠。驅鞭拒秦始，開鑿遺禹王。續作溪石篇，遠寄圖東張。奇豈破鬼膽，怪已入我腸。

大羅灘

松巒汎煖翠，烟昊開新晴。春淙散溪澼，石脈涵坳浤。衝灘燦銀礫，清旭懸金鉦。峽口象馬立，濤頭組練明。長年一不戒，敗槳雙奔傾。宏農悵失寶，汨羅幸全生。吾欲鏟地險，神力無五丁。永念垂堂戒，慎勿犯險行。

弢甫續集卷十三

古今體詩七十一首

曉發營頭

筍輿曉輕舉，骯髒輿夫肩。營頭實孔道，賓旅何駢闐。驛路修且阻，軒蓋方連翩。夫征古已渺，傭調規寧沿。郵籤遞即次，往復溪山便。沙乾落野水，樹曖縈嵒烟。牽扛悉民力，仁者心惻然。默慚勞傳遽，荒坡碧延緣。

麻　源

溪嶺入幽峭，净磴趨麻源。樵斧應深谷，農耒臨芳原。嵒巒滉雲氣，茅茨帶烟痕。穿林翠禽叫，落坡春水喧。野老綏荷蓧，山僮勤灌園。建陽近接壤，蔗田少争言。披榛此來往，依約如陶村。

山田

山田形勢異，參差萬不齊。物土匪南東，敷菑隨高低。日射赤韎韐，水漾青玻璃。堆堆虎卧石，曲曲蛇行溪。彎彎半蟾魄，重重圓馬蹄。三稜脚舒鴨，一尖角壓犀。下寬膽瓶町，中細腰鼓畦。繡錯七襄錦，剡鋭五等圭。隴首左耳割，沙滑長舌犁。冰裂春塢畔，龜坼夕陽西。層邱列梯桄，修埂拖虹霓。麻皴雲裏岫，之字烟中蹊。從心衮延闢，入眼紛綸迷。堯封悉播穫，禹甸無端倪。耕鑿忘帝力，擊壤歌蒸黎。

浮梁

爲梁仿古制，造舟賡雅詩。紅艘數十列，鐵鎖百丈維。中流櫛比在，一氣鈎連之。巨板忽雲斷，輕帆復飈馳。宛如閘啟閉，不礙輿逶迤。華表形對矗，彩虹影卧垂。華表榜『彩虹垂影』四字。王政溥利濟，大德叨隆施。春光遠澮淹，芳草含碧滋。

渡頭

建陽溪轉急，未可安浮梁。問渡入舟穩，截流緣岸長。沄沄下篙竹，滴滴濡裝囊。回湍散駕鴇，僵樹維艅艎。洲隈芳草緑，灘口浮沙黄。瀾狂數柱砥，川廣一葦杭。登厓睇枉渚，落日滔孤光。

霧中發建陽

春空塞重霧，四際白渺漫。惟聞水瀺灂，不見峰巑岏。鳥語競嘲哳，竹影迷檀欒。楊僕船難辨，張超市可觀。露珠綴歷歷，火輪上團團。川嵒俱在眼，廓然天地寬。

萬溪頭見行舟作

萬溪石亂疊，横絶無舟路。谽谺砉中開，數折莽回互。艓子伏灣限，蓄力伺獨騖。當招分寸明，船首有招，諺呼把招者爲當招。一綫穿峽度。聒耳舂湍豪，激矢飛奔注。習流衝波先，薄險驚呀屢。一灘復一灘，陽侯方盛怒。

北　坪

沙洲接北岸，潺湲繞修坪。中流金霓卧，返照黄琉明。藏舟競晚泊，劃井宜春耕。猶餘一片石，突作蟂磯横。

溪口横石似龜形

津頭石横出，宛肖形體穹。曝背沙圻上，昂首雲濤中。永辭豫且網，浮動馮夷宫。誰此築唫塢，老作龜堂翁。

曉發建寧

五夜溪聲洶，一江霞彩飛。春光日杲杲，客思雲依依。鳧艇集芳草，女牆含翠微。麥田野色潤，松岫朝烟霏。道傍翁仲一，榛邱失崔嵬。身名早翳没，貴賤同所歸。

謝　坑

青山窈窕横，碧水逶迤轉。穿沙荻已芽，浥露花猶泫。烟開曉嶂明，草縟芳茵軟。市橋接磴平，村路沿源緬。杉隴亂飛鴉，桃溪獨吠犬。滿眼謝家詩，行愛吟髭撚。

盆　灘

横溪岸沙圻，崟岌蹲危灘。如馬戒觸石，奔鷺驚飛湍。青春景蕭瑟，白日人森寒。津頭洶潮汐，舟底凌岡巒。流萍一葉轉，射的千篙攢。狀狰奇鬼搏，影黑飢蛟蟠。旅人重名利，舟子輕波瀾。乃心分走險，無嗟行路難。

黯淡灘

崢嶸第一灘，盤空排峭石。衝濤開嵌谺，束峽赴險窄。囊濡蛟涎腥，艇解牛刃砉。千瀧激雲根，五夜宕月魄。錯磨山色青，碎擘天光白。邪許九鼎遷，撇捩一梭擲。天地豈不仁，黯淡此行客。

夕燒

春疇闢磽瘠，夕燒明空虛。欻然星星動，俄而艷艷舒。便欲爍金石，立見燔茅蒲。著根亂膈膊，趁力狂吹噓。烟騰散鴉鵲，勢偪奔免狐。燎原撲難滅，炎岡焚與俱。貽殃池忽及，欲逃門則無。火牛衝奇陣，燭龍照幽都。漫山播烈燄，匝磵然洪爐。焕爛剩赤壁，赫熾侵黃壚。焦經楚炬後，黑騐秦灰餘。老物已受燼，新雨紛流污。農勤百畝糞，田美千金圩。兼用火爲耨，尚復米如珠。作詩警荒飽，農事存諸書。

夕抵延平

秉炬煩阿囝，夕送行人行。片月波中上，繁燒嶺頭生。喦影闔復闢，磴勢陂且平。飂飂樹風動，嗷嗷沙禽鳴。遠際波光白，近前草色青。疾趨未即次，利涉方爭程。烏榜翳暝霧，雉堞飛春星。延津此津逮，市火沿流明。

延　平

有宋諸大儒，考亭集其成。宏源導濂洛，豫章注澄泓。汪洋至閩海，巨派注延平。遥遥接洙泗，乃匯于南閩。學川溯源委，先河亘元精。吾師子勞子，倡道姚江清。支分媿斷港，細涓空泠泠。

劍　浦

神物必有偶，津合雙蒼龍。精氣暗相射，踴躍相追從。皓月映鐔鍔，冷色浮芙蓉。劍水清蕩潏，劍石寒巃嵸。無復雷騰上，自愛潛其鋒。凝眸延平口，萬古青濛濛。

劍浦懷石蓮兼寄經德

夙昔抱微尚，獲遇知者知。風義追曩古，膠漆堅相持。憶昨斗酒會，盡吐胸中奇。吾徒山東俊，亦復聯襟期。曲室影倏散，各在天一涯。人生匪麋鹿，豈得無別離？忼慨志千古，努力良在兹。鬱律雙龍劍，會合自有時。神鋒保不缺，詎惜形參差？我行延津上，悵望重逶遲。

雲嵒約卜築，白首相礲治。

鯿魚

新受漁人釣，偶得槎頭鯿。銀鬐尚撥刺，清川失淪漣。縮項生使獨，朵頤愛何偏。莛莛入午饌，白白羅春鮮。新語吾何有，素書寧用傳。夢回烟雨浦，情繫竹竿篇。

棃灘

棃灘衮夾峙，細浪中漣淪。石肖墮跕跕，舟如縢鱗鱗。小疊麟洲島，大闢龍門津。映草鋪青綺，奔鷺翻白銀。數堆麋角解，一片鼠尾皴。駘宕去嵒險，流覽怡心神。

急溪渡

一溪響淜騰，何事急于客。數柱屹當衝，歲久亦漸坼。水性本至柔，勢激乃摧擘。觀其志必東，千折固莫易。一舟横津口，閒時纜鐵索。問渡猛撑篙，毋俾崩波迫。窅然默澄觀，奔忙自日夕。

白沙嶺

插天一峰挺，威紆盤白沙。條風動和煦，萬木生榮華。磵泉幽自語，山桃昨已花。嵒坳散雞犬，鄰曲嬉童娃。樵隱意各適，羲燧風豈遐？羈禽去不息，僕僕行天涯。

清風嶺

連山勢合沓，梯登千仞青。重嵒積翠合，一磴浮雲平。新畬已夕燒，布穀催春耕。愛此中田饁，永無外患嬰。穹石倚絕巘，古木排空冥。清風播嶼广，中或藏天泯。

發清風嶺

出户下嵒磴，爛爛行黃沙。曉晴雲欲散，氣暖桐始華。水禽鳴格磔，山畬闢污邪。荒隴卧斷碣，壞道横古槎。溪灘隔林遠，驛路穿嶺賒。弗嫌老冬薄酒名，匏斟就山家。

溪　筏

溪行最險惡，編木代剡刳。疾于開頭柁，連即銜尾艫。溜並注篙下，風亦張帆趨。帖波婉平進，傍石輕盤紆。篷類蝸負殼，人如水汎鳧。莫喻彼岸筏，絕勝中流壺。溺人自必笑，入水原不濡。吾行異浮海，未用資乘桴。

見舟行石灘中

衝波避廣川，石灘不辭陜。平定一帆張，傴仄兩厓夾。淺篙下手頻，小舟轉身恰。渟著經曲阿，急溜下清霅。漣漪汎鴨頭，濡滯熟羊胛。渺渺接通津，巴船横出峽。

橄欖

不脛走天下，磊落堆盤青。齒牙未得利，舌本終回馨。標格近交廣，風味誇吴傖。悠悠失真賞，的的含孤清。我來漱芳潤，天實鍾精英。誕育此佳果，尤珍以諫名。

水口詢知萩林消息入舟作

山程盡崎嶇，水宿聒湖澽。灘入古田平，驛臨水口窄。看鏡對黧顔，推篷見皓魄。棹泝波鱗鱗，岸送鳥磔磔。旅候入深春，人夢牽今夕。良知不可親，怊悵南行客。

竹碕關

竹碕景幽峭，緑陰設嚴關。漁鹽集官艇，雞犬鳴市闤。厓石竦嶕嶢，烟水紛灣澴。吾心澹無慮，散策空陂間。

洪山橋入福州城

洪山驛路坦，斷橋溪水喧。緑烟曖廣甸，赤日輝重門。嶺嶠氣象麗，海彊都會繁。烏石照疊席，考亭遺緒言。人文盛冠蓋，吾道賡篪塤。皓首漫于役，素心良自捫。緬懷汴上轍，益厲河干飧。此邦足耆舊，古義同討論。

觀寓館畫壁醉仙奉懷石峰二首

誰掃池上壁，愛圖飲中仙。流霞既醉止，玉山遂頽然。似散子騫會，欲拍洪厓肩。欹拄緑玉杖，歸踏蓬山顛。有懷汴上叟，妙過岳與虔。乘興潑水墨，落紙生雲烟。幽襟激昂在，良覿慳清緣。

憶君東齋壁，墨竹寒修修。筆法篆籀古，谷勢篔簹幽。絶技文與可，篤愛王子猷。此中有深得，萬事行歸休。嘗欲貌詩老，笑傲凌滄洲。春風吹客影，遠到天南頭。阻闊三千里，對此增離憂。

誦黄莘田任詩集奉贈

滔滔墨海浪，節義爲泉源。既老作聱叟，初生實愍孫。君生三歲，曾大父仲允及堂先生全節歿于武陵。壯攬中原轡，首傾北海樽。暫出謝塵路，遄歸守衡門。腰難折元亮，骨豈屯虞翻？後凋秉松性，幽芳溢蘭言。詩因麗則美，道以清貧尊。近訪吟壇峻，叨分釣石温。輸心向風雅，燰眼如弟昆。六律駴奇中，一羽横高騫。此事繫千古，心知容細論。

奉題林蒼巖正青一研歸耕圖

研田苦磽瘠，却無非意憂。歸從陶潛賦，耡逐倪寬儔。書種乃肯播，經畬不輟耰。夏畦體非病，春暉心欲酬。母夫人今年九十有五，吉人，先生德配。爲子既供職，力農亦有秋。萬事等破甑，一研誠菟裘。潔養踰百稔，此外夫何求？

謁范忠貞公祠

桓元睨晋鼎，侯景窺梁臺。彼皆際昏黷，跡尚隨烟煤。聖朝撫興運，幺麽叢禍胎。連雞詎能躍，孤犺遂先摧。堂堂忠貞公，百苦志不隤。吟留圜扉壁，字漶前劫灰。鬼雄掃狌狖，靈旂拂雲雷。豐碑勒奎藻，天漢同昭回。祠前海色净，萬里青冥開。

烏石山

維南有崇山，岧亭立烏石。緑陂曲折升，清風左右掖。嶔巇古削平，蒽蒨新紛積。鼓旗二山名繞郭青，海湖際天白。飛鳥疾于梭，浮雲滃在舃。烟華萬瓦流，日氣重嵒射。曲隖帶茅茨，荒祠蔭松柏。俯臨照眼明，春苔一池碧。

烏石山觀海

全閩環大海，水天入溟濛。春長蛟涎白，夜睒鼇睛紅。肇闢無諸國，略定樓船功。一氣羃島嶼，三神駕虚空。遠飲咸池馬，高挂扶桑弓。沃焦奔逝水，鬒鬢成秋蓬。狂吟烏石上，潑墨留孤踪。

謁朱子祠

雲中搆祠屋，道山鬱嵯峨。肅恭陟階石，愛惜周庭柯。當時僞學禁，未造宵人多。轉憂騁弔詭，偏喜成乖訛。儒宗揭如日，異議操吾戈。決防苦不已，横流將如何。嗟予具綿力，立志回頽波。尊聞正無缺，率履平不頗。止宿有精舍，欲往攀青蘿。

疊韻別吴牧堂謙鋕

密契聯膠漆，微生念本元。烟波廻斷梗，薜荔撫衡門。聲動離絃操，情銜別酒樽。雲山原自遠，暑雨却辭繁。雙眼深知注，孤心不可言。恩期培梓杞，價謬長璵璠。直以醇醪醉，寧因疊席尊。鴛鷺儀共仰，蒲柳質同論。講舍縈群彦，通門結後昆。歌驪勞見送，往復過高軒。

發浦城

江城散清旭，力疾升籃輿。溪水鳴瀄汩，石徑延威紆。草木蔚千里，霞嵐明四隅。往復經嶺嶠，倏忽披茂蒲。病容黯悴柏，老景奔豪駒。西山緬遺韻，欲去還踟躕。

梨　嶺

風挾雨聲大，梨嶺千尋高。雪瀑喧溪厂，油雲冒喦嶅。乳鳩坐深樹，飢鶴盤荒臯。喜得厓寺古，暫憩行人勞。茗飲得所適，箕踞何其豪。石林響淅瀝，來者方滔滔。

茶　嶺

潺湲高田水，下田噴薄流。清聲浩不息，迤登茶嶺頭。青松列偃蓋，白雲興層樓。疎疎水苗足，嫋嫋風蒲抽。喚雨雌雄鵓，渡溪子母牛。堅木接斷彴，暗徑穿深溝。開畬去怪石，并力亞旅稠。心忻荒穢闢，秋穀盈西疇。

仙霞嶺

峭壁拔千仞，蛇徑盤高天。高寒隔風氣，陰晴吐氛烟。當關一夫力，百萬誰能前？如何摧破日，雄駿横争先。我行踰險峻，隔月重沿緣。昔來經春雨，新草生芳田。今歸際溽暑，繁木蔭清泉。長途困顛頓，老體嬰沉綿。閩山謝修阻，浙水衝回旋。浮雲白泱漭，望國心暢然。

江郎山

江郎好兄弟，終古此肩隨。山心鎮長寂，雁行不暫離。成仙詎踽踽，篤愛方怡怡。雨晴共倚薄，寒燠堅相持。世情匪盤石，何能無轉移？

輓古春

襬褷歸羽自南溟，雪上追踪逝莫停。鴛渚親朋慳後會，鹿門耆舊失前型。桐孫待鳳千尋直，松麈成龍五粒青。惆悵研池浜畔路，素舸風雨不堪聽。

梅花和定嵒韻

春逗孤山倚水樓，心隨片月到南州。送迎隴驛傳芳信，淹速江關問路由。萬點雪花飄遠夢，一枝柔檮動清愁。空階及與君相見，留着寒香在樹頭。

紅照銀燈冷蘂繁，二千里外别家園。笑巡簷砌春風煖，吟度關河野水昏。老瘦獨凝冰玉骨，清寒長錬雪霜魂。庾公樓畔情緣重，一朵花酬酒一樽。

酬定嵒見贈韻

鼓櫂風生落燈夕，登樓月到上弦時。濂溪便可成新築，湓浦依然戀故知。舊觀神明勞子復，無邊光景係人思。此間吟弄勝騷辨，未用看雲入九疑。

入濂溪書院酬定嵒韻

烟水卬須此一時，餘山流澤有前期。露滋林竹無窮翠，風度溪蓮莫道遲。相顧析薪期子荷，却教拔劒撥吾衰。諸生四面雲岑繞，樂向書堂聚故基。

入書院呈定嵒

湓水千盤寫素襟，臨風重撫伯牙琴。九江試攬春前景，五岳還論物外心。豈謂嵒居涵遠志，恣教客坐放清吟。參他鹿洞鵝湖跡，新闢書堂振士林。

午　晴

江城過雨午晴初，汩汩春泉溜决渠。一樹梧桐纔着葉，疎陰已解弄前除。

送定嵒之彭澤

一庭花氣釀初晴，隔院春風送鼓聲。排馬忽傳彭澤去，沿江垂柳已藏鶯。

懷定嵒在彭澤

連朝雷送雨聲麤，高下陂塘水濺珠。料得馬頭春色好，撩君吟筆蘸彭湖。

蘭

打燈風雨度連晨，狼籍花枝餞晚春。留得江潭香草在，渾疑芳潔對靈均。

喜定喦歸自彭澤

柳色青青拂繡鞍，歸來藍尾宴春殘。畸人坐對桐窗雨，忘却花期過牡丹。

簡定喦

二十三番過好風，端催芳信楝花叢。江南春色堂堂去，驀地櫻桃照眼紅。

疊韻簡定喦二首

連朝難得十分晴，新咏因風一寄聲。濃緑暗催春色去，花叢垂盡囀雛鶯。

舊夢紅香快據鞍，旗亭唱到百花殘。而今白雪堆明鏡，人世曾無却老丹。

簡定喦

幽軒恰稱老夫潛，鎮日無營醉咏兼。瀉澗輕摇沙影白，緣階新長草痕纖。

江城晴眺

起望晴光滿，江城草樹新。鰣鰉初出水，蛺蜨遠隨人。天霽容如沐，山明意覺親。楝花風已到，對景惜餘春。

立夏日雨讌定嵒齋

邀就西軒共拍浮，芳醪不用過牆頭。遄催雨裏三春盡，一洗天邊萬緑稠。簷溜争看飛雪瀑，屐聲曾不到江樓。酣餘似覺微寒動，却引薫風颺小裘。

送人疊韻

一灣絃月照虚窗，客伴難維下水艭。蒲緑當風抽别緒，梅黄過雨激飛瀧。懷人夢繞滕王閣，送棹情隨左蠡江。旅跡萍蓬俄聚散，好留餘興續開缸。

偕定嵒晚眺

遠映層穹碧，清收宿霧昏。誰將青玉劍，截斷紫霞痕。謝朓耽詩境，陶潛趣酒樽。無窮醉吟意，愛與素心論。

濂溪書院瀑布歌和定嵒韻

廬陰舊是元公之所宫，雲峰四涌環當中。一派飛流蕩寒碧，濂溪之水春瀜瀜。清飇欻吸吹激萬萬古，助以懸流不斷號松風。七百年來元氣復，亭臺參錯攢層穹。瀑布一條引自遠山背，白日飛下滄海蜿蜿龍。鑿翠信鬼斧，捲白驚神工。今辰值卓午，萬象開晦蒙。噴薄乃是連旬雨，乾坤披豁清明衷。却疑瓊漿遠自帝臺瀉，玉色傾倒天瓢濃。我曾遊歷山岳聞潺淙，砯崖轉石攙圓筇。天台石梁響蹴海山動，龍湫雁宕色映江月空。銀河乍崩玉峽擘，眼明泰華兼衡嵩。萬古轟雷千尺雪，奇觀磅礴各不同。琴心三疊不可以盡寫，成連伯牙空復絃孤桐。況兹泉流道國澤，伊洛關閩資淬礱。廣川後裔古脉原相通，滔滔來者無終窮。

鐵骨菴竹林夜坐和定嵒韻

竹林寺本虛無宫，化人指點廬山中。金波此浸蕭槮影，宛如荇藻浮渟瀜。攢眉不願入白社，把臂却喜來清風。千竿高刷翠鸞尾，一掃初地騰蒼穹。我方愛山耽小住，踴躍莫化陂間龍。天上誰修廣寒户，玉斧細琢勞元工。何不手擘頑陰去，瓊輪乃遺游氛蒙。假如霧散青天出，水鏡盡揭光明衷。琅玕高下數岫插，夕露沾灑尤鮮濃。坐久心清水精域，石泉暗壁聞淙淙。明朝去看谷口瀑，斬削圓玉分青筇。撥雲峰在竹西塢，一徑躡石盤高空。梵書底處饜人意，放去合追庾子嵩。迷濛嗤殺三語掾，漫謂宗旨將毋同。此如筝琶亂人耳，欲溷三尺龍脣桐。立起吟句煩芟礱，泠泠清韻心相通。當前酬唱各有得，夢亦同趣情何窮。

微雨行自鐵骨菴至太平宮大晴用瀑布韻呈定嵒

佛樓起望三清宫，前山白氣溟茫中。鐵骨道人去已久，斷泉幽咽青摇瀜。一宿不作桑下戀，芒鞋踏磵衣飄風。大聲瀿瀿響亂石，餘點落落拋元穹。龍潭咫尺不多遠，蜷尾髣髴歸神龍。沿江一帶白沙岸，雪浪滉瀁收雨工。廬山巔頂已戴帽，連峰幅幅輕紗蒙。不須借取決雲劍，解駁足快盤遨衷。秧田縱横列方罫，翠色突過青緺濃。蒲葦蟠塘白水滿，高下灌注鳴琤淙。芳塍沿緣窄刺足，塗泥滑滑勞支筇。右闞新畬彎環抱，左落古塹低窪空。潯陽九派似清雒，蓮峰千仞如碧嵩。客蹤宦轍過中土，舊夢各異聯牀同。佳辰賞經風月笛，古觀倚偏松柏桐。太平遺址矗石闕，殘碑斷畫蠃沙礲。功名富貴豈常在，盡絶外慕由中通。其雨其雨杲杲出，清景變幻誰能窮？

苦雨吟呈定嵒

三日淫霖水滿墀，拋殘銀竹又纖絺。漁舟檥到沙邊屋，蛙鼓鳴來竈下池。麥隴欹眠黄簌簌，秧田倒浸緑差差。畸人未忘憂民意，安得神鋒斫雨師？

四月十五夜偕定喦登庾樓翫江月疊韻

亭臺滅没荆楚宫，庾樓猶矗江城中。陶陶孟夏夕始望，波光月色寒沖瀜。女牆烏栖萬籟寂，巾帶縹緲吹微風。寶奩盡出大圓鏡，下上一片磨青穹。波心黟點走小艇，尾鬣東下如游龍。澄淵不動静滑笏，水面歌笑輕篙工。星星漁火兩三處，照破隈岸雲沙蒙。江妃素娥宛覿面，各以皓潔明其衷。沿隄旖旎柳絲挂，翠髦藹着烟痕濃。鷺鷥不眠忽决起，灣頭拍拍飛流淙。詎待清秋厲屐響，天半拉客扶吟筇。一吸流暉千萬里，悟入無始天地空。只願滄浪逐漁父，未慕冠蓋追蕭嵩。借問青天老蟾兔，今夕幾人清興同？明月無言迤西去，但把玉魄懸高桐。濂溪書堂不日就，伐石作記勞鐫礲。便須昕夕坐峰頂，潺潺溪水江流通。雲岑架搆儼樓閣，更上一層目可窮。

送内弟王雲隨歸烏程

辛苦溢城道，來遊未及旬。江南逢歉歲，夢裏繫飢民。溽暑風吹葛，孤舟月似銀。霅川蒲釀熟，歸奉倚閭親。

古詩二首

盛夏百卉茂，青林晨露溼。梧桐方布陰，無端隕一葉。萬物出于機，亦復從機入。吁嗟華木巔，未秋逗殘劫。時方向端午，金飈豈歘吸？造化本無心，恩怨何由集？

小女不識蝗，呼作紅蜻蜓。誰知下翠隴，囓盡田禾青。老稺不得食，日旰炊烟停。鬻女大隄估，生纔十四齡。淚痕滿青鏡，泣别憐娉婷。鏡與人俱去，萬里浮江舲。耶孃儂不怨，怨彼螣與螟。

弢甫續集卷十四

古今體詩九十首

酬陳樸學奉兹見投韻

鴻生蓄意躋巄嵸，上攀古老心骨雄。有闍衣鉢嗣終古，蹉脚便墮窪流中。暴漲訇聲任橫決，志並千折江流東。心肝須瑩白雪白，一洗世俗塵埃空。潯陽樸學生介立，手翻六籍求歸宗。明瞳不見群童沸，聽彼裁量迷青紅。層樓空據上牀坐，湖海氣已收元龍。詞波千派究元本，一條天漢清源通。萬物乘和盎生氣，庭草雨過青茸茸。起凭山牕意思好，千秋妙處懷元公。濂溪溪上書堂在，當時卜築誅蒿蓬。雲岑翠疊水清駛，圖書指畫昭群蒙。七百年餘復舊觀，廬陰牖户開神功。但將琴酒論即事，已高何必升華嵩。遲君倚梧并欹枕，有興梯徧周遭峰。一片瓊英美無價，犄石或借他山礲。吾與點意不薄蝕，溪邊吟弄追前蹤。磷磷白石繞岸木，納涼趁燠分圓笻。龍潭古湫珠玉瀉，香爐煖旭翠靄重。深山風景飽聞見，坐攬動靜披鴻濛。淺深各得此中趣，遠鐘斷續參疎春。無邊光霽映痻寐，清暉四湧穿心胸。還持茗椀澆書味，共尋至樂曷有窮？林裏啁啾聚燕雀，冲天絶去看孤鴻。

送撲學北上兼寄坤一僕亦將往汴上酬和留别韻

吟弄遵溪畔，飛騰向日邊。壯遊聲籍甚，小隱思悠然。岩洞孤踪寂，烟霞勝地偏。雪飛千澗合，雲破一峰懸。劇愛携笻竹，其誰拂几筵？身非茹芝皓，興想泛槎騫。自閉林中户，從廻汉口船。臺隍違有咫，道里隔如千。逝豈桴浮海，栖寧墨食瀍。朝昏吟覺穩，冷煖坐能堅。聚影稀仝席，離懷繫遠天。郢歌傳座上，雒誦在風前。拈韻神何愜，揮毫妙到巔。潯陽波送楚，碣石翠迎燕。青靄巍瞻岱，黄流利涉川。春逢梅信動，夜仰斗杓旋。鷺鷥應巢閣，驊騮好着鞭。無雙江國士，第一祖洲仙。袍自披宫纈，爐還惹御烟。龍樓標嶕嶢，鳳沼瀉潺湲。塵起平隄軟，曦明上苑鮮。宴斟銀鑿落，出跨錦連錢。花蘂攢鋪繡，楊絲藹吐緜。嚴徐知把袂，賈董要隨肩。飢饉災雖弭，疲癃困尚眠。端須排玉闥，莫但擘濤牋。烜赫輕時譽，峥嶸重古賢。野夫甘塊獨，物外恣飄翩。拙匪臨金注，安惟作瓦全。歲華消蠖伏，軒蓋謝蚿憐。訪岳追禽慶，窮經老服虔。章縫期有後，壇坫不争先。雅慕韋編絶，渾嗤鐵研穿。香收沙隴秫，枯倒石池蓮。久饜藜羹味，深韜寶劍篇。檣烏看早發，河鯉藉遥傳。芳草三千里，清音五十絃。鸞坡憶趨走，鷺渚鎮聯拳。忘却霜垂鬢，傾來酒似泉。梁園招舊客，廬阜逼殘年。萍跡猶當泛，蓬心已悉捐。書城擁南面，筆耒耨東田。癖性耽佳句，幽居抱太元。勞筋良憊矣，講舍且游焉。樺燭曾三跋，冰輪更幾弦。灣隈頻徙倚，柁軫莽推遷。髦彦才名盛，恩門世誼聯。珪璋今特達，潋浦昔回邅。去住情難別，行藏意各便。古交情比石，山立不虧顛。

往汴上遥別定岩疊韻

贛水停雲外，廬陰積雪邊。萍踪渾不定，峰色故依然。講舍中州舊，書房勝景偏。波皃隨客汎，風旆共心懸。寧欲操梁簡，端須謝楚筵。論詩懷甫白，修德想淵騫。失命相思駕，虚來見訪船。陂鴻飛一一，嶺樹曖千千。此地方停轡，當時類卜瀍。經營值伊始，招致一何堅。南浦栖遲路，西江晃朗天。載凭滕閣上，尤愛庾樓前。空曠朱欄迥，憑陵粉堞巔。炎氛指交廣，北斗直幽燕。岍隴低寒日，滄溟匯大川。雨晴偕唱和，昕夕恣盤旋。絲絡登山榼，塵衝出郭鞭。胸襟真灑落，儀觀本神仙。龍洞春餘瀑，香爐午際烟。豪吟披晻暍，薄醉漱潺湲。鼓篋英髦衆，圜橋卉木鮮。顧廚羅綺饌，傾橐散青錢。洞闢深凝髓，雲鋪乍卷綿。納涼輕振袂，臨霽密差肩。蠟屐多連步，繩牀每對眠。因依尋石室，揮霍染霞牋。早了公家事，常親郡國賢。龔黄稱籍籍，禽尚慕翩翩。子實徽猷播，予惟雅志全。逍遥翻見羡，勞頓底須憐。邊塞馳驅冷，恒宗向往虔。關河坐懷古，麋鹿走争先。城市忘機過，松篁適興穿。兒童騎碧篠，幕府映紅蓮。奕奕匡時略，迢迢憶友篇。璽書天際下，除目道中傳。遥仰新州範，却思流水絃。睽違頻悵望，佇待更勤拳。迅疾投林鳥，奔騰赴壑泉。重逢歡永夕，後會嘆何年。高館還須送，離愁詎易捐？褰帷冕應露，終畝硯爲田。玉節期勳懋，岩扃味道元。幽居堪老矣，遠使忽臨焉。留戀猶懷土，遄催若佩弦。亭臺無那別，琴劍遂教遷。汴上情肫切，虔南夢接聯。差池緣分隔，往復道途邅。盛事知難繼，羈人就所便。通天岩嵲岌，高義不頹顛。

旅　懷

無求斯足貴，有待之爲煩。舟行逆水上，急流苦湍奔。覓車尋古轍，迍邅滯沙村。行路難若此，安得健翮翻？

奉酬裘公南州題五岳拙集韻

明公手持簜節行，遍臨方岳前驅旌。寒底嘘春煦寰宇，餓時將乳哺生靈。野人吟遊恣曠蕩，小言評定勞鍾嶸。如椽陡灑大篇落，詩城萬雉開關扃。斗室晶光出四壁，走盤明月無留停。夔龍勳業照萬古，詎聞健筆揮縱横？田間我亦蒼生一，老于擊壤埋身名。偶爾向禽夙願果，芒屩不寒岩壑盟。百年駒隙過盛歲，千首蚓竅賡微情。尚想域中名勝富，彭觥鐵杖多未經。慚抛實際汗至踵，皬首學道嗟無成。久蝗廩粟虱講席，撫身奚翅鴻毛輕？未及登龍袂一捧，早傳見待雙眸青。

奉贈圖東懸車旋里

林下稀逢一，亭前信見三。圖東家築見三亭。旌麾辭陜陌，舸舳返江南。髦穉攀行蓋，郊垌擁去驂。閪雲隨靉靉，河柳裊毿毿。舊德謠何暮，清標寶不貪。田廬家計薄，棠樹曉陰參。墨噴龍津浪，思飄熊耳嵐。江毫縱揮洒，鄴架恣研覃。召牧群呼父，宣尼抱送男。鷦鵬文炳燿，騄駬氣趁趕。片語襟期合，千秋道誼擔。長唫憐脱贈，險韻喜窮探。旅影燒燈聚，叢編促膝談。扶輪大名播，投漆古情含。冷煖時俱歷，酸鹹味各諳。聞聲趨似蜃，綴字密於蠶。西望灘爲錦，東來谷是函。素心奇互賞，佳句癖嘗耽。太華看仙掌，高齋拆酒壜。籬花香拂拂，漏鼓響䨲䨲。閪嶠攢凝黛，潯陽派染藍。夢魂縈落月，節序憶傳柑。曩每歲上元時，望前旌入汴。昨歲欣良覿，中州夕共酣。向平從訪岳，疏廣志抽簪。街柝催分袂，山窗遠剔蟫。重來春正滿，遄别意難堪。暫對樊樓火，相思海嶽菴。懸車君自適，疊席我殊慙。蓬沼言誰聽，松寥樂且湛。孤棲仝夜鵲，歸老異湘潭。詩律兒曹問，恩波髦彦涵。登舟渾羨李，傾蓋却追郯。藹藹交親醉，津津説士甘。詞頭傾瀉活，杯尾拍浮㛹。晚景暄桑柘，豪歌叩劍鐔。首塗風料峭，撫鬢雪髟髟。上客虚枚馬，真人想尹聃。謂馬石蓮。花溪停麯舫，竹院啟經龕。世好聯瑠珮，門才挺杞楠。雕章懷謝朓，知己數桓譚。北固城如甕，中冷水注甔。會須偕眺咏，新曲付何戡。

輓范母湯太君

世人競錐刀，視義若芻狗。于所厚者薄，焉望薄者厚？吾欽范文正，鉉業潤九有。即如置義田，舉動根孝友。亦足激頹風，史册垂不朽。于今有聞孫，鶴鶴雲中守。敬宗故收族，續補一千畝。盛事聞聖朝，褒嘉風化首。嗟哉見星奔，感嘆盈萬口。酸風遶素帷，義方出賢母。

題古春秋岩松桂圖遺照

松桂俱後凋，凌霜不改色。匹如抱義人，終始秉一德。默觀出入機，宴坐陂陀側。翠積雲邑深，陰轉石磴仄。若雪處子膚，以踵真人息。壑舟藏已移，天弢解亦得。廣漠在何鄉，清顔傳副墨。音傳谺谷虚，谷神渺何極。

寄贈宋萊衣嘉慶

閙中歲月去堂堂，影散春燈各一方。初聚竹谿年最少，老吟梅嶼興偏長。沉冥抛却心頭事，酣適傾來手底觴。憐我衰遲還浪跡，比鄰朋好倍難忘。

客中和白公餘杭形勝詩韻

老客風情掃地無，空憐佳景夢重湖。雁迷雪嶼難傳信，兔冷金梁漫守株。烟岫曉寒嵐轉翠，沙堤冬煖草先蘇。却追小舫聯吟日，醉俯清波未有鬚。

哭盧氏女六首

焦琴痛碎十三徽，月没教星照錦幃。寒罄客裝營藥物，春醲淚血慟慈闈。悲思楓落清江冷，望斷花開綺陌歸。病到十分枯指爪，猶憐兒女密縫衣。

碧城玉宇映蟾蜍，捧得冰輪入夢初。塵世渾難留皓魄，全光還散入空虛。女初生時，作《夢月詞》云：『門開蕩蕩延清虛，碧城玉宇寒光舒。銀漢當階一團瀉，手翻滉瀁招蟾蜍。瑶沙的皪灘聲静，玻瓈捧向懷中冷。鮫綃拂拭兔輪清，圓冰寫出河山影。書客久厭青燈微，明明金鑑將持歸。映徹玲瓏肺腑白，琳琅之珮交生輝。丹梯疾下璇霄裏，回看衆嫮齊粲齒。瓊光直入畫樓心，驚醒芙蓉照秋水。霜華凄凄透羅紈，寶鈿翠羽臨晶盤。水紋簟上瀟湘動，雪衣女訴簾鈎寒。瀲灔金波盪壁起，緗幃雨落珠璣子。』

門風原是異吾家，秦晋休將巨閥誇。冰上人來詞總費，多方作合類摶沙。

生來從未出帷房，蓋篋惟存練布裳。小閣春開白銅鏡，朱鉛不愛抹濃粧。

早逝先姑未及笄，于歸偷作數行啼。孤山山北營春奠，腸斷靈宫日欲低。

蘭室從聯娣姒歡，謂息溟繼室。春前分散珮珊珊。傷心訃到青門日，病榻羅衣淚未乾。

拔　劍

拔劍空成慷慨歌，夢歸夜夜繞庭柯。緘書蚤遣鄉心碎，把盞難教客面酡。病卧清漳愁轉劇，淚濺嬴博恨還多。衝炎水陸三千里，那得新涼雨一簑。

靈車出汴二首

路旁雨泣感諸生，遠送靈車出汴城。從此萍蓬蹤跡斷，金梁橋外月空明。

晚計荆扉闢遠郊，那知家累竟難抛。不如遊岳成長往，徑覓雲松深處巢。

哭季子繩篪五十首

奄忽抛荒百軸文，萍漂蹤跡死生分。白頭慟哭梁園夜，叫斷高天迴不聞。

山妻老病鬢絲殘，哭女經年淚未乾。况復魂歸斜月墮，靈風吹徹草堂寒。

長跪求醫憶稚齡，憂爺危疾涕交零。而今訣别殘燈裏，苦語酸心不可聽。

零丁伯氏苦沉緜，門户擔持一力肩。不道翎原偏鎩羽，飛鳴聲斷萬重烟。

風騷流派共追尋，喜奉連枝子墨林。此後登樓成獨咏，池塘春草倍傷心。

生憐病婦最伶俜，新産呱呱未匝齡。祇恐哀傷難駐景，更教誰乳兩寧馨？

弱息青門病訣時，情憐少弟見無期。誰知蒿里悲風急，南北都成永別離。

一張口閉只須休，萬事皆空本屬浮。遺恨劬勞恩未報，又將數口累親憂。兒訣云：『一張口閉，萬事皆空。但恨雙親恩未報，又將孤寡累親。』氣便悲咽。

恒幹難留欲斷魂，幢幢背壁一燈昏。只將連夕哀呼意，聊答雙親罔極恩。兒病亟，連夕呼父母不絶口，曰：『姑實受兒叫數聲，明日不能開口矣。』

新春催別聖湖隈，千里關山藺足來。誰信年光容易盡，霎時電抹過平臺。

遺編乾死案頭螢，催迫殘魂去杳冥。縱使青雲辜壯志，何妨白髮老明經。

吹臺烟景幾清明，臨了來遊送此生。凌亂千條萬條柳，悲風吹作音做白楊聲。

雞聲驢背磨盤山，離緒紛更客況艱。却望清流關外路，雁行中斷失生還。今春與球兒仝來汴。

絶學餘山續易通，濂溪研席瀑聲中。圖書奥義紛綸在，更與何人訂異同？

虎僕龍賓拜賜回，品題叨許冠群材。『氣媿凌雲抽虎僕，香憐滴露試龍賓』，兒蒙鄂虚亭中丞招，面試畢，予筆墨即席賦謝句也。中丞評兒卷云：『梁園故稱多才，當爲生首屈一指。』知音淚向征西洒，沙塞蓬池盡劫灰。

門仞昌黎品目多，東京才子藹駢羅。通眉長爪人先逝，悲感高軒昔日過。謂張圖東。

故人不見馬相如，謂石蓮。梁苑流連藻鏡餘。玉折蘭摧兩家事，同聲一哭血沾裾。

二王古帖手臨摹，袁老東齋幾度過。愛與五郎傳八法，墨痕何似淚痕多。
把文小陸最相於，謂疎村。敷衽論心入洛初。不省浮生駒隙過，河中猶寄一雙魚。
朋曹連夕伴靈幃，廣柳車驅拜送歸。隔岸不堪回首望，黄河渡口涕交揮。
趨庭便是闔棺年，父子深恩幾日緣。客館正當埋照處，靈輀還向逝川前。
輪蹄相失獨山限，戊辰年事。秋雨如塵黯不開。一夜暌離尚惆悵，争教賫恨入泉臺。
車篷颭捲舊山岡，今仍遇雨于獨山畔。密雨横侵萬弩强。似爲殘魂痛零落，天公替洒淚浪浪。

午夜魂歸月滿山，仍從河沸下江關。分明歷歷來時路，哀緒如絲不可删。
池館聯吟跡已陳，雷紋漢鼎世家珍。寧期劫後存燕石，什襲東陽姓沈人。萩林齒及予與兒奉

和君家漢雷紋鼎聯句詩。

當筵授簡共鄒枚，兔苑金樽雪夜開。忍説風燈十年事，一朝魂斷孝王臺。
如夢如痴困不醒，哀傷情味茹頹齡。水明殘夜篷窗月，觸撥前塵涕忽零。
檢點遺文痛入心，中州小集忍沉吟。喪明也道前賢過，無那腸回涕不禁。
江南江北遠揚舲，渡口頻呼旅櫬靈。浩渺明湖烟浪接，悲風先到夢兒亭。
蒲帆十幅下吳門，灑面風來雪涕痕。夜静水天横疋練，空江澹月與招魂。
窺篷月色近三更，聽徹旗亭漏鼓清。不奈江邊深樹裏，驚心時有子烏聲。

鸞脰湖邊昔遡沿，仝來吟翫水中天。一輪舊月摇波白，那得清暉照九泉。
魂傷北訃乍聞時，賴汝承顔一解悲。驀報嘔心兒不返，阿孾雖在命如絲。
霜鬢衰同病葉零，壯懷期汝淬青萍。傷心白日黄雞曲，短景摧殘廿八齡。
今古推遷逝水流，功成白首合歸休。如何方負凌雲氣，青鬢埋藏土一抔。
葡萄簷下月如銀，舊日歸來話苦辛。夜色依然涼潑水，凝思犀角已成塵。
玉骨稜稜瘞土中，畢生辛苦事雕蟲。西泠松柏風吹雨，眼見吟窩小劫空。
哭送琴兒入夜臺，湖南春草緑成堆。重濺思子千行淚，多少啼烏助我哀。
河汴舟車迭唱吟，題辭珍重比南金。謂周穆門。魂歸應過青芝塢，穆門葬處。舊聽焦桐最賞音。
樂翁作達照清襟，謂兒之外舅汪晴江。老去無兒結愛深。雪榭傷離魂黯黯，江亭悲逝淚涔涔。
詩魂應戀庾樓磯，日暮江霞片片飛。快倚危欄斜點筆，清吟曾和謝元暉。謂董定岩。
風情端數白尚書，兒贈定岩句。吟餞江樓雪霽初。隔歲南雲斷消息，龐眉書客已邱墟。
子安才藻賁洪都，失意人歸左蠡湖。高閣淋漓遺墨在，昂藏詎肯哭窮途？
師友情從感逝纏，數棺未得卜新阡。捐金首倡營堂斧，秋草寒烟冪九泉。兒首捐金，拉同人葬顧氏數棺。

不曾囊槖貯私錢，毛褐藜羹性所便。冰雪襟期殊類我，一生長詠伐檀篇。
南閩抱疴返柴荆，猶憶懷憂抱短檠。聽徹凉螿清不寐，柝聲殘後起鐘聲。
手葺西頭竹屋新，故人椽筆署扶輪。朱予齋題額。家聲果許江關動，詎合摧傷小庾身？
聰慧濂孫繡褓中，愛拈書卷傍簾櫳。幾編手澤巾箱裏，留待他年付小同。予與濂孫先後乙亥生。
孕得嵩孫墮地遲，孕十八月始生。未看周晬委孤兒。春明纔到無多日，便是塵寰夢覺時。
名山大業幾人傳，江左清門一脈延。忽忽夢回如有失，情懷彷彿宅憂年。

重寄酬息溟見答二首

五岳歸來已息遊，蓬池烟水此生浮。那堪老病無情緒，還對塵區貉一邱。
空天一鶴久無儕，東望孤山處士齋。招我歸來知有曲，月中梅影想横階。

矢獨往二首疊韻

是處堪藏夜壑舟，柁摇元氣信沉浮。湖山待作衣冠塚，老子無心學首邱。
兒時憶逐好朋儕，影散秋風冷舊齋。一任豆花棚底月，照他螿語沸空階。

感悼二首

流傳江鮑免無兒，推激風騷感故知。謂章苧田。江驛何人操夢筆，秋墳有鬼唱新詩。

生戀庭闈忽復休，歿須魂魄聚山邱。因依五岳詩人側，清氣長涵海月秋。

戊寅冬録别二首

故國稀知己，他鄉訪友生。艱難遵道路，哀痛觸心情。學輟劉中壘，狂增阮步兵。茫茫天海闊，還逐雁南征。

眼前無一可，去住總心違。婦病渾難起，孫孤孰與依？霜華寒夜重，樹影遠天稀。萬事俱前定，行行攬翠微。

圖東秋仲遊棲霞閨人趙氏忽逝垂老牽悼亡之緒生子穉不及見其早成詩以當誄呈圖東

懸車鎮偕老，料理苦吟人。宜室如桓少，生兒勝伯仁。秋蘭遺佩冷，新月蹙眉顰。腸斷棲霞夕，泉聲咽壑頻。

留別圖東

老去纏悲緒，相看鬢盡霜。吾方摧謝玉，君亦冷荀香。江滸鷗連影，天涯雁斷行。新詩那處寄，川路遠蒼茫。

江口奉懷息溟

客行遠汎贛江船，回首西泠路四千。縶足一生當幾輛，關心七十欠三年。君年值此。老憐東野抱深痛，交憶仲容稱最賢。情話白頭渾不盡，平橋揮手夕陽前。

江行寄懷聖書

懷君獨產犀角兒，長祝壽耇無分離。寧惟富貴了不急，萬事舉合浮雲之。我今已類煢獨叟，病足蹣跚成老醜。流傳江鮑更期誰，萬里天涯搔白首。

白下曲

霜霰連朝下，城傍柳盡枯。凄凉白門夜，啼煞欲栖烏。

江舟冬至

冬至驚傳是此晨，孤舟僮僕黯相親。傷心噩夢隨千里，回首悲啼只兩人。行李盡沾襟上血，遺編忍覩劫餘塵。更番天地陽和轉，何處重逢永訣身？

醉歌行舟泊蘭花洲作

烏篷蕩漾落日曛，孤客愁思繁于雲。蘭花洲畔晚倚薄，散策草徑緣荒墳。驀見風帘颭林隙，黄醅正熟香氛氳。急呼僮僕挈瓦甒，往沽飛逐歸鴉群。拾取枯枝爇土銼，蓬勃舵尾紅烟熏。天氣初寒酒熱沸，倒傾觥面盈十分。平時三蕉吸不盡，此夕白波捲沄沄。豈真渴羌濡燥吻，掃愁非此莫策勳。浮浮續斟罄餘瀝，醉眼不辨天黄纁。塡胸傀儡澆不得，有物鬱起如奔麕。我藝九畹春繽紛，鶗鴂先鳴敗奇芬。芳叢未秋早零落，菉蒉張王不可耘。天生衆香有氣類，謂宜蕙歎因芝焚。詎意蕙荃化茅後，居然黨蕕而伐薰。吾兒拜捧霹靂文，撒手徑去抛塵氛。天上差樂不汝苦，賸我在世謡諑聞。懵騰倒枕夢不懌，大靈三述天之云。乃知造物了無意，修短好醜憑芸芸。眼醒夜半萬慮釋，磊落星挂西江濆。

和仝人登鬱孤臺韻

極目虔南景，憑臨感百端。滄桑人代過，嶺海客途看。影落孤飛鳥，愁遮萬疊巒。群公豪興在，天半耐高寒。

和仝人登八境臺

眼底雙江合，樓頭衆屐經。犬牙吴地沓，鵬背粤天青。城郭歸仙鶴，波瀾動客星。南州從去住，身世一浮萍。

仝遊通天嵒步陽明公韻

藉草軟于茵，共愛嵐光好。連山若烟浪，陸海浮仙島。春空一片雲，冉冉歸何早。高吟望古人，石壁苔花掃。

通天嵒歌

靈境艶説通天岩，渡江村塢紆沿緣。仄徑盤回蹴犖确，千山圍合吟窩圓。遮斷青霄一片石，鬼斧削出房櫳寬。刳中綽可布牀席，不用架棟長牢堅。蓮花座上佛髻矗，一綫正透岩中天。割取十笏置龕帳，遺像儼謁陽行先。坡翁題句妙入骨，倏然物外仙乎仙。當時太守重薜服，遠屏軒從趨岩間。清風歘吸洒六合，霞梯萬丈奚由攀？浮榮本是草頭露，塵纓底事紛纏牽？我坐通天岩，百緒都棄捐。抗懷萬萬古，過眼浮雲然。獨有一節慨當慷，呼風直上天公箋。暴何爲壽柳跖，仁何爲夭顔淵？善淫福禍勿細校，修短孰竊洪鈞權？南斗北斗下筆注，詎無覺察糾其偏？氣數天主持，忍使倒且顛。蜉蝣蟪蛄候本促，幺麽物類難緜延。粹質已費帝爐鑄，乃遽銷鑠終天年。其餘萬事莫究詰，夢夢何自袪霾烟。天公置不答，紅盆墜荒山。淋漓紫壁枉呵問，扣木起賦招魂篇。

悼篪兒和黄甫濂悼子乘韻

睒睒西月墮，虚堂漏二更。凝想我亡兒，婉婉追平生。謂是青松姿，詎作日及榮？佳者捨我去，老我心煢煢。書堂憶匡阜，清吟對翠屏。衆中見標格，煜然彭朱纓。倏絶人間影，杳飛天上聲。遺草滿蓋篋，捻視怨毒盈。家運苦迍圮，棟折而榱崩。嫉彼啁啾者，喜捐隨珠明。

贛江除夕

老懷黯黮媿延陵，神氣天涯向我憑。巨浪連江頻入夢，殘年罷酒獨沾膺。聲沉静院三更柝，光炧虚窗一盞燈。料得繐帷銀燭冷，小堂對哭意難勝。

弢甫續集卷十五

古今體詩九十六首

己卯元夕

天中嶺北各生春，死別生離洒涕頻。試問冰輪泉下去，可能照徹過庭人？鄉園今夜掩重門，黯淡家江黑霧屯。欻歙春風千萬里，夜深吹斷北歸魂。淒清手撫十三徽，白雪清聲和者稀。怪底無情焦尾木，雨昏彈得子烏飛。

人日寄懷息溟

人日梅花點客裳，欝孤臺畔影蒼茫。不須罰酒依金谷，自欲題詩寄草堂。故國親知時墜雨，新年鬢髮益飛霜。此情堪訴惟君在，一紙書成淚數行。

和紙燈韻

紅碧紛勞剪，良工雅擅能。明攢上元夕，巧壓九華燈。霞色縱橫疊，銀花下上層。熒煌催喝盞，莫道醉難勝。

春　燈

客又臨元夕，新紗絳蠟籠。階飛濯枝雨，窗掩試燈風。催瀉屠蘇碧，爭開菡萏紅。書帷添煥爛，吟徹漏聲中。

酬和友人原韻

清緣三度離復合，煖語慰我衰朽姿。舊從潯陽赴汴上，憶子甬東方旋歸。有鶴哀鳴失子和，復返孤嶼依清池。老梅萬本剩枯幹，白月照影風吹衣。二十四灘走單舸，浪翻天柱尤危巇。故人遮留歸曲室，賓筵環佩重攬持。江湖放浪野心性，辱子呼我爲天隨。桐城孝廉倚輦轂，浮名到死終何希。蓉湖却惜忠憲裔，病驥狂奔拋月題。子曾負疴霍然已，小豐臺畔聯幽期。心跡雙清慕古老，庶幾風節攀由夷。眼底豐盈失犀角，猥比斜川紛涕洟。鴻篇揮出中郎手，峥嶸不減有道碑。小招歌向鬱孤上，雙江魂漾寒玻璃。濃情最感愍玉折，欲將絮酒兼隻羅刹江頭洶惡浪，勢漲溟渤無端倪。人情翻覆狀若此，太息坐對西馳暉。鄉園不爲飢驅別，傴仄催落天南陲。幸接良知恤煢獨，古道力挽今澆漓。高呼欲遣氣激越，詩名謬許千秋垂。微材豈比杜陵杜，特誇五岳窮遨嬉。老來骨相逾迍薄，行吟坐嘯百不宜。夢想羅浮欲策杖，老病空辦游山資。除夕欹倒在平地，手脚拘攣何能爲？鬢顏憔悴入新歲，春生轉值龍鍾時。頻貽好句重瓊玖，調高白雪誠恢奇。老手横把醴陵筆，五花爛漫攢聲詩。鴉塗亦動野夫興，屠蘇滿汎夫何辭？

酬友贈疊韻

天生衆材别良楛，支離我屬樗散姿。市朝輝赫少住着，催向霞嵐深處歸。枋榆鷽鳩近飛搶，鵬摶羊角遊天池。或負青天或控地，逍遥各自翻毛衣。舊曾擔簦入世路，太行孟門千嶮巇。丹雞白犬指天日，膠漆孰是堅相持？以兹感歎謝時彦，麟衫鶴蓋拋追隨。功名富貴土苴等，丹臺注名非所希。只愛芒鞋蹴巖壑，千丈石壁狂留題。虎豹魖魑百不怖，縱心獨往無前期。鐺煮黄精瓢汲水，脚踏蓏虤心則夷。有時下上乎萬古，緬懷曩哲流涕洟。把酒拜澆冥漠冢，剜苔卧看沉埋碑。斜陽夕墮赤韎韐，野水秋混青琉璃。台蕩左神涉隩域，雪中時聽犬與雞。攀登五岳了宿願，勇從禽向行不疑。中嵩發軔訪鴻乙有乙字，三花古樹春紛披。鐵笻拄過蒼龍背，雲臺玉井探坤倪。岱頂光摇大海水，火輪煜蕩黄金暉。雲麓峰連回雁嶺，琴基臺俯飛狐陲。若士遨遊恣汗漫，物外盡泯風淳漓。上方六月雪浩浩，下界四海雲垂垂。黯淡灘衝八閩路，武夷惜未窮盤嬉。烟月羅浮久入夢，嶺南暄暖冬遊宜。伐道須拖靈運屐，買山休問巢由資。贛石奔飛四千里，故人欸我棲遲爲。與君相聚豐臺畔，濛濛草樹春生時。不嗤燕石類星隕，隨珠揮贈何瑰奇。五岳詩人辱拜號，長篇磊落投新詩。從今客館暢酬和，下里愧答陽春辭。

疊韻奉懷定岩春詣省城

素交胸次抱潔白，一壺炯映冰玉姿。况篤氣誼自騷漢，雙江賓至真如歸。數日暫分曲室影，黄鵠獨叫春陂池。獻歲屢接辛盤讌，椒酒倒潑污裘衣。公家期會指南浦，不畏灘石衝峨巇。仝行詩老得姚合，青鏤兩管時分持。燭花燦燦芙蕖綻，蘭舟桂楫吟魂隨。公才公望映翰墨，抗心萬古君所希。自來盛事數漢上，風流主客襟互題。洪都藻思更絶特，流水雅奏逢鍾期。牛斗垂光聚人傑，三王接踵覞等夷。昨者潯陽乍移節，群髦戀别揮涕洟。至今兀突斲山骨，大書深刻濂溪碑。南望謳思泝章貢，落日滉瀁明黄璃。一萍漂汴忽復合，車笠不用盟丹雞。玉杯竹林洽道氣，笑視莫逆無纖疑。傾箱搜取近製作，開張爛若雲錦披。却侈五岳芒屩遍，謂耦醫缺參王倪。猶餘陡壁擘窠字，囊括山水之清暉。山靈光怪喜電發，留此照燿青霞陲。輇材安得此相謂，真意含醞噴淋漓。尤憐亡子比小鳳，忽鎩翩羽空岡垂。向平老去負奇累，正須放意雲中嬉。欲向粤東下鴻爪，鈍騃知我乖時宜。烏紗丱角出跽拜，書帷北面求師資。惡我舊業久荒落，漫勞軟疊重氊爲。江閣省曾涴粉壁，浮埃祑拂今其時。試燈風裏作勝會，筆勢競鬬臨川奇。惜哉無緣攬俊彩，定復均賦懷人詩。柏家門户涉文雅，高議志乘羅雄辭。柏使君將修《贛志》。

和新歲雷雨韻

九回腸似楚江流，鄉思如雲黯不收。喧動春雷驚遠夢，打殘庭樹攪新愁。心孤況值連朝病，年老何堪萬里遊。猶喜天涯逢好伴，浦沙相聚一群鷗。

奉懷息溟于度

南天春雨太淋漓，客緒千端亂若絲。蝶夢宵長追逐屢，魚書江遠往還遲。詩吟東野悲難了，酒倒中山醉不辭。六逸飄零三益散，故園留得幾心知。

和歸雁韻

萬里遄征去，飛催煖氣初。春雲呼舊伴，瘴海别僑居。倦羽憐爲客，長途懶寄書。鄉關君自返，無那引悲歔。

和感春韻

花塢看偏嬾，苔階步獨遲。哀傷當晚歲，潦倒度春期。人爲浮名誤，身緣老病欺。連旬苦霖雨，今喜見朝曦。

和水仙花韻

瀟碧湘清爲寫真，數枝横映暮江濱。含情欲解波心珮，不語難舒鏡面顰。步去盈盈羅襪月，夢回渺渺縞衣春。人間留得驚鴻影，愁倩陳王賦洛神。

奉酬姚君見題五岳集後原韻

今古一窖塵，埋没萬賢哲。童耄憩蘧廬，劫劫馳過客。以此謝時流，不逐聲名窟。巍巍德與功，諒難厠英特。縱浪山水間，决策蠟吾屐。香泥踏春葩，凍石蹴寒雪。馬羸曳塵靷，蛟鼉繞江楫。寰瀛富岧嶨，志欲徧攀陟。名山大者五，次第先游歷。升巔恣嘯呼，憑杖一節力。曠蕩野鶴心，飄忽浮雲跡。緑樾倦堪眠，黄精飢可食。萬里相追隨，獨有青霄月。惝怳見神靈，林岩詣幽絶。高冥漲澄暉，遐攬飽新得。我生何所爲，吟遊爲本業。歸來夢魂清，空翠映眉睫。石室賤燒丹，沙門笑業白。自諧物外緣，詎顧區中責？適興抒歌吟，格律焉足説？引吭向風鳴，時鳥知無別。乘化以待盡，流光任奔掣。君試訪舊題，苔花半侵滅。

清明定岩攜同人汎舟章江讌集和韻

拋擲過寒食，出郭棹方舟。二水澄波合，群峰熒翠浮。玉杯携董子，金節駐虔州。友以佳辰合，時將逸興酬。蘭亭人渺渺，禊帖思悠悠。遊目情原暢，流觴景更幽。山川雄嶺北，花柳艷江頭。津市叢闤塞，池隍静堞樓。當年資重鎮，大府借前籌。氛祲消蠻徼，威聲播海陬。天星長炳煜，灘石盡懷柔。喬木三春蔚，新烟萬户稠。年光催巨麗，風度跲前修。名士多龍虎，畸人似鷺鷗。洲清留汎蟻，月白散行騶。剩有滄浪曲，相將和楚謳。

豐臺小集和韻

樓亭霄漢聳，正對鬱孤臺。粉堞雙江抱，烟巒八境開。林飛紅蔌蔌，澗漱碧洄洄。廣坐參差列，輕衫迤邐來。池橋因昔搆，竹樹續新栽。近圃紛綸劃，遥峰衆皺堆。縷梳無限柳，錢繡幾重苔。幽轉槐柯影，清蠲石磴埃。朋簪閒自盍，風範小看頹。塵思松濤滌，年光轂雨催。兕觥消大户，鵁管動長才。湎水千盤隔，斑衣五色裁。華堂親笑舞，舊國夢遲回。園闢荆南畔，名從薊北隈。忠緣移孝作，主以愛賓陪。唱和郢中曲，洋洋盈耳哉。

奉和定岩豐臺詩韻十二首并序

豐臺者，署東閒地。昔王文成公作《思歸軒賦》懷海日公，闢射圃，建觀德亭于其中。宋綿津就池上搆小橋，殆魏和公詩所云『使院牆東處士橋』也。濂溪書院側有光孝寺，孤塔岑聳，勢欲飛來。嘗此爲迎養太公，作登眺地，故署曰豐臺。蓋豐潤有豐臺，寄土思也。啫然有作，調元用可四眺崆峒、五龍嶺、通天岩、天竺，烟翠歷歷在目。君疊土山，結樓亭，與鬱孤臺相對，依韻謹和。

東圃青藤滿架扶，回溪皺碧漾菰蘆。涇陽詩句姚江賦，情繞南陔德不孤。

翠滴樓棚數仞寒，飛來明月正團圞。謝庭傳説光風轉，奕葉香生玉砌蘭。

崆峒雲氣軋霄峥，北苑南宫畫不成。最是朝烟收未半，一痕螺翠㬋空横。

春雨連宵瀑漲初，銀瀧珠沫走千渠。五龍霞彩侵簷赤，兀突撑空净掃餘。

舊夢蓮峰翠繞門，雲岑樓上澹心魂。揭來纓濯雙江水，霽月猶看瑩八垠。

谽谺洞穴指通天，宴坐忘歸思悄然。風月盈襟殊灑落，笑他迦葉口頭禪。

一瓶一鉢瀲江邊，天竺開山不記年。猶憶清寒龍吻吐，霜髭朗鑑石潭前。

縹緲春空矗髻鬟，鬱孤青繞女牆間。樓亭百尺遥相對，合唤江城大小山。

濂水澄浤漾碧天，經春蓮葉布田田。一枝塔卓書堂外，午影欹横硯席邊。

鯨音梵唄中清程，撞破江烟忽一聲。綵服繡衣春日永，瑞應光孝爲君名。

苔皴射圃葺遺亭，猶見文成舊典型。嗤煞毬場千步築，離披五色墮高青。

迤邐牆東數步遥，金精高士舊相邀。殊慚五岳詩人跡，踏過春溪白板橋。

己卯午日

蒲汎雙江水，清涵一片光。家山違北渚，客鳥下南塘。寂寞人千古，飄零酒一觴。風塵猶徙倚，愧製芰荷裳。

輓馮母徐孺人

情似雙江水忽分，芳徽綺歲壓笄裙。玉臺仙筆抛三管，紗幔神針散五紋。漏盡恰沉銀浦月，魂歸還送碧空雲。不堪寶鴨衣香冷，腸斷橋南老令君。

霽日園林二首

梧桐花落井牀陰，新沐朝光翠滿林。忽見池塘平岸水，却思風雨夜來深。

一抹紅霞映曉暾，芳林歷亂鳥聲喧。可堪草樹葱蘢裏，梅子青青隔故園。

題三星圖

心無一事酒百觚，二十四考書中書。百二十春杖不扶，元精耿耿明高衢。瑞應人間信有諸，槃礴潑墨規作圖。星宫之君形模殊，問誰題之廣川儒。爛然文彩鉤珊瑚，誰其獲之船珍珠。我屏寒具讚且吁，有德致此良非虚。

與友論杜詩幹惟畫肉不畫骨二句蓋反跌語也豈有早入室之弟子而使驊騮之氣凋喪者乎因舉杜所作韓幹畫馬讚以解之成一絶

杜公讚韓畫，騕褭何清新。可見窮殊相，毫端信有神。

哭盧二兄敬甫五十首

總角親情半百年，飛來惡耗顫江邊。驚呼一慟連珠迸，瀉作横波下逝川。

漫浪西河欲斷魂，龍鍾雙袖滿啼痕。還悲雞黍村中月，未得歸飛哭寢門。

東皐明月省團圞，煙水空亭徧倚欄。拍手兒童頭盡白，雙先生已影成單。

初拈斑管涉風騷，二子東城氣頗豪。我未成童君未冠，冰絃不與别人操。

筱喻菴中硯席安，桐陰深緑共凭欄。瞿曇早逝沙彌老，回首浮生指一彈。

東里先生詩思澄，由來附熱笑青蠅。承家心跡雙清在，炯映壺中一片冰。予與君詠伏裏秋，書蒼丈出一絶云：『歊蒸未退風先改，又見庭梧落樹頭。可信炎涼頻代謝，青蠅猶附不知秋。』書蒼丈稱東里先生。

没齒難忘柳母賢，熊丸分給一燈前。通門猶子千行淚，最憶蘭堂雒誦年。

曾攜庾信哭徐陵，少時與兄初交餘杭章苧田，其同邑鮑虞皐已早逝。束髮騷壇已代興。耆舊只今零落盡，風吹蒿里恨填膺。

高臨壇坫少渠翁，馮先生諱景。驚賞招窮賦最工。咄咄玉郎呼快壻，文章先後哭秋風。

名士初婚桂魄圓，明霞映水兩重鮮。最傷錦瑟華年促，彈斷秋窗五十絃。

幾年舞絮撲簾櫳，雅韻猶傳道韞風。孤鶴吟成聽不得，聲聲哀怨唳霜空。

清詠樓中撫玉琴，上頭冠子待君簪。孟光邀倖齊眉在，一睇城南百感深。

糧艘來往水雲寒，白玉堂中劫屢殘。不道魂歸楓樹底，嚴冬風竹失平安。

嬾雲窩裏石堂偏，風遞清香識妙蓮。卧擁單衾涼到骨，一宵秋雨百重泉。

堂開三益月華明，却憶兒時似隔生。料得阮溪溪畔水，謂息溟。都成嗚咽斷腸聲。

消渴連旬不下樓，凉蘇病骨入清秋。天開河畔三年客，一度緘書一度愁。

絳帷遥隔緑窗紗，江漲橋西碧一涯。步屧隨君出城外，春風看徧馬塍花。

當湖鴉軋櫓聲柔，向晚溟茫九派流。咫尺高城魚鑰閉，月明齊倚弄珠樓。

含悽二老立汀洲，目送輕橈作遠遊。遊子雙雙向西去，沙河曲曲自東流。
東郡城頭暮角哀，題詩仝上少陵臺。飛過片片吳雲白，日下秋空首重回。
黯黮魂傷草土餘，風前對泣兩皐魚。哀哀縗上交加血，洒到無聲卧倚廬。
松木塲邊西復西，墓田春草碧烟迷。棠梨花落陪君掃，寒食年年杜宇啼。
征軺辛苦上京華，吟到河西白月斜。一例打來秋毷氉，從教消受玉川茶。
南山春筍北山薇，一笑青門策蹇歸。慚踏軟紅貧徹骨，送君惟有淚沾衣。
林居踪跡半南湖，小艇沿洄載玉壺。好是姚園秋未老，醉看烟雨翠模糊。
春波何處不關情，夕入桐川兩槳橫。清滴小方壺上漏，聯牀欹枕到天明。
夢落風波共一舟，商聲聊答舜江謳。無何日飲師犀首，醉倒橋南十笏樓。
興盡人間返玉京，謫仙未老解塵纓。謂海門。蓬池閬苑如相見，爲道悲吟太瘦生。
呼朋分解杖頭錢，花水明湖慣泝沿。凄斷西州門外路，便應沉却總宜船。
一輛櫻鞋一擈冠，扁舟風雨恣游盤。嵐光波色依然在，吟斷湖樓百尺欄。
秋老湖山黯澹中，露桐滴盡更霜楓。可堪孤嶼寒梅發，日到悲泉已不東。
曠海樓前爛似霞，城東十里盡桃花。他時獨訪經行跡，相喚惟餘白項鴉。
周巷春流帶市橋，綠楊村舍雨瀟瀟。東風吹散橫塘影，故國吟魂不可招。
東臨滄海哭津夫，淚眼眵昏手共扶。今日雙江哀欲絕，那堪身與月同孤。

四賢祠上酒盈杯，雪滿湖山泛艇回。圓泖秋雲向空盡，孤山明月爲誰來？
海色江聲滿客舟，乘潮一夜下明州。故人青眼遥相待，甬上猶存白雪樓。
老鼓焦桐幾賞音，自憐微意寓高深。哀絃彈落平江月，一曲虞歌輓石林。謂惺齋。
吟殘風月散溪塘，一夜秋聲斷白楊。往助孤兒營沐槨，窮交生死誼何長。謂郭又叔。
歲暮萍漂白鶴江，載歸明月滿篷窗。孤踪不減豪吟興，催斫鱸魚倒玉缸。
陸機文賦早能工，庾信才名老更雄。咳唾飛從九天落，可憐珠玉散飄風。
舟菴唱和把新詩，便是千秋永訣時。畢世心親子桑户，此中莫逆有誰知？
怊悵平橋小立時，東西分瀉碧琉璃。早知揮手成終古，秋雨秋風悔别離。
西陵盤敦續紛紛，老輩無因更得聞。兒去玉樓先洒掃，待君新賦氣凌雲。
商聲淅瀝井桐陰，拾得青銅半段簪。迸落秋風兩行淚，人間難覓舊同心。
舊時明月入江樓，照我悲啼剩白頭。泉路亦非穹壤外，此生到處見無由。
消摇垂及古稀年，撒手曾無未了緣。聞説輕抛塵坱去，九霄明月尚然圓。
幾歲暌離一覯顔，羈魂隔斷萬重山。冰輪轉入泉臺底，地下清光不可攀。
寂寞殘春客未歸，殊憐身作斷蓬飛。昨年返櫂衡門裏，已嘆鄉園舊侣稀。
夢裏猶傳治命清，青松白水不寒盟。柱頭若返遼東鶴，定向南雲叫幾聲。
天涯海角信音疎，不道騎雲上碧虚。無數傷心言不盡，啣哀空報秣陵書。

酬張東扶暘見贈韻

雅愛名山汗漫遊，盧敖仙去失朋儔。昨秋虛買湖亭醉，何日同探石屋幽？築傍雲岩隣野鶴，謂丁仙洞。行經溪渚狎沙鷗。乘流欲向羅浮去，身是人間不繫舟。

奉懷定岩往南昌

桂香不共把芳醪，獨上豐臺北望勞。杰閣重簾捲秋雨，大江孤艇破雲濤。洪都詞繼三王麗，定國門瞻駟馬高。時方慮囚。念我蕭騷無意緒，當風白首幾回搔。

奉懷定岩兼寄姚君

長洲池館俯沙禽，書記翩翩酒共斟。高迴頻舒南浦眼，平反端慰北堂心。庾樓夢憶秋光冷，滕閣吟聯月色深。江雁新來畏消息，鬱孤臺畔罷登臨。

己卯中秋作

列坐參差桂樹旁，頭花開盡二花香。相思人在臨江閣，見在身浮卜夜觴。家室伶俜猶噩夢，關山搖落自殊方。素娥罄展冰輪色，好把愁心遠寄將。

奉留别定岩及諸君二首

家書速我莫遲歸，遂遣雙江早别離。細雨寒波衝客艇，明燈緑酒餞書帷。烟消梁苑成前劫，月照羅浮指後期。最念郎君傳綵筆，當筵悽賦送行詩。

經年吟眺上豐臺，五岳橋邊首重回。勸醉頻勞浮琥珀，辭歸無那夢瓊瑰。吴田稻缺三秋熟，庾嶺梅迎十月開。苦覺群公情味好，扁舟欲發尚遲廻。

河口阻淺作

心急東歸水道艱，扁舟苦滯淺沙灣。逆風作意吹篷脚，明月多情照客顔。三日只行三十里，一灘如拔一重山。忘機却羨閒鷗鷺，拍拍清波信往還。

悼繼冡婦王氏

竹筍來歸百事宜，全憑宗婦奉宗支。捐生爲哭修文父，垂死尤憐斷乳兒。此際絃摧乏膠續，由來腹痛有身知。曾封馬鬣屏風麓，又到皐亭下窆時。

己卯歲杪録别

遼闊虔南路，匆匆幾日歸。春陽殘歲逼，朋舊故園稀。瘞夭傷心數，恤災生事微。孤帆發江渚，風雪撲裘衣。

瑞洪除夕一百二十韻

人生百年内，日月騄騏騄。況我偪桑榆，情事加煩促。今夕歲云除，旅泊瑞洪澳。溟茫彭蠡湖，寒波浸坤軸。愁心亦如許，浩浩互洄澓。紕紛方寸盈，長歌聊當哭。緬思生我初，父母勤拊畜。孩抱嬰夙痾，七歲行彳亍。慈闈命與俱，熱淚爲頮沐。衙衙學語時，殘帙期我讀。孝經與論語，父膝爲家塾。小樓寒暑扃，琅琅雒誦熟。文辭以意爲，尺度誰忠告？同里交玉川，切劘偕破屋。騰踔出詞壇，兩軍對牙纛。故鄉本姚州，省墓薦魚菽。侍歸驛亭堰，鄰舟仰儒服。親炙餘山門，始慙俗學俗。顧念二親老，謬計養以禄。痛心遽失怙，不逮升斗粟。踉蹌見星奔，皐魚死莫贖。鶴洲同懷子，道義聯骨肉。扶持哀疚中，殘喘脱鬼籙。竊堅内史誓，春暉戀林谷。轉懷先府君，幽潛未炳煜。往求臨川文，表阡光照燭。四年趨華省，違志媿碌碌。來諗蒙詔許，感涕迸飛瀑。錫號奉北堂，獻壽酌醽醁。拮据昏嫁始，六禮薙煩縟。俄作雁媒吟，勢類羝藩觸。直以姻戚故，及爾同顛覆。急難洶浦生，倖謝泥塗辱。凄凉潔飱晨，陔蘭不盈曲。擬封若斧歸，凶耗舟移壑。摧傷繼冢婦，宗子又誰鞠？疫癘染盈門，桃棘煩巫祝。痼病書帷屬課督。迎帆壘豐臺，借我放遐矚。醉歌聯日夕，斕斑對蓉菊。情味弟兄如，纏緜露欵時山骨礲，突兀烏頭矗。良知就廣川，賸客高齋肅。志乘徵文獻，排纂虔州牘。丱兮綰烏紗，懲溝瀆。恩綸旌孝勇，紫氣亘雲旭。亨衢石綽楔，經營藉館穀。矢不累親朋，耕田冀千斛。何所生，承塵恨止鵩。長號贏博聞，廣柳衝炎熇。寡婦抱槅柎，血醲紅蔌蔌。微軀事未了，擺脱目。一聞予病瘴，千里奔駭鹿。重繭度關山，趨庭時頻顣。翻教二豎侵，此禍太奇酷。彌留呼轂音自不育。故人剩蒿簪，幸乞存敝簏。篪也嗟予季，文學新蔟蔟。受知鄂襄勤，國士叨品衣對泣人，由來命不淑。焜煌褕翟裳，詎被安且燠？恒遊過横門，生訣依天屬。入地從先姑，興脱輻。良人去京邸，終歲歸寧數。糧艘載分明，柴車迎轣轆。朝暮共鹽虀，長安慳桂玉。牛家運，仲媳年命趣。活夫沉痼餘，管彤播芬馥。心憐伶俜女，早嫁城南族。所嗟薄禄相，非關録。豪吟徧五岳，喜躡向禽躅。隃麋洒霞嵐，好事饞岩腹。得果汗漫遊，老狂賞心獨。平陂覘素履自匡勗。庶屏不潔錢，安貧淡情慾。大梁十載淹，閩楚問往復。虚聲擁臯比，三千猥著生愴煢煢，忍復班行逐。黽勉畢娶謀，并遺鸞膠續。乳孫聚文裓，磽瘠供饘粥。平生恥苟得，成小築。足備雞豚養，哀哀撼風木。椎泣杖尪羸，冬枯子母竹。恨不黄泉隨，裂肝茹荼毒。餘皮棺，湖滑衰草宿。琴子憶奔波，提攜走輦轂。雨淚問耶疾，天性一何篤。實繁問字徒，東臯匊。吁欷冢婦賢，夭瘵屏風麓。兩兒並沉綿，救仲失顧叔。藥物絀兼營，至今悲且恧。送以木憫阿鏞，惷愚葆質樸。再娶房仍空，伏枕經暑溽。球誦十三經，幽窗空礪鏃。鰥居免成瘵，便荷容容福。催返章江櫂，消息惴未卜。入室環縗麻，氣象最慘黷。郭外迤臯亭，攢峰迭起伏。東橋鎖環龍，西寺蹲蝙蝠。中有小茅山，僻壤遠樵牧。魂魄萃一邱，井槨序昭穆。留舍未二旬，行裝遂遄俶。却顧老病妻，三載在牀褥。惡狀滿眼前，塞耳叢謗讟。死則委楸枰，生當救壞局。稚孤競牽衣，欲行馬踡跼。丈夫志慨慷，那得氣瑟縮。捩拖指常山，間關閲川陸。歲暮行人稀，迷津檥舸舳。孤篷映天飛，漁唱沿隈隩。賢主昨歌驪，來期于我速。勝閣隔連程，雲沙眇重複。砰硼十八灘，石漱松都禿。何由插翅翎，奮飛追鴻鵠。南浦緑春波，汎汎隨鳧鶩。老懷久沉冥，何事雙眉蹙？舊侶後先逝，川流馳忽倏。上壽焉可期，高爵非吾欲。霜髩入新年，已届六十六。燒蠟具盤飧，客底親僮僕。蒸豚兼割鮮，芳葅羅旨蓄。聊用乘化遷，年光嬗皡頊。順正睎古賢，且汎杯中渌。

人日迎寄定岩

此日春生滿路光，沿流簫鼓汎舟航。相看應候裁金勝，定復題詩憶草堂。水驛風高梅颭白，江隄日暖柳舒黄。寄聲滿貯豐臺酒，客到端須累百觴。

弢甫續集卷十六

古今體詩 一百十三首

闞家村觀龍燈百韻

客舟日落齊停橈，連檣收捲風帆飄。晚霞綺散天宇遼，蕩摩紫氛空波摇。須臾水墨渲生綃，沙明洲净碧漻漻。白月上絃張弓弨，郊虚清影紛喬夭。俄聞雲外翻鈞韶，鳴鐃伐鼓和笙簫。火光焰焰燃重霄，沿村浩洶轟秋潮。紅簇萬燈駕星橋，燭龍啣照昏如朝。五綵雜糅争騰驍，天門首下青龍跳。鬱律赤龍翔南徼，烏龍白龍蜷尾燒。雷電煜送龍宫朝，砉黄龍躍故自超。著雍執徐回斗杓，衝天尺木疾且剽。焕爛正色中央昭，太歲閶闔頒科條。令當黄道非宣驕，乘凌絳氣嘘炎歊。楊園柘鴟烘爲窯，仙人蠕樹烟飄飖。龍睛閃閃黄金描，龍頭掀舞雙翠翹。群龍散漫以超遥，宛遊藪澤穿岩椒。緑幘短僮鬒髮髟，口唱小海行儇佻。丁男攀挽聲繁嘵，老翁一把幢旛招。奔龍攢如奪錦標，左旋右旋颯靈飈。甫升忽降何輕趫，欻然迅逝蜿迢迢。長隄列炬拖朱幖，拏雲過市横招邀。穹樓瓴甋鬱岧嶢，之而鱗甲捎綺寮。青帬縞袂家緯

蕭，朱暉照曜顔如荍。一年一度樂事饒，聚觀出簷笑相要。彭纓楚楚佩瓊瑶，一帶躪緑緣塘
腰。千人鼓舞立巨艄，助以銅鉦增諠囂。光射潛螭驚遊鰷，環林鳥雀鳴蟪蛁。荒坰更柝斷麗
譙，樺燭三跋銀釭挑。回龍燀赫噴赤熛，漢前將軍祀不祧。子姓聚族蕃椒聊，傾倒錯囊出精
鐐。排場燈會糾耕樵，初春幾日閑耑消。轉瞬操犁事蓘穮，願得十雨五風調。龍神甘澤釃瀟
瀟，三庚節候沾禾苗。高田下畛免坼𪍃，八方通蜡遵唐堯。故鄉三五可憐宵，銀花火樹嬉髦
髫。走馬儼若革垂鞗，廣衢衝突分揚鑣。秧歌填塞儛夭僑，沸天錞鼙雜闌噍。紛陳百戲騁妍
妖，長矗僑如短僬僥。軍裝角觝擊斗刁，膏油首面鬭嬌嬈。琵琶出塞圍豐貂，偃師工巧費飾
雕。魚龍曼衍景色撩，遺簪墮珥嗟娙媌。繁華窩内斗金銷，野夫閉户耽寂寥。無術可挽吴俗
恌，吾衰甚矣猶萍漂。未得陋巷安簞瓢，一枝南借飛鷦鷯。差池弱羽憐翛翛，殊慙老去德彌
劭。年傷哀樂顔髩凋，寸心不展猶春蕉。流光攝提轉元枵，難與等期王子喬。新年雨雪苦瀌
瀌，纔覩晴原快掣鵰。茂陵老病祛瘍痟，今夕寓目舒悵怊。村燈古風判淳澆，爲譜昇平歌
且謡。

峽江龍燈渡水歌

峽江城外江光澄，澄江兩岸行龍燈。龍王堂在江西岸，群龍齊赴降復升。一龍升，一龍
降。尺木騰天互衝撞，江光天光一疋絳。江天垂光長于虹，光中欻歙回游龍。蜿蜒不定龍處

所，滿江倒影摇天紅。天東勢落裨海外，大九州有群龍在。群龍在處攢龍燈，兩岸龍燈煜相對。横江跋浪開，群龍自東來，龍燈照浪光徘徊。浪跋横江噴急雨，升龍軒昂降龍俯。吹觥笙，擊鼉鼓，神魚拊節瘦蛟舞。龍燈懸流照水府，龍王堂是龍所都。群龍渡水來奔趨，龍王大會龍燈集，龍母升馭斑龍車。月墮一顆驪龍珠，龍女弄珠爲嬉娱。群龍波蕩三山没，靈鼉贔屭首戴出。鼉隨龍渡駕山來，燈海燈山光照日。上龍堂，朝龍王，龍王指揮群龍翔。李杜文章光焰長，昌黎追逐萬丈光。龍燈渡水光煒煌，老夫興發成顛狂，聊爾作歌情激昂。

大風揚帆抵吉水作

峽江開頭風盡絶，百丈沿江手牽掣。沙犛岩坳路險艱，纏夫作苦腰環環。晨興蓐食過下午，三十里及桐江灣。蓦舒噫氣鼓槖籥，旗尾南指拽篷脚。危檣滿幅盡高張，一氣奔騰動遼廓。峨舸大艑行如飛，瞥眼已失横江磯。舟人歡笑歌且舞，疾于艒控馳騄駬。大聲蓬蓬聽轉厲，得勢前行騁猛鋭。來船縮瑟泊港汊，縱思下瀨何由濟？砰硼怒浪船頭迎，船尾砉作崩灘聲。僮奴栗果意氣盈，信宿欲薄虔州城。春燈元宵節恰届，傳柑高讌呼金觥。我聽其言一莞爾，事逢稱意須知止。人生食宿有定分，疾帆未可儘力使。長年三老却老成，日暮風狂波更駛。穩持側柁趣收帆，已報郵籤到吉水。

元夕舟人自窯頭二十里繂赴百嘉村觀燈至則寂然奉懷定岩在南昌燈事甚盛追去歲虔署諸君讌賞予獨唧悲感今兹旅泊奉憶成詠得一百韻却寄定岩

今夕爲何夕，維舟古樹根。燈無九華檠，地是百嘉村。羈客長漂宕，良朋闕晤言。年時足怊悵，情事厭囂喧。纔過窯頭埠，頻沿谷口源。穹林烘晚靄，濛汜誤朝暾。百丈牽何疾，危檣去若奔。夤緣走沙礫，跉踔蹴莎蘋。冷堠經延鷺，轟絃罷撥鵾。依微環隔岸，寂歷閉重門。閃閃明僧刹，星星點釣艑。何曾燃樺炬，那得競鉦管。里閈沉宵柝，津亭捲戍旛。雁行拋玉柱，蟾魄挂金盆。洲嵛烟偏幕，山頭雪尚礬。前時登市鎮，比户散雞豚。貨物胥充牣，人家實庶蕃。銀花宜燦爛，錦纛想翩反。謬以常情度，難將舊俗論。因依成索寞，來往省頻煩。黄帽辜春興，烏篷餉夕飧。雙童虚雀躍，三老儼鴟蹲。餘瓣飄梅塢，寒聲度竹墩。野夫耐清醒，高詠閲黄昏。勝友思新府，佳辰值上元。熒煌祠太乙，曼衍出黎軒。火樹亭衢爚，星橋傑閣燉。馬盤驕蹀躞，龍降怒蜿蜒。爆竹譁闐闐，梨花耀隰原。琉璃懸爍爍，菡萏吐焞焞。象齒凌空戞，鰲身出海翻。倩粧眉寫黛，炫服毳如璊。戴勝裁金剪，流蘇綴繡緐。紅騮韝珠勒，油壁輾鈿轅。簾外鴉頭髻，壚邊犢鼻褌。蠟攢争似鳳，蛾鬧簇于黿。填道人行蟻，排門首轟鼉。曲彈金捍撥，技奏黑崑崙。魚鑰收雄郡，麟符啟大藩。幨帷聚臺省，纓紱聚鵷鴛。標映芙蓉幕，競飛鸚鵡樽。豪情效犀首，異味薦熊蹯。牛斗光全燭，虹霄氣早暄。物華霞慣落，家學露仍繁。池館摇江影，風檽映月痕。察廉文德播，書記武功存。謂姚君。即席虚懷下，聯茵欵語温。瀏連歷南浦，揮洒壓西崑。良會椒盤設，雄才綵筆援。何人邀御李，此事定推袁。昨歲呼蛩駏，同懷比弟昆。栖遲願依表，酣讌苦留髠。膠已先投漆，篪尤竝叶塤。詞鋒鐔鍔淬，墨瀋渤瀛吞。賓筵增繾綣，使節趣騰騫。正月違酬唱，元宵具炙燔。湘醽恣傾倒，絳焰互絪緼。孔雀金屏展，狻猊甲旅泊孤篷駐，才思古井眢。駑蹄參騄駬，砆質雜瑶琨。愷悌襟顔洽，綢繆道義敦。賓筵增繾綣，使節趣騰騫。正月違酬唱，元宵具炙燔。湘醽恣傾倒，絳焰互絪緼。孔雀金屏展，狻猊甲煎噴。彈吹響濤沸，坐立部雲屯。轉拍徵囉嗊，圍場錯趾跟。娱娭唤蒼鶻，酸惻聽元猿。賫恨長埋玉，忘憂枉樹萱。傳柑欣嗢噱，茹蓼泣潺湲。羽已安巢屋，神非畏畜樊。難乾羸博淚，徒愛辟疆園。娟娟摇懸旆，冥冥伴合棔。德凉遭鬼責，行拂歎吾惛。皓雪盈雙鬢，蒼旻隔九閽。亡兒卧松柏，宗婦委蘋蘩。卜子寧辭過，巫咸不問冤。含悲自稠疊，降割奈更番。鴞止真如鵩，鵬圖莫化鵾。呀驚縈噩夢，招復斷殘魂。催返西江棹，亟封東郭墦。身乘單鵠逝，鄰謝雙雞膰。式穀慚教子，詒謀拙負孫。蜚聲冥鴻鵠，敗績棄輗軏。不肖情懷黯，先君行誼惇。童齡抱鐺鼎，祖廟誓櫜鞬。孝子追曾閔，鄉兵過孟賁。貞珉揚考德，綽楔荷皇恩。操術輸長策，踰閑戒短垣。纏腰却揚鶴，耕舌抵吴犍。突兀何由見，經營詎忍諼？率來同野兕，瞻取比庭狟。衰邁聲華減，恢宏志業尊。清溪麋鹿隱，廣厦杞楠掄。踪跡嗟遼拓，勳庸仰揭掀。繡衣臨嶺嶠，斑服照江亹。忠厚承前緒，寬洪裕後昆。詩書守鄒魯，騷雅挹湘沅。苞彩輝梧竹，芬芳長什襲茝蓀。交將青眼對，獨自素心捫。繞匝南枝鵲，飄飆北渚鴛。沉埋新日月，歸老舊乾坤。
叨持石，深藏矢韍弴。微生隨倚薄，陶埴任胚渾。

雷公翠庭方丁太夫人憂復喪次子書來具悉重哀感念亡兒殊唧私痛

寄詩奉唁亦以自廣得三十韻

修短俱由命，江郵惡秏駢。寧將喪明意，併入宅憂年。齒及新悲切，腸教舊恨煎。嗚嗚萱
砌下，惻惻鯉庭前。把札添振觸，縈懷引涕漣。索居時已久，同病最相憐。枕凷誠何恃，緘書
雅省愆。信知難順受，其奈蹇來連。堊室遲鑽燧，齊期迅逝川。俄摧瓊樹影，正廢蓼莪篇。謝
傅聞常教，韋經識竝傳。英名騰璧沼，書種委丹鉛。刺眼看凶短，椎胸感溘先。微生戾多積，
大故禍遄延。桐竹襟邊血，松楸隴上烟。鳳雛輪翽翽，烏鷇覰翾翾。琴子傷偏早，篪兒壯更
捐。號過嬴博路，封傍茂陵阡。有美深埋玉，何心仰問天。劇傷吾過矣，失慟子無然。執紼通
門隔，揚徽片石鐫。嵯峨矗雙表，冥漠閉重泉。讀禮創原鉅，裁詩痛漫纏。若稽洙泗聖，亦越
考亭賢。瘞夭都經歷，唧哀具節宣。西河太悽愴，東野苦迍邅。老少期前定，存亡化倏遷。陰
陽多浩浩，神理冀綿綿。祖墓應隨葬，遺文定附編。小祥遥寄唁，不覺溼長箋。

赴豐潤留别定岩

京東烟景萬重凝，送我飛拈七尺藤。下瀨催開三板舸，上元省對九華燈。聞詩庭闕西江遠，通德門臨北海澄。恒岳游餘緣未了，盤山碣石更須登。

虔署遇顧君赴南粤時予往豐潤贈别

一夕虔堂倒玉壺，明朝相背發檣烏。五羊春煖迎仙客，孤竹風清待野夫。萬縷垂楊縈鷁首，雙江流水繞城隅。十年黯别梁園路，賓主重逢盡白鬚。

放歌奉贈翟晴江灝即留别

吾門朱家濂訪友，亟稱翟子才縱横。長安閉門究典籍，哦詩陡學蒲牢鳴。郊扉十年入我夢，去臘客遊睎顔形。衢州城外纜舴艋，片時談藝稽江程。虛懷以我爲老馬，長途周漢諳經行。兩京製作近三百，温厚覰到先民庭。豪吟天縱子杜子，熱血洒紙明丹誠。脱教删述魯中叟，定當裒輯爲唐經。手搏貙豹拉牙爪，身駕星虹摇旆旌。超遥强狠李韓擅，如鼎三足誰扛擎？老坡复出涪舒上，廣長舌詡青蓮馨。彼家唾餘礓礫等，何事綈襲呼瓊瑛？吾友昔跨鶩鳥百，自喜僻奥捐夷庚。有時真氣怒盤鬱，直破趙壁衝奇兵。黄蜂釀採溜穿柱，柔桑蠶食絲纏縈。今看是葉是花蘂，豈有薌蜜羅盆罌？經史子集列四庫，禍首說部標郛鈴。哤言日出騁幻誕，輒指故實欺聾盲。後生填衢事裨販，堆堆夭閼叢篁青。助挽奔輪注經術，昌言苦憶戴石屏。嗟予才微歲復老，風騷結習含深情。吾師成連眇然去，海山海水空窈冥。重來春暮花欲零，垂楊有鳥鳴嚶嚶。歸舟催發疾于箭，空勞欸客提銀瓶。何時聯影剪絳蠟，談深白月移疎櫺。我今築壇拜大將，推子把鉞軍皆驚。草堂有靈屬似續，擔荷此事千丁寧。高睨乾坤氣深穩，肯與瑣瑣争時名？江邊躑躅攬涕别，嗚呼放歌子其聽。

題冀銘鼎元弟采藥圖時予將赴虔南轉入北平

兄及弟，吾與汝。有生伶俜疾病多，父母劬勞勤鞠撫。小名只合呼百藥，長大幸作宗祊主。華年倏去如流星，對看頭髮霜盈盈。奔波南北我未息，何似居鄉長爪生。長爪生今年六十，甚矣吾衰耄將及。顏衰難覓紫金丹，且倒離尊衫袖溼。三年期約重歸來，相將采藥白雲限。松根茯苓可仝煮，人間何處非蓬萊？

復過衢城贈友

川涂往復一帆飛，春岸殘花點客衣。微雨吟來陶靖節，澄江留與謝元暉。老夫懷古凝眸遠，才子含情會面稀。大雅鴻逵平似掌，扶輪正待爾仝歸。

雨舟將抵常山

雨勢連䋣洒未休，墨雲狼籍暗汀洲。大江白日鼉鼍横，夾岸青春草木稠。濁浪灘頭渾作惡，清聲篷背迴含愁。明朝擬度常山去，竹轎端須幔碧油。

董母杜太君輓詩八十韻

川涂得凶問，驚悼涕沾膺。竇婺璇穹暗，金精紺岫崩。藏舟移倏忽，伏枕仆昏瞢。内則由來炳，徽音自昔稱。黄圖宗祏奠，紫蓋世家興。玉鉉開燕邸，雕楣耀杜陵。六銖飄婀娜，百兩迓軿軨。巨閥垂蘩露，嘉辰迨泮冰。芙蓉方淬瑩，騄駬送蹺騰。仙令符嵩剖，郎官宿上應。長洲花滿户，茂苑雉連塍。清論聯衿珮，虛懷待尉丞。延釐集神雀，布煖化蒼鷹。茅屋人争頌，岩廊自謝陞。鳳儀聊寄枳，鴻冥豈嬰矰？召父深恩在，萊妻雅志承。琴彈滄海浦，組解白雲層。彭澤隆詩格，如臯陋射堋。招邀具瀟洒，酬唱發呟噌。喬梓宏模啟，天人碩學升。奏名推賈誼，對策壓孫宏。皁舄層霄下，熊輪采軾馮。豫川棠廕屢，浙氾麥岐曾。簷賀尋常燕，程摶九萬鵬。磯樓旋倚庾，渚閣早臨滕。直指勞巡犢，巍標本毓恒。脂膏身弗潤，水鏡照逾澄。教育追鄒魯，安全及杞鄫。賓筵原抑抑，吏治倍蒸蒸。咫尺惟持慎，纖毫總去矜。平郊遥案堵，乳鵲晏巢橧。列郡襜車溢，重關列檻凭。廉泉滋蕙芷，書院掃蓁艿。渜沼緣籬角，豐臺甃石稜。汲瓶噴瀲灩，輦土壘崚嶒。借箸偕參佐，傾盃接友朋。朱英艷榴菊，緗葉扇荷菱。總爲迎帆設，非徒踵事增。謝庭瞻尚遠，班史續俱謄。龍杖揞常穩，鵶鬟喚輒譍。潘輿扶迤邐，陶甓運頻仍。燠館蹲薰鴨，凉房屏聚蠅。雎鳩雖更肅，樛木愛忘憎。脆笋初捐籜，鮮魚乍脱罾。鸞帷簇斑綵，豸府著彪弸。等級超容易，衷情最戰兢。詔須螭首陛，泥印鵠紋綾。壽酒斟鸚鵡，歌伶蹴氍毹。恩斯均嫡庶，詒厥逮昆礽。薊北瑶光映，虔南瑞靄凝。長途沿渺渺，短羽逐薨薨。作賦嗟王粲，談經媿戴憑。下帷時雒誦，窺圃夙嚴懲。禮以通門問，堂因拜母登。綈袍賚刀剪，玳席潔鍘甑。芳訊貽瑶篚，寒闈拜繡幐。重遊解懸榻，遠去省擔簦。急挨衝灘柂，危持破蘚藤。椿柯霞蓊蔚，萱色雪侵凌。別悵千回首，醫誣三折肱。含飴猶撫弄，屬纊詎迷懵？久視終無術，回生竟罔徵。裂衣輕綷縩，喪鼓咽鼟鼟。粉壁留遺挂，丹砂棄舊枰。靡依啼不住，失恃痛難勝。苫塊拋茵褥，線麻換錦綳。鐺熬一溢米，漆點五更燈。懿行齊鍾郝，哀悰恤閔曾。村舂休相杵，社飲廢如澠。繐帳捐簾押，靈輀駕鞹鞃。鵑鴂催晼晚，烏兔速環絙。斜晷偏栖鵩，沈灰莫辨僧。祖帡排畫翣，魂旐裊丹繒。悽愴喧笳管，踉蹌雜屬縢。當風横去幰，繫日乏長繩。二句集義山詩。五岳紅橋委，雙江素舸乘。狂飈激蒿里，疎雨颯松棚。椒醑銀罍瀝，蘭肴翠釜脀。淚襟殷滲瀝，旅鬢亂鬅鬙。銘誌誠須撰，寧辭僕未能。

用韻贈别友人

畸人三度過炎鄉，恰又相逢水石莊。祖馬魂車從執紼，郭郎鮑老换登場。心朋仍握管城子，首路倒垂金錯囊。臨去觀魚凭壞檻，一池零落白蘋香。

酬别馮君見送韻

箭激雙江萬里流，萍蘋開合暫同游。鰥居簾幙頻梅雨，旅食年華又麥秋。綠綺催彈新製曲，春波憶遶故鄉樓。怯從夜話亭邊坐，不盡天涯去住愁。

庚辰四月十七日贛州登舟紀程一日一首

微沾畫翣雨如絲，夾道無聲涕淚垂。素浪潺湲悲似雨，雙江門外送行時。

燈光星影雜通津，徐上銀蟾缺半輪。纔計初程傍新廟，已教凄斷舊行人。新廟。

碧水瀰漫十八灘，連檣下瀨故非難。江神不借南風便，咫尺無因到萬安。出灘。

火雲映日爛朱光，白葛單衫汗似漿。驀地飛篷鳴雨過，延津渡口水風凉。延津渡。

碧草綿芊繞郭長，一泓清水似滄浪。不妨烟艇遲遲去，爲是廬陵節義鄉。廬陵。

倦程向背看青山，無數悲懷付等閒。驟雨强於萬枝弩，訇轟直射童家灣。童家灣。

牛灣波色碧盈盈，彷彿錢江瀉淚聲。我自頻年傷逝水，不堪斜月到三更。牛灣繼冢媳忌辰。

市汊于今七往來，波聲草色助清哀。明朝重上滕王閣，遺墨縱横認劫灰。市汊。

伯道無兒累自輕，西河偏覺黯傷情。臨江眸子酸風射，老淚乾時欲喪明。南昌篪兒忌辰。

高閣曾看曉日臨，憶凭江檻和長吟。只今畫棟依然在，南浦雲飛黯夕陰。

哀響聲聲激坎侯，驚聞死孝逝中州。河斜月澹無人見，荒忽魂隨楚水流。廿七日定岩逝。

金鼓聲含楚些悲，龍舟江渚弔湘纍。忠臣孝子仝蕭瑟，古往今來一涕洟。

蕭條旅櫬寄花宮，一盞銀燈揜焱紅。江上群靈猶未散，北蘭寺外嘯悲風。廿九日晦。

苦滯汀洲傍釣艪，且依蕭寺寓吟身。繐帷燈火軒窗映，形影依然戀故人。五月朔。

高樓獨立最悽清，一抹西山曉翠横。闃寂空憐風雅地，無人談藝到深更。

眼昏字大作家書，淡墨迷離涕淚餘。行客催封太匆遽，故人未得寄雙魚。

生死寧渝夙昔盟，一言曾使寸心傾。拚將雪白稀疎髮，梳向秋風古北平。

蒲緑榴紅滿眼芳，空浮湛碧罷傳觴。劇憂命斷渾難續，如此端陽最可傷。

零落家僮色似灰，招魂不上望鄉臺。人間最慘惟孤寡，況對碧江哀復哀。

香花齋供集方袍，刺眼靈帷見汝曹。喪事匆忙修佛事，鉦螺如沸雜號咷。

江洲其奈鬱蒸何，今日風生洶白波。一洒滂沱天際雨，較諸悲淚未云多。

衰老吾生自有涯，羈孤作客類無家。主人捨我騎鯨去，恨逐彭湖白浪賒。

撩草家書又一封，天涯難定水雲踪。爲言北去孤飛鶴，無復滄洲白雪容。

早防旅病暗生愁，忽覺涔涔眩白頭。縱在儂家如古寺，連朝伏枕索誰憂？

蕭寺先教祖席陳，明朝飛旐發江濱。鷁舟遠送雙靈去，淚盡南州孺子身。

五千里外水雲愁，雙梟魂旛上素舟。雨泣洪都諸父老，潺湲添作暮江流。南昌復登舟。

順下吳城蠡水通，千汎葉葉過艨艟。篙師愛擱沙洲淺，辜負西南送好風。頭汪。

暴雨飄風旅舶淹，俄看圓月映疎簾。水程未得郵籤報，一枕新凉到黑甜。趙店渡。

南風已轉北風來，曲渚檣帆不可開。指顧吳城尚難到，何時纔得傍蘆臺？

颯沓連朝鼓朔風，攤錢浪裏任篙工。空然欲祭湖神去，箕口揚靈勢轉雄。

已淹三暮復三朝，霎下吳城路匪遥。一酹芳尊渚湖口，分風好爲送征橈。吳城。

五兩風回破浪行，大姑眉翠鏡中横。却齎新舊無窮恨，一望匡廬涕濯纓。大孤塘。

狂飇歘吸撼江湖，重碇危檣泊大孤。常日張帆論上下，今朝四面斷行艫。

連晨絶類賈胡留，恨煞盲風播石尤。未得身輕騎白鶴，何緣飄忽上揚州？

澌澌湅雨亂跳珠，漠漠泠風冷散湖。移向石鐘山畔宿，噌吰夜到客舟無？湖口。

蕭瑟靈旗出大江，驚飛風雨打篷窗。歸魂冷落過彭澤，猶有官人奠酒缸。彭澤。

峭帆横鶩激風湍，黄石磯頭落照殘。見説明朝江路好，皖公山色鏡中看。黄石磯。

水態雲容澹碧滋，扁舟蕩漾戴溝湄。今朝散盡平原客，獨想音塵撫繐絲。戴池溝，姚君去。

倦看江南兩岸山，誰能心事寄蕭閒？憐他帆腹張弓滿，箭擘濤頭失險艱。六峽口。

千里章江瀉恨長，蕪湖相接白泱泱。冰夷宮裏天難曉，一月游魂去渺茫。廿七日，蕪湖。

龍江城府鬱蒼蒼，生死交情總斷腸。苦憶故人天際去，欲探消息畏斜陽。龍江關懷近顏。

瀾瀁蛟宮是夜臺，悲風吹送素舟來。二分愁盡揚州月，八斗摧殘子建才。廿九日晦，揚州。

人間物外判炎凉，冰雪多教置我腸。纔得高談接焦遂，故知慢世有琴張。六月朔，會石蓮。

嗟我來遲不及春，廣陵花事已成塵。補吟芍藥新詩句，也算遨頭宴裏人。

舲窗炎暑苦侵人，絶少凉風動白蘋。消夏灣頭在何所，往從漁父看垂綸。

尺三汗脚着靴迎，團扇揮殘喘未平。不道汝南生怕熱，偏逢褦襶此間行。

暑病龍鍾逸興刪，蜀岡空想一躋攀。縱饒山水清暉在，何自娛人耳目間？

空教老去惜微軀，白汗翻漿淚濺珠。寄謝湖鄉諸舊雨，浮生我獨集于枯。寄沈張。

虔南到此換舟三，畏日炎風總不堪。夢到湖心亭子上，桃笙卧看雨餘嵐。

珍重新詩一起予，信知價重百車渠。邗江明月東頭上，還寄撇波雙鯉魚。寄圖東。

寶塔灣西滯舳艫，嬾操匕箸飯雕胡。何當淮浦秋風動，頓使衰翁病骨蘇。

三年一到故人家，烟火迢迢又汎槎。直把清狂破惆悵，逍遥底用讀南華？別石蓮。

塔灣日日苦驕陽，關外仍難借夕凉。此去三千川路遠，江淮滾滾沸如湯。出關外。

慢向灣頭廿里程，經過宿雨暑氛輕。雲天永晝曦輪淡，沙渚初宵月魄清。灣頭。

召伯隄衝伏汛狂，林廬半在水中央。洪波未得消心火，冰簟難教客夢凉。召伯鎮。

疾風甚雨浪滔天，弱纜千鈞一髮懸。漫説波濤仗忠信，男兒性命絶堪憐。六月十四日，四汊港幾覆舟。

僮奴猶未定驚魂，明月團團憶故園。四汊正當新口決，濤聲轟似九河翻。

金隄功已奏河渠，瓜蔓新流蕩碧虚。甓社湖風冷騷屑，村民渾恐化爲魚。高郵。

裹河水緩漾清深，草樹千重映碧潯。返照横塘帆影度，依稀雲過半山陰。氾水。

水閣帆收一幅烟，凉蟾已到舵樓前。舊知悲感餘霜鬢，清淚能無洒白田。寶應愴懷白田公。

螢影高低碎火燃，平橋漂泊惜流年。當時月映湘簾白，已悵清江客思懸。十九日，平橋。『重看螢火惜流年，明月清江客思懸。遥知玉簟生秋夜，畫閣疎簾入未眠』，舊懷清咏句。

連歲心傷逝水中，魂來蕭颯滿旗風。更堪日暮山陽笛，吹向飄零白髮翁。山陽。

峨舸大艑集灣隈，淮水難濺客思哀。却想鍜罏消永晝，凉風吹過柳陰來。

五岳峰頭嘯咏歸，天風慣灑薜蘿衣。獨憐來往清江浦，惹得繁霜滿鬢飛。清江浦。

奔流浩洶鎖重關，多少艅艎輟棹閒。魂夢殊難洗煩熱，枉教徹夜響潺潺。天妃三閘。

上閘艱于灔澦堆，横牽百丈太邅廻。炎天杲日無雲雨，只有砯厓萬壑雷。頭閘。

病暍空懷玉井冰，閘邊天日倍炎蒸。千檣鱗次如河鯉，巇嶀龍門不可登。

百尺澄潭鏡面磨，漁娃鑑影寫雙蛾。水明殘夜冰蟾吐，一片清光漾素波。清河草壩口。

白首烟波汎客船，金風又見井梧飄。新煎苦茗澆吟舌，秋水泠泠嚥一瓢。立秋。
秋風一夕透絺衣，烏榜猶鄰白板扉。清愛濯纓歌孺子，靜看如練咏元暉。桃源衆興集。
今日風帆快疾趨，雲奔浪湧過菰蘆。故人聞作桃源宰，未遣津頭候老夫。白洋河。
晚來風順走衝波，幾點浪浪撒菽過。帆似横空排大翮，决眥便到白洋河。七月朔，宿遷。
秋水盈盈浸遠天，垂楊垂柳掃輕烟。宿遷新草緣隄緑，宛放平江鴨嘴船。姚灣口。
風送蒲帆未肯停，姚灣薄晚尚揚舲。桅燈一點高空閃，疑是西流大火星。梁王城。
草舍風來碧樹秋，飄蕭烟景過洳溝。似憐遠去眉痕蹙，新月彎彎替我愁。侯仙閘。
白晝雲昏泊野塘，移舟閘畔已殘陽。瞥過雷雨風濤洶，贏得篷窗枕簟凉。萬年閘。
秋旻雨氣未全消，一溜燈光渚面摇。纔把幽宫文草就，颯聞簾外度靈飈。赤山。
赤山風柳舞傞傞，返照漁梁曬緑簑。猶遣夢魂江浦去，不愁千里阻烟波。七夕，利建閘。
漫叟頻年作漫遊，隨波漂宕白蘋秋。銀河萬古從天落，巧拙都教入海流。濟寧，得萩林札。
三年重到濟寧州，往復澄波照白頭。三十六鱗飛入艦，呼童烹取解離愁。草橋。
柳絲槐乳碧叢叢，緣岸香茅縛作篷。月照草橋喧晚市，賣瓜人趁落帆風。白嘴。
風帆曲折水瀠洄，白嘴人家傍堠臺。夜犬村空聲似豹，秋蚊草長殷成雷。南旺閘。
閘口波聲激怒潮，雨餘月色瑩清宵。歸魂猶恐多留滯，還向江南放小招。安山閘。
勞生萍葉汎龠淪，河濟縈紆逆浪頻。今夜順流浮皓月，夢魂飛度向天津。

漕回巨艦塞川來，下閘時淹北去桅。幸得波隨風噴薄，恣教人與月徘徊。七級。

纖絺纔見颸清秋，杲杲當空躍赤毬。怪底白團抛不得，火雲還並火星流。東昌。

西風蕭摵水雲昏，此日椒漿奠一樽。空説上清朝絳節，厭聞下界會蘭盆。七月望，梁家淺。

明晨定得到臨清，迢遞烟波九十程。水驛津亭勞遠訊，東來風雨殢銘旌。戴家閘，探騎至。

修奠遥悲兩旐丹，龍脣絲結不成彈。冰輪憶挂雙江上，並對清暉至夜闌。臨清，萩林遣奠。

從今無閘鎖重灣，曠蕩如過百二關。此際雲帆天際引，好乘秋月泝潺湲。夾馬營。

川路縈紆百折波，張帆忽復卸帆過。坐看鬬月生天畔，中夜還成忼慨歌。朱家圈。

慙媿傳經目老成，猥來書幣採虚聲。却憐携得嵇延祖，不使山濤負九京。七月廿日，四柳樹，灤源聘使至。

拂曉鳴橈且復休，衝風吹浪蹴天浮。相違一舍無多遠，薄暮雲中見堞樓。德州。

刀光古水瀉滂洋，秋墅人家草屋凉。萬里寥空暝色至，野雲村樹盡蒼蒼。十五里口。

秋風颯颯樹聲哀，鴻雁新從碣石來。鄰舫無心相借問，恰逢鄉管是豐臺。磚河。

踈槐深柳緑婆娑，霞綺輕飛散白波。漸近長蘆風景好，却懷椒糈意如何。興濟。

素舸迎來骨肉親，繐帷問故共沾巾。還憂黯淡桑榆景，痛煞椿庭白首人。七月廿五日，雙塘。

空置生芻奠碧篘，清言無復玉人酬。淒凉看吐四更月，白汎浪花明柁樓。曹家莊。

長蘆秋水正溟茫，一派飛奔董閣莊。超忽回風三百里，雲旂縹緲早還鄉。天津。

弢甫續集卷十七

古今體詩一百四十八首

紀程

五色縯紛繪巨航，慣衝蛟蜃走溟洋。直沽便是扶桑路，恨不乘槎着日傍。七月廿八日，見洋船。

浮屠三宿恐牽情，客舫稽留不計程。對岸金山樓閣麗，青林朝暮白烟生。廿九日晦。

丁字沽頭撥桂橈，篙工河上罷逍遥。前行絶類徒兒浦，早晚剛隨八月潮。八月朔，鹹水沽。

復見蒼頭故國來，老人無恙有餘哀。最憐五尺童孫慘，抛却書帷血滿縗。堂兒上。

新河如帶土功成，恰恰歸艎向此行。舟子淩晨看潮長，一齊起柁亂鳴鉦。漢沽。

凉波倒映白雲衢，日對秋光雪練鋪。川路六千今已盡，緑陂芳草碾靈轜。初四日，蘆臺。

哀容尫瘠劇堪憐，凶服交加血淚鮮。須識承家爲最重，門庭萬緒一身肩。光益奔至。

白馬賓親接跡來，明朝執紼面東迴。空期緩緩歸車好，無那滔滔逝水哀。

凉宵風雨苦凄凄，欲挽靈車一尺泥。點點泫看慈竹滴，聲聲寒聽孝烏啼。
緦麻清涕幾人揮，宿雨沾沙廣柳歸。頭踏流蘇半零落，笳簫咽咽旐飛飛。
王家莊樹着烟籠，旅店秋燈挂壁紅。不爲故人寧到此，私憐卧病月明中。王蘭莊。
三舍程衝兩日泥，雨餘深淖没輪蹄。崎嶇董閣莊前去，不唱虞歌亦慘悽。八月初十日，董閣莊。

雁柱揮殘錦瑟絃，迷魂漠漠水中天。縱然看破生如夢，不那腸從夢裏煎。
迢遥河水溜通渠，錦鯉中存尺素書。憑寄江淮故人去，帆經風浪拍天餘。
萬歲聲長祝聖君，蓬萊五色護祥雲。京東拜跪瞻天近，彷彿璇霄廣樂聞。八月十三日。
孝稱和嶠與王戎，生死情深大略同。檻外長江流不盡，何人悲弔泝靈風？
相看涕淚滿離筵，詎爲陽關客思牽？惡説中秋好明月，今宵不用向人圓。中秋餞別。
董莊已遠尚餘哀，回首秋雲絮作堆。沙路高低尋舊迹，却追白馬素車來。王蘭莊。
信宿巾車轣轆驅，蘆臺沙口復登艫。傾來白小盈筐雪，風景宛過鶯脰湖。
乘湖輕泛木蘭船，摇漾空明水接天。此去好將愁眼洗，濟南秋色正澄鮮。三家臺。
碍施雙槳撥輕艘，淺水摇溶未半篙。一片連天却無際，狂風也解作飛濤。陳家溝。
復到津門曉色清，舟車僕僕總勞生。却憐夢繞華不注，一朵芙蓉映日明。天津。
無人折柳送津門，輪轉平陂古轍痕。僮僕愁容纔得散，晚投茅店具芳樽。静海。

車如流水下平皋，駿馬蹄輕未覺勞。猶管送迎隄畔柳，臨風疎影弄蕭騷。興濟。

平沙淺草御軨軥，鏘聽鈴聲駕橐騮。那似石尤風勢惡，橫翻駭浪阻行舟。堡頭。

連程行徑繞河隄，歷歷檣竿柳外齊。安坐車中看風色，不知川路浪高低。三園。

德水烟消遠景澄，晚天明麗綺霞蒸。欲知風氣青齊好，試向方言辨得登。老鴉陣。

明朝問渡過清河，轉覺相思一夜多。應惜吾衰今已甚，經年萬里涉風波。禹城二十里舖。

千里衝沙始卸車，解來懸榻乃吾廬。便應報向重闈去，修竹林中客到初。至沛南萩林高齋。

萬花谷裏語咿嚶，稀得歸昌到耳清。乍聽丹山雛鳳好，梧桐枝上一聲聲。

賓至如歸最適情，疎窗白映月華明。知子素有林宗癖，洒掃深房分外清。

老去端須愛惜身，大書贈我感情親。斯言信是連城璧，今請還爲趙氏珍。簡萩林。

麀眼籬邊菊蘂稠，風光倏已入深秋。白頭慣被花枝笑，客裏相看歲似流。九月朔。

雁足書傳歷下情，夢看病骨瘦崢嶸。依人只道淹王粲，賦鵩何期喪賈生。悼陸疎村。

催放秋花造榜天，棘闈初見月娟娟。如珠連貫文昌氣，映徹奎婁動海天。

任城一別已三年，雪涕秋深把臂前。傳説龍鍾人共棄，狂歌激越荷君憐。會萩林。

衰遲絶類杜陵翁，不那秋來左耳聾。歷亂羈愁删不得，仍驚搖落對西風。

微生哀樂總教傷，人世原無却老方。料理白頭須底物，引年聽説進昌陽。

西泠已失白雲夫，重對桐川嘯咏徒。猶憶簷前一宵雨，滴殘清漏小方壺。

桐君録内播芳馨，苗甲懷山憶蔚青。此地從來稀藥物，拜嘉還得制頹齡。萩林惠地黄。

沸上登高逸興饒，群賢玉佩喜相要。西泠詩老無多在，遥憶湖山悵寂寥。

久思過嶺愜清遊，忽遣雙江返鷁舟。似近神山風引去，祇教飛夢到羅浮。讀萩林《羅浮游草》有感。

平生癖性謝繁華，況復高春日已斜。自愛東籬千遍繞，寂寥相對有黄花。

鎮日成陰鶴蓋多，西園車馬自駢羅。閒身幸起劉楨卧，其奈漳濱應接何。

軒車汎愛及漁樵，雅列瓊筵折簡招。不道畸人愛岑寂，臨風欲棄樹頭瓢。

海岱鍾靈有此才，那教衣褐走風埃。峼華山色邀名士，好向秋亭嘯詠來。懷經德。

麟角牛毛總劫灰，掃殘兔穎積成堆。不教黄土埋光燄，只有凌雲萬丈才。

招邀却憶入關年，風雨淋漓到醴泉。五岳霞嵐遊早徧，明湖話舊尚無緣。九月十六日，寄排山。

借來籬落看黄花，未是柴桑處士家。惟有南山當户見，悠然相對在天涯。

身世難禁作達名，由來我輩自鍾情。從教飯顆山頭見，不爲耽詩太瘦生。

梧桐葉盡夜霜清，夢覺天涯已五更。怪煞螺窗斜月白，抛人西去寂無聲。

澄澹心情迥自如，未容佳士便林閭。只應一振高名後，却入名山共著書。

暮年羞悔事雕蟲，手把群經未易窮。正似夜行光已闇，惟將炳燭照昏蒙。

群才契托自紛紛，壇坫争看氣似雲。誰得真知延曲室，對斟樽酒細論文。

壇畔軍聲動地來，奔騰敵騎一時摧。淮陰詎學孫吴法，自有天生大將才。

年來夢想在廬陰，几榻圖書翠色深。最愛濯纓橋畔立，門前流水激清音。

憶扶笻竹上豐臺，四面雲峰霽色開。天意只教經歲住，啼鵑送客不勝哀。贈萩林。

淑問如君實偉然，千秋定論祀儒先。東南唱道餘山在，名德何慙兩廡賢。

荒園空曠見南山，興在東籬徙倚間。採菊人移高館去，更無蒼翠到重關。

衰遲難忍朔風寒，暮倚高齋戴鶡冠。却憶空亭秋月白，飛拈笻竹上層巒。

風前一紙閲鄉書，多少英才得意初。無那燭溪光氣黯，明堂惆悵失璠璵。知静軒弟失解。

九秋蓂落已無餘，却值元冥播令初。摧迫蟲聲到牀下，中宵不寐意何如。立冬。

飄零作客此依劉，踰月相從賦遠遊。明發移居纔咫尺，詎如萬里動離愁？十月朔。

冠蓋如雲盛禮成，賓賓衿佩接諸生。遥思繁露承家學，負笈何時到歷城？入主濼源書院。

以上共一百六十四日，詩如其數。

哭定岩二首

烟波浩淼逐三閭，直下章江信所如。泣血無聲枯孝筍，游澌何處媵文魚？忍令終古捐予佩，恨不中洲攬子袪。天畔空呼臯某復，浩然歸去撤蘧廬。

淡淡星河欲曉天，忽騎鯨背泝通川。生依草土經三月，死着齊疏入九泉。故國遥揮思子淚，夕陽重薦禮魂筵。伯牙悲痛鍾期逝，零落金徽委七絃。

和人賞木芍葯二首

高會空聞絶艷開，生綃留影爵瓊杯。飛仙並立瑶臺上，閬苑踏歌歸去來。
滿眼多情鬬艷粧，自教白髮放清狂。却憐潦倒揚州夢，不遣樊川釂羽觴。

六月十三夜月

江浦西頭淮浦東，清光瀲灩思何窮。精靈不逐罡風散，悵望青天碧海中。

六月十四日高郵湖大風雨幾覆舟倖免有作

口決難教泝裹河，湖心空闊湧驚波。連檣風雨垂傾仄，四汉雲濤互盪摩。黄帽哀號乞神鬼，白頭呼吸委蛟鼉。多緣師友遺編在，留得餘生續嘯歌。

病暑二章

我不如翩翾燕，飛飛時向風中見。風急掠雕簷，風微捎翠幔。我今病握齊紈扇，頭涔涔兮苦瞑眩。既無宋賦快哉披，又無列御泠然善。安得出舞雩，颯爽清人面。我不如上下鳧，汎汎常在水中居。水深嘯群侶，水淺引諸雛。我今病取蕲簟鋪，汗翻漿兮苦沾濡。既無仙露分金掌，又無清冰映玉壺。安得臨滄浪，洗濯寧吾軀。

汜水道中

乍聽蟬聲出樹間，漁罾高挂水雲閒。沿塘草舍延瓜瓠，時見黄花滿屋山。

舟中夜坐

漁火依微曲浦烟，坐貪涼爽不成眠。白雲芳草江南路，青簟疎簾柳下船。衝岸鯉魴喧撥刺，傍沙鷗鷺静聯拳。湖光萬頃皎如雪，波底玉蟾飛上天。

草壩口渡河

萍泛洪河渤澥寬，西風掠過鬢毛寒。章江輟曲抛徽軫，碣石孤飛矯羽翰。病惜春容餘涕淚，老驚世路足波瀾。魚龍偃卧盤渦沸，對此茫茫集百端。

旅　懷

迢遥清濟接清淮，暑雨秋風亂客懷。蓬梗關河淹歲月，蜉蝣天地寓形骸。飛揚跋扈從時輩，慷慨悲歌自我儕。河鯉河舫慵下箸，旁人錯認太常齋。

卧看

颯颯秋風捲柳隄，浪花横濺午烟迷。鄉園夢寐頻驚覺，朋舊音書總嬾題。簟展凉于玉龍背，帆飛疾過紫騮蹄。舟中白日了無緒，卧看雨雲吹向西。

韓莊

嶧山湖闊白粼粼，殘照西風浪似銀。帆脚雙飛銜繡羽，槎頭一尺墜金鱗。薤歌朝露頻頻泫，蓬髩秋霜故故新。却省游梁十年夢，青冥可倚玉樓人。

濟寧奉懷近顔

論交初對濟流清，洗眼風塵識俊英。燕頷何堪老殊域，鳶肩空自誤浮名。荒寒魑魁天涯色，凄斷蛩䗁日暮聲。一步河干一怊悵，人今衰病歲峥嶸。

泲舟大雷雨

湖心魂夢悸高郵，安穩徐牽泲水舟。一任驚飈雜雷電，匡牀卧聽雨聲秋。

七月初十日紀夢

柝響驚從鳥道還，涼蟾猶挂柳絲間。夢中不識皐蘭路，魂斷千山與萬山。

月夜奉懷圖東石蓮

江南江北惜離群，客路秋風不可聞。京口會時傷落葉，邗溝别後賦停雲。一行雁字還須寄，兩鬢霜華底用耘？斜月忽臨窗檻白，渾疑静夜接夫君。

寄萩林書不到志感

騷雅相於古誼多，通辭詎待託微波？關河催老雙蓬鬢，歲月抛人一擲梭。經帳還教傳馬鄭，詩筒應遣和羊何。却憐素鯉浮沉處，泲上難隨淺水過。

臨清關

糧艦回檣尾接銜，出關鷁首走驚颿。涇陽鶴影歸雙旐，泲上魚書復一函。碧月光浮青玉碗，金風吹冷白蕉衫。滿川芳草含愁思，南北紛披不可芟。

寄圖東

京江三載別，纔得尺書將。鳳穴雛長好，鴒原草遂荒。却憐嬴博路，與莫汨羅觴。病暑龍鍾甚，重浮北去航。

曉　起

金盆圓魄落河西，卵色天黏碧草低。百疊高帆催鷁影，兩行疎柳咽烏啼。殘牙缺嚙難勝餅，短髮輕梳未滿篦。薊北虔南幾千里，號平聲歸不遣旅魂迷。

再枉萩林札

復得魚書意萬重，遥傷駒隙念龍鍾。相期趵突泉邊水，一洗湹溪瑣尾容。

川涂連歲

昨歲初冬下石灘，紆回南北走風湍。火輪簾舫禁炎暑，雪片江湖犯大寒。回首鄉關雲漠漠，經心客枕月團團。長隄衰柳無窮路，白髮難教意緒寬。

三枉萩林札奉寄

萍漂是處汎烟波，不厭談經髩已皤。歷下雲山頻入夢，滄浪書跡幾回過。清風淅淅懷孤竹，秋氣凄凄感女蘿。計日相從看蘂榜，濟南名士向來多。

七月廿五日夜泊雙塘柁樓失火幸撲滅有作

非關赤壁燎艨艟，忽訝青簾引祝融。三老噪呼烟焰裏，二更驚覺夢魂中。旅人幸脱焚巢阨，上客争誇爛額功。若使祖龍行小劫，奇文一炬總成空。

八月初二夕憶舊

追思露坐納凉風，甫到君家别墅中。今夕舲窗看河漢，渾如夜色映房櫳。

舟駐王家臺水中

荒荒駐棹絶厓垠，黄遶叢蘆緑汎蘋。時序百年如迅矢，風塵萬里是勞薪。孤嘶海角離群雁，寒躍波心掉尾鱗。四顧寂寥天在水，只留明月伴羈人。

過南皮迎寄萩林

雲山迢遞繫相思，車笠心存夙昔期。此去清樽依北海，由來高會重南皮。黄花籬畔舒香日，名士亭中發興時。應及登高摇綵筆，莫教沙路馬行遲。

夢定岩誦我詩

夢君維誦我新詩，擊節狂稱絶妙辭。豈謂低頭拜東野，還如流水過鍾期。當時酬唱提斑管，即席歡呼倒玉巵。痛絶重泉終寂寞，天涯尚剩幾心知。

大風

蓬蓬北海大風生，飛撲塵沙客眼驚。天地連朝舒噫氣，郊原萬樹動秋聲。車篷殊苦掀翻舞，馬足渾難自在行。料得河流尤震宕，拍空濤浪那能平。

滄州道中

河隄衰柳尚毿毿，時見移過百尺帆。北地當秋風早冷，邊沙近海水皆鹹。單椒已遣吟魂繞，華髮難同旅思芟。薄晚輪蹄愁未了，天低鶻没半規銜。

東苑

東苑當年感索居，山中無石水無魚。歸舟已失團團月，迎騎曾回緩緩車。朝暮虀鹽猶未了，故新縑素定何如。那堪唱徹滄州曲，一望糧艘涕滿裾。

牛衣

牛衣褕翟總沉灰，猶自緘情向夜臺。黄葉秋飄那復惜，青門生訣最堪哀。拋殘雁柱華年思，零落烏雛遠道回。老子浮生能幾許，更教羈恨疊成堆。

哭董定岩榕五十首

不少人間缺陷天，悲君死孝赴重泉。蓋棺事了江舟裏，九歲孤兒繐帳前。

蒲酳新芻奠一尊，北蘭寺裏最銷魂。花宫不共春燈會，明燭蘭膏照夜昏。

連夜殊憐月色昏，夢吟新句侑芳樽。水深已被蛟龍得，猶向楓林接爾魂。

聶都新廟祀章源，已見民間賽火繁。髣髴羅池神颯降，雲旗一片月中翻。

自夏徂秋汎艇行，風波暑病可憐生。更堪東寺長廊下，夜半瀟瀟聽雨聲。

清霜白雨柳條枯，遠道摧傷子母烏。猶有羈雌寒夜宿，月中常自泣嗚嗚。

丹旐翩翻近里門，蘆臺百里海雲昏。涼宵飛徧澌澌雨，芳草俱沾涕淚痕。
九原松柏望中迷，子母神魂一處栖。白月清霜寒徹夜，慈烏時共孝烏啼。
鵠首溢江拜送時，天親從此永分離。只今蕭颯靈風冷，挽斷秋楊萬萬絲。
魂斷南雲不可招，柳絲風片莽蕭蕭。傷心埋玉情何已，三尺新墳在板橋。
風日階庭色慘悽，客來倚着繐帷西。纔教夕奠哀聲歇，又聽寒蛬竟夜啼。
楚厲迷魂底處招，白袍悵望水迢迢。添將八百孤寒淚，噴薄章江作暮潮。
髫稚遺孤未十齡，交加縗絰拜先靈。攜歸便逐重泉去，説與旁人亦涕零。
竹花不實冷修修，颯颯梧桐葉落秋。老鳳先歸雛鳳折，采苞零落委丹邱。
留得荒莊舊屋廬，青燈緗帙下帷初。淒然手澤開函見，莫遣終年飽蠹魚。
夢裏悲哀視藐孤，而今只剩一鶵雛。幽栖毛羽摧頹甚，寒雨聲聲滴翠梧。
春江萬里聒風濤，左蠡揚瀾倍覺豪。誰道交情隔生死，魂來魂去不辭勞。
夢中情境類飄蓬，荒忽郊原聚一叢。生怕回風忽吹散，斷魂驚別太匆匆。
横江鉦鼓沸如雷，驀見鰲山海上來。過眼風燈前劫散，老仙終古隔蓬萊。
故巢傳説受驚猜，黄口啁啾最可哀。叵耐春風太欺得，蕭蕭竹樹半摧頹。
魂逐揚瀾入夜臺，還聞驚浪播喧豗。白頭垂死看黄口，此曲人間信可哀。
一輪海月照窗明，向午參差竹影横。正是迷離烟水窟，驚回噩夢值三更。

分明潮水下津門，倏忽蘆臺去路昏。莫怪雲莊樓閣失，殘宵無月照迷魂。

文章盛事屬千秋，百尺方期矗選樓。天遣凋殘風雅伴，清詞麗句孰甄收？

天上修文有素心，蛾眉班裹好追尋。鈞天迴異人間奏，帝所新傳正始音。

卜築濂溪喜畢工，蓮花峰下起雕櫳。水聲激激書聲和，繞岸夜燈相映紅。

滾滾詞源瀑水流，紫毫揮洒爛銀鈎。青山滿眼留題徧，争似宣城謝眺樓。

芝龕妙曲奏仙臺，忠義淋漓具史才。寫出前朝亡國恨，銀箏檀板有餘哀。

金竹坪前迸籜龍，霎看風雨度高峰。難禁滄海奔歸勢，未滅浮雲變化踪。

砰硼瀑布下岩門，一道驚流谷口奔。偶坐空亭不知暑，芙渠香裹汎清樽。

三疊銀瀧捲翠微，龍潭白日玉龍歸。看君神興真無匹，蹴踏嶔巇去似飛。

濂溪溪上五峰攢，月白峰峰午夜寒。愛看亭前溪月轉，夜深同凭玉欄干。

江水悠悠趣往還，心心待我庾樓間。暮年詩賦渾蕭瑟，只有君情愛子山。

登樓最憶謝功曹，霞散空天粉堞高。此段吟情抛不得，廻風吹夢到江皋。

元岳歸來會面遲，潯陽江口遠如期。難忘吟醉蓮峰夕，月滿千山話別時。

白登猶憶展重陽，北岳歸來道路長。遥夢潯江弦月上，雪波九派墮蒼茫。

清瀉金波百萬層，一宵寒色冷于冰。明朝排馬虔南去，愁看曉山低玉繩。

黄土塘前洞壑幽，輕身直上恣冥搜。側穿岩罅飛流過，衣上琮琤濕老湫。

清緣未得共登高，南北官程歲歲勞。八境臺中頻悵望，臨風把酒酹江濤。
伶俜客路苦沉綿，况復秋波感逝川。不有豐臺散情性，那能吟嘯尚年年。
堂堂策策百千頭，春水湮池浩蕩遊。應逐揚靈大江去，流澌紛下滕中洲。
杖破秋階碧蘚濃，白頭相對兩龍鍾。心傷落木三千里，目斷浮雲一萬重。
群從情深只惠連，奔波往復贛江邊。天涯何處無芳草，今日池塘夢杳然。謂尚濱。
往復詩筒自許昌，西江悲繞九回腸。頻釃懷舊千行淚，托與回潮遠寄將。
庚午渠開水利興，平沙千頃闢溝塍。當年白雪秋蘆捲，此日黃雲晚稻登。
世人交結重黄金，行路誰輸一片心？古道于今悲盡棄，相知人在九原深。
槐花落盡桐葉飛，故人入夢情依依。似憐秋色匡廬好，攬我薜衣登翠微。
天涯淪落舊何戡，黯訴離情最不堪。也似念家山破後，含悽重唱望江南。謂王僮。
暮年膠漆又逢君，消息泉臺迥不聞。烟雨千聲裴島鶴，謂予齋。風篁一片聖湖雲。謂敬甫。
伯牙絃爲子期摧，三峽猿聲較更哀。料得浮生無久視，班荆只合向泉臺。

定岩銘詩

予生慎契托，稀疎結佩纕。况復遠權勢，慵親綬與章。曩爲大梁客，四友聯文場。磊落馬石蓮，峨峨圖東張。通家惟沈氏，與君共徊翔。把麾金華去，悵望天一方。予從南岳返，延之坐講堂。尋恤篪兒夭，遠泝贛水長。欸洽書帷內，吟醉豐臺傍。嗚呼君逝矣，送櫬還洹鄉。維彼三君子，路祭釃椒漿。申唁太公前，委命于穹蒼。矢願課藐孤，琢玉成珪璋。誌銘落吾手，泚筆涕沾裳。所寶垂令名，此外何所望？若斧是君室，千秋固且康。上從先靈遊，下發昆來祥。他年天門上，雲旂互飄颺。訪君一晤語，俯世遺粃糠。

弢甫續集卷十八

古今體詩一百三十八首

有懷圖爲沈奉宜大璋貢淮峨璋題

所欽有令子，昆弟情雝雝。不寐懷二人，紹厥孝友風。愛弟將遠適，相對纏離悰。慎恨不忍別，一念孺慕同。鶺鴒顧雙影，弱羽催西東。一步一徘徊，戀戀原上踪。誰能寫此意，遺自瓜田翁。瓜田至情人，不辱皴毫工。

九日萩林招予及諸子登華不注

寰中攬勝隨所遇，佳辰登陟不可孤。賢主招携涌高興，竹林蘭譜聯吾徒。眼明先見華不注，單椒矗秀名非虛。華陽宮中一小憩，飛身把杖凌崎嶇。嶄嶄紫石劃破碎，千瓣攢一金芙蕖。當時演漾圍小海，芳莖倒插元黄初。塵沙蓬勃陵谷變，鵲山西没澄泓湖。細麥縱横繡塍列，村農勤動千鴉鋤。東頭華泉滉一勺，小清河水環威紆。參差槐柳青扶疎，枰枰露甲繁秋蔬。齊山橫亘翠簇簇，落日照耀南屏舒。岩腰祠奉老仙伯，素雲繞座顔清腴。一童手捧九還訣，一童藥貯黄葫蘆。長生久視亦底用，賢聖委順由鴻罏。我生激昂意氣麤，萬事只等浮雲徂。昨年登高俯八境，砰訇灘石驚濤輸。揭來北平苦往復，涕醨舊好潛黄壚。盤山碣石登未得，一身催落齊川隅。去住飲啄本前定，滌蕩情志拋攣拘。煜然名德仰一老，嗟予晏景臨桑榆。朝陽乘時上杲杲，圖不朽事于蘧廬。不見閔子逢丑父，萬古忠孝寧翳如。痴人欲占爽鳩樂，牛山涕淚淋衣裾。自遣浮夆颸富貴，推遷幻化歸空無。僧房黄菊放爛漫，鮮明掩映紅茱萸。今年此會喜健在，爛醉徑倒玻瓈壺。明日之日弗早計，詎須當境三踟躕？

哭陸疎村攀堯五十首

河南漂泊又山東，寒影殊憐類轉蓬。舍館纔教旬日住，大歸曾不待春風。
幾度書齋倒渌樽，汴州離合捲蓬根。開箱重檢瑤華字，髣髴啼痕雜墨痕。
漂泊重爲沛上遊，思傳消息解離憂。那知添得椎心痛，隔歲先教赴玉樓。
處士風流栗里存，數傳猶見作詩孫。春秋佳日新吟在，我欲登高酹酒樽。
初白先生起海昌，清聲相繼滿江鄉。圓珠一串歌喉囀，只覺秦青韻遶梁。
西泠風雅更無人，樊榭厲江聲金久作塵。憐汝平生志删述，瓣香特地見情親。
古錦囊中檢舊題，疎村昌谷大名齊。懸知天上差安樂，不似人間足慘悽。

宏農依倚老監司，吟醉風流作總持。酩酊仝涵千古意，唱酬留得數篇詩。
陳生宜振釃淚寫哀悰，膠漆風騷意竝濃。老輩圖東呼二妙，柳吟花醉數過從。
傳柑讌裏兩三人，熱注紅椒不計巡。刻燭當筵飛點筆，惟君詩句最清新。
客中貧病黯交侵，尚改新詩苦用心。曾冀秋風蘇病骨，封題寄與紫團參。
嘔心日夜苦吟哦，其奈支離伏枕何。空望西山童子藥，欲令一笑起沉疴。
包裹遼參尺素傳，憐予垂老久沉緜。數莖投几鏗然響，也用清泉活火煎。
却思卧病古陳州，頻寄音書解我憂。今日疏麻誰爲折，泉臺信斷海東頭。
常苦緘書欲寄難，歸鴻叫斷曉雲寒。揲蓍人已無消息，青草空生八卦壇。
臨漪園内好池臺，睢州湯氏園。乘醉留題掃石苔。多少輞川吟讌客，獨傳裴廸是清才。
心折宏農舊使君，從教兀傲氣如雲。當筵摇筆題鸚鵡，處士天才信不群。
舊恨新悲玉折頻，難將缺陷問蒼旻。一生淚盡中州道，風雅原同骨肉親。
因風爲寄輓歌來，知汝冰絃急欲摧。不道長才多短命，翻教彈作泣顔回。
沈痛西河短景遒，老夫涕淚不曾收。釣天帝所徵文雅，魂氣相將聚一樓。
往還鄴下爲停車，夜對頻銷蠟炬花。話到傷心倚閭在，貧無歸計鬢添華。
名士曾聞聘淑姬，萍漂尚未結文褵。蔦蘿空繫春風影，吹折喬松百尺枝。
本生爲後兩慈親，先後星奔血滿巾。平昔千鍾豪飲慣，不將一滴潤焦脣。

曾嘲飯顆苦吟賡，更爲居憂太瘦生。多病經年却粱肉，中廚空致五侯鯖。
病深猶擁一牀書，生死真成作蠹魚。寂寂寥寥千歲魄，夜臺誰問子雲居？
神魂終古傍吟廬，未死曾傳訣别書。重過棃花寒食節，孤墳何處渺愁予？
時時覓句把清樽，醉後狂歌獨閉門。志節原如陳正字，分明衣食道尤尊。
清標一掃俗塵空，獨立霜毛冷翠中。眼底還逢朱伯厚，一生疾惡也如風。
何人載酒草元亭，醉白堂邊醉未醒。文字勳名難着手，只將心事托沉冥。
最憶安陽往復還，相將談藝客窗間。停飛鶴蓋西園夕，醉墨淋漓不可删。
緘取瓊琚自遠投，清詞麗句待吾酬。彈將清瑟朱絃曲，不是蘇州即柳州。
新詩散亂孰收藏，雷電天兵下取將。幾輩騷壇慙後死，爛煤破楮涕淋浪。
當時官閣雅憐才，詩興相將動雪梅。東陜幾年恩舊在，臨河追送畫船回。
氣誼文章意共傾，相看感舊有陳生。那堪重到梁園夜，雪裏開樽淚濯纓。
袍如汀草色青青，家世清貧守一經。攬筆題成豪士賦，肯迎秋氣怨飄零。
漫道官資是茂才，清名早已播蒿萊。袖中籠得生花筆，曾與梁園唱和來。
八咏還親大雅蹤，謂萩林。明湖花柳不辭從。濟南名士紛無數，獨愛雲間陸士龍。
秋水明湖漾縠紋，攜尊準擬細論文。雲山蕭索渾無興，名士亭邊不見君。
經義聲詩各擅場，盛生世佐先汝瀛淪亡。千秋文彩寧磨滅，輝映扶輪舊講堂。

悲風千里莽蕭條，漂蕩吟魂向泬漻。一自號呼皐某復，何人收拾舊詩瓢。
人世難尋穎士奴，十年風雪伴羈孤。藥鐺抛後詩筒失，勞送靈旛到海隅。
泉上遥思頳石秋，重灘恨不遠從遊。朔風送盡南飛雁，冷眼長凭白雪樓。
塵路年年旅槖空，詎邀流俗恤羈窮？生涯殊類賃舂苦，人熱不因童子鴻。
何年歸老在西湖，竹嶼梅莊買一區。夢裏烟波千頃在，總宜船上失吾徒。
隱聖祠須卜築新，稽留山畔作東鄰。子陵君復仝升配，那得携君薦渚蘋。
年光夢裏迭推遷，影落齊州一點烟。冉冉東風輕拂面，還吹悲淚入新年。
遺詩幾卷爲開雕，詎忍成言忘久要？祇恨群兒輕卞氏，將他抵鵲碎瑛瑶。
緑竹青松繞翠岡，詩壇合近水仙王。他年配享吟翁好，師弟依然聚一堂。
滔滔逝水向東傾，歸櫬沿緣北固城。零落魂從孤艇下，江風吹雨溼銘旌。
聲聲楚些與招魂，天畔孤雲落照昏。他日盡哀知有處，鹽官城外白楊村。

得載詵札

名場蹭蹬戰徒鏖，氣遇艱危倍覺豪。惟恨斑騅陸郎逝，遥將雙淚寄江濤。

落齒

齒落年年不失期，端應軟嚼似牛飼。一年落一昌黎叟，猶想殘年兩紀支。

題匠門集

駢偶文仝豹一斑，也須澤潤發煸爛。才名舊説潮生閣，獨注詞波到此間。

題陳季立第五岳遊草

陳公身世泛虚舟，吟眺曾爲五岳游。萬古霞嵐靈爽在，相逢禽向作音做朋儔。

讀陳和叔黄中宋史稿及新舊唐書辨誤書後

生具三長擅史裁，可堪垂老隱蒿萊。一頭地放廬陵叟，應爲千秋惜此才。

仝登白雪樓

穹樓突兀俯郊坰，拂袖聯升拓采櫺。曲調郢中翻白雪，詞波歷下倒滄溟。一泫清漱飛泉玉，萬疊寒凝滴翠屏。七子才名俱寂寞，含悽遥望鮑山青。

萩林邀仝和叔及予觀趵突泉

濼水泝自出，至潔蠲浮塵。洑流倏上奮，靈源涌若輪。招要步泉上，三竇連漪淪。水華皓激雪，一色終古新。動静縈素瀨，潛見紆芳津。歸浤德不緇，會合清河湑。飛湍盛觱沸，意喜名流親。景斜猶澹對，離坐瑩心神。

仝遊張園

入户挹清暉，流泉滌心目。疎疎漾舞藻，泠泠漱鳴玉。溪橋覆葉乾，石徑延苔緑。凝烟翳喬樹，回飈戞叢竹。鵲過感雕陵，魚遊樂濠濮。何年愜野興，買地鄰湖曲。層波繞空廊，半畝規小築。馴鶴和在陰，逋客來不速。未用趣言旋，晤語忘昏旭。

仝遊羅園

野興浩難盡，散步經北園。古柏偃蒼蓋，小沼瀦清源。夕霞績端綺，寒荇赤如璊。蘿幌叢蔭薄，竹圃宗生蕃。雪波趵突涌，蘚石華不蹲。摛序金谷麗，坐釣璜溪温。波翻星月影，樹喧鴉鵲言。詠歸入書舍，唱和鳴箎塤。

得家書聞息溟瓜田房仲三老及族子萬年訃

家書一紙訃頻頻，東望滄溟淚滿巾。老病驚呀回白首，天星如雨墜蕭晨。

對月二首

東海冰輪碾出雲，重霄素女掃濃氛。蕭疎影寫雙竿竹，忽地明窗見此君。

瓊霄催轉爛銀盤，又值嘉平臘底寒。羈客自憐孤影在，天涯怕見汝團團。

聞雷公翠庭鋐訃

慈親愛子下重泉，嗚咽春風惡耗傳。忽復驚聞老成謝，遥天雨淚灑瀛壖。

輓翠庭

閩學憑公一力肩，餘山緒論契高賢。流離全活由封事，密勿匡扶侍講筵。黄屋重迎行在所，白華早續補亡篇。可堪連歲哀稠疊，不脱齊疏下九泉。

哭盧息溟壽朋五十首

前年已失白雲夫，南巷重悲落景徂。氣散鼉江人竝逝，凄涼天海我身孤。

琴尊嚯就自成童，三友蟬聯破屋中。頭白主人先後逝，獨教剩客哭天風。
虔灘�水汎萍蓬，經歲鄉關信不通。忽報秋江人興盡，杳然天外作冥鴻。
早歲光輝席上珍，誰知玉價賤于瑉。東堂竟屈平生志，白首儒冠誤汝身。
春水東園繚碧溪，春風衫袂手參携。花枝紅出啼鶯谷，菜甲青連舞蝶畦。
村家門巷爛蒸霞，十里東皐十里花。重省春深聯袂處，亂飛紅雨淚交加。
菁葱烟樹數東園，敲徧僧家竹裏門。曾識當年履綦跡，只餘孤月挂黄昏。
曠海岧嶤聳一樓，烏啼日落滿城頭。老仙都返蓬山去，塵世雞棲獨我留。
迢遞城臯接跡行，野烟池水莽縱横。風前歷亂蜻蜓影，月下參差蟋蟀聲。
春遊最憶艷陽天，仝汎明湖上小船。出郭人行紅樹底，沿隄鶯唤緑楊前。『人行紅樹底，鶯唤緑楊前』，息溟《春遊》詩也。毛公西河亟賞之。
明湖裏外蕩烟暉，狼籍春光在袷衣。迢遞聯吟新月上，段橋一路踏花歸。
輕舠蕩漾水中天，萬柄紅攢一色鮮。斷送清緣思舊雨，千珠跳盡泛湖年。
香盤小墢綻秋花，借坐東齋寂不譁。鎮日微吟歸去晚，斜陽紅上碧窗紗。
富春江上起悲風，淚滴山橋嫩籜紅。賫恨青衫台背死，瀧岡阡表未親礱。尊甫彝銘丈殁于富陽。
陶母殷勤餉客時，青燈書舍酒常持。薦新丫髻持朱果，餽節平頭捧粉餈。

潭水深深瀉恨長，難教續命向端陽。一株安石榴還在，歲歲花開爲斷腸。
棠棃花下續新墳，鹿挽靈車送少君。省拔金釵與沽酒，爲延良友細論文。
華年再娶影仍單，鴛被秋深擁薄寒。白玉堂前横錦瑟，冰絃零亂不成彈。
男方憐幼女憐嬌，人去粧樓思寂寥。滿院繽紛紅片片，春風嗚咽落花朝。
伶俜已近及笄年，凄斷秋波委逝川。雨滴青楓魂魄冷，空教紫玉化成烟。
及時簪珥嫁雙鬟，楊柳何曾殢小蠻。嗤煞風情太漂宕，自甘魚目夜鰥鰥。
袁四因依髫髮皚，主人貧富絶嫌猜。煩苛早去王褒約，騷雅深憐穎士才。
絶憐弱息倚王姑，撫愛真仝掌上珠。見説從夫京邸去，龍鍾回顧細君扶。
北望魂招李謫仙，謂海門。長安無復酒家眠。猶追仝哭沙河路，宿草披來二十年。
開歲辛盤憶綺筵，草堂風景似斜川。當時唱和新詩句，説着浮生已惘然。
哀樂中年倍覺傷，未週甲子髩仝霜。竹林都解天弢去，那得重邀醉一場。
孤山冰雪白峥嶸，梅樹仝聯水石盟。一夜春風催冷蘂，南枝憔悴北枝榮。
黯淡榮華萃一門，阮家南北詎仝論？曝衣樓畔覞超曠，叉取長竿犢鼻褌。
潦倒元亭未逐貧，也思杖策走風塵。却看骯髒襟顔在，茅宇終藏處士身。
細字巾箱疊九經，耄年披對眼終青。遺書劇喜兒能讀，乾死真看案上螢。
五岳歸携舊錦囊，蓮華峰下倚書堂。賓鴻帶得錢江字，獨有新詩遠寄將。

老淚年來湧似波，深情苦語感君多。絶憐抔土臯亭下，其奈深埋玉樹何。
舟菴水木寫新圖，邀我留題虎僕濡。華屋常聞延二阮，匆匆連歲隙駒徂。
動地風號釀雪天，傷心欲别偪殘年。最憐玉練槌香日，倒橐曾無買醉錢。
天寒風緊莽蕭條，去住離魂黯共銷。恨煞斜陽催判袂，千秋情盡是東橋。
人日題詩有報章，天涯仝繞九回腸。柳梅消息春還逗，音信從今斷草堂。
五千里外感離居，往復殷勤望寄書。寒月尚催南去雁，秋江已絶北來魚。
春風裙屐故翩翩，燕簇烏衣舊巷前。王謝門庭相識徧，貽謀誰得似君賢？
祁家豸佳真跡重南金，懸購争傳子墨林。滿幅龍蛇勞脱贈，茅齋猶見故人心。
霰落春花夜雨深，凄傷坐放白頭吟。惟君憐念飄零客，魂夢相依共一心。
詩壇槃敦滿塵寰，蕭瑟幽居庾子山。自愛清新耽獨咏，時名唾棄動江關。
曲室寧忘滌酒巵，豆棚花架影離離。一從吹散秋風裏，便是浮生永訣時。
雙韈曾貽白屩材，却叨佳句報瓊瑰。空餘跂脚真人想，竟踏烟霄去不廻。
兒時朋好泣凋殘，剩得靈光魯殿看。石火電光俄又過，空齋誰與共凭闌？
風塵青鏡惜衰顔，夢裏新橋熟往還。他日來歸舊鄉井，只應寂寞掩柴關。
霜林老葉掃秋風，月地雲階影漸空。尚剩零星三兩友，都非相識自兒童。
老去新詩妙入神，鄉園唱和已無人。空期聯袂遵河渚，吟醉梅花度幾春。

固漆投膠總角時，陳雷踪跡兩心知。却悲歷下歸來日，無限中情訴與誰？
海角天涯映玉蟾，清光直透水晶簾。交情一片皎如雪，白首從無纖芥嫌。
人間天上兩茫然，欲寄音書底處傳？白雪樓前一杯酒，空將雙淚灑旻天。

奉輓沈房仲心即追酬其病中得予書原韻

皋亭一别死生分，永憶覃研博且勤。海鶴影歸三島月，塞鴻聲咽萬重雲。羲之禊帖情因寄，白也詩篇思不群。雪涕天涯梅樹下，空澆尊酒誦遺文。

題春及園二首

村原芳樹碧迢迢，未用深居掩翠寮。慵着浮槎替舟去，坐看春水漲平橋。
迎風絲柳散鬅鬙，掃盡輕烟午景澄。好趁一宵春雨足，湘湖耕破落花塍。

寄董閣莊書後雜感作八首

迢遞燕鴻落遠天，雲中消息未教傳。秣陵書就今纔報，海國春光涕淚邊。
孤舟風雨冷淒淒，玉水驚波只向西。悔不當時回短棹，教人遺恨弋陽溪。
濟上春燈又一年，紅蓮開到院門前。傳柑會散音塵斷，獨對金釭枕手眠。

仙棋一劫頓成空，皓月猶圓照海東。碧落無從問消息，蕭齋深掩落燈風。
鏡光憶挂客樓前，漠漠清翻水底天。認得雙江一輪白，飛來歷下向人圓。
白草黄雲海畔多，靈風渺渺度關河。洹川不遠千餘里，欲逐回潮奈老何。
轣轆柴車一輛還，去年回首白雲間。王蘭莊上重經過，撲面西風損客顔。
凌晨書就又開封，墨跡啼痕淡復濃。此去津門魚往復，一緘尺素意千重。

送盛柚堂百二北上

陽月迎寒聚綺寮，春風送熢振金鑣。璣衡獨解占天象，珠璧重逢焕聖朝。黔首所須惟布菽，丹心寧忍遂漁樵。京華舊好如相問，爲道滄洲興頗饒。

感興題萩林明湖秋汎圖

一片明湖水，飄然不繫舟。東西自魚戲，上下任鳧浮。迴映雲容幻，清涵髩影秋。波濤端可涉，忠信復何憂。

送和叔歸吴步留别韻兼呈萩林二首

五字清吟擅，長編正史傳。提携金管一，謡諑黛眉千。拔脚軟香土，洗心幽澗泉。殘年省游跡，潑潑濟潭鱣。

萍散憐春水，雲歸愛舊山。故人惟魯酒，仙老自吳關。雛鳳翩然出，冥鴻不可攀。三高偕汎宅，會泝具區灣。

題萩林得趙忠毅公東方未明之硯詩

珠旒瀆亂侍中貂，一片端溪助掃妖。太白光教映殘兔，見泉子竟化爲梟。雲旗代北迷黄土，曦御天東上赤霄。謂思陵。劫過滄桑入君手，撫摩奚翅比瓊瑶。

題萩林藏山硯詩

蕉葉何年采老阬，由來聲價敵藍瑛。菴中法乳流初白，席上儒珍焕六瑩。初白老人得自梁藥亭，轉贈萩林。筆掃秋霜凝玉簡，墨磨曉露滴金莖。猶餘經史名山業，不羨雙南貯滿籯。

重送和叔步韻

茫茫天地影偏孤，終戀蓴鱸老向吳。冰雪情懷元皎潔，水雲踪跡自虚無。手操衮鉞耽前史，身着章縫厭俗儒。綽綽還看吾進退，肯教局趣效轅駒。

酬萩林見過濼源書院韻

花竹書堂石徑幽，自公軒騎暫教休。珠泉趵突新邀賞，玉簡龍威故欲搜。述作千秋想陶謝，論交四海得融修。一官便爾多羈絆，應讓劉伶拜醉侯。

秋　葉

緣源碧樹未經霜，纔變金風幾葉黄。不似騷人感秋氣，一時白盡鬢毛蒼。

題萩林瘦吟圖疊韻

梧竹蕭疎景物幽，耽詩癖性那能休。晚交高李同推激，早學陰何獨苦搜。千古文章非小技，一生忠孝跧前修。吟身雖瘦殊孤挺，愧煞君家老隱侯。

送朱生北上

名士亭邊送玉珂，枝頭黄鳥好音多。連程芳草萋萋緑，二月春風習習和。遄向金臺騰赤驥，肯耽京兆畫青螺。方新婚。好邀宫錦裁斑服，兩世孀慈鬢早皤。

弢甫續集卷十九

古今體詩七十五首

疊韻奉酬萩林題濼源書院須友堂作

斯道傳與行，端賴七尺挺。一正卓爾立，群邪莫之騁。吾聞諸餘山，扶抑聖所警。任決溟茫流，牢把鴻濛艇。大哉魯中叟，宇宙元精耿。小大喜從公，蒙亦今朝永。卬須津弗迷，沿泝各清省。

辛巳孟夏經德母劉太君節壽六十一矣自書院歸海豐詩以送之

手調薑橘故情長，猶蹙眉痕桂月凉。初度恢㒵新夏節，重逢辛巳好年光。紅螺香汎五加酒，黄鵠歌經三十霜。東海詩名數才子，斑衣歸舞勝金章。

國學有許文正公手植槐乾隆辛未重榮恭紀得文字

槐古舒新穎，成均紀異聞。清時宏樂育，遺植復榮芬。鴉噪曈曈日，龍盤縵縵雲。恩膏深醞釀，道氣鬱氤氲。事類壇前檜，香連架上芸。慈寧齊拜慶，富媪特宣文。螭碣昭宸藻，鼉鼖振大昕。蔥蘢在城闕，楓陛接祥氛。

奉題裴公香山匡廬夜月圖用太白廬山謡韻

畸人昔落匡山頭，乘興踏月升高邱。風聲水聲四圍合，秋光漲破雲岑樓。一昔披圖翠撲面，髣髴熟夢追前遊。香山老仙來帝傍，翩擁玉節森開張。逃虚愛披紫府服，冰輪乍湧流清光。我欲從之道路長，有若渡河河無梁。銀瀧三疊雪九派，焉能飛躡雲中望？雲中五老肅客立，呼龍浄掃苔痕蒼。香爐夜氣赫如赭，溪流不斷松陰長。翛然擲拂塵氛間，烟霄杖去何時還？霓旌翠蓋杳莫定，超遥倏徧崑蓬山。松間拋留一團月，蟾蜍不死澄輝發。千秋自有谷音存，萬事只等浮漚没。當時縹緲白雲情，昭琴不鼓無虧成。佐扶鼇極付厥子，驂駕白豹歸瑶京。嗟予五岳吟遊返，海頭冷睨江天青。

逶遲行奉題王葯岩鶚小照

詩人陟屺岵，孺慕入骨髓。髣髴耳邊鳴聲悲，天隅行役嗟予子。揚名彰親本孝經，車驅九折無淹停。回騶叱馭各有取，要使大義標峥嶸。君昔兩度遊南溟，吴天却睇千怔營。榕陰僕馬並蹺蹋，白雲之下懷椿庭。椿庭趣抒匡輔策，茫洋淡水光推擇。樓船坐嘯蜃氣空，誥捧芝泥何爲奕。沉吟往事十餘年，若堂掩映松楸烟。竭來歷下攬環佩，把圖示我神悽然。强起重紆腰下組，髩鬢新抽白幾縷。雕几時陳鬱鬯馨，華堂永斷斑衣舞。我因振觸乍沾巾，計偕憶看京華春。一名邀倖逐時輩，九原倏忽違嚴親。懵騰妖夢河間雪，跛躄神昏襟上血。風饕樹靡臯魚泣，霜濃月黑啼烏切。不是周道逶遲四牡轍，豈非錯字鑄成六州鐵？無益徒悲獻賦身，有用還慙濟時傑。入地追從夜窈冥，終天悵望秋漻泬。此情抵死難消滅，此境餘生尚騷屑。嗟呀題就卷還君，君乎君乎得不念之五情熱？

和游龍洞韻二首

見説坳泓底，神龍窟宅幽。春禽紛哺子，陰罶怒噴湫。林暝佛燈上，谷晴雲氣流。靈山記行跡，軒騎快同遊。

石榻懸知冷，杳然無世氛。猿啼五更月，鸛踏一梯雲。穹碣繡青字，遠湖明練文。何當消夏去，萬木帶蟬𧏙。

和落成餐秀亭詩韻

芳亭着行省，永夏蔭青林。幽增歷下勝，迴詣名士心。高吟雜竽籟，于喁振清音。伊邇步安雅，在昔追來禽。啫然和公嘯，窅冥子春琴。我似白雲汎，偶度金輿岑。就晞風際髮，童顛不施簪。

哀歌爲曾孝女衍綸作

曾孝女，何奇哉。珊珊骨，鍛作寒冬灰。熊熊光，烈于夏恢炱。天胡縱虐兮，煽吴回。天彰奇孝兮，爇烟煤。曹娥負父兮，浪湧銀山堆。曾女抱母兮，焰發紅玟瑰。千秋萬歲兮，聲如雷。雲之興，神之來。水驂白鼉兮，横海喧豗。火鞭赤龍兮，周天裴佪。神倏逝兮，我心哀。

贈萩林入覲

華班陳事入蓬萊，髭映彤雲幾縷皚。葵藿傾心向紅日，驊騮戀主繞金臺。衮衣先聽東人咏，玉節仍瞻北極來。孤影明湖淹釣叟，出郊揖别重裴佪。

赠攸明府皜亭萬春

頻煩下里播絃歌，閴寂荒齋隱薜蘿。孤鶴毰毸慵起舞，雙鳧縹緲喜來過。康莊看騁追風轡，遲暮教揮返日戈。志業希文真宰相，盡蠲凋劼養沖和。

雁來紅夏已吐艷作

雁未來時葉已紅，預愁零落向秋風。先榮自是應先悴，九夏休誇炫一叢。

萩林邀祀坡公予病失赴步徐茶坪韻二首并序

坡公于宋徽宗辛巳七月二十八日終于常州，距今六百六十年矣。萩林於是日懸公像修祀，首唱步徐茶坪韻二首。予以小疾未得奉陪，勉效作。

郟縣崚嶒宰樹枝，青山埋骨黯迷離。空懷鄉國尋歸楫，誰遣蠻村爛煮葵？湖上秋光渺踪跡，畫中生氣凜鬚眉。浮埃萬物罡風掃，獨剩清名底用悲？

儋耳滄溟合似環，天容海色照人間。心懸月魄千秋白，靈閃雲旗一片殷。小劫重逢辛巳歲，大峨遥指故鄉山。負痾缺奉溪毛薦，悵望華泉碧水潺。

奉和萩林榆槐竹柏四咏用坡公韻并序

濟南臬署多榆槐竹柏，東坡舊有此四咏，作商聲謳。萩林追步其韻，和聲鳴盛，邀予同作。濼源書院亦被此清樾，敬和下句。

絶愛陶嘉節，星榆布肥緑。晝静轉簷陰，起步散局束。何來一小鳥，登登頻啄木。疏越淡人心，勝奏清商曲。飄筴扶寸深，乍竄飛鼯足。凉雲漲前除，曖碧埋書屋。榆。

張王撑空槐，飛滴溗雨歇。驚蟬咽不斷，翳身抱溼葉。幽居覯大化，當檐散積筴。倏見洒襹褷，没砌鋪黄雪。坐感凉氣深，流塵過暑月。名心已久忘，無夢神清絶。槐。

皓魄照空階，影寫窗前竹。已過夕鳥喧，時有閒雲觸。生謝北山移，免貽此君辱。淅淅凉颸回，清聲戛秋玉。三徑幸未荒，契托松與菊。龍孫迸地生，新添幾梢緑。竹。

風鳴勁柏枝，流響殊蒲葦。竿籟置弗聽，物役嗟無已。空翠落秋衣，端讓林居子。峥嶸正直躬，盟心對暮齒。霜皮映雪髩，主客俱老矣。有叟晚節完，香堂耀青史。柏。臬署有柏香堂。

輓周季和守一

生訣高齋未隔旬，騎雲超忽去秋旻。闌干盤裏官非達，羞澀囊中老益貧。夢省蠶叢經地險，吟抽虎僕寫天真。齊年此日施行馬，應恤銅龍對策人。

和萩林九日閒居韻

偶翫湖亭雪浪舂，遄歸便挂壁間笻。空思龍洞過佳節，獨汎螺杯吸老冬酒名。莘梗尚浮秋水闊，峼華憶踏夕嵐重。河流南徙鯉魚竄，江浦不來書一封。

九日登歷下亭疊韻

鄰巷茲晨罷相舂，是日奠周君。湖亭散步且扶笻。氣冥海岳方懷古，鋆眇雲莊漸逼冬。楓葉晴烘曦景艷，葦花寒捲水波重。浮生只狎沙鷗好，不羨通侯萬户封。

感舊奉步沈天山廷懷雨中撥悶懷萩林韻呈萩林兼寄天山

詞壇三沈孰能侔，仲氏人琴遽已休。千里雁鴻迷斷影，一天風雨送殘秋。老梅虛約探河渚，大藥何緣乞祖洲。比似依劉差得所，應憐王粲尚登樓。

和萩林秋杪有懷韻

夢繞丹楓碧渚頭，沙禽飛傍草堂幽。病身悵望關山月，故國拋殘水竹秋。良會西園成雨散，高才北海謄風流。那堪滛潦河還徙，天畔嗷鴻動遠愁。

强酌疊韻

滿砌寒花伴白頭，空憐書舍足清幽。睡過小院三竿日，坐閲明湖兩度秋。烏榜曾衝直沽雨，魚書不上濁河流。老來多病還漂泊，强飲紅螺一散愁。

奉懷天山疊韻

漢陰機息迥難侔，早謝風塵萬慮休。羡煞優游顔巷日，不教辜負聖湖秋。身憐野鶴辭孤嶼，影伴雲鴻滯遠洲。準擬明年看紅葉，相將把盞凭山樓。

疊韻懷沈南雷世煒歸里

胥山也傍曲江頭，楓葉芙蓉繞岸幽。花管吟隨竹林午，綵衣慶類柏堂秋。團圞詎等尋常樂，標格須争第一流。酬唱高樓翻白雪，來春期散老夫愁。

奉懷樗莊於懷慶

漁竿鶴髮傍湖頭，苦憶青泥石窟幽。元暢樓中吟嘯夕，野王城畔寂寥秋。漏天不斷傾盆勢，壞塹難禁倒海流。好定驚魂遄到此，西窗剪燭話離愁。

奉懷和叔卜居石公山

具區卜築向灣頭，橘柚連村景物幽。期我閒身共銷夏，羡君高節獨横秋。洞噓石氣青嵐湧，壁蕩湖光白月流。志士崚嶒原有骨，摩挲汗簡豁窮愁。

奉酬和和叔見懷五章韻兼呈萩林

天時有寒燠，榮華倏代謝。吾觀結綬徒，心事夢亦怕。傴僂趨上官，隱忍受呵駡。上官騎於菟，亦苦不得下。何如我谷叟，和叔别號。岩蓀軟可藉。烱波着散人，名竝甫里亞。橘柚霜後黄，爛熟墜石罅。取之配新醅，勸影螺頻瀉。冬晴恣行游，何用俟休暇？更買幾棱田，耕烟種薑蔗。來往灣頭氓，古朴泯虞詐。行復吟嬉春，可盤入銷夏。

獲麟一絶筆，紫陽克繼志。撰述繁有徒，雜亂須黜棄。豈惟求米穢，作傳多阿避。恨無燭龍睛，詎復照大義？先生起操管，筆削見規置。辣手誅死姦，要令生者悸。發潛昭日月，光此大事記。史裁實空群，不妨伏老驥。磊落秉正直，賢聖性所嗜。古心勒古簡，南董了不媿。請自腐遷來，糾謬竟其事。破屋穿奇光，熊熊衮斧字。

君子有心朋，世人漫黨附。睢盱聲利儔，嵬瑣詎沙數？軒軩鬭車塵，雞壇趨若騖。酒闌倏飇散，悠悠等行路。青松競指盟，誰復傾懷吐？惟我素心人，賞晰捐塵務。矜慎數晨夕，不苟諧巾屨。少陵游歷下，北海欣聯步。清暉狎群鷗，忘機釋猜懼。蟹眼沸茶鐺，泉石烹日鑄。玉珮謬見邀，當歌清影聚。興發雲山吟，正聲合咸濩。林禽忽催歸，悵别春未暮。洞庭浄三斑，跡掃雉虎蘴。西湖山水圖，是處見張賣。老猶傍風塵，拊心發深喟。今年值滛潦，定使吟房壞。君歸依石公，羹藜亦足快。况有千里蓴，銀鱸供一嘬。左神富烟景，多取天下怪。脚免插市朝，一任筋力懈。松花釀家酎，清馨勝玉瀣。酣適游太元，往跡抛纖芥。我雖異出山，鶴怨足鑑誡。耑當鳴歸橈，勇决破天械。旅寄明湖頭，終覺近湫隘。

河塹漏一蟻，火迫彌其闕。桃花接瓜蔓，防汛戒疎忽。三策自賈讓，舊志續詳核。萬夫宣房築，金隄故嵲兀。比聞陡南徙，鱣鮪隨發發。黔首倏已魚，蕩掃沙邊骨。悲風遠蕭條，群靈黯慌惚。三版竟沈城，薪石資揵橛。瀰漫曹縣南，汴隄浸一髪。河伯何不仁，天吴助排突。邐迤沛上舟，不獨城武没。自從夏汛横，及秋未衰歇。屏翳播滂沱，祲占離畢月。叟作導河書，議論迥超越。誰爲薦鴻文，姓名記象笏。書成廿年餘，肥遯恥干謁。感事成報章，臨緘三嘆發。

奉送萩林歸田

鑾迎德水喜春温，詔許優游返竹墩。不改班資趨輦道，耑隨扈從傍期門。賓追東閣紅椒盞，老戀西湖緑柳村。漫道賜環群望切，閒歌擊壤是壤君恩。

哭仲子繩球四首

驚呀倒地哭嗚嗚，老淚枯乾一滴無。莫怪霜林連墮子，夜來啼煞白頭烏。

蓄心助我建祠坊，銖累千金牝鑰藏。屬纊俄教胠篋去，能無賫恨入溟茫？

死持大義報泉扃，月没寧教替小星。十載鰥居冰簟冷，中宵魚目鎮常醒。

垂絶猶遺一紙書，殷勤勸我返茅廬。侵凌更復憐萱草，翻遺魂飄雪色餘。

送俞秉淵思謙北上

竹林豪興疊吟函，器業青雲屬阿咸。鵲渚浮鷗花澹澹，燕臺走馬柳摻摻。喜傳夢綵舒斑管，肯把緇塵點碧衫。此地漁竿淹豈久，敝廬添葺在西巖。

贈送南雷入都

快馬璁瓏入帝畿，未教梅雨點征衣。天中節過新蒲長，歷下亭空麗藻稀。阿閣透迤千仞下，重溟變化一朝飛。釣魚磯畔秋風起，定捲綸竿汎艇歸。

疊韻酬徐蓀谿葆孫見投作道故送別即跋其尊人括菴所書格言遺册并序

曩括菴令平泉，予約其邑博朱予齋除夕相晤，道遇雨，元日薄暝始到，即馳告。辱持火就訪，且曰：『兩君交好如是，可得參乎？』予感此語于心，終不忘。今會公子蓀谿于濟上，出予重至平泉與予齋梅花菴唱和感舊詩示之，叨步韻見投，宛覯名家風範。尋當歸日下，就京兆試，持其前君所書格言遺册，屬爲之跋。承家令緒，固有自來，微特墨寶重于琳璆也。予疊韻道故贈别書其後。予齋曾顔予草堂曰扶輪，即押落韻。是時，白首龍鍾獨予在，蓋不勝邈若山河之感。

梅花菴裏省前因，小劫如揚碧海塵。才子夢生斑管綵，仙標識是蘂珠人。關心桂玉長安地，浪跡江湖老病身。把卷重增懷舊思，擘窠大字記扶輪。

蓀谿元配朱孺人輓詩

畢生辛苦對牛衣，未見賢雄六翮飛。絶少刀圭和大藥，猶餘錦段委殘機。江邊月悵團團没，陌上花虚緩緩歸。行待微之俸錢滿，營齋營奠淚頻揮。

哭馬石蓮榮祖

興盡人間即便休，文光萬丈自長留。猶追邗上三停舫，與話湖城獨倚樓。書舍小同收帙晚，繐帷阿鶩挽髽秋。傷心一事增悲感，垂老西河涕共流。

輓張瓜田庚

詩情畫意足風流，脱略人間萬户侯。北闕空陳綿竹頌，南湖愛汎木蘭舟。茹荼至性無窮慕，哭母有茹荼草。剪韭微情自此休。昭慶僧房看竹處，可堪一别頓千秋。

輓朱稼翁稻孫

嗣宗謂予齋子姪仲容賢，裴島論交四十年。期我探書窮四庫，悲君開歲下重泉。劉家夫婦同仙去，杜氏詩篇得祖傳。眼見文孫還繼起，後先述作照瀛壖。

陶母吕太君旌節詩

立後承遺緒，零丁恤緯身。傷心喂芋栗，血指拾荆榛。清鏡鸞留影，崇臺燕賀人。勳名八州督，撫教自先親。

輓周貢南于度昆弟

晨星落落舊朋儔，先後駒光過隙遒。燈火難忘元夕會，風烟遥隔大同秋。雁鴻信斷雲中路，華萼香殘水上樓。自少論交稱六逸，竹溪經眼淚長流。

太白先生終于寶應元年十一月十日今乾隆壬午恰千祀和秉淵韻

神魂與詩思，縹緲碧霄間。飛燕空教嫉，騎鯨杳莫攀。清醪洽情性，白月識容顔。光燄同千載，寧嘲飯顆山。

輓天山廷懷

一自分湖逝水流，素濤悲激曲江頭。含輝特重連城璧，舒藻原輕萬户侯。風急空尋桂岩晚，露寒孤對菊籬秋。謂萩林。可堪四五蟾輪缺，處士星淪燭九幽。

留别阿大中丞爾泰

炯照丹心夙所尊，藹舒青眼有餘温。岱宗人仰雲霄象，櫟樹天留里社根。華渚秋光依大府，吴山翠色繞衡門。欲知此後長相憶，清夢來從水竹村。

留别萩林丁敬身敬

荒徑遄教別菊花，何曾烏帽醉欹斜。諸孫婚嫁還須畢，五岳吟遊枉自賒。灤水客踪仍汎梗，裴家坊事類摶沙。他時幸得同携手，卜築葑湖玩物華。

留別紹文項文波澧疊韻

眼前萬事等空花，一抹林梢晚照斜。獨念衰遲清興减，並期騰踏壯心賒。萍蓬遠道飄秋水，鷗鷺離群叫晚沙。結想烏頭霄漢矗，歸看雲日爛光華。

渡黄河示沈函宇燾

波神亦自識吾悲，擊汰揚舲詠楚詞。此日真成垂老別，何年纔是告休期。河魚挾勢讙聲大，雲雁呼群去影遲。眼底解人欣得子，論文一倒賞心巵。

萩林敬身舍弟冀銘郭外送别疊韻

出郭嗚橈激水花，横塘竝送艤舟斜。江淮滚滚寒波遠，閭井紛紛落木賒。晚景照殘楊柳岸，秋風吹散鶺鴒沙。料應傾蓋稀酬接，世路何人是子華。

歲暮奉寄萩林敬身疊韻

天涯消息逗梅花，却憶孤山照水斜。鴻雁幾行書竝杳，關河千里夢猶賒。烏迷江樹雲籠月，鷺冷湖灘雪覆沙。又見土牛鞭臘底，何緣歸去及春華。

答盧召弓步韻

繞磨團團踏舊途，浮生萬事總虛無。談經勝地慚敷席，聞樂殊方黯向隅。老體于今都是病，童孫强半並成孤。多君劇念遺簪在，一紙書來百感俱。

疊韻寄公備舍姪經邦

頹景偏教就遠途，憂傷觸緒不能無。南歸匆促樹三匝，北望泬漻天一隅。信隔江鄉鴻影渺，寒深霜夜月輪孤。强斟醽醁舒歌嘯，野竹林中孰與俱？

坤一枉札以詩代柬疊韻

恒遊尚憶返修途，道舊班荆世已無。松菊空教別三徑，桑榆那得補東隅。殘生故想漁樵狎，滿眼殊憐骨肉孤。聞説枉書勞慰藉，連宵邸舍夢魂俱。

食　糜

食糜原自可，晚食甚陶然。殊享淡中福，非希塵外仙。充飢同軟飽，待熟且徐煎。渾似一瓢飲，遠思回也賢。

遣懷簡秉淵兼寄經德朱式魯曾傳二首

天懷瀉温厚，垂老得潛山。騷雅探元本，春和動髩顔。夢歸江國裏，曲奏水伶間。青眼交加好，相期百往還。

張朱先後至，接跡喜成三。骨肉情如結，文章性所耽。海天雲漠漠，雪塢柳毵毵。安得常相見，聯吟興共酣。

病中作

疾作當中夜，嘔心伏枕煩。燒燈有新僕，侍榻只童孫。盡撥羈栖念，長懷罔極恩。何由營綽楔，突兀眼前蹲。

慷慨平生志，寧愁肺病牽。祇增新歲感，遥惹故人憐。噩夢江天斷，鄉心海國懸。還添憔悴狀，辛苦閱流年。

秉淵刻予鎮海樓詩書此貽之

真成羞悔有揚雄，虛擬耽佳學杜公。百尺穹樓標鎮海，一篇長律是雕蟲。汰來瓦礫寧爲寶，畫取無鹽猥道工。任播騷壇呼好事，老夫莞爾作音做痴聾。

秉淵復欲開雕予台宕集作此志感

天台神秀雁山雄，興劇孫公與謝公。華頂凴陵插東海，龍湫噴薄洗高空。探奇跡徧苔花裹，感舊情深淚點中。荷子有心傳藝苑，隋珠燕石錯陳同。并欲雕予齋同遊雁宕詩。

哭陳和叔黄中

川巖正氣毓斯人，節義文章迥絕倫。竹簡峥嶸揮直筆，茅廬骯髒挺孤身。晚爲孟博喞幽憤，死比黔婁守賤貧。老淚還須沾葛帔，豈惟繐帳足悲辛？

悶　來

悶來取醉一沉吟，病入新年百感侵。夏鼎曾教圖物象，泮林底事鼓鴞音？荼甘如薺安吾命，素湼爲緇識汝心。却抛紏紛成大快，恰延明月照澄襟。

乾隆癸未二月一日夜將半牆屋覆壓卧室几席悉縻爛僕與兩小孫賴架梁横擱匠簷幸不即殞諸生號呼義鄰衆鍤齊舉出諸磚土中僕僅傷兩足三命幸得保全荷皇天之洪慈也年來家難頻仍疊遭横逆感歎成咏情見乎辭

垣傾屋壞夜溟茫，驀地崩雷震寢房。義士爬梳塵土畔，諸生號救講帷旁。祖孫三命鄰泉壤，蚍蟻重生感昊蒼。還嘆人情足反覆，驚心是處有巖牆。

一　見

一見輪蹄動，高遷得自怡。同心偕主僕，異地判親知。流水東西在，浮雲變幻爲。褒斜孟門道，垂老飽嶔崎。

船　覆

船覆檣傾命不殘，扶傷瘞夭錯相干。故人興盡先歸土，枉渚風生迭起瀾。翠石惟求雙表矗，繩牀遑覷片時安。浮生萬事由天定，坎止流行强自寬。

酬和陳君見寄韻

未面先教老眼青，情緣騷雅式前型。薜衣舊帶霞嵐氣，草榻今蹲土木形。海國遥傳伯牙操，湖天遲去聲映伍喬星。應憐七十明年是，旅底邅迍獨抱經。

病中作

風塵徙倚歲時深，歸到鄉園百病侵。畏路頻經太行坂，澄流洞酌聖湖潯。詩文小技憑蕪没，巖壑孤光不陸沉。愧作餘山門弟子，欲尋墜緒我何任。

桐廬徐文學亮士廬墓詩二首并序

孝子母李氏苦節，建坊。葬訖，廬墓十三年，卒于墓所。

徐家傳篤孝，廬墓痛填膺。抔土斑斑跡，都由淚血凝。

鬱鬱松楸樹，烏鴉早暮鳴。烏鴉自來去，依壙度餘生。

弢甫續集卷二十

古今體詩九十首

經始坊祠有作

綽楔崇臺事若何，于今特建撥蹉跎。鐺如上古青銅鏽，壘是當年赤幟摩。鵶吻連雲蹲崥屼，烏頭映日聳嵯峨。苦心廿載經營就，老淚揮殘得笑歌。

贈鄭履青鳴韶

老得仝懷子，相於意最傾。階生書帶草，鄉里重康成。

歸自沛上經始坊祠世故糾紛老病交作寄莘田萩林于閩中

幸建坊祠夙願酬，那堪卧病惹煩憂。青山悵望虛吟舍，白髮歸來志首邱。詩草幾編誰訂正，夢魂五岳自行遊。迢遥二老南雲裏，嶺雁能傳數字不？

蒙莘田枉札奉答寄

蕭騷一紙寄南閩，墨點還和淚點新。顧我真爲煢獨叟，憑誰料理苦吟身。萍漂幾及三千里，梅放將交七十春。知己天涯勞問訊，可堪同病黯傷神。

寄萩林疊韻

重歸形影判吴閩，添着盈頭白髮新。不了叢叢婚嫁債，難淹兀兀醉眠身。荒邱堂斧初封夜，故國烟花欲弄春。行憶書齋祀坡老，分拈詩筆詫如神。

讀莘田詩集奉寄疊韻

藍林詩派肇開閩，日月于今更蔪新。豪吐元龍千丈氣，愁纏磨蝎百年身。岩疆旗鼓風騷主，翰藻鶯花海嶠春。人厄天窮集如蝟，奇思澡雪倍精神。

將往歷下久病兩目失光留禾中寓舍静養疊韻

匆促封書遞八閩，虚教健僕假裝新。拚爲東郡羈愁客，猶滯南湖老病身。心怯冰霜剛偪歲，眼遮雲霧罷探春。浮生萬事從抛却，借得幽居且養神。

寄莘田話舊疊韻

濫席當年憶八閩，良知滿眼締交新。淪亡一研歸耕老，夢想三山嘯咏身。東野窮愁時已暮，西河離索座無春。殘生安得同攜手，遥望南雲重愴神。

萩林論明儒學派調元方編餘山先生遺書疊韻

餘山統系接濂閩，煜煜遺編纂輯新。心上經綸稀老輩，海濱鄒魯託閒身。塵途甲子惟書亥，勝日風光總是春。辨得王門宗旨誤，莫教傳習枉勞神。

養病禾中奉寄莘田萩林疊韻

驛使迢遥赴浙閩，早梅傳得一枝新。壇開旗鼓山頭色，宅汎鴛鴦水面身。主客竝甘炎海味，唱酬争發管城春。獨憐伏枕無聊甚，暮雨寒烟畏損神。

聖書兩目失光予頃亦病盲作此寄之

悶絶悵悵一室中，釀成此厄是頭風。君心明幸離婁似，吾病盲憐子夏同。不見寒空飛白雪，何緣秋水剪青瞳。敲金戛玉詩空好，清聽難邀李浙東。

不僅偏盲月蝕同，持箋底用告天公？厭觀世故甘生膜，悔學文章謝發矇。銀海久枯重有恨，金篦枉括百無功。童孫何日看成立，添取聾癡作阿翁。

莘田失子疊韻奉唁

君思浙水我思閩，舊恨還教觸撥新。才子嶙峋偏短命，老翁骯髒兀長身。可能地底回明月，從此人間失好春。光燄幸看騰萬丈，一開詩卷滌心神。

疊韻寄唁敬身失子

同病殊憐遠在閩，誰知密邇涕痕新。也聞淪喪嗚陰子，添得沉綿汛宅身。萱草畏侵風幙雪，謂君老母。蘭叢幸裛露臺春。謂諸郎。離群共抱西河痛，難問溟茫造化神。

疊韻書恨寄莘田

朋好吾生最念閩，别來霜鬢更加新。故人舊識狂奴態，郎罷今無阿囝身。河沸淋浪羸博淚，松楸黯淡若堂春。共知此痛冤何極，莫遣巫陽夕降神。

除夕疊韻寄萩林

離家咫尺遠如閩，與子年俱客舍新。守歲難爲千里夢，向晨便是七旬身。雙湖自泛蘋萍跡，孤影慵斟竹葉春。萬事只須安義命，眼前膠擾莫驚神。

除夕疊韻寄莘田

遥思好友竝居閩，土著萍踪結契新。蛩駏因依違老宿，烏鴉鳴噪伴單身。不妨興味如僧冷，尚有心期與物春。贏得歲朝無剥啄，閒房坐卧頗安神。

立春日疊韻寄萩林

斷無飈駕倏投閩，坐見東郊淑氣新。底用看他雪鴻爪，從教鞭取土牛身。三朝客舍催傾釀，百里家山失咬春。邀倖韶光經七十，好探消息向芒神。

立春日疊韻寄莘田

難隨花信一通閩，想像南枝萬朵新。栩栩榕村蝴蝶夢，浮浮繡水鷺鷗身。尊前也賞青陽節，鏡裏寧回白髮春。纖月到窗梅影動，相思疑對藐姑神。

新歲疊韻寄南雷

定知望遠屬杭閩，此際光依日月新。禁鼓催趨青瑣闥，歌笙難乞白華身。夢回潮響千岩夜，懶逐燈明九陌春。終把文章標特達，休嗟牛斗不能神。

將發禾中疊韻寄萩林

今秋聞説欲辭閩，共賞葑湖物色新。未用悽傷經過事，端應愛惜老來身。園花巷柳團團月，嵴渚華山冉冉春。怪我龍鍾猶作客，頑顔何以謝江神？

將往歷下敘舊寄莘田疊韻

曩時客館接虔閩，疊送鴻音及歲新。札寄《除夕百二十韻》。豈謂存亡違老友，謂翠庭、定岩。翻令南北置吾身。齋頭香草難聯座，勝底金花又一春。夢斷洪山橋畔路，趣行江浦賽龍神。

却望杭州疊韻寄萩林

遄赴齊州却寄閩，燈棚故國景應新。歡追元夕官齋會，愁犯餘寒客路身。沽酒虚臨梅嶼曉，題詩辜負草堂春。讀書萬卷成何用，漂泊徒憐筆有神。

臨發疊韻寄萩林

邀約高雲返自閩，傳書恰值歲華新。關心炎瘴羈棲地，撲面塵沙出走身。疊嶂仙霞限南北，一樓烟雨歷冬春。便應捩柁渾河去，憑仗黄頭捷有神。

臨發疊韻寄莘田

連宵往復夢過閩，梅柳炎州早覺新。衰老何堪貧失子，遠遊還苦病纏身。有時振觸松林暮，是處搜尋藥草春。妒向鼇峰吟唱好，如雲態度不無神。

又寄萩林疊韻

不學周公著説閩，櫟園。自成海嶠一編新。續徵經目覃研手，猶仰班心突兀身。橘謝洞庭三百顆，梅分庾嶺萬重春。滮湖一去萍飄客，虚館無聲窅谷神。

又寄莘田疊韻

文章壇坫萃于閩，盤敦時時好會新。錯彩詩標光禄隊，摩空賦見鉅公身。飽餐香荔楓亭午，高讌賓雲竹洞春。應念寂寥臨趵突，試烹苦茗一清神。

甲申八月十七日發歷城紀程

初程張夏晚停輈，殘暑猶然彌仲秋。借問雙泉在何處，從教烹茗潤吟喉。

宿夏張

冰輪皎潔照人行，廿里村雞尚未鳴。張夏來尋夏張口，曉山看到晚山横。

宿寧陽

漿翻白汗到寧陽，馬糞堆階下客裝。僮僕休嫌村店陋，主人原不佩金章。

寧陽早發

争程車馬早奔忙，郵館張燈夜未央。多謝磁陽馬明府，預先三日候行裝。

至濟寧

俸錢欲爲辦舟航，更與殷勤餽筐筐。縱守平生硜介志，也應情感使君長。龔使君。

石佛閘三首

快得沙頭放小舟，乘風下閘趁東流。蘆花吹作天邊雪，催散歸人萬點愁。

閘口湍奔吼怒濤，橫江鐵鎖未云牢。老夫冷睨風中雁，飛去碧天無際高。

豪雄閘吏最相輕，石佛無情不放行。重向城中乞靈去，蒼頭歸報已三更。

過棗林閘

棗林獨肯放輕舟，一葉遄隨濟水流。聽取居民歌纂纂，行人不用作商謳。

過夏鎮韓莊二首

夏鎮由來足鯉魚，腥風一陣過河渠。錦鱗紅鬣今年少，莫怪曾無尺素書。

韓莊閘外水潺潺，幾度經過淚點懸。爲語月輪廻地底，煩君傳信到重泉。

過臺莊

縱橫溝澮盡消磨，阡陌其如旱潦何。看到滕行井田處，遺民猶恨楚氛多。

泊宿遷二首

一重關似一重山，一葉舟横絶壁間。波面渾憐鷗汎汎，忽然飛去又飛還。

淺水難教赴急程，斜風强爲峭帆行。歸人心緒渾撩亂，厭聽楓林百舌鳴。

過淮上

金鼎神丹恰九還，舐來雞犬盡登仙。怪他塵土喧嗚吠，不願相隨上九天。

過清江浦四首

二十年中幾往來，靈風重拂繐帷開。山邱華屋須臾事，此曲沉吟劇可哀。

驚心四汊港邊過，呼吸遊魂赴汨羅。主僕相看今健在，却防平地有風波。

門前秋水碧漣漪，水面涼風不住吹。野老忘機終日坐，往來帆影屋頭移。

横塘芳草正萋萋，秋柳垂條一色齊。柳下村翁眉髩緑，坐看隔浦浴鳧鷖。

過揚關渡江二首

嚴關鎖鑰似重城，大舸峨艑不放行。關口單萍從蕩漾，未容漂汎緑波輕。

颯颯輕風冷鬢毛，江流歸思莽滔滔。拋將萬緒空江裏，且對金焦兩點高。

過常州

人重陽湖不世豪，詩名畫品兩争高。寧知孤露成奇節，兒子紛紛沸汝曹。

過無錫蘇州二首

錫山無錫乃能寧，造物何心鎮杳冥。人世争端從起滅，野夫洞酌水泠泠。

紅袖當筵唱復斟，歌樓酒舫夜深深。只愁歷盡繁華劫，錦繡姑蘇便陸沉。

九月初一日至禾

川涂無月度秋宵，鴨嘴船輕兩槳摇。醒問篙工平望近，不知蚤過畫眉橋。

奉先君栗主進祠堂

坊祠進栗主，曾無一字詩。老病才已盡，援筆拙摛辭。余昂霄沈峨璋及趙震朱榆，經營落成之。書此示孫子，用當鐫穹碑。

沙屯曉發

東方明星大于丸，侵曉挂出青冥端。新霜無聲草頭白，氈帷閉置靴裘寒。馬蹄熱踏銀沙路，村原不辨猩紅樹。扶桑霞湧金鴉飛，火龍燒沸汶水渡。

臺莊簡嶧縣許明府

殊慙歲晚涉沙塵，猶作秋蓬轉徙身。連日未曾拈匕箸，衝風還欲整冠巾。添憂更遇童孫病，得力難期健僕親。馳告多情許明府，肩輿急送鵲湖濱。

又一首

寒風颯颯滿天涯，偪耳商聲奏暮笳。病枕頻教回白首，好音急望接瑶華。叢含宿露開秋錦，葉醉新霜炫晚霞。思煞嶧山青一朵，可堪目斷只雲沙。

許明府枉札簡謝

投句原如燕石輕，傳來蘭訊比瓊瑛。晨風端趣軒車動，踈柳頻捎驛騎行。相送荻花秋浩蕩，相思桂魄夜澄明。客歸華渚烟光冷，憑仗飛鴻寄遠聲。

謁孟廟

岩岩氣象故依然，白首重瞻四十年。仁義七篇承道統，見聞一脈衍真傳。寒泉澄徹瀦秋井，翠柏陰森羃晚天。萬古殊功闢楊墨，後來接武考亭賢。

即　目

院中歷亂柳條黄，修竹青青獨耐霜。滿目改柯還易葉，此君端的不尋常。

贈楊生

刺船隨我類成連，往復音和濕燥絃。家自公侯終必復，士知器識洵爲先。伶俜老子真無賴，疾病童孫更可憐。澒藉風塵相左右，幸能到此得安便。

到講舍作

却追燈火暫團圞，萬緒紛更强自寬。忙裏辭家渾似夢，老來行路倍知難。童孫更比衰翁悴，秋氣還加曉色寒。苦歷風塵重到此，鷦鷯倖借一枝安。

觀燈二首

一道官街似絳河，萬龕朱火簇駢羅。鬧於三五春燈夜，歡唱星妃舞月娥。

兩行燈火接神都，百歲翁曾飫眼無。寶馬香車行不得，笙歌一派在雲衢。

輓尹母蘇太夫人

勖哉移孝作忠時，四牡從教罔顧私。孟氏芳鄰三輔仰，曹家女誡六宮知。紫泥鸞誥看猶溼，青社姬姜失所師。白首龍鍾還到此，那堪誄德動深悲。

至日二首

至日東溟曙色開，紅氛高擁一輪來。十年遼拓江湖客，也逐瞻雲上魯臺。

雪髮猶憐病婦存，草堂譁沸見諸孫。天涯此日斟羅酒，遥念吾家老瓦盆。

五岳詩侶歌

天麟張聖書，嘉興人。目盲心鏡涵，射洪古軥駕兩驂，夷光皜髩簪蒿簪。映緯張經德，海豐人。膏瑩芙蓉鐔，精光夜夜衝斗南，蹙縮紫海瀦淵潭。曾傳朱式魯，歷城人。破聾發高談，通眉晞髮往而參，胸澆五斗吟聲酣。思謙俞秉淵，海寧人。仙思飄烟嵐，庚星墮地爲奇男，瞉抱白集温研覃。攀堯陸踈村，海寧人。德比孤竹堪，三十未婚老枯蟫，照徹九幽蘀琅函。家濂朱性之，錢塘人。蓄鋭堅彌鑽，左徒壁壘揮戈錟，魯山吏事詩肩擔。昂霄余紹文，仁和人。千頃陂潭潭，勇敢當仁賁育慙，雲山韶濩中和涵。荄馬揭初，章邱人。媲徂徠篤在三，服勤如子憂如惔，三百本元天性探。阿球夔石生小眠書龕，唐捐千金供狼貪。營石綽楔心炯含，霜曉金鐘斷䪗䪗。阿篪軒竹三垂戰藝酣，皇天僵我園客蠶，爛楮之壽希彭聃。

徂來歌贈馬揭初荄

宋時石徂來，從師泰山隈。客來嚴事奉杖履，往拜扶掖登降遵堂階。七百年來章邱有馬荄，在三之誼仝昭回。乾隆癸未二月吉，其夕烈風揚沙灰。濼源講席我忝主，寢舍歲久柱礎潛欹危。劃然牆傾棟折值夜半，四天墨黑鳴轟雷。直從噩夢陡驚覺，當胸土石填崔嵬。賴有南鄰衆義士，廿把畚鍤掀塵堆。老軀撥取地窖出，兩孫亦幸離沉埋。頽垣壓重未易得潁脱，猛曳股脚傷筋骸。麋爛血流碗五六，剜去腐肉奇痛唧酸哀。殘命如絲繫喘息，奴隸嬾惰難差排。荄也抹涕任扶侍，手和湯藥夙夜偕。問卜細推吉凶體，延醫急蹴東西街。四壁齁齁鼓鼻息，形影迴對青燈陪。三月不遺衣帶解，服勤左右無嫌猜。老夫遠愧孫明復，荄與守道先後成朋儕。石徂來，馬徂來。名實相如衆共推，千秋風義寧遼哉。子視我孫父視我，皇天虔祝弭千災。程朱之門亦有叛名教，稂莠雜入禾苗佳。足令若輩忸怩不得活，三綱九法一齊朗揭蠲氛霾。茨之二親眉壽躋耇台，孝哉子騫人言皆，山東罕覯此茂才。我起作歌比諸鼎彝勒，徧告寰瀛攄老懷。俾采風者收藏金匱與石室，終古誦説環蘭臺。

長歌贈朱健菴體元

君自鹽官到歷下，名聲掉動豐隆車。總髮嗜奇究方術，螺窗箋註軒岐書。蟠羅奇咳音該出變化，乃能神解素問兼靈樞。洞知癥結固在五色診，不以飲上池水驚群愚。强年飄拂鬑鬑鬚，顔如瑞玉温且腴。昂藏斂却拏雲手，不得丈二前驅殳。乃兄昔年令張掖，短衣結束隨奔趨。軍需旁午咄嗟辦，德威佐向甘凉鋪。邊風歙吸響觱篥，極天白草連黄榆。麃皮戰裙蹴沙塞，皂鵰倏墮金僕姑。祁連山高八月雪，錦韉飛騁生馬駒。廣場眼不視狐兔，黄麞生擊渴吻濡。歸來廟灣君所居地名闔草廬，挂壁不復彎雕弧。静睨龍馬所負出，占玩上作庖犧徒。陰陽揆度應天地，中有妙理窮根株。神人授受近迂怪，曷若參稽宗聖儒？行遊諸侯不家食，濟物寧貪善價沽。咽門造請蒙嘘枯，國工手燃造化罏。小孫斷乳便作無母雛，纔毁齒又爲藐孤。伶俜挈携詣講舍，川陸卧疾啼沾襦。今年暵旱盛毒熱，飲子通汗投柴胡。舉體甑炊溲溺赤，水漿阻隘扃嚨嘲。沃湯止沸那可得，君輒辨色矍然呼。嬰兒虚寒入骨髓，團參桂附殷相需。四座舌撟目爲眩，君勇突過賁育夫。我時魂悸處絶地，背城借一無他圖。仗君煎和趣下嚥，劃令閉塞成即今春昭蘇。泫臉未乾哆口笑，飢腸立啜糜盈盂。彌月沉疴霍然已，不數渤海秦與齊淳于。挽齊魯區，躬揚大德良非誣。羅酒爲君滿眼酤，衰叟羸童捧玉壺。諒哉珠玉不足報，贈以永好聯葭莩。醉作長歌苦力薄，聊抽虎僕言其麄。君字健菴眞健者，厥名體元其姓朱。

乘化詩口占

諸君不用色黯悽，聽我口占乘化詩。自古賢愚並同朽，較量修短寧非痴。芸芸萬輩幾耋頤，我年今已登古稀。我父生子冀賢哲，不蘄富貴誇榮施。畢生鹿鹿何所爲，没世無稱固其宜。父生遠在舜江湄，别子爲祖錢唐棲。孝勇天旌降紫泥，烏頭綽楔何巍巍。祠堂丹臒瞻文榱，春秋祀典揚光輝。强年生我不肖姿，弗肯播兮矧肯穫。惰農辜負厥父菑，餘山先生爲人師。驛亭堰憶初謁時，示我紫陽千載緒。骨力柔脆難承之，聰明誤用顔忸怩。遺書光于日月垂，坐待來者聞而知。聖朝亦收迍賤士，涓埃未報慙恩私。眼見夔龍滿臺閣，不妨一士林泉歸。域内名山之長列有五，攙天崖塄包靈奇。一枝榔欒光滑如凝脂，彭觥撞破霞嵐堆。自署五岳詩人非無謂，審擇所處免使人訶譏。秀水朱嵩齡，顛危賴扶持，余有不可爲余規。總角盧存心，締好以膠投漆誰能離？張天麟亦籍秀水，文行明白無瑕疵。海豐張映緯，壯氣可却千熊羆。朱曾傳是歷下俊，嘔心昌谷比並無參差。海昌俞思謙末至，素心賞析魂因依。其先陸攀堯，埋照天路前導芙蓉旗。朱家濂毓西山秀，身後藉汝籌畫無缺遺。同里佘昂霄，忠赤勤勞營建恩不訾。章邱馬焚有至性，徂來名號人交推。崑山徐昂東海後，才名豈不與之齊？繩球銖積千金資，招我歸建坊與祠。死被柳跖胠篋去，天地上下豈竟無神祇？繩篪十三憂我疾，長跪求醫涕漣洏。人言有才馬不羈，二子繼夭孫離披。非是皇天扼我如不克，凉德受罰應如斯。岳靈固是舊主客，縈廻白道行不迷。天門開時詄蕩蕩，詩侶相與招不麾。向禽自屬老先輩，同乘霧豹驂雲螭。只今欲盡便應盡，飄飄便躡清氛馳。人間萬物無一戀，倏然而逝其庶幾有娙。有娙來自京輦下，好收吾骨同昌黎。杭嘉至戚兩沈氏，經紀信有終始哉。匚厂著論等芻狗，千秋萬載寂寞了不疑。千秋萬載寂寞了不疑，得歌且歌聊復爲此詞。

人日簡蔣公時菴元益

有信爭傳緑萼芳，無因得接令公香。重煩問疾過桑户，勝似題詩寄草堂。七日爲人偏伏枕，三陽應節阻傳觴。相思落月疑顔色，一片清光照屋梁。

疊韻有寄

隔歲菲菲覓蕙芳，新正馥馥頌椒香。正當雪月光交夜，乍喜雲霞色滿堂。春日春盤遲送菜，一談一笑早飛觴。鶯啼草長江南好，應念垂虹百尺梁。

別蔣公

翩翩出谷鳥争飛，撥剌乘流鱖正肥。蕪盡田園呼布穀，書來朋舊寄當歸。從公東海噓斑管，老我西湖浣芰衣。他日如臨湖渚曲，萬梅叢裏有荆扉。

留別疊韻

飢鷹未肯傍人飛，駑馬還羞戀豆肥。非爲聲名最低去，自緣肺氣不蘇歸。嵩山自昔迎軒蓋，灤水于今拂褐衣。遥想西泠梅嶼好，花鋪煙水隱吟扉。

別友疊韻

西山羽誤向城飛，飲水餐香也覺肥。漢觀悔招王式至，吴門誰送子游歸？抛將白雪新翻曲，着破青荷舊製衣。千載徒憐浣花叟，空存晚計置郊扉。

送姪經邦北上

眼底紛紛逐世情，吾家喜汝獨崢嶸。寒松岩谷千尋節，芳草河隄十日程。去住渾憐牽稚子，升沉不必問君平。他時幸得重相會，共向西溪一濯纓。

又疊韻

貧賤分離倍愴情，未容詩格論鍾嶸。劇憐晚歲嬰羈病，忍見春風送去程。和藥經冬情最摯，折楊此日恨難平。驊騮汗赭乘時奮，好振金臺赤紱纓。

眼　底

眼底浮雲久倦看，吾衰甚矣感千端。客遊試問有何樂，行路不知如許難。卓午朱曦猶帶暑，深宵清露乍生寒。由來萬事須安命，緬想前賢强自寬。

渡黃河

秋水鮮明漾曉霞，渾河往復動長嗟。二千里外萍蘋轉，七十年來晷景斜。人去龍宫消息斷，客思鱸鱠夢魂賒。茫茫世事多轇轕，欲到扶桑一汎槎。

訪圖東

知己如星已及晨，況逢騷雅倍情親。夢攀太室三花樹，秋汎京江一葉蘋。老去家山偏寂寞，狂來詩膽尚輪囷。浮生會面非容易，勞勸金樽不厭頻。

過邗上感舊寄馬文雷春聲

凌雲才氣莽縱横，贏得君王識姓名。文頌連珠留炳蔚，泉臺埋玉閟光晶。樓頭獨倚成千載，邗上重過類隔生。劇喜孤孫能振起，小同果見紹康成。

聞召弓繼室謝氏訃用哭亡女韻輓之

空房燈炧黯音徽，新舊雛抛設素幃。直北簾櫳冷遺挂，天南魂夢斷重闈。陸郎才見斑騅去，道韞曾無雪夜歸。感念前塵若初歿，病中驚起淚沾衣。

奉送萩林赴肇慶書院

萬事如雲總覺浮，正堪乘興作南遊。老年交把風前袂，韶景重看嶺外州。定見鱣堂興實學，豈徒鴻藻奬名流？青花較比沉香貴，檢點休令蓋篋收。

鴛湖樓晴眺

晴日梯登水上樓，濛濛煙雨散汀洲。六朝風景銷陳迹，千疊雲帆蕩遠流。野客支笻天畔立，春人攜榼鏡中遊。垂綸不見朱園老，欲把椒漿酹古邱。

春晚書院登山

扶痾起清眺，躡磴升松岡。輕烟曖芳樹，遠水明夕陽。久卧失寓目，游詠緬古狂。裁一舒情性，春將去堂堂。

初上山亭

連旬伏枕閉簾櫳，纔上山亭四望通。雲氣龍盤宫闕上，潮聲雷響海門東。鄰家隙地栽蔬緑，老子衰顔得酒紅。芳樹文欄成小憇，披襟宛受舞雩風。

履青枉過山齋

情義何肫篤，渾仝骨肉親。山蹊來往數，欲慰我吟呻。

山亭晴眺同倪介亭印元作

坐看遊騎出城闉，陸續樓船放遠津。習習谷風陰雨散，遲遲春日載陽新。菜畦爛漫開方罫，草徑眠芊藉軟茵。浩蕩郊原堪極目，扶登亭子不論巡。

奉宜貢淮迭視我疾

沈氏好兄弟，宛如子弟親。更番來左右，服勤輒連旬。藥鑪藹香氣，誰復依牀裀？愧荷篤門誼，迭輸情性真。

示函宇

有志由來事竟成，文章千古更非輕。彩毫妙見敷腴色，佳句寧惟綺靡情。詩法須從草堂得，才名合與竹垞争。泝源風雅懷先正，自昔立言明且清。

示　孫書傳

書傳年十四，猶未及成童。能效康成讀，真堪唤小同。

附録

集外文

靈秀亭跋

吾邑群山合沓，奔臻海隅。眉山司城之東大塘之上，境特開敞，當風月清朗，高瞻遠矚，彩翠交羅。里之儁雅共輸力構亭，設茗飲於此。行人之過而憩焉者，酌清泉，面遠岫，萬象俱披豁呈靈秀，有以知鍾靈毓秀之原在乎此也。爰稱之曰『靈秀』云。

里人桑調元題。乾隆壬戌年孟秋月立。

明潤亭跋

燈以便行，茶以解渴，皆利濟事也。里有樂善之人，捐貲築亭，因問亭名於予。予顔之曰『明潤』，紀實也。大塘爲往來之衝，寒暑晝夜俱於是乎賴，亦可以風矣。

里人桑調元謹跋。乾隆六年四月穀旦。

敬林楊公傳

公諱化洽，字敬林，大本公長子也。少失恃，從艱難勞瘁中以農賈起家，拓田園，構棟宇，貽謀戩穀，望重一族，亦人傑哉！以不得養母，畢生哀思無已。嘗捐己産，以助祠基，俾後人刱造之。又嘗修築海堤若干丈，以拯同患，賴以獲安者不少。性和藹，好施不倦。人有負其債不得償者，輒焚其券。遇有訐訟，則多方勸戒，以消釋之。鄉里由是服其誠篤，亦罔敢有欺之者。其一生大略如此。晚年得子，即尚之君，有聲成均間。

贊曰：君之生也，當兵燹之餘也。猗雙親之蚤逝，而悲帀庭除也。藝我黍也，鞏我車也。嗟哉！祭而豐養則虛也。卜桑東以營葬，先靈之體魄已安居也。責券屢焚，誼卹乎里閭也。完塘堰，金吾輸也。生子之年，過商瞿也。垂耋齡而膝下之孫繞趨也吁。

哎甫桑調元拜撰。

戎公思齊公妻桑孺人行述

公諱維賢，字思齊，配桑氏。事母孝敬，教子義方，遵寡母之訓誨，得賢妻之内助。桑氏孺人生有令德，恪守三從，夙嫻四德，嘉言懿行未易殫述。特誌其不朽者，以光家乘。孺人十五于歸，敬執舅喪。年十八，割股以療太翁之病。後夫病在床褥，人命危淺，孺人廢寢忘餐，衣不解帶，回憶往事，孝可格天以延年，豈義不可感神而再生乎？於是復割股以救之。奈何天命不再，逾年而逝。嗚呼！孺人之行卓絶一世，孺人之名昭垂千古矣。謹録讚辭於後：

吾族有賢女，往爲戎氏婦。志敬奉羹湯，安貧執箕箒。夫有襁褓弟，乳哺佐其母。刲股且至再，一爲療厥夫，一爲療王舅。奇行均不朽，女列賢女行，紀實咨嗟久。

族叔調元撰。

（以上四篇，俱見《餘姚司桑氏宗譜》）

切近編序

先儒纂輯，多爲志聖學者立梯階，示藴奥。向在山左書院，萩林剏葺朱子祠，以張楊園、陸清獻二先生及勞餘山先師從祀，皆承紫陽之學者也。予時爲主講，商欲輯朱子及三先生之書最明白切近者溥教齊民，一切婦孺，人人可知可行，共由大道。凡深邃者不摭入，故删節字句如白樂天詩，老嫗都解。惜未及成就。兹發憤，共爲此編。

乾隆庚寅，後學桑調元謹序。

（同治刊本《切近編》卷首）

秋江采魚圖題跋

秋江渺渺秋思深，幽人託興白雲潯。幽人已隨流水逝，披圖猶復見素心。少年獨能厭塵俗，漁弟漁兄喜招尋。得魚不須羨，得酒即相斟。有時蕩入蘆花中，攜來明月共清風。興酣落筆煙霞拂，澹宕幾與雲林同。秋水清兮起暮波，呼之不出奈爾何。嗚呼！秋水清兮起暮波，呼之不出奈爾何！

（黄士珣《北隅掌録》卷下）

傳記

桑調元傳

桑調元，字伊佐，浙江錢塘人。父天顯，性至孝，親病膈，合羊脂和粥以進。親死，抱鐺而哭。人爲繪《抱鐺圖》。調元少有異才，下筆千言，屈其儕輩。年十五，受業於史，得聞性理之學。性耿介，不妄交人，尤嚴取與之辨。雍正四年，舉順天鄉試。十一年，會試後遴選舉人之明習性理者，得八人，調元與焉。特旨賜進士，授工部主事。丁父憂，廬墓三年，服闋補官。釐正規約，吏饋以羨金，卻不受。旋引疾歸。嘗主九江濂溪書院，構須友堂祀史，以著淵源有自。又闢餘山書屋於東皋別業，友教四方之士，一以程朱爲法。晚主濼源書院，益暢師説。著有《論語説》二卷，所言皆闡《集注》未盡之義，頗爲細密。又《躬行實踐録》十五卷，言敬、言仁，一宗程朱，持論亦極醇正。其詩文縱横排奡，自成一家，有《弢甫集》八十四卷。乾隆三十六年卒，年七十七。同時爲程、朱之學，有歸安茅星來。

（《清史列傳》卷六十七《儒林傳上二》）

桑調元傳

調元，字弢甫，錢塘人，爲孝子天顯之子。天顯親病革，合羊脂和粥以進。親死，抱鐺而哭。人爲繪《抱鐺圖》。調元受業於史，得聞性理之學。雍正十一年，召試通知性理，欽賜進士，授工部主事，引疾歸。調元主九江濂溪書院，構須友堂，祠餘山先生，以著淵源有自。餘山，史自號也。調元東皋别業又闢餘山書屋，以友教四方之士。爲人清鯁絶俗，足跡徧五嶽。晚主濼源書院，益暢師説。

（《清史稿》卷四百八十《儒林一》）

桑先生調元

桑調元字伊佐，號弢甫，錢塘人。父天顯，以孝稱。先生少負異才，下筆千言。年十四，謁餘山，因留受業，教以『立志大，存心細，聰明勿誤用』。餘山殁後，以遺稾付之。雍正丙午，舉順天鄉試。癸丑會試後，命選舉人明習性理者，得八人，先生與焉。賜進士，授工部主事。父喪，廬墓三年。喪除補官，旋引疾歸。迭主大梁、道山、濂溪、濼源諸書院。於濂溪構須友堂，祀餘山於濼源。與山東按察使沈廷芳共編刻《餘山遺書》。歸老於家，闢餘山書屋，以教四方之士，一以程朱爲法。有《論語説》二卷，闡《集注》未盡之義；《躬行實踐録》十五卷，言敬、言仁，持論必歸於醇正。游五嶽皆徧，所至題詠詩文，縱横排奡，合爲《弢甫集》八十四卷。乾隆三十六年卒，年七十有七。參《史傳》《餘山遺書》。

附録：先生初見餘山，與論格物致知，先生對曰：『物即明德中觳列之品類，故天下無性外之物。知即明德中逗露之靈光，故孩提有不慮之知。』餘山訝，詰：『此語誰教汝？』先生對：『聞之惕庵先生。』惕庵名之泌，孝豐人。餘山即致書惕庵，略言：『功利之習，深中於人心。士讀書作文，祗以爲梯榮之具。數十年來，欲求同志之友切劘，興起斯道，使人心習尚盡歸於正。比聞桑生述先生志皦而行卓，教學者以窮研克治，如聞空谷足音。』書未達而惕庵已卒。《餘山遺書》。

案：錢之泌，《孝豐志》未載，其生平不可考。餘山致書未達，不可以列交游，故於此附見其名，俾不終湮焉。

（徐世昌編纂《清儒學案》卷四十六《餘山學案・餘山弟子》）

錢塘桑先生

先生諱調元，字弢甫，進士，官工部主事。撰《論語説》二卷，凡五百條，分上、下二卷，又分五子卷。所言皆闡《集注》未盡之義，如謂『人知有慾不剛，而不知無慾尚非剛』之類，頗爲細密。又撰有《躬行實踐録》。

（唐鑑《清儒學案小識》卷十四）

桑調元傳

桑調元，字伊佐，號弢甫。父天顯，自餘姚徙家杭州，遂爲錢塘人。調元有異才，下筆千言，屈其儕輩。性耿介，不妄交人，尤嚴取與之辨。雍正四年，舉順天鄉試。十一年，會試後遴選舉人之明習性理者，得八人，調元與焉。特旨賜進士，授工部屯田司主事。丁父憂，廬墓三年，服闋補官。釐正規約，吏饋以羡金，卻不受。轉營繕司，乞假歸。先是，調元從父歸姚江，受業於儒者勞史。傳其學，家居輯《餘山遺書》，一以程朱爲法，舉以教學者。歷主大梁、濼源，敷文講席，興文敦行，多所成就。墓誌。

（《乾隆杭州府志》卷九十）

五嶽夫子像贊

惟公學行兼優，文名赫奕。降生於孝義之鄉，客寄於錢塘之邑。實踐躬行，綸音寵錫。既而五嶽兼遊，詩文博集。謁祖來姚，不忘本籍。當修譜而建祠，頗竭盡其心力。祖德宗功，留貽無極。

（見《餘姚司桑氏宗譜》）

評論

桑弢甫集八十四卷浙江巡撫採進本

國朝桑調元撰。調元有《論語説》，已著録。是集詩十四卷、《續集》二十卷、《五嶽詩》二十卷、文三十卷。調元才鋒踔厲，學問亦足以副之。故詩文縱横排奡，擺落蹊徑，毅然自爲一家。而恃其才學，不主故常，豪而失之怒張，博而失之曼衍者，亦時有之。所作《鎮海樓詩》，至七言長律二百韻，古人無是格也。其所以長即其所以短乎？

（《四庫全書總目》卷一百八十五）

題桑弢甫五嶽集

去年持節西域行，道邊恒華相逢迎。悤悤日馳三百里，那復酬對勞山靈。今年奉使出齊魯，岱宗天半空峥嶸。中州中嶽亦咫尺，煙雲寂寂巖晝扃。平生五嶽入夢寐，輪蹏到處聊延停。其如可望不可即，直等海上三山横。向禽一語躬未踐，史册已自垂高名。豈知遥遥數千載，有人誓不渝前盟。藉彼嶔欹磊落之面目，暢我高寒崒嵂之性情。客中投示紀游作，五嶽一一足所經。芒鞵幾緉昏嫁畢，快哉有志事竟成。學山至山果若此，我今相士不敢輕。手君詩卷待明發，回首猶望崧山青。

（裘曰修《裘文達公詩集》古今體詩卷八）

桑弢甫先生集序乙酉

桑弢甫先生以孝義奇偉之性發爲詩文，高奇清曠，有自得之趣，非如同時諸人掇拾南宋後之偏詞剩義爲奇博者比也。先祖石居公嘗樂誦之。又有《五嶽集》，則棄官後放浪山水之所作也。其孫雲柯先生來江寧，曾亮從之游，嘗出是以贈。及道光元年，又見其曾孫朴堂來，而雲柯先生卒十餘年矣。家燬於火，凡自有之物皆盡，詩板亦殲焉。相與慨然久之。詢其與弢甫先生同時人，其後或絶無嗣，或託賤工，姓名不足以自達。嗟夫！盛必有衰，理之常也。然卿相科第多能世其家，而文人之有後者何少也！豈天之所輕重損益，固與人殊歟？抑富貴而凌夷者，人以多而忽之；而聞人之子孫，不幸爲世所指名耶？則爲之子孫者，蓋亦難哉！

今朴堂以貧故，方奔走於四方，而拳拳於先人之典籍，曰：『吾少息必復刊而行之。』屬曾亮爲之序。朴堂誠篤君子也，吾知其言之必可復也。若是者，可以爲聞人之子孫而知其難者已。

（梅曾亮《柏梘山房文集》卷四）

上桑弢甫先生書戊辰

文弨再拜。楊許州至，得先生書。蒙示《中州遊草》一帙，喜甚。急欲知道途間事，粗讀一過，覺情景了了在目。虎竹年少，詩之工已若是。霖潦彌塗，更唱迭酬，興不少減，有以知先生之樂也。

文弨自聞先生之教，私願杖履所到，必往從焉。乃不意八年之久，不得一覿，事勢阻格，不能自拔。每至昔時講習之地，思師友聚處之樂，邈不可得，未嘗不徘徊歎惋，自傷年日以長而不能竟其所學，若何而可以自立也。自先生之至中州也，道里近，音問可速達。然知先生之於文弨，望之深，必將知其近所從事若何，所得力若何，其見於議論文字又若何。而文弨之所大慙，正在於此。

昔孔蔑嘗言仕有三亡，而子賤獨否。文弨今日不幸與孔蔑之言適相似也。繕寫官書，計字爲率，日當得一千五百。敝敝於此，何暇爲學？且古之爲貧而仕者，蓋將以禄養也。今文弨力不能迎養，是以居常少歡。文弨行能無似，無以動人，又不能求當世賢士大夫而與之周旋，孑然寡合，以是益增其孤陋。即有一二志趣相近者，又皆爲職事所羈束，不得朝夕見。夫既無爲學之時，又爲境所累，而不能自力於學，更無人焉共勉於學，是則終於失學而已矣。此文弨之所以内省瞿然不能自寧者也。

近日略得閒可讀書，然不能如古人專讀一書之法，讀經亦兼讀史。先爲之分句讀，正譌脱，偶有筆記非其大者，以俟再讀，然後求詳焉。内府校定經史善本，非力所能購，亦無從假諸友人。至耳目所觸，未嘗無勃然於中而欲宣者，而弗工於辭，不能達吾意之所欲云。展轉移時，旋即銷滅。昔歐陽子嘗歎言之不可恃，是固然矣。然傳不傳，雖不能自必，獨不可藉以自娱乎？其上焉者不可驟幾，其次又以爲無益而不爲，未見計之得也。文弨竊有意於此，而能厲其氣使弗餒者，唯先生。願終教之。

（盧文弨《抱經堂文集》卷十七）

書李空同詩鈔後癸巳

乾隆十五年，孜甫先生主大梁書院，因空同後人請選其祖之詩，爲檢定十六卷付之。裁畢梓，即以本寄文弨京師，使讀之。

空同詩當以五言律絶句及七言古詩爲最，去其摹仿太似者，而真氣骨乃見，固未易以呰謷也。他選本閒有篇删其句者，曩以質之先生。先生曰：『删則吾不敢，無寧仍之而附注以己意耳。』文弨於此本譌字一一校勘，以覆於先生。今略著二條於此。如《河之水歌》云：『河水淲淲，舟子摇櫓。』檢字書，『淲』與『滮』同，則與『櫓』韻不協，意謂作『滮滮』差近之。先生曰：『「淲」當是韻文。』弨今思之，或當讀如『滸滸』，然未知空同本何書也。又有句云『毖毖圓波踊』，殆即用毖彼泉水而疊其字，他人集中亦未見。又《左祖行》云：『産不信禄，不入軍右祖，計安出？』文弨謂别本作『寄不信』者是。《易》『有言不信』，謂不見信也，寄之言不見信於禄，禄不入寄之言，似當如此解。先生曰：『誠然。唯「軍右祖」不可依《明詩綜》作「軍左祖」耳。』其末又附本朝人劉湛詩，有『列莊鳴台使』之句，文弨謂當是『列狀』之譌。先生曰：『吾思之不得，汝乃得之，才相去果三十里耶？』噫！此雖先生戲言，而奬誘殷惓不遺纖芥乃如此。

今整理舊書，復見此編，追憶往復之言，殆將二紀，去先生曳杖之辰，亦已再朞矣。把卷憮然，因具識之。今日即欲就正，何可得也。

乾隆三十八年三月七日書。

（盧文弨《抱經堂文集》卷十四）

桑水部

杭州桑弢甫水部調元，遊五嶽歸，題聯書室云：『六經讀罷方持筆，五嶽歸來不看山。』其爲塾師時，先命徒讀經背誦，如蒙童經熟，始教以文法。選《天崇文》二十六篇，詳加評語，令熟誦之，以是登科第者甚多。紹興某名士，經術湛深，而文格重鈍，不利於試。年逾四旬，猶困場屋，因受業於門。桑閲其文，曰：『病已深矣。』悉屏其所習文，戒勿寓目，授以曹垂燦進士《君子之至於斯也》文，令專誦三月，始課作文。迄一年，誦曹作已數萬遍，竟易重鈍爲輕靈。乃曰：『此後惟子所誦，投無不利矣。』次歲即舉鄉闈，聯捷成進士。

（陸以湉《冷廬雜識》卷一）

桑水部詩

桑弢甫水部詠古詩，時出新義。《王文成公祠》云：『千載武宗輝廟號，多緣新建大功成。』《于忠肅公墓》云：『黄屋何緣重入塞，可憐只論奪門功。』皆可作史評。

（陸以湉《冷廬雜識》卷八）

與桑伊佐

草廬奉謁，涕述三恨，哀惻感人，具服孝思。據鄙見，兄以汲長孺自命，菽水可承歡，一第不足榮。唯八十老人方在床蓐而疾驅入都，遂至抱恨終天，未免截裾之痛。此恨誠綿綿耳。然徒悔無益，即今附棺諸具，必誠必信，絶世俗石板甎墎陋弊，力遵紫陽灰隔成法，以求免於四患。謂木根、水泉、螻蟻、狐狸。葬畢之後，即還家授徒，盡色養于太夫人。雖外艱終服，亦不敢作遠宦計。此孝子善後之策也。梓自痛怙恃早失，見友朋間白頭在堂者，輒爲驚喜，唯恐其一夕離親之側。嘗擬挈壺漿、捧盤匜以佐之承歡，如久饑者見人食美膳，不自禁其涎之流、聲之楚耳。外春初與岐兄一書，附正。

（陳梓《删後文集》卷十六『尺牘』）

抱鐺圖

余祖居杭州艮山門内大樹巷，鄰有隱者桑文侯，鬻粽爲業，性至孝。父病膈，文侯合羊脂和粥以進。父死，乃抱鐺而哭。人爲繪《抱鐺圖》，徵詩。萬君光泰詩最佳。其詞曰：『羊脂數合米一匊，病父在牀惟啖粥。父能啖粥子亦甘，粒米勝於五鼎肉。升屋皋某無歸魂，束薪斷火鐺寡恩。牀前呼父鐺畔哭，抱鐺三日鐺猶温。嗚呼！恨身不作鐺中米，臨殁猶能進一匕。謂鐺不聞鐺有耳。』

文侯之子豈甫先生，性孤僻，能步行百里。棄主事官，裹糧遊五嶽。《留别袁石峰》云：『莫定畸人物外蹤，夢魂飛入碧霞重。浮雲形似世情幻，秋樹色添遊興濃。白練横過天際馬，烏藤直上嶺頭龍。憑將一斗隃糜汁，洒遍天門日觀峰。』《過華山門》云：『華山門下雨盈盈，玉女秋期會玉京。十萬雲鬟梳洗罷，漫空盆水一齊傾。』《嵩洛雜詩》云：『鐵梁大小石縱横，似步空廊屧有聲。世外多情一明月，直陪孤影到三更。』非深於遊山者不能言。先生名調元。

（袁枚《隨園詩話》卷十，題爲點校者擬）

合歡竹

同年生錢唐桑伊佐調元早年有神駿之目，而予知之未盡。向見其近體詩數首，固未以爲至也。最後同館嘉郡三年，會將别去，徑造其齋，索閲平生滿志之作。伊佐出《蘭陔艸堂詩》一卷，眎予其樂府歌行、古詩數十篇，沉浸漢魏而醖釀于《國風》《離騷》之遺，殆爲元和大歷以下所罕儷。是日乃略盡吾伊佐之奇矣。因出昔年家園所生合歡竹二節見示，索詠。遂立占兩截句贈之。伊佐兩尊人並高年，嫂夫人雅善吟咏，故詩意及之。云：『暖律何緣嶰谷偏，兩枝黄玉一竿駢。篟篜不灑英皇淚，吹徹參差是比肩。』『慈竹檀欒孝笋香，承歡佳耦兆奇祥。分明虎節頒英蕩，伴爾扶桑愛日長。』此二詩亦未收集中，僅志于此。

（章楹《諤崖脞説》卷一『詩話』，題爲點校者擬）

酬　贈

仰酬桑先生四首

江國復江國，東風無鯉魚。大梁亦何在，十日兩奉書。長歌泣回復，紙盡意有餘。書中謂我子，他日教可徐。父子及於門，感激生欷歔。欷歔廿年事，弱冠請見初。安知有我子，復進灑掃袪。高雲不私澤，宛轉爲菑畬。其父弗克力，猶望其子如。

我初從遊日，我父母在堂。人間愛憐心，父母於子長。教之復誨之，我父母已亡。兒行及中年，忽忽以悵悵。悵悵益追往，於我師難忘。師詩況相逮，師書詎此詳？我懷鬱終宵，塊獨霑襟裳。

素衣三年客，免喪方及兹。貧不守故廬，那能復悔之。疚心匪一事，默默慚於師。作書答來書，作詩答來詩。涕落不可止，南望黄河涯。

日出師曠臺，草生軒轅邱。雍雍書院長，禮教乎中州。中州厄明運，河決城沙留。洛學其可興，山川風氣瘳。我今亦何爲，長安之道周。人生無百年，百年倏以遒。守身如執玉，懼爲君子羞。君子之所羞，考妣之所憂。

（錢載《蘀石齋詩集》卷第十二）

桑先生輓詞四首

君子既多壽，曰終胡獨悲。遥循空位義，已到失聲時。薦几一甌茗，趨楹雙鬢絲。直從親殁後，今乃更無師。

賜第遭先帝，登朝得幾年。林居躬養母，友教世瞻賢。五嶽筇真遍，千秋篋必傳。書來甫旬浹，猶奉手題編。

邃學光勞子，高歌暢景翁。是皆由早歲，而益見純衷。語可隨材别，行難與俗同。廿年爲院長，一髮有宗風。

丁未深秋謁，朱園徹夜論。迴思檐際月，屢照水邊村。拜墓身應健，呼天眼未昏。諸郎雖早世，遺澤在諸孫。

（錢載《蘀石齋詩集》卷第三十二）

送桑弢甫獨爲天台雁蕩之游

桑君江海人，意氣頗超忽。早摘銀案髭，歸來卧松月。開年雪載塗，山情生勃勃。蠟屐告我行，健似横空鶻。前身打包僧，游跡記髣髴。自言昏嫁了，詎使塵土汩？先爲豐十訪，次作矩羅謁。攜影當朋儔，扶杖即隸卒。拜號獨往生，斯語庶非伐。獨汎單鷗隨，獨憩孤樹歇。獨宿寒凌兢，獨行翠窸窣。獨吟嵓答響，獨沐風晞髮。獨眺俯鶴巢，獨飲侵龍窟。天台峙東南，奇秀甲於越。客兒失雁蕩，晚出名馳突。我有中宵夢，往往凌崪屼。輸君濟勝具，先我結雙韈。事不婦子謀，興爲嵐霞發。竢君銜袖詩，千載期毋没。

（厲鶚《樊榭山房續集》卷五）

送桑伊佐

長安三月無花柳，車轍塵邊争疾走。道左相逢古丈夫，一咲軒然執其手。才名東馬滿京華，桑君才冠風人首。玉堂學士競迎致，决絶將歸還被肘。即今街巷行路人，侈説君名不離口。自愛驊騮世無敵，誰知荆璞人難剖。兩年飄泊百不如，塵土衣衫嗟敝垢。我才與子不相當，子獨論交於我厚。夜雨雞聲共讀書，春風草色同携酒。謂當一世常如此，君忽治行車載粮。堂上嚴君白髮盈，一觴欲晉南山壽。人生窮達豈有常，行矣無爲傷老醜。

（劉大櫆《海峰詩集》古體詩二）

送桑弢甫還錢塘

君自浙東來，浙人謂我賢。君席不暇煖，相見施我先。上堂捧縞紵，一尺束笥編。貫以明月珠，串以萬選錢。我聞不自今，我見殊過前。染兹好臭味，及此懽流連。我老苦疲茶，每疾難遽痊。君來入我室，執手何纏綿。自言患卑濕，支體如拘攣。急宜買歸棹，兼旬上水船。我聞殊不寧，未語先泫然。各以疾病廢，都未同食眠。瞥然舍我去，不如不見便。君有向平志，掛冠嶽之巔。平行脚不掉，骨蹻神完全。所以方寸閒，位業真靈懸。造化之小兒，何足爲拘牽。君其静攝之，御風飄飛仙。素心托邂逅，分手揮雲煙。何以照千里，皎月明高天。

（黄任《秋江集》卷六）

桑弢甫舉子簡之

大川産明月，名山毓瓊玖。君家數世中，代有賢父母。况子盛材器，奮志期不朽。既富天人學，專精日磨垢。鵾鵬暫戢憩，驊騮行策走。文章有膠漆，近識蓬茅叟。過從飽粗糲，語笑忘老醜。何意垂白年，以得交韓柳。昨朝風雨夕，英物初抱取。喜此書種育，樹德信有後。丹邱無凡毛，卜之始㲉㝅。老夫得一孫，乙未之夏首。所望非貴富，期以永無咎。兒長爲君子，願挈靈珠友。靈珠，余孫名。

（景星杓《拗堂詩集》卷三）

留別水部桑弢甫即用送行原韻二首

旅館寒更欲曙時，鱣堂猶自對燈帷。席尊祭酒中原望，人説先生弟子知。閉户傳經推服鄭，沿門乞火笑黄緇。燕臺霽雪空山外，回首嵩雲慰別思。

素心曾許叩清齋，舊詠相商夙願諧。風格峨峨森太華，詞源滚滚落長淮。萍蹤不定頻離索，茅塞從兹自決排。他日重逢應有句，暫將春興寄枯厓。

（蔡新《緝齋詩稿》卷四）

長歌呈桑水部院長

先生稽古經術崇，手扶大雅陶愚蒙。餘山勞先生麟書絶業繼濂洛，英靈肯許常人鍾。茹韓吐蘇大手筆，過都歷塊如風駿。金庭石室不肯住，富貴於我浮雲同。長空倏忽摇天風，偶乘雲氣騎飛龍。黄雪亂灑千長松，泉聲兩耳鳴琤淙。芒鞋竹杖自來去，徧踏五嶽青芙蓉。自從歸

衡山集卷五

詩五　古今體詩一百一十首

九　江

連夕奔騰下水艭，琵琶亭上闢高窻。翠飛廬嶽盤千髻，湍激潯陽播九瀧。關塞雁鴻投遠浦，漁舟燈火散空江。故人舊愛風騷客，定擘銀箋倒玉釭。

庾　樓在府治中。

有客秋乘興，憑凌上庾樓。盃中孤月墮，窻外九江流。塵壁題鵕管，寒空攬兕裘。欣逢賢地主，欲作判年留。

奉和董定岩榕相度濂溪書院韻二首

杖入雲岩裹，蓮華照眼明。圓峰當户合，活水繞田清。卓午光風轉，深秋翠草生。陽坡新

清懸太極岩頭月，照向面勢，千杵動雷鳴。

卜築濂溪復舊模，亭臺高下占名區。書堂雲氣晴飛棟，講席風聲早濫竽。定岩留予爲山長。繁露玉杯傳世學，餘山銀榜續印須。餘山先生齋名須友，今將構祠堂于此。廬陰掃緑蕪。

陪定岩濂溪書院視工四首

出郭已清曠，兩湖明鏡澄。浦舟浮葉葉，岡竹插層層。草徑修蛇蜿，筳輿脱兔騰。書堂新卜築，陪歷記吾曾。

迤度垂虹去，村家結草篷。樹明亭午日，衣漾小春風。青黛看山近，丹黄取徑通。未嫌岩谷淺，步步入雲中。

舊俗含淳朴，熙熙樂事饒。牛驅西澗牧，薪墮北山樵。斷翠捎千縷，深清汲一瓢。最憐溪路好，幽曲不知遥。

乍見層霄矗，蓮華一朵青。中間闢幽徑，四面起高亭。舊挂濂溪月，新成翠草庭。龍潭偕眺詠，勝地眼初經。

夜投龍潭寺同定岩作用韓韻

松炬吐錟明翠微，下澗騰岡火龍飛。黄昏期到龍潭寺，豪興寧容食言肥。疾雷打門破僧夢，給園隨喜如此稀。携來絲瓶苾芻倒，香積厨堪止渴飢。嶺脚盤盤雲氣泄，滃流階面侵入扉。佛樓喧轟人語響，歷亂怖鴿穿林霏。蟾潛海底天墨黑，推窻不見千山圍。獨屢見跋睡魔死，夜坐薄寒添裘衣。置身百尺藤蘿上，豈有世故爲之鞿？千載狂呼太白起，廬峰窈窕邀同歸。

瀑布和定岩疊韻

入溪初聽鳴聲微，清流汩汩銀瀧飛。灌注下田千百頃，土膏滋潤青苗肥。峰回乍駭激湍壯，水晶簾垂密不稀。扳蘿倒飲老猿黠，盤窟冷卧潛蛟飢。傾崖漱谷陡一瀉，訇然震動開岩扉。萬壑衝撞雷虢虢，九天噴落珠霏霏。宵衢秋霽蜿虹掛，滄江峽束雲濤圍。凌空濡蘸骯髒筆，倚石浣濯塵埃衣。還疑支祁擘水府，鐵鎖掣斷鐺琅鞿。夜深月照煙靄破，潭潭洞穴神龍歸。

留别定岩疊韓韻

九江夜夜明少微，白雲遠帶丹楓飛。我有怡悦不須贈，知君道寔能自肥。蓮峰兩日插筇杖，醉吟情味時所稀。新詩鮮脆似萍實，咀含信足忘輖飢。今年恰逢四十五，元公四十五歲卜築廬山。濂溪乍闢書堂扉。架岩鑿谷位置妙，攬結夕靄兼朝霏。千秋追還吾與意，空亭卓立青嵐圍。陪遊緬想古光霽，飄飄把我風中衣。蒲帆遄掛湓浦月，捷若快馬瓏璁轡。雲鶴無心任來往，矯翼八表翩翻歸。

留别張君步韻二首

廬嶽霜濃木葉稀，南雲何處尚相依。雁鴻嘶斷煙中浦，薜荔摇殘月下幃。吴岫嵐迎孤客返，湓江風送一帆飛。懸知歸路逢群彦，籍甚才名問陸機。

高才邂逅輒相知，秀句朝餐飽我飢。流水淙潺聞逸調，白雲縹緲指前期。唤玲瓏唱誰能那，駐孝廉船更不疑。來歲賡吟聯主客，喜看騷雅各清規。

留别蔡君步見送韻

因依群雅客心安，况接鄉音共一壇。松柏經霜彌覺茂，與予同庚。江湖行路不知難。小冠

子夏空凝睇，與予同名，予適病目。白社遺民總達觀。一片清寒滄海月，明朝獨向庾樓看。

留别高君疊韻

孤帆㟁挂敢懷安，回首清光月滿壇。溢浦風高行自疾，庾樓花滿會非難。酒從北海樽中瀉，史向東林傳裏觀。君爲忠憲公元孫。知我新遊衡嶽返，雲嵐猶把杖頭看。

酧定岩得大府留予主濂溪書院垂示之作疊韻

宋道學傳惟元公，手揭魯日懸天中。嗣洛關閩掃穹碧，開先發矇超群雄。道州山川應圖象，嗚呼混闢其無窮。膠西耳孫舊莫逆，高步綽有前賢風。廬陰相宅志復古，昌明絶學標易通。虹衢登丁動畚鍤，鑿岩駕棟凌高空。書堂中高亭四拱，工匠雲構天和融。香爐面陽啅天漢，陰湫潭洞龍爲宫。噴飛瀑珠濂溪白，絢爛霞綺蓮華紅。崇卑位置合造化，皇天默牖君侯衷。杖歸衡岳雲滿袂，請敷重席安微躬。慚呼餘山門弟子，大府折簡謀僉同。乾坤此舉萬萬古，須友祠桷偕初終。書院構餘山先生須友堂。經營斷手百事集，般倕妙借神靈功。我捫峰月望光氣，太極岩上霄朧朧。緑池清香待静植，且教往復錢唐東。

重留别定岩疊韻

遺經欲闡微言微，潯陽暫止孤帆飛。千鎚響動蒼厓麓，岩泉清泚山土肥。浮嵐面勢神指畫，書堂舊觀形依稀。省憶雲岑對隱几，濂溪洋洋曾樂飢。峨祠列舍矗雲際，四亭面面開風扉。匡廬溢浦大闔闢，吐納山翠昇江霏。連峰左右氣完固，宛似太極圓圖圍。欸我老住元公宅，夢流光霽芙蓉衣。餘山精靈陟丹構，星爲旌旆虹爲蟣。海東嗽鴻怳惻耳，來春重至今遄歸。

奉酧諸君重見送疊韻

離筵既散解蘭艭，並惹鄉心亂旅窻。雜樹有花飄玉屑，孤鴻如箭擘銀瀧。群公豪氣冲南斗，獨客高歌動大江。川路往還乘野興，甆罌底用玉爲缸？

定岩出關見送疊韻却寄

浮波一葉下輕艭，月黑孤蓬早閉窻。關口熒煌來列炬，沙頭歷亂濺飛瀧。已教醽醁傾千盞，未用琵琶撥九江。預約明春重握手，仍斟今歲未開缸。

舟發九江疊韻

葉盡波寒解客艭，煙消猶見庾樓窻。奔飛帆影捎吴楚，夢斷吟聲鬬嶺瀧。遊屐雲中下南岳，書堂天半俯西江。暫歸還作廬山主，親舊多應勸緑缸。

湖　口

彭蠡無窮水，茫茫浸太清。寒光摇兩槳，雲氣入孤城。波浪憑虚湧，胸襟到老平。吟遊過湖口，所得是空明。

大孤山

崝嶸彭蠡口，卓立飛雲孤。波聲應鞺鞳，塔影涵糢糊。連雁破杳靄，一螺浸空虚。天寒光氣羃，景曉晴光鋪。風濤度浩渺，霜木知凋枯。雙鐘迤明秀，翠斷澄泓湖。

石鐘山歌

石鐘山勢何孱顔，大湖風起横翻瀾。水石震宕怒相搏，噌吰鞺鞳聲振天。帝張廣樂衆器全，鐘聲乃在群音先。想當元黄初冶鑄，陰陽炭入鴻爐燃。巨靈鼓槖籥，模範鎔山川。乾坤法

物鎮常在，擊之一十二萬年。野夫放浪天地間，登高長嘯空谷傳。大聲相應水上作，華鯨鏗破彭湖烟。南北笱簴雙高懸，大鐘小鐘徹重玄。周景魏獻何足齒，知音不數玉局仙。渾茫元氣資節宣，體用自具寂與喧。風恬浪静音響息，縹緲有似海上之神山。

彭澤奉懷陶公

陶公輕解組，歸思劇飄飄。詩酒從吾好，形神並覺超。菊看秋露墜，柳任好風摇。今日聞羈宦，寧惟事折腰。

小孤山

四面天在水，浮出青巑岏。乍疑汎瀛海，引作員壺觀。黛螺遠際點，翠髻空中盤。神光渺難即，秀色真可餐。岧亭帶薄霧，縹緲臨微瀾。大孤宛却立，邢尹同時看。輕帆過彭澤，恨不梯層巒。終焉御風往，獨立朝雲端。

彭浪磯戲作

今年大小姑，先後嫁彭郎。彭郎自言尊，驕比楚襄王。妃色孰殊衆，細腰摇明璫。暮天雲雨足，還希夢高唐。

林中鹿并序

舟中聞甬東客談林中逐鹿事，作《林中鹿》一章。

虞欲逐逐，林中即鹿。鹿入人手，虞乞分肉。鹿不汝有，肉不飽口。爲我謂虞，盍潔汝守？

東流

東流抱山轉，城郭水雲端。江上詩情遠，天邊客夢寒。老難拋崔髮，閒許把漁竿。旅服無塵土，篷窻映碧瀾。

黄石磯守風

黄石磯頭泊，朝朝盛北風。來帆過奔馬，滯客背飛鴻。清醒愁參半，懵騰酒一中。歸程何事急，且作信天翁。

安慶

行樂曾何待，逍遥在客間。帆開黄石浦，雲起皖公山。一浴體無垢，獨行心倍閒。渾如浙

江口，沿岸踏歌還。

桐　城

小艇仍須繫，横江不可行。魚龍舞中夜，風雨撼孤城。忠信濤堪涉，文章老未成。山川憐皖口，好爲放新晴。

荻　港

寒港瀰漫動遠涯，蕭蕭敗荻影横斜。同雲萬里天將雪，積水千盤客汎槎。想像孤軍屯虎豹，寂寥往事化蟲沙。遥憐星賣梅花嶺，五丈原頭並嘆嗟。

九華山

片帆挂清曉，霧中過九華。朦朧見山色，未得維江艖。秀岑矗窈窕，奇洞含谽谺。尋幽屐未到，凝想空咨嗟。雲房隱深曲，月澗流清窪。疑有老僧在，獨自棲煙霞。

蕪　湖

南指孤帆疾若飛，蕪湖緣岸闢郊扉。家僮貪買新蒻酒，行子思添故篋衣。米價關心論貴

賤，土風到眼習輕肥。老蟂歲久無留影，還向沙頭問舊磯。

蕪湖夜大雷雨歌疊韻

荒江風雨又一奇，春天巨浪喧空陂。神兵鏦錚戛鑌鐵，龍宮砰磕敲晶璃。漲如海穴神鰌入，鬌鬌百怪躨跜集。隣船砉聞大纜斷，檣傾舳仄吁何及。篷窻四面扃不開，盆翻衝瀉黃篋埃。巨靈併力作氣勢，荓翳驅駕飛廉來。長年三老憂莫測，吴商越估涕頻拭。如椽之炬頃刻灰，指掌不見天墨黑。嵯峨列艦高如山，鐵貓輕宕江中間。狂沙亂奔蟂磯廟，危岸摇動蕪湖關。我心默定涵元珠，翻波一任魚龍趨。明看碧溆紅亭在，萬態惶惑歸空無。吟遊不知老將至，履境平陂信天意。江行奈此驚險何，詎若陸海風濤多？

廬江大雪歌疊韻

天工試手標新奇，紛紛玉戲抛江陂。凍日戢藏紅靺鞨，遥天裝合白玻璃。水軍組練無聲入，萬里合圍勢並集。元冥號令一夕傳，滕六飛馳已遍及。同雲四塞黯不開，乾坤下上無纖埃。窻罅飛花撲點點，忽如捲地春風來。洲沙深淺浩莫測，滿篷壓重渾難拭。闃寂空村語不嚻，檣竿翔繞飢鴉黑。崔嵬斥堠堆若山，林野總在空濛間。咫尺地隣蟂磯渚，三百里阻龍江關。還聞急霰亂投珠，江田無路難爲趨。青州從事不可覓，欲博爛醉終虚無。迢遞鄉關何日

至，繁愁縈惹羸僮意。新詩劇想和羊何，老夫野興令宵多。

聞近顔卜居江寧未及過訪疊韻奉懷

素書擲還黄石公，赤松追逐烟霞中。神仙飄忽底處覓，即在退步之英雄。抱奇落拓憶我友，直道不問達與窮。才略滔滔匯滄海，意氣浩浩驅雷風。單車過嶺粤人喜，徒步出塞漢節通。百年仕已識强項，赤日照燿浮雲空。終奈貝錦不停織，故山景物看暄融。山澤閒行服野服，踏遍梵宇兼仙宫。近聞幽栖在白下，石林暎射朝陽紅。南岳書來曠吉士，亦云夢繞魁梧躬？千里並愁廬舍遠，一日稀得琴樽同。龍江關外布帆落，悵聞夜柝清漏終。旅途冰雪迷所向，短僮瘦杖難爲功。獻歲重過决走訪，孟陬攝提貞朧朧。兒童譁報客不速，來自錢唐東復東。

龍江關守風走覓近顔里居不得悵然疊韻

黄酷爛醉眠艄公，軒波大起龍江中。着屐鼓勇訪我友，横衝鐵杖心何雄。關津覓渡走還拉，瓊瑶踏破途寧窮。沿緣睥睨三二里，寒樹颯颯飄回風。晴飛玉屑亂撲面，白下門取一徑通。大城遼闊昧處所，祇見鍾阜堆霜空。淅瀝橋冰忽已碎，崢嶸樓雪全未融。道傍側耳聽僕各，鐸鈴冷語金銀宫。白谷溟濛短景白，紅牆誤認朝霞紅。林廬難覓爽塏地，雞黍徒想殷勤

衷。僮憂踆烏將暗墜，逆旅誰納羈栖躬？江潯急須抱堞返，曲室那覷團爐同。吕安空復相思切，王猷早遣清興終。縱思題門向底處，率爾命駕曾何功。峨舸排列幾莫辨，沿流夜火紛朧朧。同心離居悵若此，客夢猶繞江城東。

燕子磯

二十餘年别燕磯，復看石勢凌空飛。梯登犖确何其巍，倒摇枯柳煙霏霏。中流宕漾寒日暉，樓臺帶雪壓翠微。北風歘吸摇金扉，砰硼拜浪騰江豨。蔣山縹緲過雲旂，龍盤虎踞臨舊畿。六朝金粉草露晞，金川逝波浩東歸。漏舟歌舞金縷衣，漁舠葉葉横蘆碕。舊遊如夢省依俙，大功坊裏連屏闈。飛光轉眄馳驂騑，秣陵人去空涕揮。剩我白頭絶因依，音塵一斷人事非。白波洶洶青天圍，輕帆疾去若發機。往尋裴島泝清輝，回首雁影江天希。

真江雪月歌兼懷舍弟冀銘鼎元疊韻

真江夜景幻神奇，雪月晃朗連千陂。星光忽自亂螢爝，玉色不復分瑮璃。貝闕鮫宫不可入，依俙海市萬寶集。寒聲礫礫起灣隈，鴔鶺鸜鵒追飛及。清虚之府蟾窟開，一輪鏡凈原無埃。恍聞霓裳羽衣曲，雲外飄飄仙樂來。新河千丈深難測，湘簟平鋪翠如拭。離離回轉斗樞明，沉沉潛伏蛟螭黑。依微一髮江南山，白輝滉瀁青冥間。舟子憎騰卧船尾，行人蕭瑟迷鄉

闕。寒空高懸光明珠，如晝不見魍魎趨。藐姑仙人何綽約，瑤臺獨立渾如無。素娥玉妃連袂至，侑我清樽殊快意。連枝其如阻隔何，瓊林瑤樹空復多。

金山歌

三神山浮大瀛海，一峰飛墮京江濤。帝遺留此作壯觀，其下首戴一巨鼇。憶昔歸乘瓜蔓水，截江半渡維輕艘。起攀欄檻躡塔影，浩歌一放平生豪。驚濤飛洒枚乘筆，波面組練戰始鏖。喧轟聲勢動天塹，奔騰萬馬雷怒號。便欲飄然汎槎去，往觀扶木盤根牢。所嗟人事尚羈紲，未漾日傍恣遊遨。十餘年間一轉瞬，鏡裏白雪生顛毛。朅來新從南岳返，雲嵐猶著大布袍。好風吹度洞庭水，扁舟蕩漾信所遭。要汲中泠復踞頂，千丈素綆手自操。冰甆滿注洗雙眼，紛紛輕薄看汝曹。汝曹何曾值一笑，置之直上登妙高。曠覽江天盡萬里，大江日下流滔滔。

憶次兒 繩球

憶昨京江問渡時，扁舟東下重逶迤。懸知夢繫萊堂綵，莫慣沉吟騎省詩。洛下朋儕嗟聚散，江南風景苦流離。還憐骨肉京華遠，雲裏書傳雁足遲。

圖山東一首奉懷圖東兼寄石蓮

煙雲景聚圖山東，圖東詩老家其中。詩老今在東陝窟，萬錦灘邊詩興濃。我昔梯登太華返，投轄夜汎琉璃鍾。邀約蘭橈蕩京口，吟眺直上江天峰。尤愛松寥徑幽絶，往訪焦仙參吟笻。瘞鶴銘看體完好，龍蛇跡動荒榛叢。昨年歸題甘露寺，碧紗底用居僧籠。留待飄飄雲袂過，以手拂拭塵埃蒙。今我來自南嶽頂，北固雲氣迎孤艭。大江雪月擁浮玉，狂歌起踏金芙蓉。却憶石麟迭抱送，兩兒秋水明青瞳。齒牙清歷誦好句，庭除樂事何融融。仙姿真見黑白髮，吟壇詫此矍鑠翁。别來中州僅匝歲，如雲冠蓋隨飄風。大河以南幾千里，天西一點孤飛鴻。丁卯橋寧引獨往，乙亥歲已嗟重逢。人生會面洵難得，況復日御臨高舂。鹿邑老子今何似，爲我問訊青牛蹤。

乘　興

是處灣隈滯客情，今朝一笑破江程。連天雪嶺嵐無色，下瀨風帆浪有聲。遊遍煙霞原結習，歸逢鷗鷺又尋盟。天教老體多强健，乘興長爲萬里行。

止水歌無錫弔高忠憲公作兼寄公元孫時乘

有明稠疊璢禍烈，末造惡氛彌乾坤。魏左諸公盡糜爛，東林魁杰焉能存？高公定力盟止水，義不受辱身彌尊。波將洊及捐佩去，兀立中沚真氣噴。正如洪河矗孤柱，獨砥萬派狂瀾奔。鬼雄恒幹不腐敗，帝遣巫陽問喞冤。雲旂上征曳縹緲，直排虎豹登紫閽。亟殛元兇已得請，立命信邸褫其魂。大厦已壞不可拄，黄沙黑霧頽陽昏。孤臣忼慷早畢命，不見馬阮修怨恩。玉樹歌殘結綺散，空留雪浪掀江豚。胥江湧白屈潭碧，一氣浩浩通清源。當風我作小招放，俯臨泱潤湔涕痕。自古公侯必復始，况植忠義爲本根。寄與商聲歌此曲，蓉湖流慶歸元孫。

吴門上繆文子曰藻先生

數年睽隔一升堂，老去情懷繫最長。白鶴新顔留伉健，青雲舊夢付溟茫。烟霞南嶽光全霽，風雪東吴景倍荒。絲竹東山多歲月，關心憂樂那能忘。

哀歌行輓葉愷齋士寬

知交聚散由清緣，難得終始情味加纏綿。憶昔與君始相見，歡然把袂從平泉。維時予齋

壓在百僚底，脱略禮數呼齊年。寺僧贈我一箇親兄弟，振觸悲嘅揮長篇。君爲抗聲抵節連叫絶，推我直上李杜風騷壇。偷遊雁宕相逢馬鞍嶺，赤脚看蹋流濺濺。題贈所知去名姓，越境眺覽情幽偏。歸來折簡問吟伴，邀致數間破屋老玉川。玉川高視出人表，獨肯相從日日酬唱於其間。主賓因依十餘載，兩人草土亦復相周旋。羡我解龜生碧草，醉吟吟醉便得仙。具區峰浮七十二，招君着屐仝盤桓。見星而奔血漣漣，臯魚對泣秋風前。感此誓墓不復出，終披野服全其天。中州作客歲時淹，嵩華泰岱登危巔。攟束游草定遠寄，知君神魂縹緲追逐靈嶽之雲烟。扶病近自仙霞返，砉聞騎雲去重玄。予齋與君先後逝，痛淚幾斗流汍瀾。爲述交情痛難宣，史筆别自臚青編。但聞六州父老得惡耗，齊聲兒啼滄海堧。南嶽新歸詩滿橐，何人賞我吟情遊興老欲顛？生芻一束詩一紙，哀音欲絶牙生絃。嗚呼！哀音欲絶牙生絃。

存殁口號五十六首并序

初題一首引端，振觸牽連，續得五十五首。借古事以寫今情，與杜公體例各别，然就所拈舉儗合，非無因也。

手煎團月憶盧仝敬甫，心愛真龍是葉公惺齋。尚把甆甌破孤悶，罷看鱗爪現虚空。

陳寔清光行處聚古銘，汪倫至誼别時深梅津。真人太史思重見，潭水桃花杳莫尋。

深情張老存家事浦山，高論朱公著絶交予齋。古語空教規作瑱，今情誰是漆投膠？

金子連翩傳婺學江聲，景公要眇著騷辭菊公先生。何王前輩風流在，屈宋餘波綺麗爲。
丁子定文歸大雅敬身，周郎顧曲擅風流穆門。心情鄴下由來愜，才略江東獨自優。
盧生高枕猶追夢息溟，李白狂歌早得仙海門。炊熟黄粱知已覺，吟成白紵定誰傳？
王濬樓船飛薄險近顔，馬援銅柱兀摩空墨麟。勢當風利渾難泊，標建蠻溪果自雄。
樂府張文昌最妙圖東，交朋陸餘慶多情介石。詩中善繪時流態，方外寧寒舊日盟。
馬卿詞賦凌雲氣石蓮，黄憲心情千頃陂弢谷。自喚相如存雅慕，人呼顔子豈虚推？
盛孝章能標挺拔庸三，鄭康成是老編摩筠谷。有名人惜飄零甚，通德門如閒寂何。
耽詩張得吟峰趣聖書，結綬朱卿宦海情魯沙。千首編排揚藻色，一官趨走盡浮生。
起草婺源汪學士西顥，登壇北嶺厲將軍樊榭。老嫺詔令空叉手，靈閃雲旗未策勳。
文如張鷟原中選芸根，老却馮唐不見招山公先生。滿眼青錢殊的的，傷心白首太蕭蕭。
杜陵杜有詩名播白蘋，子沈子聞經義傳長溪先生。愛改新詩移永日，嗟推至隱隔重泉。
沈詩共許三兄擅萩林，胡絹曾無一匹遺韭溪。變律裁成原足貴，酬恩淚下更爲誰？
朱槔時俗誰能染排山，張仲賢侯分外欽長民。詩寫玉欄三島夢，人憐孝友一生心。
汪公善保烏聊地晴江，盧氏貪爲汗漫遊湄園。鐵佛歸來知我命，壞蟲盤繞豈君儔？
世情脱略方三拜文濤，吟品峥嶸章八元苧田。愚谷光輝胸灑落，半天人語氣雄尊。
張衡愁寫煩紆日經德，宋玉悲生摇落時以栗。照眼瓊瑶千里報，關心草木九秋衰。

詩豪端數黃山谷莘田，鄉望宜推馬少游龍馭。圖綴西江原有派，車乘下澤又何求？
鶴梅眷屬林君復蒼岩，邱壑房櫳謝幼輿文若。千載湖山歸地主，一時圖畫異蘧廬。
天人策裏爭傳董定岩，忠孝王家競説錢茂南。繁露分須澤宮内，姚黄不進闕廷前。
許抒評論看流俗觀初，邵放吟哦見性天開宣。月旦汝南高自占，風流洛下更誰賢？
推袁渾覺今無比石生，訪戴應知興不窮眷瑶。寫出幽心在風際，厲將雅志入山中。
謝安老去歡寧減梅莊，徐庶平生友盡高括庵。陶寫桑榆偏自得，知交龍鳳並人豪。
周自有才甘茗艼鶴儕，盧還有杰恨沉綿韞玉。名聲未必兄居重，文彩何妨友占前。
梅賦芬芳攄宋璟萊衣，水經幽曲著桑欽青培。清吟獨把春風筆，妙注還須子墨林。
王常繞闕輕飛舄澹園，張願封留早息機季直。仙邑尚泥丹灶在，層城已逐赤松歸。
陳君晚遇何須感金鑑，馬氏諸常孰最良思山？千載情懷碎琴壯，一家才韻白眉長。
錢賦湘靈殊妙絶撵石，家磨鐵研亦徒然浩賓舍弟。峰青江上神應助，日出扶桑世不傳。
張公銘在東西列關登，陳子床看上下分憲圖。學泝關中存緒論，氣標湖海出人群。
朱雲雄辨西京裏性之，楊震名高太華前東崖。折處便教慚五鹿，飛來空自兆三鱣。
才藻潘安仁最麗魯欽，江湖王季友長貧傅霖先生。優游自寫閒居興，寂寞終湮老瘦身。
直言自昔懷余靖紹文，重寄端應屬褚公熊徵。文正由來丹悃合，敬宗豈謂素心同？
坐聽霖雨懷桑户静軒舍弟，家在東山問謝玄青霍。琴操彈來孤舘月，棋聲敲斷一樓煙。

歷按歌工吴季札敬齋，常拈記筆盛弘之徵黄。從教延令論韶濩，不獨荆州叙歲時。

筆底記來懷沈括奉宜，座間驚起重陳遵自曾。蒲盧小物還堪識，尺牘鴻裁也足珍。

盛彦平居露天性奉思，沈遼少小有才名友璜。纏綿孝思依萱砌，歇絶風流委管城。

前溪沈約清無似琢英，宫體徐陵麗絶倫東美。革帶減圍惟是瘦，玉臺遺詠尚然新。

許詢談與支公洽琬綸，周子心惟叔度傾際飛。試問俗塵何處染，自然鄙吝不教生。

墨沼争傳王逸少茨簷，仙舟雅羡郭林宗又叔。頻拈醉本欣開眼，一讀碑詞痛入胸。

白首湯巾逢客路藺墅，黄墩汪穀徙江鄉昆怡。知心友合聯師秀，積善兒應似彦章。

湯思退著淳熙望東暘，周伯仁高汝潁名肄三。應甲門才出珂里，空懸斗印入瑶京。

共識梁侯經籍重百川，誰將湯璹省元誇屺南？名標七序箴流俗，才壓長沙表世家。

周家自有蓮堪愛汝南，王子惟知竹可看右侯。香滿濂溪遠沿泝，淥連剡曲斷游盤。

錢藻長懷濯纓志茂秦，安惇雅抱讀書情枚發。壺漿出郭知誰迓，名宦他年惜未成。

周子充才渾自雅惕寉，陳如柔志早思休寶崖。平園花竹傳新咏，風物羅浮失舊遊。

眼見陸機纔入洛疎村，心傷張翰不歸吴南臯。一篇文賦傳應遍，千里蓴羹餉得無？

高情覓句陳無己載詵，力學爲文李習之光廷。自閉門來真絶俗，一從吾後獨親師。

王龍標自饒佳句載揚，顧虎頭還具巧思作舟。忍俊難藏郢中曲，矜奇的是晋人癡。

高吟趙倚樓佳句然乙，低唱張三影好詞蘇潭。把臂一聲長笛處，斷腸雲破月來時。

莊周作論都成達永思，鄭谷吟詩亦得名悦山。小閣繩床蝴蝶夢，荒江落日鷓鴣聲。嶙峋瘦骨李商隱坤四，縹緲修髯汪水雲慧如。清麗文思誰與匹，神仙畫像渺無群。項斯自具溫醇格文波，沈濟天生峻拔才倫叙。善播雞壇群口説，經窮蠹簡寸心該。鄭虔苔屋荒蒼暈聞遠，姚合芝山覓紫華山輝。相約落花春酹酒，難忘燒竹夜煎茶。仙才自得茅盈訣湘客，茶事偏縈陸羽心皆吉。歲底嘉平臘還到，江南桑苧老難尋。

迎寄盧敬甫存心息溟壽朋

白頭翁，總角交。葭倚玉，漆投膠。衣愛新，人求舊。新錦袍，舊昏媾。病馬卧，健鶻騫。霍然已，離哉翻。人千里，屐幾緉。親兄弟，老藤杖。維衡山，在炎方。開雲嶺，霽雪堂。煙霞窟，矢獨往。芙蓉園，失仝賞。五岳遊，一生心。畢婚嫁，追向禽。望九疑，懷三益。月空明，雲蕭索。南北巷，東西林。阮舍夢，廬山吟。往復還，繚而曲。十日霖，數間屋。樂莫樂，仝隊魚。悲復悲，西逝烏。過吳趨，吟楚只。酒奠椒，淚瀉水。日及花，歲寒松。靈光巋，谷音跫。二心人，口戕口。仝懷子，手握手。

太湖落日歌疊韻

太湖一幀晚景奇，熒煌金碧皴山陂。蔚藍天墮一紅鏡，水晶宮碎千黃璃。陸離萬象涵虛

入，榮光休氣紛綸集。羲和御日操火鞭，夸父虞淵追始及。斥鹵桑田久已開，蓬萊行復揚飛埃。却看三萬六千頃，赤城横建霞標來。浮空島嶼渾難測，兔輪新把鮫綃拭。三百六旬躔度周，七十二峰倒影黑。縹緲有似三神山，雲濤煙浪空濛間。女牛星辰落震澤，闔廬城郭蹲吴關。蠙胎蕩漾齊吐珠，龍堂夜啟群靈趨。龍威丈人守洞窟，琳札肯借窺觀無？東西洞庭我昔至，甫里吟留無盡意。莫惜人生能幾何，眼前且賞清光多。

奉懷沈萩林廷芳兼寄樗莊維材步杜公寄高適岑參三十韻

情緣追聚散，氣候閱温凉。魂夢雖親密，關河自阻長。三人曾共對，二妙最難忘。別憶山千疊，歸仍水一方。烏私旋寢舍，鴻舉謝班行。合浦思光耀，分湖隔渺茫。泥融飛燕子，花煖簇蜂王。矯首虚延望，回腸寔暗傷。仙霞紆跋涉，吴岫轉徊翔。伏枕愁眠在，封書遠寄將。駑蹄遭病蹶，隼羽入秋强。勝地爭迎翠，前賢横被殃。衡湘覩開霽，屈賈弔淪亡。桂樹方凌日，芙蓉已拒霜。樓臺煙似畫，螺髻黛凝粧。薄醉行偏好，清遊滯不妨。蒲帆捎北固，蠟屐下南疆。獨往形骸放，留題姓氏藏。盈虧憐月兔，呀啄笑天狼。蘭芷猶餘碧，塵沙總是黄。遥臨儋耳外，劇戀洞庭傍。却省聯豪興，徒懷近耿光。蟹肥供客饌，鱸美勸親嘗。孤館經新雨，平臺豈故鄉？終朝搦斑管，何處寄繩床？少得論心快，多應爲口忙。頻勞問徐穉，寧免老馮唐。駢體真無敵，連枝迥異常。衮師期毓秀，阮籍許偕狂。安得雲巖聚，松肪可作糧。

迎寄聖書

取友那免雜好醜，平生真契懷端人。由拳往復熟遊地，獨于子也情彌親。九頭盤天月色黯，過門不入吾何憾。衆中覓此孤鳳凰，短羽差池生百感。嗟子有生何迍邅，袍映草色青眠芊。有才無命空白首，夢夢老眼誃皇天。胸吞雲夢不芥蔕，填空灝氣寧舒噫。寂然清晝掩荆門，底用鯨鵬供一噱？娭媄金玉繁敲鏗，所愁病作司業盲。賴有金篦可刮膜，焉知在側尚有嬴與螟。我遊南岳張帆去，探奇濟勝其殆庶。臨行接得空中書，病起遠遊勞子慮。豈知我身健于龍，直攀天柱登祝融。回舟疾下洞庭水，一酹屈賈生悲風。團團皓月明積雪，萬里江光不可涅。中宵大叫卷白波，魚龍翻海真奇絶。君兒初説憂沉綿，料得弗藥已霍然。不爾誦我囊中豪橫句，定若枚乘七發開心顔。莫嗤老興多狂顛，故人知我與我相周旋。三十年來一炊頃，此後那得更有三十年。急呼風伯送我一帆到長水，酒杯擊破歌我山中歸來篇。

迎寄金繪卣志章

心朋聯結有時候，遲早詎肯輕盍簪？穆門識面四十載，直待耄至輸心談。四賢閣上一會後，纔得幾面幽墟潛。膠漆已萬古，死生真意銜。與君又遲十載合，白頭散亂絲鬖鬖。我病時勞觸熱視，殷勤呴沫魚喁噞。病起劇憐眼界跼，上天下地巡虚簷。陡然發興往衡岳，决訾一鵲

衡天南。我不追逐率子廉，亦不酬和白玉蟾。但捉鐵脚道人袂，飛身直上九千七百餘丈之峰尖。横把心胸盪雲海，發狂大叫驚猩[illegible]。搜索禹碑摸奇字，望日臺射陽光暹。兀蹲雲密護龍氣，峋嶁缺畫青苔添。七十七字鑿岳麓，並摹古本蒼厓嵌。想見兒號不遑恤，身承帝咨漁池參。補亡手作黄帝塩，萬靈聚聽朱簾龕。銅鐘噌吰管匏沸，蚪虎駢駕來霍灊。跰躚賈井湔屈潭，洞庭疾下牽湘帆。小招一放白月黯，女蘿山鬼趨趕趍。岳陽樓，黄隺樓，天半矗起何巖巖。杜孟兩公擲大筆，東西立壁分鐫鑱。題在上頭震崔顥，太白擱筆猶懷謙。由來矜名較駿足，慮勝不放瓏璁驂。我獨振腕起，塗鴉異眠蠶。吾聞逍遥不論鵬與鷃，負天控地途各諳。彼大言炎炎，我小言詹詹，小大並見天機涵。豈其怯胆忽變勇，敢對大敵揮戈錟。彼哉情性喜謗讒，我不與交接，耳目俱清恬。傾心吐向龐眉老，挑燈草就不復芟。遄歸南村數晨夕，奇疑賞晰無猜嫌。素心炯炯遠相照，皦日不藉神明監。

衡遊歸興借杜公久居夔府將適江陵詩四十韻

吟眺衡峰上，歸經震澤隅。疏觀供笑樂，長嘯散嗟吁。追逐徘徊隺，因依上下凫。晴霄舒白眼，僻地捫青膚。瀑谷泉奔鷺，滄溟月湧珠。雁回江嶺遠，霜墜澗林枯。極浦連檣並，荒溪接彴無。松門從往復，奈苑足嬉娱。爛醉情懷放，狂歌意氣輸。層層凌蘚磴，晶晶入虹衢。縱浪偕芻豎，淹留類賈胡。私縈宗炳志，不負向平軀。龍洞苔全拂，毵毫墨飽濡。有題成夕詠，

無用謝時須。憶躡浮雲破，飛凌絶頂趨。虬枝蟠古桂，虎跡踏秋蕪。佛閣金銀焕，仙岩錦繡紆。祝融懸月魄，天柱轉星樞。麓寺千竿竹，湘帆幾幅蒲。東磯泊黄鵠，西崦下踆烏。殘柳江州曉，空烟漢水晡。霞嵐挹廬阜，冰霰歷吴都。鐵甕重城峻，金山一點孤。朝昏滯丹浦，信宿到姑蘇。遊寓民爲逸，家鄉谷是愚。難尋醫俗藥，莫問鑄顔鑪。世事渾多幻，人情半屬誣。厭看轇葛跡，畏近嶮巇途。太息夸毗子，長懷正直儒。聊烹小團月，宜汎大樽湖。酒債尋常有，吾年六十逾。行踪戀清境，魂夢遠塵區。老子哀仝傳，江神醜繪圖。堅貞留雪柏，摧折卷風梧。羽異孤騫鳳，身輕一擲盧。可堪污皦皦，只自附塗塗。分首曾何惜，盟心早已殊。橘甘踰化枳，馬怪老爲駒。麋鹿山中侶，漁樵物外呼。終揮雙袂去，袛仗老藤扶。瓦銚苓堪煮，石房茅可誅。猶餘恒岳在，便想涉嶔嶇。

抵修汲堂

吴楚煙波漾一帆，歸來猶夢碧巉巉。吟登韓子開雲嶺，約住元公太極巖。鷺下飛泉喧澗谷，螺旋絶頂俯松杉。恒山明歲扶笻去，五嶽詩人好署銜。

恒山集序

今秋將自濂溪往恒山，夢元公謂調元曰：『貞有二義。萬物遇蓐收，成實脱落，元冥受而藏之，則得其正而包涵元精也。固基本發生，貞義斯全。』寤而思之：恒嶽主貞，太陰伏爲北方，一陽生爲朔方，如晦朔，然貫通，復動静終始。史稱恒氣上青下黑，青黑謂之黻黻，形兩已相背，北字形亦爾。水鹽淡，智是非，倫夫婦。辰亥子宿元武，龜縮而伸，蛇盤而舒，二物相交。渾源、曲陽嶽靈兩在，都兼二義。是夢良非偶然，遂溯江漢，過河汴，道京師，瞻仰雲中雙闕，感激遲徊者久之。物外行蹤，不一踏朝貴之門。即出居庸關，抵渾源州，直上恒宗絶頂。萬里塞山，嶧蜀奇特，一覽在目。轉詣曲陽，得朱堅石刻恒嶽圖，録其故跡，記以詩，殆嶽靈之假手於我乎？却出信陽，下漢口，歸濂溪之上。中間憐弱息之沉綿，驚執友之淪没，重逢舊雨，遍歷三雲，宇宙出色，諸古人一一悲歌憑弔，老懷亦傾瀉矣。念少爲餘山先生門弟子，先生之學與《易》通，圖説表裏，志老憩雲岑之樓。默尋蹤仁山知水，禮園義圃，間遊於混闢無窮，其樂不可言也已。

乾隆丙子建子月望後三日，桑調元自序。

恒山集卷一

詩一　古今體詩五十七首

恒遊口號

策杖恒山去，雲流石磴中。真成遊五嶽，不羨作三公。川陸秋程爽，炎凉俗慮空。江州一輪月，煩送醉吟翁。

留别董定巖榕用白傅琵琶引韻

經年來作書堂客，濂溪水木秋明瑟。一夕乍唤武昌船，空山暫輟誦與絃。九江主人出送别，脱贈青天一輪月。知予好入名山遊，一生興爲霞嵐發。遍遊五嶽問爲誰，盡道纏牽婚嫁遲。眼中禽尚了不見，仙源空擬窮遊宴。畸人踏破萬峰雲，不獨廬山識真面。芒鞋竹杖馳先聲，荒寒元嶽遥鍾情。乾門坤軸縈幽思，憑陵一愜平生志。總元之天最後登，醉題足了清遊事。半肩行李銀鹿挑，仝調無人絃撥幺。洞門白日風吹雨，青林烟冷猩猩語。淙淙澗木横琴

彈，素流激石千百盤。龍泉本是天漿瀉，金尾神魚躍出灘。飛石窟邊徑路絶，青兕黄熊啼不歇。驀地風濤欻歙生，倒翣捲作秋潮聲。巨石硠礚天半墮，千巖萬谷崩雷鳴。群公廟堂攄碩畫，蓋代勳名書竹帛。皇天許我作閒人，志與層霄白雲白。往年發軔由天中，三花古樹含春容。洒掃瑶壇呼玉女，鐵堂少室連宵住。秋登太華仙掌巔，鈞天樂奏雲韶部。金精元氣一囊收，雲臺老仙不敢妒。跛烏夜騰日觀峰，紫海紅霞浩無數。黄華洞窈石床空，薜衣豈有淄塵污？祝融峰頂昨秋眠，高空月白鶴笙度。方廣還探冰雪蹤，鑱壁蛟龍岌如故。偕隱惟思宗少文，雙仙不羡劉綱婦。大茂元都夙有期，携笻今向恒山去。吾身故似不繫船，襄流漢水秋波寒。西風刁調滌殘暑，萬木颯颯號江干。却憶庾樓仝燕息，四面草蟲紛啾唧。此行重上江漢樓，翩翩黄鶴成舊識。便乘白雲歸玉京，一覽海色淩層城。萬里相思具尺素，懷君一寄空中聲。迢迢直北望雲漢，定鬱奇意青霞生。華陽臺高旭日麗，一群玄鳳相和鳴。浩歌獨立兩厓上，縱横世路抛欹傾。塵寰擾擾倮蟲聚，喧囂海沸誰能聽？且喜蓮峰雪瀑大，山居耳目俱開明。一指天峰更遐舉，飄然如御泠風行。潯陽江頭小佇立，北風催挂雲帆急。詎擬驂鸞上紫清，丈夫原不臨歧泣。回頭古堞夕陽微，茫茫九派烟光濕。

酬和定巖送别韻二首

一年遊一嶽，光景不留停。溢浦翻秋月，恒山指客星。垂雲看羽翼，飛石仰神靈。列子行

還返，泠風送去軿。

元精鍾北嶽，挺拔一文雄。斗下瞻鄉國，江頭餞寓公。行遊乘逸興，吟弄繫清衷。父老懷明德，謳歌繞碧嵩。

登舟行

今秋向北嶽，禽尚願畢酬。天機一動信倚薄，揮手徑上潯陽舟。潯陽逆泝出沔漢，大槳往劃襄河流。惜難枉過長沙渚，重攬瀟湘洞庭秋。且喜雲夢落吾手，方九百里衡波遊。子虛烏有競哆口，我吟真實非繆悠。峴山一墮弔古淚，非關碑字深鑱鏤。兩年闊别汴梁路，平臺賓客知誰留。圖東巨筆老逾健，詩筒夢想馳星郵。石蓮萩林拔脚去，梁園老輩無枚鄒。端甫愛讀石峰畫，風吹墨竹寒修修。牢落樗莊苦汎梗，非谿歿後尤飄浮。蓬池久絶浦山跡，襄城芳草牽離愁。關燈老不返鄠縣，巖門底處長夷猶。峻拔山東張映緯，陳生宜振陸生攀堯氣並遒。多恐此時盡雨散，老子躑躅虛停輈。太行山高石犖确，滹沱水落平如油。鴈門碣石各幽險，五臺一氣連維陬。一條筇杖卓精鐵，石窟桂樹枝相樛。天風歘吸播震蕩，飄飄雲佩揚清謳。幾人親登兩厓上，天慳破盡容冥搜。墨池倒翻北海水，横洒白虎之峰頭。麟閣功名勒鼎卣，鳳池藻彩輝龍蚪。豈如嘯傲此絶頂，起狎麋鹿眠林邱。衡嵩泰華列雲表，環瀛風景一覽收。手酌天漿把北斗，凉沁心腑澆吟喉。閒中細想古逸老，故事不省何緣由。御風列子了無待，暮年嫁衛知

何求。長源久矣抛相印，一麾晚肯臨杭州。得毋緣情縛衆累，一念坐失冥鴻謀。我今永謝移文勒，草堂不惹塵纓羞。九江主人情綢繆，恐予遠浮浩蕩鷗。萬里難馴意固爾，濂溪一水清而幽。元公卜築昔老此，蒼巖新架雲岑樓。餘山先生諱史，字麟書，餘姚人，學者稱餘山先生。緒論奥，歸擬圖書仝闡抽。哦詩注易本吾事，山川膠漆心相投。囊歸雲氣散洞壑，天然爲我營菟裘。

奉懷亡友朱予齋嵩齡及汪津夫鑒周穆門京

吁嗟友道微，古義罕復敦。平生一予齋，膠漆焉足論？維子始覯止，健翮天池騫。孰知老蹭蹬，儒官送吟魂。我訪平泉道，霰雪回春暄。相携入鴈蕩，絶壁青霞屯。碧霄衝烟鶴，靈巖叫月猿。龍湫下天半，浩瀉星河源。寺飯燒冬笋，巖坐藉芳蓀。遊時狎麋鹿，吟輒和篪壎。至今散書帙，雨迸涕泗痕。向子遊五嶽，故伴無復存。每看瀑捲雪，悲思激潺湲。相依失蛩駏，故痛默自捫。其前有津夫，其後有穆門。交並洽終始，誼實如弟昆。穆門經世務，器識重璵璠。津夫秉高節，壺中納乾坤。倏然厭轇葛，乘雲去翩翻。二三同心友，玉樹埋九原。我欲竟此曲，哽咽不忍言。起援舊焦尾，絃絶聲彌吞。

編定黄莘田任詩集寄閩中奉懷兼寄林蒼巖正青

寰中數風雅，大作最炎炎。編次廬陰下，封歸閩嶠尖。高朋推素履，厚意仰撝謙。憶昨來烏石，相從拂翠簾。詩城孤聳堞，月鏡幾開奩。談笑聯茵席，情懷比鶼鰜。藤蘿捎疊石，花蘂照前檐。茗啜芳馨永，吟操紀律嚴。輸心盡傾倒，飫眼得窺覘。濃瘴俄教染，微軀難久淹。沉綿還互問，別淚已雙霑。曲室無窮戀，鴻篇舊所忺。遲回探篋笥，慷慨授緗縑。豈謂文須定，懸知韻早拈。青山臨謝脁，黄菊對陶潛。竹塢涼飈動，蘭皐夕露漸。奩簪紛捉臂，揮翰各捻髯。山荔經時熟，湖蓮照日暹。釣移漁子艇，醉覓酒家帘。射策頻驅轂，揮絃一駐幨。丹衷對廷陛，蒿目恤閭閻。吊古搜碑碣，懷人賦葛蘞。河山秋渺渺，星漢夜厭厭。亭舘多題咏，舟車足口占。年光寫暄冷，景物括洪纖。騄駬奔塵駿，芙蓉出匣銛。小巫喪神氣，勍敵畏韜鈐。珍重如持璧，驚奇可已痁。陽春和原寡，諷誦酌應添。遠夢神魂密，華章意態恬。清音發鸞鳳，隔歲逝烏蟾。緘送連城返，縈思二子兼。翛然抛手板，長此事腰鐮。德望三山振，才名五老僉。歌聲出金石，家食慣齏鹽。鼎鼎停雲汎，絲絲碧柳摻。恒巖標巀嶫，江雨洒霡霢。禽尚清遊遍，烟霞俗骨砭。天峰攀雪柏，水沚漾霜蒹。幽賞從兹遍，冥搜頗不廉。邊沙方北走，海色向南瞻。古錦奚囊滿，還應寄典籤。

是處堪藏夜壑舟，柁摇元氣信沉浮。湖山留作衣冠塚，老子無心學首邱。兒時憶逐好朋儕，影散秋風冷舊齋。料得豆花棚下月，照他蛬語沸空階。

奉遥别盧敬甫存心息溟壽朋二首

琵琶亭疊白韻

湓江去住都爲客，萬里秋空氣蕭瑟。琵琶亭畔一檥船，想像滚撲鳴鵾絃。江水瀠洄如惜别，庭前沙洲圓似月。千條楊柳作音做秋聲，習習商飈空際發。無人問我子爲誰，曲檽徙倚情逶遲。古人船舫不可見，焉知此地曾留宴？鵁鶄鸂鷘歷亂飛，滔滔逝水奔江面。咿鴉斷續聞櫓聲，舟人指點空復情。天涯淪落含客思，我獨滌蕩舒情志。乘興方爲汗漫遊，空闊心中無一事。烟波一幀錦繡挑，桂樹叢生荷茁幺。霽霞散綺過殘雨，凉生四砌吟蛬語。回憶去年指一彈，湘江直下恣遊盤。張帆影掠漢臯曲，鼓枻吟到潯陽灘。清遊處處真幽絶，浮屠桑下曾宿歇。亭存古跡豈無情，何必親聞水上聲。風流白傅高詩格，老元短李輸先鳴。青青方罫蔬枰畫，掩映江光一疋帛。當時古物了無存，只有瓊輪碾空白。瓊輪正着碧霄中，水花雲葉澄秋容。玉宇淒凉憐素女，長在廣寒宫裏住。叮噹雙杵搗元霜，却思妙舞霓裳部。人間粉黛凝晚粧，含顰應把嬋娟妬。風月消磨成古今，天上寧無劫灰數。臨風唤起老吟翁，清暉不被塵氛

污。元和到此一千年，添酒回燈恍前度。江頭相送是何人，怪少詩篇爲道故。將無借寫遷謫懷，才人悵爲廝養婦。新愁一夕月飛來，舊跡千年雲散去。由來勝地聯樓船，曼渌娥眉玉艷寒。寶瑟清歌大堤上，金尊銀燭小長干。江州閴寂波聲息，别樹羈雌夜啁唧。商婦琵琶知有無，漂淪之意吾能識。不然公孫劍器莫與京，老杜初聞自郾城。後來夔府得重見，李十二娘譁有聲。瀏灕頓挫詫獨出，感激豪蕩由之生。如何曹穆高弟子，教坊首以色藝鳴。香喉共道珠成串，玉貌還聞城欲傾。贈之長句無名姓，鐵撥檀槽率爾聽。轉徙江湖得題目，寓言十九知分明。司馬青衫爲誰濕，聊用慷慨爲歌行。江亭振衣浩獨立，高吟快拍闌干急。月高煙冷景淒清，秋露秋花泫然泣。賸客忘情解纜行，墨瀋倒翻銀壁濕。

龍　平

飛甍切穹顥，危檣矗廣洲。儺舞岸傍柳，清歌川上樓。雲霞媚將夕，梧竹凄已秋。一輪斂餘景，九派連奔流。弭節緩去棹，濯醆嘗新篘。烟波界繡壤，野蓼明荒陬。萍蘋本無蒂，漂轉似客游。

蟠　塘

蟠塘流水曲，一洲抱縈紆。檣竿歸極浦，茅茨映新畬。南圻蔚蒲稗，東墅延瓜蔬。稚耋羲

皇上，雞犬秦人餘。墟煙夕藹藹，檜柳秋疎疎。風吹曲潭浄，月照寒沙虚。盥濯肌髮爽，酣歌心顔舒。夏畦苦亦樂，嗟曳侯門裾。

道士洑

雲根插駭浪，木末號驚風。連山洞壑裏，一氣波濤中。乘凌聳險仄，偃突當奔衝。漁舟沉大網，井屋攢高墉。瀨旁土堠白，柳間寺門紅。霞暾一照曜，霧靄披溟濛。不知何道士，曾此縛茅篷。翠色滴松柏，丹光爛芙蓉。是中小有天，恍疑仇池通。我欲選幽窟，一寓棲遯蹤。侵晨吸沆瀣，清景收無窮。

巴河出日歌

雷聲砰訇起軒波，拂晨鼓柁行巴河。浪高勢急捲如雪，湯湯萬里來岷峨。長年三老身手捷，衝風一葉捎盤渦。騰騰渚面發陽燄，半天赤氣橫噓呵。須臾火烏上暘谷，影動蟠木交枝柯。霞光赩赫照幽宅，倒景陡躍鮫人梭。浄滑琉璃悉破碎，珊瑚靺鞨森駢羅。日觀峰頭祝融頂，紫氛赤暈經眼過。此如身汎大瀛海，金盆捧出雲濤窩。蓬萊三山似盡没，群仙絶跡誰婆娑。掃除衆宿匿光影，瓊霄並麗留羲娥。興來抵節舒浩歌，從容晞髮臨陽阿。朝暾煜照顔如酡，上界官府禮法苛，凌波自在如予何。日高絳綺散空際，餘綵猶帶林煙拖。平行飛越三江

口，泠泠秋水青銅磨。砉然一縱帆脚轉，大江白晝驚黿鼉。雲中已見黄州近，往登竹樓高吟哦。

竹　樓

去秋汎江漢，初日經黄州。風帆倚急浪，未暇尋兹樓。烟横睥睨曉，懷古心悠悠。桂棹此容與，振策凌阿邱。舊搆委榛莽，返照紅將收。空積如椽竹，得逢好事不？妙記擄文彩，珍比珊瑚鈎。人生有不朽，千稔清名留。

雪　堂

雪堂亦久圮，浮埃擁頹基。空尋玉局跡，無復銀鈎垂。當年新卜築，瓊瑶映軒扉。東坡好雲日，曉夕含清暉。風流一以歇，勝槩不可追。空階細草積，碎礎青苔滋。天風散櫸柳，落日懸朱規。沙中卧斷石，莫辨前朝碑。

陽　邏

陽邏崖石怪且麤，崎嶔斷續蹲巖隅。入手一峰拔危竦，鑿石作路盤崎嶇。上頭飛壓元穹閣，水天滉瀁横烟蕪。微茫雲樹極楚塞，斜陽倒射開畫圖。我獨好奇躡巔頂，一凭古檻高歌

呼。磅礴碩果墮江口，鑱窟駕作村翁廬。洪濤春天風拔木，屹立垣墉鐵不如。水心突起一圓月，爬沙活脱緣蟾蜍。披麻壖塌一氣接，綿延數里堆沙墟。市樓峥嶸插千柱，闌杆百尺凌空虛。吳商蜀估恣歡宴，燒燈瀉酒鳴笙竽。檣竿如林高下矗，篙鐵穿眼無處無。最後連嶂湧奔峭，體勢結束完形模。風旗翩翻動斥堠，正當石浪廻旋趨。日夜衝撞波浩洶，沙尾空曠飛鷺鳧。歷覽皴文眼已飫，好醜摶埴歸鴻鑪。

登黄鶴磯和鮑明遠韻

鮮霞絢晨旭，凉颸鳴早秋。榜童學楚舞，估客揚商謳。優游心跡曠，漫浪身世浮。黄鶴絶還影，清川奔逝流。洲溆檥輕棹，樓觀攀舊游。撫此一尊酒，忘彼千歲憂。

黄鶴樓疊昨題浩歌行韻

武昌柳迓重來客，輟棹起登磯上樓。江天空闊豁曙色，霞暾倒映朱氛稠。天公景物妙變幻，兩重新綺争頭籌。叢桂初含秋氣爽，流萍習汎川涂悠。洞庭彭蠡此呑吐，快意不作商聲謳。白波如山大激蕩，塵心滌盡浮名浮。去年高踞祝融頂，回帆直下瀟湘秋。逆溯襄河鼓今棹，一笻拄到恒山頭。南北山川萬餘里，烟嵐盡向囊中收。豪興由來喜獨往，盧敖若士寧仝遊。百年乘化任歸盡，冥搜未覺流光遒。一日可當一百日，此間本是神仙洲。尋恒誰識羽衣

過，笙鶴下自崑崙邱。後來登臨萬萬輩，亦話五嶽詩人不？三層檻上重吟拍，逍遥眇比坳堂舟。

晴川閣疊韻

晴川煙水萬景聚，此閣似勝仙人樓。依微樹影漢臯遠，歷歷蒼翠雲中稠。郎官湖頭秋色皎，呼起太白行觴籌。千年不遣風月散，乾坤清氣何其悠。意比青山懷謝朓，予亦對月能長謳。牛渚吟成調自絶，獸錦袍奪名終浮。誰脱金貂换美酒，與爾飲醉三千秋。獨遊五嶽愜素願，到處登臨上上頭。祇恐江山勝槩在，烟光未得清矑收。黄鵠磯頭畫檻對，隔年挈杖重來遊。一生當著幾緉屐，烏几拍碎吟聲遒。才人命薄身苦累，萋萋草緑鸚鵡洲。一笑萬事浮雲散，起望遠海登高邱。試問秋江一輪月，可憶留題老子不？身倚層霄醉不下，明朝漫放襄陽舟。

漢口望湖南奉懷陳榕門弘謀先生

緬懷清絶地，願正大方家。霧樹愁思切，烟波跂望賒。昨年梯嶽麓，良覿在星沙。接引情無已，周旋禮有加。山川復淳朴，風教滌浮夸。烏府澄秋魄，鳧舟檥浪花。朱張流遠澤，屈賈動長嗟。緯絡真儒脉，沿緣大道涯。傳燈昭日月，先生以『實學傳燈』四字顔餘山先生祠。握管競龍

蛇。遺緒原承學，箴言總拜嘉。相期探鹿洞，底事汎仙槎。廬阜雲岑迥，湘江帶水遐。今兹往元嶽，聊用折疏麻。倚薄晴川晚，踟躕畏日斜。衰須扶老杖，迷乞指南車。漫跡終何得，空慚閱歲華。

柳毅祠

雪波碎擊怨終風，沙渚迷離散雨工。何處寄書煩柳毅，經年消息斷龍宫。

將進酒和李長吉韻

閒情鍾，密意濃，金鯨瀉酒蠟膩紅。青琴碧玉花艷目，鸞帷四季皆春風。左挾瑟，右擊鼓。越女唱歌吴女舞，盛顔不愁白日暮。行移桂舸居蘭堂，煖睡紅綃飛夢雨。世間仳離醉豈知，入手金多散如土。

吴趨曲疊韻

葡萄酌千鍾，龍涎坐處濃。峨舸大艑金燈紅，五尺旗尾摇相風。船頭坎坎初伐鼓，十日厭看金縷舞。闔門曉發滸墅暮，知歡醉愛伴誰眠？桂花滿席飄香雨。低鬟緩視倚舲窻，吴娃不戀長洲土。

滄洲曲疊韻

糧艘載萬鍾，漕河煙靄濃。妾依老嫗四五月，開眼日日迎炎風。紞紞張灣鼓，連船榜人舞。小車裝送不分明，依微樹色雲天暮。抱持幼女泣如雨，願依老嫗仍南歸，不然死作灣頭土。

雉朝飛

雉朝飛，隔隴横挾群雌歸。當飲而啄，當飛而宿，東西衝決意氣獨。自矜毛羽迥殊衆，奮飛春明萬花谷。一雄逐逐，群雌粥粥，野田平碧罘罳伏，勿炫繡襠誤一觸。

烏生八九子

烏生八九子，爲我謂老烏。子多食少哺不足，霜林况復毛稀疎。老烏南飛聲何麁，是處唧雌尾畢逋。㲉音微，忽已殂，子殂傷母啼嗚嗚。連殂數子母血枯，老烏别有新生雛。口哺飽以玉醍醐，翼覆煖似貂襜褕。爲我謂子母，慎勿怨老烏，新雛舊雛命故殊。

火港拈花禪林

昨年曾到莖草之禪林，今年又到拈花之禪林。彼爲螺螂此火港，江西湖北各據一水潯。我非于汝緣獨深，漫叟所至聊相尋。芒鞋笻杖是處縱行脚，打包僧亦興味仝蕭森。青蓮花自火中出，書堂一老有此淤泥不染心。不須拈此作微笑，清香縹緲與吾莫逆投盈襟。此時餘暑灼人足熱惱，翻漿白汗絺衣淋。老僧知我隨喜意，解衣一浴快若没水之沙禽。物外微軀本無垢，臨風晞髮拋吾簪。我生結習耽清吟，秋蟲夜沸何能禁？寥天缺月叫從東海出，清光照破薝蔔林中陰。虚堂蓮漏何沉沉，客去闃寂萬籟音。孤舟凉冷秋氣侵，星河倒掛天横參。

莊口

行行至莊口，始識川涂岐。昔下長沙渚，一帆湘江飛。今溯襄河流，雙槳沔陽移。遠遂向禽願，清含山水暉。白月常在眼，淄塵不染衣。此生信知津，詎受沮溺譏？生當堯舜世，優游未云非。非存潁水節，自息漢陰機。

鯉魚塘

舟過鯉魚塘，白水秋泱泱。不見波心撥剌琴高鯉，但見岸傍起伏初平羊。山丫斥堠儼壁

立，紅竿遠見旌飄颺。秋風欻歘乍鼓浪，中流崩響驚雷硠。賴有我生忠信在，波濤軒起庸何傷。昨年我浮洞庭航，魚龍偃伏雲帆揚。稽天巨浸渺垠堮，一炊頃過如騰驤。何況區區一浦漵，横流遠接襄江長。揚舲發浩唱，興欲凌瀛滄。茫茫大九州，何處漾舟一到扶桑傍。周遭眼界蹋塵世，恨不滌蕩驂龍翔。回首黄陵磯頭石杳渺，轉瞬東風灣口波滂洋。篙師勇擊汰，漁子紛鳴榔。今秋秋水盛泛溢，河伯意氣横鴟張。惜君不見東海若，倏旋面目慙大方。呼僮徑倒巨觥酌，野性自遂狂夫狂。

白灘湖

白灘湖彷彿，瀟清湘碧涵虚無。青天浸斷失圻岸，白水倒映連宵衢。前飛鴰鶬後鷖鳧，唧魚出没銜波呼。秋水漻漻清見底，蘋萍蕩漾梢菰蘆。靈均哀怨汨羅口，賈誼遷謫長沙隅。幽篁山鬼吊冤魄，承塵鵬鳥傷羈孤。豈如不預世間事，來往追逐煙波徒。向子底須覓遊伴，王郎祇自成潛夫。有鳥有鳥呼提壺，此言可用傾千觚。醉鄉咫尺不脛至，户籍久占安微軀。扁舟進止隨所如，客程何事飛奔趨。喜無聲名動海内，何人知我霜眉鬚？嗑笑也欲歌皇荂，郢曲雜沓參吴歈。引商刻徵擅絶調，聲高白雪胡爲乎？退谷行踪信自美，愚溪淹泊良非污。此行直抵萬山下，沉碑潭底誇雄圖。身後之名了無用，當陽作計良區區。

舟行蘆中

行舟入蘆溆，一道清逶迤。限隩葉稠疊，拂棹相因依。倚風不鷁退，逆浪如鳧飛。襄水今秋盛，白波浩無涯。中洲隱微徑，居人溯洄之。水棲類雁鴨，艇泊臨窗扉。晚飯飽菱芡，生事憑漁磯。飄飄元真子，吾與爾仝歸。

仙桃鎮

楚澤巨鎮標仙桃，雲口夢口横奔艘。石隄鱗次萬家屋，水市雲集千林篙。涓沔波馳抵箭疾，舟車飛輓忘塵勞。土著心情競居積，估人意氣矜錢刀。陽阿激楚唱婉婉，吴鹽蜀麻來滔滔。銅鞮遠自接襄水，珠珮近復通漢臯。醁醽酒把白甌泛，艅艎舟遺黄頭操。蘆枝唧餘過雪羽，稻芒輸後羅霜螯。獨客遠來月皎皎，一帆直下風颾颾。詩城未敢築巀嶭，醉鄉久愛耽酕醄。水國殊憐煙溆冷，山塢却愛松林高。背塢幽棲鎮寂歷，懸崖小築何堅牢。畫圖置我在巖壑，俯仰隨人嗟桔槔。此間願作張仲蔚，門外三徑遮蓬蒿。

彭石河

滔滔漢江流，落日孤光動。霞生浦自明，風定波猶洶。樹蟠廟壖深，石甃河崖聳。烟溆渺

溟濛，雲瓴極巃嵸。鷗塘舸舳迷，鷺堠旌竿聳。楓青滉淵潭，黍黄被疇隴。天星一道飛，川月四更湧。高興不知疲，清吟答秋蛩。

岳家口

椂柁自彭石，朝烟白一縷。舟師際利涉，及此未亭午。皛皛過雪帆，鱗鱗比烟户。出網白魚跳，捎幔黄蝶舞。山楂結實鮮，水楊挂絲膴。麯蘖酌一巡，茄瓜摘無數。涼颸吹鶴髮，白浪洗鷗羽。問知浦口姓，令人思忠武。

新豐堤

關西有新豐，雞犬識所歸。江南有新豐，沽酒揮金巵。沿波過蕩槳，落月停驂騑。此間修堤亘，遠樹青霏微。殘陽照漁艇，好風吹旅衣。綺霞臨水散，白鷺傍人飛。素心滌塵慮，净眼涵清暉。孤帆去不息，極浦雲依依。

犬逐鷹并序

蚌湖多寶灣一帶，漲沙千頃。犬見一鷹，掠地奔逐，欲噬之。飛且下數四，狂逐不已。予目犬之至愚無知而希妄得也，作此詩以哀之。

蚌湖秋水漫兩涯，案衍千頃成荒沙。禾黍青青盡蕩没，農人極望生咨嗟。日暵水乾沙一片，茫茫空闊開江甸。一鷹掠地犬見之，盡力奔馳疾于箭。垂及趣起高飛揚，遠顧所往增徬徨。羽翮翩翻忽已下，逸足四逐奔尤狂。狂奔日夕猶不止，眼飽心飢憊欲死。謬學虎視殊耽耽，毛血豈曾膏汝齒？終焉絶影遠奮飛，向空矯首何其癡。舟人漁子共譁笑，蹴踏壥沙空爾爲。誰家惠養應畜爾，媚主低頭還帖耳。狺狺入夜護小村，未用苦摇求食尾。倏看飛者覷横吞，飛沙十丈輕追奔。詎思豪家嘗食肉，亦欲大嚼過屠門。鷹犬由來足倫比，發縱指示如人意。臂韝手掣共擾馴，奇哉反眼戕同事。犬乎犬乎爾誠能，平沙淺草争蹺騰。草中狐兔任猛噬，酬功得食從驕矜。胡爲背主逞私獵，縱然攫得嗤剽劫。老鷹戲爾誠可憐，狂逐安能勝趫捷？嗟爾貪饞憨爾頑，誤爾恰在多寶灣。

沙　陽

蒼蒼堤樹裏，烟色渺沙陽。地接新城近，波連舊口俱地名長。飛篷映天白，落日倒河黄。水宿頻淹泊，秋風夕轉凉。

石牌水陸道場歌

石牌古木環沙坡，鐺琅鐵索連艦舸。旛竿十丈飄婀娜，靈壇掃地建巍峨。毾㲪㔶匜錦盤

陀，彩繃流蘇垂文紞。榜揭虛皇號森羅，尾署受籙臣誰何？紫府列銜比朝珂，紅字屈盤印濕窠。綠章封事文縷覶，象牙作笏滑治平聲磨。伏奏金闕袍繡緺，禹步作法旋烏鞾。鈴鐃一振金鉦和，逢逢沸天鼓鳴鼉。參差斜吹管排鵝，鐘磬競響雜銀螺。靈官巡羅煙樹窩，仙界法比人間苛。鞠跽威儀詭殊科，琳籤真誥體類蝌。散縚宣揚白曰趖，紙燈燒燭沿襄河。星星萬點如紅荷，粔籹香蒸玉山禾。法筵施食手摩挲，琅琅呼召萬靈過。袈衣綷縩紛婆娑，扶攜雜遝髻與皤。錦襦玉貌顰青蛾，武士鍪兜前執戈。貴遊金紫曳纖緺，歘吸靈車馳馬贏。殘形僭戚騈趺蹉，披髮狂奔舞僛傞。濛鴻濆鬼踏漩渦，陰風窸窣鳴林柯。錢財賫送寶馬馱，五方回遶疾穿梭。施主信奉心匪他，眷屬邱姑叢嬌娥。雲旗電鞭無逶迤，舌作霹靂驅群魔。秋根葉落楓香多，青燐閃爍明松蘿。高低邱塚白楊拖，孤魂縈縈歸山阿。人神雜揉理則那，土風尚鬼楚語訛。行舟下碇收戙戨，圻岸聚觀肩相摩。履跡稠疊平淺莎，道士卸巾醉顏酡。耳聞悲啼笑口瑳，伊古孝子悲蓼莪。殯葬不忍聞虞歌，國殤厲壇尊酹犧。歲時逐疫鄉人儺，先王正道絶滛頗。異端蠭起誰觝訶，後惟有愈前有軻。嗟予無力障頹波，目擊狂惑涕滂沱。榜文頻書『邱姑、二姑、三姑』，疑如古邱嫂之邱。

安陸

千秋安陸郡，勝代署承天。統繼高皇重，情私濮議賢。商風摧草木，落照動山川。白雪樓

還在，其誰郢曲傳？

碾盤山

碾盤山，江邊兀起如規圓。朝朝暮暮磨紫翠，今日白頭昨日玄。老翁耕種碾盤上，少時恍在皇初年。兒孫今已成老大，事類三叟仝耡田。山前葦洲湍回旋，一條横起浮通川。初時軟沙水激宕，近俱墾闢禾綿延。青膡緑疇波中間，東西相望帆沿緣。蓬萊鳳麟渺何處，此似清淺滄波然。世事興滅如秋烟，紅桑碧海在眼前。衝瀨往來利名客，老死劫劫趨險艱。自在誰如鷗鷺閒，風清月白灘頭眠。有時浮沉碧漪面，成群拍拍往復還。疾雷殷地聲闐闐，大雲垂垂覆瀛壖。萬靈都隨風雨集，槖籥鼓動洪鈞權。妙運乾坤出巨手，皇天從之如轉圜。况復區區此碾盤，樞軸不動一氣旋。未輕著手徐引去，物外日月常安便。物外日月常安便，經綸區宇多才賢。

宜城

襄郢連程遠，宜城一水間。篷邊楓葉雨，浦外棗陽山。減食憐僮病，浮波愛鷺閒。祇須沽美酒，爛醉旅情删。

杜康造酒臺

杜康真可意，客爲洗瓊杯。徑向宜城裏，還尋造酒臺。深緣結伶籍，知己是尊罍。自得懵騰趣，多儲麯蘖材。沉冥堪度日，茗芋詎聞雷？百榼誠歡甚，三蕉亦暢哉。鄉應糊眕域，邱儘疊崔嵬。且用寬檮杌，那能捨秀才。載呶良用誡，獨酌不須催。緑蟻當浮取，金魚恰换來。消憂惟有此，一任玉山頹。

卧虎崖

崖儼於菟卧，荒荒落照暝。曾無渡河意，尚有負嵎形。逆浪愁三老，衝沙泊一舲。艱危人世路，吁駭飽曾經。

小河口晚風揚帆至東津

萬事緣隨速與久，薄暮停舟小河口。篙工晚飯納凉眠，高歌已醉宜城酒。沙灣陸續檥隣船，接柁連檣排鷁首。魚鱗細浪卵色天，明霞紅映千絲柳。須臾旗尾風舒舒，歘吸巨靈鼓大罏。軒波春天陡激宕，流銀走汞翻江湖。長年驚從柁樓起，艅艎隻隻争奔趨。同聲邪許拽篷脚，巨帆十幅高張蒲。帆懸風正浩呼洶，浪花噴薄船頭湧。興會何如宗少文，無恙行人出破

冢。有如萬馬競攢蹄，一氣蹺騰横鼓勇。又如快意汎溟洋，海若天吴吾不恐。是時纖月摇瓊鉤，星光炯碎暝烟浮。前行燈火影蕩潏，入水化作長黄虯。飛廉効順回石尤，雷硠聲勢驚陽侯。旬餘闐溽此一洗，鴻毛疾下萬斛舟。川涂蕩蕩飈馳速，正喜張弓飽帆腹。觀音閣上琉璃紅，一瞥回頭鳥過目。襄江墨黑碍沙洲，落帆且就東津宿。明朝撇捩到樊城，人生知足斯不辱。

峴　山

峴山横郭起，漢水入江流。雲日相暉映，烟瀾不可收。孤亭堪駐足，空翠正盈眸。墮淚遺民盡，關心勝槩留。羊公長不没，碑篆渺難求。陵谷追高岸，衣冠累古邱。昔人多代謝，我輩獨來遊。鴻雁銜沙落，魚龍蹴浪浮。樊城蟠巨鎮，夢澤遶中洲。冷寺飛丹葉，殘僧藹白頭。甘泉瀦玉液，苦茗瀉冰甌。登眺移清旭，歌吟及素秋。還思後賢至，知有老夫不？且領當前景，聊將醉墨酬。

甘泉寺

縹緲甘泉寺，祇林在峴山。冠公湔冷眼，丁謂照慙顔。世事多遷變，人心足險艱。坳泓喜清沁，洞酌辱讒頑。遷客啣愁恨，騷人信往還。筠欄青宛轉，蘚石翠斕斑。静聽螺牕裏，凉生

葛袂間。流連忘去聲歸去，乘月弄潺湲。

隆中

草廬方伏處，抱膝正澄觀。梁父襟情遠，隆中局量寬。指揮隨羽轉，騰躍罷龍蟠。策擬中原復，心期漢鼎安。皇靈重建號，將略獨登壇。西蜀扶黄屋，南陽别翠巒。荆襄遺恨失，汧渭出師難。七縱聊恢網，三分豈奠磐？運移炎祚冷，志屈陣圖殘。食少勞還劇，籌紆力已殫。一州苦疲敝，五丈最辛酸。空洒英雄淚，江流恨渺漫。

龐德公故宅

襄陽耆舊内，最重姓龐人。瀟洒携妻子，相於忘主賓。芝華堪作餌，木石亦爲隣。上塚隨時俗，耕巖愜性真。貽安誠足寶，偕隱鎮相親。富貴三春夢，英雄一窖塵。江山留故宅，身世悟前因。恍覩鹿門老，青天月似銀。

杜公里舊名杜甫里，予改之。

客久穿巫峽，歸應向洛陽。僑居習池畔，也號杜公鄉。清景臨江漢，幽栖憶草堂。公家碑不昧，此處里全荒。耆舊仝書傳，騷歌獨有光。遺編成國史，賤子仰壇場。愛汎襄江水，休論

述作在文章。

郡雲千里，南池水一方。靈鍾犖川上，賢冠吹臺傍。遊跡都相向，吟情耿不忘。崢嶸千古事，

漢殿香。三秋登峴首，一曲和滄浪。野興攄難盡，流風泝更長。從欽詩入聖，頗覺老逾狂。東

王粲故宅

籍甚騰文譽，同時數仲宣。春風樓尚在，秋水井依然。作賦抽斑管，從軍跨錦韉。端應並

群雅，却笑蹋中堅。才子原無忝，依人亦可憐。行游殊汗漫，歌咏謝拘牽。自得銷憂法，誰慳

假日緣？悲君足漂泊，生值亂離年。

高陽池

一斛清泠水，高陽有舊池。習家多置酒，山簡滿浮巵。我亦酤醽醁，相將倒接䍦。秋顔成

茗艼，歌曲信參差。人代頻徂謝，風光詎改移？頹唐騎駿馬，笑煞郢中兒。

沉碑潭

秋潭渺千尺，底處覓沉碑。深谷渾難測，貞珉聊爾爲。高名原自振，駿烈豈傳疑？癖著

春秋傳，名同宇宙垂。龜趺休贔屭，虎僕洒淋漓。實録無嘉績，諛文有愧辭。森森排石闕，公

等一何痴。

萬山廢砦

一筇尋古磴，獨上萬山巔。流水曾何極，沉碑故窅然。此間存廢砦，終古帶寒煙。貔虎風雲散，蟲沙歲月遷。層阿消壁壘，當日列戈鋋。天地經龍戰，邱墟有兔穿。襄陽秋樹裏，峴首白雲邊。長嘯青冥上，秋聲巨壑傳。

孟亭

朋好延清興，凌空搆孟亭。吟應抽翠管，醉定倒湘醽。漢水秋逾白，襄山晚更青。盤桓排石磴，棲隱近巖扃。古訪龐公里，隣依杜老庭。雨餘松滴翠，風際鳥梳翎。新霱開虚壁，殘虹飲遠汀。當年詩老洽，江漢聚精靈。

孟浩然墓

吾愛孟夫子，用李句。端居最洒然。清芬斯足貴，白首獨稱賢。明主原非棄，新詩盡已傳。逍遥過摩詰，傾倒在青蓮。耆舊人皆仰，松雲自愛眠。長懷中聖日，莫問上書年。妙取山中適，無須床下憐。吟偕輞川伴，隱是鹿門仙。抔土留三尺，銘文映九泉。襄陽名炳蔚，雲夢氣

連綿。再拜澆杯酒，烹陳縮項鯿。

漢水渡

大川經禹鑿，漢水入江流。峴首横臨渡，滄浪順汎舟。雨雲天氣黯，日夜客心愁。惟我閒無事，孤踪任去留。

恒山集卷二

詩二　古今體詩六十六首

樊城二首

武昌柳下放舟行，半月郵籤滯水程。遥望梁園渺天際，秋風秋雨泊樊城。

未得征車轣轆推，偏教騎馬到平臺。鄒枚笑問緣何事，重學書生寫券來。

發樊城

輕飈拂短袂，清旭臨征鞍。首塗實綿邈，上馬姑游盤。古井冷泉溢，衰柳青絲殘。孤村草店圮，一道沙河乾。迎凉動鳴嘒，掠陰振飛翰。遄行别襄漢，聊用羈心寬。

桐樹

樊城一以遠，沙路千折盤。荒鋪存古屋，桐樹久摧殘。柳摇翠陰薄，瓜瑩清漿寒。連塍吉

貝白，列道古柏攢。滌場歲功稔，察眉人意歡。亦知非吾土，信美快遊觀。

柳　堰

威紆入柳堰，曲渠沙水清。過澗犢迤邐，占樹鴉縱横。投鞭夕照下，晞髮凉風生。瑩甌吸苦茗，滑匙炊香粳。秋空蟾蜍白，夜砌螻蛄鳴。不寐瞻河漢，西流窅無聲。

白河渡

客心競利渡，浩淼臨白河。卧柳崩古塹，衝風起横波。航頭馬怯上，沙嘴人語多。裝囊委隔岸，捩柁凌盤渦。秋陰黯白日，潦水漫青莎。雨雲垂大野，鳥雀攢深柯。咫尺阻滛濟，俄頃愁滂沱。我行喜既濟，後渡嗟如何。

新野謁先主廟和杜公韻

磊落英雄業，端歸信義人。劉天仍世系，漢詔播絲綸。西蜀存皇統，南陽起相臣。一戎難底定，百戰歷艱辛。羽扇軍機密，金刀國事屯。氛看瀰潁許，檄不下函秦。愍帝方更謚，炎暉尚有神。孤鶱雲際羽，相得水中鱗。早獻黄陵瑞，尋依玉壘春。當塗移祚速，章武紀元新。創業三分在，勞師六出頻。益州雖鼎峙，天下尚煙塵。失計連營蹶，貽謀仲父親。惠陵禋祀缺，

昭烈惠陵缺祭，告禮官，宜疏舉祀典。世祖閟宫隣。籌筆空扶運，屯田罷算緡。譙周千載恨，盡瘁負綸巾。

瓦　店

瓦店村墟浄，疎楊夕照斜。棗園青磊落，蔬圃翠交加。塵滚先歸馬，林喧後至鴉。倒身輕展簟，冰齒速浮瓜。虚牖來明月，高簷散綺霞。傾尊勸孤影，横笛出隣家。蒸濕如梅雨，飄香綻桂花。羸童猶染病，幽室即爲家。名嶽方縈夢，長塗未免嗟。翻思銀漢客，天路可乘槎。

南陽懷古疊韻

南陽鬱佳氣，白水起真人。收復高皇物，恢張漢殿綸。孫隗真小醜，鄧耿是宗臣。薏苡休讒謗，蔓蕪足苦辛。瓦飛威並震，冰合數寧屯。炎鼎還興漢，雄都不向秦。規模寧遜祖，氣度不無神。穹昊高飛翼，寰瀛活涸鱗。龍堀方出日，鳳紀復頒春。已見威儀舊，寧知膢臘新。驅除良易易，俶擾莫頻頻。纔振中興旅，俄清六合塵。雲臺諸將偉，星瀨故人親。赤伏收三統，朱旗靖四隣。故鄉蠲户役，大地富民緡。秋雨尋遺跡，蕭凉折角巾。

卧龍岡懷古疊韻

從容論氣象，儒者見斯人。莘野分耕耒，磻溪擬釣綸。生憐嘔血事，死作鞠躬臣。籌策惟紓難，馳驅弗憚辛。軍營動雷電，廷陛撥蒙屯。東向空思洛，西攻不出秦。天心渾失眷，將略本如神。猿鳥還驚顧，鯨鯢未戢鱗。威聲銅鼓震，恩澤錦江春。北地心雖黯，南陽業自新。出師名號正，拜表涕洟頻。江石猶排陣，樓桑已作塵。龍岡當日起，魚水劇情親。直使孫曹畏，寧惟管樂隣。垂名千載史，養拙一竿緡。下拜空階肅，風前整葛巾。

博望

張騫信奇士，志輕萬里程。時逢漢武帝，區宇恢八閎。久稽身毒國，得脱仍西征。失侯乃奮激，絶域再請行。嗤彼驕癡子，閨房戀婠娙。春香飛夢雨，日高睆簾旌。我經博望驛，感懷意氣横。蒲梢來天馬，遺種思在坰。

趙河

一水下湯湯，凌空少石梁。湍行堪策馬，徒涉共褰裳。倒影穿林紫，浮沙繞岸黄。山臨裕州近，波瀉趙河長。午食惟葱餅，宵眠只竹床。酒斟椰盞釅，藥煮瓦鐺香。夕月當窗白，秋風

拂簟涼。煙波縈客思，清夢在滄浪。

舊　縣

羅山舊縣草芊芊，行客無情一慨然。物外襟顔原自曠，病中主僕互相憐。過遭城看于隍復，蹀躞蹄搡出塞穿。茅店今宵須早宿，藥鐺携取手親煎。

葉　縣

逶遲過葉縣，僕馬並瘏痡。雲水携耕侶，塵沙涉客途。柳風飄斷縷，荷露瀉圓珠。無復王喬在，荒陂下野鳬。

襄　城

石梁橫亘岸東西，水面憑陵踏馬蹄。風勁已看秋柳墮，霜寒不斷夜烏啼。孤城月上三霄白，廣野途經七聖迷。欲哭徐陵披宿草，何當庾信手仝携。

哭劉芳草青芝寄張瓜田庚

文誼原存譜，文章信有神。長謡悲引領，大雅絶扶輪。憶共瓜田老，情聯蘭臭真。差肩三

叟在，未面一心親。結夢因依熟，緘書往復頻。襄城遥命駕，張丈早聯茵。比德叨投玉，論交滿飲醇。中州徐會我，古道藹過人。清切迎鑾地，追隨把袂辰。風流一以散，雲逐渺無因。炳蔚横昭彩，飛騰偉致身。石渠辨同異，金匱析紛綸。儒術包經史，家聲領縉紳。殊憐蓴樓晚，不戀玉堂春。泉石偕昆季，琴尊遠俗塵。討論消歲月，挺拔比松筠。老去靈光巋，門中内則循。編摩擬遷固，聞望等荀陳。白首窮三禮，青燈過八旬。早年花筆燦，餘事錦機新。經抱玉川子，人呼祁孔賓。儀刑失耆舊，神理不沉湮。空奠生芻束，終亡郢匠斤。題詩報鴛浦，天末並沾巾。

贈萬灌夫圃

古有文章契，今看意氣醇。殷勤攬瑲佩，倉促過城闉。馬首雖相見，途中未得親。遄追襄野道，直至潁橋濱。契闊經時久，因依露性真。西田生令子，萬邦榮之子。東觀待斯人。儒術承先緒，家聲邁等倫。緇帷從學地，梁苑説詩辰。謂隔春風座，重移秋月輪。邀予返元嶽，許爾奉清塵。執友如韓愈，淪亡實愴神。遺文編李漢，劉青芝之壻。涕淚益沾巾。宿草思仝視，生芻必具陳。渡頭揮袂别，後會豈無因？

黄帝問道處

軒皇求治道，枉駕勤訪之。言尋廣成子，曾詣崆峒陲。大隗何處所，襄野此逶迤。遠勞方明御，七聖途皆迷。異哉遇小童，乃復知具茨。請問爲天下，去其害馬爲。片語握樞要，稽首呼天師。皇初去今遠，故跡無留遺。漫山長秋草，落日寒荒陂。

文王化行南國感而有賦

流行置郵速，孔邇戴周文。協氣延江漢，和風被汝墳。羔羊承雅化，卷耳播清芬。主治雎麟意，宣猷周召勳。糾桓及干櫓，貞一到釵裙。鼠雀簷楹静，珈縱藪澤群。彼禯抒麗景，如燬淡炎氛。美俗厖無吠，佳辰實有蕡。鵲巢春煖煦，麕野翠繽紛。芣苢盈衣衩，蘋蘩漾水紋。騶虞避生草，喬木靄重雲。蔽芾棠陰茂，參差荇葉分。白茅隨地長，黄鳥隔林聞。大烈丕平聲承武，終身服事殷。二南風列首，九罭德俱薰。恩渥舒魴尾，功成過虎賁。靈臺開遠色，豐邑映晴曛。翔洽端由此，千秋仰聖君。

子路止宿處

不知夫子跡，獨著丈人風。物外多情者，吾欽荷蓧翁。芸時忘苦樂，隱去渺西東。闊絶君

臣外，雍然長幼中。拳拳亂倫議，皦皦潔身衷。雞黍田家足，煙霞杖底通。相將二子遠，難得一宵同。粉本花源記，幽清意不窮。

沮溺耦耕處

殷憂夫子聖，沮溺獨悠然。得耦紅塵外，偕耕緑野前。誰迷津畔路，難謝世中緣。鳥獸非儔侶，耰耡實静便。春秋無治國，楚蔡有閒田。借問饒烟景，遄行渺水天。避人心最苦，招隱意何拳。千載相關處，寮寮栗里賢。

子路問津處

亦知流不返，天下盡滔滔。問渡蒼茫晚，迷津往復勞。執輿形自瘁，避世節誠高。有道期何日，同群屬我曹。耦耕煙滿隴，行告水平皋。落景征人倦，荒原宿鳥號。秉鋤腸已木，攬轡目猶蒿。想像容顔憮，奔波客意忉。

潁封人墓

春秋賢者衆，吾重潁封人。蘊藉含天趣，纏綿露性真。數言能悟主，一飯不忘親。術解何曾匱，機宜倍覺純。莊公嗟太忍，鄭志憯無倫。克段摧鋒疾，奔共掃跡頻。城陰從此寘，姜氏

見何因。繻葛輕加矢，周禾滿積囷。天王且於邑，母弟益酸辛。悔尚萌平旦，從教動悃忱。及泉原有誓，出隧不無神。永錫情難已，如初樂更新。寒沙迷舊谷，古墓出荒榛。落日螢弧晃，踟躕駐客輪。

許昌懷古疊韻

不得奸雄志，稱王定幾人。睢盱傍睨鼎，狡獪總持綸。政豈由天子，名偏附老臣。明知鴆鳥毒，默茹蓼蟲辛。偪迫多連蹇，流離足險屯。可堪遷在許，不異劫歸秦。勢已成三國，虚教主百神。藩憐觸羸角，肆待索枯鱗。慘矣牽孥日，傷哉愍帝春。綴旒終自絶，受禪一朝新。撫手山河定，經心戰伐頻。乘時争割據，失勢委埃塵。衣帶遥傳詔，宫廷近孰親。降封公是爵，趣死鬼爲隣。潁上過頭杖，湖邊數尺緡。何須預人事，踈放脱烏巾。

許州聚星書院會張端甫本兼寄定巖

南人苦鞍馬，願得小停車。況復親知在，相看意氣舒。文星照清潁，禮教紹横渠。賢牧論心舊，名流入院初。深談倒醽醁，永好贈瓊琚。喜子清緣合，憐予勝會虚。九江烟際舸，繁露篋中書。異地從飄梗，當風失把裾。雲飛閩嶠外，雨散汴梁餘。人事縈懷黯，朋儕見面踈。關山嗟渺矣，膠漆復相於。舊好腸應繞，新詩錦不如。醉吟秋興發，山水野情攄。旅跡雖流轉，

離愁却掃除。天峰指恒嶽，地主別匡廬。過訪聯瑤席，歌呼繞綺疏。前途還浩渺，後會更躊躇。此夕班荆話，緘題寄鯉魚。

端甫話朱排山楓曾過許州知其葬先人畢仍往醴泉奉懷有作兼示其子性之家濂

秦中一爲別，契闊五年餘。故國稀消息，他鄉悉起居。言停許昌騎，仍駕醴泉輿。大事封堂斧，輕裝別里閭。凉風下賓榻，細雨剪園蔬。喜見朋簪盍，愁思旅袂踈。容顏吾老矣，興會爾何如。肯構成佳士，分符播令譽。清標渾玉映，煖氣更春噓。但自臨花縣，何須厠石渠。同聲重循卓，雅意淡遷除。相彼夸毗子，空參傫直廬。規繩輕偭越，貨色恣佃漁。志節寧如古，身名損厥初。眉軒忘愧怍，齒冷足欷歔。詎若能爲宰，依然不負渠。鄉邦稱籍甚，父子總相於。往歲扶笻過，官齋掃壁書。民歌今有袴，客豈出無車？叨僱騾轎送予。禽夏閒心在，恒宗逸興攄。新遊來得得，昔夢省蘧蘧。塞北龍沙路，關西鶉首墟。明燈仝話舊，夜色映蟾蜍。

朱仙鎮岳廟疊韻

南渡饒名將，中興尚有人。長城翻自壞，漏網罷彌綸。國仰無雙士，忠攄不二臣。堂廉群譏笑，父子獨愁辛。直搗威名震，偏安氣勢屯。兒童猶駡蔡，校尉欲殲秦。鐵騎方張膽，金牌

忽愴神。北盟攖利齒，南渡迫窮鱗。湖岫花誠麗，冰天草不春。十年雄略廢，一德密謀新。黔首流離衆，中原蹂躪頻。難還兩宮駕，誰掃七陵塵。紫殿光雖燦，青城影孰親？熊羆摧猛士，豺虎壓强隣。苦偪東南域，虔輸百萬緡。朱仙當日慘，慟哭血盈巾。

汴城寓袁石峰舜裔宅奉贈

夢中燈火繫樊樓，風雨懷人苦未休。應念兩年歸故國，難忘一老住中州。淋漓醉墨看君潑，瀟灑清言待我酧。早識向平遊嶽去，飄然物外是良謀。

喜張圗東學林至汴城迎寄

高才久凌替，古義孰撑扶？賴有圗東老，能知物外徒。九江成契闊，千里動嗟吁。頃向恒山去，重過汴上趨。弘農猶遠隔，良覿渺難圖。只擬音書達，終憐願望辜。懸旌摇不定，負弩報前驅。昨見燈花燦，晨聽喜鵲呼。精誠動天地，會合在斯須。笑口開何遽，愁眉散鬱紆。論文當往復，把袂極歡娱。沈約憐何遜，謂萩林。清吟不獲俱。馬卿去梁苑，謂石蓮。授簡失相須。舊伴當風散，離憂駭浪輸。知君方閴寂，過我慰羈孤。好句傾心吐，清醪滿眼酤。蔗竿狂起舞，墨汁醉沾濡。互欲詢今事，專思認故吾。何勞走銀鹿，亟唤駕驪駒。邂逅真奇絶，纏綿有是夫。同功新作繭，喝采巧成盧。翻慮牽官事，中腸轉轆轤。

喜馬石蓮榮祖已歸田兼呈圖東

解組聞吾友，懸知歸興濃。塞翁非失馬，老子直猶龍。值此身名泰，兼之情性慵。二分延月色，一縣剩花穠。田舍無佳産，眉鬚有好容。聖湖邀眺覽，邗上想過從。並着雷塘屐，還浮花港舠。君孫洵書種，我子仰儒宗。快意拈吟管，隨時把酒鍾。得完和氏寶，早斂太阿鋒。拋却無窮事，遊于若箇峰。還招東陝老，分撿一枝笻。

聞石蓮辭官時喪子寄此唁之

只知賦歸去，從此一身輕。不道遄傷逝，幾令老喪明。皇天安可問，太上詎忘情？嬴博揮悲涕，休留放惡聲。單傳哀欲絶，耄及恨尤盈。玉已看埋土，金非得滿籯。天言大靈述，家學小同成。猶幸傳遺緒，終須續令名。聖猶遭鯉死，客孰效驢鳴？獨倚樓頭會，千巡酒勸傾。青雲失佳器，白首哭浮生。東向邗溝望，能無淚濯纓？

圖東攜尊過石峰宅小集

平生嚴一飯，素性秉硜硜。曲室知心遇，清尊到手傾。能詩仰張籍，咏史愛袁宏。借宅依賢主，攜觴宴友生。幽踪來不速，良覿巧相并。細話風塵事，全攄肺腑情。崎嶇八閩險，浩渺

九江横。瘴癘南天重，煙嵐廬阜輕。微軀嬰疾病，高卧返柴荆。濁酒從元亮，名山逐向平。新遊趨北嶽，舊夢省東京。虢國違千里，梁園阻十程。何期寓高舘，恰喜過前旌。燦爛燒華燭，淋漓倒大觥。暫時停短策，奇耀焕長庚。霜雪沾衰髮，波瀾挹老成。平臺去司馬，變律少雲卿。壇坫聯賓從，騷歌獨主盟。吾徒藉陶冶，藝苑合鏞笙。廣列春風座，分標月旦評。陳生蒙許與，陸子被將迎。父執施恩煦，兒曹牖隙明。通門加繾綣，寸臆總迴縈。文祿憐英物，聰明發駿聲。詩篇傳大業，才子出高閎。稂莠秋飈捲，蟲沙夜雨清。人情多變幻，天道有常貞。分陝昭嘉績，懸車保令名。風流信千古，月上已三更。纔送襜帷去，頻聽街鼓鳴。流連今夕醉，晏歲特峥嶸。

汴上奉懷沈樗莊維材兼寄萩林廷芳仍借用杜公三十韻

汴水波聲遠，秋宵月色凉。故人俱間隔，離思倍悠長。良會渾如昨，清言耿不忘。高名仰同姓，旅跡竟殊方。湖海抒鴻藻，天河斷雁行。蓬池何索寞，烟景剩蒼茫。壇坫追詞伯，縑緗貯墨王。有才標炳蔚，無命默凄傷。紫陌騧先騁，謂萩林。青冥鶚未翔。只今雲已散，念昔日相將。我别中州後，身行萬里强。閩山嬰瘴癘，聖水禳災殃。劇疾俄羈累，清遊若捕亡。祝融峰頂月，廬阜樹頭霜。潭瀑珠璣濺，巖花綺綉粧。醉吟殊自適，去住幾曾妨。嶽嶺貞元殿，關溝險峻疆。榆林千里接，松岸一邱藏。直上捫星漢，横衝過虎狼。沙浮龍塞黑，日落雁門黄。

載酒仙臺側，題詩石窟傍。長城凝翠色，曲室發丹光。縋險懸橦下，探奇肯綮嘗。懷人經此地，僑舍在何鄉。薜荔摇書幌，珊瑚架筆床。常時操縵好，盡日吮毫忙。興自貪看竹，情仝賦采唐。冰輪過三五，酒債等尋常。公等欽名雋，吾生笑老狂。恒宗遄獨往，不少禹餘糧。

汴梁懷古疊韻

火照陳橋驛，黄袍擁一人。冠裳資翊戴，掌握掃紛綸。趙普興朝相，韓通舊國臣。孤兒忍欺負，五季最含辛。驢墜時方泰，鵑啼運復屯。夢華嗟自汴，新法暴於秦。搜括堆花石，摧傷哭鬼神。山殘翔鳳翼，池沸駭鯨鱗。闃寂樊樓火，荒凉艮嶽春。早看丹籙委，無復韻紗新。轅去天邊杳，盟從城下頻。鄜陵照烽燧，梁苑亂氛塵。韓岳勳全廢，汪黄意總親。東京失鐘簴，南渡愴臣隣。旒冕艱天步，金繒費國緡。實津重弔古，醉墨漬衫巾。

改唐人詩一絶示友

仗劍行千里，微軀敢一言。曾爲大梁客，不受信陵恩。

謁五賢祠

氣向中天亘，輪將大雅扶。五賢萃精爽，六義定規模。往者巍祠矗，年深舊迹蕪。掃壇嗟

泯没，停騎一踟躕。才彥來持節，風騷本合符。移從吹臺側，近與講堂俱。五賢祠舊在吹臺，已廢。司臬沈筱林移祀書院。榱桷新瞻仰，帷龕共拜趨。重來失膠漆，早去統枌榆。雪爪留陳跡，壇場奠永圖。乾坤生炳煥，草木割昭蘇。老杜先聲振，青蓮逸轡驅。悲歌心獨苦，删述志何殊。詩史標千古，仙才蓋八區。高名動寥廓，藻思壯敷腴。散帙追人日，論文在酒壚。詞源噴浩瀚，花管潤凋枯。叅樹開元旆，分張弘治弧。豪應黑白髮，奇可四三都。名輩差肩立，空同奮臂呼。揮撝凌貴戚，代草劾姦諛。大復天然秀，林宗歲早徂。舍人上封事，辰告表訏謨。鍾呂聲仝發，丹青色不渝。熒煌繞螭首，屭贔立龜趺。僭把隃麋洒，分明篆籀摹。獨教心跡白，一洗古人誣。節槩横霄漢，文章謁大巫。分騰靈嶽氣，聯綴緯星珠。諷誦開瑶軸，明禋荐玉壺。龍門還壯觀，虹彩映高衢。運會時當復，流風德豈孤？和稀翻白雪，噓笑唱皇荂。似續長宗古，磨礲共握瑜。先生推此事，後死責吾徒。佇立中原望，光芒射斗樞。

奉留别石峰

金石深情固，煙霞奇意屯。吟遊爲事業，道義有根源。兩載嗟暌隔，中州繞夢魂。今來向恒嶽，還復到夷門。把袂留車騎，開軒倒酒尊。新花窗外滿，舊句壁間存。活潑幽篁影，縱横醉墨痕。冥心遊物外，逸興寄雲根。片紙千金直，洋州一派論。延賓賞秋月，行樂闢芳園。洛誦時教子，含飴喜弄孫。衰遲憐白髮，久語過黃昏。雨散諸儔侶，天留老弟昆。扶笻行處密，

聯席坐來温。爛漫天真露，纏綿古道敦。深投過膠漆，篤愛比璵璠。謬謂儒流振，孤看風雅騫。含青雙眼對，坦白一心捫。矍鑠能騎馬，逍遥喻化鯤。微疴顧僮僕，安養寄邱樊。賜以盤飧食，加之挾纊言。疲駑從偃息，健鶴遂飛翻。琴酒辭精舍，風沙歷塞垣。因依同骨肉，放浪閱乾坤。話及仙遊枕，遥思客到村。千山逾代郡，十日訂平原。預遣持乾糗，親看駕短轅。無窮攀送意，汴冰激潺湲。

渡黄河

洶湧乘槎水，奔騰入海流。茫茫三十載，渺渺一孤舟。早向波濤涉，今爲汗漫遊。平生仗忠信，萬事信沉浮。氣壯衝風渡，心存捧土謀。魚龍中夜舞，日月四時遒。鮹穴潮常接，龍門浪不收。隄防功欲策，舟楫願寧酧。幾度臨隤岸，孤懷動遠愁。狂難將手障，急遂把身抽。劇爲澄清喜，殊含蕩析憂。神祠奠圭璧，估舶奉尊卣。爪蔓依然下，桃花無恙不？齧桑應底定，淇竹事綢繆。九曲沙還刷，千金壺孰求？猶提斬蛟劍，不下釣鰲鈎。物外閒心寄，人間浪跡休。東西雖滚滚，來往自悠悠。堪笑狐濡尾，遥看蜃化樓。曾登太華頂，獨覽大川秋。冷對空明兔，誰馴浩蕩鷗？尋源曾有使，博望久無侯。冰憶强車渡，泥看獨漉稠。慨然思古杰，兀爾倒新篘。濁汛驚奔鵠，華顛老禿鶖。此行上恒嶽，仍復過中州。汴上花何麗，平臺客孰留？歌筵小垂手，鄉信大刀頭。踪跡隨萍梗，繁華等泡漚。斜陽寒滉瀁，浩唱發中洲。

行至延津車馬入深溝作

野水洶湧漫平聲康莊，延津城外軒波揚。兩行列樹表古道，驅車一綫由中央。隸也不戒坐車首，游戲自在揮鞭長。後車大呼勢危急，六轡不及遄收韁。深溝咫尺砉然陷，砰硼水濺千丈强。駛騃馬頭倏盡没，平沉篷背浮湯湯。蒼頭性命在呼吸，呀號涕迸秋雨滂。脚踏轅軥聳身上，健手恰恰叨扶將。老夫凶已至滅頂，翩然躍出如鳧鶬。行裝百物棄不顧，忙中攫得古錦囊。一編吟藁喜尚在，此戲雖酷猶非殃。濕衣有似袛鐵甲，淋漓數里奔踉蹌。同行顧老早投店，借我衫袴開緘箱。剪紙招魂慰驚恐，豈知我意如尋常？死生修短有定分，順命底用生校量？水死諒不在平陸，嶽遊未畢寧先亡。有生奇險飽經過，平地澒洞開溟洋。詎止區區入坎窞，如非無底龍宫藏。往日三蕉却小户，今須牛飲連千觴。縱酒高歌恣豪横，滿几醉墨污淋浪。

衛輝懷古

康誥存書策，賓筵入雅詩。風流垂奕禩，徽美著當時。萬里孤雲迴，三秋落葉遲。悠悠俯淇水，祗願釣竿持。

淇澳

淇澳澄浤處，青冥倒影摇。一泓留古水，萬疊瀉清瑶。菉竹消沉盡，疎楊斷續飄。人懷星弁在，地覺梓材饒。酒誥流風永，賓筵世代遥。釣竿思籊籊，舟子賦招招。圭璧光華映，泉源景色撩。迤邐虹氣亘，蹀躞馬蹄驕。聖筆垂千祼，天容淡九霄。秋光渺無盡，蕩漾碧漻漻。

淇縣奉懷亡友錢茂南松二首

苦憶錢淇縣，琴堂至孝聞。上元爲母壽，隔歲索吾文。愛日香春酒，悲風黯夕曛。旋教揮誄筆，血淚迸紛紛。

黔黎思杜母，仍復涖中州。皃影來何暮，駒光逝已遒。教兒須向學，念我在彌留。腹痛驅車過，唧悲剩白頭。

古朝歌地

伊古朝歌地，涵濡聖化頻。沬邦明已久，淇澳美相因。湎酒嚴存誥，初筵輒誡賓。磨圭渾恐玷，藝黍總能純。愛土寧違祖，牽車亦爲親。梓材勤用斲，疆畎朗敎陳。物産椅桐茂，光含菉竹春。風移曾歷世，水監孰如民？文考光於日，殷囚念至旬。大家居克達，遺俗早還淳。

百度遄由舊，群黎丕作新。聞名嗤墨子，何事遽回輪？

斮脛河

不忍從茲涉，名傳斮脛河。鬼聲喧夜哭，王氣冷朝歌。白日秋空黯，悲風此地多。毒逋遍寰海，淵藪萃盤渦。披髮狂難已，刳心慘若何。魴魚少游泳，貔虎遂經過。流血方漂杵，前徒竟倒戈。腥聞猶自穢，未許滌澄波。

鹿臺故址

商受留遺址，荒郊黯夕曛。貨財光燦爛，寶玉氣氤氳。園囿羅牙爪，洿池蔽祲氛。鉅橋仝暴斂，沫土積腥聞。伐密臨衝捷，戡黎奔告勤。全拋九圍式，遂策一戎勳。大賚周寰宇，東征仰聖君。鹿臺終自散，象齒適教焚。億兆歸如水，三千湧若雲。由來存覆轍，殷鑒省詩云。

殷六七賢聖君故都

元鳥祥初發，生商降自天。成湯光肇造，相土烈洪延。開國除三蘖，經邦表五遷。武丁終善後，太甲早從先。一德阿衡訓，交修説命篇。涉河新井里，都亳舊山川。翼翼清威振，丸丸翠色連。故家森物望，遺俗藹周旋。大戊興中葉，盤庚續盛年。典刑留琬琰，師保定坤乾。寢

廟松梃色，壇場柏社烟。啟心昭日月，運掌總垓埏。王享珙球萃，猗那磬管宣。聲靈敷有截，憲典奉無愆。自昔從繩正，由來秉鉞虔。龍旂承六七，虎賁下三千。祖德雖昭聖，孫謀貴象賢。殷宗泝輝赫，駿厲至今傳。

殷三仁故里

厥罪浮於桀，洪威肆獨夫。典刑全滅裂，賢聖早凋枯。微子胡先去，湯孫有後圖。比干殉直諫，箕子竟爲奴。靖獻趨原一，顛隮事各殊。賓王非得已，禄父只如無。悽惻狂頻發，哀傷心獨刳。商辛就淪喪，牧野召征誅。修禮歸東夏，來王失亳都。釋囚生亦慘，封墓死何辜。抱器存宗祀，陳疇闡道腴。三仁情黯黮，七竅血模糊。舊史悲風起，遺墟落日晡。停車憑弔處，濺淚似連珠。

比干墓

聖人埋血處，抔土燦光儀。斮脛誠爲慘，刳心更益悲。殷憂緣叔父，直諫過微箕。七竅生寧異，三仁死獨奇。鹿臺增暴斂，象箸長驕痴。甲亂家惟索，寅恭俗弗遺。毒痡胡可忍，弔伐豈容遲？戈向前途倒，旄從牧野麾。一戎底定日，四海永清時。封墓哀何極，懸旗悔莫追。携將宣聖筆，題取太師碑。地下龍逢友，郊前虎士馳。白魚新紀史，元鳥舊徵詩。縱使周弓

韚，遄教商鼎移。行人齊仰止，繫馬重凄其。祠屋靈風滿，千秋灑涕洟。

古頓邱

一片風沙地，相傳古頓邱。氓蚩成後悔，躬悼誤前謀。送涉聯新愛，乘垣動遠愁。賄遷殊有喜，絲貿豈無求？將子情中變，良媒願枉酧。女耽誠可醜，士貳亦堪羞。信誓三年斷，秋期一日休。涕漣方自絶，咥笑又誰尤？抱布將何適，漸裳不可收。長唧思返恨，空厔食貧憂。旦旦寧回顧，湯湯已各流。復關徒繾綣，淇岸失綢繆。詎是同心匹，原非偕老儔。玉顔難永保，黄隕付颼飗。

孔子擊磬處

殷憂宏願豈硜硜，搏拊傳宣試一鳴。門外任過行止跡，心中寧昧淺深情。淇泉流水纏歌韻，天地清商繞磬聲。頗怪幽人辭重荷，不將一蕢易蒼生。

宜溝謁先賢端木子祠

孔門論授受，達者得升堂。用杜句。曾唯原同貫，顔知庶可望。已能融學識，奚止悟文章？宏偉行連騎，名通等百王。却牢雄發口，去餼黯回腸。道誼由來篤，師恩炯不忘。三年

增黯慘，七日早悽傷。覬至還廬墓，纏綿獨築場。生原從曠野，没更戀宫牆。此事真彪炳，吾歌特激昂。宜溝仰祠宇，尊俎有輝光。聖學追流派，凝思涕滿裳。

嵇侍中墓

延祖身何出，遺孤志可通。絶交嗟叔夜，啟事賴山公。入世生逢難，登朝死効忠。宫廷雜痴黠，宇宙擾華戎。開國仝曹氏，承家用賈充。羊車經月夜，鱸鱠感秋風。消息孤危際，公私禍亂叢。緑珠誇色艶，金谷以財雄。到市哀潘岳，浮江趣阿童。蕭墻憂在内，典午勢將東。甲繞金鏞裏，戈揮翠輦中。帝衣濺點點，臣氣亘熊熊。舊里松楸鬱，遺墟堂斧崇。堪悲侍中血，勿遣浣殷紅。

扁鵲墓

三尺沙邱在，綿綿神理留。醫堪標技絶，災不爲身謀。清飲上池水，寒生高樹秋。國能今未有，痼疾向誰求？

湯陰岳忠武先塋疊韻金亡後，理宗自湯陰遷忠武墓於西湖，故此名先塋。

及見金亡日，湯陰憶偉人。先塋移若斧，新詔下如綸。大義明如日，精忠勸作臣。湖邊標

炳煥，地下慰悽辛。已覩前灰滅，其如末運屯。蜀疆難保漢，周命迄歸秦。莫駐南奔足，空傷北顧神。衝風無奮鬣，竄海有驚鱗。雖踐中原土，虛頒正朔春。華胥夢何短，色目勢方新。戰鼓秋聲咽，邊烽夜報頻。留都空駐蹕，行在轉蒙塵。白日終須墜，皇天實少親。爪牙誰禦侮，脣齒憶亡鄰。帝艦漂沉葉，朝綱斷爛緡。還悲黑龍首，衝髮上冠巾。

湯陰謁岳廟

篤生忠武地，廟貌極清嚴。故國靈風肅，先塋蔓草芟。崢嶸聳榱桷，盤鬱挺松杉。大字留青碣，豪吟送紫巖。北征神共王，南渡恨重銜。戮力方摧敵，椎心忽被讒。班師緣一德，和議定三緘。聖水空留蹕，妖星罷掃欃。臭應污鐵鑄，芳自勒金函。馳道鑾輿駐，穹碑御藻劖。明禋列犧象，舞佾奏韶咸。元惡神明憤，精忠天地監。湯陰雲漠漠，吴下月摻摻。衮鉞春秋筆，留題竊發凡。

宋施將軍全廟

將軍誠大勇，義烈表千秋。一校猶攄憤，盈廷合抱羞。横提太阿劍，直斫佞臣頭。闍畔消氛祲，橋邊激怒流。非卿國士遇，爲報兆民讐。遺廟隣忠武，晶光照九幽。

羑里城

羑里城邊路，雲霞燦若屯。長懷西伯聖，私嘆鬼侯冤。憂患形神寂，文明氣象暄。易中推造化，心上體乾坤。龍馬遥參攷，羲皇默討論。先天易方位，後聖究根源。卦象三才括，樞機一畫存。分爻觀象細，掛扐探蓍繁。易簡斯爲得，圖書豈憚煩？幽拘臣節順，衣紹父書尊。鐵擿年須假，韋編手自翻。九師紛末學，十翼總微言。繼事嗟黄鉞，齋心戀玉門。通成地天泰，盲憶日星昏。除烙昭明德，專征戴主恩。來王終北面，歸老守西藩。回首朝歌里，全身畢郢原。須知稱至德，鍾毓會貞元。

周文王廟

萬古文王廟，三年羑里城。拘幽曾有操，遹駿豈無聲？一意將柔順，終身戴聖明。舊邦惟服事，新命且專征。易象從茲演，風詩到處賡。悽傷伯邑考，宏濟散宜生。孟水看魚躍，岐山聽鳳鳴。寧期崩厥角，遂遣裸于京。櫰椈於昭象，閭閻孔邇情。當塗真國賊，齒冷比忠貞。

安陽謁韓魏公祠

賢俊乘時出，東京偉烈聞。臚傳天聖榜，史奏赤霄雲。坐畫安邊計，連標定策勳。戎經昭

果毅，元老効忠勤。威望寒西賊，英猷扈大君。樞機贊綸綍，堯舜出笄裙。曉影珠簾撤，朝儀雉扇分。宮闈仗調燮，廷議息紛紜。開濟和同列，匡扶迥出群。富公偕枋國，范相並能軍。晚節黄花馥，清尊白傅醺。安陽擁牙纛，晝錦麗榆枌。餘事詩搴藻，完人史誦芬。山岡韜鳳彩，碑碣焕龍文。老圃寒秋色，遺堂藹夕曛。空慚游滄漭，泉石攬清氛。

贈别陸疎村 攀堯

與子欣相見，情懷具率真。憐予衰邁甚，垂老遠遊頻。五嶽平生願，孤吟現在身。尊罍勤注玉，鬢髮散如銀。舊事渾疑夢，長途暫息筋。論心愛良覿，促膝值蕭晨。高舘依如昨，新詩可滌神。揮毫何敏捷，吐口出清新。内顧猶無室，憂思總繫親。懸知負米日，即是倚閭辰。每念東陽瘦，深知原憲貧。空囊撫羞澁，獨影發吟呻。莫嘆羝藩觸，從教龍性馴。端須依寢舍，弗久倚風塵。一夕南州榻，千秋大雅輪。吾徒足狂簡，此事表儒珍。壯盛心逾下，芳芬德有隣。光芒希李杜，鏃礪合張映緯陳宜振。踪跡瞻今我，規模跕古人。處窮才益練，守道氣逾振。秉燭過經夜，回車訂幾旬。明朝促分袂，回首在漳濱。

九日發安陽

安陽好景值重陽，馬首欣瞻旭日光。已荷天公催轉轂，尚煩地主勸飛觴。漳濱衰草人千

古，鄴下秋風雁幾行。堪笑牛山揮涕淚，酣歌自得老夫狂。

渡漳河

漳濱水半落，填淤數里賒。淺渦不没脛，深溝尚淹車。瀕河蕩客影，鼓檝飛鷗沙。隔岸黄峠岄，雜樹青髿髟。英雄没頹照，詞賦飄浮花。古人不可作，臨風生嘆嗟。

古鄴下

驅車出古郡，洒翰破長箋。鄴下紛騰踏，漳濱泝溯沿。西園蓋成陣，平樂酒如泉。高會南皮去，清遊東洛旋。危臺聳銅雀，孤舘坐芝田。羊叔寧如伎，陳王故感甄。何人敢平視，有客踞中堅。肉過屠門嚼，箕從釜下燃。彈碁矜入妙，傅粉學争妍。禽委中郎喜，蒲生新婦憐。龍興章武號，虎鬬建安年。魏國山河定，陳留禪詔鐫。亮瑜生並世，舜禹事喧傳。擾攘黄初歲，凄凉白馬篇。居然建曹社，無復戴劉天。安漢嗟誰信，爲周詭自全。豘兒笑劉表，猘子憚孫權。鼓吏寧堪讁，中宫忍被牽。短歌偏慨慷，疑塚倏連綿。横槊臨江上，分香宴寢邊。車前懷故舊，塞外贖嬋娟。差覺强人意，聊堪綴史編。奸雄天命在，才子彩毫宣。懷古臨秋渡，踟蹰夕照前。

銅雀臺

空宫閉蛾眉，秋光浩無主。玉樽既虚陳，冰絃爲誰撫？憂來起登臺，漳流渺終古。色冷西陵松，陰森鬼嘯雨。

疑 塚

齒冷營疑塚，荒原蔓草稠。阿瞞徒自詭，如鬼用深謀。陵憶熊羆守，雲含銅雀浮。伎悲簾幙夕，誰望暮田秋？魏國無抔土，漳河有逝流。人偏工發掘，天豈許長留？縱把窮奇瘞，終貽鮑肆羞。先塋標鄂國，遺壠指忠州。兩處存封樹，千秋奠卣。忠心懸日月，朽骨若天球。竟夜床頻徙，環廬衛最周。生猶惴華屋，死莫保山邱。鄴下溟茫跡，畸人放曠遊。問心費憑吊，驅馬過悠悠。

恒山集卷三

詩三　古今體詩八十四首

磁　州

此州形勢壯，睥睨拂高天。遠岸臨漳斷，穹樓拱日懸。商飇下楓柳，寒水倒蒲蓮。旅思重陽後，清樽那處傳。

杜喬故里

車過杜公里，夕烟蕭瑟横。固原同慷慨，匡亦最峥嶸。外戚權薰灼，中涓勢合并。人亡良可痛，邦國遂旋傾。

趙王城

錙視千金意洒然，邯鄲圍解憶當年。帝秦齒冷辛桓衍，助趙心雄魯仲連。古道荆榛寒雨

絆，荒城狐兔晚烟穿。買絲還把平原繡，遥酹清樽向九泉。

黄粱夢仙宫四首

夢裏心情槩可知，由來富貴長驕癡。人間滿眼盧生在，正是黄粱未熟時。

榮華得意入瑶闇，乍落風波亜斷魂。耐取一炊光景過，底須人世問凉温？

秋水澄潭寫我真，繁華諸事不關身。神清骨冷渾無夢，睡起仙宫一欠伸。

老去天教作向平，自從畢娶萬緣輕。翛然五嶽雲烟裏，一枕遊仙夢不驚。

學步橋

紅橋天半亘，老馬向空騰。借問當時步，其誰擅國能？邯鄲踪尚在，匍匐意難勝。餘子毋輕學，因聲寄壽陵。

藺相如回車處

藺公標豁達，古義不蒿萊。兩虎寧私鬬，高車遂獨回。二賢聯氣誼，千載仰丰裁。洪量江湖納，清衷日月開。端須共匡濟，豈忍蓄嫌猜？和協諧廷議，紛争笑黨魁。璧歸函谷外，缶擊澠池隈。睨柱何雄絶，登壇實壯哉。相謨資穆穆，將略表恢恢。並使王威振，休教國勢穨。晏

颶何足筭，蜍志亦堪哀。凜凜存遥慕，奄奄任衆咍。陳人埋煨燼，生氣薄雲雷。遠道排疎樹，秋風漾積埃。長卿心折在，吾意倍徘徊。

大義存孤處

精誠咸懇切，孰易孰爲難？但保真孤在，寧知軀命殘。悲風經禍烈，皦日不盟寒。趙氏何功德，邀披義士肝。

豫讓照眉處

豫讓身爲癩，相傳此照眉。毁容妻不識，厲節爾如斯。白日舒虹氣，秋風蕩水湄。堂堂標國士，肯抱二心爲？

沙河道中

沙逵何澶漫，彌望黄浮浮。回飈墜飛雨，累積成高邱。人行苦没踝，動懷顛躓憂。踻趣馬蹄澁，焉能掉鞅鞦？邪許衆力併，焉能挾輪輈？攀躋尺寸上，艱于淺瀨舟。餘潦蕩清瀰，篆紋寫鐘卣。陽坡鬱生意，蘆銛秧針抽。乃知世途險，非必孟門陬。不畏石犖确，畏此如脂柔。

豫讓橋

豫讓留奇烈，長虹亘太清。尋仇一刃厲，答主寸心明。百折誰憂死，孤懷豈愧生？陰風悲飲器，駭浪恨沉城。感激曾何極，摧傷最不平。漆餘存癩體，啞復黯吞聲。乞市妻難識，過平聲橋馬忽驚。獨思忠智伯，不碍事中行。恩遇邱山重，殘軀片羽輕。寧忘國士報，詎等衆人情？劇苦頻謀失，疇甘貳志萌。擊衣形踴躍，伏劍氣峥嶸。入地埋英魄，呼天動血誠。長聞豪俠士，涕類濁河傾。

邢　臺

郊坰一清曠，青葱夾榆槐。大道直如髮，輕車轉若雷。沙乾馬蹀躞，波淺鷗瀠洄。晴空白雲映，平野斜陽開。秋畦茂蕎麥，一片白皚皚。僕夫乍釋策，今夕投邢臺。

車行月下二首

疎影動林樾，掩映飛車行。衆星光磊落，一水寒澄泓。新披氈裘煖，近照篝燈明。五度上京華，雜慮慚牽縈。今晨嶽遊去，窈然天機清。露下鶴方警，宵長雞未鳴。我心抱孤潔，白月爲之盟。

車中續殘夢，惝怳遊華胥。川巖藹幽邃，花木紛扶疎。薜荔製奇服，樓觀崇仙居。潺潺瀾泉落，晶晶山雲舒。青猿果作餌，白鶴松爲廬。兹鄉無何有，俄而覺蘧蘧。盈眸清景溢，皓魄懸空虚。

内邱道中

内邱頗坦直，平沙亦駢闐。縱横陷車轍，長短参搗鞭。僕口呼已燥，馬蹄行不前。風塵色黯黮，道路時迍邅。修縈水如帶，衆濟裳須褰。勞薪度軋軋，哀壑流濺濺。威紆既遵陸，濡滯猶涉川。遊方謝營擾，隨處差安便。

柏　鄉

放浪了無涘，機警故有鋒。古聞柏人地，驚惻隆凖公。柏鄉我戾止，坦坦舒心胸。小户不三爵，早已赬酡容。澄暉上夕月，微雲動商風。高歌震庭木，空階墜梧桐。疎響滴新露，亂語喧凉蛬。虚欞寫秋影，焉知清興終？

九月十三夕懷定巖

寓形在宇内，吾生良有涯。去留心已委，緒豈紛如麻？白鷗汎江水，不專一片沙。人情

苦覺好，青眼相交加。浮屠去桑下，三宿生咨嗟。况我仝懷子，篤愛不我瑕。鬬兹佳山水，下上羅秋花。靈岑築縹緲，石洞開谽谺。卜居從之老，濂溪以爲家。嶽遊果夙願，策杖登江艖。今夕兩匝月，道里迹已賒。却憶庾樓上，影掛星河斜。夢魂把玉醆，吟唱聲同譁。明明江州月，照我携鞭撾。知君遠見憶，辛苦驅巾車。

渡趙州河

河水淺渺瀰，正堪度行輈。輕若杭一葦，疾若擁八騶。不踰絶險後，知此安穩不？菁葱遠樹引，晻暍輕烟浮。金鴉起暘谷，白鷺奔空洲。明霞飛的的，清暉蕩悠悠。回首尚瀏灠，翻惜車音遒。

趙州大石橋

飛梁大石架，古水傾南河。夏汎當暴瀑，白浪翻盤渦。傳聞仙靈跡，里語叢乖訛。强車踰百石，人馬一何多。身爲利名役，老死横奔波。楊花春捲雪，楓葉秋辭柯。路塵不少減，十丈紅駊騀。焉知有禽向，悠悠此中過。

趙州僧院

聖賢垂六籍，日月昭升恒。禪機若電掣，繆迷了不懲。神通致卑鄙，無稽口煩騰。其高語心性，苦空夫誰能？隱文固常談，猥詑得未曾。妙聞第一義，争推趙州僧。彼家拾餘唾，張皇最上乘。車馬馳不息，利名填塵膺。且坐喫茶去，斯言良可稱。

欒　城

欒城一都會，畿輔喧人群。跕屣跕交錯，賣漿聲相聞。清香瀉緑酒，妙曲徵紅裙。笙竽沸落日，車騎騰如雲。獨往市廛外，散步烟水濆。楓丹亂秋野，霞綺明高雯。田犢歸緩緩，林鴉噪紛紛。月上返逆旅，悠然遠塵氛。

侵曉車行

晚秋天氣肅，閉置張帷車。篷隙月皎皎，鬇尾風舒舒。池隍經由處，車箱熟睡餘。栩自化蝴蝶，嚇任猜鵷雛。清聲聆僕各，適意眈徐于。寒雞叫野屋，陽烏升天衢。纏牽去外物，行道無煩紆。

渡滹沱河

真人起白水，奮勇揮天戈。師中值左次，其奈臨流何。堅冰頃刻合，萬馬奔滹沱。天興銅馬帝，川祇敢揚波。倉卒蔓蕪亭，王業艱辛多。我行水方落，漲沙阻漩渦。濁流摧古岸，兩度浮航舸。行旅足登頓，悽聞勞者歌。

阜城驛

郊畦斂夕照，關樹凝秋烟。迢迢阜城驛，鱗鱗都市廛。樓閣碧霄裏，冠蓋黄圖邊。廣場列貨竇，大道聯輜軿。陳珠唱小海，秦青撥繁絃。五花過飛電，百壺送流泉。承平聚樂事，任俠矜少年。燕坐物外客，汎覽區中緣。物我各自適，并忘寂與喧。

新樂河

河面修且廣，牛馬幸不淹。振策驅車去，差免帷裳漸。殊憐朝涉冷，縕縷衣愁霑。水風響激激，深淺頻窺覘。細礫燦如珠，新霜白於鹽。河西墮皓魄，淡淡摇秋蟾。重沙一以濟，林隙飄青帘。燒春注小盞，群飲喧茅簷。

新　樂

五夜霜花點敝裘，葡萄河水動寒洲。數行紅樹烟中曉，一片碧雲天際秋。未入霞嵐先結夢，已完婚嫁尚御愁。次兒喪偶，長女病。人間何處無明月，獨遣清光旅店留。

明月店奉懷定巖

明月今宵恰恰圓，經過茅店客心懸。懷人正爾逢三五，沽酒何辭費十千。廬阜澄潭秋瀉瀑，庾樓遠樹夕含煙。催人排馬塵中去，回首江州思渺然。

定州奉懷石生

淅瀝霜郊正捲蓬，定州偏自占清風。雁聲歷歷浮雲外，馬影蕭蕭夕照中。搖落秋光千樹碧，分明旅思一燈紅。如珪却憶梁園月，高舘清樽十日同。

雪浪石和蘇公韻公自注：石中作海獸形。

塞山萬疊連雲屯，天峰拔起恒山尊。割取一片元嶽寶，歲久氣擁莓苔昏。倘非坡仙手拂拭，流落塞北黄沙村。廣陵驚濤洶八月，砥柱巨流衝三門。諦視雪浪作氣勢，直令銀海搖精

魂。就中怪物横觜觜，軒簸欲蹴扶桑根。天吴海若世未見，誰其皴此恢奇痕？乾坤刻畫迴異畫工手，難共吴道子與王維論。惜哉巨製等近玩，有似幽景供瓶盆。斌斑文彩不泯滅，代更歷劫身長存。

清風店

倦抛鞭箠駐行車，兩腋清風到客居。小户三蕉醺醉後，他鄉一枕黑甜餘。長途老馬能無憊，斷影新鴻只自疎。物外閒遊心尚爾，嗟君物役更何如。

清風店重懷定巖

團團明月上東陬，習習清風引北輈。寄遠書成須雁足，戒寒時到攬羔裘。放歌獨倒雙瓶酒，飛夢長隨九派流。此夕明燈照孤影，一庭黄菊動離憂。

十五夜月

皓魄麗霄漢，遍地舒金波。含情逐軨軾，送客清光多。璚輪際秋晚，六十二回過。縱令得壽考，浮生能幾何。永憶我父母，八旬雙鬢皤。杖屨愛良夜，桂影覩婆娑。流光倏已逝，無復攀庭柯。蟾兔有盈缺，時照雙滂沱。志營石綽楔，何時兀嵯峨？松阡一片石，大字虚鐫磨。

憶昔上京華，岵屺陟且歌。哀哀念罔極，及今悲蓼莪。放浪遊嶽去，煙霞覽崇阿。土苴視萬事，遑更恤其他。有男昨喪偶，有女今沉疴。向平婚嫁畢，緒猶纏坎坷。顧此那能了，運任平與陂。惟昭先大節，耿耿嗟蹉跎。素女鑒方寸，應爲顰青蛾。

方順橋

宛轉飛梁駕，清流帶玉川。秋林移旭日，午墅散晴烟。花鴨浮波浄，斑騅上道便。白雲空際去，吾意倍悠然。

清苑奉懷舊令趙曉村杲兼寄王近顏者輔

劇邑絃歌治，寰瀛一曉村。從容除像教，寬大感君恩。野服歸青社，銅章下紫闈。京華雲散後，舊事與誰論？曉村，汶上人。乾隆初，特恩起復爲令。予因近顏與訂交。

清　苑

畿南標壯麗，雄城屹崔嵬。潺潺響秋水，抱郭清瀠洄。凌空矗朱刹，日射金銀開。岑樓勢拱北，鬱葱氣佳哉。往來車擊轂，大道飛浮埃。到京不三馹，樹色連楓槐。璚霄仰日近，雲霞煜昭回。微芳有葵藿，傾陽依草萊。

十六夜月

中天月既望，玉輪猶未虧。客子起問夜，瞻仰親容輝。如何集氛翳，濛濛掩蔽之。秋昏初相見，彎彎寫蛾眉。皓魄漸弦上，日夕慰相思。澄暉倏欲滿，異彩幾如珪。昨者挂圓鏡，朗鑒分毫釐。流光繞飛鵲，射影動潛螭。歡然洽良覯，漏永承清規。西巖暫相送，期約來無遲。今宵匿不見，情好俄乖違。徬徨入房坐，悵吹玉參差。願得撥雲霧，終然奉光儀。素娥不我顧，披豁嗟何時。我欲竟此曲，此曲清且悲。踟躕絶音響，淚下沾裳衣。

安肅

曉行不復見銀蟾，車度蘭臯野水漸。今日轉憐風色冷，此都却喜菜根甜。冥心無緒縈箏柱，老眼先明到酒帘。疎柳絲絲正摇落，那堪寒雨灑廉纖。

雨行固城道中奉寄懷圃東

風際纖絺散復斜，固城周道凈塵沙。琅琅撒菽鳴車蓆，點點飛珠濺馬檛。心訪仙山元浪跡，身過人海等浮槎。知君定賦停雲句，遠憶清遊興獨賒。

定　興

昨日跳珠亂，渾難到定興。泥塗今蹭蹬，神駿漫蹺騰。秋水梟鷺汎，朝烟竹樹凝。蕭然無繫著，隨分我猶能。

涿　州

地接京華近，吾生六往來。秋晴雲氣繞，天迥日華開。物外心期曠，塵中鬢髮皚。悠悠三十載，舊跡此裵裒。

涿州道中望西山

涿鹿經行處，西山映夕陽。千峰晚嵐翠，一片亂雲黄。神物潛潭洞，幽人卧石房。長安往來者，撲面軟塵揚。

琉璃河

河流清見底，滉瀁碧琉璃。冷照行人鬢，新添幾縷絲。柳飄秋靄斷，烏下夕陽遲。一片盤陀石，綸竿坐釣宜。

良鄉感舊

京邑初程地，池隍近日邊。盧龍接雲氣，涿鹿匯秋泉。挾策追前事，遊山及晚年。彎彎新月子，可向夜臺懸。

蘆溝橋

樹色蘆溝映曉寒，虹梁飛亘石闌干。瞻天尺五城南是，别路三千灞上看。月露横空團桂濕，秋波漱壑下桑乾。莫論射策銅龍事，白首重來感百端。

京　師

分明昔夢入修門，影憩滄江薜荔村。重向雲中瞻鳳闕，遍遊物外戴君恩。天横北極葱蘢氣，雨灑南陔涕淚痕。默祝鴻鼇從五嶽，昇平長御萬年樽。

長　歌

旨蓄禦冬，重裘禦寒。親交不薄，遇人艱難。其雨其雨，獨漉獨漉。不憂日出，但畏泥濁。反鑑索照，於何有光。登枝捐本，則失其常。鳴鶴在陰，使我心悦。教猱升木，使我心惻。非

父不生，弗納於邪。無母何恃，亦孔之嗟。人亦有言，自貽伊戚。素絲染黑，蒼蠅點白。長歌當哭，短垣自踰。詛爾三物，載鬼一車。成事不説，破甑不顧。貴者自貴，故無失故。

謁文信國祠疊韻

照耀青編色，成仁取義人。誰扶斷鼇柱，虛罥掣鯨綸。四際皆元土，孤懷剩宋臣。零丁惟貯苦，破碎備銜辛。敗績多踰險，勤王莫濟屯。孔明難復漢，商皓恥依秦。符合疊山志，悽傷炎午神。聯翩遭鎩羽，摧拉作窮鱗。風雨他鄉夕，鶯花故國春。江潮那如舊，服色已更新。戎馬崩奔後，關河涕泗頻。終釃柴市血，始斷檻車塵。正氣蒼溟塞，悲歌沮洳親。黄冠歸未得，朱鳥詠誰隣？南海沉航艦，西臺傍釣緡。英雄齊慟哭，瞻拜濕衣巾。

就金叟毓崑懷瑋飯道舊

翁今年八十，矍鑠有誰如？未用家扶杖，寧須出駕輿。交聯紀群際，事憶主賓初。華屋重敷席，明燈並授書。飛星春砌白，斜月夜牕虛。老子揮毿管，童蒙剔蠹魚。春明催散影，寒食迴愁予。噩夢聯翩作，悲風輾轉噓。鴻先飄斷羽，謂亡弟浩賓。蘭又委浮苴。謂亡友李介百。馬帳沉灰後，龍門跋浪餘。石家羅韍冕，竇氏艷鄉閭。叟五子列科目。就養汀漳去，經過水竹居。東廂叢子弟，南國訪樵漁。未厭論心數，其如會面疎。耽遊向恒嶽，道故駐征車。繾綣蒙

邀致，慇懃趣讌胥。廉頗息鞍鐙，叟武進士侍衛，爲協鎮。謝傅藹庭除。密坐鋪茵褥，芳筵備醢菹。青門暫延佇，白髮轉躊躇。出没看烏帽，遲回傍綺疏。年光嗟倏忽，情味戀相於。願祝登遐壽，兒孫保令譽。

輓沈寓舟青崖

嗚呼子沈子，駒隙過何遒。高義標千古，潛光入九幽。翻磨徐穉鏡，虚返子猷舟。是處文爲理，當時仕劇優。嘉聲存陜右，遺愛在中州。禮重昭人望，情疎失自謀。罷官憂絶塞，歸老喜滄洲。儒術終難泯，班資只索休。精心明易象，大筆注春秋。早見詩經闡，兼聞史論抽。鴻裁良已炳，晚節又何求？磨蝎爲身厄，吴回獨汝讐。參元爐家室，展季即山邱。局促人間路，峥嶸天上樓。流離任昉子，閴寂邵平侯。葛帔誰卹恤，青門祇寄愁。喪虚左驂贈，淚溢兩行流。轉覺晨星少，悽哀剩白頭。

德勝門

廿年舊跡在京華，北望城闉未度車。老去方爲遊嶽客，南來直欲到天涯。過逢軒冕心如水，迎睇雲山眼不花。迢遞居庸關外路，蕭蕭落木噪寒鴉。

居庸關

雄關巀嵲鎖居庸，睥睨烟霞一萬重。東注水聲留禹績，北來山勢護堯封。陂陀石蹴千群馬，宮闕雲蟠五色龍。遥望秋林斜照外，天低恒嶽最高峰。

關　溝

關溝未涉歷，地險先知名。初從南口入，已得西驟驚。車脚銜犖确，坡頭鬭硼砰。深坑倒仄勢，怪石攢殊形。駊騀怒驤驟，偃突哮虎猙。鐵軸乍破碎，古轍紛縱横。有時下峻坂，砉然震飛霆。未踰八達嶺，纔度居庸城。呀呀僕喘汗，蕭蕭馬哀鳴。途半秣蕒豆，日昃餔羊羹。明霞晚蓊蔚，遠樹何葱菁。風雲護斥堠，巖巒拱神京。一線通坱圠，萬石轟輜軿。淙脉垂黝白，煙華汎丹青。長城故崪屼，短策勞回縈。逶迤坌道接，浩渺沙磧平。招魂漫剪紙，洗愁急呼觥。眩眼尚自怵，噩夢何由寧？預愁北口路，歸日心怔營。

八達嶺

横衝鐵軸石孱顔，一嶺峥嶸碧漢間。紫塞風高聲淅瀝，青林霜重色斕斑。雕摶坌道開平野，馬度關溝出亂山。自駕驂騑遊歷去，暮雲斜日客心閒。

長城故址

嬴政恢雄略，長城列巨防。經營發閭左，延袤跨漁陽。漠北千重戍，關中萬世皇。驚沙飛博浪，翠岫赭清湘。仙艦隨風引，儒坑掃地藏。終看鑄鐘鐻，倏已返輼輬。銀海浮鳧雁，金刀殄虎狼。邊溝填役卒，軹道出降王。雹爍阿房跡，雲崩函谷疆。休論趙高鹿，罷牧芊心羊。秦土灰埋黑，劉天氣亘黄。闃然收暴横，過者莫憐傷。未遣蒙恬築，先徵胡亥亡。憑陵排塹谷，倏忽覆池隍。雪虐寒鵶泣，風饕古木僵。千秋存炯鑒，仁義作金湯。

岔　道

霄漢高城列，青黄古木齊。山雲流上下，關月照東西。險石行方盡，平沙望不迷。艱辛馬蹄脱，投策醉如泥。

宣化奉懷近顔

故人昔涖此，賢守森丰標。乳民戢暴横，三尺繩科條。骨鯁忤親貴，浩氣干雲霄。挺身往對簿，直辭沮讒囂。彤廷爲昭雪，改官嶺南徼。終焉被三黜，解龜心志超。聖主思陽城馬周，詔舉升中朝。奇才莫入告，坐廢誰見招？驌驦齒歷歷，鵷鵬羽翛翛。驅車過故治，寒沙颯風飈。

耆老述舊德，涕迸如秋潮。

鎮朔樓近顔所修築留題一律

鎮朔樓高近碧旻，巍然形勢壓城闉。天浮溟海隣龍伯，地入邊沙集雁臣。省記袁顔同甲子，近顔與予同庚。營成壯觀又庚申。樓創於嘉靖庚申，乾隆庚申復新之。客蹤南北渾相背，良覿差池未有因。

懷來道中

群山走合沓，空翠飛孱顔。疎楊類麈尾，飄拂秋塵間。白雲汎霎霎，清浪流潺潺。映日沙色暖，經霜草痕斑。已衰葉自落，未倦鳥先還。行行馬蹄疾，御者敏且閑。客遊此間樂，早憩林中關。

土木疊韻

玩寇輕戎輅，頹綱用椓人。六軍無紀律，孤注失經綸。景泰宗祊主，中樞社稷臣。南宫雖寂寞，北狩極酸辛。翠輦看遄返，黄沙亦暫屯。申孫善謀鄭，晋惠不留秦。更立非無識，旋歸自有神。絓驂驚踠足，縱壑喜舒鱗。重浴咸池日，仍遊上苑春。奪門兵甲洶，復辟冕旒新。應

念悲風急，休嫌夜雨頻。倘非代主器，誰與靜邊塵？已薄君臣分，還疎骨肉親。哀纏王振殁，危怵也先隣。史册雖存號，園陵竟惜緡。悲歌吊忠肅，千載一沾巾。

沙　城

沙城土信美，群山鬱參差。中峰竦孤秀，左右烟邐迤。西南下赤日，巖岫啣半規。一泓帶寒水，滉瀁青琉璃。明霞散夕綺，浮光動淪漪。道傍矗古碣，大字多漫澌。亂堆荆榛荒，壟隧俱耘耔。蕭蕭白楊樹，零落餘秋絲。貴賤盡滅没，身名知爲誰？緬想古賢達，佇立頻嗟咨。

東八里屯

連山洩雲奔，一峰流水住。巖嵐無定姿，絢亂飛雲處。錦雯散魚鱗，纓帶鮮霞暮。川溜野瀰漫，激石湍飛雨。流泉入軌轍，波及從西澼。乾磧闢平疇，宛轉雙淙注。瀺灂濺晴沙，汩澌穿秋樹。作客山水區，賞心隨處遇。北塞苦荒寒，誰領峥泓趣？

殘　月

前宵已下弦，及今似新月。四更起行人，一彎照車轍。天道有盈虧，人事多完缺。塵土聚貉邱，空明仰蟾窟。凜凜霜色寒，皜皜玉光潔。荒塞闃無人，獨秉孤清節。

太平莊

荒莊駐太平，未夕息鞦韆。蕭瑟茅店孤，空闊秋天朗。屋上曝馬通，簷前頓車輛。晚林噪百千，輕塵滚三兩。策杖散空陂，怡情恣獨往。白鷗汎清溪，翻波矯玉掌。吾與爾周旋，天機全浩蕩。

七里店

宵響滴疎雨，曉色蒸明霞。嵐寒淺冒岫，日煖初烘沙。群羊散陂隴，雙鵲依槎枒。刈穫被原隰，播種隨隆窊。乾磧信奔馬，廣坂容飛車。神清眼若鏡，跡曠心無瑕。秋光萬里浄，一碧凝天涯。

懷安道中

微雲白皛皛，遠樹青漪漪。秋空澹無色，午日清揚暉。土堠迭迎送，巖岫相因依。輕風舞脱葉，薄寒生旅衣。沙陂策馬去，野店行人歸。客心無倚着，悠悠從載馳。

枳兒嶺

修逵引轍跡，峻峽如堵墻。巉阿轉曲折，車騎穿中央。翠屏倏披豁，雲錦森開張。疑城儼屹立，仙源恐潛藏。礲磨白石磊，界畫青畦方。晴空發嵐彩，遠岫凝烟光。沙輕馬蹄疾，日斜人影長。坰關定咫尺，僕夫遥相望。

道中遇兩崖壁立中僅通車處感而有賦

昔出滎陽道，道隘僅容車。兩崖屹相對，一綫從中驅。往來不並軌，僕夫先傳呼。此間亦復爾，匹馬回奔趨。世路多險窄，初不存形模。靈臺有窒閡，誰爲曠蕩區？連年訪靈嶽，萬里循坦途。逍遥振策去，是處寬有餘。

望塞外山

遠勢若疊浪，翠湧塞外山。願作一萍葉，流汎於其間。邊垣亥萬里，亘古成雄關。飛鳥自出没，浮雲常往還。東西接尉堠，嵐彩聯玦環。域中名嶽五，靈秀已躋攀。尚思出大漠，浩蕩開心顔。

上花園

蕭后臨朝日，遼家鼎尚分。花園香晻暍，粧閣翠紛紜。走馬穿沙入，啼鶯隔樹聞。鴛鴦聚銀濼，蛺蝶簇金裙。國倚君王后，營操娘子軍。假糧堆疊疊，甘井溢沄沄。瓊液探春宴，瑶函納欵文。嫦娥光黯黮，雌霓氣氤氲。舊苑無芳土，邊垣有斷雲。行人揮策過，悵望對斜曛。

花園前沙水

秋濼白泱泱，刀明古水光。相看走騆駱，猶自浴鴛鴦。縷帶花園側，環流上谷傍。曾驕羅綺影，已滌粉脂香。遼國悲春短，蕭娘飲恨長。一泓東逝急，不盡照興亡。

天　鎮

雄城望投憩，尚餘數里程。茅店已屢過，沙轍猶遄行。牛羊下隴坂，鳥雀歸林坰。巖腰落照斂，馬首鮮霞明。勞勞振短策，爛爛瞻長庚。五嶽畢尋訪，萬事拋纏縈。願追植杖翁，荷篠歸柴荆。

假糧堆

堆堆屯積處，米粟指交加。豈有芻糧峙，多教葦蓆遮。新軍籌轉餉，故智效量沙。虚困愁覘實，堅營莫示瑕。尚看人宿飽，預遣士無譁。自是兵行詭，終虞國用賒。凄涼遼后跡，零落野人家。荒草秋奔馬，枯楊晚噪鴉。朔風原隰振，西日塞垣斜。茅店炊烟起，端投客子檛。

遼后甘泉

蕭后軍行日，天城映彩嵐。諸源少甘洌，一勺此清涵。乍報飛流溢，懸知洞酌饞。銅瓶剩處滿，玉帳飲來甘。觱沸神泉湧，陰森古木參。前塵過灰劫，野老聚罳甑。改邑猶留井，行人偶駐驂。相從照容鬢，其奈雪毿毿。

陽高

雪中聳雉堞，樓閣飛乘凌。裘皮市燦爛，逵術車輣軳。北臺何瑰麗，邊垣屼憑陵。其下潴泉脉，澄甘一邑稱。古來兵燹擾，殺氣愁雲凝。時平户齒聚，瑞靄明霞蒸。荒寒種黍秬，砂磧横溝塍。北風轉凄厲，烟墟指白登。

北臺

北臺形勢鬱嵯峨，澌瀝西風響薜蘿。寒入白登秋氣勁，翠橫紫塞暮嵐多。邊垣萬里明駝走，城郭千年老鶴過。烹飲清甘泉一勺，不須懷古重悲歌。

白登

萬里兵戈拓版圖，荒凉墟里左烟蕪。秋山遶郭連天翠，曉日凌空出地孤。帳下壺漿捧歌女，沙中矢鏃拾耕夫。蕭蕭蔓草繁霜裏，猶見當年戰骨枯。

平城

漢威加海内，猶自困平城。黑暈華星黯，青坡冷岫横。精兵圍冒頓，猛士憶韓彭。詭撼閼氏寨，虚屯細柳營。六軍差免覆，七日乃能行。白草連天遠，黄河繞塞平。雄心思用武，老識誡窮兵。尚憶英雄主，輪臺一詔明。

細柳營

風沙振原野，傳自漢家營。是有安劉策，應高破虜名。空然屯細柳，猶未解平城。玉帳嚴

戎律，牙璋重老成。群知亞夫肅，不愧丈人貞。詎等兒爲戲，寧容盜弄兵。青山屯虎豹，白草竄鼯鼪。寂寞荒原裏，猶看猛氣横。

大同

篝火趣遄行，單車冷鐸聲。霜凝九秋野，寒偪大同城。病肺成衰老，冥心忘旅程。衣裘微覺薄，僮僕苦思貞。白草鼯鼪竄，枯楊鳥雀鳴。風沙殊晻暍，道路最欹傾。絶塞無人到，靈山有夢縈。陽烏騰海嶠，猶喜景光晴。

贈龍蓮峰雲斐用元遺山遊龍山詩韻

出爲靈嶽主，高咏方曹劉。駊騀亂雲奔駿馬，張王穹林蔽氂牛。曉對恒山洒椽筆，靈山何以當鑱鎪。我來恰得逢秋霽，車幕不用張青油。風騷同調喜識面，便拄鐵杖探巖幽。一逕蛇盤詣石窟，天風蓬勃鳴笙球。飄飄如白鶴，直上天峰頭。手拔倚天劍，決斷浮雲稠。獨立高空睨澄碧，但覺衣袂寒飀飀。嘯呼激越動天地，砰轟林谷聲不休。自喜清遊逐禽夏，非敢高步追許由。山靈頗似喜我至，老仙石室殷相留。流霞倒瀉玻璃醆，萬景醉遺雙矑收。歷落群山滿塞北，空際簇簇攢銛矛。毉巫閭看一氣接，海色摇宕層城樓。閏年難得值九月，天公爲展重陽秋。駕巖鑿谷縛茅屋，何人隱此耽清修？我生早已脱塵坱，野翮不願羈絛鞲。欲乞圖經按洞

壑，壯觀一一窮吟搜。中嵩始遊太少室，坐藉緑縟芳蓀柔。眼見青童曉飛去，芙蓉巖畔烟浮浮。青牛老柏蟠蛟虬，老子不與人間愁。身騎茅龍到玉井，摩挲石蓮吾何求？岱巔夜半看日出，元氣宕漾乾坤舟。蓬萊三山且淪没，浮世那懷千載憂。昨歲火維攬妖怪，瀟湘洞庭汎輕漚。祝融天柱梯登上，齊州九點一覽周。頃溯九江上漢沔，徑指元嶽驅行輈。人海重過物外客，欺販雲壑心所羞。軒車朋輩嬾省視，雙足不向高門投。南口遄趨居庸路，陂陀犖确踰關溝。老訪名山志獨往，若士不共盧敖遊。九垓汗漫適我願，特地來尋渾源州。仙才原有數，合并一唱酬。銀蟾淡白懸新鈎，奇境惝怳非謬悠。詩歌亦等雪泥跡，孤鴻傳説經高邱。

同蓮峰哭盛庸三世佐

以君爲伯樂，明眼識驊騮。不道悲風急，俄看白日遒。群公誰薦引，下邑委沉浮。緑綺清音遠，湄潭治績優。復教南詔去，借遣麗江留。書院千金建，文明萬古謀。猺童尊俎豆，犵老賤鍪兜。揖讓興荒服，弦歌遍遠陬。輿圖九垓闢，雍正八年收。象郡通聲數，龍場足匹儔。貢金自蠻驛，驅轂上皇州。奉使無私顧，趨程不逗遛。催歸鳴杜宇，斂魄唤鵂鶹。愛弟先期没，微軀一哭休。母妻俱不見，僮僕迴含愁。鴛渚啣悲湧，真江帶恨流。英雄齊短氣，宇宙塞繁憂。儀禮精箋解，群經互闡抽。考亭遺舊緒，閉户獨冥搜。磊落書千卷，凄凉土一邱。廟堂徵實學，綸綍遍旁求。翻使黎邱鬼，成爲竊國侯。臧孫賢共蔽，郭子注防偷。藁末藏金匱，人遄

赴玉樓。珪璋無特達，冥漠有文修。罷攬江花筆，難尋夜壑舟。顏淵許驂乘，卜子引同遊。予實遭天喪，渠教入地幽。招魂吟楚些，弔影照秦籌。何處驢鳴送，他年鶴返不？聲號天北角，淚灑海東頭。相對仝鳴咽，誰能不怨尤？一時饒黯慘，終古著徽猷。史館誰編纂，儒林足炳彪。光芒騰萬丈，身世豈蜉蝣？

渾源州署有環青樓蓮峰請改名予題曰面恒紀之以詩

危樓突起面恒宗，環簇城南縹緲峰。秋色橫衝惟有鶴，嵐光迅舞總如龍。一輪杲杲當空日，萬樹青青倒壑松。明發獨支笻杖去，墨花遍灑翠厓濃。

恒山集卷四

詩四　古今體詩一百八首

登嶽十二首

泱漭城南疊翠痕，巍然聳峙一峰尊。天開石窟神靈聚，雪積陰崖虎豹屯。紫塞雲山連大漠，清秋日月照寒門。快留萬里攀登跡，禽尚心期許共論。

嶽路清高步入雲，置身霄漢絶塵氛。飄摇羽節歸瓊島，恍忽霓旌拂錦雯。元鶴銜天橫獨影，烏羊量谷下連群。嗒然起作孫登嘯，散入秋風萬壑聞。

崇靈面勢闢金扉，松檜清香繞殿幃。嗟馬文昇虚秩祀，嶽廟請移渾源州，自明馬文昇始。喜龍雲斐實憑依。今知州。連蜷虬馭秋霄迥，要眇鸞笙月夜微。群嶽神光天際接，平臨辰極獨崔巍。

會仙府傍石巉嵒，賸客衣巾染翠嵐。玉宇清寒秋閏九，瓊鈎澹白月初三。神旂摇曳中峰上，王氣葱蘢斗柄南。絶頂無窮煙景麗，夕陽巖畔夕陽含。

并州作鎮按圖經，闔闢貞元仰嶽靈。雙闕霞光環日紫，五臺嵐氣插天青。覽輝儀鳳來南嶺，擊浪神鯤動北溟。真訣休從茅氏覓，澄心宴坐即金庭。

清虛石室半床分，烏几閑披玉笈文。秋靄萬山龍氣上，斜陽一徑虎風聞。耕壄牛飲穿沙水，樵採人隨過嶺雲。巖畔青松枝淅瀝，前宵殘雪白紛紛。

靈山晴日翠嵐濃，雲氣奔飛宛似龍。藏北寶符墟趙社，如西典禮炳虞踪。一條泉湧空明眼，萬里天開浩蕩胸。誰餌黄精除白髮，難留冰雪舊時容。

落日蒼茫指顧間，幽并形勝壓常山。三宵月照飛狐口，千里雲奔倒馬關。衣冷紫貂風力勁，地磽黄磧草痕斑。只今魏尚容高卧，奕葉承平斥堠閒。

圖列真形各不同，乾坤績藻出天公。琴棋臺迥光臨日，龍虎巖虚冷嘯風。窮髪荒墟延漠北，朵顔舊部抱遼東。憑陵壯觀開胸次，寰海秋光入望中。

仙臺鑱鑿斧痕留，一杖凌空上上頭。大茂天關摇海色，總玄洞府架荒邱。未聞齊履過無棣，豈有共工觸不周？今古人稱名嶽好，幾曾親到渾源州？

何人獨立向層巔，倚劍崆峒望八埏。山氣黑青凝雁塞，井華甘苦别龍泉。史遷言：恒氣下黑上青。龍泉二穴一苦一甘。邊人歌舞雲中社，秋馬悲嘶代北天。曾是古來征戰地，光華日月散晴烟。

巖壑青攢萬樹松，霜根雪幹盡虬龍。北榆林接三雲氣，上曲陽飛片石踪。塵跡溟茫辭果

老，仙顔靚麗駐昌容。莫嫌詩語矗豪甚，五嶽全登第一峰。

兩崖石孔俗傳魯般所鑿

兩崖萬石孔，靈跡傳魯般。神川昔通道，磁峽初開山。鑿石啟谺豁，架木凌孱顔。巖坳置雲棧，嶽路升天關。寒竇水滴瀝，古色苔斕斑。五丁殫神力，嘆息勞且艱。

神　川

神川何瀰瀰，澶漫平地流。布石通步屧，衝沙度行輈。濁經鹿豕過，清斷黿魚游。有時溢磵曲，架木穿巖幽。一溜曲折瀉，四際縱横周。尋源不知處，風日寒悠悠。

青磁窯

迢遞青磁峽，細路緣巖陬。怪石嵚崎矗，野水縱横流。鸛鶴叫烟壑，松櫟穿雲樓。磵曲沙田熟，谷口柴門幽。遠山燒色夕，隔塢舂聲秋。古窯久已廢，覆雪寒悠悠。

大磁窯

迤邐大磁窯，數家烟火隣。文石自欹仄，錦樹猶鮮新。菊表霜下傑，松留古時春。寒衣裝

吉貝，隙地刈荆榛。巖穴象結搆，樵牧成主賓。劇疑武陵路，山深堪隱淪。

懸空寺

峭嶂凌千仞，層層着梵宫。梯登仍踏實，架構自懸空。石壁藤蘿罥，雲牕鳥雀通。萬山聲並作，長嘯半天中。

嶽　門

雲中見嶽門，嶙峋雙綽楔。芒屩方初登，松徑已屢折。曲澗響流泉，遠峰明積雪。溪沙漾碎金，厓石立精鐵。古觀聊小憩，清茗喜頻啜。扶笻上白雲，彭觥響凹凸。

三元廟

仙院地無塵，結搆依巖麓。前檐闞嶽門，後山滃雲族。沙色漾流泉，谷聲應伐木。林懸秋日清，鳥啄新苔緑。幽户網蠨蛸，空場轉碌碡。一叢立刺桐，無花堪悦目。

步雲路

不步青雲步白雲，年來萬事斷糾紛。霞嵐燦爛空中色，鸞鶴飄飖世外群。木客偕遊酬唱

接，嶽靈通謁姓名聞。松風只要盈清聽，琳札何須十賚文。

望仙亭

層巖入仙路，高築空中亭。一泉拖脩白，四山匯遥青。攲石危欲落，飛鳥去不停。槲葉墜雨點，松鱗結虬形。商飈颯蘿幌，荒苔繡巖扃。半霄過鸞鶴，軋軋回雲軿。

白龍洞

古洞斷崖口，白龍舊所宫。垂蘿翳烟靄，谺石穿房櫳。飛猱下古木，濕苔滴幽悰。清暉晃仄月，虚濤響長松。有時龍氣上，前山白溟濛。油雲遍六合，雨點漫秋空。

紫芝峪

燁燁瓊芝滿峪中，金光白晝透烟空。露華凝處披三秀，鶴子啣來啜一叢。仙餌絶勝炊玉軟，神丹未用鍊砂紅。丈人偶坐顔精爽，似是商山綺甪翁。

巖鐫恒宗兩大字

恒宗何岧嶤，迥出萬象表。鬱鬱兩大字，擘窠椽筆掃。踏天遣五丁，鑱鑿力不小。飛動蛟

龍纏，擁護烟氛繞。黑夜現神光，照燭乾坤曉。迢遥鶴背仙，雲中首重矯。

翠雪亭

一亭依萬松，翛然類洒雪。懸濤簸虚空，回颷捲騷屑。坐聽山中陶，行御風前列。清暉信足娱，元機不可説。蕭閑天付與，放浪自怡悦。林西逗微明，新月挂玉玦。

快活林

恒山萬松立，懸濤簸秋江。一峰簇華蓋，夕翠飛幽窻。鳥影下寒壁，苔色延空釭。鮮霞墜片片，急雨鳴淙淙。金沙初地静，白雪僧眉龐。宴坐快活林，獨樹精進幢。

虎風口

咫尺神霄近嶽宫，拂衣縹緲上虚空。千尋細躡蛇盤徑，一嶺横生虎嘯風。樵子已歸松岸外，羽人相望石樓中。烟雲好處初經眼，正在仙巖落照紅。

得一庵

地得一以貞，恒山奠坤軸。卜築總玄天，青崖著茅屋。白月懸曲瓊，清泉漱鳴玉。濕雲生

古礎，暗烟蟠華燭。巖花浥露斑，階苔經雨淥。老衲獨跏趺，經聲出松谷。

金龍口

秋老恒山錦樹交，金龍盤踞在巖坳。嵐横絶塞攢螺髻，烟晃中峰曳鳳旓。洞口仙禽簇鸞鶴，空中天樂沸絃匏。不須乞取刀圭藥，願借雲松此地巢。

茶　亭

扶策度嶽嶺，幽險吁初經。穹石偃龍背，落景翻鴉翎。晴雪洒衣白，雨苔沾屐青。鳥聲下絶壁，人影升空冥。倦足倚風磴，縱目周雲屏。此間啜苦茗，恰喜孤茅亭。

松　岸

雷轟絶磵水淙淙，古岸深蟠萬樹松。巖側無聲蹲虎豹，空中有勢攫虬龍。寒生秋色栖元鶴，遠瀉虚濤下碧峰。老汝奇材恒嶽裏，不教輕受大夫封。

介　石

石性本堅貞，況乃字以介。荒寒依嶽中，剛耿出塵外。光晶難焕發，廉隅詎損壞？磽磽

非所矜，硜硜亦何害。乞俯與我盟，端欲向君拜。奈何縱復横，模稜不爲怪。

真武廟

玉座苔花餌，龜蛇伏壇前。黑旗七星燦，元冥一氣旋。古藤長洞口，長松周廟堧。晚雲漲靈穴，遠水明神川。孤鶴映微月，疎鐘度寒烟。流霞許縱飲，得醉同飛仙。

謁嶽廟

元嶽標貞固，乾坤道在恒。面南居正大，位北體嚴凝。出地光懸斗，垂天翼化鵬。兩崖濃潑墨，吟眺記吾曾。

恒嶽頂有祭告碑題龍集康熙四十二年字蓋元年始稱龍飛也顧杜詩龍飛四十春語可通用此爲得凡例之正

穹碑卓立翠孱顔，祭告熒煌紫誥頒。五色雲蟠龍集字，康熙四十二年間。

貞元殿

貞元萬古運，樞機在恒宗。地維轉元鑰，天心見黄鍾。坤乾户闔闢，黑青氣溟濛。靈跡覩

石窟，御香來天峰。畸人破萬里，把杖登寵嵸。道士具羽服，一逕穿虬松。導入崇靈門，納陛趨神宫。鴻鳌跽默祝，義不私微躬。聖主千萬壽，樂歲億兆豐。清寧有真宰，佐佑資元功。

奉和蓮峰謁嶽廟原韻

權衡終始帝功成，大茂神靈聚玉京。星野垂輝元武動，天門啣照燭龍明。三邊秋色重陽展，萬象春機半子生。看把驚人椽筆在，群峰蒼翠掃縱横。

附原唱　　蘄水龍雲斐

恒嶽高峰陡削成，嵯峨聳翠護神京。石飛古窟虞巡遠，玉瘞崇邱漢祀明。樹逼炎天猶雪積，洞臨深谷自雲生。元功朔易持坤軸，磅礴并州一氣横。

懸　橋

一道架虚壑，高步凌層霄。南雲護洞窟，北翠飛巖椒。朱欄夾炳焕，丹宫鬱岧嶢。側足類響屧，仰手捫懸杓。烏鵲散河漢，鸞鶴回風飈。時聞皓月夜，飄空度瓊簫。

寢宮

蘭臺奉嶽帝，桂宮妥靈妃。高居麗太乙，邃宇象紫微。恒山别名蘭臺府、太乙宫、紫微宫，見《括地志》。碧霄明松桷，清香繞蕙幃。八琅房中樂，五銖侍女衣。秋空下絳節，午夜過雲旂。帷龕仰肅穆，未敢開金扉。

還元洞

雲氣度飛橋，曦光轉邃洞。虚白自然生，紛華詎能動？菊英帶露餐，瑶草耕烟種。泠然列子行，栩栩莊生夢。不德以有德，無用之爲用。帝鄉不可期，清言庶堪諷。

后土夫人祠

拂雲奠圓礎，鑿石架高瓴。皇祇祠后土，富媪資坤靈。神光照晦夕，生氣藏元扃。雲君裊珠旆，星妃集鈿軿。飛石留洞窟，懸橋度峴陘。化工胎萬物，籩豆奉惟馨。

飛石窟

古石淩空飛，恒山留故窟。一片乍掀騰，千里横超越。嶽體詎崩騫，靈穴自教窣。青鳥下

翩翻，白雲流飄忽。漢祀千餘年，虞巡十一月。圖經志恢奇，洪荒事髣髴。夕景明巖腰，秋氣冷山骨。起望上曲陽，天低遠没鶻。

白雲靈穴歌

巨靈穩持元氣柁，大力默運乾坤舟。東峰谽谺闢靈穴，擘窠大字深鑱鎪。我坐龍泉觀，滄白吸一甌。道士陡指白雲吐，對面倏忽泱漭浮。勢如洪濤浩呼洶，摧擘島嶼翻滄洲。大地山川不逕露，一氣掩薄昆侖邱。黄沙紫塞入杳冥，周遭靉靆漫維陬。是時曦御晚弭節，空中摇宕猩紅毬。轉眼踆烏底處匿，白光漲溢天西頭。昔曾脚踏滕公嶺，天台氣似鴻濛遊。萬象倒映琉璃界，滉瀁宫闕連之罘。又曾身騎蒼龍背，溟茫涇渭不可求。青蓮華影早滅没，玉井迷却千尋樓。未如恒山鋪氣海，黟點混合吞齊州。神靈荒忽景晝晦，燭龍不照寒門幽。大裨瀛從眼底湧，荒唐莫詆談天鄒。微軀倚著嶽頂上，自南徂北漂一漚。驀然浄掃衆峰出，天風席捲鳴飀飂。秋星磊落掛樹杪，一痕纖月懸銀鈎。姤羅綿消卵色澹，青空萬里寒悠悠。

三清殿

綵雲籠絳闕，麗日燦金支。玉殿三清列，嵐光百尺垂。神林驅鳥雀，仙路守熊羆。寶篆收丁甲，雕梁插斗箕。秋空倏月户，夜半過參旗。葉響懸瓢樹，泉香洗藥池。雹明天笑處，雪湧

石飛時。尚白消心火，還丹掃鬢絲。龜臺縈赤氣，象簡上青詞。雨洞龍歸早，晴松鶴下遲。古庭蟠薜荔，童丱弄参差。道士能留客，流霞酌滿巵。

風伯雨師廟

時若徵風雨，倏塊不鳴破。無待遣蛇憐，有滜起龍卧。天漿徧沾濡，噫氣失軒簸。調順歲功成，豐稔田家賀。翠崖壓丹楹，朱龕分玉座。清穆總玄天，山祇得輔佐。

碧雲亭

萬里掃寒空，横雲一片碧。高風絶塞秋，片月孤亭夕。川原暝色來，烟樹餘暉射。歸羽影翾翾，落葉聲策策。翠澗漾金沙，羽觴倒瓊液。蕭條耳目清，終然謝物役。

九華亭

虚亭絶倚著，上方依九華。石痕剥翠蘚，林影明鮮霞。弔月棲蟋蟀，號山走麋麃。寺連上下院，田鬬縱横沙。荔摇風牕影，菊綻霜巖花。孤雲去天末，秋光渺無涯。

潛龍洞

潛龍閟無聲，邃洞靈石破。一汪滴幽淙，覷者不敢唾。倒樹黠猿扳，空厓猛虎坐。琮琤急雨飛，唱喁泠風和。老松插幾根，新月墮半箇。苔花滿空亭，題詩木客過。

潛龍亭

黝深俯龍洞，一亭置巖腹。巖坳白雲生，瀹就簷端宿。霜中松蓋青，雨後苔錢緑。探果來饞猿，啣芝過仙鹿。秋氣潔高空，嚴風振喬木。落日萬山黄，蕭森寒遠目。

龍泉觀

道觀知何處，瓊簫隔院聞。雌雄二龍合，甘苦兩泉分。松下苓堪餌，壇前鶴作群。東巖有靈穴，雲氣白氤氲。

烟霞亭

合沓巖岫列，絢爛烟霞生。幽客此攬勝，秋光涵虚亭。蘚痕暈石壁，井華汲銅瓶。日夕嶽增翠，歲寒松更青。側近龍泉觀，茗味嘗清馨。道人不出户，忍飢誦黄庭。

龍王廟

烈日土龜坼，蚴蟉龍氣升。油雲罩霄漢，注雨盈溝塍。四種禾盡熟，屢豐歲畢登。銀壁畫蹲跜，華榱聳崚嶒。廣輪仰滂沛，尺木橫憑陵。山村賽火赤，社鼓鳴鼕鼕。

玉皇廟

絳闕凌霄漢，有嚴奉虛皇。龍泉供醮水，獸鼎焚真香。瑶壇秋肅穆，霓旌晝飍飂。超遥鶴駕遠，參差鵝管長。屈盤印紅篆，稠疊封緑章。風櫺一杯茗，坐久澹相忘。

文昌廟

梓潼爾何神，名號標文昌。歷紀十七世，事業非煒煌。星宫主司禄，瑶殿争焚香。朱衣漫許與，青衿苦奔忙。心殫三條燭，目迷五色章。苔色皴綉綺，松聲奏笙簧。白首抛塵夢，名心久已忘。

題劉道士山房

飛籥烟嵐裹，携筇叩石門。畸人是桑户，道士乃劉根。蛾月清光窅，虬松古骨存。以吾遊

物外，劇愛洗心言。

茶　庵

白雲如海湧，庵在秋濤中。雪殘玉島嶼，日射金簾櫳。息機悟無始，澄慮游太空。逶遲水歸壑，激楚風入松。道人欵茶話，客子淹萍蹤。一勺龍泉味，品第桑苧翁。

琴碁臺

翠積中天百尺臺，散仙時到嶽巔來。著殘秋月千山曉，彈徹松風萬壑哀。玉軫虚無横緑綺，石盤斑駁長青苔。一從斂手游塵外，衹喜登臨景色開。

聚仙臺

服食蓬纍根，昌容生毛羽。谽谺長桑洞，葱蘢果老樹。璚笙鶴背吹，珠軿鸞尾度。曉映玉樓雲，晴散瑶臺霧。杳靄蓬萊洲，迢遞銀河路。嶽帝讌高秋，仙真于此聚。

會仙府

懸厓闢紫府，一逕盤空冥。仄立負巖石，低繞周天星。朱霞映蘿幌，白雲飛松櫺。鸞鳴月

下管，鳳曳風中旍。浮嵐簇雁塞，遠浪摇鯤溟。群仙高會散，冷睨秋山青。

白虎峰

景晏四山暝，一峰蹲白虎。歸雲疾奔流，落葉響飛雨。朔野緒風號，西林纖月吐。雁影度銀河，星光垂玉宇。曲磴盤層霄，連峰列環堵。石房生夕寒，霽雪明松塢。

夕陽巖晚眺雁門諸山

夕陽巖在恒山巔，飛身直上風颼然。巖頭盤石卓杖立，放眼括盡西南天。黄金輪向平空墮，濛汜欲擲羲和鞭。萬山夕氣等溟漲，紅盆翻動鯨波烟。三關歷亂赤氛擁，五臺赫熾朱暉燃。就中雁門矗雙表，彷彿石闕凌重玄。黄沙紫塞入大漠，飛狐倒馬臨窮邊。白日常時鎮冥晦，元雲到處紛聯綿。喜逢夕照破幽翳，倏使秋景開鮮妍。乾坤大手揭粉本，關山巨幀鋪霞箋。迂倪顛米畫不得，奇觀湧現盈目前。狂呼直使嶽靈動，畸人特荷天公憐。遨遊既幸果夙諾，吟眺兼得逢清緣。拂衣縹緲下山去，新月澹澹松梢懸。

白雲堂

白雲數片出，輕矯如秋鴻。微影綴碧落，翩飄趁回風。幽居息萬慮，宴坐虚堂中。目送雲

飛去，清暉蕩昭融。徐看縹緲盡，澹遠惟青穹。心與跡俱滅，窈然遼海空。

天峰嶺

嶕崒天峰嶺，白石蠲埃塵。竦身上梯磴，舉手捫星辰。雲松偃翠蓋，巖菉展芳茵。新月忽而至，靈禽呼所親。栖遲采芝客，超遥駕鴻人。洞房列几榻，繕性過千春。

大茂山

元嶽在幽都，名山標大茂。雪霽萬松明，雲開一峰秀。青蘿象帷幄，黄精供糧糗。蟾魄射林光，龍泉下石溜。空翠澹秋襟，浮嵐滃曉岫。悠悠宴坐巖，足静心兵寇。

總真洞即金龍洞

洞户遍恒嶽，嵌巖愛總真。摇風薜葉碎，溜雨松皮皴。兔窟憑依舊，鵶巢結構新。斷槎卧偃蹇，怪石蹲嶙峋。黟雲起邃谷，白雨飛高旻。金光動窈裊，拏攫空中鱗。

集仙洞

九霄鳴珠璫，神靈飄若雨。秋烟曖松虬，寒露濕月兔。風遞紫鸞笙，雲引斑龍輅。泠泠太

元泉，颯颯空響樹。元都集群真，翠洞承高步。清淺指蓬萊，揚塵話前度。

藥王廟

肺腑不能語，軒岐久已亡。生多遭夭札，動即侵膏肓。爾佛具神力，海衆消咎殃。躋登耋期壽，超脱中下殤。繡幡飄婀娜，貝葉披琳瑯。藥師果濟世，吾不訾空王。

碧峰嶂

巨斧削一嶂，碧峰何嵬嵬。曉色晃玉宇，秋光抱瓊臺。手扶日月轂，足躡烟嵐堆。龍沙地維奠，雁門天壁開。青霞興復没，白雲去還來。呼嘯震巖谷，萬里長風回。

通元峪

通元契道妙，仙跡標清真。行游虎峪口，來往麟洲濱。澄心謝婚宦，練性綿冬春。鴻冥北嶽影，蟬蜕長安塵。夕陽雖埋照，空巖實隱身。清風洒喬木，不死留谷神。

果老嶺

松子餌辰砂，桂父飛絳雪。相傳大還丹，得躋飛仙列。果老餘虹霄，紙驢等騊駼。屢謝璽

書徵，便握金庭訣。翠嶺鬱岧嶤，秋光映漻泬。仙跡渺難尋，白雲向空滅。

果老繫驢樹

老子度函關，傳繫青牛處。果老乘白驢，亦繫恒山樹。塵鞅早已拋，靈踪偶然寓。精氣此鬱盤，柯幹信奇古。野藤颯飄風，濕菌蒸溜雨。佇立思其人，遲回手重撫。

石脂圖

脂膩如雲母，乃在盤石間。神工施狡獪，異質昭斕斑。遂令掞文彩，不復嘲堅頑。鍛鍊女媧手，皴染屏風山。物態孕神秀，嶽體分孱顔。大字鑱巖腹，歲月記往還。

凝翠亭

亭前泠翠凝，秋容淡無迹。松濤倒空青，鳥影下寒碧。窈窈玉宇清，穆穆金波夕。巾舄黏蒼苔，笻杖凌白石。三素過喬雲，九轉流金液。丹訣惜空傳，浮生鬓已白。

龍　湫

龍湫吾眼飫，小大遍靈區。瀑懸五嶽外，濤崩千仞餘。砰硼震雁蕩，噴薄雄匡廬。恒山壑

谷靜，龍泉洞府瀦。秋飛千尺雪，雨跳萬斛珠。神川却汗漫，匝地流谿渠。

滌井

坳泓瀦井華，深通海眼碧。寒瓊瑩清泉，飛雪灑白石。神魚忽跳波，潛龍久安宅。夕照爛鑠金，秋光冷裂帛。黑帝滙真源，元都瀹靈脉。目睫映澄暉，神情並開滌。

翠屏山

秋光澹于水，浩淼潑翠屏。輕飛渫雲白，冷映遥山青。破烟下鳥影，度澗來鐘聲。苔邊印虎跡，松頂明鶴翎。一藁亂草碧，數片殘霞赬。清源出翠麓，滮水波泠泠。

柏山寺

翠柏蔭古寺，白雲涌高峰。龜趺土陷久，佛身苔繡濃。荒厨尚洗鉢，廢殿休鳴鍾。疎林鳥歷亂，落日煙溟濛。歸笻尋別徑，旅衣漾飄風。門外晚山秀，朵朵青芙蓉。

鎗鋒嶺

層霄列鎗鋒，嶺上排秋樹。縱横野鳥飛，斷續晴雲度。修藤疾竄鼯，荒草深藏兔。白石響

孤笻，青苔漬雙屨。甌窶南磵田，犖确東巖路。繞麓漚洟河，流向靈邱去。

晝錦山

連峰接馬鞍，合沓類跉踸。秋靄青濛濛，浮雲白淰淰。曾阿縛團茅，幽人足高枕。飢取松肪餐，渴就石池飲。斷崖西日明，喬木朔風凜。荒寒絶塞區，亦復誇晝錦。

馬鞍山

澹淹漾秋光，馬鞍横翠嶺。曲澗瀉幽聲，疎林動清影。耕烟得平疇，眠雲在修頂。野鵲搆橹巢，仙翁委丹鼎。星星遠燒明，巙巙寒山靚。烏藤乘興遊，日入燭當炳。

五峰山

五峰鬱參差，三洞深窈窕。狻石繡莓苔，虬松挂蘿蔦。碧霄澹晴雲，翠崦低落照。樹幄羃菁葱，山樓駕虓虤。月白聽猿啼，風清遞鸞嘯。言尋植杖翁，相將仝荷蓧。

玉泉山

寒泉色如玉，滉瀁涵真源。三漿出帝所，一脉通太元。幽尋入蓮宇，滿飲擕匏尊。石林映

葱翠，風日含妍暄。青霞晚蓊蔚，白鶴孤翩翻。但得清詩思，從兹洗心言。

長桑洞

元英捧仙牒，受命長桑君。飈輪去碧漢，洞户封白雲。松排麈尾影，霞散魚鱗紋。東瀛任清淺，西日從黄纁。放情脱塵鞅，高步凌清氛。終年餌瓊蕊，鬢絲焉用耘？

龍角山

龍角矯天際，翠影横作雙。松飈激天籟，石室開秋窻。壞阡卧斷碣，燒樹刳空腔。山荒隱樵磴，寺古留經幢。巖坳射倒景，澗曲流飛淙。誰祠孟姜女，賽鼓秋逢逢。

鳳皇山

鳳皇覽輝下，冷塞標靈山。衆鳥擁翂翐，彩雲映斕斑。千仞一引去，九苞何時還。絶巖隱洞户，孤頂開天關。卷鼉誰共語，駕鴻不可攀。虚濤足滌耳，箕踞長松間。

横　山

一山勢平遠，黛色璇霄横。燒畬晚熻熤，伐樹晴登丁。泉飛鷺翮白，霞斷魚尾赬。霽雪釀

宵涷，寒飈播秋清。但知松濤響，不知桂魄生。來歸有遼鶴，城郭非前形。舊崞縣在其左。

律呂神祠

遐哉律呂神，荒祠依絶塞。夔曠久不生，元音此間在。

神谿水

神谿水縱横，方石繞汩汩。欲選此盤陀，坐看流明月。

泒　水

西來有泒水，沉伏畏嶽靈。豈如桀驁子，横去聲欲溢爲滎。

乳　泉

乳泉渾似乳，不哺新㲉雛。微聞飢欲死，霜下啼嗚嗚。

空響樹

北嶽有響樹，南嶽有響石。木石本無情，亦具喙三尺。

神護草

懸知神護草，昏夜守門闕。先到有秋風，直入容明月。

太元泉

一汪太元泉，澄泓漾玉宇。時有玄鶴來，翩翻洗毛羽。

卒　然

卒然狀狰惡，兩頭怖殺儂。終經叔敖手，一坱殲神鋒。

霜　桃

綏山難得一，曼倩已偷三。何似恒山上，霜枝滿意探。

連理枝樹

樹有連理枝，人乏同懷子。傷心詎忍言，淚滴桑乾水。

王不留行

絶域含華滋，微芳入野録。畏逢刻薄人，驅使及草木。

五穫穀

管子稱恒山，四種而五穫。我欲噓春陽，一氣回黍谷。

神　草

神草十九種，服之升天衢。世眼渾不識，萬草並爲芻。

靈寶真文

大禹得靈寶，封之北嶽巔。豈知畀洪範，萬古箕疇傳。

神　書

後漢有于吉，恒嶽得神書。比似幽虚洞，丈人山隱居。

樹下圭璧

樹下啟圭璧，燦爛歸慕容。此豈等禹錫，得寶歌弘農。

玄　芝

下詔采玄芝，竟得十二本。嘉靖奉虛皇，羽衣厭龍衮。

大藏經

白忠詣元嶽，齎置大藏經。其書久灰滅，空復祈仙靈。

燕昭王

傳聞燕昭王，肇始信方士。遂令秦漢君，褰裳瀛海水。

補祀嶽樂章二首并序

《尚書大傳》：『冬祀幽都弘山，貢兩伯之樂。冬伯之樂，歌聲比小謡；和伯之樂，歌聲比中謡。』今以意補其辭。

維冬伯，奠北陲。駕元輅，建黑旂。靈之降，光陸離。歲終始，樞闔開。母群物，都紫臺。歌縵縵，神宴娭。

爚爚皇祇，於昭和伯。星垂元武，風號廣莫。灝氣旋冬，神光照夕。啟列女宮，奠安王石。歌比中謡，功成混闢。鬱鬯惟馨，幽都是宅。

欲遊封龍山不果疊遺山韻

風御不追列，天幕仍如劉。尋山有若導大竅，得徑砉解庖丁牛。封龍山高一千丈，太始鬼斧橫鑿鏤。灝氣晴空忽噴涌，轉眼萬頃雲油油。龍公迅起洒飛雨，傾盆猛勢連并平聲幽。鐵笻曾卓遺山老，揮落醉墨如天球。當時李治張德輝共游歷，皤皤三老皆白頭。泉石清踪徑灰没，荒墟路塞荆榛稠。縱横虎豹白日横，腥風動地鳴飀飀。縋幽鑿險興激越，僕夫色沮遄思休。青雲梯磴已斬斷，巉巖欲上無緣由。幡幢倒折上方冷，殘僧四竄難淹留。金城景色夕晻暍，圖畫一幅空中收。甚欲驅除衆蹄跡，手無利刃兼長矛。天花滅影道場散，鐘鼓已失千尋樓。萱草坡寒石蘚緑，雨餘洗出青天秋。方花古礎委沙礫，大雲寺圮無人修。焉能竦身去，捷若拋鏇韝。摩挲錦石翫丹碧，瑶甕邃曲容窮搜。山夔水魅盡辟易，猙獰哮闞咸馴柔。峰豁川明極兩目，五臺歷歷輕烟浮。起觀赤日下昏霧，飛動化作黃金虬。胡爲咫尺阻芒屩，林壑蒼茫神鬼愁。一峰一峰簇霄漢，濃螺變幻何從求。乾坤真宰鼓元氣，把柁摇漾鴻濛舟。寶山靈境忽然

閟，金銀色黯沙門憂。文殊巖亦墮小劫，如觀夢幻并泡漚。人間起滅萬色相，皇天消息運數周。窮塞金元遞興廢，大地倏轉風輪輈。春明不斷子規怨，國破難掩青城羞。蔓蒿淒凉作野膳，氊車疾向冰天投。况復石郎枉建號，遼晋畫界如鴻溝。元嶽奠在天北極，天峰頂上虛遨游。縱令點檢作天子，依然沉没燕雲州。山靈閴寂等閒事，且傾醽醁頻獻酬。茅齋却挂湘簾鈎，冶城凝望雲悠悠。妙高臺荒月色皎，無盡之意留兹邱。

恒山集卷五

詩五　古今體詩一百八首

天下名山樓放歌

天下名山欲遍訪，此來恒嶽登危樓。跧烏足下西極畔，抃鼇首戴東海頭。白雲埋山五臺夕，黄沙積雪三關秋。昭余祁落薊邱郡，醫巫閭接遼陽州。南北榆林木葉盡，上下曲陽烟靄稠。萬松盤嶺翠鬱鬱，一水穿塞寒悠悠。茹芝詎慕綺角隱，策杖已畢禽向遊。寰中峥泓富巖壑，老去寥落稀朋儔。却憶平生朱鶴洲，死生膠漆心相投。古歡惟是仗道誼，篤愛豈復參瑕尤。蹭蹬人間老不遇，凄凉地下文爲修。當年把臂入雁宕，孤亭濯足臨龍湫。兔毫沾洒碧霄頂，猿聲斷續靈巖陬。一從輿盡去塵土，永令目斷升高邱。牙生絃絶抱索寞，郢人質亡紛涕流。南海北海邂逅無緣由，昨日今日光景難停留。異日天門開詄蕩，相將攬珮重綢繆。知君神魂在寥廓，聽我秋空長嘯不？嗚呼！聽我秋空長嘯不？

恒山雜詩五十二首

今年畢遂向禽遊，獨立天峰頂上秋。斬將封侯疾如雨，可能有此快心不？

懸空寺壓碧雲巔，清磬聲中月墮煙。奉勅工人署名姓，殘碑猶記兔兒年。

青磁擊鼓拜窑神，瓔珞琉璃色色新。苔没琳宫遺碎甋，恍聞龍象泣前塵。

千盤松石路依俙，大茂山頭宛似歸。終古清緣渾不斷，四山猿鳥盡依依。

何來俊鶻繞浮圖，止宿高寒伴野夫。坐攬秋光清耳目，遥空木落一峰孤。

仙山高疊翠巉巉，樓觀三清貯紫函。一掃前塵金碧色，芙蓉明滅夕陽巖。

萬樹松枝洒雪風，披裘晚立上清宫。銀河斜挂玉蟾墮，去雁一聲天地空。

遼陽孤鶴洞中歸，飛下青松雪滿衣。千仞雲端有人宿，夜深燈火照巖扉。

四注清泉繞澗涯，畬田遠近闢荒沙。誤看山下千畦雪，開遍夕陽蕎麥花。

仙臺百尺長藤蘿，靉靆雲生洞口多。忽聽新泉流暗壁，不知飛雨夜來過。

果老巖高夕翠流，羽人相望鳳麟洲。金鵶騰起三更候，海水光摇白石樓。

碧霄危架望仙臺，欄檻秋深長緑苔。我欲澄觀滄海外，數聲山鳥叫雲開。

柏山千仞闢雲扉，苔磴無人鳥自飛。獨上穹巖秋氣冷，翠微深處欲添衣。

霧閣雲牕映紫微，仙巖獨坐羽人稀。松間細路樵歸盡，一鶴寥空帶月飛。

松風吹冷夕陽時，鴉鵲歸來宿滿枝。獨立秋空千嶂晚，河西新月淡于眉。

安王古石冠巖椒，拂蘚留題興獨豪。寄語鄉園隱君子，月明相望一峰高。

虎峪龍泉映翠微，白雲片片向空飛。溪山秋色涵真趣，可要人間識芰衣。

磁窯硤口有人家，雲裏盤空細逕斜。一道泉噴青玉澗，流來紅葉似桃花。

糢糊莫辨萬山尖，秋雨秋風不捲簾。驀地浮雲看浄掃，一灣秋水浸明蟾。

樓臺摧破碧嶙峋，依舊雲霞色斬新。一片清暉滿寥廓，青山無語對畸人。

朔風獵獵掃沙塵，八月邊城霰雪頻。滿地芊芊瑶草碧，晚秋留得洞中春。

層巖松桂蔭瑶臺，一碧秋空曉色開。颯颯西風動林角，乍看飛雨萬山來。

世情難得漆投膠，荃蕙無端化作茅。白石青松爲我侣，山中不少歲寒交。

嶔崎石磴轉巖幽，獨把笻枝上上頭。萬里秋空如水碧，玉華山色翠蕖浮。

萬里邊垣落照黄，靈奇山水閟龍荒。太行碣石堪流憩，便擬并州作故鄉。

洞門飛雨洒藤蘿，驀捲罡風疊翠螺。落日横波金作色，爛黄一溜瀉滹沱。

龍山霽雪鳳山霞，一帶嵐光繞塞斜。正似闌潼眼中見，數峰開作石蓮花。

野子幢南繡作堆，白雲破處翠岊開。天空浄把游氛掃，歷歷青峰指五臺。

瓔珞流蘇貴主宫，萬龕燈照蒼林紅。完顔多少丹青寺，消盡晚山煙雨中。

文殊巖畔雨花香，海衆林民擁寶坊。彈指大雲歸浩劫，封龍山色冷秋光。

風輪宕滌小香臺，天女維摩盡劫灰。并遺世尊金相滅，彌天釋子有餘哀。

磁硤南頭太白宫，雲旂盡日捲靈風。龍蛇詎必傳真跡，照曜荒墟借鉅公。

金元爨舞有遺聲，毳帳雙鬟譜玉筝。興廢盧龍猶在眼，青山黄土自縱横。

英雄燕趙藹如雲，過眼灰飛冷夕曛。北望登高重懷古，平原君與望諸君。

漢家烽火接居延，慘淡樓煩百戰年。七國三邊横險要，蒼茫落日下寒烟。

石磴高凭翠雪亭，遥山萬疊插天青。秋烟不滅英雄氣，時見靈旂出井陘。

雲中霜雪苦寒凝，枯草連天接白登。偏向秋風舒勁翮，至今人説郅都鷹。

生降空上白龍堆，悵望南雲自北廻。雁足能傳天際字，斷無人問李陵臺。

窮海荒凉老牧羝，節旄落盡雪凄迷。茂陵不見蘇卿返，松柏黄昏鳥亂啼。

絶域和親去漢庭，千秋絶艷有精靈。一堆芳草春魂化，孤塚年年帶雪青。

鴛鴦濼上水横波，捺鉢年年獵騎過。雲裏海東青忽下，萬人齊賀得頭鵝。

瀏觀浩劫石欄凭，千里烟消霽色澄。燕子飛殘王氣冷，暮雲遥鎖十三陵。

仙府崚嶒占主峰，塞垣東去抱居庸。葱蘢長白山光曙，日出文成五色龍。

稽顙來朝吐谷渾，窮邊王號去烏孫。何如萬里遼西地，祇當天家右闕門。

曲陽恒嶽亦崔嵬，上聳天風百尺臺。知有葛洪丹竈在，未將一杖卓蒼苔。

想像靈巖上下宫，高臺疊石築淩空。秋山霜後增寒翠，都在青天落照中。

兩地爭傳北嶽靈，清虚山似渾源青。曲陽恒山，即唐之清虚山也。顧公獨騁懸河辨，未信吾家有水經。

老訪名山恣嘯歌，寰中巖壑翠駢羅。峨嵋雪與羅浮月，其那飛騰暮景何。

龍山三老躡芳踪，恨我來遲未得從。料得乾坤清氣在，白雲繚繞最高峰。

華陽臺聳碧孱顔，松檜陰森抱石關。我與秋雲同一懶，無心飛出萬重山。

石房秋色要平分，猿鶴渾難久作群。怊悵遲遲下山去，幾回回首戀松雲。

西風蕭颯鬢華秋，老去還爲汗漫遊。五嶽梯登今已遍，兼須入海事冥搜。

題老子騎青牛圖

老子徑去流沙西，函關方度青牛蹄。東來紫氣騰如霓，尹喜迎候眼不迷。五千文帶雲嵐題，妙用只爲天下谿。是時天王列侯齊，玉瑁羆合五等圭。轉眼七雄轟戰鼙，二周舊國生蒿藜。抽身柱下休卑棲，猶龍之逝無端倪。隨行徐甲一杖攜，芒屩脱棄人間泥。畫師好著昆侖梯，北遊回策思攀躋。

寄贈周鶴儕鶚薦

憶踏春街雪後冰，醉歸恰看上元燈。手中脱贈親兄弟，山中人呼杖爲親兄弟。今年元夕，蒙君

留飲，贈杖一枝。眼底無多老友朋。時座中惟宋萊衣。莫惜浮名饒蹭蹬，且耽佳釀恣懵騰。秋江木末芙蓉發，百歲看花水檻凭。今君值六十初度。

北榆林

北榆林，南榆林，秋風落葉秋氣深。我際承平塞垣静，遠訪名嶽追向禽。天寒日短馳騣騣，馬毛蝟縮冰雪侵。狐裘晝不煖，夜卧添重衾。常時飲酒只飲濕，只今歷落餓船斟。却思古來征戍卒，裂膚墮指苦寒吟。疾行飲馬長城窟，啣枚夜渡桑乾潯。鐵衣不脱卧沙磧，月明夢斷城南砧。白骨年年抛塞下，愁雲萬里常陰陰。

别蓮峰

憶昔西園藹飛蓋，偕摛文藻應與劉。一從象外攬真趣，莊叟早憚爲犧牛。人間無益是楮葉，亦復苦心勞雕鎪。頃從匡廬指恒嶽，江漢秋水平如油。北方往還萬餘里，祇夢巖壑探清幽。嶽帝清秋大讌享，九天仙樂鏗鐘球。神谿遠峪動光怪，彩雲移過横山頭。曲陽來同㬌元旆，天闕浩蕩神靈稠。玉軑啾啾返嶽頂，黑龍尾蜷聲飕飕。萬寶既成歲功畢，卑尊會酌行歸休。我來一掬玉泉水，縱攬蒼靄得自由。龍池鳳山翠絡繹，拄杖隨處從稽留。九秋已盡接陽月，門王號令淹蓐收。興酣手提蔗竿起，快若奪舞雙蛇矛。景當奇絶發大叫，倒影摇動雲中

樓。塞外早寒氣候肅，不見爛漫黄華秋。彌年清景許我逐，誰共張邴追前修。閒放願爲鶴鳴野，争能恥作鷹下鞲。總玄之天最窈曲，惜不與子仝研搜。潑墨淋漓等會獵，景宗弓燥手復柔。恣與洞天發幽異，星日輝耀煙霞浮。石勢巉巉卧虎豹，松骨矯矯騰龍虬。不須傾倒三百盞，使爾仝消萬古愁。我耽清遊少禽尚，子覓隣好稀羊裘。皇天作合乍得面，沿洄偶住波上舟。纔成衿契遽告別，朔雲狼藉增離憂。人生有情足繾綣，豈其倏散仝泡漚。明朝紛紛木葉落，執我之袪臨道周。秋山崎斜千萬疊，馬首一路迎回輈。神川佳勝略收拾，囊錦不遺山靈羞。乾門坤軸覽闔闢，况得與子心相投。别意短長問流水，桑乾汩汩穿蘆溝。他日清緣尚未斷，移瓻福地多壯遊。一條榔栗未挂壁，倘復相逢山水州。班荆天涯是舊識，歌呼十日還相酬。袖中出入看銀鈎，霜皋人夢阻且悠。我其去矣北風厲，往把仙袂尋浮邱。

回望嶽

白雲汎空際，矗起如仙山。欲逐真人跡，散步清虚間。翳翳紫芝峪，昨朝曾往還。靈境恍在目，栖泊歸人寰。翠屋結清夢，俗塵凋朱顔。却思餐霞侣，高風不可攀。

大同二首

峍屼烽臺壓女墻，風雲萬里護池隍。柳榆葉盡懸秋月，牛馬毛寒被曉霜。直北三邊魚海

遠，迤西一路雁門長。征車往復無相識，獨自高歌氣激昂。
雲中相遇五原豪，慷慨交情脱寶刀。榆塞寒光積冰雪，桑乾朔氣散風濤。駱駝沙曠蹄逾健，觱篥秋深調轉高。小隊筝人圍玉帳，銀螺杯暖酌葡萄。

大同道中

輕風掃積翳，薄雲汎層霄。秋山疊冷翠，霜樹鳴枯條。陰圻雪片炯，陽墢冰痕消。衝沙馬蹄駛，捲地蓬根飄。老泏泥滑滑，古道車遥遥。天清滌微滓，人遠袪紛囂。晴看客意喜，醉覺衰顔韶。何來一白鶴，孤踪渺難招。

閏重九發陽高

白頭脱帽自清狂，不畏西風客路長。人爲耽遊輕萬里，天知助興展重陽。北臺留把新篘酒，南口歸携古錦囊。肯與兒曹計窮達，還教老子擾中腸。

桑乾河

驅車至渡口，往復臨桑乾。晚秋水已落，揭厲人方寒。名山既涉歷，大川亦游盤。自非眼界廓，焉得胸次寬？騷人感羈寓，客思增憂端。劇憐并州水，却作故鄉看。我心絶沾滯，行處

從瀏觀。蘆溝溯歸路，曉色浮層瀾。

毛家皂

沉沉天欲雨，颯颯風生寒。僕夫已疲苶，駑馬姑磐桓。木落遍廣野，雲興蔽層巒。牛羊墟里返，鴉鵲空枝攢。倦程冀即次，修塗苦懷安。役車就旅宿，行子隨盤餐。良朋詎久聚，濁酒聊自寬。且以永今夕，焉知來日難？

食 糜

南人炊玉粒，葱餠不下咽。獨我能大嚼，北客莫之先。連朝朔風厲，擁鼻寒涕漣。體中苦作惡，肺氣加纏牽。老牙久鯱鮠，如山欲崩騫。盤飧百不進，一盂且粥饘。敕厨不勞顧，喚僕風爐煎。玉箸流軟美，飲啜素所便。如此糜自可，何必羅芳筵。任嘲邊生腹，一飽輒思眠。

聚 樂

聚樂非邑治，峍屼留孤城。晚樹悉摇落，秋水餘澄泓。落日方歛赤，遥山自環青。荒郭月皎皎，古屋風泠泠。雞栖絶塒影，犬吠傳村聲。馬解滚塵起，客至炊烟生。于役免飢渴，亦足舒羈情。僮僕良解事，遄沽雙玉瓶。

新保安

好山紛疊翠，高城映嵬嵬。征車若流水，一逕隨縈洄。白雲汎雉堞，霮䨴縈中隈。我心澹無際，馬蹄信紆廻。鱗鱗晚市集，擾擾都城開。清景翠晻暍，孤懷杳徘徊。忽見青霞祠，弔古興悽哀。

謁沈青霞先生祠

先生志骨鯁，正氣凌秋空。直辭洩孤憤，伯仲容城公。凄凉之戍所，悲歌叫蒼穹。流亡分溘死，庶望開夢夢。奸回憾不已，箝網傷孤忠。雲中歸祠矗，故老思悲翁。我買一樽酹，慟哭回松風。緬惟鄉先正，典型渺江東。雪涕上馬去，切齒賊相嵩。

岔　道

及晚歸岔道，飛沙滿塵顏。煖湯一額面，始覺心神閒。盤飧無一物，荒凉逆旅間。隨意飽我飢，起看千重山。峻嶒雲際插，復當從此還。車夫畏軸折，愁思不可刪。勿計明日事，皓月臨松關。婆娑桂之樹，天梯曷由攀？

彈琴峽

彈琴入翠峽，皓月今宵圓。澗泉留泠韻，松風去繁絃。悠然自終古，逸響誰爲傳？我來坐磐石，游心於太玄。清暉啟妙悟，未用師成連。泠泠在山水，孤懷忘寂喧。

侵曉行關溝

确犖關溝路，遄行踣鐵蹄。明河千仞挂，落月一團低。坌道衝寒別，居庸冒險躋。孤村猶護犬，十里乃聞雞。礀道堅冰滑，巖門積雪迷。欹輪幾欲折，疲馬不禁嘶。茅店無尊酒，霜崗有杖藜。僕夫悲蹭蹬，客伴辱提携。蓬海遥環左，榆林正落西。攢峰與天近，雜樹入雲齊。暘谷烏纔上，寒枝鵲尚栖。崎嶇勞黽勉，狹隘苦排擠。怪石偏蹲虎，高城總拂霓。星馳向京闕，秋種畫沙畦。峽想彈琴住，橋慵攬筆題。山容晴瑪瑙，水色凍玻瓈。清越庵鳴磬，頻煩堠擊鼙。聊充記里鼓，誰借辟塵犀。甲乙籤曾列，庚申事可稽。氊車行孔急，野膳默含悽。燒棧誠須火，封關那得泥。俄然甪端見，不斷子規啼。恃德榮長在，懷安恨必齎。聖朝千萬禩，時訪釣璜溪。

居庸關

扼隘一關雄，崢嶸萬嶺中。兼綜口南北，横截勢穹隆。猛獸竛竮度，浮雲自在通。陰巖蹲虎豹，大樹撼羆熊。絶頂低垂斗，中隈冷嘯風。洞刳虚窈窱，街甃滑磨礲。落石青駝蹴，孤煙白鶴翀。霞嵐隨變幻，冰雪不消融。出塞龍沙渺，環山雉堞崇。一夫能守險，萬騎失騰空。自古多衝突，邊垣有戰功。于今永寧謐，畿輔盡來同。右臂連宣府，中心衛帝宫。持盈日兢業，聖德在謙冲。

奋㟁村

夕次奋㟁村，連山合如環。獨缺東一面，蒼翠瀰其間。故老爲指點，隱見天壽山。去此僅十里，明晨堪往還。在昔龍斿祀，閟殿開金鐶。自古有亡國，松柏含愁顔。蒼然暝色至，乘月歸柴關。

望有明十三陵

高原一竚立，遥望十三陵。暝色含丹桷，塵沙掩漆燈。烏鴉噪松柏，麋鹿走榛芿。銀海重泉接，橋山奕葉仍。宫嬪蛾緑閉，國史汗青登。成祖承皇統，原殊代邸興。懷宗終喪祚，竟至

杞天崩。隧道田妃葬，靈轜帝寢增。舊聞淒在目，故老涕沾膺。龍起神京奠，鴻圖海宇澄。掃堦驅鼠雀，遣祀潔釧瓶。阿監瑶璫列，群靈玉几憑。賓王還備恪，舊禮豈無徵？閟殿崇千尺，山岡護百層。昌平煙澶漫，天壽鬱崚嶒。夕霧瀰濛漲，陰雲黯淡凝。衣冠月遊地，王氣冷如冰。

清雲寺

榜字金剥落，寺名辨清雲。重門罩雙樹，秋葉交繽紛。殘僧窅不見，歷亂飛鴉群。簷端夕霞映，翳翳收餘曛。蓮座鎮閴寂，鑪烟斷氤氲。空庭寫客影，孤月袪濃氛。小憩坐階石，衣沾碧蘚紋。荒寒足幽趣，意行多所欣。

劉蕡故里

劉公抒大策，炳蔚作唐經。下第人推傑，生才地有靈。貂璫群懾氣，麟閣足圖形。國士投閒散，家奴裂典刑。飛霜毫獨洒，如雨涕交零。譏笑嗟紳珮，殷憂在闕廷。空將忠悃洩，誰把讜言聽？白日迷甘露，清流委濁涇。徒然知勁草，遂爾圮高瓴。賈誼仝孤憤，靈均會杳冥。懷慚餘萬輩，嚮慕亘千齡。枌社斜陽紫，榆林遠岫青。思瞻古祠宇，俎豆肅惟馨。

鄧禹故里

佐佑中興主，雲臺第一功。封侯年及少，開國氣何雄。馮耿差肩立，蕭曹接武同。河山勞克復，星宿應昭融。白水乘時奮，黄塵掃電空。舊京收在掌，新莽捲如蓬。生毓三邊秀，勳加五等崇。歸從元嶽頂，甘作白頭翁。炎鼎思前烈，沙屯走寓公。遠山飛晚翠，冷樹動秋風。故事追銅馬，冥心送塞鴻。枌榆尋古社，遺廟夕陽紅。

沙屯

朔風欻歘起，浮沙泱漭揚。駢車駐逵市，結駟過虹梁。寒泉流汩汩，秋樹鬱蒼蒼。乃知帝城近，遂覺民物昌。來時振馬策，去路沿龍荒。元嶽千仞峻，邊垣萬里長。嚴寒慮冰雪，客子紉裘裳。寧知秋暄煖，不異日載陽。皇天庇一物，遠道逢百祥。連旬經往返，逸興增徊翔。前行瞻禁籞，五雲燦榮光。

寇恂故里

撫字無窮意，慈良第一流。我披循吏傳，誰與寇君儔？桑野經綸密，蘭臺紀載稠。單車河内借，茂績宇中留。懇悃求民瘼，便宜贊廟謀。馳驅經故里，慷慨問新猷。篤想神明宰，群

分聖主憂。池隍臨一載，俎豆在千秋。雨露郊原潤，陽春草木柔。漢京宏雅化，肅拜仰前修。

入德勝門

北闉出復入，元嶽成壯遊。峨峨金城内，甲第若雲浮。飛光二十載，朋輩幾人留。中逵藹冠蓋，誰復新相投？秋漫御溝水，各自東西流。蹀躞御溝上，瘦馬驅悠悠。

錢㯕石載携尊見過

客邸荆門閉，其誰剥啄尋。悠悠行道意，藹藹故人心。停騎曾相訪，携尊且共斟。拍浮原素志，歌嘯復知音。縹緲江峰遠，瀰漫海水深。清彈帝子瑟，老撫伯牙琴。雲裏詩人跡，風流居士吟。㯕石一號萬松居士。萬松濤溢耳，五嶽翠盈襟。劇喜青矑對，寧知白髮侵。可堪群聚溷，最忌獨鳴陰。百事從灰劫，孤懷久陸沉。水凫容汎汎，車馬任駸駸。坐久花銷炬，談深月在林。有情盟自昔，無悶到于今。壇坫名何有，煙霞思不禁。豪情論唱和，逸興注登臨。催擊街前柝，看横屋角參。醉餘徒步去，裘衩冷森森。

潙寧劉烈母胡太君詩

流寇劇鴟張，貞心百鍊剛。生應捐半路，死不到南塘。乳下兒存活，身中刃遍傷。上岡松

柏茂，遺蔭遠蕃昌。

促促復促促

促促復促促，凄凄重凄凄。毛裏作生訣，悢悢不能辭。十年違撫愛，幾日親容儀。容儀苦衰颯，滿鬢飄白絲。遠念北堂上，龍鍾血漣洏。依依親手足，悁悁夢見之。泥首謝公姥，愆積如京坻。沉綿累君子，藥物竟何裨。繞床噪且泣，愍此黄口兒。休論縑與素，時命舛不齊。既出又復入，顧戀纏深悲。須臾暫佇立，從此天一涯。死當成永别，生當復來歸。

出彰義門

情懷如中酒，懵騰出國門。遊嶽本曠蕩，衣染煙霞痕。人生有天性，戀戀骨肉恩。苦無金滿橐，搆取三椏根。悽惻聞别語，懭悢縈離魂。參差覩手爪，人事難具論。

車夫指點潭柘寺處

煙中鴉髻雙，中有潭柘寺。昨朝已膏車，憂懊敗人意。一杖破崎嶇，全攬五嶽翠。縹緲望西山，欲往不得遂。天公怪多取，咫尺無由至。萬事有盈虧，詎盡如吾志？

蘆溝橋

桑乾所自出，遠溯渾源州。入塞千餘里，潺㵳經蘆溝。如覿故人面，飛湍激寒流。斜陽明曠野，晚煙靄中洲。今夕一爲别，重見知無由。踟蹰駐馬足，嗚咽疑隴頭。

琉璃河

琉璃色青泚，不異蓬萊洲。身度虹霓峻，眼明舴艋稠。篙師恣歌笑，漁父紛盤游。秋沙愛潔净，午程姑逗遛。誰鑄一枝鐵，直插萬里流。浙浦竪鐵幢，蜀口刻犀牛。古有厭勝法，聊用參人謀。逝波響汩汩，别恨隨悠悠。清瑶俯明鏡，霜雪嗟盈頭。

涿　州

第一名州在，衝繁近日邊。高原開左輔，晴旭麗南天。峍屼金城峙，馳驅鐵軸駢。浮雲沙樹杪，飛鳥驛樓巔。紫氣連京闕，清流斷阪泉。塵凝涿鹿後，地闢有熊前。净掃蚩尤氣，平臨北斗躔。此間頻往復，辛苦閲流年。

次松林

馬蹄行處疾，未晚駐松林。朔地迎寒氣，遥天愴别心。飛塵馳突騎，擣練急清砧。破寺凝烟冷，荒墟落照深。羈魂秋黯黯，噩夢夜沉沉。待月窺蟾影，因風想鐸音。狂思如意舞，悵憶白頭吟。空自追張邴，猶教累向禽。黑羔裘易敝，緑蟻醆誰斟？安命平生志，繁憂莫更侵。

北河

滉瀁北河木，輿梁今已成。祇添霜上跡，無復浪中聲。寒葉疎還脱，秋沙軟更輕。征車驅轣轆，漁艇泊縱横。雨脚渾難散，雲頭凝去聲不行。來時路泥濘，歸日歲峥嶸。尚覺離魂黯，寧銷噩夢驚。紅塵飛玉蝀，緑酒瀉金鯨。舊好違黄憲，新愁累向平。休從照容鬢，白髮最分明。

謁楊忠愍公祠

祠仰楊忠愍，經過淚不乾。帝閽排虎豹，霜簡劾仇鸞。九死曾何悔，孤生詎苟安？還須摧猰貐，獨自剖琅玕。故鬼聲號哭，新章字屈盤。祇期姦破碎，寧惜命彫殘。壯却蚺蛇膽，悲啣烈士肝。香風動枷鎖，浩氣殉衣冠。天遣鈐山倒，人同鳴鳳看。精誠太虚白，悽惻滿城寒。尚有青霞老，遺編並不刊。

塞外落木已盡畿輔尚有餘葉寓目成詠

萬木蕭蕭盡，遥從塞外來。暄和在畿輔，零落尚榆槐。片片凌霄下，絲絲映日開。飛空翻作舞，着地點成堆。掃處携筐篚，行時破蘚苔。霜晨更飄忽，朔氣遞摧頹。時令商飈肅，年光老物催。變衰嗟草木，軒豁出樓臺。歲值峥嶸晏，秋餘憭慄哀。二毛潘岳賦，九辨宋生才。白水漂沉跡，青松挺拔材。芳原冰雪滿，消息候春回。

侵曉發方順橋詣曲陽

恒宗吾已陟，向子願全償。尚有元都廟，分燃寶鼎香。齋心從嚮往，矯首欲徊翔。夢醒瞻窗色，空明透月光。天教停霰雪，時轉凛冰霜。群燎茅柴火，添傾竹葉觴。商風吼村落，寒氣偪裘裳。旅店孤燈迥，征途隻堠荒。華星飛幾點，遠樹列重行。霽覺人情爽，紆看客路長。雞鳴失平旦，鴉翥麗東暘。爐畔勞翻餅，盤中不撤薑。分岐違舊轍，濟涉度新梁。亭午過清苑，殘秋到曲陽。晴空清皛皛，遠景鬱蒼蒼。沙曠車輪疾，塵高馬足忙。縈煙祠樹合，飛石嶽靈揚。回望天峰頂，雲旂下帝閶。

恭謁堯廟

若稽古陶唐，巍祠在冀方。土階映秋色，松棟上朝陽。舜禹連承禪，夔龍儼列行。陰廊蹲白馬，黼座湓彤裳。昏墊平洪水，和聲奏大章。衢歌紛擊壤，華祝競陳觴。潙汭觀型肅，皇天眷命長。順成通八蜡，熙績統三王。厨箑迎風扇，階蓂逐月芳。瞻來雲焕采，採處韭生香。輔翼人倫正，欽明聖德揚。萬邦群丕變，八表溢餘光。考妣追思遠，羲和置算良。恭惟疏帝典，拜手倍兢惶。

靈雨寺

金碧凌空起，毫光映日浮。穿橋流最急，繞寺樹何稠。寶相嚴初地，珠衣爛比邱。高名榜靈雨，結願爲田疇。

雪　花

秋暮增凄緊，飄飖雪作花。先聲飛霰急，隨勢帶風斜。雨意含連夕，雲容冷萬家。遠山頭漠漠，近水口些些。猶未堆高隴，姑教浄淺沙。湍催驅轣轆，尚緩積杈枒。茅屋渾愁破，蘆篷劇喜遮。暗經天上日，颯繞鬢邊華。轉覺村墟寂，還看道路賒。悲嘶聯轡騎，喧噪入林鴉。未

晚投荒店，争先擲短撾。祇須謀爛醉，詎用發長嗟？夢隔人千里，身栖天一涯。衣裳群抖擻，欄檻密交加。月掩張三影，吟思温八叉。寒多侵毯罽，白待映牕紗。鋪道仝河漢，明朝擬泛槎。

憶女病

久病何緣起，還當遠别離。纏綿兒孰乳，酸苦婦難爲。貧裏營參朮，愁邊益鬢絲。龍鍾懷二老，涕淚萬行垂。

磚　路

磚路小村落，逵術沙回縈。茅店大樹古，石井流泉清。社臺平着檻，梵寺高建瓴。豐年競簫鼓，暇日修柴荆。餅餌最圓潔，柿栗饒芳馨。稚髦各自得，主客藹餘情。枌榆遠環繞，樵牧閒吟賡。北山淺疊翠，目送晴雲行。

定州道中

遥山隱千疊，翠靄凌層穹。近矗一峰秀，冷綻青芙蓉。萬木已摇落，槎枒動商風。猶餘淡黄葉，幾樹排疎叢。河流蕩銀礫，日色涵冲瀜。秋沙印蹄淺，飲馬寒泉中。青天過一鶚，决眥

歸海東。孤影入遼廓，窅然天海空。

曲陽

見説恒陽地，飛行走一鞭。沙平微霰後，日暖小春前。雪浪移來石，元都别有天。他年話遊跡，詩老有清緣。

謁嶽廟

古鼎祠元嶽，長松拂紫冥。千秋隆秩望，片石寓精靈。灝氣通雲穴，神居聳德寧。曲陽遊跡到，是處仰真形。

德寧殿

峨然德寧殿，丹構在曲陽。飛石嶽靈寓，望秩延神光。雲雷繪兩壁，藻彩何輝煌。巍樓列鍾鼓，老柏森成行。鉅典正昭代，祀嶽歸崇岡。渾源矗廟貌，金碧摩穹蒼。有司昧禮意，遂令此地荒。有舉莫或廢，伊古昭典常。名山出雲雨，幽都奠朔方。肹蠁兩地奉，駿奔職所當。楝宇顧陊圮，碑板縱横僵。帷龕失炳焕，瞻者爲晝傷。禪宫與道院，巀嶪遥相望。螺鐃極天沸，幢旛颯飄揚。山袛仰正直，分祀宜肅將。詎與滛祠類，委之沙礫場。灝氣出靈穴，白雲亘天

長。髣髴光燁煜，靈旂下瑶閶。

飛　石

飛來自虞代，片石即恒宗。分取千尋勢，蹲兹數尺峰。擘窠鐫大字，遺窟想靈蹤。秋發光晶冷，晴浮彩翠重。體凝移秩祀，道遠罷登封。瘞玉還歸土，燔柴正在冬。白雲連霴䨴，古柏蔭葱蘢。碑黯前朝跡，祠荒舊國容。明神於此寓，禋享定誰供？畫壁東西暗，苔階上下濃。建瓴殘鐵鳳，祝册失金龍。典禮應無缺，休教廢鼓鍾。

石刻鬼圖爲吴道子筆傳此鬼能驅魔嵌嶽廟壁

片石猶嵌壁，威稜意象殊。心憐吴道子，手寫鬼形模。帶甲飛跳足，揮戈怒磔鬚。唐宫足妖孽，胡乃任睢盱。

嶽廟門有石刻坡公紹興三年題辭括其意作一律款書『紹興三年眉山蘇軾題』。

文章雖蓋代，開口索誰親？琴酒堪娱意，風塵莫誤身。眉山有才子，儋耳豈閒人？詞翰稱雙絶，驚看妙入神。

石刻坡公題滿庭芳辭手跡已中斷在嶽廟西有賦

真跡嗟中斷，猶蹲嶽廟傍。清聲中吕調，一曲滿庭芳。雪浪寧磨滅，烟雲未渺茫。老坡云爾爾，懷古迥難忘。末有老東坡之句。

祭告碑率皆明代萬曆尤多中惟安文璧所作最佳

碑勒安文璧，雕章五色騰。此來誰可語，片石指韓陵。

曲陽之恒山遊踪未到北望成詠

一峰曲陽北，亦署恒山名。匪徒墮飛石，尊嚴寓嶽靈。岧岧冷空臺，冷映天光青。清虚下上院，飛觀基峴陘。畢昴插高棟，風飈響疎櫺。松楠雪後見，雞犬雲中聽。緬惟抱朴子，冷竈遺荒庭。烟嵐失振策，遠夢飛苔扃。

恒山集卷六

詩六　古今體詩一百八首

石刻恒嶽全圖詩并序

曲陽嶽廟西偏，有洪武三年曲陽令朱堅所鐫《恒嶽全圖》。其巖泉祠觀，《渾源州北嶽志》中多不備載。景物變遷，非復曩舊。雖經遊涉，未辨其名。今圖猶髣髴可識，更閱久，將漫漶。欲覓工墨搨，不可得爲。按圖中所臚列，各題一詩誌之。字從其舊文，仍其闕，留本真也。共得詩一百七首。

朱堅令曲陽，洪武辛酉年。恒宗諸景物，全圖白石鐫。乃知元明際，炳焕羅層巔。金碧聳樓觀，崢泓列巖泉。三霄動鍾磬，一氣浮雲烟。朅來四百載，荒寂總元天。祀典雖釐正，形勝殊從前。苟非留片碣，遺跡早已湮。古繪存髣髴，新吟漫瀏連。幽襟重寄慨，聊用弱毫宣。

后土廟

廣生自后土，朔易從冥天。窈窕起丹碧，結搆凌霄烟。坤靈亘四際，賽火明三邊。黄沙日照燿，紫塞星廻旋。持載仰厚德，大化助重玄。川流閱人代，托體常貞堅。

正北嶽

萬山凝嶽體，位北獨也正。磅礴孕氣母，昭回懸斗柄。三關連斥堠，五臺列軒屏。索寞塞草枯，凄厲朔風勁。鳥獸號曠野，松柏得本性。秋深天宇澄，雪霽河山靚。大茂畢歲功，玄宴肅時令。峻極會貞元，幽默呵嘘盛。

唐　河

漚洟瀉古水，波色寒蕭蕭。晴沙抱幾曲，曉水迆一條。滙合桑乾大，流繞飛狐遥。蟾兔映晃朗，宫霍明岧嶤。層灣餘積雪，頹岸颯鷲飈。天空皂雕掣，雙影横飄飖。

小茂山

崴嵬小茂山，縹緲仙靈宅。寒凝雪色皚，晴漾嵐光碧。芝巖爛閃金，松塢香生珀。石竇清

泉飛，雲坳夕陽射。青苔有鳥行，朱果無人摘。我獨躡烟梯，就訪咀丹客。

望仙臺

一臺聳巖椒，五夜寒月魄。飛仙不可期，凝望空寥廓。玉漿帶雲斟，瓊蘂臨流嚼。石厂足幽居，塵寰稀大藥。長嘯嗜如鸞，輕飛詎化鶴？三霄振毛衣，昌容自綽約。

岱疑當作大茂山

鐵笴響彭觥，仙山凌岱茂。急澗琴筑鏗，層厓冰雪鏤。威喜發烟華，鍾乳流巖竇。林動黠鼯飛，草香驚麝走。靈穴滃雲生，虛樓穹石搆。連山有松肪，幽栖富糧糗。

歡喜臺

蟬蜕人間累，輒生歡喜心。海月懸開鏡，松風奏鳴琴。九莖茁秀草，五采飛仙禽。雪波激澗洶，秋嵐半庭陰。寥空放遠目，清暉照重襟。獨立出塵表，高臺愜幽尋。

文帝塢

何神署文帝，傳自道家流。石塢隱松鶴，天星明斗牛。峰烟下上接，溪瀑左右流。瑶牕面

翠巘，玉座臨穹樓。羽人去芝谷，樵子過榛邱。其誰夜炳燭，讀書向巖幽。

中闕峰

奇峰屼中高，崷崒雲作頂。晻靄聚神靈，閃爍生光景。夜掛北斗低，夕映西月炯。鬱葱三輔氣，參差五臺影。溟浮鯤浪寬，地闢龍沙迴。一笻卓青冥，獨立裘衣冷。

中壁峰

群岫拱中峰，千仞蹲絶壁。滌耳虛濤奔，瑩矑冷翠滴。篁坡俯青溪，菌閣凌白石。猿挂蔦蘿枝，龍吟風雨夕。樹古已千年，天低不數尺。盤盤鳥道微，窅窅人境寂。笻杖入高空，薜衣照寒碧。仄磴破莓苔，荒荒留我跡。

接鳳峰

何年威鳳來，孤峰颯梧竹。覽輝下慶霄，映彩儀靈谷。翽飛凌仞千，歸昌叶筩六。喧啾百鳥群，鬖髿白雲族。縱步上高岡，素秋清景逐。

小安嶺

步步轔𨌆䡜，一嶺如瓴建。白道轉層空，碧雲横曲巘。谷瀉百重泉，沙縈九折阪。高下甫田磽，青黄雜樹遠。癯農荷篠行，老樵負薪返。犢過澗水渾，鶴憩雲林晚。

大安嶺

威紆相見坡，路盤重嶺過。一磵清湍飛，千巖紫翠磨。神霄嶽色侵，冷樹秋聲作音做。空山猿嘯哀，寒沙虎跡大。遠岫嵐全暝，纖林月半破。近尋竹院投，倦就繩床卧。

南神峰

縹緲南神峰，白雲插天半。卓午嵐氣垂，太古石色燦。明霞映水飛，脱葉迎風亂。岧亭碧玉篸，斌斑錦繡段。石脉出靈泉，巖坳藏古觀。仙禽不知名，晴空振羽翰。

列仙峰

高峰近白日，來往列仙俱。鸞鶴下月館，笙簫飄天衢。青霞藹蓊鬱，赤氣横扶疎。龜臺接西景，麟洲指東隅。静夜嶽靈過，驂駕夥龍車。鶉居此可卜，老我山澤癯。

聚仙臺

廣成去我久，追躡空清烟。仙靈一以雜，丹經遂紛傳。詎悟登真術，徒晞養生年。無爲合至道，有累牽塵緣。繕性即大藥，凝神契冥筌。莫唊安期棗，漫拍洪崖肩。兹臺洵澄曠，遠矚何超然。群仙此焉聚，片月懸空天。

直峪鋪

直峪在人境，山堠殊清幽。南征出右輔，北迤臨邊州。飉飉嶺飈響，汩汩沙泉流。綺散霽霞夕，紅酣霜樹秋。疊石度深磵，架木緣層邱。欣瞻嶽路近，宛遂仙源遊。

夫兒營

荒營列滄漭，自昔憐夫兒。山蹊石詰屈，沙砦烟迷離。風柳亂無緒，霜月寒侵肌。笳角破遠夢，草蟲纏深悲。時平静斥堠，村曠延茅茨。澗谷遇樵牧，行住偕熙怡。

紫雲洞

湖西陟松崗，一逕趁深洞。靈嶽浮紫雲，故園省清夢。嵌空闢崖門，盤古架石棟。削成鬼

斧銛，宴坐仙宇空。虎豹嘿然蹲，龍蛇岌欲動。賢愚此來遊，今昔迭相送。皓匪夏園公，隣豈羊裘仲？層霄有去路，黄鶴不可控。

鷰死崖

戀樂貪長生，慮患祈速死。咄哉舍身崖，鷰爲斂魄里。大惑詎返真，輕捐寧謝累。久視固虚誣，委順得常理。聖賢全而歸，王侯同盡耳。乘化待有終，習静觀無始。

丁香臺

高臺攢丁香，花時攬芳色。鳥翾艷治叢，人趁衆香國。倚笑春風前，競遶珠欄側。穠纖西子容，芬馥東皇力。芳時一消沉，古礎埋傾仄。造物竭菁華，翫賞何由得？

石樓竅

太始搆神工，石樓穹百尺。啁啾飛鳥晨，晃朗明月夕。古藤下上盤，急雨東西射。把斟逡巡酒，飛下飄飖舄。寒草色青青，秋樹聲策策。欲取作吟窩，晚看千山赤。

鸎字書無此字，疑當作鶯。

化崖

顳頊雀化蛤，翩翻鼠化鴽。物類時有變，人命衰乃徂。三良殉秦穆，惴惴殲其軀。莊周夢蝴蝶，栩栩非故吾。藏舟在夜壑，大力負之趍。委心觀斯達，知命樂有餘。超然懸崖上，獨立伯昏如。

六真洞

谺然闢古洞，連翩栖六真。文火滅丹竈，絳霄馳飇輪。秋清嘯木客，月冷啼野賓。修篁刷鸞尾，古松蟄龍鱗。隱文霹靂篆，軟草氍毹茵。我思掃石榻，高卧忘昏晨。

玉童洞

霳霿藹陰陰，洞門渺何許。神龍善變化，蜥蜴共容與。乳竇透月輪，坳泓通水府。石仄駕嵌空，潭深負巖阻。谷音傳虛堂，皴法著劈斧。驚聞雷雨時，尺木冲天去。

張公尖

世稀子房侶，不乏仲蔚儔。巖居古隩口，户繞清泉流。白雨洗耒耜，晴沙散犂牛。秋春聲

歷歷，晚炊烟浮浮。對面滃雲起，轉瞬遮林邱。意行足力倦，坐憇龍泓頭。

李公㟁

卜築清雲坳，沿迤素沙㟁。隈灣翳老松，子姓傳仙李。山色曖兜羅，溪光鋪側理。遥山樹層層，近塢石齒齒。菑畬繞户外，碌碡埋磧裏。樂哉農家流，隔彼諠囂市。

嶽　嶺

蛇盤出太清，峻增登嶽嶺。大茂日絪緼，總玄得要領。三霄曙色明，萬里秋光冷。漠北盡黄沙，海東極清景。金氣肅伊凉，火維抱衡永。高吟帝座通，近矚神京迴。白日麗中天，青筇倚孤影。百年直須臾，差喜情懷騁。

昭鳳嶺

峻嶺呼昭鳳，超然百鳥群。高凌千仞勢，迥映九苞文。栖拂梧桐翠，咀含竹實芬。翺翔傅天起，音響即都聞。毓德來丹穴，啣圖帶紫氛。爲儀振符采，表瑞應華勛。阿閣新巢影，華池涣水紋。懸知覽輝處，重見下卿雲。

張果洞

名嶽定栖真，靈蹤得果老。緣辭玉闕婚，道契金庭妙。初月照石床，古洞寒丹竈。清暉目與謀，塵埃跡已掃。遺世古之仙，浩劫顔還少。長生吾不希，得意舒長嘯。

寄舟洞

夜壑共藏舟，元氣時鼓柁。憑化倏而遷，寄跡無不可。擊汰瀟湘南，乘桴滄海左。游澌紛下上，波潮任軒簸。羲皇上之人，邱壑中置我。幽探總元天，名山諸已果。

清疑當作青龍洞

靈巖矗中峰，清龍洞迤左。層空下丹梯，一逕入紫邏。烟霞夙所耽，几榻置已妥。神自縈清虚，臚寧矚嵬瑣。身世汎虚舟，臯壤留碩果。新月故自佳，遲向西巖墮。

白虎洞

白虎石林西，邃窟何谺豁。冷泉聲咽流，奇樹勢峻拔。風前飛鳥輕，空際游雲活。飲溪野鹿馴，下柯松鼠突。浮嵐翠且重，餘霞紅未没。洞門夕不扃，歸鶴來天末。

希夷洞

先生有心人，墜驢緣一笑。恬寞獨全真，高尚頻辭詔。蟬蜕一何輕，龍睡遂不覺。形解華山顛，神遊玄嶽嶠。林風播清吹，溪月懸孤照。翠峽想嶔岑，古洞窺奥窔。寓跡在方外，澹蕩原同調。

上經藏

我爲異學窮根源，鄒聖遏抑洪水湍。青牛早候函谷關，白馬初演竺法蘭。貝文琳札紛流傳，就中道德五千言。參同契共黄庭宣，多心經語差不煩。楞嚴法華争瀾翻，昌黎巨手障百川。其奈洶洶奔狂瀾，陋哉神通説無邊。涅槃覬引浄土緣，他生富貴輪迴旋。白頭丹竈燒汞鉛，點金幻術晞頑仙。謾傳白日昇青天，邀取愚氓信心虔。花香頂禮開法筵，我聞其説一粲然。上經藏閣侵高玄，到今變滅隨飛烟。誰共觝排諸異端，王門宗旨須附編。

下經藏

堅白一以鳴，老莊爲魁桀。後來諸沙門，從此霏玉屑。折蘆掃語言，面壁宗寂滅。至竟鬭機鋒，有觸矜電掣。浪傳不死方，獨騁無生説。我欲火其書，下院已蕪没。

聚仙嶺

咫尺蓬閬墟，來往龍鸞路。白飛嶺上雲，清映沙中樹。歲晚茂松篁，天清散烟霧。晴日照茅簷，流泉繞蔬圃。境静賞心涵，神閒游目寓。萬里碧霄空，群仙渺何處。

殺虎峪

昔聞虎負嵎，落日跳空下。斑斕毛色披，閃爍睛光射。陷阱那能防，雄威倏然罷。梯雲抯清妍，入峪動驚詫。猛噬患已除，哮闞吁可怕。戾氣慎勿鍾，傳是斗哀化。

香臺寺

隔林隱香臺，迤邐遵澗曲。群鳥乍翩翾，獨客輕剥啄。樹影清入池，人意澹于菊。憩石寂無言，梯空舒遠矚。松巖日色殘，竹塢泉聲續。流連青豆房，欲伴溪雲宿。

小香臺

祇林水石斷浮埃，得得孤笻破蘚來。吟眺秋空無伴侣，白雲飛上小香臺。

石堂峪

神工搆石堂，山栖洵可卜。雲林負穹巖，烟水縈修麓。採霞夕可餐，種秫秋已熟。明月入我懷，冷泉瑩人目。耽吟清興長，逃虚晚計足。白雲有底忙，不就巖前宿。

白雲洞

谽谺鑿雲根，瀰漫鋪氣海。頭掉遊鴻濛，胸吞不芥蔕。高騰北塞隅，遠覆南溟外。勢崩銀漢流，色映琉螭界。横舒妬羅綿，盡掩連山黛。倏忽納靈源，萬里青天在。

光焰崖

靈嶽有文章，光焰羅萬狀。奔騰河漢表，炳焕雲霄上。榮輝衆所睎，灝氣吾尤仰。扶輿占物華，射斗彌神王。燭龍照寒門，火烏流翠嶂。熒煌千仞崖，孤卓赤藤杖。

石城院

崥屼標疑城，静院落其内。高臨雁塞邊，俯瞰龍沙背。石映霄漢明，堂發霞嵐綵。一痕挂月鈎，萬頃鋪雲海。灰看小劫飛，天臨大羅在。福地類削成，吾將問真宰。

雌竜水

蜿蜒伏爲雌，滉瀁窪作谷。蟄龍窅潛金，飛泉横漱玉。神靈不敢唾，靚窈盱駭矚。嵒石發光晶，草木滋芬馥。陰罯閟潭潭，陽光射煜煜。游氛掃太空，閒心澹無欲。

金竜洞

隱映黄金鱗，濕雲歸洞口。芊茸藥苗青，嶔崎石稜黝。靈山鼠尾皴，古樹龍文紐。雪淙幾滴寒，雨苔一寸厚。秋光空人心，嶽色落吾手。選作宴坐巖，萬事等芻狗。

風山寺

閴寂古招提，清風颯然至。竹樹本蕭疎，烟雲恰開霽。晶明映寥空，鏡浄憐初地。石泉急飛淙，秋山冷疊翠。蕪荒近谷田，苔蝕殘碑字。未及上香臺，獨留無盡意。

公主庵

貴主事金仙，花宫壓觥觥。徒晞不染身，詎證無生道？禮制一乖違，王姬相慕傚。唏嗟李唐來，澆風沿象教。

滴水崖

淙琤滴水崖，飛泉下峭壁。歷亂汎烟華，紛披滋石髮。一斛散跳珠，千點碎明月。泝遠龍潭通，盤空鳥道絶。仄嶺鶻飛翻，圓邱螺旋折。却憶湖口山，今宵夢超越。湖口縣亦有滴水崖。

斷山崖

巨靈擘山根，巉嵒翠崖斷。淙聲激石喧，嵐色淩霞亂。偃蓋松層層，舞翮鷺片片。蔬枰劃青畦，樵梯挂丹巘。新月一何纖，泠風有餘善。晚對坐忘疲，即景成流翫。

龍　井

龍井俯窪深，倒映天光炯。皎鏡老顔癯，洞酌清機永。石綴幾苔斑，林挂一瓢影。遥思篁嶺泉，香煮本山茗。

會仙門

招集群仙下太清，南天門口白雲迎。龍鸞一去無消息，惟有潺湲澗水鳴。

望仙石

望仙石傍紫霞堆，無數鸞車軋軋來。悵倚之罘秦漢主，雲濤終古隔蓬萊。

三清堂

寂歷三清堂，空林卧法鼓。朝真羽士稀，取鬧鴉群聚。秋散一壇星，月晃重巖樹。璚霄渺雲君，玉座塵斗姥。灰死委丹爐，苔荒冷紫府。薄暮四山暝，松坳狒狒語。

玉壁泉

流泉下玉壁，一泓瀦潭潭。清印月纖白，倒摇星兩三。半山凝純黛，空天映蔚藍。瓊液酌木瓢，翠色滋苔龕。清寒目屢滌，澄鮮神獨涵。龍潭噴雪瀑，遥憶濂溪甘。

小石候字書俗作堠。

游行經小石，風日喜清佳。秠穲堆沙隴，茅茨倚翠厓。雲霞還綺綉，鹿豕自朋儕。淳朴山川好，渾思縛草齋。

杜仙庵

白石青苔結浄緣，草庵曾寄隱淪賢。不須更問丹砂訣，飲水看山自得仙。

松管峪

松管遠菁葱，丹峪形峭蒨。一徑翠色深，幾里松濤轉。遥山野燒明，落日秋烟亂。居人閉柴關，歸樵下雲巘。林懸升降燈，中藏古道院。

雄竜水

陰雲一氣嘘，古水潛蚴蟉。青拔竹節堅，白摧松骨朽。月孅寫蛾眉，石冷捉鬼手。峭壁字糢糊，題名昧誰某。

退　庵

選幽巖，得退谷。五粒松，幾叢菊。耽醉吟，居讓廉。愚公愚，潛夫潛。石床眠，瓊蘂嚼。心太玄，眼遼廓。維中嵩，始單車。歷二室，攀三花。太華蓮，如船藕。上蒼龍，騎茅狗。日觀曉，天門開。循顔坡，登孔崖。踞祝融，摩岣嶁。雪霽泉，雲開岫。莊生夢，向子遊。崖滴水，

洞寄舟。秋閏九，嶽遍五。古爲徒，巖之阻。

王子庵

業白傳王子，一巖方丈開。地偏辭桂邸，山獨愛蘭臺。即恒嶽山名。龍象稀陳迹，元明遞劫灰。金沙漾泉脉，湍響落清哀。

西龍堂

西堂金碧聳嶙峋，萬頃沙田雨澤勻。雲裏連蜷鱗爪現，鼕鼕社鼓賽龍神。

龍尾崗

透迤龍尾崗，油雲生靉靆。盤旋勢拏天，奔飛欲入海。連山涌波濤，一氣接茫昧。松坳烟色迴，楓塢霜容改。半規夕陽頽，數點秋星掛。忽思管幼安，名士超塵外。

東寶窩

梧桐生高岡，扶桑麗暘谷。元精薈萃多，灝氣氤氳足。蒸蔚爛雲霞，輝媚含珠玉。丹光吐紅蕖，金沙動華燭。苔過白鹿群，樹拂青鸞族。時有駕鴻人，來就東巖宿。

西寶窩

炳焕映西崑，靈山興寶藏。澤霧豹采生，噓雲龍氣上。草木含清暉，水石激幽響。孤烟秀單椒，層霄麗重朗。琪林落照横，金澗明霞漲。久立憺忘歸，天際真人想。

大將軍山

一山氣象雄，旗纛雲中卓。壁壘排群峰，周廬衛靈嶽。率然列陣勢，首尾横常山。曉晴猿鳥静，秋净風雲閒。我昔雁蕩遊，亦上將軍嶺。碧霄萬里空，海色天容冷。

觀音堂

梵宇莊嚴壓碧岑，白雲一片度秋陰。龍泉迸洒楊枝水，石筍排参紫竹林。元嶽天高山瘞玉，上方沙净地鋪金。横穿狼虎叢中過，賸客清遊不動心。

留紙嶺

留紙元都説舊聞，秋空散盡嶺頭雲。七籤多貯龜臺誥，十賚惟揮鳳篆文。築室靈山明霽雪，採芝深峪映斜曛。羽人不道麟洲遠，渡海傳書倩隺群。

杜先生庵

風來林下有餘清，月到巖前分外明。料得精靈在元嶽，千秋風月屬先生。

興化寺

雲巖高起講經臺，瓴甋深埋劫後灰。猶有石幢蒙古字，一行濃緑繡莓苔。

竜泉鎮

竜泉鎮裏羽人家，細路盤空入紫霞。見説春紅三二月，漫山開徧杜鵑花。

真君觀

千丈喬松蔭醮壇，明霞飛繞玉欄杆。雲成龍虎朝昏護，石作龜蛇左右盤。珠斗光含瑶殿曉，霜鐘聲度碧溪寒。欲餐芝朮終吾老，不羡凌虛振羽翰。

天王堂

四大天王法相奇，巍然鎧仗闢金扉。手擎寶塔凌空去，臺殿都隨劫火飛。

龍王堂

丹青畫壁起龍堂，雲氣氤氳正繞梁。六月甘霖喜沾渥，三秋爟火賽熒煌。靈山洞壑潛螺女，遥海樓臺接蜃王。猶有雨工沙上集，傳芭匏管奏洋洋。

神　泉

石坳贔沸涌神泉，龍窟雌雄出總玄。玉液空明映珠斗，木瓢美滿漬苔錢。丹光夜發如燃火，月影秋生未上弦。澮白一甌松下啜，續看蟹眼竹爐煎。

救魔峪

翠峪經幢卧碧蕪，惟留澮月一痕孤。催殘十六天魔舞，不救氊車走上都。

覺　院

薝蔔林中蔟寶燈，一條覺路啟金繩。禪僧白足消沉後，無復牛車演上乘。

金龍口

千盤上嶽嶺，坳口金龍蹲。幽巖伏靈怪，黑帝揚威靈。頽岸蟠古木，廢墟翳荒榛。山矗窣

堵波，石作披麻皴。秋草映寒碧，夕霞絢鮮新。往來盡樵牧，識是無懷民。

北嶽廟

稽古有虞狩，望秩諸山川。躬舉燔柴禮，盡在方嶽間。朔巡十一月，駐蹕于恒山。曲陽嶽靈寓，移祀毋乃偏。肇始漢武帝，古義遂已湮。北魏初建廟，雲搆太延年。天峰榱桷在，久廢昭告虔。鼇正自聖代，鉅典遵虞編。我入崇靈門，光氣生嵐烟。道士手持珓，導擲朱龕前。冥心了無禱，萬事憑皇天。富貴非吾願，修短隨化遷。不煩傳神語，拜起循階旋。就瞻飛石窟，霞曛射新鮮。俄見白雲湧，一氣瀰垓埏。

銅山子

元嶽銅山在，鴻爐一氣鎔。標凌五溪柱，響應九秋鐘。

張元唐

何哉張元唐，乃在山水國。隣自卜由東，居原對周北。

懸空寺

獅座落層空，龍樓倚絶壁。初陽入牖紅，宿雲繞砌白。刹竿矗秋冥，祇樹蟠穹石。去天纔一握，負巖兀千尺。炫奇爛金銀，架虚塗膏血。海衆上危巔，終受傾覆厄。

窯　神

古窯臨勝地，肸蠁奉明神。元嶽光誠麗，青磁色最新。萬形消苦窳，一氣總陶甄。煦照胚胎日，呵噓炭火春。鳩工居峽口，利用等河濱。模範凝群質，氤氲屬大鈞。晚烟添作黛，新月挂如銀。黄土曾摶物，鴻罏可鑄人。歲時勤報賽，祠屋起嶙峋。

迎仙壇

瑶壇風物似層城，巖石無塵澗水清。抗手群仙天際下，四山猿鳥一齊鳴。

王家莊

磴道縈迴嶽嶺長，王家喜有白雲莊。依稀水木秋明瑟，共許名園比辟疆。

西鬼逃山

鬼行速如風，奔逃西嶺上。山阿被薜荔，秋色餘魍魎。青燐照楓坳，陰雪寒松嶂。旋飈動窸窣，昏月墮泱漭。呼類有訓狐，驅癘無方相。孤魂夜煢煢，鮑家詩獨唱。

柘林寺

巉椒柘林寺，鈴鐸語秋清。白日沙門静，晴空法鼓鳴。蘿陰轉階砌，雲氣繞簷楹。破衲臨寒補，山僧遠世情。

保子寺

保子心最誠，創寺作功德。爲善乃綿長，詒穀斯燕翼。恩勤父母心，輝耀龍象色。寶殿起莊嚴，福田求利益。徒裝丈六身，唐捐萬緡力。禍首漢明帝，金仙入中國。

黄元子

不識黄元子，應同獨往生。洪荒有高士，巢父以巢名。

嘉禾山

嘉禾呈上瑞，澶漫此山陂。五穫稱皇古，雙岐報盛時。青苗方掩苒，黄茂忽紛垂。阡陌沙分隴，溝塍水滿池。千畦麥鋪浪，一頃豆爲萁。細雨披簑立，良辰植杖耔。田家嫻擊壤，野老喜含飴。邊塞群通蜡，旄倪不阻飢。堯封欣乃粒，禹甸免其咨。白粲秋聞搗，紅鮮午舉炊。介眉斟酒醴，于趾把鎡基。山澗爲農好，團茅卜在兹。

利澤侯

侯之澤溥兮，利徧吾人。禾麥芃芃兮，疇隴畇畇。邊塞靖兮，滅烟塵。家室寧兮，以時昏姻。侯之來兮，光烟熅。雲爲馬兮，風爲輪。牲肥腯兮，醴酒醇。靈宴坐兮，歆明禋。侯之去兮，旂繽紛。睠顧蒸黎兮，弭節高旻。降繁祉兮，綿千春。

常清泉

兹泉喜常清，在山自終古。清涵磊磊石，朗寫羅羅樹。菊滋爛漫花，鶴洗翩翻羽。奔飛濺春淙，瀺灂添秋雨。空山杳無人，我欲爲池主。

真珠嶺

秋風落葉着人衣，白道盤雲上翠微。危嶺一宵鳴雨過，真珠百斛映空飛。流經翠峪芝苗潤，瀉出瓊田藥草肥。已解塵纓無用濯，只憐滿眼溢清暉。

神　林

千章喬木護神居，老榦懸崖百丈餘。秋漲白雲縈杳靄，霞烘絳氣薄扶疎。月中遶鵲凌銅瓦，巢裏雛鴉下玉除。浩蕩天風動遼廓，林中欲把列仙踞。

康太保廟

太保列三公，五嶽秩視此。借問爾大神，功德可倫比？

神　臺

崢嶸絶頂聳高臺，起望秋光萬里來。四際天容低覆幕，一泓海水恰盈杯。迎仙摇曳霓旌下，朝帝飄飖絳節迴。知是嶽靈容野客，不妨長嘯動巖隈。

張太保廟

神號紛紛建上公，連甍接棟起祠宫。應憐上界多官府，勞費人間賽火紅。

松林　闕

塞山勢合沓，雜樹紛葱蘢。惟瞻北嶽上，攢列千萬松。春雨長養足，一一蟠髯龍。之而動鱗鬣，夭矯騰虚空。顧兹直幹挺，要自元氣鍾。却憶對松山，泰岱參巃嵸。勾萌屬青帝，故應翠色濃。朔方臨大漠，凛冽閉元冬。峻拔雪霜質，鉅力標恒宗。冷映飛狐月，浩洶倒馬風。神靈萃大茂，寒碧遮層穹。張王聳千丈，曉晃扶桑紅。鎮壓金龍口，不受嬴秦封。濤移大海水，蕩滌窮荒中。峻嶒歲寒節，僻寄幽都蹤。無心邀賞識，萬古青濛濛。

福聖院

寶蓋金幢歷劫荒，蟠龍古礎冷斜陽。名王貴主俱消歇，福聖空傳古道場。

興聖闕

興聖遺基一片蕪，雲牕霧閣總虚無。法筵當日鐘鐃沸，香滿諸天接御罏。

定光寺

王子鋪沙到上方，旛幢婀娜散天香。浮雲飛鳥過無跡，金碧樓臺失定光。

三清殿

道家重三清，層霄蹲緑構。冷礎石苔滋，古鼎銅花繡。烟冥紫閣穹，風漾青池皺。玄裳一鶴舞，玉管雙童奏。代炬松葉香，拄杖笻枝瘦。夜坐守庚申，疎櫺月通透。

小嶽嶺

嶢崝小嶽嶺，突起俯衆嶠。體勢分殷輔，名號列太少。飛光低烏蟾，側石卧虎豹。谺谷亂流穿，游氛疾風掃。升雲一線盤，回飈萬樹拗。鼓勇上巖椒，更盡所歷妙。

鬼逃嶺

荒嶺欻潛逃，幽墟栖默默。似畏逢老𩲡，索魂恣啖食。黯慘寄松陰，愁嘯臨月黑。故衣化塵灰，凉火明苔色。浮生豈無涯，乘化會終極。老在無功鄉，死葬陶家側。

水閆嵒

異聞傳水閆，激怒氣難平。倒竄蛇龍徙，奔厓虎豹驚。谷陵渾欲變，瀫洛孰教争？天柱千尋撼，雷車萬石轟。掀騰轉坤軸，摧拉到霄峥。直挾衝飈簸，還連驟雨鳴。蹴翻巖壑勢，號動鬼神聲。直似滄溟覆，真愁山嶽傾。餘威横滌蕩，奇響震砰訇。地歷前塵黯，嵒啣夕照明。澗泉秋澮浥，依舊在山清。

開化寺

銀沙一片碧苔寒，梵唄無聲法鼓殘。猶説當年開化寺，如來香像刻旃檀。

沙　河

潺淙元嶽西，灣澴紫塞北。小春煖磧痕，大茂澄煙色。往者一條冰，飛蹴萬馬跡。今兹清瑶流，恍映水晶域。塵消鬬戰場，波縈安樂國。邊民闢沙畬，耕墢泯知識。

題石刻恒嶽圖詩畢有述

金石久消鑠，陵谷多變遷。況兹落邊塞，元嶽尤幽偏。當時聳樓閣，象教崇完顏。綉旛出

大内，嶺路來珠輧。巖壑有奇色，照燿生雲烟。繪圖鐫白石，好事由朱堅。是碑傍飛石，靈氣仝盤旋。荒荒委沙礫，轉瞬四百年。嶽靈假我手，一一羅吟編。光怪入肺腑，清暉注毫端。吾詩不灰劫，異跡千秋傳。

恒山集卷七

詩七　古今體詩八十一首

發曲陽

吟望曲陽陲，紛吾别意遲。從看道傍石，多是廟中碑。此舉宜無廢，其誰告有司？荒凉墮榱桷，零落委尊彝。祝册銷金簡，爐烟冷玉墀。晴雲接靈穴，陰雨晃神旗。一氣通天闕，千秋奠地祇。祠官詣玄嶽，祀典正清時。望秩文雖改，明禋禮亦宜。燔祡誠渺矣，肹蠁竟凄其。我覽朱堅碣，全題翠管辭。霞嵐仍蓊蔚，樓觀失參差。陵谷形靡定，元明代屢移。端須紀陳迹，寧復覩前規。回首孤城隱，驅車遠路岐。後賢如考古，應誦老夫詩。

渡葡萄河

澶漫四五里，沙水横填淤。河底恐陷淖，雙輪不敢驅。車夫氣勇决，盤礴波中趨。奮涉不没脛，回身挽輕車。一泓直可渡，大聲揮鞭呼。河邊衆林立，屬目在一夫。長鬣負我渡，輕挾

山澤癯。我如鶴乘軒，彼不豕負塗。一時兩壯士，奇勇賈有餘。意並無險阻，登岸只須臾。隔河車雜沓，悵望空踟躕。

趙順平故里

出師曾拜表，突將列雄名。糾合諸精鋭，悲思首順平。眼明辨國賊，膽壯冠軍營。足與關張並，能扶蜀漢傾。揮戈千戰勝，入陣一身輕。人爲炎劉出，公從真定生。曹瞞應短氣，先主得長城。擁護樓桑在，英靈抱赤誠。

郭巨故里

一貧乃至此，顧養獨情深。悽絶兒埋土，奇哉天賜金。里居傳此地，故事感于今。滿眼風何眯，明覘孝子心。

馮唐故里

漢廷詢父老，偉矣識馮唐。易老嗟年事，難升滯省郎。青雲虛特達，白首足淒涼。早謝金華殿，深潛水竹傍。

白馬河

只見黃沙隴，難尋白馬河。千年陵谷變，人事更如何？

鴛水橋懷張聖書天麟

遠道邢臺縣，嘉名鴛水橋。南湖多舊雨，最念阿龍超。

内邱晋明門外燈山閣奉碧霞神女有賦

晋明門口聳，飛閣一何高。燈焰侵虹月，山形駕海濤。瓊簫應引鳳，火樹自連鰲。波色開金鑑，閣前有方池。霞標建彩旄。雲横三素影，樂奏八琅璈。榜『月中天樂』四字。筐進安期棗，盤盛度索桃。花涵净瓶水，鈴挂寶幡縧。豐稔群情躍，承平樂事遭。新春簪是勝，元夕舞翻翿。神女靈蹤炳，都人賽會豪。鉦鐃喧競日，卓馬過滔滔。

内邱道中見古廟榜一聯云趙北無雙地燕南第一峰觸興成詠

向禽從放浪，燕趙恣遨遊。把杖回中嶽，驅車過内邱。一峰青靄繞，數片白雲留。沙上霜花滿，林間日氣浮。堠堆經隻隻，驛路歷悠悠。脱葉于今盡，飛鴉是處稠。風尤捲蓬蓆，寒轉

襲羔裘。已盡三秋月，長懷九派流。行須穿汴上，盼不到中州。夢裏濂溪水，潺湲拔老湫。

河　心

迢遞河心路，荒沙一尺深。羸蹄虚得得，野水尚滔滔。日色消冰叚，風聲動樹林。環山横遠黛，飛鳥遺去聲悲音。寒攬征裘襲，醺思濁酒斟。南天引和煦，朔氣送蕭森。相待無枚馬，孤遊且尚禽。客情渾自慰，仙跡渺難尋。老鬢絲難染，冥心陸易沉。邯鄲前路近，學步載駸駸。

謁漢世祖廟并序

俗傳爲帝夜行柏鄉，問路斬石人處。石人中斷委地，尚留廟中。事不見正史，姑紀一律。

柏鄉傳問路，夜語石人愁。三尺神鋒試，千秋故跡留。天生銅馬帝，地類斬蛇溝。王莽應千叚，妖氛靖九州。

渡漳河

躑躅漳河口，橋梁尚未成。人從高岸望，車向濁波行。遠樹安陽縣，寒風講武城。老來遊物外，空抱濟川情。

次安陽示疎村

渡漳猶振策，遥望古城樓。脱葉高天豁，斜陽野水流。草玄慚巨筆，醉白愛新篘。小陸欣重會，論文夜不休。

重謁比干墓

昔遊入函谷，墓謁關龍逢。柴車此往復，公心剖赤忠。伊古兩直諫，中土輝西東。不恨諫而死，但恨諫罔功。終焉大社屋，莫破商辛聾。一過黯白日，再過生悲風。誰從遊地下，奇節與之同。

百泉追悼張南臯濟川

凄涼百泉上，逝水俯滔滔。門内擄天性，塵中失俊髦。池塘憶東苑，竹樹接南臯。講舍紛聯席，經帷共解縚。賓俱欽璞玉，交並飲醇醪。賦命何多厄，謀生亦太勞。孩提違母愛，奔走逐兒曹。汴上春光早，平臺月色高。飄飄類萍梗，陶寫涉風騷。高舘催之去，清暉賀所遭。省園題殆遍，吟興一何豪。二豎俄交迫，幺弦遂罷操。遺緘傳雁足，端坐擲毵毫。淚睫憑誰拭，哀絲到死繅。吾曾擄一慟，父更咽三號。溽暑誠爲酷，悲風此尚饕。土憐埋玉樹，芒痛掩金

刀。孝友孤生篤，春秋一字褒。幽光何日發，感舊涕沾袍。

百泉

百泉沸靈穴，浩渺聚坳泓。湧處金成色，噴來玉有聲。源深星宿洶，湍落洞庭平。渚石蹲如島，山墉列似城。灘摇銀礫動，風漾縠紋生。日月凌空朗，雲霞倒影明。鳥從屏上拂，人向鏡中行。樓起疑嘘蜃，杯傾直吸鯨。浴波衝騄駬，唼葉泳鵁鶄。翠篠千竿立，飛梁一道横。生機看魚躍，素志與鷗盟。天氣臨寒凈，嵐光向午晴。只憐流浪去，無復在山清。

孫登嘯臺

幽絶蘇門境，川巖繞邃阿。何人此棲遁，長嘯憶公和。逸韻聞鸞鳳，崇臺挂薜蘿。遺踪訪雲谷，傳響動林柯。嵐汎層層翠，泉回澮澮波。嗣宗狂特甚，叔夜愧應多。輒至途窮矣，其如識闇何。空悲廣陵散，差喜醉顏酡。詎似朔寥廓，無憂觸網羅。長懷考槃地，洵是碩人薖。徙倚欽前哲，登臨發浩歌。寧須買山隱，宴坐一盤陀。

清暉閣

凌霄虚閣起，面面繞清暉。一水摇澄碧，層嵐接翠微。白雲迷佛寺，紅葉點人衣。石磴爲

吟塢，苔階即釣磯。星光浮浪動，霞彩映空飛。樵子穿松徑，漁家闢竹扉。沙蒲抽節短，土蕨茁拳肥。草木含靈氣，山川入静機。回潭魚潑潑，拂檻鳥依依。寒雨池蓮倒，繁霜岸柳稀。前賢此栖逸，空谷有光輝。四眺神俱爽，孤遊願莫違。公和如可作，微爾更誰歸？

壬癸廟

廟貌輝金碧，丹青畫壁新。靈源出壬癸，虚室守庚申。金簡投深穴，霓旌下遠旻。元冥方用事，盛德報明禋。

靈源亭

觱沸靈源湧，洪瀾散百泉。盪摩空際日，翻動水中天。清冽煎茶銚，汪洋溉稻田。沬邦多沃土，神貺出亭前。

恭謁先師廟

仰止先師廟，投笏倍悚惶。摳趨拾階級，下拜肅冠裳。至教垂來永，奎文爛有光。御書『至教永垂』四字。空山陳俎豆，寒日映宫牆。轍跡追三至，淵源溯獨長。遠臣原得主，君子尚留鄉。穎悟思門下，纏綿倚墓旁。性天聞奥窔，瑚璉器熒煌。陶鑄從茲邈，裁成何所望。孫登自棲

逸，阮籍太猖狂。擊壤逢平世，觀圖契古皇。風流千古振，安樂一窩藏。頃者徵君起，因之道氣揚。宗傳分派別，吾意迴徊徨。正脉推濂洛，真知叩耿湯。講壇紛錯擁，學蔀闢除忙。墜緒尋洙泗，遺書守紫陽。當湖立廊廡，須友具舟航。小子終無述，餘山耿不忘。還悲幽室瞽，舉步獨倀倀。

謁周程子祠

道脉元公啟，親承得二程。水風吟處細，山雪立餘清。繞砌新苔緑，當簷一鳥鳴。廬陰與洛下，到處繫深情。

安樂窩謁邵子

舊築吟窩在，藤蘿百尺捫。風流千載迴，安樂此間存。河洛從參會，漁樵聽細論。孫登善長嘯，未許占蘇門。

擊壤亭

清吟標擊壤，歌嘯任天真。底用儕詩伯，從教老逸民。空中起樓閣，心上足經綸。魚鳥亭前滿，飛潛意總親。

湧金亭

一片黄金色，飛波湧日輪。熒煌射魚眼，焕爛照龍鱗。適興雙瓶酒，冥心數尺緡。已完遊嶽願，此地作閒人。

噴玉亭

鳴玉潺潺漱，噴來濺客衣。洪波衝岸動，萬疊洒空飛。宴坐忘喧寂，瀏觀泯是非。神情開滌處，蒲稗翠因依。

謁孫徵君祠

舊竹千竿密，高風不可攀。舉幡三輔外，築室百泉間。環海呼聲迥，清流照影閒。宗傳一編在，吾欲質餘山。

白衣庵

葱蘢圍竹木，最愛白衣庵。石銚烹新茗，甆瓶慣汲潭。心清戛鈴鐸，眼冷飫晴嵐。古樸瞿曇老，元機寂不談。

沙門鎮

沙門車度處，野店已晨炊。旭散雞豚社，冰凝雁鶩池。天容小春裏，風氣大寒時。却憶邊垣苦，歸來幸不遲。

濟瀆廟

濟水列四瀆，發源王屋巔。厥流清且勁，别異黄河壖。見伏亘千里，歷下東城偏。上騰四尺許，奇著趵突泉。邐北入于海，靈跡垂虞編。禹導自沇水，主名奠山川。延津古城北，有廟形翼然。土人歲禱賽，駿奔肅几筵。載覿舊碑碣，神異紛流傳。伍胥實主此，名號貞珉鐫。公生殫臣職，建儲光赫燀。直諫浩噴薄，父子羅禍駢。殁而爲明神，精氣亘重玄。豈其訛楚語，祀典臚潭淵。靈胥擁白馬，亦聞作水仙。秋潮怒洶湧，釃酒漸江邊。援毫姑紀此，聊當禮魂篇。

黄河岸

野曠平沙岸，天低遠樹林。寒風重問渡，塵世幾知音。汴上浮沉跡，天涯去住心。老夫惟作達，茅店一杯斟。

入汴城呈石生疊韻

雲中遠見汴城樓，疲馬長途且暫休。舊雨多應詢杜老，故鄉正復似并州。九江夢去魂猶繫，萬里歸來願畢酬。爲有故人家在此，今宵縱飲不須謀。

頻得家書知鐘兒產一子球兒將至洛下篪兒已赴潯陽縷述成咏即寄示兒

乍看逢舊識，頻喜得家書。小字孩提裏，添丁隔歲餘。今兹詣元嶽，昨者到匡廬。濂既嘉名肇，恒還覽揆初。濂、恒，兩孫小名。直供吾笑樂，更博衆軒渠。洛下仍敷席，潯陽亦寄居。殊方憐闊絶，賢主好相於。北道懷驅轂，南鄉夢倚閭。含飴知慰藉，織素尚欷歔。女病嗟無那，孫謀忍忽諸。裝囊營藥餌，經訓作菑畬。期和鳴陰鶴，猶歡涸轍魚。飛騰原有候，攻苦莫教虛。實學爲根柢，浮名是土苴。開心德未立，轉瞬歲將除。妄想徒爲爾，清機孰起予？講堂溪瀧瀧，吟舍竹疎疎。歸老濂溪上，簞瓢亦晏如。

家書來兒子繩球有志學詩寄此勖之

删述千秋志令名，毛韓自昔一經横。規橅三百龍文鼎，撥置尋常蚓竅聲。鉛槧小儒摛月露，乾坤大義誦生成。不嫌直説吾家事，寢食休忘嗜古情。

聞金繪卣志章王廖徵曾祥相繼徂謝爲作二哀詩

繪卣

古老驚淪没，天門詄上征。猶存人日寄，無復壑舟横。童丱聞先輩，騷歌播令名。耄耆親賤子，壇坫結深情。藻彩籠群雅，風期獨老成。傳衣從哲匠，倒屐自名卿。聞譽喧京國，飛騰掩衆英。丹衷惟黽勉，素節特峥嶸。鳳閣中朝入，麟符絶塞行。榆林敷惠澤，楓陛鑒精誠。大耋慈親壽，重封錫命榮。蘭陔潔飱膳，萊服宛童嬰。問學隆堂構，丰標冠里閎。三蘇著才望，兩到紹家聲。晚歲何多厄，澄懷了不攖。危途惟覺坦，噩夢那須驚。遇我聯膠漆，從君操水伶。山中仝豹隱，物外共鷗盟。舊德元深仰，新詩且互賡。養疴依枕簟，觸熱欵柴荆。江渚成暌隔，星樓幾合并。君所居在德星樓。春朝憐晤語，别思苦迴縈。靈嶽窮南北，良朋隔死生。秋風訃遄至，河水淚仝傾。華表虚遼鶴，香叢敗楚蘅。龍文抛厲鶚，鴻筆喪周京。零落看耆舊，提携寡弟兄。群公遞徂謝，一士黯悲鳴。誄出安仁手，碑題有道塋。殘生添寂寞，悽愴數歸程。

廖徵

淪亡胡可又，一箇愴重聞。誰割邱遲錦，空持郢匠斤。瑯琊存逸調，吴下仰清芬。雲合多名士，風流孰似君？聲華傾浙汜，標格照湖濆。愛酒仝元亮，臨池仿右軍。籠鵝從恣洒，泛蟻便成醺。時把青荷葉，横書白練裙。公卿能下士，謂學使雷公翠庭。風雨感斯文。碑板勞摛藻，科名未策勳。一心甘寂寞，萬事斷糾紛。春日偕童冠，秋霄睨錦雯。浮生隱蓬徑，至死卧松雲。兔苑耰耡力，毛椎錦繡紋。市門終耻倚，荒歲枉勞耘。憶昨茵相接，移時袂遽分。親知情繾綣，騷雅氣氤氳。異地看明月，遥天隔翠氛。遄揮玉樓草，罷採石池芹。竟以千金璧，埋諸三尺墳。珠盤委壇坫，香火冷榆枌。旅底猶縈夢，歸來已失群。才高嗟不禄，命薄復何云？獨立真爲鶴，同聲指是麏。何人憐葛帔，有子繼香芸。一掬知音淚，頻教酹夕曛。

汴上聞定巖擢察贛南奉寄

遨遊回北嶽，遷擢望南雲。鹿轂秋辭夾，麟符早已分。九江傳舊德，八境播清芬。澤自潯陽洒，聲先庾嶺聞。鳳棲瞻異彩，虎渡紀前勳。暑雨淹行客，清風劇憶君。洛嵩無滯跡，章貢倍離群。小子依旄節，諸生採藻芹。從公方絡繹，邀我最慇懃。樓檻延凉月，雲岑戀夕氛。長吟惟荷賞，滿酌不辭醺。鑿洞開巖竇，飛流破蘚紋。連岡栽翠竹，列舍置香芸。主去移賓館，

碑留勒篆文。旅情應寂寞，山翠自氤氳。兩地濂溪院，書堂觸緒紛。

夜别圖東

月出人皆醉，夜闌燭更秉。襲裘氣森森，縈牕光耿耿。白水舊盟心，素髮稀垂頸。君豈戀夔龍，我寧慕箕潁。東陝舍甘棠，北嶽逐清景。出處志弗殊，憂樂趣各領。策杖聊取適，懸車發深省。對影渾如夢，别淚休若綆。匆匆上馬去，出户天星泠。

鬧店

世情多取鬧，茅店亦譁然。簫鼓豐年兢，閭閻樂事駢。閒心一池水，寒月此宵弦。掃榻渾無擾，忘機到處便。

荀氏八龍故里

閭里有醇德，群傳荀朗陵。三君偕令聞，四長肇徽稱。才子高陽著，真人列宿徵。通家太邱洽，清望潁川澄。十里村須表，單車軾正憑。八龍齊矯翼，猶想此飛騰。

馬融讀書處

臨潁城南路，經過弔馬融。讀書原敏妙，得解最淹通。女樂何妨列，儒流故自雄。後堂開麗日，紗帳捲春風。底事依梁冀，徒教授戴崇。傳經鮮裨益，失足祇悲恫。名節千秋重，炎威一瞬空。康成有光耀，侑食聖門中。

小商橋謁楊將軍再興廟

一歸忠武部，義勇掃氛氛。不作曹成將，能殲兀朮軍。商橋曾轉戰，宋史特書勳。飛矢攢如雨，揮戈奮若雲。積尸橫曠野，熱血洒斜曛。盡力摧强敵，捐軀報大君。吾鄉存故墅，杭州艮山門外有楊墅廟。此地矗孤墳。岳廟同千古，風悲野水濆。

信陽道中雪

侵晨寒轉劇，霰雪遂交加。正值千盤磴，還添一片沙。遥山俄見白，近樹亂飄花。薄漬經行屐，重凝往復車。銜坡嘶倦馬，覓食下飢鴉。屢閲迎人堠，難尋賣酒家。石將埋塊壘，谷已塞谽谺。漠漠同雲暗，蕭蕭古道賒。寧思訪安道，聊且詠劉叉。處處堪乘興，無須起嘆嗟。

雪中寄圖東疊韻

時起寒膚粟，誰將煖眼加？漫天如急箭，壓地不飛沙。是處偏彌罅，空中倍眩花。崎嶇蟠石角，轣轆碾柴車。盡掩黃泥坂，翻成白項鴉。始知征路客，不及野人家。忽覺盈頭綴，還看衆口谺。客情雖自冷，吟興頗能賒。月晃闌雲色，風摇陜樹丫。懸知獨拈盞，念我發長嗟。

信陽旅舍獨酌

旅舍殊岑寂，惟思倒一杯。孤懷何所屬，滿飲豈須陪？霽雪牕相映，寒風户不開。醁醽頻爲煖，榾柮任教煨。五嶽遊方徧，單車往復回。淹留對羸僕，吟嘯阻群才。何處靈山是，信陽山名。空教蠟屐來。追風誰借驃，步月想登臺。漢口途迢遞，江州夢泝洄。連程多凛冽，滿眼少塵埃。萬慮都抛却，繁愁安在哉？方稱杜康德，爲我置黃醅。

信陽謁先賢子貢祠

先賢宰兹土，瑚璉發輝光。聖學欽端木，神祠矗信陽。哲科妙言語，性道闡文章。美績夫何有，徽猷孰敢望？駟連瞻度偉，貨殖使民康。故國違千里，中州濟一方。智能周衆務，達更表專長。鞠拜層階下，低徊古柏旁。閭閻與縫掖，德澤並難忘。

信陽奉懷何大復

空同並驪犫，奇秀本大成。騷雅推冠冕，壇場遞主盟。還看偉封事，不獨擅詩名。晚出能孤挺，餘才孰抗衡？直辭森噴去聲薄，逸氣莽縱横。鳳羽翔千仞，龍泉閉九京。吹臺羅俎豆，書院啟簷楹。前繼三賢跡，高凌七子聲。多師裁僞體，尚友論平生。異代生悽愴，清緣不合并。遺編摛拙序，故里毓元精。此地論先正，流風倍有情。

彭家灣

獨輪行古路，雪濘最崎嶇。甈軏橋心度，嶔崟石角趨。凍時凌磈礧，融處踏泥塗。寥落悲羈客，凌兢苦僕夫。窄過歆樹畔，危轉峻坡隅。飫見惟冰柱，空期是酒壺。飢禽群聚噪，駿騎倏前驅。小店頻思歇，圓笻不可扶。離城纔一舍，落日已將晡。草木俱晶玉，關河入畫圖。吟情偏勃發，遊興豈全孤？即次彭灣裏，争看白在鬚。

彭家灣阻雪疊韻

投車喜安枕，夜夢怵崎嶇。又值繽紛洒，空思轣轆趨。去留難信意，來往莫尋塗。長嘆多行客，高吟獨老夫。望窮遥海角，坐對衆山隅。景麗移銀闕，神清濯玉壺。淺斟成爛醉，快獵

想飛驅。狐貉寒思襲，箖箊壓欲扶。臨風惟是凍，留月不愁晡。憶把寒江釣，誰皴溽暑圖？殊添嶽遊好，詎道旅情孤？晃朗當簷立，澄暉映鬢鬚。

徒步

車舍從徒步，山蹊積雪乾。雖憐饒況瘁，聊喜得平安。鶴氅加身煖，烏藤入手寒。縠紋縈一水，粉本列層巒。巨壑魚龍蟄，空枝鳥雀攢。蜀薑惟愛辣，魯酒不辭酸。首路猶千里，遊山已萬盤。高吟還自壯，清興詎曾闌？石磴須臾倚，雲林仔細看。撥衰筋力振，耐苦性情寬。未覺經行險，深知閱歷難。人情工變幻，世事足波瀾。白道重關遠，青鞋幾緉殘。吾跰渾欲繭，他馬莫施鞍。屈曲尋隈隩，舒徐刷羽翰。還愁風色緊，飛絮滚成團。

武勝關

武勝關頭路，沿緣上峻坡。山田鋪玉粒，亭壁畫琱戈。霽月團團隱，朝煙澹澹拖。雞鳴通過客，魚貫下行贏。漫道凌兢甚，其如犖确何。崇巒渾似堞，細水不成河。石上車轇轕，巖頭堠駊騀。猶懷吹臺跡，已聽楚人歌。雲斷河南色，林交湖北柯。溪堂清夢遠，雪岫苦吟多。破凍行猶澁，消寒飲已酡。嶽遊遄往復，歲月劇蹉跎。

東王

杲杲當空出，行人意快哉。舒光從雪後，争耀在巖隈。寒鳥飛頻下，群山闔復開。東王村逶迤，南國客徘徊。松竹青成列，雪巒翠作堆。低坡騮下坂，高嶺鶴升臺。粔籹香炊甑，醇醪煖瀉杯。陰餘晴忽見，憂盡樂還來。野水纔消凍，平沙詎起埃？僕夫行甚健，不畏獨輪摧。

三家店

應州南向去，野曠得夷庚。逌過三家店，遥回萬里程。煙山疊攢簇，雪水細縱橫。已戰紛華勝，無憂太瘦生。

廣　水

遥見村煙聚，先迎窣堵波。渾如千室邑，還過一坡陀。晻曖重關晚，紛綸列肆多。商應連楚蜀，貨並集車贏。逆旅燒銀燭，官人止玉珂。迎眸觀物態，到耳沸笙歌。如水心原冷，圍爐氣自和。殊憐歲將晏，莫問夜如何。逌想浮江艇，仍期到磵阿。雲岑容隱几，潭洞作吟窩。喧聽溪頭瀑，幽攀月下蘿。今宵居廣水，廬阜夢嵯峨。

山烟

應山山色好，一抹曉烟長。翠麓聯綿起，巖腰縹緲颺。瀰漫似雲海，橫亘若星潢。冷映高空白，奇烘旭日黄。連岡缺豈補，雜樹密交藏。湧現由真宰，憑陵接大荒。何從覓靈穴，直是護神房。就遠看寒色，升高攬曙光。凝時儼環帶，散處極蒼茫。氣母從舒卷，呵嘘默主張。

河冰

雪後加寒沍，瀰漫忽已冰。還添霜色白，不掩水光澄。落葉鋪千點，生綃羃幾層。冲冲寧許鑿，片片已教凝。徑渡狐疑屢，輕飛鵠立曾。游澌倏紛下，晴旭煖全蒸。澤腹堅馴至，河滑履戰兢。寒紋横斷裂，勁體不模稜。隤岸和銀礫，長川亘玉繩。峥嶸連夜凍，晏歲莽相仍。

仁和店

見説仁和店，聞名想故鄉。中州門屢入，此處路廻翔。嵐湧千山側，冰凝一水傍。殊憐天氣好，不覺土思長。夙契俱零落，清吟獨激昂。三秋詣靈嶽，千里滯殊方。寡和真徒爾，緘題孰寄將？寓身同海粟，泛宅借江艎。溢浦懸明月，匡廬疊翠岡。元公曾卜築，終老在書堂。

小河溪

陂岡經嵂屼，沙礫接駢闐。灘石白如許，河流清可憐。獨輪驅落後，略彴度争先。翠蓋孤松立，紅規落日圓。山寒猶有雪，水澹不生烟。犬吠巡籬落，鴉栖踞樹巔。村厨紓左顧，茅店息重跰。客愛醪頻注，僮催茗續煎。曲房燈綻蘂，遥夕月成弦。筠管還孤詠，繩床遂晏眠。春尋芳草渡，情在小溪邊。

松林岡

平岡何崱屴，遍地是松林。晚見峥嶸節，寒標挺拔心。年光頻代謝，物態並銷沉。寥落關河晚，優游歲月深。冰霜增凛冽，天地亦蕭森。中聖凄成煖，懷賢古視今。須知後凋意，卓立冠雲岑。

蘆管雪

朔風穿破屋，雪片到繩床。晚睇茅簷外，遥鋪蘆管塘。僕夫愁遠道，游子感他鄉。凛冽踰前日，暄和望太陽。雖嗟紛颯拉，猶幸異淋浪。轉覺衣裝薄，休論酒價昂。同雲徐解駁，輕絮失飄揚。落已凝群岫，平還羃淺岡。寒欺風際鬢，白過草頭霜。便似山陰道，翛然興欲狂。

奉懷孝感故尚書涂公存齋天相

登朝非巧宦，退谷是愚公。故事金華省，新阡白草叢。學能掃豐蔀，仕不玷清衷。崛起原茅屋，歸休乏綺櫳。君恩矜晚節，臣病息微躬。老返生申里，年齊書亥翁。澄懷平寵辱，雅量忘窊隆。貴已施行馬，翛然逐去鴻。神栖小有洞，官謝大司空。賤子依賓舘，當年記考工。素心明白水，青眼鑒華銅。大小經文晰，縱横史論雄。聞談只風月，恩誼等衡嵩。北部班猶點，東山望特崇。依遲京輦外，悵望道山中。幾輛車曾送，重泉信不通。悲傷壞梁木，感激撫焦桐。故里經寒日，靈旂裊緒風。倉場留奏議，經國懇抒忠。炳焕遺編在，訏謨思不窮。

九子墩

如箭風號九子墩，行人衺敝欲消魂。却思樓駕雲岑上，坐看香爐上曉暾。

雙　廟

遠道來吴客，清歌聽楚邦。白雲横翠岫，紅日上明窻。雪盡茅簷口，霜凝古樹腔。荒岡人立獨，空谷鳥飛雙。晴鵓新呼屋，金蟲昨綴釭。苦辛僮足倦，懌悦我心降。野稜横驅犢，沙村數吠厖。今辰猶跕屣，明午想浮艭。迢遞經雙廟，奔飛下九江。晨餐安雜坐，不怪語言哤。

三樹根

洱口遥連漢口村，楚天净掃楚煙痕。雪泥到處留鴻跡，指爪踏過三樹根。

將至漢口述懷

蓮洞群相望，連宵繞夢魂。荒墩過九子，古樹接三根。雪盡臨荆楚，烟開見水村。同行憩茅店，淺酌舉匏尊。健僕身衝凍，衰翁背就暄。雲巘時獨往，心跡與誰論？瑣瑣多裨販，冥冥只默存。漢江知洶湧，歲月自崩奔。賞曲亡鍾子，懸崖立伯昏。寒風叫鴻雁，宿雨敗蘭蓀。磯口從招鶴，溟中任繫鯤。幾年遊嶽路，九曲泝溪門。巀嶪書堂峻，因依釣石温。紅亭賢主去，翠岫野夫蹲。行矣稀新識，歸與似故園。餘山有遺緒，端欲闡微言。

洱　口

行行臨洱口，照眼旅情舒。抵店高春後，離江一舍餘。遥連漢皋樹，已食武昌魚。楝子梅花似，山雞彩鳳如。時光雖凛冽，意興不蕭疎。松竹環村户，牛羊識井墟。此時爲郢客，何處不蘧廬？月映茅茨冷，雲消碧落虚。沾唇香滿盞，理髮白盈梳。勞者猶歌曲，良朋失把裾。枯中有生意，消息一陽初。

漢口

漢口今纔到，經時往復程。舟車正旁午，南北有夷庚。聳峙晴川閣，灣環郤月城。郢兒歌旖旎，蜀估氣縱横。解佩循臯步，同舟泝渚行。仙蹤元怳惚，人意自屏營。太白樓空矗，郎官湖尚明。酣呼成雅會，標舉剩佳名。有客輕携策，臨流一濯纓。洲中草空緑，磯上鶴來迎。舒嘯聊乘興，隨波不繫情。頻年三楚汎，寒日一樽傾。蹤跡追漁父，滄浪和曲聲。

黄鶴樓

飄飄黄鶴去，樓勢鬱巉巖。欄楯凌清旭，階基甃白瑊。高城跨巖岫，遠岸列松杉。煙艇商歌杳，廛闤楚語諵。沔陽流水匯，夏口夕陽御。世代俄成古，仙蹤迥隔凡。柳條寒盡禿，棗實吏空饞。絳節胎禽駕，黄庭内景函。遥遺漢臯佩，疾下洞庭帆。亭湧團圞月，波澄上下嵒。狂吟聊自適，縱酒不勞監。解渴邀桑苧，當風擘阮咸。青瞳雙炯炯，白髮亂髟髟。翠石摩挲滑，無須姓氏劖。

仙棗亭

悲歌徒纂纂，枯榦矗巖嶅。遥想豳人剥，寧隨禹貢包。亭基餘石甃，月影亂枝交。秋實偕

白雲坳。未得羅盤案，空思佐酒肴。仙踪多杳渺，楚語自紛淆。方士留徵信，荒唐一解嘲。梨栗，村翁瀉斗筲。投懷見心赤，入口免牙膠。絶少如瓜樣，摇來古樹梢。吏隨黄鶴駕，人望

湧月亭

月輪起東海，亭勢壓南邦。浩渺明遥夕，團圞湧大江。置身渾絶地，豁眼不安窗。窣堵波移影，陽阿曲换腔。蛟螭回遠壑，商旅下連艭。鶴駕飛仙過，鯨鐘羽士撞。漢陽凝翠靄，湖口激奔瀧。隔岸山如簇，沿磯樹似幢。行踪長落落，事業謝摐摐。但以持螯手，從教倒酒缸。詩憐少陵杜，人是鹿門龐。涷鵲枝栖百，驚魚浪躍雙。嚴城擊宵柝，古院閃冬釭。獨立耽佳景，清暉憶石淙。

太白亭

太白曾遊覽，危亭俯水涯。詩篇崔顥在，身世禰衡乖。樓上閒雲影，洲中宿草荄。梅花飛五月，玉笛響層厓。夏口風情暢，長沙日色霾。登臨聊寄興，遷謫不縈懷。空翠遥山疊，枯枝古樹排。官軍簇鑣轡，游女墮簪釵。勝槩留兹土，深情屬我儕。千秋去黄鶴，一輛過青鞋。嘯傲滄洲獨，歌呼下里皆。清瀾翻自漢，濁酒倒如淮。久忘頭盈雪，寧須腰繫緺。遠游浮楚艇，晏坐即蕭齋。憑弔孤懷迥，流觀雙眼揩。霜空澄萬象，景物最清佳。

舟發武昌迎寄潯陽諸同好

武昌至湓浦，信宿下輕帆。樊口餘芳醞，廬陰見翠巖。旋歸尋舊好，遷擢换新銜。玉節違千里，瑶華寄一緘。兒應隨遠棹，僮自把長欃。地主仍相欵，諸生盡不凡。山屏開錦繡，水樂奏韶咸。潭底蜷龍蟄，天邊顧兔毚。雲岑高架構，巖洞冷空嵌。冰溜凝青靄，霜筠映碧巉。緒風吹窈窱，微雪點嶄喦。户挂來時幞，身更去日衫。迎人村犬熟，絮語野翁諵。預遣塗牆屋，寧教伐柏杉。地爐消薄凍，冬笋解清饞。籀篆留碑記，賓筵去酒監。書堂敷疊席，吟塢啟重函。五嶽存遊草，繁蕪不用芟。

予自武昌挂帆信宿抵九江定巖之任贛南行李已在船矣重送予入濂溪書院快飲達旦留句録别敬和高韻

猶及潯陽喞别酒，遥從夏口趂長風。魚龍浪跋空江裏，雪月光交午夜中。樓倚層霄雙眼豁，人來千里兩心通。墨花重洒濂溪上，高視乾坤孰與同？

息溟枉札垂和遥别韻二首再疊奉寄

北塞南江自在遊，隨方倚着此生浮。人生那得忘情好，一把瑶華憶故邱。

孤鴻銜雪渺無儕，影落廬陰白石齋。忽聽歸昌遺遠響，却思阿閣幾重階。

奉寄雷公翠庭鋐 并序

予出遊嶽時，奉書于公，末云：『敬誦東先生所補之詩于左右。』書到時，公已早乞養得請矣。因有下句。

寰海論膠漆，潛江表席珍。深知叨聖主，顧養戴慈親。書跡詢離索，箋詩寓悃忱。已陳丹陛疏，早乞白華身。偉甚成初志，超然謝要津。熒煌昭淑德，稠疊荷温綸。世守韋賢業，居欽孟母隣。音徽彤管燦，歡笑綵衣新。殊渥歸南嶠，重封拜北宸。輿遵小園路，盤進潔飧晨。榮茂芳萱色，舒長愛日春。折麻貽遠道，應念嶽遊人。

送箎兒歸里

不道行踪滯，猶然駐客艭。無須沿贛水，自合返錢江。更閲明蟾屢，分攜素鯉雙。棲遲遵道路，親故問鄉邦。兔苑勳難策，龍文志必扛。攤書應列庫，握管想如杠。香草騷人佩，皇荂下里腔。炎暉看煜煜，奇響聽逢逢。大器才華斂，深衷意氣降。母衰垂鶴髮，姊病伏螺窗。安慰披斑服，承歡奉玉缸。荆扉耽静寂，塵事謝紛哤。廬阜青霞洞，濂溪白石矼。宅幽盤谷李，身老鹿門龐。遊嶽千峰雪，歸槎九派瀧。吴山青簇簇，楚樹緑幢幢。汝輩須嘗膽，吾心早息

橦。葡萄簷下坐，聚影話銀釭。

梁百川曰源爲予寫五嶽詩集寄贈

五嶽詩成未足誇，却憐書格壓簪花。新宫一灑三千字，識是仙人蔡少霞。

歸自恒山題濂溪一絶

玄嶽吾家著水經，此行何止動山靈。秋窻憶感元公夢，歸到濂溪草更青。

抵濂溪書院

書堂溪響繞簾櫳，元嶽歸來憩薄躬。明月當頭千岫冷，故人煖眼一宵同。囊中新草充遊記，架上陳編探易通。詎便笻枝閒挂壁，他山尊處興無窮。

弢甫續集

序

僕德不進，業不修，惟癖性耽吟，以自適其平生。前既刻《弢甫詩集》十四卷，年來所作尤多。鴛湖錢載謂予曰：『惟《五嶽集》單行，餘當收拾作一處。』予是之。合台、蕩、洞庭、中州、閩嶠諸遊草及居恒所作，都爲一集。今老病龍鍾，已輟翰，不事吟咏，深悔誤耗精神。劉忠肅公云：『一爲文人，便無足觀。』吾不幸蹈此，有忝餘山門弟子矣。既已爲之，聊復贅存，記所閱景光。恥過作非，有餘愧焉。

乾隆丁亥重午，桑調元自序。

弢甫續集卷一

古今體詩三十八首

古　詩

束髮志實學，及遊餘山門。聰明勿誤用，親受箴銘言。朋儕一牽率，翰藻争瀾翻。白首竟無得，痛心空自捫。遺書雪涕讀，葉落歸本根。

酬和盧敬甫存心息溟壽朋初春集草堂韻

平生兄事不多人，並喜風光眼底新。金勝簪花光簇彩，瓦盆傾釀色如銀。青氊坐老尋常事，總角交深四十春。情趣休教兒輩覺，白頭一見一回親。

集敬甫草堂疊韻

温語相將就故人，朋遊意氣不争新。清尊滿滿波浮玉，破屋明明月似銀。芻狗已經拋往

跡，土牛又見�今春。一枝笻竹分拈取，照眼青山並覺親。

集息溟草堂疊韻

同調應呼澹蕩人，入林倍覺好懷新。縱横�樹從飛火，左右霜刀妙繪銀。狂興齊拚三日醉，浮生稀閱百年春。語君休向關山月，羈旅誰如骨肉親？

幽居洞看梅和季兒繩篪韻

春山萬樹梅，良覿到處新。此間苔洞古，悠然面故人。清寒一照眼，松路蠲浮塵。緣溪影流水，疎密皆天真。空巖發孤笑，荒荒與誰鄰？石室香不渫，窮老逾精神。入宵萬象寂，明月來相親。

雲奇樓望育王山和繩篪韻

今晨肇芳景，天地纔養蒙。熙陽灼螺翠，先明最高峰。蒸嵐出奇彩，妙繪開圓空。群山涌一氣，東走無終窮。遠樹攢修黛，晻曖含春容。凴登攬岩秀，遥天掃氛濛。

酬茅渠眉應奎見懷原韻

來往沙鷗謝是非，滿湖秋水總忘機。陔蘭已敗詩休補，籬菊初開願不違。甫里散人甘螻屈，貞元朝士幾鵬飛。調高郢曲原稀和，新髮空爭白雪輝。

題王譽徵曾祥義橋村齋圖

出山在家兩非宜，妻孥猿鶴遞怨悲。東皋未能躬耘耔，食指何由雪翻匙？遠走村塾爲之師，進退學子以矩規。未侈講坐横皋比，其肯導攫聲利爲？學川先後勢逶迤，誦如新泉落塘陂。研農歲熟香釜炊，華趺白絳心顔怡。堂堂處子謝忸怩，況收野色供娱娭。方罫水田緑差差，雨鳴鶺鴒朝昏移。洲汀葭蒲莽離披，入秋穲稏黄雲垂。環齋茂樹漲華滋，濃陰波及凉不貲。先生畢課巾舄遺，跂脚北窗哦古詩。瞿塘孟門百嶮巇，顛簸不到支牀龜。朱丸流空倏西馳，玉蛆浮浮杯行遲。掉頭萬事吾弗知，義橋紆左河之麋。輕艖棹破青琉璃，欲往從之屢爽期。我思崑山歸季思，館于城南神恬熙。繽紛書帙竹風吹，槐陰啜茗童冠隨。農歌帆影坐得之，愛而不見空嗟咨，清蹤參逐非君誰？於戲！季思與君孤鳳姿，秋冥千仞焉從追？

題朱君灌畦圖

自來禽尚遊嶽隨倚薄，嗤彼紇干山頭凍白翎。一生只戀生處樂，是身往來海鶴如。青松白石皆可廬，天地四方共一宇，可吾意處猶鄉閭。達哉鹿田翁，前有漢陰老。灌園息機橦，今古同襟抱。宦餘偶憩百川泉，引水穿畦浄如掃。清暉閣前烟景賒，厓垠遠近青周遮。當秋一雨雪浤沸，湍流活活衝圓沙。枝撑亂綴傍塢棗，滋蔓細絡陽陂瓜。是時霜飛萬柿葉，斜陽蒸作川原霞。東頭却望湖山在，風篁石屋性所愛。水邱舊跡追釣遊，嫵嫵江峰秀晨黛。乾坤同調拂衣人，漁弟樵兄仍我輩。飄然别袂風披披，去弄漁舟舞澎湃。野夫乘興更不羈，青鞋布襪信所之。登臨頗挾濟勝具，猱騰不畏雙繭胝。餱糧底須三月聚，青精黄精飽我飢。盧敖若士語荒誕，區中自可環遨嬉。化工皴法特奇詭，多恐蘇門落脚底。寄語巖端長嘯人，秋林鼓吹爲吾起。

和章柱天楹留别韻四首

劫習深纏翰墨筵，依稀結佩自童年。情禪久已泥沾絮，仕隱空餘月滿船。暫返故山無限好，叢生新髮最堪憐。風燈過眼人間事，舊物難抛一片氊。

暢好明湖泛羽樽，休談往事客青門。生無俯仰隨人態，狂有淋漓潑墨痕。漁艇未移江月

白，梵鐘初動嶺烟昏。耦耕便約相鄰並，秋雨聲繁薜荔村。

溝塍曲折一邱藏，夕露沾衣濕不妨。谷口棲遲渾欲老，孟門辛苦飽經嘗。江林霜重烘秋色，籬蘗寒深播晚香。海内故人稀屈指，相逢語笑戀清狂。

空砌蛩吟也自怡，歸昌况數鳳鳴岐。流傳江鮑須千載，寂寞魚龍且一時。仙姥爐頭傾翠釀，秋山木末發華滋。永嘉巖壑多新咏，應許羊何共和之。

題朱源長源滄浪寄跡圖

昨年飄兀滄浪湍，扁舟輕入鷗鷺灘。癡牀不顧達官坐，醉墨涴著東廊瘢。故人薄宦偶寄此，客蹤未暇過盤桓。有若訪戴到忽返，餘興便泛江湖寬。衝寒重來艤杉瀆，故栖已隔荒林端。女墻烟靄水木翳，勝跡移向圖中看。主賓東西兩鴻爪，雪泥吹聒天風乾。北碕片土閱小劫，篁栫幾度灰飛殘。蘄國聲光振炎宋，白雁一過烟墟寒。入雲池館分滅没，跨谷洞山虛巑岏。王璙相惇遞掃一邱貉，何况孫節使與龐都官。長史當年最憔悴，詞川奔激興洪瀾。晶輝未埋檀山里，神瑩皜月清團團。即如此幀貌得此亭古，舊觀儼復神明完。藤窗添我拍浮在，百年幾會留清歡。模糊煙雨數今夕，暝樹早失川原丹。銀燈吐燄照歷歷，昔夢省凭花前欄。當盃未須算後會，酣作顛草遺簪冠。

吴貞女詩

女結褵，壻御輪。女于歸，羨嘉姻。女結褵，婿伏枕。女請行，暗沾衽。百年好，五日期。既彌留，長别離。虚同牢，甘同穴。從黄泉，留皦日。未亡人，新嫁娘。分明女，拜姑嫜。髧我儀，鑒而祭。抱冬心，紛雨涕。初服縗，終簪蒿。孀月凍，雌風號。鵠不雙，松也獨。處士潛，忠臣蠋。

陸烈婦詩

君徂一何遽，須臾不得留。君徂慎莫遽，待妾同歸休。君先徂，妾後逐。甘心畢命青絲繩，何勞鬼伯相催促。誰謂黄泉暗，月輪下轉明于燭。月輪自妾心中出，有圓無虧光熠熠。軋村有鳥雙鳴呼，雄飛雌從下上俱。霜風叫斷聲嗚嗚，貞魂夜夜環林墟。

送黄弢谷歸閩中

黄葉秋風繞驛亭，凉吹鬢髪已星星。故人往復看漁艇，童子因依過鯉庭。江畔催歸潮正上，雲間懷舊涕同零。君與予同出華亭門下。武夷山色縈清夢，他日應舒老眼青。

李西華友棠入都道杭州同人奉邀小集湖上蒙投長句依韻酬和

臨川明月光無邊，師門十載浩懷想。物外身還不自由，蜘蛛小隱檐牙網。靈谷銅陵跡未經，夢隔川塗空怏惘。胥山砉見公孫面，便擬明湖伴幽賞。劇知蓬島遲飛仙，乞從小住淹吴榜。契托雖緣世講親，文章派别同宗黨。詎誇風月三千首，萬古門才並崇獎。今晨拉上總宜船，訪古嬉春信意往。野夫發興導遊屐，青山雨過鏗投杖。盤回蛇徑篛陂陀，腰脚騰空鬬骯髒。亭虚四照萬景攢，身先一朶飛雲上。忽復中流和櫂謳，濤花雪捲摇菰蔣。狼籍屏風水墨圖，淡濃小米工摹仿。瀰漫春水恰平隄，劃破空青划兩槳。天氣剛逢脩禊餘，選樓何事辔清朗？一代人倫水鏡澄，詞壇掃霧開西爽。憶昔天街穿緑槐，僕面紅香颺十丈。何曾驛舍夢生花，也搦毛錐干氣象。雪邸曾題公誄文，予作《教習公誄序》，公評云『可與子安《滕閣篇》並傳不朽』。滕閣雄篇許争長。龍門巇業不時攀，宣武門西河滉瀁。閶闔追從得幾回，倏看使節持英簜。還朝迢遞到懸車，玉陛邱園遥想像。無才不敢點清時，解龜早歲依臯壤。東南巖壑恣冥搜，奇景終年媿獨享。神魂縹緲在雲嵐，晏坐空齋猶怳怳。此地欣陪主客遊，烟渚離離滉浩蕩。落花飛絮滿春衣，只恨千山題鴂響。僧廬苦茗一盂香，頓覺浮生捐擾攘。不須芳信趣荼蘼，眼前新緑殊清暢。惜哉缺謁和靖祠，未摘溪毛薦肸蠁。預愁别浦挂雲帆，習習南風吹五兩。船頭記戀落照明，一歌主客臚今曩。

題郭丈庶蕃小照

山啣落日赭，風遞鳴蟬清。遠墟凉烟夕，野渡空翠生。丈人巾舄古，把杖出簷楹。流憩天宇曠，窅然無所營。多男好紙筆，此事勝淵明。籬邊看花綻，鵝黄釀已成。

葉愷齋士寬惠番物三種兼索下句賦謝

紅毛酒

馬軍打門來，遞送琉璃瓶。識是杯中物，渴眼隨之青。杯杓未唤洗，口涎流不停。云自荷蘭釀，夾板紅毛船名來瀛溟。拆緘香溢牖，鼻觀延芳馨。姝色瀉竊紅，瀲灩波倒傾。哆唇就嘗呷，滑辣生未經。覆手滚滴瀝，連連紺珠零。彼土釀法異，嚼秫谿媌娙。生漿待之熟，篦筒爲缸罌。男女大作社，藉草呼螺觥。見周子仁所刻無名氏《渡海輿記》。燒春此足壓，意賤百醁醽。一酌已醺適，再酌即沉冥。三酌齁齁然，兩耳却驚霆。安得置中衢，徧酌横目甿。酣酣萬慮釋，互寇銷心兵。觸蠻枕席帖，瀫洛如油平。坐成華胥俗，熙恬苞元精。亮難使之然，户外任紛争。盡歡且獨醉，萬里交麯生。

西國米

西國月窟西，海衆悍不羈。蠶食兄弟邦，英圭黎、咬嚠叭俱爲所吞，近并蝕呂宋。峨然長蠻夷。我朝四賓服，表上語嗢咿。雍正間事。貢道紆洋海，方物臚赤墀。細米如碎瓊，色紫鏤凝脂。圓蒼瀌膏雨，銀磧犁荒菑。連篝散狼戾，流轉東陬陲。日没處所産，日出處嘗之。數升比珠寶，吾甑亦得炊。體性致堅韌，百沸出鐺遲。竈妾調文火，蒸浮成黏穲。如此糜自可，一杅滑流匙。人心嗟姦黠，往往售謾欺。魯鼎自有贋，漫以葛粉爲。不待試湯鑊，輭糯先蒙嗤。而彼饕餮子，餔啜甘如飴。傳聞此策勳，實在胃與脾。見吳青壇《嶺南雜記》。阿球適病起，朝晡餉之宜。青精與胡麻，浪誇澤容肌。明月不足報，世好相陪追。

呵嗟子

呵嗟爾何物，仙果入海探。照眼出磊落，修圓堆絳黚。想當應手摘，箐林晨露沾。島夷拾方法，密餞芳名僉。靈珀瑩若透，蔗漿漬猶黏。美須奴狻糖，貴欲兄虎鹽。舌生而辨味，難試以未諳。可意默不語，自得中邊甜。蕭齋捻茗椀，微風動疎簾。鬆几一盤設，拈取涴摻摻。香韻在齦齶，半晌留噙含。佳處徐徐領，不類口頭甘。休供噉名客，齒利心懷貪。亦莫供屬饜，漫解饞夫饞。小兒詎曉事，拏攫踰兩三。無核喜軟嚼，食案頻窺覘。曾聞如瓜棗，海上恣夸

談。安期影滅没，延望空眈眈。豈若故人惠，筐篚熊魚兼。觀頤正須慎，敢廢山雷占。

初秋同人集湖舫二首

盧存心敬甫

人生無時休，得閒亦由己。清晨出郭西，眼明一湖水。況多素心人，臨流笑而視。小舟脱葉輕，飄颻出沙涘。孤橈發清音，中川泠吾耳。新露洗遥青，秋厓躅縟綺。萬木秀扶疎，涼風天末起。遂恐清霜飛，摇落層巖裏。山水澹無言，自寫流光駛。且呼倒罍瓶，共酌松醪美。松醪瀉不涸，少過湖姥家。自從歲取醉，漆髮爲之華。澄湖至靚妙，未容讚歎加。物我隨所得，當境分寂譁。午暉映殘暑，移楫緣金沙。溪橋盤古木，艤就清陰遮。披披荷葉偃，晚紅猶作花。柳條散萬緑，一黄間鬖髿。秋風始幾夕，秋冥碧無涯。惟應撥吟櫂，弗孤涼景賒。

潭影往而參，窮居欣得已。未用上浮槎，遠泝天河水。疎柳如佳人，晨沐堪平視。絶愛沿西陂，脩竹映風涘。新雁度江峰，聲落秋士耳。泬漻感清商，有懷彈緑綺。柔櫓緣葑田，鷗眠故不起。規載千玉壺，日在無何裏。萬事不復關，卧看行雲駛。誰續曲水觴，曷若秋禊美？

涼波三十頃，著處皆可家。壚間取薄醉，酡顔發瓊華。至妙麯生理，還丹何以加？熙然華胥國，豈復聞嚻譁？磊磊澗中石，飛湍漱白沙。偶起踏沙行，手折團蕉遮。野塘

人不到，爛漫開秋花。盤跚藉草軟，隨意眠鬣髿。猶有素心人，謂茅渠眉、朱予齋、邵開先，周于度。各在天之涯。臨觴忽不御，欲往途路賒。

盧壽朋息溟

鵬鷃任逍遥，何用分人己？興來招朋儕，共泛城西水。山光澹長留，悠悠今昔視。何妨避殘暑，與泝清泠涘。蟬聲咽咽鳴，不厭聒人耳。秋意静涵波，平鋪一端綺。移時轉沙汀，雪鷺翻波起。爾我窅忘機，俱落空明裹。飄摇一葉舟，送以清風駛。沿緣五柳居，且食鮮魚美。

明湖深漾演，龜魚之所家。秋風一以吹，渌水凋朱華。輕橈泝回溪，蒲稗相交加。看叉尺鯉雙，漁艇共叫譁。湖南净渺瀰，極望惟烟沙。翠屏未摇落，碧樹環周遮。頹陽動渚面，千紋浮水花。鬚鬢雪相似，素影垂髿髿。悲思海門逝，謂亡友李海門。欲從窈無涯。松林人不起，肯惜濁酒賒。

汪春溶晴江

縹緲湖上山，平生最知己。同調藹有情，往問亭西水。奇絶始秋圖，灑落供吾視。影著瓜皮舠，摇蕩菱花涘。水禽飛且鳴，尖咽頗悦耳。一篙漾晴暉，裂破千尺綺。殘暑林外銷，清風蘋末起。徑須携詩瓢，置身阿堵裹。得此風日佳，其奈年光駛。喧呼杯中渌，所以懷子美。

轉眼秋氣盛，巢燕欲別家。疎疎臨水木，寥落飛烟華。已覺腰力減，惟餘酒户加。醉中遊懷葛，不省鑾觸譁。所恨良友聚，如團乾淍沙。西行白日駛，誰能一手遮？世艷自翕艴，開落風中花。請看坐中人，絲髮多飄髿。如何不快飲，擾擾營生涯。遥林挂纖月，清景一何賒。

宋慶嘉萊衣

索居矮屋下，終日不見己。相與滌煩襟，從之汎秋水。秋水清且漪，游魚可諦視。篙工信解人，沿洄柳下涘。日景不到舷，吟蜩遥接耳。聯吟皆心朋，清言一何綺。雅令錯觥籌，催捲白波起。贏螟區中人，共入醉鄉裏。但覺風輪輕，焉知日馭駛？奇凉瑩懵騰，秋光正美美。

窈渺五湖遊，避地從浮家。未如依孤嶼，日夕採芳華。虚無水中亭，員嶠無復加。唫心已岑寂，而况離塵譁。默數銜波鳥，一一起圓沙。登樓舒遠目，不令前山遮。微茫辨浦樹，但怪老眼花。坐有忘年友，謂朱、余二君。鬢鬢青髼髿。却顧點秋霜，生也固有涯。吾屐亦已蠟，山林跡須賒。

朱家濂性之

湖光屬先生，復不私諸己。愛兹清泠淵，分酌一瓢水。湖外紛膠擾，俱作等閒視。倐然濯吾纓，隨處滄浪涘。揭來清鶴夢，水風徐入耳。流觀天宇高，秋雲薄如綺。疎疎隔汀

柳，無人自眠起。餘暑亦灼人，移置冰壺裏。兩槳趨凉陰，意似飛黄駛。相將我與鷗，共占青莎美。

三楹支竹屋，言過山翁家。清風颯然至，殘香飄水華。是時瀉湖渌，不辭觚爵加。移篷入幽澗，一静却衆譁。輕波蕩淺瀨，的皪披銀沙。卓午求息影，徑以茂樹遮。莫言秋意微，開滿水葓花。甘瓜應手摘，翠蔓分鬅鬙。惜未覩魚樂，一遵玉泉涯。吟弄殊未已，此間風月賒。

余昂霄紹文

快兹舞雩遊，清緣弗遺已。飄飄白雲蹤，一色映天水。蕭晨開澄湖，通川縱盈視。無際浪花生，彷彿瀟湘涘。橈轉青山孤，竹風清心耳。偶坐霜髭鬚，古意皆黄綺。玉蛆艷浮浮，手奉翠螺起。悠然醉吟心，冷瑩秋光裏。微尚足千秋，莫問東流駛。試吟滄浪歌，翻入櫂謳美。

竺西擬結宇，有懷處士家。寂寥想清魂，祇此秋月華。後來續遺榮，萬鍾亦何加。層峰祀隱聖，先生欲搆隱聖祠，祀許田，以嚴子陵、林君復配。三人皆錢唐人。冥心謝呶譁。飄飄水上鷗，與分一片沙。忘機狎清暉，早遠雲羅遮。荒灣釣石冷，蜻蜓立疎花。鬱鬱南屏松，青毛落毵鬖。先生舊開講堂于南屏。吟鑱千仞壁，永照湖之涯。游探無盡意，回船興猶賒。

早秋盧、桑諸君集湖上，艤舟金沙澗之陰。予相地自南山來。遇，力邀入舟。予追先君與盧書蒼、桑文侯、王玉樞、景菊公、王文白諸父執時往復兹地，而南湖集社，文酒之盛，尤艷士林。今老成徂謝盡矣。林下後昆，亦復蒼顏白髮，言之盡然交涕。叚甫詩先成，在座咸和之。予以在疚，本不與會，亦强綴依韻，聊以述悲而已。

郭　濂又叔

幼與盧桑交，紀年在戊己。于時諸父執，集社南湖水。林邱童子從，向長者所視。眼見決詞源，淼淼無涯涘。相遇如弟昆，兩君與我耳。淹雅早推盧，弱不勝羅綺。桑也矯矯姿，野鶴雞群起。惟予最無似，蓬亦生麻裏。秋風四十年，快若雲飄駛。今日蒼顏頽，昔日朱顏美。

飢驅千里道，我乃似無家。蘋萍蕩川津，無根見狂華。歸來何所有，白髭數莖加。抹涕試具陳，四坐姑無譁。故我如轉磨，近事如炊沙。烏兔西飛急，何計相留遮？憶昔少年日，頗暱缸面花。五斗飲不盡，以之沐鬖髿。今看諸君飲，有類南湖涯。老大省陳跡，既去光景賒。

往遊台蕩留别敬甫

天機愛孤暢，人事吁無窮。一雲渫江介，島島天南東。靈界敞台蕩，昔夢翺青空。天寒躡

雪往，乳贇參幽蹤。朝行石梁仄，暮宿霜茅篷。吟厓老湫拔，白日飛驚龍。餱糧咀黄獨，伴侣鏗圓笻。歷尾兩兒娶，霞端坐家翁。山靈迓先聲，相次梯衡嵩。自厓勞遠睇，川陸氛濛濛。

雨渡錢江

小艇從飄兀，寒濤破險艱。不愁江雨猛，卻喜客身閒。雪捲中流棹，雲昏兩岸山。一竿兼一笠，便入畫圖看。

越中舟行夜雪

行艫寒森沉，際此江雨夕。盲風轉凄惡，打篷響蕭槭。篙子苦手龜，雱雱壓船白。中宵密無聲，斷隴浩已積。時聞近灣隈，凍禽嘶磔磔。緣源輕冰沍，幸未膠廣澤。犯冷闢舲窗，溟濛混川陌。天幕潔無垠，皓斂千巖碧。乘興訪阿誰，愛作入剡客。

題吴君旭昭觀潮圖遺照

衝寒渡濤江，歲暮蛟龍蟄。中流忽復遭邅迴，惡風白浪嗟何及。惡風白浪未足驚，耳邊殷殷鼉鼓鳴。舟人遥指海疊白，倏見銀山千仞直矗空冥生。疾呼捩柁往而迎，江心一葉掀舞輕。嶮巇乍觸濤頭湧，海水怒立舟狂傾。千仞直下舟一縱，浪花之腹濡頂踵。瞿塘呂梁復在前，前

者子胥後文種。是時雪水從西來，上遊萬瀑顛如雷。巖灘羅絡富春洶，連朝暴横摧檣桅。鮎口軒然作氣勢，力與馮夷海若争轟豗。合踏波聲動寥廓，横奔逆捲打石脚。水犀組練排虚空，大戰昆陽猛陣斫。如山舴艋一瓦飛，水國溟濛烟霧圍。素車閃曳紅抹額，霓旓婀娜從江妃。濤頭下上驚數過，回潮墨黑連江皴。雪潮合沓猶自可，回潮回皴皴殺我。滿舟號呼涕淋巾，是身那脱蛟龍脣。我愛奇觀神轉王，眸子眩亂肝輪囷。生小觀潮立塘岸，楚軍只從壁上看。恣教出没潮中央，兹遊奇絶平生冠。篙工斡旋如有神，手把一髮懸千鈞。揺揺徐向西陵艤，却看江月光如銀。人間平陂等閒視，恰對圖中景爾爾。掀髯問君君不言，知君平生之意亦如此。

題松門圖用宋車若水遊靈巖詩韻

虬枝入雲盤，雪瀑穿烟墮。磴苔霜餘滑，苔坳髣髴過。此間坐吟人，山靈識清唾。緑碉篆冰華，石牀不可卧。隔林一鼠飛，亂落松子大。空靄青瀰漫，天際歸鶴破。我餐他山霞，梯碧當幽課。夢先凌台宕，芒屩願方果。熊猱與之遊，獨往洗衆懦。明御泠風行，虚濤倏起和。

題客齋壁

大雪瀰天地，寒光照衣裘。短篷振淅瀝，曾川赴清遊。客如野田鶴，林堂一夕留。曙翻泠翩去，孤影衝沃洲。

發越城抵蒿壩

玉沙蔽闉郊，孤艓下東浦。榜人輕淵潭，衣簑屢僛舞。皚皚羃巖壑，竹樹不可數。空濛柔櫓鳴，鷺堠歷洲漵。草店煖松黃，壚烟漲寒縷。陶堰桑墟中，闃漻雞聲午。前罾辨東關，鮭菜艇三五。枉渚泝頹波，崩橋邇江塢。却瞻川途長，雲昏没飛羽。

夕發蒿壩

江暝風色寒，歲晚旅意急。澹泞物外心，況閱奔波客。朱缸明市櫺，越女瀉醅碧。百貨通荆吴，鱗鱗下估舶。窮冬雨雪繁，川路淒瀰溰。矐首競錐刀，利涉不遑夕。海巒玉削成，清景委冥寞。襆被安板艙，戴灣想銀磧。起柁恰潮生，夜語挂帆席。

小泊三界

昨宵帆駿發，倚風疾驔駸。長年怯駭浪，維艄上浦南。拂晨元霧塞，鶩影汀涂諳。十里早炊熟，暗聞鄰舟談。群山雪蔽之，一氣戕松楠。湍響白蛟舞，忽復凌江潭。小市檥三界，沽汲紛瓶罋。客行預期程，淹泊愁容含。祛寒趣把盞，柁樓眠酣酣。

夕次青楓嶺

湍險橫石渡，且喜衆力齊。漫江舞急雪，四宇天爲低。仙巖已薄暮，茫昧崖東西。廣川幽籟閴，沙冰禽不啼。一舟野萍泛，衝波不可栖。前迤睇嶺脚，氛白虛端倪。轉岸茅茨見，燈火荒淒淒。巔坳祠烈婦，欲上暝無梯。青楓寒不死，萬古別蒿藜。傳芭自江澨，航頭酹玻璃。靈風散冥廓，孤鶴遺酸嘶。

櫪樹灘阻淺

江水咽銀礫，路斷崿浦東。積素漫圻岸，荒灘膠短篷。前舲淺沙閣，後舸篙力窮。仝行紛負戴，共策扉屨功。覓蹊塔山下，踏雪披榛叢。挈瓶買江酎，取醉餘艄公。客來嵊亭外，白擁千萬峰。膝踝陷數尺，澗野封窊隆。剡汀興未盡，踟躕叩孤笻。

櫪樹灘回舟至蒿壩

我生隨緣百事皆，況復清遨穿芒鞋。同雲萬里陽烏埋，朔風吹雪釃埏垓。櫪樹灘頭梶長桅，連船篙竹肩相排。玉河凍合迷灣隈，斷潢不復鳴湝湝。三老骯涕顏如灰，柁底偎甑燒薪藍。折篁倒枘驚諠豗，徒侶猷散緣垠厓。我狂猛欲梯天台，石梁古松攀峨嵬。起覽瀛環白皚

雷。岩湫噴動潭龍乖，高空滌宕攄老懷。一藤衝淖行顛頽，平田瓊屑堙衢街。紅氈裹背三徘徊，勇膽變怯空嗤咍。窮汀歲暮檣竿迴，魚山往還良復佳。浦溆歷歷波澶洄，信宿抵壩颿搪挨。龍頭瀉酒識小娃，江客重至何奇哉。一笑頓釂千尊罍，内江鳴榜催船開。

月夜過錢清江

清暉溢六合，破鑑磨空冥。一灣玻璃水，沙鳥寒無聲。長川浩積雪，遠景湛虛明。風定帆已落，櫓過一錢亭。昔人渺千載，餘此江水清。揭來孤高月，依稀古精靈。問月月不語，金波窅泠泠。寒冰爲我面，對月凝光晶。夜氣入滲泬，四宇天垂青。

曉渡錢江

汀墟月未落，侵寒問早渡。天水遠溟濛，輕帆連檣霧。東光動海疊，稍辨環洲樹。攢白隔江峰，崚嶒影半露。開頭劃寒槳，邅迍泝枉路。憶昨雨瀰漫，衝濤捲颷怒。高岸砉已頽，斷槎逐崩仆。晴波鏡面平，浦口摇罩鷺。及岸謝車牛，沙稜堅冰沍。悔不策烏藤，徑向瓊臺步。一怯阻清緣，嘲爲積雪誤。

弢甫續集卷二

古今體詩五十六首

酬和厲樊榭鶚見送獨遊台蕩原韻

我性癖霞嵐，遊蹤恣飄忽。仙墟入夢清，飛渡鏡湖月。片帆挂空江，天風信蓬勃。生厭廣場喧，參軍雜蒼鶻。徑繞萬重巖，孤雲去髣髴。雪松偃層層，石泉鳴汩汩。侵霄桐柏宮，齋心清聖謁。龍噴大小湫，獨往記始卒。汙漫作春遨，沉冥謝天伐。飢采肉芝餐，暝就樓罯歇。好山如名理，得徑窮教窣。尚睎海外峰，了了青一髮。墮地傍菿湖，秀括山水窟。須凌五嶽巔，壯觀神超越。屐指道里千，空翠先排突。試捻瘦鐵笻，意已無峍屼。昨棹剡溪回，蓄鋭辦布襪。豪留終古論，勇趁今晨發。遲子拂題名，毋俾苔花没。

渡錢江疊曉渡韻

獻歲風雪仍，省覓江口渡。鬻午漏朱曦，一捲遥塍霧。鱗鱗到岸帆，歷歷映江樹。出門亦

何營，富貴草頭露。繫我雙青鞋，往籥烟霞路。大江湍聲豪，偃蹇魚龍怒。悠哉涉川身，雖險不顛仆。半流上奔潮，舟亂衝波鷺。出手操長篙，氣春釋寒沍。既濟越嶠迎，沙乾可縱步。白雲導之前，千山行不誤。

發西興至蒿壩疊發越城韻

春江波已碧，客影漾别浦。新年沸絲簧，越俗歌且舞。堆堆道傍堠，川驛心焉數？鶴浦對嵐坳，龜山出瀧滸。有霎鑑湖雲，映空渫一縷。雪夜憶舟回，清寒月當午。神山空望三，名岳未涉五。矢往雪此言，仙潭汎桃塢。閲宿度重江，南指相風羽。

發蒿壩疊前韻

終古盱江水，潺湲奔響急。蘋萍欻散聚，宛似中流客。雪消江樹清，春動海山碧。風帆健如飛，一毛汎重舶。疾篙轉巖根，水石相砰淴。烏篷映水光，低照明蟾夕。瓦罇徐自斟，游心入恬寞。隔浦翻群鷗，潑潑動寒磧。行止隨舟師，晏然就枕席。

紫石山

一山陡峻嶒，悍脚插江底。萬古湍撞舂，飛流激迅矢。奇石立如人，天半巉空起。犓潤皴

異狀，金光一色紫。陰厓飄晴雪，迴風舞未已。長松受樵斤，響振青雲裏。緑蘿挂寒猿，蒼嶺叫飢兕。扁舟不可纜，春屏虛攀倚。

美女山

娟娟美女峰，螺髻高空秀。初霽嵐旭蒸，餘寒冰雪鏤。下臨千尺湍，清響瓊瑶漱。春巖麥乍芳，有鷺倏雉雊。繡隴逐陂成，高下晴煙耨。野梅爛漫芳，只與山禽齅。西面琵琶峽，天風曲一奏。空曲無陽臺，朝雲不蒙垢。

東　山

東山千仞青，古寺冠其上。絶頂鳴噌吰，餘聲散空曠。際水青松林，一徑通疊嶂。忘機羡游禽，信意煙霏颺。謝公去千載，白雲藹無恙。荒祠空復存，飛鼯竄塵帳。當時絲竹羅，情志故滌蕩。物外詎無憂，此樂非所尚。山澤趣自殊，春空一悵望。

霸王山

霸氣收江東，故山屹猙悍。空祠居上頭，立棟鑿厓竅。面勢襟小山，蒼翠抱迤坦。重瞳起滅秦，夥王何足算。鴻門恢大度，鴻溝劃中斷。不逝騅哀嘶，蓋世氣爲短。大江浩揚靈，天噫

洩憒懣。排巖古松圓，陰森卓雲繖。瘦莖戛扶疎，石罅拔箭笴。漁舟繞而西，葉葉去疎散。我榜汎烟波，未遑就薦盥。

江　潭

盤渦面清漪，演漾盈千尺。鷗隨萍汎春，草與波涵碧。浮深快行舟，力齊柔櫓劃。柳根巧施罛，舉手粘圓鯽。沈沈烟月寒，空濛宜泛宅。瀟湘雁已北，背人飛隻隻。我謝憔悴吟，此亦殊楚澤。却疑有元珠，欲使象罔索。

横石渡

亂石截奔瀧，横亘一洲淺。客舟類輜重，掀淖輪不轉。衆工卧長篙，湍瀨赤足踐。艑艖乏龍負，邪許並呀喘。浩想娥江寬，徑濟一帆翦。食頃半灘過，力疲嗟往蹇。遲須春水生，吾與鷗游衍。辛苦下通川，更御泠然善。

清風嶺疊前韻并序

陶九成《輟耕録》載，宋臨海王氏過嵊，嚙血寫詩，投厓死，石上血僨起。先，岳州破，賈瓊妻韓氏希孟赴水死，遺詩練帬，有『江南無謝安，塞北有王猛』句。又，岳州徐君寶妻某氏詞題

壁，投池死。予因弔王烈婦并及之。嶺本名青楓，因烈婦改今名。

殺青古有録，烺然大節齊。牽連書婦烈，黯黯川雲低。峥嶸臨海王，媿煞儂家西。江邊女貞木，終古寃禽啼。崩厓下千仞，糜身不苟栖。分明血痕僨，白石呈坤倪。北騎躪岳州，綀幂題慘悽。韓媛屍浮水，有若升仙梯。江南無謝安，宫闕生榛藜。亦有徐家婦，身沉青瑠璃。自此嶺名改，激激清風嘶。

自櫪樹灘行至嵊南郭疊回舟韻

戴家溪灣客行皆，我亦起曳登山鞵。瀕灘曲徑銀沙埋，步健迤折方田垓。回頭不見櫪汀桅，塔西古樹參天排。星子一峰緣翠限，冰融陰澗流滮湝。茅店憩飲如淋灰，然爐續續添松蘱。野人語笑横掀陊，老狂肩須拍洪崖。行年忘却將黄台，胸空蕩蕩消磊嵬。白雲如蓋一色皚，微風吹送天南來。晴霄不愁紅鏡霾，危巖直上中天臺。齊州點點蒼煙堆，塵區萬事憑黔雷。嵬瑣那計張角乖，處置六鑿遊無懷。彭觥鐵杖不摧頹，土堠一舍乾春街。萬山突兀次盤徊，猛爲舊挫湔嘲咍。孟陬昏熒攝提迴，氣衝巖野煖且佳。緣繞嵊郭南沿洄，水市傭販相摩挨。逆旅檻梅姹仙娃，顔色靚好思遼哉。晏整巾帶澆以罍，安神客窗心眼開。

竹簰行

野翁編竹牢且稠，入水可替蜻蜓舟。囊筥中央置妥帖，撐載主客居兩頭。山溪野溪多空闊，一泫春水青如油。暴漲不須愁揭厲，登簰穩送神夷猶。往來徑度沙颯颯，東西遠汎雲浮浮。薄暮無人沙觜閣，豈有百丈煩牽收？嵊亭之南南渡口，我初試踏如輕鷗。縱使持篙小欹仄，不過溼我青兕裘。須臾既濟上圻岸，悔不信意沿灣洲。桃洞仙姝側近在，玉沙瑶草環溪流。溟茫煙水入深處，世人争豔阮與劉。我欲規作星槎遊，身掠鼇背窮冥搜。飄然獨往清而幽，一覽大荒吾何求。要取紅盆波面洗，浩蕩扶桑得到不？

阮　廟

荒祠蹲薜碣，傳是阮郎家。台路金庭接，春空白日斜。神丹稀大藥，社飯有胡麻。莫訝仙緣好，相留一子嗟。

望台禪院

萬仞天台翠欲攀，偶緣看竹叩禪關。天邊月是同行客，門外春横獨秀山。金地妙香清茗裹，石梁仙路白雲間。青鞵布襪匆匆去，翻遣高僧識我閒。

三溪

三溪溪身廣，緑水渺東注。略彴板爲之，檣木亦牢固。兩涯横亘長，浪花眩狼顧。安得竹筏輕，碧漪一篙渡。緬彼吕梁洪，神恬了不怖。矧伊滑笏流，詎窘凌空步？隨意趁渦盤，雪羽浮雙鷺。何人釣夕陽，隔溪曖煙樹。

宋克齋石先生書院

無穀死于飢，有穀死于賑。永懷石先生，實惠施耇齔。乃令邦國活，同安道無殣。浙東凶亦然，所在民澤潤。世多迂大儒，小試恢牛刃。晦翁以兄呼，吾道仝門仞。蒼蒼石鼓山，雲表祠壇峻。嘉靖守洪珠爲建祠鼓山。我行式草樹，千載肅後進。銜悲思古遺，天不一老憖。

南明山

石牛鎮西迤步入，朝露未晞草屨溼。天風料峭正吹人，早梅點點春衫襲。荒誕蹤留踞解巖，巨石中斷青巉巉。客來徙倚上月峽，千年老碧摩松杉。白雲莊前翳雲族，騰涌瀰漫藏嶺腹。欻見樓臺金碧明，空界潺湲飛一幅。潺湲飛下夾溪塘，溪塘花氣流生香。人生争似白鷴静，天與一塢浮青蒼。盤盤磴道行犖确，愛爾嵌嶔號隱岳。空山聞見頓孤清，枯木登登一鳥

啄。寺門高榜鬱瓌奇，大字揮題張即之。襄陽顛米不相讓，靈山鎮壓蟠龍螭。一峰螺矗椎仙髻，陽開陰闔逢春霽。巖頭天井窅然深，醍醐香乳瓶溶瀉。巖身寶相高穹窿，百尺鑱作黄金容。下生彌勒現翠壁，堆珠積玉施琳宫。壁後規暈如圓銅，恰當佛首輪正中。又傳佛頂芬奇濃，靈芝妙香散虚空。苔龕黑夜光曈曈，潮奔海衆驚愚蒙。縱令天地無不有，正如蜃幻誇神工。野夫放浪看飛鴻，層層絶巘舒青曈。

赤土塘

日出王婆亭，麥隴氳野馬。東迤轉陂塘，厥土色如赭。煖氣蒸春田，耩風噓坏冶。黟雲送雨來，淅瀝連林灑。江草溼纖纖，緑潤延芳野。白石響澗泉，渺漫清川下。客遊窅無心，隨方入鷗社。玉羽拂衫飛，爾我忘機者。

斑竹嶺

油雲暗層巖，雨聲斷復續。一嶺草木春，娟暧翠新沐。磴苔青且滑，蛇行上蒼麓。迷離漲輕烟，連叢活湘竹。只見龍孫斑，不見舜婦哭。喬林茅數楹，仄傍空澗緑。帽簷滴未已，輟杖坐庢腹。盧澮聽流泉，奔流漱瓊玉。

雨憩山家

一雨竟不止，過嶺點逾矗。言就山家憩，容膝惟草廬。山家欣客過，竹帚加掃除。雲髻幽且靚，荆薪爇風鑪。瓦甌烹緑茗，山果綴盤盂。村暗鵁鶄啼，勸客留須臾。問客往何方，路滑憂泥塗。殷勤謝高義，風俗入古初。好色不好德，乃豔桃源姝。

慧墅嶺

飄風從東來，飛送四山雨。淅淅響林阿，冥冥暗村塢。慧墅淡生烟，嶺樹稀可數。竹巢墮栖禽，野薪擔樵豎。繞陂雲幾重，懸厓僧一户。升高睇前峰，冷翠揖天姥。

天姥峰

岧嶤天姥峰，千仞雲崢嶸。春空礙白日，遠勢凌赤城。飛流捲巖下，古木穿雲生。清晨野鶴出，半夜天雞鳴。雨烟變暄冷，風藤交枯榮。其西連沃洲，其東面方瀛。便拚脱塵累，結茅依松坪。

天姥橋

漸汩水聲春，村橋卧青霓。西行入城市，東行窮巖溪。我東迎急雨，不隨雲氣西。兩涯芳草緑，一澗流雲低。傍水小茅店，客憩路不迷。溟濛黄柳亂，鶺鴒烟中啼。

放歌行冒雨入清凉寺作

斑竹嶺頭雨如注，千山萬山莽迴互。客行不向天台城，意向石梁華頂行。浪浪萬點高空播，上下溪聲比雷大。衣囊已拚盡淋漓，黄泥青石排雲過。我生蹭蹬氣轉豪，頗挾濟勝忘其勞。風巖老樹浩呼洶，乳兕亂吼飢猿號。滄海冥冥龍變化，如霧如珠雜而下。一條櫛栗拄烏銅，頹岸崩厓吁可怕。獨行十里稀茅舍，芳草如茵不可藉。空山何處響鐘魚，天色蒼茫愁欲夜。盤盤轉山岡，不得到清凉。却憶入世路，十步九太行。昭昭白日照平地，風波惡于梅花洋。訪求名山自幽勝，感此縱步神揚揚。驀地寺門眼中見，喜得手足輕欲旋。山僧不用問姓名，投策高眠吾所便。

宿清凉寺

泥塗多熱惱，到此已清凉。雨過烟雲活，春生草木香。事從忙裏錯，味覺静中長。華頂今

宵月，窺人到上方。

題清凉寺

名山處處盡堪家，笻杖拖泥跡未賒。入社攢眉非栗里，煖湯濯足是彭衙。春空雨點麤如菽，佛髻苔痕繡似花。待叩西泠老居士，謂樊榭。誰先華頂候曦車？

滕公嶺

山路盤涇沙，朝雨灑未止。峭崒滕公嶺，攀磴循其趾。高高嬴轉千崎嶇，足雖蹭蹬氣不靡。到巔須躡一萬級，半腰急雨射如矢。全身已入雨聲中，蓋頭絶少低茅蓬。飛流如雪捲空下，奇哉脚底鳴淙淙。山中人語詭，山名署騰空。果然陡勢攙元穹，況復大點灑溟濛。若非神靈幽意詫耳目，那得天地壯觀排心胸。移時飛雨忽而過，鵬翼垂天半邊破。我行已到山之椒，巨石圓蹲供客坐。但覺淩虛空，不知歷轗軻。東頭氣色先開張，對面海螺青一箇。回首却顧烟蒼茫，依稀連接睦與杭。故人千里遥相望，憶我青鞵踏雪出門去。豈知此際飛上千仞岡，予懷渺矣多忼慷。

雲海歌并序

登滕公嶺上，雨點初收，天將開霽。忽四山雲湧，若萬頃洪波，乘凌回薄，作廣陵濤勢，草木廬舍，萬象隱映。人自嶺下來，若泅者破浪而出。頭項初上，徐露全身，足猶洶洶湍激中。予聞黄山有雲海，未及往觀，此殆是歟？蓋山川之氣欲歸穴，先鋪蒸浮漾，而後納之，呼噏之理然也。食頃，遂飛捲奔收，净掃衆峰出矣。

遮天雨脚遮層穹，八荒四海煙濛濛。銀竹抛殘絲縷絶，墨幀破碎窺青空。乾坤氣母將静納，忽復嘘吐瀰寰中。四圍騰湧濤勢合，大海連接扶桑東。華頂天柱浮不没，鼇戴略與三神同。參差巖谷互隱見，一氣浩浩回魚龍。僧樓移入琉璃域，鐘鐃震動龍王宫。瑶琪燦爛萬草木，島嶼變幻施神功。下方冥杳聞雞犬，翻疑鮫室潛其蹤。滕公嶺上憩若士，扉屨踏到蓬萊峰。我聞雲海鋪窈渺，蹉跎尚未鏗遊笻。山靈娱我設奇觀，層層已盪空明胸。裨瀛環繞輪不盡，紫瀾奔去吹旋風。瞬息歸墟竟滅影，蒼天萬里開春容。太虚杲杲挂一日，爛然千朵金芙蓉。

山中見一石正方有賦

中巖産一石，天然正且方。削成謝斧鑿，飛墮疑星芒。凝烟肖孤磴，結翠連崇岡。苔花錯

繡綺，雨點濺淋浪。媧皇鍊紺碧，已用補穹蒼。留餘委台嶺，位置雲氣傍。誰與此坐憩，八表遥相望。青冥擊鐵杖，殷空聲雷硠。祖龍鞭暴横，千山走溟洋。驅之屹不動，魄小何堅强。匪惟氣象古，亦復形模莊。厭彼嵌空巧，渾朴無雕傷。不眩五文采，黑質而白章。有生遠豪奪，蹲踞安天荒。清陰被松柏，仙老羅酒漿。我行梯萬仞，一卷喜磅礴。摩挲不忍去，久佇天蒼茫。

雙龜石

儷石一何異，形若蹲穹龜。青巖身爬沙，碧蘚紋陸離。日暴雙偃蹇，雲覆無差池。豈伊負圖出，永免刳腸悲。作偶得天巧，藏六真吾師。嗟彼清江使，鑽筴靡有遺。

萬年寺

山門緑樹隱，徐步親到堂堂名。古階映修樾，深院來妙香。金沙燦佛日，潮音回道場。微雲曖殿閣，餘雪明松篁。一雨射廊急，雙流鳴澗長。客心逐清景，去住澹相忘。

竹　閣

高閣凌層空，森森對叢竹。鳥語隔林寒，人映虚窗緑。潺湲一夜雨，澎湃重巖瀑。晨岫帶

輕煙，春樹延初旭。梵筴罥游絲，粥鼓應深谷。幽人意有無，清談不辭數。

空心樹

寺門杉檜稠，氣色俱蒼古。一株老刳中，離立異儔伍。枝條拂青天，本根盤净土。心空無所有，形殘不復補。谽谺生意存，窈冥神靈聚。奔竄熟狌貍，游戲攢童豎。流水澗東西，飛光谷子午。荒荒閲僧臘，咨嗟動摩撫。

親兄弟歌迎寄朱予齋嵩齡　并序

山中人呼拄杖爲親兄弟。萬年寺僧贈予藤一枝，感而作歌。

親兄弟，扶陟巉巖度清泚。擔夫樵子如飛猱，千萬溪山騰脚底。横風吹雨聲號號，連山萬仞攙雲高。崩厓𪊟𪊟泥滑滑，漿翻白汗淋頭尻。萬年寺僧憐我蹴凹凸，贈我手中五尺鐵。烏龍斫斷古硐岡，脱鱗凝漬元黄血。銅潭石塢隨敲鏗，天半拄出聲彭觥。直下不畏溪坑險，横衝漫欺虎豹獰。親兄弟，爾形磊砢爾顔黝，正直不忍欺矇叟。况我方耽汗漫遊，五嶽四瀛開户牖。峨眉翠落天西隅，羅浮離合煙糢糊。武彝趨赴幔亭晏，窈靄洞庭蟠具區。中原三周華不注，王氣東挹醫無閭。遠遊屈平近東皙，得爾徑往無踟躕。崑崙懸圃不可上，三神縹緲扶桑俱。盧敖若士卷龜殼，齊州九點根虚無。騎雲馭風休措意，地行仗爾時時扶。親兄弟，爾性廉

潔皎如日，寄挂百錢不私一。不語不食常我隨，芒鞵詎勞吉日出？身輕飛步凌紫霄，風林亂葉鳴刁調。年時且趁腰脚健，仰捫日月旋樞杓。親兄弟，曾經險阻魂猶悸。入山良獨難，出山尤不易。不用丹雞白犬越人盟，冬雷夏雪永不棄。嵚崎既得資汝力，坦迤聊復可吾意。死生好醜汝因依，免教欹倒來平地。親兄弟，爾首不須贅作鳩，亦謝緑玉窮雕鏤。仙人九節吾不換，與爾式好曾何尤。白雲耕墺去畛町，有時閒植隴上頭。不爾攜之劚芝朮，芙蓉明滅烟浮浮。吁嗟乎！世路崎嶇共倚薄，紅塵白浪了不却。吾不負汝汝從吾，老去終焉在巖壑。嗤彼夸父驚奔馳，虞淵一枝暝所遺。曷若與汝情怡怡，一生緩急堅相持。親兄弟，爾勿陂前學變化，踴躍騰飛動驚詫。茫茫天地我身孤，獨往昂藏惟爾藉。只今台山疊疊偕攀登，石梁飛流險可憑。龍湫一氣破浩浩，雁宕千瀑穿層層。親兄弟，我姓桑，爾姓藤。本非骨肉仝根生，胡爲友愛得未曾？我行汝行立汝立，周公虞舜嗚嗚泣。

九里溪

灣隈泝紆折，九里清瑶流。溟濛白雲合，掩映春樹稠。靈禽戲側岸，芳草滋中洲。烟華散汀曲，泉脈穿巖幽。溪石峭嚙足，溪風酸射眸。蒼崖淡滴翠，遠水空悠悠。

龍　潭

風闕度森寒，葛閬陡削壁。春池杳沈沈，神龍于此宅。垂蘿拂清深，飛雨洗蒼碧。雲氣結爲樓，峰形簇如戟。攢空萬樹青，繚澗孤烟白。日落猿鳥鳴，杳靄陰潭夕。

通元峰

聲利衆所趨，賢愚各有營。入山聞見静，餐霞神魄清。岧嶢通元峰，縹緲御風行。白雲左右飛，緑樹冬春榮。高松鶴久憇，幽蹊鹿不驚。寂寥得真賞，滿眼溪山青。

桐柏嶺

前塗問桐柏，曲磴銜烟霏。躋嶺坦且曠，蕙田香菲菲。芳草繞陂緑，清泉激澗飛。春日照我面，春風吹我衣。坐忘亦餘論，流憇皆天機。遐哉出山悔，吾獨懷子微。

金庭觀

古觀圮緑構，清幽遺洞天。巖瀑飛林雨，海日生爐烟。猿去白雲裏，鶴下青松巔。拂石乾蘚駁，嘯谷泠風還。蕪没金庭跡，緬邈羲之賢。墨池翳荒草，春氣蒸山川。

元明宫

瓊宫黯前塵，荒榛纏古礎。木秀曖烟光，天寒清鶴語。麥隴散農人，蘿徑歸樵侣。井竈宛昔遺，苓术更誰煮？山色遠聯綿，春心澹容與。仙意類皁鄉，往觀靈跡巨。

石門山

天半石門聳，削壁何巉巉。風雲涌一徑，鳥雀穿重巖。雙闕煖翠合，半嶺頳陽銜。青冥倏閶闔，紫邏分仙凡。洞天接桐柏，瀑雨飛松杉。一笻此津逮，未用清名鑱。

桐柏宫

雪消碧溪漲，雨注丹厓傾。子微去已久，仙宫至今名。荒墟夕煙淡，遠樹春雲平。松陰照衣袂，山翠飛檐楹。丹梯俗塵斷，白鳥天機生。山叟好容鬢，終歲餐黄精。

玉霄峰

九峰並疊翠，屹起一峰削。谷鳥飛翾翾，松雲曖漠漠。客是在山泉，仙爲度海鶴。風磴遶青蘿，石虹架丹壑。土潤秀明瑯，泉香長靈藥。惟存緑樹陰，不見玉霄閣。

清風祠謁孤竹二先生像

嵬嵬桐柏嶺，鬱如西山陲。孤竹遺容在，萬乘敝屣之。古道雖淪替，至人不磷緇。千春長薇蕨，一氣留黄羲。階荒竄黠鼠，林深嘯寒鴟。空堂影闃寂，清風散天涯。

伯夷叔齊石像

何年斲山骨，肖作夷齊形。天然發光澤，卓爾凝堅貞。巖巖伯叔體，泠泠商羽聲。九天聚精氣，百世重儀刑。石泉酌寒醴，露蕨芼春羹。生不君孤竹，詎豔僕射名？道書稱爲九天僕射。徽稱定孟氏，實惟聖之清。哀彼頑與懦，聞風不羞赧。

醴　泉

浤然玉井碧，涌此金漿甘。無源出醴美，有德成淵涵。弗辱愚溪愚，詎污貪泉貪？諂口靳沾杓，吟吻恣汲甔。吸清比廉讓，漱冷消餘酣。瓦鐺蟹眼沸，冰甆雀舌含。神龍化蜥蜴，幽窟居潭潭。

女梭溪

女梭一溜碧，穿自桐柏西。夜雨散已盡，朝煙收未齊。鰟鱮藻邊躍，鵯鵊林中啼。隔雲吠一犬，跨水横雙霓。喧噴作瀑布，静迤歸靈溪。洞天可遠泝，不慮瘄源迷。源出洞天山。

瓊　臺

轔過仙人跡，蛇徑披蒿萊。雪潭寒汩汩，霞日高嵬嵬。百重歷險仄，直上中天臺。春生草木秀，曉霽烟嵐開。靈溪蕩瓊壁，緑水周瀠洄。天海氣遼廓，猿鳥聲清哀。洞闢霄漢户，側睨滄溟杯。日月兩丸跳，乾坤一舟迴。萬事土苴耳，身名何有哉？

仙人跡

飛仙了無跡，贅此雙舄遺。踵彼阜鄉誕，方士徒爾爲。乾沙久漫漶，亂草紛葳蕤。雪被樵者躡，雲與幽人期。王喬治桐柏，鶴轡雲中馳。白日永寂寞，延佇來何時。

金爐峰

帝爐色紺紫，日出生雲煙。春光繚積翠，嵐氣侵重元。天雞叫嶺曲，水鵠飛林巔。連山亂

攀登年。

仙人座

青苔篆石座，仙去餘千年。鴻軒赤霄外，蟬脱瓊臺邊。委順寫清影，登真凌紫烟。飄然脱塵圠，眇爾排冥筌。谷音自不滅，薪火誰爲傳？雲中過一鶴，招手呼孝先。

雙　闕

馬鞍駕虛空，氣輿不可鞚。爬沙下絶壁，白雲競飛送。緣梯仄千盤，蹴磴岌屢動。攝衣掃雲巖，移策攀松洞。乘凌雙闕高，曠蕩四天空。瓊臺藹雲蒸，靈溪破冰凍。雨苔繡濃花，春禽澀初哢。湫拔潭底龍，簫斷雲間鳳。衝烟熟往來，只有張無夢。

百丈潭

凌空老湫拔，直下百丈强。九霄陡河決，雙闕轟雷硠。巖腰海眼泄，石脚濤頭揚。青壁洗急雨，白月摇寒芒。危峽東灩滪，驚洪奔呂梁。奇觀目爲眩，定力神不恇。懸厓伯昏瞀，兀立瓊臺陽。

瀑布嶺

三井溢海浪，終古湔翠屏。一氣灑巖瀑，倒影摇空青。湍聲潄鳴玉，瀧勢奔驚霆。漩擻虎眼怒，沫刷龍涎腥。星宿上浩演，風飈左泫濴。瀏觀忘喧寂，默坐濺珠亭。

靈　溪

迅自女梭來，穿巖勢未已。日出散曉烟，雪盡生春水。快盪金庭胸，環潄瓊臺趾。穹闕貫當中，龍門夾而峙。鷺翻下復飛，鶩湍去何駛。岸卧初平羊，波擻琴高鯉。是溪信有靈，澄瀾不可滓。

弢甫續集卷三

古今體詩六十五首

桃源塢

盤旋水車嶺，一徑趨桃源。柳試細腰舞，鳥哢如簧言。山廚竹裏屋，水碓溪邊村。巖松倒栖鶴，潭蘿垂飲猿。寒澗帶冰竇，滑磴連苔捫。金橋布疊石，玉洞闟重門。雲深一犬吠，知有仙簷存。

惆悵溪

惆悵溪頭别玉鬟，花飛逐水到人間。山中雲液常堪醉，底事思家苦欲還？

桃源洞

洞裏情人世外緣，桃花流水月娟娟。癡心盡把天慳破，既得鴛鴦又得仙。

金橋潭

延緣碧潭曲，斷續白石矼。溪漾縠紋細，峰㠠丫髻雙。霞暉近仙路，波色如家江。瑶草互萎靡，銀礫相舂撞。觥船棹汩汩，琴磴彈淙淙。驚鴻不留影，惟見奔寒瀧。

雙女峰

東峰特娟妙，輕烟㠠雙螺。嫮色掩雲君，清光延月娥。明明金橋潭，拂曉開清鏡。淡掃鏡裏眉，窈窕春山映。焕爛黄金屋，璀璨紫牙牀。朝雲不是夢，白石寧無郎。春月照女蘿，春風吹夫柳。胡麻山中飯，雲液山中酒。殷勤相送出，惆悵生離顔。凝爲望夫石，黯向劉門山。

感劉阮事作

名山萃神秀，巖壑皆隩區。矧兹台岳聳，萬靈之所居。石广栖隱遯，風氣留黄虞。緇黄占勝地，佛隴連仙都。彼果事浄寂，姑寄方外徒。流俗志淫慝，情緣結元虚。猥説有劉阮，採藥迷山岨。糧盡噉桃實，暫且療飢劬。持杯欲洞酌，蕪菁汎清渠。續流胡麻糝，沿泝逢雙姝。含笑呼二郎，欵接心顔舒。導還銅瓦屋，金銀爛綺疏。左右侍女十，輕紈飄五銖。作飯具脯肉，咄嗟辦中廚。行酒來群嫮，擊鼓吹笙竽。持桃賀得婿，欣兹目成初。牙牀東西列，錦帳贅流

蘇。薰爐置鵲尾，煖席鋪龍鬚。邂逅不有躬，蔓草零露濡。細語聲清歷，適願偕歡娛。纏緜踰半載，玉洞花紛敷。芳時鳴鶗鴂，求歸懷里閭。瓊筵復合樂，雲液傾金壺。離鸞與別鳳，聲調含悽歔。溪頭惆悵別，披草循歸塗。雲礽已七葉，零落遺村墟。重來覓桃塢，月照蒼苔孤。杳邈仙子跡，惘惘空踟躕。存此謬悠語，騃癡信有諸。兑兑異吠尨，綏綏同有狐。嗤彼列仙媛，不羞招狂且。曹唐撰佳句，淒麗工繪摹。騁妍寫靈匹，紅樓蜃氣嘘。吾思陶元亮，記傳武陵漁。亦有桃源洞，雞犬繇秦餘。商山緬綺皓，伊人並云徂。躡風尋幽契，俯視山澤臞。豈似導鄭衛，苟合思雲荼。吾思戴石屏，論詩標楷模。鎔經重于史，六義掃榛蕪。末流亂摭拾，説鈴兼説郛。意惟取新異，裨販誇小夫。經史子集外，有此嵬瑣書。四庫并七略，庋閣輕土苴。瀾狂不可障，大雅嗟淪胥。稠桑藍橋驛，事跡掌故如。玉環比褒妲，杜筆嚴斧誅。義取春秋例，内諱標令謨。黨李而惡牛，猥云狎帬裾。嬙施紛雜坐，議及同衾裯。貴妃有名號，臣子口忍污。嫁名乖若此，上刑有餘辜。肇始永平事，艷思操奇觚。匪惟踵方士，立説怪且迂。荒唐詆韓子，眇芒仙有無。玉堂宿清冷，好事傳畫圖。牛女隔銀浦，須償營室逋。聘錢備納采，婚禮猶弗渝。劉門接阮廟，咫尺烟糢糊。初嫁類淫奔，一别恩情疎。梁誌續夢囈，明照僧名事何誣。亦因採藥入，桃墅緣山隅。砉見金橋畔，二女戲濺珠。幻想拾餘唾，色空溷浮屠。作詩附志乘，用以箴狂愚。

鳴玉澗

仙源此沿泝，春澗喧淙潺。清瑶漾九曲，明瑯照一灣。雲霞迭興没，鶺鴒交往還。胡麻續流出，桃蓴時未殷。二姝渺何許，一水通塵寰。微風度滑笏，璆然鳴玦環。

清虚菴

細徑入桃源，豔情發金屋。凝思玉姝顔，瀏覽瑶潭曲。當年考亭翁，水簾一寓目。過宿清虚菴，就訪粱平叔。澄襟映光霽，妙趣涵風浴。本色見溪山，此意誰能續？

青溪

羅絡衆澗水，下注歸青溪。青溪可人意，石净無氛泥。濛濛翠蘿覆，恰恰嬌鶯啼。鮮霞映瓊溆，雜樹盤金隄。乘湍鶩素鯉，隔壠飛丹雞。匯流出横山，分浤灌春畦。紆回逸人阻，咫尺仙源迷。暝投古寺宿，不畏曦輪西。

楢溪

楢溪湛一浤，迅波渌瀰瀰。陽鳥掠烟回，雪鶿銜湍起。拾橡充飢腸，枕流滌塵耳。挹煖發

丹砂，蘚甘嚼瓊蘂。直進泝靈源，幽懷緬高士。盤桓顧嚳陰，歡嚳，予改爲顧嚳。千乘脱敝屣。

顧儒嶺

岩亭顧儒嶺，逸志誰攀躋？散策自有隱，濯纓自有溪。相招杜京産，石隱忘南齊。終焉老山谷，嘯咏和天倪。詎堪舍猿鶴，相與縻組珪。築廬好借此，斬斷青雲梯。

顧歡讀書堂

清溪繞茅屋，終古無緇塵。松雲結静侣，磵泉偕幽鄰。杖入東岬麓，緬懷剡中人。眠石接木客，賦芧招野賓。不脱薜蘿衣，自稱山谷臣。六季任擾攘，一邱安隱淪。翠嚳荷耕耒，長爲隴畝民。

司馬悔山

靈境别桐柏，回顧雲木參。三橋净緑瀉，九峰蒼翠含。偃卧金庭觀，誤捧紫泥函。帳空猿鶴怨，人去林澗慙。抱兹驛路悔，終不簪笏貪。出山未一舍，矢願歸兩驂。坐忘論弗泯，淡游心所耽。冷齒仙宗友，捷徑趨終南。

司馬悔橋

飛橋驛塵動，出山滋悔非。澤雉信飲啄，山梁振毛衣。弗蘄樊中畜，自愛川上飛。胡爲別嵐壑，汲汲馳驂騑。白雲眼空矚，芳草心與違。于役奉紫詔，清夢縈翠微。蓬萊暫朝謁，桐柏終因依。羞彼題柱客，期乘駟馬歸。

寒巖

寒巖風凄凄，嵐氣六月冷。披我白罽衣，踏此青蓮境。置屋不瓦簷，引泉惟竹綆。龍洞儼垂胡，鵲橋謝策脛。潛真故自空，宴坐亦已冥。塔藏寒山骨，石寫閒邱影。仙宮闔不開，夜遊燭當秉。

明巖

穿闇目不盲，履巉足欲齕。谺穴邃一窺，怪磴疲屢歇。嘯詠去三隱，梵放開十笏。屋響遞訇訇，水索垂汩汩。紫邏短策摩，黄獨長鑱掘。漏景入明巖，棲真得幽窟。晦夕坐磐陀，圓光候石月。

萬松菴

伏虎巖前路，行行憩石林。茅菴三徑曲，翠崦萬松深。苦茗勞僧供，清詩動客吟。懸濤飛不斷，滌盡好名心。

曇華亭

像立賈秋壑，華傳優鉢曇。濤聲過銅殿，亭勢壓龍潭。天半石虹亘，日中珠霧含。茗甌現靈異，不救木棉菴。

石梁行

烏藤拄過鐵船峽，孱顔峰脚寒雲插。填坳冰雪滑凌兢，乍見飛流兩山夾。兩山崎崟亘復平，石面廣迤斧削成。一片陂陀偃鼇背，驚濤終古東南傾。傾濤澎湃吼且舞，風聲水聲怒如虎。砰碻一落萬丈强，飛漩盤渦輸水府。石梁横起駕半空，銀河之上眠晴虹。雙厓鑱鑿海門户，一道嵌跨天當中。曇花亭子與天通，雲將掉頭西復東。乘凌一氣游鴻濛，二十二峰開房櫳。金庭玉牖仙所宫，倒景騰騰嵐噴紅。雷車電馬不相待，羽衣婀娜飄罡風。我自重趼踏巒洞，舠舠平行祛怖恐。此間五步劍脊竦，過此坦闊鋪阡隴。負巖多少龐眉僧，看我徑度色不

動。潑翻溟波雪洶洶，秋潮狂打山根勇。只貪手捫青天低，不知碎瀑濺到踵。絶壁銅殿光陸離，五百應真棲泊之。化人虛空了無迹，焉用雕冶形模爲？苾芻指點意矜詫，智者豈值加咍嗤？却顧轟湍回跳蕩，倏忽化作奔雲螭。雲螭蜿蜒滅不見，厓厂荒荒白日宴。四山猿狖鳴喧啾，萬谷松杉影摩戰。方廣寺内鏗華鯨，華鯨一鏗顧兔生。瓊輪輾出碧霄上，千珠的皪抛空明。蒼蒼來徑曖烟霧，萬象朦朧清景聚。中天明月墮我懷，孤坐無心忘去住。

方廣寺

巍峨方廣寺，形勝壓諸天。下上鐘聲接，噴飛瀑勢懸。道猷初入定，元照此安禪。雲氣連銀地，湖波汎鐵船。石梁霄半聳，銅殿嶺西偏。金雀祇林集，蒼龍彩棟纏。曇華亭翼起，蓋竹洞呀然。貝葉經文燦，莓苔篆字湮。珠衣勤敕賚，旃像妙雕鐫。秋壑檀那施，梅溪慧業緣。應真藏五百，法界展三千。芝蓋香風送，茶甌異乳傳。空門屢興滅，靈境幾推遷。蘿影侵春坐，泉聲攪夜眠。無稽憑梵志，有跡記吟編。饌餉伊蒲浄，行攜草屩便。明朝華頂去，清夢繞潺湲。

題華頂方丈

是身如浮雲，風吹過華頂。風回信所之，華頂無留影。

華頂望海歌

連山合踏青巃嵸，天柱争長蓮華峰。望海尖高雲作頂，穿雲直上騰孤筇。仄徑泥沙乾宿雨，芒鞵參錯於菟蹤。龍爪潭呀洞尌屴，老樟倒壑號天風。偶蹴磐石落陂走，砰擊萬仞鳴碚礲。巔厓欹磴牢可踞，佛龕露捲茅三重。括蒼四明近跟肘，朝光嵐抹錢江東。浩渺歸墟納裨海，芥蔕一洗畸人胸。是時曦輪馭青道，嵎夷散盡暾霞紅。金鴉翻霄六合霽，霧雺快掃空復空。元黄續色若灘涣，一泓摇漾寒青瞳。春瀾油油浸碧落，榑木下上浮蔥蘢。舊斷鼇骨支坤極，代經三古力已窮。三山湮沈渺何許，其誰往叩東王公？方壺未信揚塵遽，要呵元氣蟠沖瀜。鯨鼉游戲翻窟穴，那顧顛簸鮫人宮。當年徐福工面謾，三千男女憐嬰童。滄波無聲消息杳，之罘萬古烟濛濛。浮槎貫月自來去，倐塗上與天河通。沉冥要躡海客影，騎之獨往如遊龍。此山脚插東海岸，六時光景常晦蒙。天公海若知我意，巨鏡際曉磨青銅。飛凌四萬八千丈，等閒目盡溟茫中。不須若士拉作伴，披披風袂遺壤蟲。

太白讀書堂

夢遊入天姥，曉望升天台。絶冥上華頂，此堂爲君開。巨鼇釣溟渤，群仙呼蓬萊。放情凌八極，舉手捫三能。魏闕一以謝，禹穴探不回。音書啟玉笥，高詠登瓊臺。雲構圮天半，茅縛

依巖限。匡山讀書處，𠻳忽神歸來。

羲之墨池

方池居絶峴，輕冰泮浤渟。當年王内史，濡毫寫黄庭。春煙澹落月，古水瀦凹陘。於菀印苔跡，活東留篆形。前賢剩墨瀋，逸韻光山靈。時有北歸雁，下蘸書青冥。

斷橋

石梁既陟歷，首塗尋斷橋。披莽出蒙密，籲磵踰磽嶅。金霓劃兩界，玉螮奔一條。難踏巨鼇背，缺童靈鵲毛。驚瀑下潭咽，怒湍噴峽豪。趨隘走石卵，摩空灑天瓢。對峙闢伊闕，直射鳴胥潮。不合大如礪，俯瞰蟠飢蛟。

銅壺滴漏

飛濺石橋瀑，儼作銅壺聲。龍伯瀉濤碎，雞人傳點明。金鐘景陽墜，玉漏長門傾。何似老蛟舞，永激靈虯鳴。正類遠公製，不勞陸陲銘。蓮華轉滴瀝，竹林應鏦錚。柝非擊虎旅，籌還報鼉更。空山絶人跡，曉箭催清鏗。

水珠簾

瑶臺一簾下，百斛驪珠飛。輕盈雜翠靄，的皪明朱曦。雲君曳璐佩，素女披綃衣。纍纍端如貫，姍姍其來遲。鮮飈忽倒捲，細霧仍低垂。仙山蓄靈秘，未許塵凡窺。

徐竹溪書堂

吾愛徐竹溪，朱子心相關。過存在台嶠，討論聯佩環。嵐色淡侵袂，磵流清映顔。書堂翠微上，小徑巖石間。夜吟月出海，春步篁連山。遠憶林擇之，嘉會從躋攀。

龍　潭

神物善處陰，閴然此深蟠。瀦流夕澹澹，輕烟不生瀾。元工瀉時雨，騰上重霄端。跡奮雲雷屯，聲謝魚鼉讙。淵潭獨自瀦，窟宅素所安。歸泉窈莫測，止水青漫漫。平涵白日静，遥映金庭寒。子高空復好，鱗爪何由看？

天柱峰

峥嶸標一柱，撑拄海天東。猿鳥層空墜，風雲一氣通。霞低赤城表，瀑小石梁中。我欲攀

梯上，搔頭問灝穹。

天封寺

闍黎誇智者，卓錫在天封。磐石清泉冷，靈墟碧蘚濃。雨飛千个竹，雲散一聲鐘。方丈留題處，青來華頂峰。

金地銀地嶺

智顗就定光，金銀分彼己。詎謂沙門空，着眼俱在此。隆樓與杰閣，紺碧凌霄起。不知何功德，塗釁民膏髓。焕爛衆道場，興滅雲烟裏。安得返耕桑，原巘廬生齒。清景亦有初，翠涌佳山水。

高察讀書堂在察嶺下。察嶺，予改爲高嶺。

徘徊古嶺下，想像幽人居。巖谷翠縈帶，竹樹青扶疎。清閟緬書堂，晃朗開僧廬。曦影動蘿蔓，風響傳鐘魚。沙鷺獨拳足，野雀群將雛。今情古與契，人貌天爲徒。烟霞負痼癖，山澤栖臞儒。東睇臨海嶠，渺瀰懷高湖。

國清寺

鳥下山光裏，人行塔影中。巖花明貝葉，溪水雜松風。龍象蹲丹嶂，樓臺入碧空。猶存寒拾鑊，鐵繡饌堂東。

赤　城

清溪南去路，絳氣滿天横。日出明暘谷，霞飛落赤城。春光映台嶠，曉色落蓬瀛。欲借飈車駕，飄飄上玉京。

崇道觀

入雲飛觀在，蟬脱久超然。應召誰能悔，辭歸便是仙。懸知上征日，只似坐忘年。閲徧丹臺跡，惟君最覺賢。

黄　巖

潮生夜半湧江波，飛挂風帆拂曉過。溪送王猷移雪櫂，嶺迎謝客踏烟蘿。繡屏别把青山展，銅鏡還將海月磨。此地先公曾却聘，白雲終古抱巖阿。

路橋

雲開萬里喜新晴，興已遄飛到太平。雪後鴻歸參曉跡，溪邊鷗泛和春聲。杯如手向良朋把，杖似肩扶健僕行。一夜潺湲路橋水，響過枕畔夢難成。

重訪予齋於平泉學廨二首

一杖横衝萬石堆，黄岩已過客心開。猶餘衣上澌澌雨，乍破階前寸寸苔。江月暗教元夕度，春風先報故人來。十年塵事渾如夢，省對明燈把此杯。

物外閒身未放愁，宵分情話那能休。賢愚有子皆爲累，行止如雲本是浮。我自無才空作達，君今知命復何憂？名山勝事從兹始，乘興遄爲雁蕩遊。

依韻奉酬葉惺齋士寬

芒鞵竹杖喜閒行，到處惟稱獨往生。偶向溪山逢妙契，偏於鷗鷺訂清盟。新詩劇賞親兄弟，温語全輸古性情。還叩吟壇諸舊雨，玉川才調最縱横。時薦盧敬甫入其幕府。

明因寺

數弓地闢古禪堂，説法偏臨講武場。舌底箭鋒翻霹靂，耳邊鐸響振鏜琅。老僧選佛元寥落，過客明因亦渺茫。他日重來尋舊跡，去來今省墨花香。

梅花菴奉懷亡友徐括菴元肅呈予齋

續至留題亦宿因，碧紗不罩壁間塵。一甌苦茗含新翠，幾樹寒梅識故人。雪爪全拋行處跡，霜髭同惜老年身。青蓮化去成前劫，初地空憐皓月輪。

即事三首和予齋韻

子車我自徒，年事不同格。我如飛來鴻，雪上留爪跡。
只今我猶健，不妨傍車趨。但恐老將至，亦復不能徒。
緬想越人盟，古道心相扶。底須論車笠，往遊山水區。

惺齋延敬甫入幕和予齋韻

新曲誰知溼燥絃，焦桐鼓罷尚鏗然。牙生恰作鍾期客，流水泠泠入甬川。

江下和予齋韻

春雲弄色半晴陰，黄鳥當風送好音。千老松排高嶺上，一圓峰涌大江心。行看雁蕩珠簾水，吟望梅溪子墨林。君自籃輿我蠟屐，喜從塵外共追尋。

姆　坑

村落清幽是姆坑，茅簷沽酒滌杯鐺。絲絲溪柳迎人舞，磔磔沙禽背客鳴。流過一浤春水緑，削成千疊雪峰明。紗巾草履無拘束，僮僕相將自在行。

湖霧和予齋韻

澮浥一湖水，冷浸蒼山根。昇來絶溟氣，羃此遠人村。霏霏霽日淡，曖曖春樹昏。張超散市影，謝公聯屐痕。遄消海蜃吐，欲與江鷗言。沙磯艤釣艇，汩汩澄波翻。

水　漲

水漲何洶湧，群乘竹筏行。直下奔龍迅，遠汎浮鷗輕。椭石青磊磊，衝波皓盈盈。篙工態容與，估客心屏營。須臾上圻岸，杳渺疑蓬瀛。有纓不一濯，孤負滄浪清。

老僧巖和予齋韻

老僧昧夏臘，終古雁山口。露頂雪月寒，藉袈霜蘚厚。屼然住着踪，孤寂安禪藪。遠離宴坐亭，失偕記莿友。道場屏雨花，杖錫抛靈壽。後漢佛始通，先秦僧未有。品物形雜流，洪鈞理難剖。圓相袒半肩，恐此亦其偶。

石梁洞

天台一梁竦，雪瀑飛砰訇。此挂卧龍尾，結作垂虹形。枵然闢巨洞，屹若撑虚庭。天光壁罅漏，石氣衣襩青。初登跡緬邈，久息神和平。物象失群有，聞見餘孤清。轉尋谷口寺，宛坐風中亭。却睇古嵒窟，白雲爲關扃。

謝公嶺

玉磴滑春苔，青猿導行客。盤盤古雲梯，登登新蠟屐。佳境以漸臻，解人自深索。石虹北磵垂，天闕西峰闢。孤鹿飲凹清，連雁下層碧。幽蹊忽砥平，細草紛茵積。懸蘿半壁青，倒景千嵒赤。貪遊失靈山，却廻謝公跡。

寶冠巖和予齋韻

一踰謝公嶺，峰巒難悉數。珠旒燦麻皴，羽葆攢巖阻。裊裊三素雲，垂垂五雜組。聚鷸緬黴衛，沐猴還誚楚。漉酒恕醉人，切雲渺愁予。彈莫因王陽，誤實嗟杜甫。珥貂任熒煌，戴籜自輕舉。不蘄轟惠文，端合挂神武。相將寶冠嵒，往踏青蓮宇。有寶冠寺基。

含珠巖和予齋韻

媧皇補天餘，一團置穹壁。翹首白雲飛，照眼清暉滌。晨闕聳嶢嶢，神珠懸的的。貝宮詎能胎，驪頷知難摘。結體負青冥，含輝映彩霓。靈巖湧夜光，嵌空不崩砉。

初月洞

彎環挂初月，長在洞門前。春尚明殘雪，寒寧墮曉烟。靈犀虛遠望，顧兔自高懸。皓魄隨行子，離家已再圓。

雙筍峰和予齋韻

一石岧嶤成一嶽，雙峰争長上聲海天角。天公戲運巨靈斧，凌空削作雙筍卓。家生扶竹錢

江邊，一節一目枝柯駢。不知原是此靈種，龍孫出地拏雲烟。

靈峰寺和予齋韻

春空縹緲雲無心，隨我直度清溪陰。盤旋缺磴越洞壑，林中鏗吼蒲牢音。逸老盧仝聯馬異，結交山水含真意。山靈亦是我心朋，特地逢迎放新翠。石淙環帶鳴春泉，邃黑恐有潭龍眠。潭邊翠石望三秀，綺園賡和靈芝篇。蠟屐超遥恣游歷，曠觀一洗塵寰慼。川嶽滿眼未寒盟，輪囷肝膽交披瀝。土花踏破青豆房，澌澌白雨噴天漿。仙源不辨在何處，飛空灑落千丈强。倒傾葫蘆催酩酊，醉裏溪山仍管領。詩題醉語語尤顛，意氣昂藏勝清醒。幾行綴在碧霄傍，遊踪萬古留清光。蠕蠕壤蟲都異趣，未須知我兩人狂。

幽栖洞歌呈予齋并序

舊名羅漢洞，高朗秀潔，足稱去聲幽栖。寺僧塑五百應真在其中，失名山本來之清妙矣。予更名幽栖，作歌呈予齋邀和。

幽栖洞，洞在靈峰古寺後。危梯斜倚上重霄，天然石室開翠阜。巖頭梅雨從何來，莫辨真源滴清瀏。白雲終古愛名山，經年不肯出洞口。鑿空架棟神所爲，夜夜虚簷挂星斗。周遭峭壁絶浮埃，任積青苔不須帚。嵌巉切漢起岑樓，石紋細緻如瓊玖。夏凉冬燠百具宜，清吟隨意

傾杯酒。僧徒果欲此安禪，乞音氣與跏趺潛戸牖。應真五百何爲者，擾擾生憎落窠臼。重爲嵒洞肇嘉名，一日幽栖亦我有。况謀嵒下闢新畬，相約耦耕邀我友。幽栖來者更爲誰，試問應真得占否？

和予齋羅漢寺韻并序

原唱序云：『洞爲天下公物，羅漢誠不得占而有也。洞名改之也宜。寺于羅漢爲應有，且以飛來羅漢得名，故仍之。是名羅漢寺，不名羅漢寺。作詩邀和。』予笑曰：『此以馬喻馬之非馬也。』敬步高韻。

太初積塊肖物象，老僧童子羅重嵒。嵒頭羅漢縱形似，飛來乃是無稽談。摩騰初擕幾貝葉，文人蔓演堆千函。晋時沙門唱名理，老莊途轍粗能諳。後來空説掃文字，機鋒鬬取結習耽。鄙哉罪福廣誘脅，梵筴亦復抛連龕。大舶富商幽閨女，輸金輦貝脱釧簪。佛樓千尺架嵒壑，丹碧璀璨輝霞嵐。相輪高矗窣堵波，妙香四散優鉢曇。鐘鐃沸天作法會，金幢寶蓋流蘇參。愚民翁孃缺奉養，飯僧絡繹來精藍。農一何堪食粟六，更驂鸞鶴毛鬖毵。我觀異教痛至骨，肯教尋味論酸甜。却憐翠滴東西嶺，連山古樹攢杉楠。石房著書可終老，羊裘鄰接幽徑三。

靈異亭和予齋韻

曠望收靈異，溪心湧此亭。春光滿巖壑，天地一時青。

幞頭巖和予齋韻

管寧帶皂帽，不爲丕大中。海天幞頭在，應媿紫髯公。

照膽潭和予齋韻

徹底清無似，寒潴玉澗涯。先生試就照，詩膽類劉乂。

果盒巖和予齋韻

此間存一盒，欲遺巨靈開。碩果留天地，陽和自此迴。

利牙峰和予齋韻

坎坎伐檀者，河干迴不逢。吾生恥苟食，冷對利牙峰。

靈芝篇題靈芝峰同予齋作

煌煌靈芝，仙人所遺。迎風化石，金光陸離。手鐵如意，欲折瓊枝。煮以銅鼎，飽我朝飢。復恐山靈，寶愛華蕤。留待綺甪，撫翫娭娭。

弢甫續集卷四

古今體詩五十六首

南碧霄洞歌呈予齋

谺豁一洞凌岧嶤，五老面對巖之坳。白雲晴開手相招，碧潭弄日珠紛跳。篆文斷畫如卦繇，雨苔蝕緑明鎪雕。開元去今世代遥，肇始架構開僧寮。曰夏敔伯字不銷，紛紛題名異題橋。跫音喜入空虚逃，我亦數行志所遭。鐵笻一根萬緣抛，狂拉一老歌且謡。句非謝朓亦足豪，正須問天首頻搔。前過五季兼六朝，後有萬載來滔滔。我生其間牛一毛，事業未得參夔皋。朱絃特爲山靈操，靈溪深深靈山高。聊爾放志雲中遨，逍遥宇宙歸吾曹。大鵬負天摶扶摇，鷽鳩控地飛蓬蒿。各有自得非同條，要異飢蝨人間饕。予遊物外辭纏緜，君亦小飲解客嘲。盈頭白髮不須薅，酣呼續續傾春醪。朝登南碧霄，暮登北碧霄，中跨一洞穿飛濤。洞山何處非我室，隨意繩牀淹幾宵。

北碧霄洞歌呈予齋

嵌空巖穴烟雲穿，誰居無事初雕鐫？北洞比南尤怪特，一痕石罅裂到天。有如北溟起鵬翼，未摶羊角空中懸。又如蟠木出東海，柯榦扶立根株駢。一峰小矗倒拔地，内却有路升危巔。路盡呀然牖户闢，佛樓架石長牢堅。當時我欲築吟舍，中央突起波回旋。周遭鴨緑俗塵斷，檻前惟纜元真船。此計坐令眇芒墮，忽見寥繆神悄然。意似上巢非木處，草榻頗得静者便。偏提尚貯黄醅子，醒時吟唱醉即眠。覺來近聽玉杵響，一輪皓月當窗圓。子不用挹浮邱袂，我不用拍洪厓肩。放情已勝丹臺仙，况復雲嵐四繞匝，靈巖萬景爲我妍。徑須留此終餘年，妙處莫遣人間傳。

碧霄洞上夜窗書所見呈予齋

碧霄洞尖雲作頂，穹樓架石度絶境。蟾輪碾入春空寒，下照猙獰千百影。初平白羊莽成陣，突破連群野豨逞。山雞竹兔從空飛，歷亂俄驚鹿走町。須臾倒浪涌野牛，駞駝横逐騊駼騁。猿猱狙玃古鬚髯，黠負背看戲抱頸。腥風動地白額號，猘犬如星雨坑穽。群狼圍合恣跳梁，闖開一象神威猛。恢奇形狀莫能名，獨角駢鬆圜趾脛。最後神熊背嶺蹲，項領嵯峨神氣静。百獸慴伏跽塵沙，有如輯瑞朝五等。凝然良久砉山迴，萬隊雲奔散溪嶺。披裘忍凍悄窺

硯，蠟炬如椽不敢秉。金晴爍爍射樓窗，陡覺森寒心魄警。神靈呵護帖尾旋，天西已墮白銀餅。凌晨下洞諦追尋，跡蹄參錯魂猶憬。

予齋以碧霄花雨四字題碧霄洞額屬予捉筆有作見示奉酬高韻

石窗曉拓晴空爽，此間不可無銀榜。碧霄花雨詎繽紛，咳唾如珠誠足賞。洞躋絶頂亦可廬，置身直在千仞餘。兩鴻雪上印此跡，長者留題居士書。

照屏巖和予齋韻

靈峰開方丈，對面列一屏。泥金貝葉字，字字照來青。

五老峰和予齋韻

桑户誰爲友，莫逆惟子來。雲中五老立，耦俱亦無猜。

三賢峰和予齋韻

三賢藹離立，相顧襟情好。兩人往而參，亦可作五老。

五老臺和予齋韻

前列五老峰，此架五老臺。五老相對飲，一杯復一杯。

風洞和予齋韻

噫氣中鬱塞，蓬蓬出洞口。橐籥操巨靈，鼓動夫何有？

白雨峰和予齋韻

飛流落千丈，匯作白雨潭。我欲手挽潭下水，一洗疊嶂千晴嵐。

鬪雞峰和予齋韻

鬪雞矜爪嘴，悄立在層岑。終朝峙而待，未肯化雄心。

鸜哥峰和予齋韻

萬疊好溪山，安穩栖亦足。慎弗矜誇巧語言，翩然飛去靈巖曲。誤他處士殺其身，文彩何須艷人目。

將軍巖和予齋韻

諸峰列部伍，信足張吾軍。戎經昭老將，卓立識風雲。

五馬峰和予齋韻

五馬勢雜沓，中有權奇材。可是南奔日，浮渡烟江來。

真際寺和予齋韻

夕陽映古寺，宴坐山欲暝。惟聞水西風，吹度鄰寺磬。

净名寺和予齋韻

招提標廿四，此處最知名。蓮漏由來滴，星橋永不傾。鎔銅鐵爲之。春前嵐氣冷，空外磬聲清。坐久渾忘去，雲從翠壁生。

鷹峰和予齋韻

石鷹立峰頂，有嘴如鋼鈎。春雁歸自衡陽浦，經過西谷紛回頭。自聽説法一切平等視，更

不分別焦明與休留。那肯搏擊破殺戒，一任下界惡鳥橫喧啾。

白頭巖和予齋韻

與子策杖凌巖烟，梯磴下土欣駢肩。一嵒白頭出重元，無情之物動人憐。少必有老理固然，我今霜雪亦盈顛。下壽已勝顔子淵，溪山到處恣盤旋。願喫飽飯抛纏牽，醉吟同盡乎天年。

展旗峰

鳌弧周麾神揚揚，詩成拔取百雉强。齊盟李杜昔狎主，展旗誰敢抗顔行？一從帝召歸天閶，委棄在此虚開張。

贈靈巖僧妙聞

靈巖妙聞僧中稀，蛇咬不死形模奇。黑夜蜿蜒甘其肌，毒氣饋餾騰蒸炊。定力忍痛不哀嘶，越七十日隳左肢。砉然病樹脱朽枝，稜層古貌如枯龜。貌枯神腴壽踰耆，廢寺瓦礫堆階基。嵒坳嵌空無關扉，傍虚侍者絶因依。百事直以隻手爲，喜見客至顔和怡。舊儲玉粇倒瓶甈，俄頃具饌飽客飢。火煨出啖白芋魁，跡類嬾殘意却非。十年宰相輕塵灰，渠不溷吾吾不

薪。天聰呀洞導之窺，踏雲升頂凌崟崎。拂晨禮佛光熹微，木魚琅琅出烟霏。客睡徐起牀射曦，瓦鐺粥香滑流匙。謂客石房愛幽棲，青精黃獨緑蕨薇。口糧終年不須齎，語言真實拋禪機。彼教業白其庶幾，有杖者錫紫厥衣。侈擁鐘板鳩闍黎，隆樓矗空金碧輝。大鑊飯衆千石糜，生民之蝗集且飛。我懷短策不得施，誰遣總髮加冠緌？散編民伍驅耕耔，盡使淳俗還黃羲。頭陀操行苦若斯，食力已具衣鉢貲。惜哉生不逢孔姬，岸然頭骨空嶷岐，傳去聲高僧爲作此詩。

大筆峰

矗空大筆何熒煌，赤石照耀五彩揚。巖廊縱令詫燕許，未若李杜尤雄强。李杜文章光焰長，韓亦撲筆歌慨慷。三賢入手横去聲揮洒，乾端坤倪俱軒昂。邇後拋擲碧霄下，寂寥終古天蒼茫。

卓筆峰呈予齋

碧霄洞口撫大筆，一枝復卓靈巖前。是處雕章絢五色，屏霞幛壁金光箋。吾兄才略涵溟渤，潤色乾坤仗揮發。斂却天扉盤誥才，只教批抹閒風月。

天聰洞和予齋韻

洞房轉側不十笏，勃窣由來作理窟。此疑渾沌帝中央，鑿破天聰勞倏忽。我抱龍脣向此彈，正聲猶在文王没。罷琴悵望時代遥，起問青天古時月。

屏霞障

金輪湧海底，飛出扶桑上。朱暉千萬道，直射屏霞幛。屏間綵絢赤城標，天光海色紛動摇。何人抽取喦前筆，題罷遠駕三山椒。

聽詩叟呈予齋

平生性癖耽苦吟，舉世無人作賞音。豈無咨嗟漫相許，别調至竟非同心。驀地聽詩逢此叟，千古鍾期詎常有？山水泠泠續繪圖，予齋之尊人苧塍先生與沈似笠先生相契，嘗繪《高山流水圖》。予與予齋約續繪之。獨抱焦桐向我友。

龍鼻泉

神龍蜿蜒歸洞窟，尺木銜山勢超忽。蒼鱗照日開金光，恐復騰空去溟渤。屏霞幛上胡鬖

然，鼻中冷滴珍珠泉。傳聞湔此眼如鏡，好燭細字消殘年。

小龍湫和予齋韻

諸溪匯流奔下嶺，勢束重嵒不得騁。怒濤盡力破雄關，萬馬齊奔一何猛。遠望惟看疋練懸，誰識砰匉射倒景？風塵論士只皮相，奇才乃與常人等。噴落龍泫更激飛，壯氣未平猶耿耿。雪片抛空三百丈，峭壁橫衝朱夏冷。日暄亭午汗沾衷，一到秋潭醉眼醒。屈君喚作小龍湫，未覩其大心神警。

僧拜石和予齋韻

緇流忘清課，倒牀未及昏。此户肖圓頂，膜拜學沙門。沙門雖異教，凌替不可言。孤雲窺色相，獨倚蒼山根。

卧龍溪

觱沸出靈巖，逶迤沿龍溪。圓石走明月，春冰涣玻璃。回飆度潎潎，細草縈萋萋。亂流麀涉淺，破靄禽飛低。白髮照如鏡，赤足蹋無泥。經邱泝猶遠，入寺行不迷。威紆徑往復，洄洑潭東西。褰裳自可揭，竹杖勞扶攜。

相逢行山中贈所知時惺齋越境遊雁蕩，故匿其名。

嶇嶔白道縈修蛇，巒洞疊石排谽谺。犬雞寂靜樵跡罕，崇岡遺火燒荒畬。攀捫絕壁薜被肘，草屩歷落黏輕沙。松坳歇足放青眼，此間熟識惟烟霞。斷無跫音出朋舊，砉然邂逅手對叉。夫君奇絕雲中下，招呼驚散攢林鴉。瑽琤玉佩近攬結，愛我籜笠從風斜。苔茵厚鋪欹坐輭，溪聲山響攙笑譁。陰厓凍餘古冰雪，千尋老樹寒槎枒。物外高談動嵒谷，春生萬象皆萌芽。怪梅張王橫鐵榦，頃刻玉迸連天花。僕夫看挹浮邱袂，韻事擬向人間誇。山靈發攄暄景色，喜意騰躍催猿麚。層阿石銚然槁竹，木瓢香汎仙嵒茶。雲嵐四面孰主客，吟窩拚作騷人家。冥搜結習破廉讓，一囊括取風光賖。傳聞三月浮煖翠，漫天躑躅紅交加。賞心濤湧靈嵒谷，鬅鬙不用耘霜華。縹緲分襟渡澗去，赤脚徑踏流泉窪。清緣不盡飄忽意，仿彿軋軋回雲車。

馬鞍嶺

初經馬鞍上，杖策未從容。樵客林中返，行人嶺畔逢。油雲入西谷，酥雨洒東風。正苦石頭滑，一聲何處鐘。

能仁寺和予齋韻

遄行投古寺，挂策倍加閒。薜荔牆邊雨，芙蓉寺裏山。春遊開耳目，夕話洽心顔。明看龍湫去，清緣尚未慳。

和予齋能仁寺後有破浴鑊一横鑄捨嘉福院無碍浴堂中九字韻

浴鑊鑄費千斤鐵，工匠齊扇洪爐火。當時誰捨嘉福院，似注温泉本萬妥。萬物有成必有壞，塵垢空憐壤蟲蠃。有湯即浴無即休，我意無可無不可。

和予齋燕尾潭韻

從來飛湍倒壑勢磅礴，砯厓轉石驚雷聞。龍騰九天灑急雨，虹亘一徑穿重雲。寧能尾涎涎兮學燕燕，漫邀公子時相見。

天柱峰

項領標嵬鐵，奔騰盡向東。溟濛消雨脚，兀突峙晴空。翠滴龍湫上，青過雁蕩中。連山渾不斷，許爾獨稱雄。

瑞鹿寺

古寺僧皆去，空階客共臨。危峰當瑞鹿，秀木下春禽。坐對荒凉色，留聽寂寞音。風流成二老，來往亦無心。

錦　溪

錦溪清且湜，沿洄四五里。淡沲鹿峰烟，噴薄龍湫水。湔飛渡海鶴，擻去騰空鯉。細沫簾谷飄，奔瀧鐵城起。風激揮連珠，霞明散端綺。眼喜瑩沙脣，足畏嚙石齒。泝入忘歸亭，春湍緑瀰瀰。

鐵　城

靈境開門户，連峰削不成。真看標鐵幛，不忝號金城。衛護龍湫在，周遭雉堞横。以兹爲保障，千載永無傾。

水簾谷和予齋韻

龍湫倒噴千尋瀑，日月蕩摇星漢覆。輕盈却看挂罘罳，娟妙天成水簾谷。

宴坐亭和予齋韻

龍湫響震昆陽瓦，傳聞宴坐石壁下。詎那化去亭亦傾，人間誰是長年者？

大龍湫歌呈予齋

大聲砰硼天上來，靈湫倒掔長喧豗。摧林擘石響不絶，鐵城内轉崩山雷。下擊淵潭窅莫測，撇漩陡翻香象力。當心石檻一條横，怒撼靈胥衝偪仄。喊聲四合鳴硠礚，噫氣難洩巨谷中。飛湍阻遏不得下，三千組練屯虚空。良久無聲息水府，突驚霹靂驅涷雨。九天鉦鼓下將軍，齊彎神臂開銅弩。踉蹌疾走莫遁迯，淋漓巾袂濡頭尻。回顧神龍入大海，一氣浩浩奔回濤。回濤震蕩龍伯國，島嶼摇空態惶惑。火毬焰焰絢金光，倒景交羅萬種色。大名三疊傳匡廬，匡廬噴薄得似無。彼激跳珠荷賞識，滔滔車馬來通都。嗟汝韜藏西内谷，只遺山翁看不足。謝公落屐不汝知，未遇卞和空抱玉。豈知後出寰瀛聞，氣吐白虹跨重雲。雁山藉汝長聲價，雪波四散徒紛紛。獨在人間成壯觀，妙處未容衆口讚。山靈終古嘿無言，我坐對之發三歎。

行道廊

白石凌虛削，嵒坳闢幽蹊。行道平若砥，不雨净無泥。艷思絶嚮屧，清境邀扶藜。踏蘚過野鹿，穿雲飛山雞。危峰藉猿引，穿徑無人擠。屐堪謝公落，谷容子真栖。曲盤入雲路，高躡升天梯。香嵒聳菡萏，緑房吾得躋。

白雲菴

高僧嘮結草，二老喜盤遊。眸注石門外，面臨天柱頭。虎參西谷跡，龍拔上巖湫。可惜遂初老，謂潘稼堂。行踪曾不留。

天棺巖

披榛尋古道，直到萬山巔。鳩杖遥臨海，人棺久上天。深凹緑春草，絶頂繡平田。歎息神仙葬，金丹詎永年？

石城嶂

峍屼霞城嶂，石城在其側。相争不相下，各自君其國。

上龍湫歌呈予齋

上龍湫，龍湫槃礴居上游，地形僻險誰冥搜？我觀小湫大湫眼已飽，更見上湫直上噴未休。上湫溢出爲鴻溝，石檻横截當中流。訇轟激越數百丈，倒落巖下有若巨鼇戴山湧出蓬萊洲。大湫終古駭人目，只分上湫一派穿嵒㖞。瀛海之外更有大九州，世人祗見杯中一溜波浮浮，此亦何殊芥汎坳堂舟。上龍湫，湫出詎那宴坐亭之上。洪濤春天倍激宕，直上登巖睨海浪。大龍湫苦隘而妨，詎若上龍湫懸空自奔放。我今與子憑臨拄鐵杖，憑高俱作氣出唱，滄湄海浦恣騁望。吾生有涯隨化盡，底用臨風嘿惆悵？俯視大小湫，訇轟並退讓。上龍湫是丈人行，上龍湫晝夜奔騰勢不已。天地有元機，回旋可睹矣。子在川上有微言，吾心安得常如此？

石碑巖呈予齋

石碑立千丈，視之一字無。山靈待君來，大作蝌斗書。君言前賢擅述作，卷軸奚翅萬萬餘。過此斂手去，不見藻彩輸。祖龍上太岱，隨從斯邈徒。日觀峰頭蹲片石，大篆小篆無鐫摹。矧我才力薄，詎敢操奇觚？謂我高興狂歌呼，隃糜數斗虎僕濡。天荒乍遺破，大文從之舒。我聞此言却悚立，側睨躑躅蒼山隅。剩此貞珉還天地，渾樸風氣追皇初。白雲藹藹出洞壑，一片無心飛太虛。

樹巖和予齋韻

樹巖在地成元形，千尋黛色參天青。蕭相已成未央殿，不敢購此營閒庭。東南參錯屼天柱，霄峥獨留盤古樹。倘使雲際捧銅盤，不必金莖可承露。

雁蕩歌呈予齋

遊人遊雁蕩，誰見雁蕩還，我行悉力窮躋攀。初從石門入，蹴踏亂石嵯巉嵒。步步披灌莽，遠造絶嵒間。絶嵒著足無處所，猱騰滑墜難夤緣。僕隸泥吾行，躑躅愁空山。當先賈勇意氣鋭，隨行躍起衝險艱。斷藤缺石辨舊跡，大呼有徑堪升天。爬沙手並脚，乘凌趾壓肩。是時二老遺生死，伯昏瞀人立層巔。從者引至囊沙背水陣，死心猛赴踵不旋。平沉兮塔寺，横塞兮天棺。荒林寂兮只飛鳥，春水淡兮不生烟。潭龍氣蚴蟉，山羊跡闐駢。既踰峭壁，忽值平田。喜雲開兮見日，類羽化而登仙。雁蕩之水清且寒，中有香草紛眠芊。群雁啑唼，衝波洄漩，呼儔挾子春風前。乍決起于霄漢，復下戲于潭淵，飛鳥飲啄天機全。有生恣曠蕩，君然我亦然。起覽四維周八埏，群仙距咫尺，相望蓬萊邊。顔衰不希紫金丹，應盡便須盡，大笑拋塵寰。亦不希稱述乎後賢，登臨發歌嘯，適興桑榆年。高名底須千秋傳，嗚呼高名底須千秋傳？

別予齋和見送韻二首

聯笻對榻話情親，最喜龍湫洗俗塵。歷歷溪山青入眼，蒼蒼猿鶴老如人。雲天白擁靈峰雪，江隴青迴大麥地名春。佳處潛教歸思動，杯行入手忍逡巡。

已分平生尾曳龜，江鷗泛泛並忘飢。名山只許心長往，良會那堪影遽離。春徑常縈書帶草，雨林頻喚鵓鴣兒。懵騰醉看雙蓬鬢，雪滿河梁欲別時。

予齋送予至樓𡻕復有贈別之作和韻奉酬

一步回頭一步顧，恨不在此終年留。却憶龍湫雁蕩好風景，清緣只許連旬遊。天涯斗酒坐曲室，再來把盞知何日。海宇豈無舊朋好，未盡知心空接膝。自君落拓平泉居，夢中還往無時無。正似今宵醉樓𡻕，醒時別去形仍孤。當日淵路聞處贈，只今爾我皆安命。浮生榮悴天使然，祇有清狂堪適性。粗營茅舍在花南，門前五柳摇毿毿。閉門白日寡所向，遲君語笑停歸驂。少壯幾時無那老，最痛萊妻怛化早。撈蝦飼鴨任兒曹，鶴洲別墅幽居好。破屋僅剩叢殘書，可堪負郭無新畬。故人束髮共研席，渠自豪焰張門閭。纍纍喪家狗，徙倚風塵空白首。丈夫立志賣孤清，衆人溷濁終看醜。酣餘睡起日三竿，布衾多年似鐵寒。管寧寂寞戴皂帽，我知羞殺曹子桓。石房木榻永今夜，柴車難更仝君駕。一别千秋思魏文，謂徐括菴。段干

木與卜子夏。

題太真出浴圖

春寒霰雪下驪山，香泛飛泉煖玉環。纔説九龍呵護在，便傳湯殿澀金鐶。

題墨竹二截句

千尺新梢掃暮雲，檀欒似向剡溪分。王猷到處清緣在，寄宅經旬對此君。

雪盡叢篁翠色滋，春波浮動緑差差。扁舟不作西軒夢，筆法渾參魯得之。予西軒有魯得字，孔孫墨竹。

長至日分巡寧紹台道葉惺齋使君士寬以餘山粹學四字扁額上餘山先生先生姓勞，字麟書，餘姚布衣。祠堂禮成謹作長歌一百韻紀之

魯日一噎餘千齡，太極嵒邊開重暝。静掃天氛出考亭，二儀氣運時昭冥。書城作霧緣利名，雒誦匝地各有營。餘山先生生東溟，十七始學惟躬耕。時罕人師師遺經，獨尋古道行嬛嬛。廿四有聞開靈扃，踵追所見升階庭。徐入窔奥神和平，養吾浩然還太清。上助辰曜舒光晶，下被草木滋華英。竭來三紀升新秔，於昭耿耿留元精。乾隆初元闢文明，孝感涂公椽筆

擎。故大司空存齋先生。遠慕布衣表荒塋，四字屹壓千言銘。題曰潛脩實學。煜驚鬼神竄狐鼪，故里更揭碑峥嶸。嗟歔足駐行人行，丙寅辜月雲物呈。日方南至一陽生，小往大來嘘泰亨。惺齋使君道合并，髹匾丈六輝珠瓊。巨手題出顔祠楹，形模鬱律氣魄狰。貔虎贔屭昂鼉鯨，芒燄騰騰出棟甍。餘山粹學熙日星，銀榜不懸灝氣横。銀榜一懸光彪弸，小子昭告哀寸誠。先期齋宿潔紳纓，清江載至浩揚舲。沿緣沙堰躬祇迎，喤喤道路鳴鼗鉦。樂備雅奏導衆伶，遠近觀者穿林坰。佇立邱塍隔溪阬，從者雲填衝陌桁。小大肅肅無譁聲，勞家隶口曖杉桯。古樹蘢葱蟠廟瓴，中央懸升正不傾。攻金之工奉鉤釘，天空日皎聞登丁。仰瞻梁梠鬱岭嶒，清酤既獻亦和羹。登降几筵奠尊鉶，將以明德肅惟馨。祝辭琅琅神爲聽，曰後學某欽先型。闡幽用攄仰止情，拜俯灌卣藉香蕿。朱絃侑送告禮成，日猶未晡六合晴。纖雲卷盡帡高青，廟壖人散通川萍。白頭起語衆耳聆，當日講壇開草廳。村無機阱捐罝紘，芻兒田父近一黌。恂恂揖讓無嚻爭，閨娃端正姿幽貞。恥貼珠鈿矜娉婷，亦有拜識繇童嬰。高顴廣顙追儀型，却憶遺言泫欲零。餘未得面中怦怦，視不欬邪瞭目睛。其畢棄咎如脱腥，彼何人斯志肥輕。氣高南山膺世榮，歌鐘華屋聲鍠鏗。二八迭舞漁嫈嫇，夜氣未泯顔一赬。疾馳賓驛合侯鯖，自許豪俠破拘囹。千觥洪飲傾渌醽，興酣耳熱搊阮箏。名教自樂回狂酲，吁儒冠衣相撩拎。咿唔乾死案頭螢，終年蹭蹬居愁城。慨然聞風懊媿縈，勞神淹博誇識鼪。四庫七略歸品評，可四三都三兩京。鼓吹藝苑和鏞笙，中何所得仍聾盲。惜哉賢智徒聽熒，望而知悔寤乍醒。使君吾道一宗

盟，此舉聲教驅風霆。便令多士遵夷庚，雍容步趨節璜珩。中沚春茁莪菁菁，大昌絶學鉏鄙萌。人志孔孟家朱程，肇浙東西周八閎。佐佑文治爲國楨，圖書再負龜龍靈。璇霄千仞翶祥鵬，郊椒遊麟錦斑騂。餘干大儒老柴荆，配食兩廡歆醴牲。居業一編映曦檽，讀胡餘干先生《居業録》，服其議論宏偉切實。知以布衣配享兩廡，斷非偶然。高言萬古軋霄崢。匹夫足師規模宏，先生後起亦天氓。操履確實何觥觥，崇卑輿蓋勞扶撑。自作不朽立寰瀛，垂光底用仗史宬？從之一叩大小鳴，太元潛虛弄墨兵。陣遇堂堂拋幢棚，皇極經世如藍瑛。或謦瑕纇非精瑩，須友齋頭手不停。先生齋名須友。説卦窮象包垓紘，細研蟲豸及蟭螟。百卷磊落藏箱籯，大文昭晦隨黔嬴。百世以俟無虧盈，一嫠苦節儀媌娙。先生子婦童氏爲同志友憲文先生之女。年十八而寡，無子，守志。雍正二年海嘯，氏夫棺以歲縛草索，縱横千百道，漂去得不散遠，尋歸葬之。今已得旌。前紹守杜使君表其閭曰『索絢奇節』。出自儒門來鹿軿，入爲操磑出汲瓶。早歲鬔挽青㲃鬡，奇災海嘯不可禜。夫棺索絢纏縮衡，衝波尋歸葬松坪。懷無藐孤衣繡綳，老擷溪毛薦宗祊。衆請旌褒下彤廷，有門弟子塵俗攖。虛教承學心骨驚，憶逢驛亭棹長泠。寒侍函丈飛玉霙，蒲牢萬石吼噌吰。輕求發音撞以莛，大聲震耳昏懵惺。一自騎箕詄上征，愍我童騃遠伶仃。先生易簀之夕，調元在杭。夢先生執調元手曰：『似汝稚子，獨行萬里程，我安得放心？』後數夢先生教督。頻感魂夢千丁寧，迄今頭髪霜幾莖。坐省愆尤增惶怔，汗背有若攢飛蝱。躑躅世途逐羈傖，清渭倏忽污濁涇。我顔忸怩執礰礰，行藏詎須卜楚篿？菲薄不敢偷鼎烹，遄歸巖壑侶麎麠。簷前青蟲挂書棚，飢腸雷

鳴且吟賡。竊主删述難客卿，手攬光怪搏哮獰。娱嬉到老絃不更，愛梯雲巘航烟汀。烏藤一枝踏竛竮，谷音豈謂偕韶韺？江山佳景助淙琤，淋漓草書涴翠屏。玩物喪志懲蚩儚，環緗春秋催蟋鶊。遺書矢欲親短檠，了非圖讖談禨禎。不愁雷電下六丁，一蠡只可量坳泓。茫茫向若驚洄瀯，終焉泝此窺涵渟。忍更虛閱瑤階蓂，人未聞道如禽猩。雕詞亦屬隴山鸚，大年縱使齊聃彭。滅若風前韻流鈴，今朝藏事心振振。步歸茅屋月瓏玲，静思痛淚溢爲滎。半生對弈存空枰，納奩翻局敲鏦錚。此著再差徒眙瞠，精光礲淬新發硎。作詩緘寄如椒橙，倘呼左右芼釜鐺。草堂之盧吾所兄，存心在使君幕府，于先生稱私淑門人。結佩自小紉蘭蘅。友生大誼感鳴嚶，老去願作遷喬鶯。使君故自冲天翎，爾我慎勿仝贏蛉。共須擔荷雪嘲轟，閶闔日鑒回雲旌。

弢甫續集卷五

古今體詩二十七首

答友人送遊洞庭韻

一旬萍偶聚，又散范湖濆。鶴影銜烟出，鴻聲帶雨分。舟疑剡溪雪，身入洞庭雲。明日夢相憶，空波無垢氛。

洞庭觀打魚歌

南潯蓐食初揚舲，風帆倏下東洞庭。嘉平瑁候集商販，魚鱻市鬧東西涇。豐圻湍縮灘稜出，�簾遠樹牢關扃。水村聯絡過胥口，漁舠鳩列千蜻蛉。長繩繫網截濠播，助撾鼉鼓鳴丁寧。彷彿陊轟水犀戰，波翻圍合晝晦冥。長篙排突短叉挺，貝宫撇漩環拘囹。老蛟騰脱豫且手，昨夕怒徙通精靈。群魚聚泣枉撥刺，飄騷湖觜盲風腥。亦有怪物誤失宕，沙潬偃蹇呿回汀。澌澌昏雨珠霧墮，萬頃外聒飛驚霆。莫釐峰插具區底，濤花雪捲翛螺青。嵯峨衆艑矗高

屋，鴻網一舉譁建瓴。大魚小魚量滿斗，填倉散倒輕奇零。烟波浦漵耆分背，季娃把櫓争娉婷。襬褷尾鬣等蔬賤，霜刀霍霍新磨硎。船頭斫鱠船尾煮，艤傍茅店沽湘醽。獨客乘凌逐清景，橘洲浩渺浮單萍。金庭咫尺漫栖泊，霽魄圓寫沈珪形。老除毫氣面蒼碧，要觀萬象涵浤渟。巨鼇等閒已罷釣，肯志鰺鰺收笭箵。儻勞蜿蜒夾負艇，信意騎去遨東溟。

林屋洞歌

左神林谷誠幽虛，洞天第九書道書。欲窮嵒坳發元秘，滴瀝瓊髓冠巾濡。呀然三門崒窌窱，雨暘氣竇殊呵嘘。穹樓嵌空誰架鑿，鴻濛包裹元黄初。丰茸雪鲊肥威喜，食之不異羊鬚珠。金沙的皪乳泉瀵，邃穴往往娭神魚。衝人蝙蝠掠厓窾，朱曦倒射景未晡。石扉訇開候未得，松明再爇無贏餘。銀房玉柱空一到，深壇窈隔三踟躕。靈威素書亦散佚，天地大文知何如。却憩東窗莞而笑，琳札所記徒區區。天錫龜書拱璧在，鈿函持去袛碔砆。百年應盡便須盡，神仙久視吾無須。洞裏真官足膠擾，神禹不死非形軀。峨眉羅浮縱步往，焉用潛達穿崎嶇？此中却遺石牀枕，佳硯浄几天然俱。哦詩注易自吾事，差可援止終年居。况有鐘鼓置壁牖，縱弗考擊聊捫摸。丹臺挂名了不顧，遑論腐鼠猜鵷雛。寓言十九贅一嚇，南華覼縷良已麤。濃苔一踏神景觀，道士前攬青霞裾。莫向野夫問動静，行止隨分抛攣拘。《真誥》云：『去洞庭，見包公，問動静。』

登縹緲峰放歌兼寄葉惺齋士寬

欲雨不雨嵐靄重，太湖連夕烟濛濛。今朝曦景漏雲脚，催我直上縹緲之危峰。薄醉初放琉璃鍾，天風拂面餘赬容。攀厓踏谷詣絶頂，祇挈一枝堅瘦隨身笻。騰空放眼欲大叫，沆漭齊州盡一眺。身世萬慮都已遣，伯昏瞀人脚不掉。洪瀾陡壁紛盤繞，紫氛垂光西照曜。嶢嶅雪盡露鷹石，山梅顧我忽而笑。七十二峰雲錦張，一峰包在雲中央。雲中獨立振薜裳，四海無人知我狂。毛公空壇冷，包公故山荒。靈威丈人竊書去，鴻雁歲暮天蒼茫。剎竿出林水月寺，云是蕭梁年間長者布金地。地環澄浤三萬六千頃，一片圓冰脱玷翳。我當八窗蕩蕩排空冥，飽向乾坤吸清氣。頓教冰雪入我腸，高吟足了平生事。小青塢徑蛇屈盤，浄域鬅沸泉清寒。石甃泠泠漱哀玉，銅瓶深吸喉不乾。頭綱貢荈今已歇，猶餘舊磴林中安。僧爐餉客一椀又一椀，何必谷簾日注使我生清歡。隔嶺仙韻流金鐸，仙風飄空韻間作。不蘄仙子綽約迎，金堂取次瓊漿酌。但蘄籲徧千峰萬峰霞，百年獨果名山諾。娑婆老樹不可攀，姑與盤桓望寥廓。吁嗟乎！洞庭巖岫青嵬嵬，林屋古碑生緑苔。我輩登臨迭相送，昔人履綦安在哉？舉世奔波陸海不一回，此間空疊烟巒堆。神仙才子尚劫灰，却緣底事心顔摧。因聲寄招陽明洞，邊客曷不拂衣歸去來？

復登縹緲峰放歌懷盧敬甫疊前韻

好山登眺不厭重，况燭霞彩萬道開溟濛。參差巘㠋群拱揖，莫釐對面争長攢東峰。靈山盤礡地脈鍾，晻靄草樹含春容。惜哉夫君隔海嶼，不與飛躡萬仞分吟笻。崦谷槎枒老鶴叫，蔚藍天冷清矑眺。茫茫江海歲峥嶸，畸人頭並雲將掉。洞庭波外滄溟繞，當時十日紅争曜。陽燄愁燒海水枯，抨弓落烏成一笑。國鄰龍伯釣具張，六鼇手掣未渠央。鮫人爲織冰綃裳，日傍漾舟縱清狂。駕乘鯨黿且快意，白雲萬稜田俱荒。却憂混沌已盡鑿，要補元氣回淳茫。寓跡人寰踏蕭寺，雲窗霧閣臨無地。湖波倒映萬象清，白銅鉅鏡磨塵翳。宫霍瀾淪蹙復舒，濤頭石脚融一氣。坐閲鳥跡巖前書，蝸區蠻觸渾閒事。天東昨挂爛銀盤，石櫺清虚通廣寒。松樠參天雜橘柚，丹清渲染霜華乾。時聞雞犬雲外落，金牀未許栖劉安。山精木怪亦喜哦，我句只有神官相顧顔不歡。黄鐘中聲應牛鐸，軒樂飄淪久不作。無礙泉噴帝臺漿，懷人姑把金罍酌。盧敖若士不同遊，踞龜誰與相唯諾？長歌激越震空林，天地風雲一驅廓。泬寥意氣仍磊嵬，峰峰衝破太古苔。斬削蒼藤戛精鐵，拔地巑岏何有哉？厓窮東轉聊淹回，墨花疊洒寒雲堆。他年故人好事踵到絶壁下，雲裾爲我題字處處揩浮灰。更遣南頭丙洞老仙守，莫聽蟠霄雷雨横崩摧。哂然作嘯下嵌竇，人去啾啾猿鳥來。

明月篇

夜寒潑水冰重衾，僧龕不聞蓮漏音。螺窗六扇亮于雪，開見寶珠一顆摇湖心。寶珠圓明何處尋，洞庭山高水深深。浮光豈限三萬六千頃，山河大地一氣涵森沈。無意得之忽大叫，樓臺瀲灎澄輝照。驚起群衲問寒暄，獨客無言惟一笑。是時滄洲烟窈眇，歸墟寥寂淪輿嶠。湖平萬籟息聲塵，蜃氣龍腥跡如掃。瓊輪皎皎凌高寒，冰花無際鋪清瀾。長河盡没渫雲卷，太虚混合波中間。空明一片周瀛寰，靈景拋散三千年。乾坤隔斷大槐坂，豈知此間夜夜當空懸？山林杳冥海水漩，想像子春殊渺然，成連尋之復不還。金徽玉軫傳不得，情移祇抱龍脣眠。霜華斜飛溼扃牖，屋椽低回插箕斗。今宵澒洞掇清光，一掬金波不盈手。

後明月篇

海山暮色來滄漭，白光已見東溟上。照人冷鑑望猶圓，天盤磊磊碁疎朗。靈區真君合大還，水猶凡汞山凡鉛。紅爐之雪月一點，洲藪萬物皆飛仙。太湖得月精光湧，老夫得月心神竦。造化須成此段奇，清輝不惜傾澒洞。無聲忽復移瓊霄，上方百里覘秋毫。老蟾不死顧兔狡，水天滉瀁空迢迢。三更倏歙鯨波漲，蓬蓬怒起衝風壯。天旋海沸横激宕，海若天吴不相讓。包山洞府屹吴根，擊碎空明飛駭浪。此月本是驪龍珠，群龍戲攫鱗爪舒，掀波出没拏空

虛。波光珠光散澶漫，高空不動圓輪孤。沙外鶩寒叫鵘鴶，浪花如山苦崩斡。夔魈罔兩映墟烟，東西微茫陂岸闊。神禹昔定震澤湍，終古皓魄餘荒寒。僧厨惜無酒一斛，使我醉倒頽巾冠。

神景觀夜起見湖中月是夜立春

不緣看餞臘，歲序亦相忘。醉墨浮春氣，神丹發夜光。星迴天北極，月墮水中央。甫里江湖夢，吟情未渺茫。

縹緲行元日登山作

林屋東西路總熟，猿鶴懽喜候厓谷。識我笻聲未午來，盤空徧向群峰卓。似覺雲霞媚此翁，朝朝曦映千蛾緑。今朝萬象更鮮新，海日湖天明遠目。草木何知歲履端，乾坤春氣浮川陸。好山乾净無三斑，撲渥狻窟青眠芊。煖香晻晻發陽谷，老梅白擁幽虛天。仙鼠見客忽復起，嬾窺洞户從扃關。苔碑驚散鳥剥啄，碧字半蝕開成年。空壇松粒顔色古，其下茯苓掘可煮。白雲連天傍人飛，緑毛仙公何處所。絳節珠幢久零落，翻遺袈裟映梵宇。屢飲僧甌無碍泉，甘澆吟舌山靈許。無事久留胡爲哉，白頭老衲何須猜。望蟠龍洞未一到，上伏象嵒纔幾回。喻靡欲磨水一斗，乘興上下洒徧蒼巖隈。舊年欵冬花已開，今年搏黍鳥復來。洞庭橘，色

爛紅玫瑰。洞庭柑，磊落金盤堆。老夫縱不爲口實，亦愛清芬投滿懷。龍君龍女不暇顧，石公久待寧忍違。東風入律回天地，今宵何人占象緯？應有少微星，上燭咸池五車氣。春遊屐著眼爲醒，春吟杯到心先醉。醉醒不知老將至，清遊清吟千古事。

龍渚謡

大龍渚，小龍渚。龍宫幽窅龍處所，怪石嶔崟作門户。嵌空穿嚙痕，波濤自太古。湖心一片萬玲瓏，壍鑿多應出雷斧。春空月黑瘦蛟舞，逢逢乍擊馮夷鼓。芙蓉旌旗蜃樓閃，軒樂鱗鱗排筍簴。烟墟帷帟冪鮫綃，大作新年瀆靈聚。龍公出水張水嬉，貝闕萬族撐之而。龍女姍姍其來遲，珠裳琲珮光陸離。旱冬窪田兆坼龜，河港斷絶行人悲。大舸小艑沙岸閣，具區稽天空爾爲。羊群嬾惰鞭不起，爲問龍公知不知？

後龍渚謡

我作龍渚謡，龍公不之聆。潭潭龍堂入窈冥，髣髴春宵報鼉更。擊甒磬，吹鵝笙。陽侯共宴娭，游澌紛揚靈。海童唱歌鮫妾舞，包山洞庭樂終古，巴陵潛逵通水府。江妃倏忽自去來，揮珠拊沫神靈雨。雲旂偃蹇卷以舒，蕭颯回風動北渚。橘香吹過浮玉山，烟波渺渺空愁予。誰知水縮露石根，縱橫虎豹虚嵒阻。嵌巉皺透惜不得，巨斧連雲争割取。十十五五轟邪許，老

龍雖怒莫予侮。嗚呼！吴兒猛于蜀五丁，鑿石恐侵龍公庭。

三灣舟行

扁舟落水飄如葉，風定回潭小泙渫。輕烟細雨罨畫中，三面青嵐浮嶫嶫。一灣早梅破春寒，香來一灣又一灣。焉得淹洄此消夏，艑艖明月廬可盤。消夏、明月、可盤，皆灣名。天留深窈仙洲窟，只許漁翁出復没。不憂岸上橘田荒，鯗魚滿湖浪吹雪。浮家處處鎮忘機，鸕鷀鸂鶒船頭飛。誰掃横波一磐石，借與老夫爲釣磯。離宫當日嶙峋築，娥池香滿娃初浴。鴛鴦雙宿水殿凉，皓魄團團看不足。采蓮歌聲散越來，巫欐城亦飛寒灰。春光澹淹洞庭曲，野湟脂粉流餘哀。輕篙屢折灣頭路，冥茫滢烟生緑樹。水村遥聞雞犬聲，薄暮角頭峭帆去。

小雨後續作龍渚謡

油雪霔霸瀰圓穹，掀湖驚聒舶趠風。風鬃一奮徧四海，飛流萬谷鳴淙淙。傾盆三日意始足，大江小汊縱横通。春膏滂洋散滴滴，稽首詎止讙吴儂？請天行雨時則可，椽筆紀載厓須礲。颯沓雨工助澎湃，不妨爾族争言功。胡爲廉纖颺如髮，山田不見猛溜泱。蔬枰小潤青猗猗，斷港何由烟浪活。行人空具笠與簑，半日纔得石頭滑。我辭龍渚續作謡，可盤灣頭舟已出。安得龍公立起釃滿空，發憤此言頓一雪。我雖破篷無副衣，不辭淋漓漬巾襪。

石公歌

霞明萬岫紅嵯峨，滿湖輝映摇晴波。石公不語烟中立，千年苔鬢青鬖髿。盤岡細徑平不頗，山村緑樹朝嵐拖。宿氛徐卷連雲障，一峰一峰開春螺。奮策飛登翠嵽嵲，凌空面海看金鴉。化工奇絶縱摶埴，嵌嵒萬狀森交羅。當其冶鑄持橐籥，陰陽鼓氣連嘘呵。鴻爐出手絶補綴，是豈鍜鍊繇皇媧。曾聞祖龍暴驅逐，此山不受秦鞭撾。品題甲乙騁胸臆，神物未可分等差。迂倪顛米偷皴法，到老瞪眡誰能摩？歸雲洞口行嶢崅，盧橘花盡茶香多。横跨石梁澗淙斷，重嵒夭矯空垂蘿。欲啟石公假一高陂陀，伐取千丈施礱磨。先君孝勇天褒嘉，石綽楔應凌紫霞。誰能致之東海涯，臨川筆掣韓歐家。李穆堂先生。爲撰墓表颺光華。特書抱鐺古未有，更却海賊揮神戈。眼中規橅堅且瑳，螭蟠大字鐫擘窠。穹碑兀突龜負出，黑夜光氣騰星河。嗚呼！無力致汝徒摩挲，潸然躑躅空山阿，石公石公奈汝何。

穹嶐行

梭槎迎睇青穹嶐，方壺兩股治帝銅。雲中彷彿遲吾儂，誰其招者仙赤松？舍舟而徒往相從，翠微劖天梯巃嵸。半巖已躡嵐千重，崎嶇詰曲鏗孤笻。踵及巔頂平疇同，雲阡霞隴堪耕稯。古龕纍石佛所宫，數弓傍借搭草篷。誅茅無人祇薄躬，苦柏結實香鬔鬆。胚凝石脂辰砂

紅，取而食之顔爲童。老眼不須方兩瞳，願鏡細字披氛髼。獨抱羲圖喜擊蒙，吁彼讀書逐嚴終。薛盤詫指荒臺蹤，東嶺下有朱買臣讀書堂遺趾。是非豈值鼓嘲嚨？看生層雲飛盪胸，太湖濤烟俯洶洶。莫鼇縹緲兀西東，昨者呼嘯驚魚龍。寒波萬頃摇沖瀜，一團恰墮波當中。瑩照肝心透虚空，至今夢寐光曈曈。川巖來徑鳥翼通，貪括清景盤高穹。黑盡白絲嫋春風，新年紫邏喧彩烘。寒癡萬木將惺忪，枯梅已花淡不濃。白兩三點開鴻濛，烏鉢銅坑騰萬峰。藐姑處處灣塢逢，柔荑踏藉綠丰茸。山僧奇客音獨跫，我足不策誰聞鐘？百丈泉凹翠可礲，草書留洒寧悤悤。

狂歌行鄧尉看梅作

昔年我盤西溪岡，虬枝周遮數畝長。老梅年紀千歲强，著花横出花塢花中央。我時肅冠再拜梅花王，光福之里浮白光。連天梅花白茫茫，勢與西溪花塢之花横相當。銅坑銅井春塢藏，連朝天氣薄春霜。一朝花氣春發皇，萬峰山頭暖翠香。香溢虎山橋外無邊方，漁洋法華渺青蒼。花氣一氣熙春暘，七十二峰閣上遥相望。峰峰花與波低昂，春波與花湧大荒。洞庭玉柱輝銀房，靈嵒香徑連屧廊。白龍氣亘秦餘杭，笏林繞羊腸，茶磨横石梁。娜如晴列錦步障，茂苑水流脂粉塘。天公花事森開張，花山花海春滂洋。春風微和扇徊翔，默鼓元氣如雷硠。今年春蚤噓凍僵，玉艷得氣先迎將。力大意縱不可量，鴻荒初破舒文章。冰壑雪澗淡自芳，崩

厓龍卧無嗟傷。大哉造化令勾芒，寰瀛萬里闢廣場。南枝北枝冷暖候不常，東崦西崦晴雨景不妨。處子綽約來堂堂，清寒意態和而莊。今日何日，得與子彈八琅。今夕何夕，得與子浮千觴。空山大叫梅花傍，自笑狂夫老更狂。

登靈巖山懷古

飛身賈勇凌孱顔，晴曦焕赫雲斕斑。浮屠相輪七寶剎，攙空千尺飛鳥盤。娃宫屧廊劫已殘，秀峰寺亦金闌珊。側身南望箭涇直，射破闔閭城郭千餘年。涇中刀光明古水，黛點香山浮瀰瀰。羅衣舞盡春宵風，春宵，吴宫名，見《越絶書》。種香采香昔于此。香徑可憐荒薜蘿，耕人掘得龍鸞釵。礭村之石不言亡國恨，琢作巨硯潑寫騷人懷。蒼厓大字標琴臺，吴人好事鑱崔嵬。厓紋蛇卧焦尾拆，無絃彈作松風哀。二八通門川陸路，茂苑迤邐接烟樹。苦辛猶憶吹篪人，象天法地經營處。黄金栅楣侵漢高，烏喙爾愚醉不寤。蒼凉胥口一片波，難溅舊痛春流注。翫花池邊踏細莎，春花初發春人過。踞巖有客腸已木，任翻小海揚清歌。君不見，虎氣淒冷餘盤陀，卑猶只給土一螺。五湖誰見傾城蛾，瓊姬奩月沙蝕磨，烟飄紫玉倚女蘿。山椒我極傷春目，落日祇見青山多。噫乎！宫梧凈掃無處拾，况復風乾黄菜葉。

宿靈巖寺憶朱予齋

闔閭城外靈巖寺，謝公嶺畔靈巖寺。自來名山僧占多，兩山山寺同名字。兩山都在萬山中，盤紆鳥道風雲通。高名豈是陳驚坐，天生靈秀將毋同。一枝蒼藤破翠靄，多取寧論造物怪。去年春頭雁宕遊，身入連雲看僧拜。謂連雲障僧拜石。故人老興豪且奇，舊遊龍湫起導之。扶將直上天聰洞，就宿絶壁寒蟾窺。道人妙聞手僅隻，靈嵒絶頂屏霞障前僧妙聞，獨居，又只隻手。飯客脱粟留永夕。魂清骨冷境怳然，石樓欸語生虚白。客影吹散春風前，吴西發春又一年。到處雲嵐各奇絶，骯髒遊興還無邊。琳宫金地經小劫，屏霞障前碎瓴疊。此間寶閣亦傾頽，智積梵容披落葉。吴娃昔步屧響廊，嬌歌艶舞春風香。金壺漏盡棲鵶散，風燈百徧看興亡。圓照塔瞑竄狐兔，猶是當年歌舞處。休論鬼火香徑紅，天花道場更幾度。客來孤影凭僧寮，續燃爓炬高花銷。貪翫江南好風景，烟波猶未鳴歸橈。腰脚差强持自賀，篛竹重尋無不可。人間咫尺百險巇，嵒壑不妨衝虎過。五湖人在汀煙生，明日鴟夷仍獨行。可惜春波不同汎，七十二峰空月明。

遊天平山入白雲寺

吴西萬山此雄尊，嶔巇山石狻熊蹲。造化文章不作意，變化一氣隨胚渾。際曉烟螺出頖

洞，浮嵐蒸射朱霞暾。飛來一峰墮寒碧，蓬萊半夜失左跟。亦有雷風呼不起，青天横亘驚蜿蜿。嵌坳落趾仄不仆，殊礙騰踔愁猱猿。横空斗立五丈石，盡滅鬼斧剜鑱痕。勇蹴谽谺出冢頂，眼瑩萬里無厓垠。具區春濤雪浩洶，海勢連灌浮鵬鶤。徐揚北圻露晴晝，氛翳净掃開濃昏。仙人一鏡遺臺面，澄照湖水狂摩吞。釣舸灣洄慣飄兀，鑒我漆髮回霜根。石筍萬株莽林立，株株峻拔青瑶琨。誰何得意搏土弄，鴻荒孰能探其源？白雲遮泉在山腹，出山泉自飛湍奔。却回山寺燒石銚，烹汲一盞醒吟魂。僧廚忽具伊蒲饌，家山於越通凉温寺僧紹興人。導客幽荒捫石屋，意可窟此辭囂煩。篁軒少坐便鋪榻，不畏西崦埋金盆。情緣方外難遽割，桑下三宿知休論。

千尺雪歌

龍湫大小崩雲堆，晴天怒轉萬壑雷。匡廬黄巖吾未到，曾躡天台雁蕩來。此間連峰削積鐵，飛空亦挂千尺雪。嵌巉舂擊白滂洋，湧出溪坑鳴决决。山泉大匯龍浤頭，明珠百斛傾嵒幽。春風捲空忽亂洒，濺溼野人青兕裘。野人對此興盤礴，徑踏飛流赤雙脚。飛流亦似助豪顛，噴落嵒前復騰躍。砰訇脚底過奔瀧，繞澗旁人笑我狂。我識山靈無盡意，泉衝石激皆清光。石梁歸來嗟夢斷，無復冰花凉灑面。當前縱未倒銀河，也勝澎湃圖中見。中郎虎賁存典型，誰標瑜亮分尹邢？雌黄諸瀑吾豈敢，一條雪浪眼乍醒。梅黄想像連旬雨，横摧橋谷驚潒

聚。盤注顛凹成一奇，風聲水聲吼如虎。惜哉未得久盤桓，攝衣却坐空亭看。水簾眩轉羅五色，絶壁倒射斜陽寒。明朝上蹴重巒黛，欲探泉源出嵒背。薄暮且入法螺菴，喚汲雲溪試三焙。見《漁隱叢話》。

上天梯謡

上天梯，高高天路吾欲躋，縈回紫霞路不迷。迮磴萬岌嶫，崇巔孤崔嵬。始循翠麓升階基，賈勇直上如猱飛。千盤萬轉入陡峭，乘凌徑欲侵虹霓。偪仄容肘趾，蒲伏連尻脽，失勢一落便作山下泥。上天梯，不可上。四際絶因依，一綫生儻慌。九霄峻極無人登，一條精鐵惟汝仗。形勢益峻嶒，意氣轉骯髒。再厲再進，一步一仰，盡力攀登庶能强。天門開，詄蕩蕩，躋及天階平如掌。凝神定魄肅清賞，烟俯齊州青盎盎。上天梯，上九霄。脚踏浮雲破，手捫紅日焦。清虚元氣挹泬寥，天漿許我蓺斗杓。咽之沁心腑，清凉以超遥。壤蟲盤盤嗟爾曹，内熱終年劇于痟。紛紛道暍死，誰爲爾煎熬，願把天漿洒周遭。天帝不我足，麾之下九霄。天梯忘却幾千幾百級，下至吴會如潛逃，闔閭之魂不可招。胥臺峨峨，舊見三百里，黄金鏤刻隨烟飄。我歌且謡上天梯，雖不得久留亦足以豪。

花山行

春風無聲散盧粟，亭午汗穤踏庢谷。北歸有客自衡湘，相逢多在天池曲。天池倒影摇玻璃，連群嗷嗷鳴且飛。沙白草青滉嵓腹，我亦因而盥漱之。跫音獨到蒼玉洞，苔上隱文不可誦。絶嵓就隱乞幽深，宋張漢卿居此，號就隱山。栗松子與猿獮共。樂莫樂于泥中龜曳尾，永無憂患隨。翠广有巢足栖息，千春藏六更不疑。我行愛此好嵓嶨，草木經冬不彫落。萬梅回繞溢清暉，久住香應沁魂魄。轉過石室山之幽，我其以是爲菟裘。焉知大力夜趨負，鴻濛元氣姑藏舟。虎跑神泉湧活活，一勺清泠鑒肌髮。故山忽憶大慈山，何處匏尊不可啜？壁間題字太紛紜，舊碑無人掃濃氛。青邱大手不復作，起看四山生白雲。『壁間不用題名字，無限蒼苔没舊碑』，明高啟《遊天池山》句。白雲蓊蔚能娱客，倚石流連不知夕。夕陽爛照金芙蓉，霞彩烘天半天赤。春山蒽蒨感物華，紅顔底用燒丹砂？羽人沖飛得妙餌，池蓮千葉何時花？相傳晉太康中，池生千葉蓮，服之羽化。

雨中天池行

霞岫丹青看不足，淋漓水墨皴林谷。天公教看雨中山，無窮變態羅雙目。嵓坳一勺春渟蓄，飛泉泠泠漱寒玉。是豈暗有蜿蜒神物蟠其中，忽欲拏空横坼重嵓腹。空灘一片壅渠沙，山

原傴仄嗚呀呀。迷離烟雨急難有如此，令人拄杖久立生咨嗟。荒山索莫無人家，微茫樵徑蟠修蛇。斧聲泠落行踪斷，山前山後開徧早梅千樹花。花氣溟濛漾深壁，霧湧前峰失咫尺。湖光混合天西東，驀見老黿掀破濤頭白。砰然東澗厓崩砉，驚出千年元鶴飛隻隻。倒溪流水濺芒鞋，只有圓笻卓孤客。山魈不知林隙尚有人，歡喜跳踉舞獨脚。一僧結茅依嵒隈，炊烟不起老忍飢。晝晦常聞虎叩扉，木牀折足安石磴，兀爾枯坐長忘機。豈知老夫晴亦出雨亦出，活潑天機不可說。高人豈必瓦爲衣，但弗有求走到頭如雪。閒步何妨泥滑滑，隨身猶帶一枝鐵，横空一吹岡石裂。更欲吹綻千重萬重墨色雲，喚出東溟一團月。

陽山行

連山一夜雨點矗，水流決決嗚深渠。海中紅盆乍洗出，鮮新光湧春晴初。此山横石不可輿，況復滑汰青琪玗。老夫手中鐵杖在，彭觥撞破千崎嶇。似是仙人好樓居，疊石盤架凌空虛。其陽則面長洲苑，其陰却坐洞庭湖。踏徧大峰一十五，四飛猿鳥皆相於。山又名四飛。岳園之竹秀拔玉，石眼數莖倒搖淥。黄塵清水不須臾，此君名字留空谷。苦愛在山泉水清，流滴白沙浴白鵠。澄漪寒極不生魚，我纓無塵亦須濯。春山多處差安便，開合隱見青孱顔。洞凹龍氣不復上，老湫猶拔珠淙潺。倒嵒奔出龍塘外，驚波便作江吞天。飢尋香積嵒邊寺，又邀題墨鑱堅頑。彌天鑿齒吾不鬭爾機鋒捷，但餘嶔崎歷落此情不斷如春山。古來哮豪争虎步，射

瀆清光箭缺注。箭缺是陽山絶頂處。豈獨三千組練强，千隊成禽氣一吐。到今萬岫鬱參差，蒼蒼白日横烟霧。新鶯學語猶謇澀，隔澗聞聲不知處。百年强半晚景乘，青鞋布襪吾猶能。萬事糾紛劍一吷，快意已到白鶴之頂千餘層。物外日月方環絙，空山樵斧聞登登。冥心坐聽清到骨，我何到此忘却攀搦雲中藤。却顧來時自胥口，扁舟不繫枯楊柳。釣車獨掉響聱牙，樵青漁童我未有。辭家飄忽月再圓，攝提早指昏中斗。一路看山到澗西，好山處處猶回首。彼蒼回斡曾幾時，斷槎朽枿還芳菲。只見池臺生春草，焉知此身變化浮雲隨？蝴蝶飛飛共遨嬉，且喜林深池暖香霏霏。春風吹空纔幾日，梅花一片沾人衣。梅花原是古君子，舊交相逢淡若水。招呼明月成三人，東海飛來幾千里。人影花光兩奇絶，我與梅花俱老矣。樂哉此樂當語誰，谷口滃然白雲起。

陽山弔古

金壺漏恨春宵促，滿宫盡醉潮紅玉。冰室有人正卧薪，欐溪火暖歡不足。雞陂好景如流梭，一聲唱曉鼙鼓多。宛轉餘杭西走路，奈此散卒三千何。餘杭山色自終古，山中已平一螺土。夫差葬此山。嵯峨舊恨却難平，猶看白氣如虹吐。西施艷若苕之榮，罡風吹散飄香涇，闔閭城國從之傾。空廊細步不復響，只有八百五十餘丈春烟生。珠襦零落瓊姬墓，月下香魂迷薄霧。荒臺麋鹿亦多情，千秋都逐君王去。春山鬼唱吴宫秋，夫差豈忘而父仇？甲楯容棲不足

悔，悔不沉却青龍舟。紛紛緑火松陰冷，舊苑烏啼傍金井。曾照牽絲尾畢逋，西江一片銀蟾影。長洲麋徑春茫茫，千花歷亂春日長。吴歈不識亡國恨，争將歌舞酬年芳。物外含情論興廢，禮先一飯英雄氣。月黑江南放大招，灰飛寂寞銷烏喙。春風幾日開芳菲，林間怪底啼催歸。催歸催歸，爾何强與他人事，曷不自返蠶叢西？催歸臆對笑殺我，登臨感慨計已左。不管春愁滿太湖，便著紅衫下釣舸。

滄浪吟

一緉芒屩黏嵐烟，略彴紆度衝苔錢。子美去今七百載，萍著野水餘荒灣。虚廊曲折影碧篠，韻戛寒玉春風顛。陂陀本割山翠疊，歲久真氣包孱顔。早梅已飛幾片雪，老幹卧照溪光寒。廣陵别圃代易主，賴有亭跡追當年。湍減未得瀦淪漣，春空風月仍無邊。暄辰散帶喬木下，好鳥對客鳴關關。歐公當日跡未到，和吟佳句稱同調。恐試蛟淵然不然，鴟夷豈累先生弔？後來地主僕射章，（此地後爲章子厚所有，見《石林詩話》。）平地波濤自丁倒（叶）。知欲題詩慰憔悴，誇張天與殊超妙。不爾滄洲處處都可摇，醉眠豈獨紅蕖緑浪堪浮櫂？作詩饒舌結習存，二公聞之笑莫嗔。丈夫豈必皆特達，且鬬尊前見在身。滄浪客作滄浪吟，滄浪亭前醉一巡。扁舟去矣渺無垠，我亦江湖獨往人。

滄浪亭書所見懷厲樊榭鶚

偶然照影滄浪隈，風漾釣絲聊徘徊。何人騶唱入松下，烏擁亭面環輿臺。若輩意氣顛如雷，何由妄得吾曹咍？西泠詩老昨者步屧曾過此，望之却立若持便面遮風埃。樊榭《遊滄浪亭》詩自注云：『有達官寓此，不得入。』我來亦復值此横喧豗，天公豈其有意污點雲濤堆？物當盛溢若溟漲，造物無力相排推。亭主舊原未許俗客到，故得嘯咏自在沿灣洄。廼今祠屋已網蠨蛸徧，神幔誰與捎烟煤？匹如荒園數易主，舊跡竟爾埋沉灰。一亭興廢關刼運，弔古獨立興嗟哀。終賴高名屼撐拄，數片陂石留魄嵬。壯夫一跌不復起，風流要未没草萊。人間景象端藉佳句焕，傳來磊落參歐梅。假居令僕不得行胸臆，何如坐攬水光月色潑此青苺苔。春波鷗鷺亦悠哉，吟醉相伴無嫌猜，況有千朵萬朵梅花開。生前既不辜清境，一任奔飛烏兔閒中催嗣時。厥後幾箇詩人先後弔，千秋萬歲魂歸來。而我尋幽得徑若牛解，委蛇游刃方恢恢。無窮高興不可敗，豈知眼前有物攖人懷？春空忽墮吾酒盃，徑起鯨吞不須陪。宋公物色分留在，此地係宋商邱公重葺。盡與老夫收拾回。醉題壞壁擲筆去，戲作霹靂驚童孩。

弢甫續集卷六

古今體詩六十四首

送別黄弢谷

秋堂流水七絲清，對撫焦桐萬古情。白日滄江渾未晚，浮雲富貴本來輕。籬邊細路勞頻訪，谷口荒畬愛獨耕。君去莫憂鷗鷺冷，此間溪石不寒盟。

題廖徵乞食圖

笠子飄兀風披披，吾輩欲乞將安之？焉從得食飽我飢，正復何用得食爲？閉門忍飢自一奇，風流作達亦誰識？金牛湖僧漫弄墨。

步沈園歸漫題

最愛南鄰水石邊，參差步屧破苔錢。滿園草色侵池緑，繞塢鶯聲向客圓。醉眼懵騰尋舊

迹，閒心怊悵省華年。歸來獨倚樓頭望，高樹陰濃翠拂天。

輓邵開宣儁

動地風聲萬木疎，風前對泣兩臯魚。謂君與予。養求寸禄謀誠左，暉答三春願總虚。勤教小侯趨朵殿，並推端士表卿閭。儒官未得登除目，只博銘旌死後書。

酬周于度鶚薦

敢戀西湖一濯纓，東園喜遂板輿情。歸心舊似江千折，慈鬢今餘雪幾莖。社裏招呼輸後輩，兒時遊歷等前生。蘭陔孺子勞相問，從此吟箋不署名。

輓孝感涂存齋先生天相二首

平步青雲亦等閒，乘時特達到崇班。正蒙樸學誰能紹，奏議鴻文不可删。總領金華凡幾省，留遺茅屋只三間。故園歸老君恩重，灝氣悠然碧漢還。

一言聲蔑荷深知，堂下難忘執手時。齋院談深秋月白，議堂歸趁夕陽遲。經傳賓館敷重席，道揭餘山樹二碑。腸斷蘆溝橋畔别，惟應泉路罄心期。

微雨

久晴還霂霢，寒色起烟汀。憶向河涯過，愁從竹樹零。霏微乾土潤，颯沓醉顔醒。悵望重雲在，遥天失翠屏。

哭張樸齋元方二首

平生照徹是丹衷，樸直相於九貊通。漲海疲民呼父母，邊關甘乳哺兒童。星明金闕寒聽漏，雨黯珠邱夕考工。痛哭心知如骨肉，千秋高義有誰同？

薄暮空思拜繐帷，來奔白馬渺難期。盤餐竟日無重進，君日一食。杯酒當年有共持。虚製斑衣娱老母，祇留葛帔泣孤兒。天涯何處南宫縣，北望傷神涕滿頤。

賢女詩爲戎氏族女題

吾宗有賢女，往爲戎氏婦。志敬奉羹湯，安貧執箕帚。夫有幼叔父，哺乳佐其母。翼之至成人，此事古未有。刲股且至再，一爲療王舅。一爲療厥夫，奇行均不朽。終焉撫藐孤，乃令夫有後。辛苦備嘗之，于今已皭首。女列族女行，紀實咨嗟久。

輓臨川李穆堂先生

凝然異骨具嶙峋，中歲飛騰謁紫宸。陸子一生惟舊學，歐公九折更温綸。登壇早擅文章伯，奉國終推柱石臣。迢遞懸車遲易簀，三朝侍陛邁常倫。

走馬蘭臺感故知，雪中公讌序成時。得賢空上王褒頌，有道蒙書郭泰碑。先生爲先君表墓。會葬蹉跎淹素絅，趨朝解后省彤墀。濯纓清淚千行下，晚傍風塵滿鬢絲。

題鄭悦山尚麟春江曉渡圖步韻二首

江頭日上裊游絲，正是春光爛漫時。不道流連芳草渡，一枝柔櫓破烟遲。

春水盈盈帶曉寒，隔江霞彩尚飛丹。便教探取紅千樹，却愛沙鷗不識官。

長歌寄呈座主劉艾堂先生師恕七十

滄洲一老蚤拂衣，天容海色明郊扉。憶辭銅龍之年未六十，追跡二疏古所稀。更十餘霜閲迢遞，秋風吹老淮南桂。籜冠藤杖久優游，纔臨古者懸車歲。儵然纚舫清而幽，塵氛不到烟華浮。超遥只鼓元氣柁，借醒昔夢聽颼飀。少年登嘯蓬山頂，前席沈沈宫漏永。黔閭辛苦萬雲堆，八表盤空下孤影。帝江刑天争自雄，焦明忍飢栖舊桐。山林鐘鼎兩不繫，社湖明月流高

空。富貴當場豈有極，郭郎鮑老紛如織。經眸田竇徒爾爲，回首風塵機盡息。南來北去舟車多，官鉦鳴沸旓盪摩。喧轟寂寞自朝夕，靜看曦景移庭柯。欸乃時聞白光裏，洪澤瀰漫兩篙水。不須重乞釣魚竿，君恩許老苔磯矣。意中茅屋意中山，先生自題青棠書屋句。當年夢想凝心顔。何如百年真箇焚香對，村居恰落青棠間。況復衡門有事在，茫茫之緒尋千載。肯將歌舞點東山，放浪空游方内外。『泌水樂飢應有事，莫將放浪了殘生』，亦先生句。小子方壯來橋門，春風到面講坐温。漫郎叨薦漫一出，步趨遄到浮鷗村。白馬蒼茫映草樹，是我回舟遥式處。一自身安愚谷愚，十年不踏長淮路。白髮門生感有餘，新年接得空中書。霜鬢老去徹瑱珥，長蛾再畫胡爲乎？溪蓮愛想濂溪子，江南江北香風起。安得從之風際吟，吟風日日澄心耳。吾聞大椿紀大年，大年春秋以八千。今秋秋首應上壽，不妨致語從春前。人間萬事俱蟬蜕，只有清光在天地。夫子蓉衣我荔裳，攝生不問參同契。

題沈古春萬椿黄花晚節圖

黄華古逸老，籬邊常相親。南山悠然在，對我成三人。田園昨輕别，惆悵淹風塵。山翠斷曉夢，花光徒鮮新。故香經雨發，一老寒依因。龐眉共晚節，不孤留德鄰。無懷氏之民，葛天氏之民。

讀息溟六十感懷詩用集草堂韻寄贈

遂作平頭六十人，傳來詩句劇清新。甆罌自酌無須玉，蓬鬢相看總是銀。作客倦吟荒苑月，因君夢繫故園春。草堂歸復聯三益，老省兒童意味親。

丁卯長至日同周穆門京盧敬甫存心論交四賢閣各拈本號爲韻有賦

吾輩合并自有時，論交大道無今古。千載名賢傾蓋然，落落幾人僂指數。四賢出處塗軌分，心皆潔白輝寰宇。湖山增翠水增清，不覥風流共樽俎。何須配食水仙王，活脱鬚眉自儔伍。處士舉動攀古老，不論荷裳與簪組。齒冷悠悠世上兒，俄頃滿著金蘭簿。越盟車笠亦區區，劇煩植立同搘拄。丈夫垂名動萬年，偉哉此語聞杜甫。不爾彌年逐清景，浩蕩嘯歌身自主。吾少不羈醒而狂，城東盧子聯肺腑。得意無多總角交，廓落何曾設城府。白髮老看意氣平，猶自提攜如意舞。穆門相識廿載餘，踪跡萍蓬意水乳。年逾七十精力强，歌詩行草真龍虎。研田三叟合同鋤，作偶相將課晴雨。今辰團聚豈偶然，骨肉風義存諸譜。流傳江鮑免無兒，此意纏綿結千縷。輝輝雲物午暄妍，一陽道長端有取。詎羞形影潛蒿萊，預恐湮沉腐儒腐。酒酣懷古激清風，粤稽人物臚吾土。亘古逃堯一許由，稽留峰色高天柱。湖頭擬創隱聖祠，子陵君復躋堂廡。力規此舉嗟未能，榱桷何時突兀覩。面熱空教對汗青，長吟落日節頻

拊。嗚呼！百年未滿纏天戕，磨礱晚節亦足豪。

穆門於至日招同敬甫泛湖集四賢閣拈本號爲韻各成長句意有未盡復賦此韻仍前例

明湖水作錢塘濠，曉紅一團翻雲濤。峰尖薄著氛霧戕。篋篷作響風蕭騷，氣衝六琯灰飛高。元辰發興屬我曹，湍聲漸低息怒號。波心艓子猶可篙，厓木盡禿開霜臯。空光白日流滔滔，濱湖亭榭石甃牢。荷根枯折魚藏逃，衰柳餘絲揺斷絛。並梯傑閣羞溪毛，仙守處士雲中遨。聲光於爍何煩褒，踘跼千載首屢搔。儂輩富貴差不饕，古絃同調庶得操。吾言夸矣罰斗醪，淋漓賭飲沾裘袍。有手祇願持雙螯，盈顛雪霜底用薅？誇張年少予起舞，張丈殷兄掌連拊。凌空欄檻影小聚，舊夢依稀省塵土。身輸桔槔善仰俯，只合彈琴老環堵。南村素心顔不嫵，筆力空令挽銅弩。何異適越資章甫，老去同爲菊松主。數來熟識餘杭姥，喧呼爐頭卧空甒。半酣肺熱吸茶乳，信意往踏青蓮宇。幾番田竇眼前覩，坐看翻覆作雲雨。亦復倏忽變鼠虎，野夫眼冷飛鴻羽。影落江天且默數，晴冬地煖氣蒸釜。直覺春暄烘北户，回船嗚曳嘔鴉櫓。滄浪迭唱自終古，茫茫烟樹湖西浦。

哭汪津夫大兄鑒

冰堅雲淡鳴酸風，短景倏墮流光空。羅刹江頭一哀暮，滂滂淚與江流東。故鄉荒寒瀕舜海，間歲歸尋無恙在。童稚情親四十年，春風春雨遥相待。餘山先生闢講堂，深衣並列弟子行。踰時遂作兩楹奠，失聲相向同哀傷。天涯投分如兄弟，結交盧仝同一體。三人膠漆不可開，重江魂夢通迢遞。我詭禄仕馳京華，後倚官閣前公車。袍韠衝風塵土滿，慚媿處士吟梅花。朝吟暮吟吟不足，更寫梅花千百幅。幅幅梅花意態殊，都著冰霜老嵒谷。自言身得梅精神，吟寫梅花號梅津。梅津終古無人問，自吟自寫平生真。喜我歸來對煖眼，手瀹清泉勸一盞。最愛烟霞獨往踪，姓名多事留青簡。彌留前寄數行書，老病一夕辭蘧廬。倐然應盡便須盡，清影不待梅花徂。錯擬開春渡江水，六州鑄鐵恨已矣。後死形從索莫隳，我是半人習鑿齒。城東破屋仍數間，風雪打頭時往還。海陲黯黮類埋照，相攜哭望傷心顔。嗚呼！蓬蒿舊侶弱一箇，襟袖斕斑交涕唾。一别千秋那處尋，茫茫空剩乾坤大。

虎跑寺

回飈激我耳，流泉清我心。逶迤石磴坦，步入青松林。小池細萍合，怪樹鮮苔侵。諸僧未梵放，好鳥相追尋。酌悟茗柯理，坐轉藤蘿陰。山靈似留客，空翠飛盈襟。

酬汪君見贈步韻

時清藹衆賢，海寓音塵遝。東方一士迂，筆隝雙扉闔。是身春水然，輕逝通川鞁。種松如人長，已更八九臘。獨吟過夕雨，石濺流泉答。三徑護濃青，幽蹤賓不雜。洒窗槮影低，黎黄一枝踏。倚著信所便，竭來就壞衲。依依長水月，祇林野鳥匝。静掃轇葛緣，清光借半榻。多年求亡子，建鼓空鏘鞳。性畏户外屨，避之如怖鴿。有求託微波，意與單萍合。入寺讀殘碑，苔崩不可搨。虚堂留新詩，逆風聞艾納。却懷五湖老，茅渠眉。孤情絃颯拉。相將寂寞濱，披榛言志盍。

奉題朱苧塍沈長溪兩先生高山流水圖遺照

千秋洒涕思鍾期，牙生相於固其宜。撫兹泠泠山水曲，當時只有鍾期知。世無鍾期曲空撫，抱琴不彈竟終古。豈無自署知音人，此意難得牙生許。圖中兩翁今已仙，驚識兩翁年少顔。三尺枯桐横石上，高深意遠非人間。裴島蒼蒼葭葦亂，半湖烟雨清漪散。依稀對坐密無言，微聞一彈再三歎。七絲令德識其真，穆然古澹縈心神。彈者聽者妙各喻，天地中間有兩人。兩人同心非漫與，如蘭端藉龍脣語。此段風流不可攀，渺渺西風自愁予。我生不見彈琴翁，徒然仰止青雙瞳。山林窈冥水澒洞，海天悵望將毋同。一翁倚石猶及見，松間杖履親談

讌。更番賞我白雪絃，倏去烟霄若飛電。懷賢感舊一沉吟，古道寥寥淚滿襟。十三徽上浮埃暗，空餘白月懸高林。古人今人瀉流水，琴心一片長如此。流傳絶調豈無人，我與鶴洲斯可矣。苧塍先生子嵩齡。嗚呼兩翁呼不起，子朱子，子沈子。

夏貞婦劉氏守志詩

百年婚，十日期。鬼伯相催促，所天逝若馳。入門即侍疾，湯藥相料埋，錦衾角枕徒爲耳。鬖而奉尊嫜，婦在子不死。依稀屬纊容，斑駁沾襟血，食虛同牢矢同穴。凄凄夏簟連冬釭，孤燕孤燕入破窗，十八年來影不雙。

赴大梁書院有述

蕭齋翳竹樹，十年閉衡門。居然似物外，窅無車馬喧。駕言去汴土，暫爾抛林園。跡異塵纓縛，可對鶴與猿。迢迢講席遠，依依釣石温。高吟性所愛，詎騁詞波翻。儒流泝百折，伊洛存淵源。

戊辰夏遊梁留别穆門即酬和見送韻

林居十暑謝風埃，此旦扁舟破浪開。敢謂賢關啟扃鐍，亦思書種育胚胎。梁園雪下教兒

賦，嵩岳雲生待客來。虛誚支離爲世用，空山終是老樗材。

留別敬甫即酬和見送韻三首

不挂征帆已十年，行裝重壓僕夫肩。兩人相顧離顏老，斜日清川白髮前。

未能獨往未能閑，消夏湖山枉有灣。最憶冷泉亭畔響，夢迴千里聽淙潺。

同行却省渡河年，往事西風一惘然。起望青青天際柳，杭州直接汴州烟。

謁伍大夫祠

乞食吹簫感奮初，當年人事倏乘除。君親舊恨從頭雪，楚越雄圖到底虛。祠矗雲霄寧毁狄，門臨江郭尚名胥。姑蘇臺自標形勝，麋鹿遊經慨嘆餘。

舟中月夜有懷五首

夢裏難忘語笑親，征帆催掛蠡湖濱。飛來一片青天月，髣髴容暉覿故人。

龍湫雁蕩省當年，曾共清遊物外緣。知我今番江北去，夢魂應逐木蘭船。

三益過從舊徑存，匆匆敘别把清樽。孤舟蕩漾烟波夕，破屋猶思漏月痕。

總持壇坫主風騷，春興西溪話我豪。烟月平分曾有約，吟朋何日聚東皐。

春煖追飛翠羽過，相呼相喚友聲和。凉風吹散東西影，回首烟村緑樹多。

鯉魚行舟行却寄性之

遼哉風氣淪羲燧，赤肝希復如人意。江舟寂寞念吾徒，惟朱家濂得古義。古義纏綿一片真，有若禾士張天麟。天麟相思不相厭，廿年往復情逾親。球兒性孤寡交友，道逢輕薄不回首。雅與家濂論素心，二人喜得孚盈缶。古交如水淡汪汪，徵逐生憎遊俠場。膠漆情聯總角日，文章道義同糾匡。家濂繇來略嵬瑣，人曰不可球曰可。但蘄共得古性情，不妨意與時流左。老夫久處柴門幽，一朝忽作中州遊。中州人士最真樸，我欲往扶三古軥。豈徒詞賦噓梁苑，先王遺澤猶深遠。賓師當日此淹留，欲把淳風回近晚。臨行惻惻一沾襟，詎爲關山離抱侵？侍席趨庭千里闊，其誰與汝施良箴？男兒德業須早立，老大無成百憂集。少年日月等流梭，莫遣身名殉結習。諸生先後早騰驤，木天柏府蘭省郎。古來貴人傳者少，金紫豈足廻我腸？人生不朽卓自主，高行鴻文動千古。儒風端賴振吾門，家望竝晞繩祖武。七絲流水秋宵清，忼愾聽我彈正聲。師生父子傳古操，功名富貴浮雲輕。行矣扁舟疾若箭，驚波萬頃翻江面。故鄉白月懸高空，夢返書堂宛相見。迤邐江流一水遥，鯉魚尺半放回潮。同心遠憶二三子，爲我兼訊余昂霄。

江行寄懷余紹文昂霄

道誼文章露性真，鄉閭復喜見斯人。匆匆行泝江流遠，藹藹顔如月色親。蕲與兒曹勤琢玉，却思朋輩聚扶輪草堂名。梁園自昔饒風雅，安得偕爲授簡賓？

寄家書題二絶

歸休十載闢松關，嵐色波光熟往還。今日萍蹤忽漂蕩，夢魂空戀好湖山。

書寄行舟第一封，欹斜醉墨淡還濃。家人應説平江客，愁聽寒山夜半鐘。

舟行丹陽道中

緣流斥堠道傍存，兩岸高如翠壁屯。獵獵浦風休舉扇，浮浮泉酒試開樽。日烘亭午飛光赭，川過毘陵倒浪渾。前去茫茫重問渡，秋潮雷破大江門。

和篪兒出揚子江疊韻

依舊金焦兩點存，飛雲作頂半空屯。江心有寺蹲孤塔，海口何人汎大樽。笛響吹來涼月皎，漁燈點破暮烟渾。乘潮無數檣帆發，沙岸人家未掩門。

江行寄懷性之

憶昨論詩數儁才，西齋蕭寂子能來。忽看江舸秋先到，已换關山月一回。新學朋游知寡合，故鄉襟抱共誰開？劇憐作賦超流輩，不得相攜到吹臺。

和䈪兒雨舟至廣陵韻

暝汎三汊河，萬柳水風戰。星光際野闊，一氣秋案衍。忽聞灩浪浪，響急孤篷片。既濟菽纔零，旋來劇于箭。已聞廣陵鐘，溟茫灣數轉。雷塘小劫過，涼雨洗艷羨。溼螢幾點青，的的煙蕪面。吾方懷選樓，銅輦昨夢見。

褎裏行寶應呈艾堂先生

不出邗江已十載，夢繞風軒承唾欬。今朝忽見三十六陂，秋水横到我感恩處所。有若眼刮金篦明，感恩豈在白屋微名舉，衆中嘘薦隆三語。黔川萬里動秋風，木落長安渺愁予。相期高步著作林，三筆排架三山岑。竟負公言媿公厚，空珍敝帚標千金。春過省署聞鳴鶗，歸結茅堂向青壁。納納乾坤雨露饒，臃腫荒墟百圍櫟。公回嶺嶠復綸堂，范蠡扁舟引興長。應許沿緣柳洲路，浮槎曉漾清光傍。昨秋始及懸車歲，豈識荷裳已早製？蒼蒼秋色故山佳，坐閱淮

南老叢桂。衡波一葦隔年心，溪上光風快得吟。道出商山拜綺皓，芝華咀嚼開顔襟。却憶涼陰穿講樹，倏過飛光三十度。延譽蒙方終賈流，鬌根今點吴霜素。身既退矣奚所施，著書石室空爾爲。中州故人招我作山長，欲抱遺經往説之。遺經欲説嗟何有，抗顔爲之顔覺厚。自緣承學出韓門，忍僅摛華逐枚叟。百年此地幾趨陪，振觸寧傷遲暮哉。行藏德業如公偉，聲光萬古同昭回。門生端懼寒如灰，師門欲别千裵裹。欲别未别依池臺，泬漻秋氣從天來。

艾堂先生遺瓜藕却寄奉謝二首

咏瓜

秋瓜如斗此最佳，佳瓜，字出《漢書》。不數瓊瑰盈吾懷。金刀一剖嚼如水晶冷，詎怕亭午天氣如焚柴？黄臺離離老結實，中有文章爛五色。媧皇鍊石補處亦復然，天函地負同此陶鈞力。烏篷七尺臨驕陽，江淮之水流沸湯。昨日頭低今眼豁，何異滿吸三危漿。故鄉青山紅樹底，灌取瓜田引白水。桔槔亦是忘機人，吾土不嫌納吾履。此行强起赴夷門，竟忘微生肺氣存。不待秋風蘇病骨，端賴凉露清心魂。白馬湖邊萬楊柳，一片清陰環十畝。閒却龐眉老侍郎，斂將紫閣爲霖手。彷彿青門古意留，風流一段足千秋。他年青竹徵遺事，功業遠勝東陵侯。

咏藕

我家西湖湖水涯，薰風吹開紅白花。拗取花根出湖底，白雪之白無纖瑕。盛來冰盤冰吾齒，嚥八嚨喉沁骨髓。平生不踏太華峰，玉井之種寧逾此。誰教拋却蜻蜓舟，觸暑遠爲梁宋遊。湖中踏藕諸年少，唱我西泠棹曲不？當風忽復涼心目，僕夫團團截寒玉。寒玉團團脆且多，炎歊頓使消三伏。鮮帶芳泥出白田，株株節目濯清泉。珍重分沾道暍意，入口果見沉痾痊。幸我遄行不内熱，玲瓏映徹中腸潔。縱使流金爍石天，不取盜泉澆渴舌。中宵江漏杳沉沉，想到濂溪一弄吟。試看冰雪全身在，秋月秋風知我心。

和篼兒舟行納涼韻

江湖行路難，炎蒸篷底伏。汗流苦舟師，急水篙折竹。雅愛清江浦，佳名消煩酷。颼颼飽蒲帆，安坐轉幾曲。飄飄振我衣，爽似出新浴。涼意近迎人，一豁通川目。頗餘北窗致，高臥跧吾足。清夢到山陰，竹色溪下緑。

雨過清河閘

油雲冪寥空，雨氣自遠至。颯颯打窗篷，斜侵想薜荔。縴夫戒上閘，危湍砉初試。身手盡

淋漓，衆力劇不易。高岸邪許齊，峽猿迸哀思。雖嗟泥滑滑，猶勝畏景熾。既濟風颸然，餘點雪珠墜。莫羡下灘船，迎凉驟赤䮸。

舟行清河晚觀異景作并序

時將下春矣，落日晚霞與蒸雲流電相會，水天交映，作黄金色。俄而烏雲陡升，光氣盡揜。西北天開，澹白皴作水墨狀。碧月清風，淪漣演迤，是化工之極筆也。欣然當境有述，命箎兒共作焉。

天公巨麗擅，奇皴信手施。曦車炎暉曜，弭節臨崦嵫。彤霞翕赩起，萬彩攢紅規。自南雲若燒，一氣混合之。中間砉礴礲，掣電蛇奔馳。山河騰寶燄，草木灼華滋。渡河象背撇，負天鵬翼垂。軒波入倒影，映作黄琉璃。冲融天半亘，水怪驚躨跜。翻動龍王宫，晃晃珠陸離。龍王執元圭，龍女吹參差。飛湧雨脚黑，黯黮揺金支。重元漏柘色，掩蔽天西陲。白光啟閶闔，秋雯一幀披。鱗鱗水雲涣，縷疊揺文漪。游戲事水墨，底用丹青爲？青冥素娥出，穆穆篷窗窺。漩空河漢皎，浪静凉風吹。神靈憐觸熱，似欲慰旅羈。亦或發光怪，吟咏供娱嬉。偏于詩老厚，信荷皇天慈。作意詎能覯，清緣恰在兹。捩柁垂綸者，元賞何由知？

河舟七夕

痴騃終古限銀潢，一夕秋期別思長。借得聘錢爲底用，造舟寧恨渡無梁。

夜舟聽雨四首示篪兒

秋雨疎疎滴，孤舟轉寂寥。都來相失地，盡此可憐宵。荒野柝聲斷，尖風燈影摇。皀翁帶雛宿，凉意總飄飄。

清洒湖莊好，歷亂荷芋間。從來添滴瀝，更自助蕭閒。漂泊依新壩，潺湲夢舊灣。何人嗟遠道，一念鬢毛斑。

憶昨心顔壯，塵途涉歷多。秋風捉孤策，大雨渡渾河。舊事從誰說，今吾奈老何。瀟瀟經此夕，兒意莫蹉跎。

擬向中州去，無過効小忠。青雲先輩遠，白雪幾人同。河曲淹疎雨，賓師跲古風。聽來渾不寐，惆悵一烏篷。

月夜舟行四首示篪兒

一片漸江月，隨人最有情。河聲飛箭下，帆影御風行。故國青山遠，征夫白髮明。何哉解

清興，吹笛到三更。

纔見光茫疊，平添白浪秋。清聲摇兩槳，浩唱發中洲。漁火時明滅，檣烏自去留。孤帆風借便，便擬及徐州。

草草杯盤夜，離情話老妻。明燈移硯北，殘月到樓西。家事兒能理，謂次兒繩球。征途客不迷。清暉此分照，芳草滿河隄。

憶古梁園好，清宵賦謝莊。當風誰繼作，與雪本同光。千里流暉共，三秋翰藻揚。停杯聊一問，莫笑老夫狂。

和篪兒月夜舟行韻

月光常照壁，弓弛去聲不思絃。豈意重爲客，當歌一扣舷。風清摇健櫓，雲白映通川。宿雁頻驚起，沙紋个个圓。

河流終古急，隱見俯龍堂。飛瀑迎蘭枻，涼風動荔裳。含清飽蟬腹，習静養龜腸。自得高寒意，泠泠汎水鄉。

見河中虚船感而有賦

虚船竟不繫，摇蕩河中央。舲窗闃無人，横卧篙與檣。日夜信演迤，沿緣一水長。水緩姑

兀兀，水急從奔忙。來觸亦不怒，寓言兆荒唐。我今遊人世，一葉汎溟茫。風波了不識，飄去隨低昂。星槎諒非儗，萍梗固其常。但以無心往，浮沉定何傷。洪河古衝激，汎溢經囓桑。信天得安隱，漾舟清光旁。漩流宕烟浪，或便回江鄉。虛船吾所師，安用生較量？

徐州懷古四首同篪兒作

項　羽

我所哭兮在項王，拔山蓋世誰禁當？王固以力不以詐，烹滅暴秦何雄强。侯王分封裂宇疆，號令天下雲奔忙。不稱皇帝稱霸王，千秋此義誠堂堂。咄哉灰燊與警枕，區區朝命朱粱稾。不然井蛙細已甚，千秋齒冷狗脚朕。

虞　姬

我所悲兮在虞姬，起兵百戰間關隨。八千子弟連陣没，哀嘶不逝聞烏騅。漢軍得楚死不辭，大王氣盡妾何施。千古虞兮同廟食，范增龍且配享之。有鷕其鳴漢宫雉，罦罿罹入楚軍裏。杯羹垂欲施刀几，彼牝何曾辦一死。

張建封

我所弔兮張建封，毬場略地開西東。帳下健兒身手捷，毬驚仗奮鳴春空。春原雉雊烟濛濛，將軍盤馬彎雕弓。一箭纔發萬人賀，五色離披墮雲中。昌黎杜陵兩生色，欲挽乾坤騁筆力。草中狐兔盡何益，公馬莫走須殺賊。

關盼盼

我所傷兮關盼盼，莫以主恩死羅薦。秋宵原爲一人長，此意不隨塵劫變。燕子樓中宿孤燕，年年孤燕常相見。黄蜂紫蝶春叢亂，雙宿雙飛毫不羨。最無頭腦白香山，論事吟詩顛倒間。永豐之柳行人攀，樊素嫁矣嫁小蠻。

見河心結屋而居感賦

我思葺屋水中央，竊比伊人水一方。壁無塵垢摇波光，來往惟聽棹相將。寓言十九同蒙莊，坐令葺屋之計墮渺茫。騒二十五羅衆芳，騷人亦愛水周堂。蘭橑荷棟葺葯房，至竟佳期空夕張。惟此片土環湯湯，結茅中間凉復凉。周遭垂柳復垂楊，兒童出入不以航。撇然泗水行滂洋，河上仙翁怪莫量。身騎赤鯉參翱翔，彼何人哉作計良。月烟空闊天水長，居無四隣依其

傍，濯足空明望八荒。眼明過此意難忘，望之不見徒徬徨。

舟過臺莊四首

此處炊煙聚，舲窗起一凭。舟車紛若湊，主客莽相仍。老閘躋重險，高瓴砦幾層。行人安穩在，秋氣散炎蒸。

諸州凋瘵後，劇市不知貧。麋至迎官客，鯨吞屬酒民。鐸鈴行劫劫，鉦鼓賽頻頻。誰識輕帆駛，悠然過要津。

河干纔有屋，雞犬傍柴荊。側岸牛行穩，荒洲水囓平。漁罾攀上下，麻隴藝縱横。風景看來好，行行慰旅情。

河流渾轉甚，千里接淮揚。舊井交齊壤，地屬山東。峨艑上蜀商。秋疎烟柳緑，午借水風涼。細葛由來軟，宜人在遠航。

舟泊韓莊

逆水因風上，輕帆帶夕陽。一村雞犬晚，隔浦鷺鷗涼。橋外浮湖影，樽前映月光。鄰舟聞客語，今夕宿韓莊。

微子湖

浩渺一湖在，相傳微子名。顛隮天冥漠，行遯水縱横。洲藪居人利，雲霞過客情。遺封連宋壤，流恨渺難平。

隱聖湖曲，空堂夜讀聲摩空。賤子寂寞海濱上，夙昧經義徒雕蟲。揭來飄泊淪楚澤，書庋高閣塵黔容。昔年親故半未覿，論交三世今識公。公開寶帳集都講，照拂四壁春融融。五金在治仙火鎔，斧斲斤削加磨礲。吾儕豈甘自暴棄，熙恬竟日隨嬰童。人生不朽有大業，欣戚豈在塞與通。上自皇墳下稗乘，披尋一一羅心胸。無味之味貴獨得，力田寧計豐年逢。少年歲月況强盛，旭日炫采纔升東。微軀七尺著何處，苦無大藥仙疲癃。高騫思附鸞鵠翼，薄采終棄蓀蘭叢。太息古學坐蕪蔓，語欲出口傷瘖聾。洗荒滌穢竟莫覯，浮聲掠影徒相攻。安得虎觀諸儒作，掃除宿霧摩青銅。行愁坐歎苦未遂，先生白首猶趫雄。煙林拔起雲當中，膏雨到處繁花紅。笑指枯枝枝盡緑，春華無使隨秋蓬。

（王昶輯《湖海詩傳》卷三十三）

歸自濟南寄懷桑伊佐兼簡沈椒園五首

投老寡交游，心知半凋謝。翻手覆雨雲，機穽吁可怕。大則主殺機，小亦助嘲罵。山左餘素交，招我游歷下。驅車十旬留，欵語勤慰藉。彼都真有人，兩叟名德亞。使君氣不凡，山長情無罅。高論時激昂，幽懷一傾瀉。心醉若飲醪，有味如噉蔗。感此風義真，彌鄙五交詐。嬾廣孝標文，還師卜子夏。

吾愛五嶽叟，論士貴奇志。狂狷最稱許，鄉愿必唾棄。掉頭每獨往，庸流若浼避。陳情脱

簪組，晚節堅道義。吐辭每驚俗，懦頑或心悸。閉門餓亦奇，此語吾時記。我劣如駑駘，叟才實天驥。胡爲繆見推，無乃昌歜嗜。雲龍逐上下，僾議只增媿。詩文亦小技，此外大有事。勿爲外人道，且寄相思字。

師道久已亡，標榜來蟻附。抗顔爲人師，庸妄難齒數。門徒號召多，凉燠即岐路。傳道與解惑，聞者舌摇吐。誰爲孫明復，石介操杖屨。誰爲胡翼之，諸生效矩步。卓哉桑伯子，慢焉爲此懼。著録三千人，因材各陶鑄。教嚴道益尊，狂簡斐然聚。椎結易章甫，鄭衛奏韶濩。我欲從之游，悔已十年暮。

中材處世拙，意外觸蜂蠆。元亮松菊荒，玉川破屋賣。歸來少四壁，對此一長喟。自許百鍊剛，固窮節未壞。聞説西溪灣，山水清而快。更有萬樹梅，花時香可嘬。兩叟招耦耕，山靈應不怪。會當踐息壤，荷鋤未敢懈。看山飧朝霞，玩月飲夕瀣。勞苦食吾力，三公不易介。耕田勿識字，直欲垂家誡。含哺鼓腹游，熙皞絶機械。山林喜深密，何用伯夷隘。

伐木詩久廢，箴規義尤闕。古意叟獨存，念之那敢忽。一飯不就人，招我羅殽核。僮僕私竊訝，此客頗突兀。西城候門送，未怯風發發。講堂諄諄語，感荷尤至骨。驅車出齊郊，回憶情恍惚。冒雨三日程，車覆愁銜橛。傍徨泰山下，性命輕如髮。任城挂歸帆，浩蕩鷗波没。高弟喜同舟，説叟口未歇。翹首濟潭鱣，小别遽三月。精力定强健，詩格尤超越。綽綽看進退，對山日拄笏。近寄詩有『綽綽還看吾進退』之句。倘過柏香堂，持此當我謁。縶維或滯留，素書時一發。

（陳黄中《東莊遺集》卷四）